夏国平先生

夏国平———

著

人海中的你

文匯出版社

目 录

衣带渐宽终不悔

云淡风轻的儒雅形象，身着对襟布衣大褂，手执一柄古风折扇，黑边框眼镜后面一双睿智的眼睛闪烁着柔和的光泽，携带一身汉风唐韵从时光隧道的深处向你缓缓走来，这就是丁雁，一位"既然选择了远方，便只顾风雨兼程向前走"的文化行走人，一位在教育界有着传奇故事的中学语文教师，同时还是文化品牌南山书房和读行无疆的创始人。

有人说丁雁是一个洒脱不羁的诗人，身上有一种超然飘逸的气质，有点儿像电影《早春二月》中孙道临扮演的萧涧秋。一袭唐装，一条围巾，眼有星辰大海，心有繁花似锦。独处的时候，捧一壶清茶，握一卷古书，几分傲气挂在脸颊，眉宇间则充满自信。偶尔举目，镜片后面细长的眼睛凝望一片云天，似乎在捕捉另外一个时空传递给他的信息，那是域外的世界在向丁雁发出召唤，他想飞得更高、更远。当丁雁遥望蓝天下的云卷云舒陷入沉思的时候，他正在筹谋下一次的文化行走，白云携带着那颗不安分的心前往他追寻的诗和远方。

人生本就是一场盛大的行走，一切美好皆在行进的路上。行走在华夏大地的丁雁，纵情放飞自我，拥有用心灵与大自然对话的气度和维度，丈量辽阔无比的日月山河，汲取自然万物的精华，追溯人文历史的源泉，寻找人生信仰的坐标。丁雁行走在黄土高坡毕郢塬，在那秦汉文明发祥地，高歌一阕李白诗："咸阳古道音尘绝。音尘绝，西风残照，汉家陵阙。"丁雁从乌鞘岭出发一路西行，用脚步丈量河西走廊，倾听古道驼铃声，望大漠孤烟，长河落日，赏清泉绿洲，祁连雪山，深情吟诵王昌龄的诗句："大漠横万里，萧条绝人烟。孤城当瀚海，落日照祁连。"玉门关前，风尘如烟的往事今又鲜活呈现，那个时代的阴晴圆缺和风云变幻丁雁让我们真切感受。熠熠闪光的王之涣附身于丁雁，千古绝唱《凉州词》黏附着西域的神秘信息，在他的慨然吟诵中令人心情激动，我们跟着他一起发出"春风已度玉门关"的时代强音。西安古城墙，历史层层叠加，丁雁在古老与现代的交会处感受十三朝帝都的脉搏律动。他抚摸斑驳的古城墙，宛如触摸中华文明的脉络。时间打磨沧桑，城砖倾诉岁月，丁雁在错位的时空中梦回大唐。浩瀚星空中，唐诗中熠熠闪光的"华夏之星"一个个迎面向丁雁走来，携手漫步古城墙，一日看尽长安花。丁雁的脚步正在丈量茶马古道，在这条时光的纵轴上，感受茶马人凭借着勇敢和智慧在险峻的山路书写的传奇。正是这种传奇带来了民族之间的交流，促进社会发展，推动人类进步。丁雁，身在红尘内跋涉，心去云水间滋润，如一朵白云悠悠，似一泓碧水清清，自由惬意。一年四季，丁雁近乎有三分之二的时间寄情于山水之间。

不同的季节有不同的色彩，不同的路途有不同的风景，不同的行走有不同的感悟。"今天的云抄袭昨天的云"（台湾诗人痖弦），今年的景刻录去年的景，那是你没有一双会发现的眼睛。有些人出去旅游，往往会发出"这座山真高""这块石头真普通""爬山真的很累"这样的感受，丁雁能看到这座山的巍峨雄伟，所以能成为皇族祭天之地；这块普通的石头，丁雁却说这是地质运动和风沙侵蚀的结晶；爬山的时候，丁雁告诉大家，经过无数历史人物的踩踏，这条山路具有了厚重的历史感。世界上从来就没有两片相同的叶子，每一次的旧地重游，丁雁都会有新的收获、新的思索。风沙吹老了岁月，吹不走沉淀在岁月中的中华文化，丁雁高举"读行无疆"的文化旗帜，他从一个人的行走到带领着自己的学生共同行走在这片他爱得深沉的中华大地，用渊博的国学知识引导学生去感受沉淀在这片热土的魏晋风度、盛唐气象、宋明理趣。

抖搂一身风尘的丁雁，归来依然少年的丁雁，好似刚刚阅读完一部经典名著，身心依旧沉浸在日月山川描绘的情节之中。行走的丁雁，将旅行作为身体的阅读。他认为，读书是精神的旅行，而旅行又是身体的阅读。读书，是向内旅行，前往精神世界；旅行，是向外读书，探索天地苍穹。在读书的时候想象故事里的风景，在旅行的时候感受作家的内心世界。有准备地出发，有思考地行走，这样的旅行一定充盈而美好。丁雁非常欣赏余光中的一句名言：旅行之意义并不是告诉别人这里我来过，而是一种改变。

满园繁花的院落，一丛翠竹在风中摇曳，沙沙作响。一壶清茶，一缕清风，面对踏云而归的丁雁，你能感受到他内心有着阳光的人生心境。跟随丁雁心游他走过的世界，风光大片在眼前次第展开，心驰神往那山那云和那海。谈兴正浓，不觉暮霭四合，丁雁起身，站立台阶，仰望夜空，右手食指和中指夹着的卷烟跳动一点火红，一缕淡淡的青雾在灯光下氤氲，化开一幅浓浓中国风的水墨画，那是行走中的丁雁心中追逐的画面。和丁雁并肩伫立，感受到他的思绪正在春风沉醉的夜色中荡漾，一首《星星》牵走了他的灵魂，那是芬兰女诗人索德格朗的不朽诗篇。丁雁磁性的嗓音掠过一丝疲惫的沧桑：当夜色降临，我站在台阶上倾听。星星蜂拥在花园里，而我站在黑暗中。听，一颗星星落地作响，你别赤脚在这草地上散步，我的花园到处是星星的碎片。丁雁回眸，欠身微笑，我看到镜片后面的眸底闪烁星光，心境也跟着丁雁沉醉。心即是境，境即是心，山一程水一程的心智顿悟，拥抱过山川的壮阔，丁雁的身心依然沉醉"振衣千仞冈，濯足万里流"的意境，那是一种回归自然的冲动，一种发自天籁的呼唤，一种皈依平凡的眷恋。

每个人经历的风景不同，每个人的活法也不相同。兰居幽谷，兀自芬芳，是低调；莲开一隅，寂静流香，是优雅；梅傲霜雪，暗香扑鼻，是清高。丁雁是蒲公英，穿山越岭，任性而自由地向着未来，随风飘游。有风的地方就有蒲公英，有风景的地方就有丁雁。曾与丁雁共醉四季路，披着晚霞，捧一掬溪水在暮色中遥望一望无际的麦田，聆听他吟诵法兰西诗人保罗·布尔热《美丽的夜色》：溪流被晚霞染成了粉红，缓缓地流过暮色中的麦田。欢乐如脱缰的野马，在我们躁动不安的心田上驰骋。来品味这生活的魔力吧，青春，还有那美丽的夜色，如水波般荡漾而过。曾与丁雁把酒共醉狂，半醉半醒的丁雁将自己的灵魂交给了山川大地，诗情一泻千里，吟诵古人那些闪烁神奇光芒的诗句，"五花马，千金裘，呼儿将出换美酒"，高歌"酒酣胸胆尚开张，鬓微霜，又何妨"，李白、苏轼的灵魂附身，人与自然融为一体，嵇康、阮籍从魏晋走来，竹林七贤的酬唱绝响1700多年后又余音绕梁，我与丁雁醉卧在一片苍翠欲滴的竹林。

丁雁本是一位中学语文教师。师者，所以传道、授业、解惑也。丁雁语文教学的理念是让学生大量阅读经典提升语文素养。随风潜入夜，润物细无声，日积月累的阅读最终转换成学生出色的语文成绩，他独树一帜的教学方法被业内称为丁氏教学法。苏格拉底说过：教育的真谛不是灌输而是点燃，一万次灌输不如一次真正的唤醒。丁雁认为将学生锁在教室里用一学期的时间读一本薄薄的语文书并且做大量的相关练习，那就是一万次的机械的灌输，学生实在是太可怜了。如果学生在学校学习的结果是自己什么也不会创造，只知道机械地照搬照抄、死记硬背，那他的一生永远都是模仿和抄袭。丁雁用德国哲学家斯思贝尔斯的名言作为自己语文教学的座右铭：真正的教育是一棵树去摇动另一棵树，用一朵云去推动另一朵云，用一个灵魂去唤醒另一个灵魂。

学生在初中阶段，正是一个人成长的大好时光，正逢情感充沛、想象丰富、记忆鲜活、生命欣欣向荣的时机，将他们锁在教室里，死读教材，苦于刷题，那是对学生创造力的扼杀，对国家而言，将来会是一笔巨大的损失。"许多孩子，初中几年下来，除了语文教科书之外，没读过什么书。"说起这种现象，丁雁不无惋惜，他觉得对不起学生。他带教的班级，绝不会给学生布置大量的习题，他认为拼命做题目，分数只不过提高几分，但不知浪费了学生多少时间，这些时间就是应该让学生多读书、读好书。丁雁对他的学生说：读书的门槛是最低的，但回报是终身的。丁雁告诉他的学生，犹太人平均每人一年读书64本，当孩子稍稍懂事时，几乎每一个母亲都会严肃地告诉自己的孩子，书里藏着的是智慧，这要比金钱或钻石贵重得多，智慧是任何人都抢不走的。腹有诗书气自华，苏东坡是有感而发的。一个人的气质里，藏着自己走过的路、读过的书和爱过的人。

语文是重要的交际工具，是人类文化的重要组成部分，读书是最便捷的修为。青少年时期，如果阅读了大量的文化作品，接受人类文化精品的滋养，就能形成扎实的文化基础和人格修养。同样，引导学生走向真善美，也需要优秀传统文化的熏陶和滋润。丁雁为班上的学生开出一个书单，要求他的学生一年中阅读经典文学作品不少于10本。"世界上任何书籍都不能带给你好运，但是它们能让你悄悄成为自己。"他用德国作家赫尔曼·黑塞的名言告诉学生读书的重要性。

读书，是一个滴水穿石的过程。丁雁告诉学生，读一本书，你可能感受不到什么变化。读百本书，你会掌握很多的知识和技能，可以游刃有余地解决许多问题。读千本书，你的见识和胸怀就打开了，遇到再大的波澜也能从容应对。生活中的许多不解与疑惑，你都能在书中找到答案。无论是驱赶迷茫还是消弭苦难，读书都是最简单也是最实用的方法。他还告诉自己的学生，读书是世界上门槛最低的高贵举动，用一个汉堡包的钱就可以得到一个作者所有的心思与时间，实在是太值得了。

丁雁引导学生把读书学习作为一种追求，一种境界，一种信仰。同时，他自己也不断地拓宽视野，更新观念，振奋精神，保持一颗年轻上进的心。他引领学生闯入中国文化宝库，在浩瀚的文学瑰宝中，汲取养分，提高修养。学生通读名著之后又一个个揣着名著跟着丁雁走出校园，走进作者生活的时代背景，根据丁雁的导读咀嚼领会名著中的相关描写，抽象的字面转变成活生生的历史人文的画面，学生豁然开朗，大呼过瘾。狄更斯说，对于世界而言，你是一个人，但是对于某个人，你就是他的整个世界。在学生的心目中，丁雁就是他们的世界，他们称自己的老师为"丁哥"。

执教二十四载，丁雁带教的每一届学生都会在他的指导下选择性地阅读中外经典名著，然后他就带领着学生行万里路。丁雁告诉学生，行走和读书一样，是灵魂在别处的一次对话。一个人读了书之后再行路，那么别人看天还是天，看水还是水，你却可以看到不一样的精神世界。他带领着学生走进青浦大观园，拉开无才可去补苍天的红楼序幕，满纸荒唐言中感受曹雪芹一把辛酸泪的悲情。他和学生在杭州西湖泛舟中吟诵苏轼"湖光潋滟晴方好"的诗篇；他在岳王庙前带领学生高歌一曲《满江红》，"莫等闲，白了少年头，空悲切"的绝唱在岳王庙上空回响。他在绍兴沈园吟诵陆游的《钗头凤》之后，又带着学生从百草园走进咸亨酒店，学着孔乙己排出几个铜板，并用手指蘸着碗里的酒写出一个"茴"字，鲁迅的小说《孔乙己》中的孔乙己形象栩栩如生地展现在学生的面前。他在南京浦口车站，解读朱自清的散文《背影》，他扮演朱自清父亲的角色，演绎父亲捧着橘子爬上站台的情景。他沉浸在角色中，禁不住眼泪也扑簌簌流下来了，感人至深。忽而他又站在乌衣巷口背诵刘禹锡"旧时王谢堂前燕，飞入寻常百姓家"的诗句，学生也跟着丁哥一起吟诵。山东曲阜祭拜孔子，讲解孔子的《论语》，开篇即是子曰："有朋自远方来，不亦乐乎。"登上泰山之巅看日出，引出孟子的"登泰山而小天下"的名句。西岳华山品读金庸的武侠小说，书本里面的武侠英雄一个个呼之欲出，兴致勃勃地和学生"华山论剑"摆擂台，金庸笔下的武侠英雄你方唱罢我登场。走进北京的圆明园，体会历史的沧桑变化，长城高歌万里长城万里长。乘坐游船，和学生一起欣赏着长江三峡的壮美，遥想当年李白辞别白帝城的喜悦。登上羊皮筏子漂流黄河，亲手触摸浑浊而激荡的河水，感受着母亲河跳动的脉搏，想象着李白吟诵"君不见黄河之水天上来"的豪迈气概。跨上骆驼走丝绸之路，用心灵感受"西出阳关无故人"的那份凄美和悲壮。

丁雁带领着学生，带领着学生的家长读行无疆，行走中华。风带动着丁雁的衣摆和裤脚，脚印落在祖国的山川大地。犹如战场上的三军统帅，丁雁指挥着学生投入作品情境之中。阳光下熠熠生辉的丁哥，眸底闪动骄傲自信的光芒，金属般的嗓音吐出字字珠玑，一气呵成。河西走廊，茶马古道，长城脚下，兵马俑前，都有丁雁带有金属感的声音在风中传播。学生和家长全部簇拥在丁哥的身边，心随境转，境跟情走，在与大师的灵魂碰撞中走进大师的作品，语文课本中司马迁、李白、苏轼、曹雪芹……一个个距离遥远的形象朝着学生走来，立体地展现在他们的眼前，学生甚至是家长在丁哥的带领下和大师们进行一场穿越时空的对话。在历史的触摸中学生看到了雄起的大汉、发光的大唐，五千年的中华文明在这片沧桑的土壤沉淀，五千年的华夏文化在这片古老的大地折叠，学生有了切身的体会。

行走天下学语文，走进历史学语文，学子们跟着丁哥的声音走进中国文学的滥觞，《诗经》，楚辞汉赋，唐诗宋词，明清小说，丁哥娓娓道来，令学子们进入"不知魏晋，无论秦汉"的状态，学生用这样的方式学习语文，想不沉醉其中都难。"读行无疆"的麾下，逐渐有更多的家长也和自己的孩子一起跟着丁哥享受行走中阅读的乐趣，接受中华传统文化的洗礼。

丁雁创办的两个文化品牌"南山书房"和"读行无疆"践行在学习中行走、在行走中学习的教学理念，他带领莘莘学子沉浸于一种物质以外的升华的世界，让学生真切地感悟到越是热爱读书就会越优秀，而越优秀的人会越发热爱读书，读书能在润物细无声中提升一个人的文化修为。于是乎，学生在丁雁的带领下，走出课堂，揣着书本读行无疆。立足于天地之间的学生，在丁雁的循循引导下触摸历史，和古人交流。当丁雁金属般的声音飘入学生的耳膜，自然而然，学生会让自己的世界安静下来，他们跟随着丁老师的解读穿越书本中的珠玑文字，进入一个阅读的境界。置身在这样的阅读环境，学生真正感悟到读书和不读书的人，眼睛中所看到的世界是不一样的，甚至连人生都是不一样的。学生的灵魂有了一个新的高度，所以他们阅读出了自己的人生感受。

我始终认为，生命的高贵和价值，是以灵魂的高度来衡量的，一个人真正的高贵，是灵魂的丰盈。灵魂的丰盈，在瞬间往往会演绎成一种无法抗拒的魔力，让所有的骄狂不再时尚。一个人的灵魂高度，才是人生真正的厚度。灵魂的高度是一种品质、一种修养、一种境界，一个民族有一些仰望星空的人，这个民族才有希望。丁雁为培养国家有灵魂高度的未来之才"董道而不豫"，无怨无悔。

飞瀑之下，必有深潭。若干年后，学生的语文成绩都有了质的飞跃，行走中的阅读成为丁雁个性化语文教学的一张名片。在这个人才辈出的时代，幸遇丁雁这样的教师，学生是幸运的、幸福的，他们的语文教师丁哥，甘将心血化时雨，换作桃花一片红。

一个人上升到了足够优秀的高度之后，所有人都不会视而不见。盛名之下的丁雁，投入其麾下的学生趋之若鹜。学生有丁哥，犹鱼之有水也，为求良师，丁门立雪。硬核丁雁，风光无两，成为平和国际双语学校的佳话。

丁雁是中华文化的传播者，这是许多人对丁雁的评价。南山书房和读行无疆是丁雁弘扬国学的两个文化平台。于丁雁而言，文化传播乃语文教学的延伸，他告诉学生，足迹有多远，心底有多宽。心宽，你才会快乐。揣着书本走天下，在历史的交会处走进书本中的文字，走进先贤曾经生活的世界，阅读他们，了解世界，浸濡文化的熏陶，你怎么会不快乐? 又怎能不心宽? 不忘初心的丁雁为了提升学子的文学素养，拓宽学子的文化视野而创办南山书房和读行无疆，就这样一路走来，走着走着，南山书房声名鹊起，成为传播国学文化的舞台。

怀有"先天下之忧而忧"情怀的丁雁意识到中华民族的形成，中华文化的凝聚力，靠着一代又一代中华文化的传承人用不断创新的传统文化来哺育我们的民族，为中国社会的稳定和延续做出贡献，这就是文化的软实力。托尔斯泰有句名言——英雄主义是在于为信仰和真理而牺牲自己。从小就有着英雄主义情结的丁雁一直活在他的信仰和追求中，某一天他突然有了顿悟，立志做一名国学文化的传播者和传承人。没有信仰的人的生活，无非是动物的生活。丁雁决定，"从明天起做个幸福的人，和每一个亲人通信，告诉他们我的幸福，那幸福的闪电告诉我的，我将告诉每一个人"，丁雁告诉每一个人，那道幸福的闪电就是他的顿悟。从明天起，南山书房将迎来质的飞跃，丁雁将守着南山书房的书香，心无旁骛，传承国学，默默地做一个"麦田的守望者"。从明天起，丁雁将吹起读行无疆的号角，走进时光的深处，手握文学名著，在历史的回响中唱响语文教学的赞歌。

树立南山书房的品牌，高举读行无疆的旗帜，丁雁踏上了一条"路漫漫其修远兮，吾将上下而求索"的道路。他毅然决然地辞职离开学校，专心做大做强南山书房的品牌，一路高举读行无疆的旗帜，无怨无悔。学校、家长和学生，还有丁雁的亲友都万般不舍地看着丁雁那种很潇洒地"挥一挥手，不带走一片云彩"的告别。有多少人在怀疑丁雁的这个决定是不是一时兴起，也有人认为丁雁这样的举措是沽名钓誉，丁雁被贴上了标新立异的标签。然而，又有多少人能理解丁雁此时肩头的重负？丁雁选择了沉默，他宁愿被误会，也不愿做解释。一滴墨，可以浑浊一杯水，难以浑浊一条河，因为有容乃大。一句话，可以破坏一时的心情，难以决定人的一生，命运在自己的手中，因为路在脚下。一次意外，可以让步履沉重，却难以销蚀执着的追求，因为敬奉信仰。

丁雁要让时间为自己的选择说话，他走着自己的路，看着自己的风景，活出自己的生命节奏，咬定青山不放松，只是为了心中的那片诗和远方。南山书房和读行无疆在一片质疑声中艰难地踽踽前行，南山书房在风雨之中慢慢成长，南山书房终于惊艳了时光，惊动了世人。读行无疆的脚步则延伸到大江南北，长城外，古道边，有读行无疆的文化旗帜飘扬，茫茫大漠，茶马古道，有读行无疆的琅琅读书声。掌门人丁雁回首看着自己这几年走过的路，感慨万千。这一段旅程，是那样熟悉而又陌生，曾经彷徨过、哭过也笑过，眼前浮现着漂泊的身影。多少年后，听丁雁演唱祁隆的这首《人生路》，我们都跟着他泪水盈眶，个中滋味，唯丁雁知晓，但我们亦明白。

南山书房定时定期传播文化经典，复旦大学著名的哲学王子王德峰教授和复旦大学著名的文学教授骆玉明也成为南山书房的客座教授。南山书房开设的"四书五经""西方哲学"等课程，往往是一票难求。走进浦东黄杨路那条深深的巷子，夜深人静时，灯火璀璨依旧的正是南山书房。浓郁的书香气息在南山书房悄然弥散，熏陶着"秉烛夜读"的学子，他们从四面八方、各个岗位纷至沓来，此时此刻是他们一天中最幸福的时光。名家在南山书房讲经典，经典在南山书房咏流传，他们称自己是最幸福的人。身心在南山书房的书香中浸润，让平淡的时光绽放异彩，镌刻出生命中的最美，焉能不幸福？

在敦煌大漠仰望星空的时候曾经问丁雁，守着平和国际双语学校这么好的平台，怎么会突然想起创办南山书房和读行无疆这两个文化品牌？这实在是烧脑又烧钱的选择。文化没有强有力的经济的支撑，很难运作。物质决定精神，最简单的哲学道理，这可是我们奉为圭臬的马克思主义学说。丁雁陷入沉思，也许很多人都问过他这个问题，也许很多次他在解答这个问题，丁雁的回答也许是标题式的口号，因为世俗最容易从道德的高度做出合乎他们思想逻辑的评价，他们需要丁雁程式化的回答。看过相关的报道，描述丁雁创办南山书房是为了民族的复兴，中华的崛起，是为了弘扬华夏文化，传承中华文明，多么伟大的评价！如今在大漠的深处，双手拥抱满天的星辰，身心回归广阔的大地，思绪穿越时间的河流，人性的本真和自然的原始撞击出来的火花那才是丁雁最真实的想法。

仰望夜空，璀璨的星空下分明看到丁雁镜片后面熠熠闪光的眸子，他的眸子里盛满了星星的碎光。丁雁凝视着满天星斗，打开自己的心扉，缓缓道来："我的初衷只是为了让学生多读一点书。韩愈在《符读书城南》中说：'木之就规矩，在梓匠轮舆。人之能为人，由腹有诗书。'多读书才会有学问，有学问，你的气质才会与别人不一样。当今的语文教学，学生一个学期守着一本语文书反复啃读，太可怜了。"话匣子一打开，丁雁就口若悬河："后来发现很多学生的家长也喜欢上了南山书房的课程，家长又口口相传，越来越多的人知道南山书房是一个文化传播的平台，纷纷加入进来，这个时候，我才重新定义南山书房的文化地位。"趁丁雁深深吸一口烟的空隙，我插上一句话："所以说，南山书房的发展是循序渐进的，并不是像外界所说的一开始就高举弘扬国学的大旗传播中华文化。"丁雁点头肯定："我还没有这么高尚，我创立南山书房和读行无疆，还指望着赚钱养家糊口呢。"诚如丁雁所言，离开平和国际双语学校后，他就失去了一份优渥的收入。

回归本真的丁雁继续侃侃而谈："北宋大家张载的'为天地立心，为生民立命，为往圣继绝学，为万世开太平'我特别推崇，'横渠四句'中的'为往圣继绝学'我还能尽一点绵薄之力。中华上下五千年，无数圣贤留下千古不朽的名著，这是我们中国人的精神命脉与道统所在。辉煌灿烂的文化蕴藏着优秀的民族精神、丰富的文化内涵，老祖宗留下的瑰宝不应该随时代的变迁而失去光彩、失去生命力，这座宝藏亟待我们去发掘、去弘扬。所以南山书房走着走着，就走到这个层面上来了。"

博大精深的中国传统文化凝结着哲学思想、人文精神等一以贯之的文化基因，中国传统文化是我们最深厚的软实力，代表着中华民族独特的精神标志。观乎人文，化成天下，南山书房为弘扬中国传统文化提供了平台，读行无疆营造阅读文学作品的氛围，拓展阅读文学作品的空间，这是丁雁对学生进行文学熏陶的重要策略。"恬澹无人见，年年自长清"，走下三尺讲台的丁哥，引领学生追寻五千年中国文化的渊源，在历史的交会处授业解惑中国的传统文化，年复一年。丁雁走自己的路，不在乎他人的评价，岁月最终让南山书房和读行无疆两大文化品牌傲立于上海滩。

丁雁，我眼中的丁雁，其实是妥妥的一枚斜杠青年。他是一位诗人，是一位中学语文教师，是中国传统文化的传播者和传承者，是南山书房和读行无疆的掌门人，还是一位体育活动的爱好者。绿茵场上，篮球架下都有丁雁活动的身影。一个远距离的三分球如一道优美的弧线划过你的视野，稳稳当当钻入篮球筐，名副其实的灌篮高手。丁雁对吴侬软语的江南评弹也有着不俗的鉴赏能力，能如数家珍般细说蒋月泉、严雪亭、徐丽仙等大家的流派和代表作品，兴之所至还能哼几句"蒋调"，颇有蒋月泉的韵味。丁雁还是一位摄影爱好者，深厚的文化底蕴让丁雁的摄影作品有一种唯美的画面感。丁雁更是一位老饕，对美食颇有讲究。仅仅一碗面条，就能如数家珍般地说出几十种烩制的方法。天南海北的各种面食，丁雁都能说出个所以然。这么多年来，丁雁一直保持着每天早上吃一碗面的习惯，为了吃一碗心仪的面，他会开车半个多小时寻找朋友推荐的面馆。丁雁认为犒劳好自己的胃，养出健康的身体，修出一颗积极的心，才能打起十足的精神，扛起生活的重负，撑起自己的热爱，追逐心中的梦想。此外，丁雁享有酒仙的雅号，据说，凡中国的白酒，丁雁只须用嗅觉就能评论这瓶酒的子丑寅卯，令人咋舌。丁雁还有一段人生的传奇，他曾经下过海，经过商，做过名义上的村办工厂的厂长。丁雁还写过书出过书，丁雁写的书，一版再版总计有五次。传奇的丁雁，果真是一枚妥妥的斜杠青年。

我认识丁雁整整 26 年了，他是我的学生沈啸的同事和好友，当时都在卢湾区教育学院附中担任初中的语文教师兼班主任。20 世纪 90 年代，中小学教材的辅导读本市场需求量很大，出版社都热衷于出版五花八门的辅导教材。我也受出版社的委托，负责撰写一整套全新版本的小学语文教材辅导读本。我让我的学生沈啸做助手，沈啸又推荐了他的两位同事——丁雁与何周一起参与，我和丁雁由此而熟悉。

　　第一次见到丁雁，是在1995年秋天。我到卢湾区教育学院附中寻找沈啸，他正在上课，我就在办公室等候。办公室不大，教师们的办公桌挤挤挨挨地占据着大半个空间。一长溜办公桌的最里边，靠窗有一位年轻的男教师正埋头批改作业，专心致志，根本不理会走进办公室的陌生人。沈啸下课回到教室，他才抬头，我们的目光有了交流。沈啸热情地向他做介绍："这位就是夏老师。"起身，挤过逼仄的过道，走到我的面前笑着招呼："夏老师，我是丁雁，一直听沈啸说起您。"眼前的丁雁，穿一件浅黄色的休闲西装，修长的身体挺得笔直，清癯的脸庞透着与生俱来的儒雅。那一年，丁雁25岁，风华正茂的年纪。

　　当晚我们仨加上何周在附近的一个餐馆小聚，商讨这套小学语文课本的辅导丛书如何编撰才能在众多的辅导教材中脱颖而出。三个年轻人恰好是同龄人，又都是语文教师，思维都很活跃。我鼓励他们各抒己见，三条河流都开了闸，无法关住他们决堤一般的汹涌思潮。那次的晚餐延续到夜阑，撰写的思路基本厘清，丁雁领命负责中年级语文课本的辅导教材编撰。我要求他们先各自试写一篇语文课文的辅导教材，一周后带着"作业"到我家碰面。

　　其时，我住在淮海中路瑞金一路拐角处的瑞金公寓，卢湾区教育学院附中距离我家也不远，三个年轻人出于共同出书的缘由，且我又

1992年，刚刚走上教育工作岗位的丁雁

身为主编，故而他们每周五的傍晚都会定时到我家碰头，就撰写过程中遇到的问题共同探讨解决的方法。互动的次数多了，相交的时间长了，我和丁雁、何周也就熟悉得很，我对他俩的感情一如对待我的学生沈啸那般。在和丁雁接触的过程中，总觉得这个丰神俊朗的大男孩举手投足都充满年轻人独特的魅力，然而偶尔又会有一缕时隐时现的忧郁划过眉梢，让你忍不住想去关心他。随着辅导教材的编写不断深入，有些问题也显现出来了，我需要跟沈啸、丁雁、何周三位分别交流探讨，所以，每个周五由四个人的集会临时改成一对一的见面，然后我们四个人再集中见面，如是循环。

丁雁第一次单独到我家是一个深秋的周五，那天正好下着雨，我家门铃响起，开门看到丁雁湿漉漉地站在我家的门口，他的雨披包裹着一沓手稿。赶紧让丁雁用干毛巾擦拭，又找出一件我穿的 T 恤衫让丁雁换上，并递给丁雁一杯热茶，让他先歇息片刻。丁雁感动地看着我所做的一切，心里暖暖的，连声说着谢谢。那晚，和丁雁交谈了三个多小时，其中有一半时间是海阔天空。时针指向深夜 11 点，丁雁告辞。户外的秋雨越下越大，还伴着电闪雷鸣。丁雁家住在虹口区，骑车回家至少还要 40 分钟，遂挽留他在我家住上一晚。丁雁没有推辞，也许是一场深秋的雨势留住了他，也许是教师的真情留住了他。那一晚，在丁雁客居的房间里，我俩又有了打开心扉交流的时间和空间。丁雁见我的书架上有一本马尔克斯的《百年孤独》，脱口而出：生命中曾经有过的灿烂，原来终究都需要用寂寞来偿还。丁雁从书架上取书，翻阅出书中这一句经典名言。风雨交加的秋夜，在我家的客房里，和丁雁守着淡淡的书香聊起了马尔克斯，听他吟诵《百年孤独》中的一些富有哲思的名句。深秋的夜，秋夜的雨，守着一卷名著，品读名著中的名句，风声雨声读书声，声声入耳，读书人的精神世界就是这么美好。苏联作家格拉特科夫有名言：书籍使人变得思想奔放。围绕马尔克斯，我和丁雁敞开心扉，畅所欲言，我们找到了共鸣。

两个月后的又一个周五，轮到丁雁来我家。这次见面之后，按时间约定，三个年轻人的初稿应该都完成了，我们四个人再集中聚会两次后，他们仨就得递交完整的手稿。待我统稿完毕，提出修改意见，他们再做一次调整，就可以交给出版社了，四个人的合力之作也就大功告成。但是那一晚，丁雁爽约了，他没有来，不知何故。第二天，沈啸打电话到我家，电话中我惊闻丁雁父亲离世的噩耗，心头一震。沈啸继续告知，丁雁的父亲罹患沉疴已有段时日，这两个月中，丁雁教书写书、陪伴父亲，身心交瘁。闻之，心不由得一沉，搁下电话，半晌无语，总觉得有些对不住丁雁。几天后，沈啸来我家，送来丁雁完成的手稿，一沓誊录得整整齐齐的手稿。稿件中，还附有一张字条，上面写着抱歉的话语。

这套小学语文辅导丛书被出版社用最快的时效推向市场并获得成功，马上就全部售罄，紧接着就不断地再版。从出版社领取了第一笔稿费，我在第一时间就骑车前往卢湾区教育学院附中，准备给沈啸他们送去一份惊喜。跨入校门，迎面碰上丁雁，他正在打篮球。远远地看到我，丁雁一个篮板球，将篮球投入球筐后，挥动汗水朝着我一路小跑而来。没等丁雁开口，就将一个大信封递到他的手里，还是有些沉甸甸的，丁雁稍稍愣怔，随后连声说谢。我俩一起喜滋滋地去找沈啸、何周。

我们相约在雁荡路上的洁而精川菜馆大啖一顿，庆贺合作成功。挑了个日子，我们开心地聚在了一起。那一晚，觥筹交错，醉意阑珊中，我闻知卢湾区教育学院附中即将停办，所有的教师可能会分流。上海中心城区的人口逐渐向城市的边缘输送，生源减少，学校自然逃脱不了合并转轨的命运。欢悦的气氛瞬间笼罩着伤感，多年情感付出的学校，即将被时代的潮流淹没，百感交集萦绕在三个大男孩的心头。丁雁往自己的酒杯里倒上满满的一杯啤酒，仰头一饮而尽，抹着嘴角仰天发问："问苍茫大地，何去何从？"沈啸回敬丁雁："车到山前必有路。"何周的酒杯和丁雁、沈啸的酒杯碰在一起，伤感的话语令人唏嘘："天下没有不散的筵席。"那一晚，他们都喝醉了。唉，多情自古伤离别，明天歧路忽西东。卢湾区教育学院附中是他们的精神家园，那里曾经放飞过他们的青春梦想。

从洁而精川菜馆出来，街头路灯下，三个年轻人相拥在一起，他们不忍挥手就此别过，执手相看泪眼，竟无语凝噎。我作为一个师长，看着他们仨的感情起伏，也禁不住眼眶潮湿。丁雁吟诗与沈啸、何周告别："与君离别意，同是宦游人。"只身一人，从四川来到上海打拼的何周，慷慨激昂："海内存知己，天涯若比邻。"志向高远的何周，从西南师范大学中文系毕业后，被卢湾区教育局招聘到上海，分配至卢湾区教育学院附中任教，但何周一直怀揣着做一名律师的梦想。沈啸接口："无为在歧路，儿女共沾巾。"学生沈啸年长丁雁、何周一岁，卢湾区教育学院附中的"三剑客"，推沈啸为首。那一夜在洁而精川菜馆门口的曲终人散，也许真的是卢湾区教育学院附中"三剑客"的一次人生绝唱。

又一个学期过去,卢湾区教育局解散区教育学院附中的行政指令终于下达,教师们都被分流到区属的其他中学。也有教师借此机会做出另外的选择,离开学校,投向更大的人生舞台。"三剑客"终于成为一段过往,"三剑客"也面临人生的一次重大选择。何周想借此机会改变一下自己的人生轨迹,深思熟虑后做出参加律考的决定,在获得律师资格证书后,最终去了锦天城律所。沈啸先去了李惠利中学,不久又跳槽到了友邦保险公司,在管理层面工作。丁雁在犹豫,学校里两个最好的兄弟改变了自己行进的航向,踏上一条全新的征途,他该何去何从?他陷入了两难境地。其实,他还想继续做一名语文教师,但是,当传统教育的理念与丁雁先锋的教学方式发生冲突时,卢湾区教育局最终没有留下丁雁。

丁雁行吟黄浦江畔,与黄浦江流水默默对话。滔滔江流水,滚滚向东流,"逝者如斯夫,不舍昼夜"。丁雁对着流水心绪起伏意难平,以往的学校,以往的"三剑客",转眼就成为过眼烟云。他问黄浦江水:微斯人,吾谁与归?丁雁就像一只趴在玻璃上面的蜜蜂,他看着前方鲜花盛开,灿烂似锦,但却找不到出路。丁雁再一次站在学校的大门口,望着曾经寄托他理想的地方。人去楼空空寂寂,丁雁黯然离开。

沈啸告知我丁雁目下的处境,遂邀请丁雁到我家小坐。甫一见面,直奔主题,建议丁雁尝试着换一种生活方式,既然暂时回不了学校,那不妨试着投入商海学学游泳。丁雁稍稍愣怔,他从来就没有想到走经商这条路。我的另一位学生盛翼明从隔壁房间走出来,我介绍他和丁雁相识。盛翼明是上海某证券公司一个营业部的总经理,志存高远,一直想着从体制内走出,在商海中搏击一把。他向丁雁敞开心扉:"人,就应该勇敢地搏击,只有今天的埋头,才有明天的出头。只有努力过,你才会发现自己的价值。"盛翼明的昂扬激情感染了丁雁,又听说我也有意加入,重情重义的丁雁毫不犹豫地答应加入我们的团队,三个人抱团试着在商海学习游泳。

下海经商,意味着要重塑自我。重塑自我,就是重新出发。重新出发,就是要离开原有的自我,离开原有的空间,在新的时空找到生存的方式。那一天,我们仨站在我家的阳台上,看着楼下车水马龙的淮海路,各抒己见,三个人共同描绘创业的蓝图,思索创业的定位。反复讨论,来回推演后决定先注册成立一个贸易公司,利用熟悉的人脉做一些贸易。上海有两家四星级以上的宾馆的老总是我的好朋友,盛翼明有朋友开工厂生产各类宾馆所需的毛巾，我们不妨做工厂的代理商、宾馆的供应商，摸着石头过河，试一试商海的深浅，再慢慢寻找新的方向。

不久，缯运贸易公司正式成立。缯，丝织品的总称，运为好运、运气。缯谐音从增，意味着宾馆毛巾的贸易能给我们增添好运。公司注册在嘉定经济开发区，营业执照还是丁雁骑着自行车赶到嘉定亲自取回来的。当晚，我们仨在盛翼明的家还小小地庆祝了一番，醉意阑珊中三个人似乎都看到了那幅飘浮云间的蓝图。

缯运贸易公司初创，被拉下海的丁雁最辛苦，他和我一起去宾馆见老总，老总又安排宾馆销售部的经理和我们对接。谁知我们动了销售部经理的奶酪，他对我们送去的样品百般挑剔，设置障碍。我一纸诉状送到宾馆老总那里，老总拍板，就用缯运的产品。销售部经理无奈，只得接受，却提出要考察我们的工厂，理由是宾馆从来不和中间商做生意。

煮熟的鸭子岂能飞走，"三驾马车"一路赶到南汇盛翼明朋友的工厂，商议良策。最终决定由丁雁出面担任工厂的厂长，让正牌的马厂长腾出自己的办公室给丁雁，丁雁既是厂长又是缯运贸易公司的销售部经理，马厂长则是负责生产的技术副厂长，盛翼明是缯运贸易公司的总经理。其时，我还在体制内享受着教师编制的待遇，因为没有坐班制，自由度很高。我们仨和马厂长一起布置丁雁的办公室，还特地放了一张丁雁的照片在办公桌上。工厂大门的两边分别挂上毛巾厂和缯运贸易公司的牌子。细心的丁雁，在工厂兜了一圈之后，又特意走出厂区观察工厂周边的环境。不远处，有一所乡镇学校，琅琅读书声翻过校园的围墙送入丁雁的耳膜，学生正在朗读陶渊明的《饮酒·其五》：采菊东篱下，悠然见南山……此中有真意，欲辨已忘言。丁雁停住了脚步，望着学校，长久不语。我就站在丁雁的不远处，知道他的心飞到了校园，那里是他魂牵梦绕的地方。

丁雁久久地站在校园的围墙外一动不动，我注视着丁雁的背影，我看到了丁雁摘下眼镜抹眼角。男儿有泪不轻弹，只因未到动情时，那一刻，我真的是别有一番滋味在心头，实在是不忍心打扰丁雁，悄然回到工厂。我默默地对丁雁说，你就多沉浸一会儿，围墙内的校园才是你的世界，我能读懂你。这个场景此后一直在我的眼前晃过，那是一个真性情男孩的真性情流露。我一直在想，丁雁给自己创立的文化平台取名南山书房，是不是和那一天的场景有关？

几天后，考察流程走完，宾馆和缯运贸易公司签订第一份一整年的供销合同。一周后，宾馆的第一笔付款汇到缯运贸易公司的账户，"三驾马车"尝到了下海经商的甜头。尔后，丁雁和盛翼明又继续敲开第二家宝钢宾馆的大门，慢慢地，有好几家四星级以上宾馆的老总手里都有了丁雁的名片。

　　下海经商终究是丁雁人生的一个小插曲，即使能赚再多的钱，也收不住丁雁的心。我后来看了一部美国大片《肖申克的救赎》，有一句台词感动了我，有些鸟儿是关不住的，因为它的羽毛太鲜亮了，它的翅膀上注满了自由的光辉。我想起了丁雁，那一天在南汇的乡下，丁雁站在校园围墙外面的身影瞬间占据了整个银幕。

　　丁雁下海的时间很短，他在校园的院墙之外兜了一个圈子又回到了学校——虹口区教育局向丁雁伸出了橄榄枝，安排丁雁在运光二中教学初中语文。与此同时，我也从学校跳槽到上海国际会议中心工作，从一个不用坐班的自由身教师变成一个天天打卡的行政管理人员，时间就此被局限在固定的空间。缯运贸易公司唯有盛翼明坚持着，不离不弃。又坚持一段时间后，盛翼明也有了新的人生坐标，缯运贸易公司逐渐处于停摆的状态。我们仨下海从商的经历就像天空中的一颗流星，在夜空中也有过一道闪亮，但最终成为一道回忆。

　　又一次回归校园，教学大楼长长的走廊里丁雁的身影再现。脚步跨进教室，莘莘学子青春的气息在穿梭流动，多么熟悉，多么亲切。重新面对学生的那一刻，曾经在讲台前燃烧自己光焰的历历往事顷刻间化作一把事业的火炬，一个全新的教师形象被这把火炬照亮，教育领域注定要出现一颗闪亮的新星。丁雁向全班学生深深鞠躬，这一鞠躬，正是丁雁对他所从事的教育事业的一种宣誓：三尺讲台存日月，一支粉笔写春秋。在外漂泊一段时间之后，丁雁又站上了他钟情的讲台。从这一刻起，丁雁的人生画出了一条漂亮的弧线，他辛勤耕耘在教育园地，荣誉接踵而至。

　　2005年，丁雁在虹口区运光二中教学6年后，平和国际双语学校盛邀丁雁这位虹口区的优秀班主任加盟这所刚刚创办的民办学校，丁雁考虑一番后跨入了"平和"的校门。其时，在语文教学领域不断探索的丁雁也亟须有一个能支持他语文教学改革的平台，以应试教学为主流教育的公办学校很难支持他"不拘一格"的语文教学理念。"平和"是一个全新的跟国际教学接轨的教育平台，思想前卫的校长欣赏生气勃勃的丁雁，支持他大刀阔斧地对传统的语文教学方法进行改革，丁雁教学生涯的黄金时代正式拉开帷幕。

来到"平和"，如鱼得水的丁雁潜心研究语文教学，摸索出一套全新的丁氏语文教学法，在语文教学园地刮起了一股清新的风。学生跟着丁雁学语文，豁然开朗，原来语文可以这样学；家长闻知丁雁这样教语文，恍然大悟，原来语文可以这样教。丁雁沉醉在自己的语文教学天地里，脚踏实地一步步向前走，衣带渐宽终不悔，为伊消得人憔悴，他最终站在了自己事业的最高峰。

丁雁语文课的最大特色是突出重点，精准讲解；循循善诱，阅读经典；行走天下，讲读结合。一般的教师，上课总要备课写教案，将一篇课文拆分成若干部件，逐一讲解，最后归纳总结。丁雁则不然，他直接把课程讲解成一篇文章，提笔过渡、引经据典、总结收束，浑然天成。

在丁雁的课堂上，语文课本并不重要，一半的课文丁雁不讲授，经他授之以渔的学生完全能自学带过。有时候，他在课堂上翻着教材反问学生，这篇课文，大家通读一遍后再回答我，值得上一节课吗？学生说值得，丁雁就讲解一遍；学生说不值得，丁雁就干脆略过。丁雁解释，他并没有鄙薄教材的意思。他说："语文课本中不乏好教材，比如《孔乙己》这类文章，人物塑造，环境描写，都值得回味，必须引导学生细细品读，可以起到举一反三的作用。还有一些古代经典作品，不妨多用几节课讲解，要讲出其中的精髓，引导学生沉浸其间，品味古典文学的魅力。这样的讲解，学生不仅是对一篇文章的理解，而且还懂得这是一个时代的人情与思想。"有记者采访丁雁时，连着听他两节初三年级的复习课，从唐到宋，简直是一次古代历史文化大串讲，一气呵成，学生的心都被丁雁牵着进入丁氏语文教学的情境，这样的语文课，岂不令人耳目一新？

丁氏语文教学，尤其注重学生的阅读，他要求学生必须用足够的时间整本地阅读中外名著。他给学生布置了阅读作业：一年时间须读完金庸14部作品的36本书，七年级的学生读完《水浒传》后再阅读《悲惨世界》《简·爱》《复活》和《基督山伯爵》，这些名著涵盖英、法、俄这三个西方近代文学发祥地的国家，是西方近代文学史上的代表作。于初中生而言，这个阅读量显得相当大。这些大部头的名著，人物构成复杂，初中生区区十几年的人生阅历，如何去理解其中的滋味？让没有人生阅历的中学生潜心于阅读这些大部头的作品，实在是太难太难。名著与现实生活距离遥远，学生很难走进作品与作者共同呼吸，捕捉作者的灵魂。

当今信息化的时代，网络阅读不断地替代书本阅读。阅读是一种有重量的精神运动，学生如果不捧着书本阅读，最终损失的是时间的纵深和历史的厚重。丁雁告诉他的学生，书，就像一扇门，透过这扇门，你可以看到别人如何总结这个世界，如何想象这个世界。一本书可以让你知道，从古到今跟你有同样烦恼，并且同样在寻找答案的人有很多，当读过很多书后，你会觉得你自己并不孤独。接下来丁雁采用讲读结合的方法，将作品的内容逐一梳理，包括人物相关背景介绍、难点分析。一方面，让学生努力阅读；另一方面，借助直观的影视作品，帮助学生身临其境地理解。第三步，学生在阅读丁雁指定的名著后让他们带着一知半解向自己的丁哥提出五花八门的疑问，这正是丁雁想要的读书结果，说明学生有了阅读基础，后面就需要在丁哥的引导下初步理解作品的内涵。丁雁胸有成竹地为学生解疑答难。比如，学生在读完金庸的作品后，他就告诉学生，在金庸的小说里，不仅有江湖功夫，还有各类文化知识，涵盖三山五岳、琴棋书画、笔墨纸砚，还有各类鲜活而有血有肉的人物。学生在丁雁的点拨下，如醍醐灌顶，豁然开朗，这打打杀杀的背后蕴含的是博大精深的中华文化。

学生在初三的时候，丁雁要求他们读《红楼梦》的前八十回，这个年龄段的学生读《红楼梦》，无异于啃一部天书，很多同行也明里暗里地调侃丁雁的异想天开。丁雁不以为然，他有让学生沉浸在红楼的本事。他告诉学生，在《红楼梦》里能看出现代意义，比如，贾宝玉对女性的理解、对人性的洞察，这在《红楼梦》之前的作品里是找不到的，即使国外同时代的作品，这方面的刻画也无法超越《红楼梦》。《红楼梦》里的花花世界，除了热闹之外，还有情感、思想、悲怆，《红楼梦》中的人物形象丰富，而且里面还有服饰、建筑、美食等内容的描写。所以说，阅读《红楼梦》，读的不是一本书，而是一个无比广阔的文化世界。"阅读经典文学的价值，不仅在于愉悦，也在于人情的洞察，生命的体验。"丁雁对他的学生如是说。

丁雁在学生的眼里是大神，学生在大神的启迪下读完了《红楼梦》，他就组织学生定期交流，每一次的交流都针对某一话题，每周一到两次，让《红楼梦》成为孩子们课堂内外的共同话题。比如，针对林黛玉的小性子，学生从《红楼梦》里枚举各种例子证明自己的观点，你来我往，各抒己见，引经据典的争辩中自然能体会到"横看成岭侧成峰"的妙处。一个人的视角盲区被另一个人看到，经验重叠，增加理解的深度。

丁雁还会用各种方法激励引导学生阅读，定期组织学生开展知识竞赛等主题活动，他还鼓励学生自己出题自己解答，用以培养学生独立思考的能力。每节课他都会留给学生一些时间，让他们分享自己的读书心得，既有利于读书交流又培养学生听说读写的综合能力。业余时间，他会辅导一些学有余力的学生，推荐他们去参加一些活动和竞赛。如古诗文大赛、作文竞赛、主题征文活动、演讲比赛等，获奖的学生无数。

作为丁雁的学生，最激动人心的事情莫过于跟着丁雁身临其境这些阅读过的经典世界，读行无疆让学生的阅读获得质的飞跃。学生读完《水浒传》，丁雁组织行走活动，带学生到山东济宁梁山，学生双脚踏在 1000 年前梁山英雄聚众起义的土地上，历史的风云在水泊梁山翻卷，一个个梁山英雄呼之欲出。读完《红楼梦》，学生跟着丁雁去大观园，怡红院里分析贾宝玉的叛逆性格，潇湘馆中体会林黛玉"风刀霜剑严相逼"的感受，蘅芜院内剖析薛宝钗安分随时、自云守拙的性格特征。然后让学生通过抽签扮演角色，穿着应景的服饰，展开人物体验，每个角色都按照各自的身份说话。丁雁抽到了王熙凤，按照角色的扮演规则，学生都喊他"二奶奶"。这样的读书，学生能不过瘾乎？

丁雁带着学生读行天下，走遍大江南北，长城内外。仅一条河西走廊丁雁就带着每一届的学生和家长行走了 10 多次，还要继续行走。他说，向西行，河西走廊是丝绸之路的必经之地，五千年的中国文化在河西走廊沉淀，博大精深的河西走廊可以说是中华文明的发端之地。文化使者丁雁向学生讲述张骞凿空、卫青和霍去病抗击匈奴，安定河西走廊，设河西四镇的历史。面对茫茫大漠，丁雁告诉学生什么叫"西出阳关无故人"，夕阳西下，丁雁穿着印有"读行无疆"徽标的黑色 T 恤，短短的头发在夏风中飞舞，整个人都浸染在金黄的阳光里，那模样俊朗极了。丁雁张开臂膀，气出丹田，声震云天，"大漠孤烟直，长河落日圆"的声音久久回荡，震撼人心，赤子的情怀所流露出来的激情令人热泪盈眶。难怪学生的家长感叹，自己的孩子能碰到丁雁这样的教师，三生有幸。每年的招生季，要进入丁雁带教班级的学生那真是挤破了头。

读行无疆是行走中的阅读，这面文化的旗帜每年都在中华大地飘扬。在绍兴兰亭，王羲之《兰亭集序》中的曲水流觞再现千年前文人雅士的饮酒作诗、奏乐合唱的场景，学生跟随丁雁吟诵：此地有崇山峻岭，茂林修竹，又有清流激湍，映带左右，引以为流觞曲水，列坐其次……情景交融的学习，学生焉能不陶醉其间？岳阳楼前，范仲淹的《岳阳楼记》丁雁背诵如流，先天下之忧而忧的家国情怀让学生明白中华儿女肩负的时代重任。汨罗江畔，品读屈原的《离骚》，"路漫漫其修远兮，吾将上下而求索"是屈原的理想，更是中华儿女的共同求索。此时此刻，此时此地，丁雁饱含深情地告诉他的学生，诵文读诗，文字背后，渗透着生命力。经典文学作品记载了历史，诠释了哲理，表达作者的真实感情。经典文学值得热爱，这是中国人值得骄傲的珍宝。丁雁满怀深情地对他的学生说："中国人读古诗词、古文，就像读家书一样，这是一件多么幸福的事情。"丁雁用他的渊博学识、他的人格魅力、他的教学方式让学生最终明白名著能够立于世界文化之林，永远闪烁人类智慧的光芒，是因为名著是人类思想的明灯，就像天上灿烂的群星，光焰万丈。学生在丁雁的循循善诱下步入阅读佳境，享受阅读带来的愉悦。

每一次的行走都是一次历史追溯。在这样的文化考察的过程中经常看到一些被战争和动乱损坏的文物古迹，学生会追着丁雁刨根问底究其原因。丁雁告诉学生："假如你们不了解这些文化遗产的宝贵，哪一天有一个权威的声音说，为了明天把它砸掉，你们也会去破坏的。"这身体力行的言传身教就是对学生的一次文化洗礼。也有学生问他："老师，我们为什么要祭拜大禹、瞻仰孔子，为什么要扫墓？"丁老师说："这是一种继承，一个家族要继承才能兴旺发达，一个民族更是这样，只有继承才能发扬光大。"还有学生行走中原古城开封和洛阳时问丁雁："这里为什么不发达？"他告诉学生："你们信吗，1000多年前这里是全世界最繁华、最富有的地方，我们现在要不断努力，去开创一个新的锦绣前程。"丁雁带领学子们文化行走，还有更深层次的思索，他说："我们的孩子以后可能要走出国门，走进另一个文化环境中学习工作甚至生活，他们的根在中国，所以，我要让我的学生首先看一看祖国大好河山的文化古迹，听一听曾经在这片土地上发生的可歌可泣的故事，这种情感要在青少年时期培养，不然就很难再拥有。"丁雁还说："我们的'平和'是一所培养具有国际视野并拥有全方位素养的综合性人才的新时代学校，同时又需要为这些学生打下扎实的传统文化功底，希望他们周身流淌着的是真正中国人的血液，以后无论走到哪里，都以自己是一个有深厚中华传统文化底蕴的中国人而自豪。"敢问丁雁，情为何物？丁雁回答，情乃家国。"苟利国家生死以，岂因祸福避趋之。"这样的教师教出来的学生，将来无论身在何方，都会有这样的家国情怀！

做了28年语文教师的丁雁所打造的"读行无疆"课程项目，受到越来越多的学生乃至家长的青睐，丁雁也从带领着学生读行无疆延伸到带领上百个家庭一起读行无疆。丁雁认为让家长和孩子一起亲临古人圣贤的遗迹，走一走古人曾经走过的路，不仅是文化的传承，也是亲情的培养。当书本里的历史文化被踩在脚下时，家长会配合教师引导孩子领悟文字和人物的真实，感受书本以外的知识，于家长而言也是一种学习，家长和孩子之间产生的学习互动无形中形成了一种全新的亲子教育。文化是载体，亲子是形式，成长是目的。孩子在成长，家长同时也在成长，家长和孩子在一起行走的过程中互相了解，彼此信任，共同浸濡传统文化知识，用双脚去领略文字，同时还增强了体魄。这种全新的"体教融合"既增长了学生的知识，拓宽了学生的视野，也有利于学生的身体健康，心情快乐。学生通过行走领略各地不同的人文魅力和自然风光，才能切身感受书本出现的故事和景色，让读书和体育融合在一起，"读行无疆"焉能不受欢迎？

曾有记者采访丁雁，好奇地询问如此深厚的积累和如此充沛的热情从何而来？丁雁回复，自然而然。他说，任何一门学科，教师都需要一种情感，学生受到感染，就会充满热爱。记者又问丁雁，你如此喜欢文学，是否也受到家庭的感染？你专注语文教学，是否也有让自己崇拜的语文教师？丁雁不假思索，对文学的钟爱，离不开少年时家庭的熏陶。父亲是军人，却爱好文学，他很小的时候，父亲就叫他诵读古诗文，有些还必须一字不落地完整背诵。他的外公喜欢评弹，他小时候就跟着外公在书场一坐就是半天，《隋唐演义》《说岳全传》听得出神。家里藏书很多，经常翻阅，经年积累，也看了很多经典名著，虽然缺乏系统，然而这些断章，沉淀在记忆中。"那你小时候，语文成绩一定很好。"记者很肯定地询问丁雁。丁雁摇头笑答自己读小学和初中的时候，语文成绩其实很差，写词默词，读课文背课文，按照格式化的起因、经过、结果来写文章，让他最害怕上语文课，这种程式化的语文教学让他对学习语文产生恐惧的心理。一直到高中，才乾坤颠倒，骨子里对文学的热爱使得他的语文成绩飙升。大约自身经历过"斗转千回"，丁雁始终觉得语文成绩和语文素养不能等同而论，但语文素养一定是语文成绩提高的基础。他在全国语文大赛上做的"我的语文观"发言中提到，语文不仅是语言文字，也不仅是语言文化，而是包含着我们赖以拥有人文精神的核心价值观。

2022 年，丁雁在敦煌的戈壁讲堂讲玄奘的精神

作为一名语文教师，丁雁的每一天都过得很充实，每一天都过得很快乐，只要和学生在一起，他就觉得自己是天下最快乐的人。世间有两种快乐，第一种是因为无知，第二种是因为彻悟。而彻悟，是因为读过一些书，经历过一些事，心境发生改变，个人独特的气质慢慢培养出来，生命变得更加有质感，第二种快乐往往会让自己的生命发出灿烂的光芒。丁雁把平凡的教育教学工作融入了自己的生活中，并打造得无比精彩，用学生、家长、同事和朋友的话来讲就是"丁哥是全方位的"。丁雁的饭圈除了有大量的学生之外，还有好多是他学生的家长。很多学生，到了国外以后，依然不忘自己的丁哥，声称自己永远都是丁哥的铁杆粉丝。进"平和"的大门难，进丁雁的班级更难，这是一种共识。为了让自己的孩子能够进丁雁的班级，家长都八仙过海，各显神通。

丁雁不仅是一位出色的语文教师，还是一位优秀的班主任。在 28 年的教师生涯中，他做了 19 年的班主任。他公平地热爱着每一个学生，关注他们的成长，激励他们将自己的优势发挥出来。他的理念是：人之所以成功，不是因为他弥补了自身的缺点，而是把长处发挥到了极致，所以他的班级各类"奇葩"特别多。遇到丁雁这样的班主任是幸运的，他有趣的灵魂能发现每一个学生的优点，能激发每一个学生的潜能。足球篮球健将、铁人三项冠军、辩论高手、音乐奇人、表演明星、电脑达人、绘画奇才、文学之星、策划大师……几乎每一个学生闪闪发光的地方都能被丁雁捕捉到、挖掘出，他让每一个学生都对自己的未来充满着信心。在各类比赛中，丁雁的班级总是拔得头筹，因为他总是能用独到的眼光发现恰当的人选，培养他们在最合适的舞台上实现自己的价值。他相信每一个孩子都是一颗闪烁的星星，关键看你让这颗星在哪条轨迹上运行。

丁雁为每一个学生设计一份符合他们成长的人生规划，甚至他可以为每一个学生写成长日记，这些都是基于他对孩子的了解和关爱。他对每一个学生都是用最大的信任进行交流，从来不用怀疑的态度面对他的学生。他说，信任就像一张纸，皱了，即使抚平，也回复不了原样了。他觉得教育不是清教徒般的说教和警察式的管理，而是润物细无声般的潜移默化，循循善诱。他坚持用智慧点燃智慧，用热情激发热情，用宽容启发宽容，用善良引发善良，这样的教育格局必然迎来教育园地满园春花的绽放。春华秋实，若干年后，丁雁的学生都成为不同领域的佼佼者。师恩难忘，铭记丁哥。丁雁所教的每一届学生都和他关系融洽，毕业后都保持紧密联系，甚至不少家长都是丁雁的亲密朋友。丁哥，你真快乐。

丁雁创造出了一片新天地。功成名就的丁雁深谙"天道亏盈而益谦"的哲理，懂得"江海所以能为百谷王者，以其善下之"的规律，谦谦君子，卑以自牧。丁雁偶尔也狷狂张扬，展现铮铮傲骨的秉性。自古文人多傲骨，从来饮者少矫情，丁雁的人生坐标是人不可有傲气，但不可无傲骨。虚心竹有低头叶，傲骨梅无仰面花，于丁雁而言，恰如其分。

人生总是充满了大开大合，永远不会知道下一刻会发生什么，也不会明白自己会面临怎样的选择。总以为盛名之下的丁雁，会在"平和"的园地耕耘不辍，守着满园的鲜花，享受园丁的乐趣。突然传来丁雁离开平和国际双语学校的消息，难以置信。莫非丁雁又有了自己新的人生高度的定位？我知道丁雁一直坚信，还会有一个高度让他看到不一样的风景。我内心明白丁雁想要看到的这道风景，那就是弘扬国学，做一个中华文化的传承人。国学是传统文化的代表，国学文化经典是中华民族的文化之根、民族之魂，是中华民族的标志和骄傲，也是全人类弥足珍贵的精神遗产。经典著作是我们民族文化精神的一个庞大载体，也是我们民族生存的根基，为了使孩子们能够从小就汲取优秀传统文化中的营养，继承和发扬中华民族的灿烂文明，必须弘扬国学。如果有一个平台能让孩子们从小接受这样的熏陶，国学经典将在他们心里埋下种子，会与他们形影相随，对他们的一生都将产生积极影响。

丁雁要追逐他的梦想，这个梦想支撑着他的信仰。信仰，一种看不见摸不着的精神追求，或许有人终其一生也无法得到。但丁雁这样的信仰值得他用生命去追求，因为它是精神的支点，是"人"字不可缺少的一笔，这就是我们所追寻的"道"。丁雁毅然决然，告别了"平和"，他说，在他这个年龄段，知道自己能够干什么、应该干什么，是非常幸运的。他还说，平和国际双语学校是目前中国教育现状中相对最完美的一所学校，也是他服务的最后一所学校，若再返回校园，除非以后自己创办学校。

离开"平和"，丁雁全身心地投入南山书房和读行无疆这两个文化品牌的建设之中，在丁雁的精心打造下，南山书房和读行无疆获得了不同凡响的成就。我祝贺丁雁又开始攀登人生新的高度，丁雁沉默半晌，用马丁·路德·金的演讲《我有一个梦想》中的一句话答复我："我梦想有一天，幽谷上升，高山下降，坎坷曲折之路成坦途，圣光披露，满照人间。"那是天下大同的美好世界，是 2000 多年前孔子的"四海之内皆兄弟"的理想。握着丁雁的双手，看着丁雁的眼睛，懂得了丁雁人生的大格局，明白了丁雁人生的新高度。人生的高度，不是你看清了多少事，而是你看轻了多少事；不是你认识了多少人，而是你包容了多少人。所以，重新攀登新的人生高度，就要懂得舍弃，看轻以往的名利。刹那间，丁雁之所以能放下所有的名和利，全然明了。丁雁也有一个梦想，但梦想不会发光，发光的是追梦的丁雁。梦在心里，路在脚下，山在远方。所有的梦想都必须通过努力奋斗来实现，所有的梦圆都是努力奋斗的结果。多年的锲而不舍为逐梦的丁雁架起了一座桥梁，他越过生命中的千山万壑，跨入了生命乐章中的璀璨星河。

选择了安逸舒适，就不必羡慕别人的精彩；选择惊涛骇浪，就无须向往岁月静好。

丁雁的选择注定了他走的是"吾将上下而求索"的道路。对于丁雁的辞职，众人褒贬不一，有评说丁雁是睥睨尘世，自命清高，丁雁微微一笑，他学会了包容，沉浸在国学传播的世界里深情地活着。他在笔记本扉页上工工整整抄录着陈寅恪的一句话：唯此独立之精神，自由之思想，历千万祀，与天壤而同久，共三光而永光。

丁雁掌门的南山书房，经典典籍，含英咀华。他引领着莘莘学子感悟国学，践行国学，真正做到了让经典咏流传。国学源自天地，从伏羲仰天俯地而悟《易经》到屈原漫游天地而得《九歌》；从竹林七贤隐居山林而通三弦到曹雪芹披阅十载而作《红楼》，古之高士，欲有所得，无不与天地相交。夫天地者就是自然，就是社会。南山书房传播国学，不仅局限在一次次的专题讲座，还将书本中的文化知识与历史的发生地结合在一起，让学子身临其境感受国学的魅力，丁雁和他的团队高举"读行无疆"的大旗，行走中的阅读将南山书房的文化传播延伸到祖国的山川大地，这南山书房的第二课堂"读行无疆"如今是越走越红火。

南山书房传播《论语》《孟子》，讲读诸子百家、禅宗智慧、阳明心学等文化大家的经典，南山书房声誉日隆，成为国学传播的一方宝地，丁雁又站在了一个新的高度。王国维在《人间词话》中说，古今之成大事业、大学问者，罔不经过三种之境界："昨夜西风凋碧树。独上高楼，望尽天涯路。"此第一境也。"衣带渐宽终不悔，为伊消得人憔悴。"此第二境也。"众里寻他千百度，蓦然回首，那人却在灯火阑珊处。"此第三境也。在教育园地辛勤耕耘了 24 年，人到中年，衣带渐宽的丁雁，他的人生境界又有了质的飞跃，蓦然回首，他在南山书房等着你。

丁雁人生最美的风景永远在路上，他始终行走在读行无疆的漫漫路途中。丁雁的人生船只驶进了天高水阔处，一个不经意的转身，他才发现，自己已经走过了前半生最华美的流年，告别了生命中最灿烂的季节，然"南山书房"和"读行无疆"两个文化品牌如今正在阳光下熠熠闪亮。

人生没有一帆风顺，生活没有万事如意，继续大展宏图之际，2020 年和 2021 年，一场猝不及防的新冠疫情让丁雁旗下很多经典的文化行走项目受到了冲击。行走西藏南迦巴瓦，行走云南茶马古道，行走甘肃河西走廊，行走泉州海上丝绸之路……精心准备的一个个文化行走项目都止于来势凶猛的疫情。在停摆的日子里，丁雁的团队面临危机。关心地询问丁雁，如何度过这波来势汹汹的疫情危机。丁雁微微一笑，镜片后面那双细长的眼睛光泽闪烁，深邃的眸底染着点点深意："没关系的，老师，我也可以借此疫情磨炼我的团队，我们趁此机会潜下心来多准备一些文化项目，等到这片乌云过去，又是晴天，我们用时间迎接美好的明天。"

诚如丁雁所言，磨炼就像一把筛子，让你筛掉浮躁和不安，留下定力和毅力。很多时候，成就一个人的不是鲜花和掌声，而是那些讨人厌的磨炼。读行无疆搁浅，丁雁和他的团队就开展线上培训，推出了一个个经典的文化品牌项目。看着丁雁提供给我的培训目录，有少儿文史哲的线上课程，有四大名著之一的《水浒传》导读，有《全球通史》欧洲篇的导读等，琳琅满目，精彩纷呈。丁雁和他的团队运用南山书房的平台，将线上的文化培训做得风生水起。与此同时，小规模的"读行无疆"也在悄然推进。不能行走天下就改为行走上海，上海也有许多经典之地可成为读行无疆的文化品牌。临港新城的航海博物馆、松江的广富林遗址、青浦的大观园，还有虹口区的犹太难民纪念馆等都是读行无疆涉足的文化行走项目，丁雁带领着学生走进上海的历史深处，让学生了解上海、热爱上海。

新冠疫情还在肆虐横行，丁雁却怀着一颗平常的心，不急不缓一步一步朝前走。步入知天命之年的丁雁，沉着淡然地看万千世界的风云变幻，耐心地等待头顶乌云散去的那一天。疫情肆虐的日子里，他仍逐梦在忧深思远时，他在为后疫情时代的蓄势待发悄然做着准备，他的读行无疆实景学诗100首，正在有序的录制中。

南京的乌衣巷走来了丁雁，他在吟诵刘禹锡的"旧时王谢堂前燕，飞入寻常百姓家"。镇江的北固楼，丁雁遥望滚滚长江东流水，慨当以慷："何处望神州？满眼风光北固楼。千古兴亡多少事？"绍兴陆游故里，丁雁又在讲读陆游的《游山西村》，"莫笑农家腊酒浑，丰年留客足鸡豚。山重水复疑无路，柳暗花明又一村"。一首首在中国文学史上熠熠闪光的诗词穿越时空，被丁雁引领到特定的情境。跟着丁雁实景学诗，你似乎能够看到刘禹锡、辛弃疾、陆游等璀璨的文化明星向你走来，学生宛如身临其境，遨游在古典诗词的海洋里。

做客南山书房，古筝古乐绕梁柱，高山流水酬知音。南山书房，初看似疏淡无奇，再看却自有格局，一排书橱，几样家具，二三盆栽，一幅"南山书房"的横轴高悬，角角落落都精心营造，盈盈一室，气象万千，深藏居者内心的诗意唯美。读书人厅堂的布置都有些清寂，形式简明而庄重，装饰质朴而含蓄，总之无尘俗之气，在这灯红酒绿的世界里，南山书房散发着缕缕清香，真是个好去处。白昼掩门读书，焚香听琴，可享心无旁骛之乐趣；夜晚闲落灯花，吟诗对弈，可享清风朗月之愉悦。我打量着南山书房的堂主丁雁，他依旧一身唐装穿着，镜片后面的那双细长的眼睛漾满了柔和的笑意，这双看尽了山川日月的眼睛让丁雁步入宠辱不惊的境界，我眼前的丁雁，渐行渐远的是名利，不离不弃的是书香。每天清晨醒来，眼里有阳光，脸上有微笑，心里有希望。怀着喜悦的心情迎接新的一天的到来，守着一窗岁月静好，在自己的追求里，不慌不忙，脚步从容。

丁雁一册经典握手，他正在等待我的到来。人到中年的丁雁，硬朗中更是透着沉稳，身上散发着浓郁隽永的书香气息，他刚从赣南追寻王阳明的足迹归来，此时正守着南山书房品读英国作家毛姆的《作家笔记》。满屋子的书香萦绕，与丁雁品茶话桑麻，一身唐装的丁雁面呈微笑，淡雅如雾，衣带渐宽，满腹经纶。赞许丁雁勤奋读书的精神，丁雁微笑："王阳明认为，读书的最高境界，不是学知识，而是要发现自己、发现良知。"称赞丁雁步入了境界，丁雁微笑依然："当你看淡了很多无谓的东西，才会发现接下来有更好的东西在等着你，才会邂逅最美的风景。"人淡如菊，茶浓似酒，自得悠闲的丁雁，宠辱不惊，步入超然的人生境界。丁雁镜片后面那双细长的眼睛不再光焰灼灼，似水的温和充溢他的双眸，略带磁性的嗓音给人带来一种心静如水的享受，他翻阅到《作家笔记》中的一页，诵读毛姆的经典语录："生命的尽头，就像人在黄昏时分读书，读啊读，没有觉察到光线渐暗；直到他停下来休息，才猛然发现白天已经过去，天已经很暗，再低头看书却什么都看不清了，书页已不再有意义。"我也很喜欢毛姆在《作家笔记》中说的这段话，这是毛姆形容一个人老年时的样子，丁雁却想到了再过二十年自己的样子，希望自己能有这样完满的生命。

人的气质，藏在自己读过的书里面，就像一把把开山刀，每每拿起来挥舞，就能在你内心开垦出一片新的旷野。知天命之年的丁雁到了人生的秋天，他的心灵正在广阔无垠的大地上忙碌着收获思想。国学滋润了丁雁的心灵，提升了他的境界。

很多人都知道庄子的人生境界很高，也知道那种境界叫逍遥。总觉得半个世纪的人生打磨，丁雁也应该步入逍遥的境界，不会再背负名利的重荷奔波名利场。尘世名和利，最容易迷失自我，丁雁早就懂得了放下，他要去追寻他想要的生活和他想要的幸福。米开朗琪罗曾经说过怎样发现大卫的一个故事，丁雁很受启迪。有一日，米开朗琪罗去采石场，看见一块巨大的大理石，他在大理石的身上看到了大卫，然后他要做的事情只是凿去多余的石头，把不该有的去掉，于是大卫就诞生了，米开朗琪罗幸福满满。可见幸福的定义很简单，幸福不需要外求，只要能摆脱与自己不相关的、其实本不属于自己的负面情绪的限制，安于自心，就能找到真实的本来的自我。一个人若能找到真实的本来的自我，那他就拥有了幸福。

丁雁推开南山书房的落地长窗，阳光钻进书房，洒在他的身上。丁雁眯缝着眼睛，迎着阳光沉浸在他的桃源世界，在构想一篇《我有一个梦想》。远离世俗喧嚣，避开车水马龙，在悠然南山下建一木制小屋，铺上青石小路，种十里桃花林，门前听溪水潺潺，屋后闻草木花香，抚琴为歌，把酒作诗，遥望星空吟诵庄子的《逍遥游》。也许，那一年，在南汇的乡下，丁雁站在校园的围墙外，听着教室里的学生诵读陶渊明《饮酒·其五》时，他的心里面就绘就了一幅南山的蓝图。

走过半个世纪人生，心地上无风涛，随在皆青山绿水；性天中有化育，触处见鱼跃鸢飞。宠辱不惊，任窗外花开花落；去留无意，望天上云卷云舒，丁雁在《我有一个梦想》中沉醉。采菊东篱下，悠然见南山，丁雁就在南山下。行至水穷处，坐看风云起，丁雁就在水穷处。回首向来萧瑟处，归去，也无风雨也无晴，这就是知天命之年的丁雁的旷达胸怀。也许，这就是行走的丁雁、阅读的丁雁的人生境界。

热血柔肠写人生

童怀宇，毕业于复旦大学国际政治系，清俊儒雅，学识渊博，周身弥散浓浓的书卷气。迎面走来的童怀宇，中等个子，眉眼间染着一层冷然，微微上扬的嘴角透露着满满的自信，镜片后面那一双细长的眼睛不经意间会有一道睿智的光泽一闪而过。身上带有鲜明质感的童怀宇从来不在意别人看他的眼光，也不在乎别人对他的评价，孤傲而有力量。"立身既质直，出语无谄谀"，凡不入他法眼的人和事，童怀宇都会义正词严地亮出自己鲜明的观点，活脱脱一个为正义而战的斗士。"人之为善事，善事义当为"，貌似咄咄逼人的童怀宇，内心却很善良，对于弱势群体，他非常具有同情心，往往会尽自己所能出手相助。童怀宇，我一直称呼他为童兄。我眼中的童兄，是一个富有人格魅力和诗性意趣的人，一个具有正直品行且为人善良的人，敢于直言是他德行的书签，为人善良是他性格的密码。

我和童怀宇相识于 1992 年 6 月，最初的相遇很有戏剧性。那一年，我刚从我们教育学院的师范部调任到师训部，从事师资培训的教学任务。那一天，我的脚步迈入了师训部的教学大楼，想象着要与一支全新的教师队伍融合共事，心里竟没来由地有些惴惴不安。师训部的教师个个是教学精英，人人术业有专攻，我不惑之年还没到，何以为教师们授业解惑？边想边拾级登楼，在三楼楼梯的拐弯处迎面碰到一位中年学者双手捧着一沓讲义不疾不徐地走下楼梯。彼此原地伫立，互相注视，"一定是我未来的同事"，我在心里揣测，遂抬起眼眸留意这位我来到师训部碰到的第一位同行。四十开外，棱角分明的脸颊透着几许俊朗。一缕清风从楼道开启的窗户徐徐吹来，拂过他挂在额角的发梢，画出一道好看的弧度。他下意识地抽出右手，用并拢的中指和食指很随意地拨了拨遮挡视线的碎发。骨节分明的手指在我的眸底晃动，巧妙地掩盖互相对视的目光。几秒钟的视障稍稍缓解这尴尬相遇的氛围，我及时调整心绪，嘴角堆出一缕真诚的微笑，嗓门涌出一声礼貌的招呼："你好。"出于礼数，他有意无意地微微点头，腾出的右手推了推架在鼻梁上的一副玳瑁边框的眼镜，镜片后面的双眸恍若两潭深渊，谜一样深沉。一抹午后的阳光正巧打在他的身上，柔和的光线穿过他额前的碎发，落在他镜片后面那双细长的眼睛里，深邃明亮，不经意间向我投来的眼神，有些清冷。他略略侧身，迈着碎碎的八字步与我擦肩而过，没有感情色彩的声音飘入我的耳膜："新来的吧。"话音落地，抬腿下楼。我原地伫立，有些愣怔，心里兀自嘀咕，这么高傲，看来此人难相处。

一个上楼，一个下楼，不经意间我又停下脚步，朝楼下张望，他竟然也停下脚步，转过身看了我一眼，儒雅清癯的脸庞透出傲然的神情，声线依旧清冷："年轻人，师训部，是给老师们上课。"抛下这句话，他就再也没有回头。我原地站立，暗暗自嘲，这脚步刚刚踏入师训部的大楼，就有陌生的教学前辈给我上了生动的一课，他用他的高傲让我记住师训部是给教师们上课这条"训诫"。他的神态表情、他的肢体语言、他的惜字如金分明也是一种"师训"，他用他的气场来师训本尊，明明白白地告知我，没有扎实的教学功底，是难以胜任这个教学使命的。

三楼楼梯拐弯处的墙面镶嵌着一面镜子。伫立镜前，端详青春飞扬的自己，想着来到师训部的第一天就收到了这份"大礼"，心里竟无端萌生出些许的愤愤不平。默默地咀嚼着他的话中有话，竟然觉得我和他似曾相识，脑海中蓦地想起我们师范部的教务主任王仲宜和我的一次单独交谈。

半个月前，我教学生涯中的最后一届师范生毕业，师范部领导庄锡莱就正式通知我，我和其他几位教师将一起调任到学院的师训部从事师资培训。于我而言，这是一项全新的教学工作，有些压力。师范部的教务主任王仲宜和我是好朋友，他特地来到我家，和我告别。在我家的后阳台，王仲宜和我推心置腹地交谈，彼此都有些不舍，然而人生就是由无数个到来和离开组成。

王仲宜原来就在学院的总部工作，每个部门都很熟悉。他说，师训部是藏龙卧虎之地，每位教师都有着丰富的教学经验，其中有一位教师，复旦毕业的，很有学问。他为人正直，作风正派，不会说违心的话，也不会做违心的事。他又相当清高，还有些桀骜不驯，说话往往会很冲，一般人都不会放在眼里，他叫童怀宇。王仲宜缓缓地向我讲述有关童怀宇的一个个生动的故事。我笑着对王仲宜说："真的是挺有个性的一个教师。"王仲宜也笑了笑："小夏，我了解你，也了解童怀宇，我也和他共事过多年。他是个表里如一的人，这样的朋友值得你交。不过，你要包容他的性格，他掯人很厉害的。"回过神来，脑海里浮现刚才从我眼前骄傲离去的那位中年学者的形象，他镜片后面的眼眸中透出来的高冷，他话语中直截了当的告诫，他，岂不就是王仲宜口中所描述的那个童怀宇？

几天后，师训部召开会议。师训部主任毛助成带头鼓掌欢迎我们这些新加盟的同行，四下里响起了寥寥的掌声，气氛并不热烈。我偷偷地用眼角的余光扫视在座的同行，一眼瞥见一个熟悉的背影，就坐在我前面一排的座位上。他正自顾自地翻阅手中的一册书，沉浸在自己的书本世界，根本不在乎毛助成讲些什么。毛助成正在布置师训部下学期的教学任务，我们人手一份打印资料，毛助成要求大家都认真地看一下，新学期师训的目的、要求每位教师的学科安排和课程设置，资料中都很详细地罗列了出来。过了一会儿，毛助成问教师们对这份新学期的师训计划有什么建议或疑问，连问了两遍，没有人提出异议。毛助成正准备宣布散会，忽听得有人说："等一下。"话音落地，坐在我前面的他噌的一下站起来。"既然你毛助成问大家是否有异议，那我就来说几句。"他一手合上书本，一手扬扬那份打印资料。毛助成一点也不意外，他微笑着说："童怀宇老师尽管发表不同的观点。"果然，他就是童怀宇。

童怀宇没有丝毫的谦虚，瘦削的身子挺得笔直，有条有理发表自己的见解："学院为了承担起在职教师继续教育的培训任务，组织师训部的教师到基层学校进行了多次调查研究。每位教师也根据市里的要求和基层教师的实际情况，设计出新的课程，并报学院审核通过。师训部的教师，都是一个独立的个体存在，他们的课程建设必然有自己的学科特色、个性特色。我粗略看了这份师训计划，它要求所有的教师都千篇一律地执行院里规定的几点要求，这不妥当，也远远不够。我认为，在承担继续教育培训任务的初创阶段，更要强调课程设置的针对性和实效性，师训部的教师在教学过程中要随时听取基层教师的反映和意见，并为开设新的课程做准备。"童怀宇率直的话语让毛助成脸上的表情略有些尴尬，但他还是静静地听着童怀宇的直抒己见，也许童怀宇不按常理出牌的行事风格，他早就习以为常。

会议结束后，童怀宇第一个起立，卷起课桌上的那本书就走，那份有关师训工作安排的资料他根本就没拿，孤零零地摊在课桌上。我好心收起那份资料递还给毛助成，毛老师朝着我讪讪一笑，自我解嘲："童怀宇，就这样。""就这样"，寥寥三个字，信息量却很大。仅仅几小时，我就领教了他的"就这样"。我提醒自己，这样咄咄逼人的童怀宇，我和他的性格根本就不搭，我俩绝对不可能成为好朋友。然而，随着时间的推移，性格不搭的我和他日后成为我们师训部最投缘的两个人，我尊称他为童兄，他也当仁不让地以老大哥的身份出现在我的生活中。

是年暑假，我们师训部的全体教职员工前往浙江嵊泗三日游，可以带家属，我带上了我刚读完小学一年级的儿子夏雨。上了客轮，夏雨满脸都是好奇，脑袋瓜里有无数个疑问，不停地问这问那，教师们都很喜欢这个小可爱。心理学教师宋静坤带着夏雨到甲板上走一圈，回到船舱里就说，这个男孩发散性思维太强，脑袋瓜里有无数个问题，我都被问得吃不消了。也许夏雨太兴奋，回到船舱后依然站立床头趴在小小的窗口前默默凝视暮霭四合的夜景，沉浸在他的世界里想象着各种各样稀奇古怪的事情。听到有教师在说，驶出长江口了，前面一望无际的就是东海。夏雨马上说了一句："黄河入海流。"教师们都夸奖夏雨好聪明，童怀宇却很严肃地更正夏雨的说法："你说得不完全准确，现在应该是长江入海流。"夏雨马上自圆其说："长江黄河入海流，地球上所有的江河都流向大海。"教师们都笑着称赞夏雨的脑袋瓜子太聪明了，谁料想童怀宇又正色道："你说得不对，地球上还有内陆河，内陆河的归宿可不是大海。"聪明的夏雨乌溜溜的眼珠子转动几下，马上回答："我知道了，新疆的塔里木河就是内陆河。"教师们听着童怀宇和夏雨的一问一答，看着他俩的一本正经，觉得有趣极了。教师们都被童怀宇的较真折服，宋静坤老师评论："一个聪明的小男孩碰到了一个较真的大教授，撞出了有趣的火花。"童怀宇不以为然，他答道："真理和谬误不能混淆，授业解惑是本职，喜欢较真是本性。"

嵊泗海岛三日游，最惬意的就是海边踏浪。浪花像流淌的音符滑动着夏日欢快的旋律，夏日的风情在视觉和听觉中无限延伸。夏雨蹦蹦跳跳地跟在童怀宇的身后，好不快活。天上飘移的白云、地上奔腾的大海，映入夏雨的脑海汇成一个个疑惑，他缠着童怀宇没完没了地提问。童怀宇俨然将夏雨当作自己的学生，夏雨的每一个提问他都会认认真真地回答，丝毫不打马虎眼。有些问题实在无从解释，童怀宇会很认真地对夏雨说："对不起，你所提出的这个问题，我现在也没有能力答复你，你自己想想吧。你有答案了再告诉我，让我也学习学习。"一大一小两个人在海滩边一问一答，形成了一道独特的风景。宋静坤老师笑着对夏雨说："夏雨，你将来也要像童老师一样，到复旦大学读书。"夏雨昂着头，骄傲地回答："我要到国外去留学，我要超过童老师。"童怀宇忍俊不禁，点着头连连说："好好，我等着，等你留学回来后，我也有无数的问题要询问你。"两个人居然笑着击掌为证。记得童怀宇当时就对我说："你的这个儿子，他的大脑就像大海一样，好好培养，前途无量。"多少年以后，夏雨果然到美国求学。他在美国获得了法学博士的学位，并在一家全球著名的美国律所从事法律工作。

嵊泗游结束，上船返航之前，教师们有一小时的时间上街采购海鲜干货，没有购物愿望的就在候船室门口等候。我也想着采购一些嵊泗的特产回家后送亲朋好友，嘱咐夏雨看着自家的行李别走开。陆陆续续地，教师们都返回，我还久久没到，有些教师拿着船票准备检票登船了。夏雨有些着急，这一大堆的行李他是没有能力拖上船的。他开始耍弄小聪明，举起手中的一包零食朝着教师们嚷嚷："我现在搞一个有奖活动，谁帮我把行李搬上船，我就给谁奖励，现在我要看谁先举手。"教师们哄堂大笑，都纷纷举手逗夏雨，正巧夏雨看到我远远地走来，马上又改口："你们人太多了，我宣布有奖活动取消。"教师们被夏雨逗得笑个不停，说这个男孩脑子转得真快，太聪明了。夏雨沉浸在一片表扬声中，他仰起头，露出满脸的骄傲。童怀宇走到夏雨的面前，他的目光穿过镜片落在夏雨的身上，眼眸中慢慢地染上严肃的神色，他半蹲在夏雨的面前正色道："夏雨同学，你可要做一个诚实的孩子。现在我要批评你，你这不是在搞有奖活动。"有教师笑着对童怀宇说，夏雨的脑子转得太快，他应该受到表扬。童怀宇摇头答道："勿以善小而不为，也勿以恶小而为之，这个孩子太聪明，他在你们的表扬声中有点自以为是了。"童怀宇拉着夏雨，非常认真地和夏雨讲了一番道理。听得夏雨响亮地回答："童老师，我懂了。"

童怀宇摸着夏雨的脑袋眼神露出温柔："走，给你一个奖励。"他带着夏雨到候船室旁边的一个书摊前买了一本童趣横生的画册送给了夏雨，还在画册的扉页亲笔题词。

上船后，夏雨一个人趴在床头的小茶几上聚精会神地阅读童怀宇赠送给他的那本画册。光线有些暗淡，睡在对铺的童怀宇将舷窗推开，让夏雨借着外面透进的光线翻阅。忽地，有水珠子断断续续地飘进舷窗，落在夏雨的头上，打在夏雨手中的那本画册上。童怀宇探身张望，水珠子也飘在了他的脸上，原来是上面一层客舱的乘客干的"好事"。一位女士两只手伸出舷窗，一手拿着装满水的搪瓷茶缸，一手拿着小水果在冲洗。童怀宇冲着上面的船舱大声喊道："请上面的不要在这里洗水果。"但是，水还是从上面一层的船舱洒下，我们下层的这个四等舱的舷窗还是有水珠不停地飘进。童怀宇愠怒，他再一次大声呵斥："赶紧停止这种影响他人的不文明的行为。"有声音从上面传下来："关你什么事? 管得太宽了。"忍无可忍，童怀宇冲到船舷，用手指着还在洗水果的那位女士，音调提得很高："你的这种自私自利行为必须受到谴责。"没有社会公德的人做了损人利己的事情还觉得习以为常，我们都听到那位女士的回答："小孩要吃水果，当然要给他洗洗再吃，又没有影响你。"童怀宇义正词严："你污染了公共环境，侵犯了乘客的合法权益，你这样的家长，培养出来的肯定就是熊孩子。"

女士不文明的行为最终被童怀宇制止，然后回到了客舱。大家都在称赞童怀宇的正直行为，和童怀宇共事多年的教师还列举了他以往各种爱打抱不平的趣事。夏雨合上画册，认真地听着教师们对童怀宇的种种评论，冷不防爆出一句话，笑死所有人。他大声地对童怀宇说："童老师，你真是一个热血青年啊。"教师们哄堂大笑，都说夏雨对童怀宇的评价太到位了。童怀宇也情不自禁地笑出声来，他拍拍夏雨的脑袋："你这个小家伙。"从此，童怀宇多了一个雅号——热血青年。

调任到师训部后的最大好处就是没有坐班，我和童怀宇经常相约出游。都说旅行是在一个陌生的地方发现一种久违的感动，其实，旅行也能帮助你深入了解一个人的品行。我和童怀宇越走越近，是因为在旅行途中我看到了一个真实的童怀宇。

杭州是童怀宇最喜欢的城市，他戏称杭州是他的后花园，每到春秋两季，杭州的西子湖畔、雷峰塔下都会留下他的足迹。我和童怀宇一起去过杭州三次，三次的时间恰好是春季、秋季和冬季，每一次出游他都会给我留下一个个生动的故事，让我看到一个立体通透的童怀宇。第一次去杭州，是1993年春天，我们先在宁波游览，第二天子夜时分乘坐火车从宁波前往杭州。抵达杭州已是凌晨两点，为了省却一晚的住宿费，我俩一路行走到西湖。我们在湖畔的长条椅落座，静静地迎接黎明的到来。夜幕笼罩的西湖，如诗般静谧安宁，一种别样的意趣萦绕在我们的心头。

水光潋滟晴方好，桃柳夹岸春意浓，我们在西湖春晓中拥抱苏醒的杭州。阳春三月，桃红柳绿，晨曦中的西湖，鸟儿啁啾，一幅巨大的山水画卷缓缓打开，惊艳了我们的眼眸，洗却了满身的疲惫，一场环西湖之旅随之开启。

脚下踩韵律，眸底生烟雨，我和童怀宇在姹紫嫣红的西湖美景里编织梦想的羽翼，展现生命的律动，舒展自由的翅膀，光鲜地为自己的生活所舞。绵绵苏堤六钓桥，不觉行过桥三座。外西湖的景色更诱人，真正是乱花渐欲迷人眼。童怀宇忙不迭地选景拍照，前边两株垂柳之间正好有一株花朵灿烂绽放的桃树，远景是浮光掠影的秀丽西湖，"三潭印月"的美景镶嵌于湖中。童怀宇很是兴奋，他举起了相机，要为自己留下一幅经典之作。蓦然间，令人惊愕的一幕出现，我和童怀宇都愣住了。一对恩爱有加的情侣冷不防闯入童怀宇的镜头——袅袅婷婷的红衣女郎在男友的帮助下扭动腰肢爬上一棵柳树，她的右手环绕绿柳的枝干，半个身子探出，伸得笔直的左手正在摘取鲜艳的桃花。咔嚓一声，她的 pose 被男友摄入镜像。紧接着她在男友的扶持下跳到地面，躲进一树桃花丛中，随手又摘下几朵桃花托在手心，还连连询问她的男友："这样好看吗?"男友连连点头，说道："真好看，就像一个观世音。"娇滴滴的声音："三潭印月一定要拍进去的。"男友笑着回答："那是一定，月亮代表我的心。"两个人一来一去高调秀恩爱，引来好多游客的注目。有游客好心劝说："请爱护绿化。"岂料这对情侣置若罔闻，依旧我行我素。

童怀宇怎能容忍这种劣行，早就气不打一处来，于是一个箭步冲到红衣女郎面前，严肃有加："善意的提醒难道你没有听见? 我再重复一遍，请爱护绿化。"红衣女郎乜斜童怀宇一眼，小声嘀咕："咸吃萝卜淡操心。"童怀宇被惹怒，用手指着红衣女郎，大声呵斥："你拿着这张照片是要受到良心的谴责的。"红衣女郎为了维护廉价的自尊心，送给童怀宇一个白眼，还装出一副开心的模样，朝着男朋友招手："我再换一个姿势。"她抓住桃树的枝丫，身子扭来扭去，不停地调整自己的姿势，只是可怜了那株桃树，在她的折腾下花枝乱颤。

童怀宇气得脸色发白，便大声呵斥："西湖美景不是你的私家花园，旁边有牌子文明告知严禁攀爬树木，采摘花朵，你竟然视而不见。破坏绿化，毁坏景观，你的这种恶劣行径必须受到谴责。"童怀宇的措辞实在是激烈，那女的估计是受不了了，有点骑虎难下，却又死鸭子嘴硬，嘴巴里还在嘟囔："有毛病。"童怀宇强势反击："是你有毛病，你的病是不遵守社会公德。你患上了自私自利、破坏公物的毛病，且无可救药。"这番话说得确实也重，这对情侣被童怀宇撑得一愣一愣的，面面相觑，一时不知道该如何是好。

童兄，他确实太率直了。在是与非面前、在真理与谬误之间，他从来都是非黑即白的选择。正直是他为人处世的基本之道，也是他生命的底色。围观的游客，也有几个站了出来，都支持童怀宇的正义之举，谴责红衣女郎的不文明行为。众怒难犯，那男的赶紧拉着他的女朋友一溜小跑逃离了童怀宇的视野。童怀宇过了好长一段时间才平复心情，那桃红柳绿，三潭印月的美景他再也没有兴致对准焦距。

第二天，我们去龙井问茶品茶，在武林门的一家车行租赁两辆自行车，一路向龙井村骑行。还有数百米就能抵达龙井村，这是一段上坡路，骑车很累。远远地，看见有人向我们招手一路小跑而来，一个中年农妇，自称是当地的茶农，邀请我俩去她家购买今年新采摘的明前龙井茶。童怀宇不予理睬，农妇张开双臂挡住我俩去路，一脸的真诚："先到我家坐坐，免费喝我家的茶，觉得好就买，不好就不买。"我被她的满满诚意打动，问童怀宇："要不去坐坐？你不是正好要买茶叶送人？"也许我的哪壶不开提哪壶，激起了农妇更大的热情，她主动帮助童怀宇推自行车，满脸的讨好："上坡路很累的，我来帮你推车。"童怀宇赶紧伸手挡住农妇，答道："谢谢，好意领了，但我们不需要。"说罢，招呼我推自行车上坡。农妇紧紧跟在我们的后面，一路仍喋喋不休，直夸自家新茶好，农家饭菜也不错。

推车走进龙井村，农妇指着龙井旁的一处院落很热情地介绍："我家就住在龙井的旁边，你们去我家的院子里坐一会儿，我用龙井水泡龙井茶给你们喝，免费的。"还没等我们做出决定，她就扯着嗓门："我这里来客人了。"有人朝我们奔跑过来，殷勤地帮我们推自行车，还像熟悉的老朋友一样和我们打招呼。我和童怀宇还没反应过来，就被他们引导着朝农妇家的小院走去。

农妇家的院子里安放着石桌、石凳，贴墙角还种了些花花草草，干干净净的，环境不错。有人端来几碟小吃，又放上茶杯，杯底有翠绿的茶叶。农妇抢先一步跨进院落，招呼着我们："快进来吧，喝杯茶，吃点儿瓜子。"边说边抓过石桌上的暖水壶，要往茶杯里注水。"别忙，打住。"童怀宇的一声阻拦，让农妇很是不解，她看着童怀宇笑着说："茶总要喝的，这是正宗的明前龙井茶。"童怀宇笑了笑，摆摆手："好意心领，我们还是先四处走走看看再说。"说完，推着自行车就走。农妇惊诧，她问童怀宇："你们不喝茶了？"不满爬上童怀宇的脸庞，他推了推眼镜反问农妇："我们什么时候说过要喝茶的？我们还想四处走走看看。"农妇脸上讪讪的，她放下水壶，走了出来，搓着手千叮咛万嘱咐："那你们等一会儿再过来吧。"我知道童怀宇的秉性，对这种绑架消费，他最头疼，这农妇家即使有再好的款待他也断断不会去了。农妇费了这么大劲，让她竹篮打水一场空，我有些于心不忍，便劝说童怀宇："算啦，我们就在这里坐一会儿吧，看她也蛮可怜的。"童怀宇看了我一眼，很是不满的神情："品茶观景，赏心悦目，这番穷追猛打，哪有什么好心情。"

又经过一处古朴的院落，院内有棵一抱粗的香樟树遮天蔽日，日光细细碎碎地穿过浓荫洒向院落。树下也有石桌、石凳，还有一丛丛的兰花种在墙角，满院静雅清幽的气息。探身张望，堂屋有一位老者，端坐一张八仙椅，手握一卷线装古书潜心阅读。我和童怀宇会心一笑，自行车上锁，跨步进入院落。环顾四周，童怀宇赞曰："清净古朴，此处甚好。"老者抬头，朝我们微微点头起身迎向我们。

摆上茶具，端来小吃，捧杯沏茶。一片片茶叶在沸水中翩翩起舞，清香四溢。"佛能洗心，茶能涤性，两位请。"老者将两杯龙井茶端到我们的面前。童怀宇欠身表示感谢，他呷一口茶，眉头舒展，脱口而出："一叶香茗藏世界，半壶清泉煮乾坤。"老者爽朗大笑，称赞童怀宇说得好："食罢一觉睡，醒来两碗茶。这是白居易说的，我想这也许是白乐天在杭州做刺史时，品尝了龙井茶之后的有感而发。"宾客投缘，老者也落座，相谈甚欢。

谈兴正浓，猛然看见那农妇站在大门口，双手叉腰，满脸的气愤。童怀宇瞥了她一眼，不予理睬，依旧和老者互相敬茶并高谈阔论。大门外的农妇满腹委屈地大叫大嚷："我家都替你泡好茶了。"童怀宇满脸惊讶，一本正经地看着农妇，歪头询问："我们什么时候答应过到你家喝茶的？你一路上跟着我们，烦不烦？"农妇被童怀宇说得一愣一愣的，她直瞪瞪地看着童怀宇半晌，却一句话都说不出来。还没等农妇回过神来，童怀宇转身对老者说道："老先生，我要买两斤最好的龙井茶。午餐，也在你这里用，标准可以高一些。"农妇真的是气晕了，她的嘴巴一张一合的，两只手握成了拳头。童怀宇视而不见，他捧起茶盅，慢慢品茶，眼睛微闭，惬意满脸。

告别龙井村，我们又见那农妇在村口死缠硬磨地拉客。童怀宇走到农妇面前，严肃规劝："你们做生意的，拉客是人之常情，但是像你这样穷追猛打，只能够吓跑游客，我刚才就是被你吓跑的。"农妇气得脸发绿，被童怀宇这么一"搅和"，好不容易拉来的几个游客都走开了，又害得她白忙一场，她终于憋不住压在心头的怒火冲着童怀宇破口詈骂。童怀宇哪里把这些放在心里，他跨上自行车，按着自行车的铃声顺着下坡的山路潇洒地和龙井村说声再见。我也故意地一路按着铃声，一串串"丁零零"的自行车铃声掩盖了身后那农妇一串串的叫骂声。

再度和童怀宇相约游杭州，是在第二年的深秋时节。"丹枫万叶碧云边，黄花千点幽岩下"，杭州在温柔的秋风中像是开启了油画滤镜，一份浓烈，一份恬静，正是你追寻的诗和远方。苏堤行走，我和童兄沉醉于芳华染晕的西湖美景，心情大悦。隐隐有二胡声传来，前面的桥上有一位中年流浪艺人正在卖艺。流淌的音符滑动秋的旋律，扣动我们的心弦，童怀宇从口袋里掏出两个一元钱的硬币，递给了我一个，说道："我们也行行善。"

拾步上桥，见流浪艺人靠着桥栏席地而坐，一个搪瓷碗放在中央。前面有一游客正掏钱扔进搪瓷碗，卖艺人瞥了一眼，操着二胡即兴编唱："五分硬币打发人，丢人现眼快走人。"瞧见我和童怀宇走来，他马上用脚跟顶着搪瓷碗，双脚伸得笔直，可怜兮兮地拉琴唱曲："秋风阵阵愁杀人，给点小钱做好人。"

作者与童怀宇（右）在龙井村

童怀宇的脸色倏然之间有变，脱口而出："这哪里是卖艺，分明是讹诈。"他朝我努努嘴，我心领神会，两个人转身就往回走。听得卖艺人在我们身后唱曲："掉头就走没理由，下桥就摔大跟头。"我忍不住笑出声来，连声说："真逗，太逗了。"童怀宇回头看那个卖艺人一眼，眼底充满了不屑："占据着桥头，还霸王硬上弓，逼着你留下买路钱。给少了还编歌词嘲笑施舍者，真不像话。"我附和："熊孩子都是被宠坏的。"童怀宇叹曰："可惜了那琴声，活生生被玷污了。"两个人边走边说，突然间，童怀宇停住了脚步，他捕捉到了一幅美丽秋色赋的画面，兴奋地叫嚷："这里可以360度无死角地欣赏西湖美景。"

邂逅西湖瑰丽的晚霞、湖水、山峦全都被染成嫣红，温馨又浪漫。挂在天边的夕阳把绚烂的色彩留在人间，这是对世界的最美讴歌，也是生命的意义。童怀宇赶紧抓拍一个个美景，他就像一个快活的邻家大男孩，大声地对我说道："没理由辜负眼前的美丽夕阳，没理由浪费当下的惬意时光。"当一个人追逐自己心中的美好时，浑身会散发出光芒，这光也会感染他身边的人。童怀宇让我欣赏他刚刚抓拍的杭州秋色，镜像中的一幅幅画面美轮美奂，我的情绪完全被童怀宇带着节奏起伏，我们沉浸在西湖的美景中低吟浅唱："最美不过夕阳红，温馨又从容。"

暮霭四合时分告别西湖，我俩骑行至雷峰塔。雷峰塔对面有净慈禅寺，坐落于南屏山慧日峰下，是西湖历史上四大古刹之一。寺内钟声响亮，南屏晚钟被称为"西湖十景"中的一景。相传活佛济公曾在净慈禅寺修行，且运用神力从井内运木材用以建造这座净慈禅寺。因着对济公的好奇心理，我俩拾步入净慈禅寺，想看看那口带着传奇色彩的济公井。

净慈禅寺，匆匆一瞥，那些累世光景、佛家梵音便深深烙印在脑海。经过斋堂，正逢僧人过堂，饭菜的味道搅起辘辘的饥肠，肚子开始不争气地咕咕直叫，这才想起离开龙井村之后就一直没有进食。有信众端着一大盆青菜煮豆腐进入斋堂，我装作可怜，扯扯女信徒的衣角，问是否可以化缘？虔诚的她连连点头："阿弥陀佛，阿弥陀佛。"她给我俩分别盛了一大碗白米饭，又一人一碗青菜煮豆腐："慢慢吃，阿弥陀佛。"看我吃得好香，她关心地询问我是不是一天没有吃东西了。我点头说："没有钱，就来净慈禅寺化缘了。"女信徒满脸悲悯，双手合十："罪过，罪过，阿弥陀佛。"一旁的童怀宇瞪了我一眼："怎能胡乱打诳语？"他搁下碗筷，对女信徒很真诚地说道：

"谢谢，我们是要付钱的。"说罢，童怀宇掏出了 20 元钱放在桌上，拉着我就走出净慈禅寺。"来到这里，心里要带着尊崇。有信仰的人，都是很虔诚的，你不能亵渎他们的感情。"童怀宇事后很认真地和我说了这句话。

我和童怀宇第三次到杭州小游，是在 25 年后的一个冬天。我们一路自驾，先到西溪湿地赏梅，拥抱香雪海。童兄端着相机，穿梭于梅林，聊发少年狂，他要拍摄一组"梅花香自苦寒来"的照片。我不劳而获，童兄镜像中的一幅幅精品我轻松地窃为己有，然后发个朋友圈，主题为西溪咏梅。第二天，我们重游西湖。曾经一起拥抱过西湖的春，欣赏过西湖的秋，今天又一起在西湖的冬日风情中徜徉。肃杀的北风中，西湖卸下了浓妆艳抹，用它的素颜欢迎我们。童兄精力充沛得很，他寻寻觅觅，在用镜头捕捉西湖的"冬日恋歌"，真看不出岁月在他身上留下的痕迹。春天里的满目繁华在淡淡的风景中悄然孕育，一抹不起眼的迎春花晃入眼帘，童兄敛神屏息，相机的焦距对准了风中摆舞的花儿。"俏也不争春。"童怀宇给他的这幅作品命名为《春的使者》。

我们在杨公堤的郭庄歇脚，泡一壶龙井香茗，倚窗而坐，悠闲喝茶，怡然自得地观雪后初霁的西湖美景，感慨我们的人生也走到了冬天，但我们的生命还是要怒放。我俩不约而同想起了 25 年前共游西湖的一件件趣事，一幕幕生动的画面重新浮现在眼前，往事并不如烟。忽地，童怀宇整个人跳了起来，凝眸远眺西湖的冬日风景，他捕捉到了一幅冬日西湖的美妙画面。童兄迅速地占据了一个最佳的拍摄位置，端起相机调整焦距按下了快门。不得不信服，摄影爱好者就是有一双捕捉美景的眼睛，常人看来一个很普通的景色，在他们的相机里会变成一幅美丽的画面。

童怀宇给我看他刚刚拍摄的照片，一幅雪后初霁的西湖美景定格在镜像中。童兄笑着正告我："这幅照片，我要放在我们的摄影群里。你可以有欣赏权，但没有所有权。"说罢，他又兴致盎然地解说他的选景、他的构图、他的用光，滔滔不绝，浑身洋溢着火一样的热情，哪里像一个古稀之年的老人。我想，一个善于发现美、捕捉美的人，其心理年龄一定是年轻的，怪不得旁人总猜不准童怀宇的实际年龄。

时间磨平了人的棱角，也沉淀出真正的友谊。我和童怀宇一路走来 30 年，我俩携手共游天下，泰山、峨眉山、井冈山的弯弯山道都曾留下我们的足迹，九寨沟、黄龙洞、长江三峡也有我们难忘的回忆。寄情于山水之间的童怀宇，追逐着灿烂的阳光,在自由的世界里光鲜通透地活着。他走自己的路,不管他人的评价,还偏偏要"路见不平一声吼"。钱钟书曾经说过一句话:检验一个人的人品如何,旅行一次就足够了。日常生活的相处,每个人都会刻意地展示自己良好的精神面貌,旅行是人从现实生活逃离出去,进入一个放松的状态中,做本真的自己,这时候,一个人的品行就会展现出来。

我在旅途中看到的童怀宇是生动的、立体的,他既是一个正气凛然的"热血青年",又是一个温情柔肠的儒雅学者。同样,站在讲台前的童怀宇也是这样的性格特点,而且气场更大,自带光芒。我进师训部时,童怀宇已经名声在外。他除了在大专班授课之外,主要还是为高中部教学政治课的教师讲授由他主持编写的《民主问题概论》。他讲授的这门课程,反响甚好,全市先后有十多个区县级的教育学院聘请童怀宇前往他们的学院讲课。

一位博学出众、深受赞誉的教师,其背后一定有着不同寻常的跨界经历和心路历程。童怀宇的课之所以能受到广泛的欢迎,这和他的学识、功底、积累密不可分。20世纪60年代中,他在复旦大学国际政治系求学,立志"胸怀祖国,放眼世界"。大学毕业时申请更名,以"怀宇"之名开始了三十多年的教学生涯。80年代中后期,国家进入改革开放的新时代,中学原有的政治课程远远不能适应当下发展的需要,重新编写新教材刻不容缓。童怀宇由上海市教委推荐,并受国家教委之聘,参加了上海市中学思想政治课教材编写组,为高三教材撰写了民主与法制、国际社会与对外政策等内容。为了帮助高三教师熟悉和使用新教材,在政治学前辈华东师大的王松教授指导下,童怀宇在电视台的教育频道为全市高三政治教师讲授政治学的有关理论和知识,探讨教学方法。

童怀宇还跟随编写组深入各基层学校做调查研究,与此同时,他认真学习党和国家有关改革开放的方针和政策,努力在教材中补充有关政治学、法学等理论知识,使20世纪80年代刚开始恢复的中国的政治学、法学等学科逐步完善。可以说,这一时期,童怀宇本人的政治观念也有了极大的转变,他的思想更趋开放,他用他的正直和勇气发出敢为天下先的声音,逐渐形成具有鲜明个性的教学风格。

童怀宇讲课,通常会从身边的一件人人习以为常的事情说起。一个比较深奥的道理,先是用浅近的语言,用身边的事情加以引导,等到共鸣产生,他的充满激情的声音就会在教室里久久回荡，那是一种对真理的呼唤和诠释。童怀宇让所有的听讲者都明白一个道理，在历史的长河中，总会有惊人的相似之处再现，这其实是历史长河中两个连续顺延的口岸，虽然时间轴上有先有后，但都处在相同的文化生态中，所以同样的人和事总会被不断地复制出来，前者就能给后者带来借鉴和启迪。

童怀宇授课，师生之间都敢于直抒胸臆，乃至唇枪舌剑，精彩纷呈的场面，简直太火爆了。站在讲台前的童怀宇就像一支乐队的指挥，自信满满地舞动手中的指挥棒，用丰厚的学识和娴熟的技能让手下的这支乐队听从他的指挥从而奏响出一组和谐统一的时代强音。当最后一个音符戛然而止，童怀宇往往会习惯性地挥动一下右手臂，一统乐队的王者风范尽显，他会用一句话收尾："思我所思，想我所想，先天下之忧而忧，这就是我们政治教师铁肩担道义的神圣职责。"掌声一片，作为对辛勤耕耘者的最高褒奖。生趣盎然的讲授、宽松愉悦的氛围，使政治课在童怀宇的引经据典之下不再枯燥，简直是一种沉浸式的表演，这样的课程焉能不受欢迎？我的好朋友，大境中学高中部的政治教师鲍勇曾对我说，童怀宇的课有深度、有张力。

童怀宇的课能受到教师们的欢迎，窃以为他喜欢倾听，会在倾听中找出问题，引导学员各抒己见，再用自己的广博学识佐证他认同的观点，从而步入教学相长的境界。童怀宇所表达的都是真实的自我，是出于内心的呼喊，所有对人生的梦想和追求都在他的讲课中凝结，所有保留在人们彼此心底里的赤诚也在他的演讲中会聚。有人问：如何做一个合格的政治教师？他的嘴角扯出浅笑，镜片后面神采飞扬的眼眸闪烁着智慧的光泽，一个转身，不假思索，在黑板上写下"唯期暗夜承薪火，不因微薄忘古今"。在思诚与见独之间"董道而不豫"，师者的胸怀和气度、使命和重任跃然黑板之上。热血涌上心头，青春依旧焕发，童怀宇发出慷慨激昂的声音："万物皆有裂痕，那是阳光照进来的地方。政治教师，就是带领着学生迎接那一缕阳光的引导者。那一缕阳光，正是人类思想先驱闪烁的真理光芒。"那一刻，站在讲台前的童怀宇，若孤松之独立，那形象在光影下显得唯美至极。

做了一辈子政治教师的童怀宇，在数十年的教学生涯中，表达的都是真实的自我，他从来都不说违心的话语，保留在心底的赤诚最终会聚成在课堂上的为真理而放歌。诚如鲍勇所言，童怀宇的课总有一种神奇的魅力，一个点拨、一句经典，就让人醍醐灌顶，带来顿悟之感。我想，如果没有丰厚的学识积累和自如驾驭教学的能力，童怀宇是不敢放手让听课的教师们各抒己见的。站在讲台前的童怀宇，有傲气、有底气，从他的身上可以看到复旦校训的精神——博学而笃志，切问而近思。广泛地学习知识，专心地探求真理，复旦校训成为这位复旦学子的人生座右铭。他不仅要做一个甘于寂寞的学问家，更要成为一个敢于怀疑的思想者，"日月光华，旦复旦兮"，复旦校训成为童怀宇行走人生的思想明灯，他的语言跟着复旦的精神行走，跟着"独立之精神，自由之思想"行走，他从不在意别人的眼光，也不在乎别人的评价，他就做好他自己。他骄傲地说，我没有时间在乎人家对我的评价，我就做好我自己。"我和谁都不争，和谁争我都不屑，我爱大自然，其次是艺术，我双手烤着生命之火取暖，火萎了，我也该走了。"杨绛先生曾经翻译的这首英国诗人兰德晚年写的小诗，用在童怀宇的身上真的挺适合。

我曾经有机会听过童怀宇的两堂课，一次是数百人的大课，一次是十几人的小课。我的亲戚时任浙江上虞教师进修学校的校长，他让我找一位上海的名师为上虞的教师开一次讲座，主题是改革开放形势下政治学科的重要性，我将童怀宇引荐给他。名师来上虞，好几百位教师坐满了大礼堂，上虞的中学思想政治课教师和基层学校的领导基本上来了。我坐在讲台的一侧，也成了一个旁听者。

一段开场白让热闹的大礼堂瞬间鸦雀无声，"各位老师，当今的中国像什么？"自问自答，"像一个战场，到处都是轰鸣声"，站在讲台前的童怀宇，西装革履，声音响亮，他环视整

2004 年，童怀宇在黄浦区教育学院给中学政治课教师讲课

个大礼堂，镜片后面的那对眼眸幽亮而深邃，像两个神秘莫测的漩涡，带着致命的吸引力，"那轰鸣声不是枪声和炮声，而是中国崛起的声音，是中国腾飞的声音，整个中国就是一个工地，中国的建设者正在自己的土地上描绘一幅梦想的蓝图"。童怀宇那神采飞扬的眼眸、生动有趣的话语，像磁铁一般吸引住了听课的教师。"为什么到处呈现一派欣欣向荣的景象？因为有了邓小平的南方谈话，因为坚持了党的基本路线，实现了改革开放的总方针。这是什么？这就是政治！"童怀宇稍做停顿，环视一下四周，话音继续在大礼堂的上空回响，"有人说，政治是少数人的事情，也有人说政治与自己没有什么关系，我认为这些说法并不准确。什么是政治？马克思主义认为，政治是经济的集中表现。这就是说，经济离不开政治，政治在更高的层面深刻地影响着经济。我们联系中华人民共和国成立以来几十年的发展历程，可以深刻地体会到坚持中国共产党在社会主义初级阶段基本路线的重要性，它正通过社会经济的发展影响着每个人的生活。我们伟大的民主主义革命先驱孙中山先生对政治下过这样的定义：政就是众人的事，治就是管理，管理众人的事便是政治。孙中山先生所言直截了当地说明了政治与每个人的关系。确实，直接从事政治工作的是少数人，从事政治理论研究和教学的也是少数人，但国家的政治状况切切实实地影响着每一个人，与每一个人都休戚相关。"

整个大礼堂鸦雀无声，在座的每一位教师都被童怀宇精彩的演讲深深地吸引。童怀宇随之又介绍了上海市中学思想政治课教学改革的实践经验，强调了思想政治课对中学生健康成长的重要意义，还强调了中学思想政治课的教学内容和教学方法改革的必要性。进入提问阶段，有教师问童怀宇："政治老师怎样做才能成为思想的引领者？"童怀宇略一思忖，笑着反问："你们是怎么理解的？"整个大礼堂传出一片窃窃私语声，童怀宇依然笑而不语，他自信满满地掌控着整个教学场面，似乎在等待一个破题的契机。后排有一个声音传来："还是听老师您说吧。"童怀宇欣然应允，他转身在黑板上写下这么一段话：伏清白以死直兮，固前身之所候。"这是屈原在《离骚》中的一句话，意思就是保持清白，守正直之道而死。伏清白以死直是我们民族文化的光荣传统，历来为前圣先贤所推崇，作为一名政治教师，必须具备这样的品格，以保持正直清白为荣，以献身真理事业为傲。"童怀宇的话音刚落，又是一片如潮的掌声，他获得了教师们的认可，好几个学校的校长都盛情邀请童怀宇到他们的学校去讲课。

傍晚，我和童兄在曹娥江畔散步，我对童怀宇说："你太勇敢，也太敢说，难怪你还要给自己的女儿取名为秉真。"童怀宇稍做沉默后说道："在波士顿犹太人死难纪念碑前有这么一段话，当纳粹来抓犹太人时，我保持沉默，因为我不是犹太人。当他们来抓天主教徒时，我保持沉默，因为我是新教徒。当他们来抓我时，已无人替我说话了。"明白童兄的含义，我也固执己见："如果仅仅是一个人的清醒，那有何意义？"童怀宇胳膊肘撑着防汛墙，面对着波光粼粼的曹娥江。夜幕下的曹娥江水波耀金，犹如无数条银蛇在游动，童怀宇极目远眺，话语深沉："现代意义的大国，其国民必定是站立着的。站立着的国民，一定要有敢为天下先的使命，政治教师更应该肩负这样的使命。"

我第二次听童怀宇的课是在汉高祖的故里江苏徐州沛县。沛县境内的大屯煤电公司为上海的一块飞地，我们学院负责整个煤电公司的中小幼师资培训，同时，也承担着大专学历的教学。教务长庄锡莱知道童怀宇和我友情深厚，只要有可能，他总会安排我俩同时去大屯煤电公司。这个寒假，庄老师又安排我和童怀宇一起去大屯为大专班的学生讲课。我传授语文教学法，童怀宇讲授哲学。

大屯煤电公司教育处将我的课程安排在下午，童怀宇的课程在晚上。抵达大屯煤电公司的第二天上午，我俩向学生借了两辆自行车，饶有兴致地前往沛县县城采风。县城有歌风台，为纪念刘邦衣锦还乡击筑高歌《大风歌》而建。时值隆冬，地处黄淮流域的沛县一片肃杀。大风歌碑凝重古朴，就像一部厚重的书本记载着2000多年前的一个历史篇章，童怀宇抚摸大风歌碑，在历史的触感里陷入沉思。

下午，我的课程刚结束，沛县就开始下雪了。雪花纷纷扬扬，漫天飞舞。有些学生所在的矿区离公司太远，担心雪下得太大，会影响班车的正常通行，都赶紧返回了矿上。晚上，童怀宇给学生上哲学课，为增加人气，我留下来和学生一起听童怀宇的哲学课。那堂课让我情不自禁地想起了一位戏曲名家曾经说过的一句话，哪怕只有一个观众，我也要全身心地投入演出，因为他是买我的票来享受的。童怀宇精神饱满地站在讲台前，面对二十来个学生，他的哲学课竟然以今天上午的沛县之行作为开场白。他说，想不到沛县这么个蕞尔之地，涌现出大汉王朝的开国皇帝和一大批英雄人物，谱写出中华民族发展史上灿烂辉煌的一页，真是北国自古多豪杰。

童怀宇还说："我和在座的你们，也托了刘邦的福，有幸成为汉人。"童怀宇幽默的话语让学生都笑出了声，教室里的气氛瞬间活跃。

童怀宇讲课有时会不按常理出牌，会打出令人出其不意的牌，让人瞠目。等到打完牌，细细复盘回顾，方能觉察到他的用心良苦，他绝不是无缘无故地信口道来。课堂上，童怀宇推了推眼镜，扫视学生的眼神颇为严肃："大屯这个地方，我来过多次，多少也有些了解。我一直在思考这样一个问题，这个完全因矿而生的矿区性城镇，它的前景会怎样？你们想过没有？"童怀宇的发问让学生陷入沉默，他们紧盯着教师严肃的面庞，急于知道答案。童怀宇话锋一转："我还是先和各位讲讲哲学。哲学是关于世界观的学问，是世界上最古老的学科。人类进入文明时代，哲学就产生了。"他扬了扬手里的哲学教材，"沛县的歌风台刻着刘邦的《大风歌》，这《大风歌》就是刘邦的世界观、人生观。刘邦用他的世界观考虑一个问题，打下天下坐天下，如何才能保江山？"他走到窗前，推开一扇窗户，朔风夹带着雪花无所顾忌地钻进温暖如春的教室。"大风起兮雪飞扬，感谢你们能留下来，坚持听我的课。"随即关上窗户，铿锵有力的话音送入莘莘学子的耳膜，"2000多年前，刘邦威武平天下，衣锦归故乡。面对一片歌舞升平，他却发问，安得猛士兮守四方？同样，今天的大屯，这座遗世独立于沛县的城邦，号称小上海，欣欣向荣，那我也想问你们，安得谁能守大屯？"

童怀宇在黑板上书写《大风歌》，粉笔灰一阵阵洒落。室外，雪花飘飘；室内，粉末扬扬，一种很奇怪的呼应。雪绒花是自然的馈赠，粉笔灰是灵魂的呼喊，两种洁白，正是物质和精神的重合，冥冥之中好像有一种不可抗力使然。童怀宇镜片后面的眼眸灼灼闪光，精彩的演说吸引了心神不宁的学生，那颗归家似箭的心被童怀宇收回留在了教室。

进入状态的童怀宇是极其富有激情的，传道授业解惑的声音在教室里回荡："我们再来讲哲学。哲学就是教导我们要从更高的层面、更广阔的视野去观察思考问题。今天我们要学习辩证法关于用联系和发展的观点看问题的内容。大屯煤电公司在过去几十年的时间里为国家的建设事业做出了应有的贡献，有着光荣的历史。但煤炭资源总有枯竭的一天，而世界范围内新的能源又在不断涌现，如果我们以联系和发展的观点为指导，把大屯煤电公司放到全国、全世界的范围，联系世界各国开发新能源的发展趋势，思考自己应该如何面对这样的发展前景，我想，大家一定会有许多新的启迪和新的认识。"

师者如光，微以致远，童怀宇身上散发出的这种光，深深影响着在座的学子。这种贴近生活实际，设身处地为他人着想、推心置腹与学生交流的教学风格，展示了师者深厚的教学功底，也体现了师者深切的人文关怀。课堂上的童怀宇骄傲地抬着头，语惊四座："吾爱吾师，吾更爱真理。我将亚里士多德的名言赠送给你们。记住，在追求真理的道路上不要因为对教师的尊敬和爱戴就不敢质疑教师的观点，而是要以客观、理性、严谨的态度去追求真理。"那一晚，被窗外的风雪包围着的这间教室温暖极了，学生学到了真正的哲学知识，他们的世界观得到了提升。

从第二天开始，童怀宇的课就很少有学生缺席，及至下课，学生仍会围住童怀宇，师生之间换了一种形式继续高谈阔论。多少年以后，学生回想起那个被雪花裹挟的夜晚，聆听童怀宇的谆谆教诲，内心仍充满感激之情。多少年后，曾经听过童怀宇哲学课程的好几个学生奔向了更广阔的天地，走出了自己的成功之路；还有一些学生的子女或进入著名高校深造，或出国留学归来，成为一方人才。多少年以后，这些走出大屯的学生重返故里，邀请我和童怀宇等教师一起重聚。觥筹交错中好多学生都回忆起当年童怀宇的哲学课给他们带来的启迪和思考，他们说，那一夜，童老师的这堂课重新点亮了他们的人生，他们由此感受到哲学是一门智慧之学、聪明之学。我在和学生碰杯的那一刻豁然开朗，明白了童怀宇当年讲课时将"北国自古多豪杰"与思考大屯煤电公司前景问题相联系的深层用意。

我始终认为，一个优秀的教师，骨子里会有一种天真和执着，就像一个干净通透的阳光少年，童怀宇就有着满满的少年感。他的这种"少年感"最打动人的地方，就是懂得如何让生命中的某些亮与暗呼应，在一片漆黑中让光亮在远方指引，让人如释重负，踏实前行。他让学生明白，萤火虫是会累的，还是得靠灯火，不去把灯打开，就只能在黑暗中奔跑。靠着萤火虫提供的微光，脚下的球很难瞄准球门的方向，而你打开的这束光亮就是真理之光、哲学之光。所以说，学习哲学的根本目的就是更新人的观念，解放人的思想，你追逐的这束光亮就是让你尊重科学，展望未来。一如冯友兰所言，学习哲学是使人作为人能够成为人，而不是成为某种人。

结束大屯煤电公司的授课，我和童怀宇想着去山东孔孟故里走走，再登泰山寻找"一览众山小"的感受。学生闻之，都要陪同我们一起前往。童怀宇摆手谢绝，他用幽默婉拒他们的热情："我怎么能带领着自己的学生在孔夫子面前招摇过市？如此，孔圣人会恼怒的。"学生听罢都会心地大笑，便安排在矿区外面的一家桥头堡农家餐馆为我俩践行。

学生提前一周就预订了这顿具有浓郁沛县特色的晚餐。几位学生的眼睛里闪动狡黠的神色，故弄玄虚地说要请我们吃一顿别开生面的筵席。我和童怀宇被簇拥落座，四个脸盆端上餐桌，惨烈而悲壮的菜品，四道大菜就装在四个洗脸盆里。有一个脸盆里有好多好多的眼睛在望着我们，好似一个个涂炭的生灵在哭泣，那是满满一脸盆的羊眼睛浸润在一锅鱼汤里，无论你转到哪个角度，那一只只的眼珠子都在瞪着你，如泣如诉，令人心生恐惧，浑身的汗毛竖起。另外三个脸盆里分别是一盆红烧羊球，俗称羊鞭，一盆羊汤炖刀削茄子，还有一盆羊杂碎。凉菜也配上四碟，分别是油炸蚕蛹、蒜泥黄瓜、白切羊肉，还有著名的沛县狗肉。

令人咋舌的晚宴，任何一位饕餮之徒面对这桌菜肴都会不忍卒睹。学生朱禄斌说："这桌菜的精华就是这盆羊眼睛，几十只羊才攒够这盆菜，我们用这盆菜表达一个心愿，祝老师永远心明眼亮。"常海泉为我们斟酒："老师要去曲阜，我们就用孔府家酒敬老师。"学生齐刷刷站立，端起酒杯敬老师。我俩起身和学生碰杯，感谢他们的一片真诚。"都说燕赵自古多侠士，我看高祖故里亦如此。"童怀宇满饮一杯酒，"品孔府家酒，尝山羊眼睛。孔夫子的精华熔铸在血液中，让为师者心明眼亮，你们的情和义都凝聚在这孔府家酒中，凝聚在羊的眼睛中，用心良苦，谢谢你们。"说罢，童怀宇搁下酒杯，勺子伸向脸盆，舀起了一颗羊眼睛送入口中，有滋有味地品尝。童怀宇微闭着眼睛品咂羊眼睛，他频频点头，眼角荡漾着笑意，咂着嘴连吐三个"鲜"字，幸福指数貌似满满的。"这羊眼睛的滋味怎一个鲜字了得。"童怀宇的点评让学生开怀大笑，都拿起调羹伸向了脸盆。我也跟着战战兢兢地舀起一颗羊眼睛，滑溜溜的圆球在口腔里滑来滑去，闭合在口腔中的羊眼睛被慢慢地蹂躏、撕扯，最终伴随着一口高汤滑入了食道，如释重负。投杯停箸不再食，心有余悸不敢动。羊眼睛，羊鞭子，羊杂碎，还有那炸蚕蛹，我真不知从何处下手。童怀宇凑近我的耳朵悄声说："别辜负学生的真情。"我岂会矫情？又舀起了一颗羊眼睛送入嘴里，细细品味，味蕾被鲜美激活，那个鲜瞬间爬满舌苔，真乃人间绝美滋味。

放开了胆量，敞开了肚子，品羊眼，吃蚕蛹，尝羊球，再喝一碗羊杂碎汤。人生得意须尽欢，我们频频举杯，飘飘然有些微醉，师生亲密无间的气氛被推向了高潮。

《诗经·卫风·淇奥》有云："有匪君子，如切如磋，如琢如磨。""有匪君子，如金如锡，如圭如璧。"说的就是一个有学问的人其在学德上锲而不舍，钻研深究，其在人品上如同圭璧，品格高雅。那顿晚餐，童怀宇频频举杯向学生表示感谢，灯光透过酒杯，细细碎碎地落在了他的眼睛里，我默默地注视他镜片后面的那双眼睛，所有保留在他心底的赤诚就在他的眼神里汇聚，貌似清高冷漠的外表下，其实蕴藏着一颗善解人意的心。聚餐结束后，我们回到煤电公司招待所，童怀宇对我说了一句感人心话："人世间唯有真情不能辜负，学生的真情，你更不能辜负。"

翌日清晨，披着薄雾搭载公交车赶到姚桥矿区，微山湖静静地躺在我们的眼前。顶着呼啸的寒风，踩着残雪走上横亘于湖中心的大坝，我们欣赏冬日里微山湖的别样风景。阳光下，微山湖雾气缭绕，形成了丁达尔效应，宛如仙境。湖中的残荷摆动茎秆左右摇晃，哪怕被吹弯了腰仍挺立不倒，倔强地根植于湖底的泥土，默默地、顽强地积蓄着精气，待到来年的盛夏时节，绚烂的荷花将轰轰烈烈地绽放，全部的梦想和激情，又会在整个浪漫夏季尽情挥洒。童怀宇有感而发："自然界的万物都知道收敛，都懂得积蓄，何况于人？于人而言，静下心来是收敛，读书学习是积蓄。"沐浴着霞光，我俩穿过微山湖大坝进入山东曹县境内，童怀宇笑着说："孔老夫子，有朋自远方来，你该不亦乐乎？"我俩拉着行李箱，说说笑笑，开启了一场孔孟文化之旅。

搭载一辆从曹县开往邹城的公交车，车上的乘客除了我和童怀宇两位异乡客，基本上是当地的原住民。车辆启动，一路发出咣当咣当的声音，名副其实的"老爷车"。到了一个站点，涌上来好几个年轻人，童怀宇被他们来回推搡，只能坐在发动机的车盖上，可那几个年轻人还是围在童怀宇的身边蹭来蹭去。童怀宇颇有些不满，他善意提醒道："请你们远离一些。"几个年轻人满嘴的乡音，叽里咕噜的，也不知道在说些什么。幸好在下一站，他们就下车了。公交车再次行驶，开车的司机回首，看一眼童怀宇，善意提醒："看看自己是不是丢失了什么东西。"童怀宇登时警觉，赶紧摸了摸滑雪衣内的口袋，两手一摊："皮夹子被偷走了。"满车都是同情的声音，都为童怀宇的失窃感到惋惜。童怀宇忽有醒悟，他很不客气地质问驾驶员：

"你是知道的，那几个年轻人是小偷？"驾驶员沉默不语。童怀宇追问："刚才为什么不提醒我？"驾驶员回过头看了童怀宇一眼，很无奈的一句回答："我每天都在这条线上开车，他们经常乘我的车。"车上好几个乡民也都七嘴八舌，说惹不起他们，劝童怀宇自认倒霉。童怀宇有些生气，满车厢都是他的声音："你们同情我，我却可怜他们。我丢失了一个皮夹子，也就200多块钱，那几个孔孟之乡的年轻人，却丢失了中国人最尊重的儒家文化。我俩想着来孔孟之乡感受中国的传统文化，想不到一踏上这片土地，却受到了这份待遇，是可忍，孰不可忍。"

孟子故里说《孟子》，孟子乡人听《孟子》，公交车成为童兄演说的课堂。阳光投射进车厢，碎在他镜片后面那一双细长的眼睛里，眼神中似乎有惊涛在翻涌："孟子2000多年前就说过，君子以仁存心，以礼存心。仁者爱人，有礼者敬人。2000多年后，在孟子的故里，世风日下，真的是对不起孟老夫子啊！"满车厢一片寂静，只有童怀宇振聋发聩的声音。此时此刻的童怀宇，他并不魁伟的身材在我的眼中显得挺拔高大，我觉得他就像荒漠中的一棵树，坚韧而又顽强，执着地将那抹绿荫洒向大地，承受着满身的孤寂，却又高贵如王。

车到了邹城，驾驶员打开车门，他起立送我俩下车。关上车门时，驾驶员朝着童怀宇大喊一声："谢谢你，老师。"一个微笑向我们送来，我们也报之以微笑，互相把微笑送给对方，此时无声胜有声。目送渐行渐远的公交车，我们看到有乘客探出身子在向我俩挥手。童怀宇感慨："孟子故里的后人，还是善良的。"

其实童怀宇在公交车上义正词严的时候，我还是替他捏了一把汗的，我害怕那几个无良青年再杀个回马枪做出出格的事情，因为缺失社会公德的人往往没有做人的底线。我说出心中的担忧时，童怀宇反问我："看过肖洛霍夫的《静静的顿河》吗？有一句话我的印象极为深刻，种风的人，收获的是风暴。"当然明白这句名言背后的寓意，作恶者必将遭受命运的审判。"他们收获的风暴需要我们来刮起。"童怀宇掷地有声，正气凛然。

孟子被后人尊称为亚圣，他的重民轻君之论、性善养气之说，在中国思想史上独树一帜。孟庙古木森蔚，碑碣林立，共五进院落，以主体建筑"亚圣殿"为中心。我们逐一游览后，随即就赶往曲阜，祭拜孔子。

曲阜是儒家学派创始人孔子的故里，是东方文化的重要发祥地，被誉为"东方圣城"。一座城市将其绵延 2000 多年的儒家文化折叠于此，令人心生敬畏。这里有中国现存最完整的古建筑群之一的孔庙，有"号称天下第一家"的孔府，有世界延时最长、规模最大的家族墓地孔林。中华民族用千年的信仰和尊崇在曲阜雕刻出壮观的"三孔"文明，孔庙、孔府和孔林是人类文明在这个星球上的喷涌。

供奉在大成殿的孔子塑像，面容端庄睿智，童怀宇褪去孤傲的光环，在孔子塑像前鞠躬。大哲之言，穿越时空，似在他的耳畔萦绕：知之为知之，不知为不知，是知也；三人行，必有我师焉。童怀宇身处历史的回响之中，聆听圣谕，零距离地浸润儒家文化，洗涤自己的灵魂，荡尽心中可求不可得的欲望，人文精神得到了升华，信仰顿时产生了力量。

孔府是孔子嫡孙居住的府邸，我们参观完孔府后径直来到孔林。孔林最核心的去处是洙水桥旁的"大成至圣先师文宣王"之墓，也就是孔子墓。与一般墓葬相比，孔林显得更有文化，也更有意义。孔子去世后，弟子们纷纷从家乡带来树苗种植在孔子的墓侧。历朝历代，前来瞻仰孔子的后人也纷纷在此种植树苗，这片蔚为壮观的绿色海洋被称作孔林。历史搭上马车远去，但是历史的余音从未消散，孔子的思想始终根植于国人的心中，孔林成为孔子的魂之所在。朱熹云："天不生仲尼，万古如长夜。"孔子，在生死之间，依然洒脱；在困厄之中，依然自信，他高举生命之道，弘扬心性之仁学，丽如日月，朗照百代。

孔子墓，一座永恒的丰碑，童怀宇在孔子墓前鞠躬。时光划下的距离仿佛在这一刻消失殆尽，他穿越 2000 多年的时空用自己的灵魂和孔子对话。"孔林隐藏着中华文化的基因密码。"童怀宇对我说，"孔子是儒家创始人，他的思想核心是仁和礼，仁的主张是仁者爱人，礼的主张是克己复礼。我们现在提倡的尊重他人、五讲四美、精神文明等，就是孔子伦理思想体系的延续。"

沐浴孔子的思想光辉，挥一挥手和孔子告别，我俩在曲阜找了一家饭馆，把酒叙谈。童怀宇话匣子打开："身临圣地，面对孔子像，思绪万千。孔子是世界公认的伟大的思想家和教育家，他所创立的儒学深刻地影响了中国 2000 多年的发展经历，塑造了中华民族的基本性格，为灿烂的中华文明做出了不可磨灭的贡献，万世崇敬。"童怀宇稍做停顿，品一口酒，脸颊泛起了酡红，话语滔滔，"当今的世界早已进入了以工业化为核心的时代，我国也在进行现代化的建设。很显然，作为农耕文明产物和结晶的儒家文化，不再适应现代社会需要，不能推动现代化建设的发展，我们该如何对待孔子的文化遗产？我认为不能再有近百年来多次出现的彻底打倒、彻底砸烂之类的所谓革命，但也没有必要如古人那样无限尊崇儒学，从儒学中寻找什么救国之道。一代人有一代人的历史使命，一代人也有一代人的历史局限。你可以从历代帝王对孔子的封谥中看出那伟大之中隐藏着的历史局限。"童怀宇说话的声音越来越高，引得小酒馆内其他客人侧目，几个大学生模样的年轻人慢慢地凑拢到我们的身边。

"我们这代人的责任，就是要在批判地继承中国传统文化的基础上面向世界、面向未来，学习和吸收人类文明的一切优秀成果，创造出适应现代化建设需要的新文化，这就需要千千万万国人的努力，也包括你和我。"童兄说完又抿了一口酒，陷入了沉思。几个年轻的旁听者正听得入神，猛然间看到童怀宇的话语戛然而止，一时间竟然没有反应过来。有一位悄悄地问我："他是教授吧？"我的嘴角挂着骄傲的微笑，答道："当然，复旦毕业的。"闻我之言，围着我们的年轻人一个个流露出更加敬佩的神情，他们将童怀宇团团围住，向他提出各种各样的问题，童怀宇又满血复活。

那一晚，我也跟着童怀宇小醉了一把。醉里挑灯看童兄，我觉得他又把这个小酒馆当作了他的课堂。望着被我尊称为童兄的学长，我的内心也充满了对他的钦佩。我从认识童怀宇的第一天起，就发现他有些特立独行。他沉浸在自己追寻的真理世界而深情地活着，从来都不随波逐流，人云亦云。有时候，他给我的感觉就像一个战场上的斗士；有时候，他给我的感觉又像是一个温和善良的邻家大哥。他用他的热血浇灌他的善良之花，他用他的侠骨包裹他的柔肠情怀。你若能真正地读懂他，那你一定是他的真心朋友。今天，他在孔子故里评论孔子，让我对孔子及其创立的儒家文化也有了一个新的认识，我终于明白，童兄他在孔子塑像和孔子陵墓前恭敬鞠躬而不是深深叩拜的原因。

泰山是我们这次齐鲁之旅的最后一站。孔子是圣人，泰山更是山中"圣人"。孔子之所以成为圣人，乃泰山上古文化孕育的结果。孔子乃圣中之泰山，泰山乃岳中之孔子，以孔子配泰山，壮哉；以泰山配孔子，美矣。童怀宇称，沿孔子的足迹徒步登临泰山之巅，此番齐鲁大地行走才算完美收官。

我们在泰安留宿一晚，翌日清晨，抵达泰山脚下的红门。四柱三门式跨道石坊，典雅端庄，额题"孔子登临处"五个大字。天气甚好，阳光明媚，弯弯山道，游人很多。童怀宇兴致勃勃，他对我说，今年他正好整五十，是孔子所说的"知天命之年"，他要学一学孔子，徒步登泰山，体验一把"登泰山而小天下"的感觉。

泰山，跨越亿万年的时空，演变出前世今生的地质密码，幻化出奇特瑰丽的生态景观，编织出悠远厚重的人文画卷，享有五岳至尊的盛誉。迤逦登山，梦就开始了，沿着时光之河走进历史深处，一卷读不完解不透的史书缓缓向你打开，华夏文明之花绚烂得不可想象，我和童怀宇沉醉于泰山的自然风光和人文景观。

被称作天梯的泰山十八盘直插云霄，尽头就是南天门。泰山之雄伟，尽在十八盘。两侧崖壁如削，陡峭的山道镶嵌其中，远远望去，恰似天门云梯。看着那伸向云端的天梯，腿肚子不由得抽筋。我问童怀宇："是否可以坐缆车？"童怀宇反问："孔孟坐过缆车乎？"说罢，嗖地起身，登上了十八盘的台阶。

泰山十八盘几乎囊括泰山之壮美景色，然攀登十八盘，也是对人体极限的一次挑战。我们的前面有一群中学生正在奋力攀天梯，青春活力洋溢。学生高声朗诵李白的诗歌："仰天大笑出门去。"我不假思索，张口接上："我辈岂是蓬蒿人。"学生回头，笑脸相迎。"青春真好。"童怀宇赞叹。学生中有一抓住铁链费力攀登的女生逐渐掉队，从背影看，是一位体型较胖的姑娘。很想让她能侧过身子让我们先行，但被童怀宇挡住："我们不急。"也好，跟在姑娘的后面，走走停停倒也可以调整体力。也许姑娘太胖了、太累了，她终于停在了十八盘的半道，侧过身子让我们先行。忍俊不禁，调侃她："太胖啦，好好减肥。"一忽儿，听得身后有声音飘来，分贝很高，"就你知道！"我转过头，愤愤不满的姑娘两腮像气球一样鼓起来，她正气呼呼地瞪着我。她那发飙的模样让我憋不住又笑出声来，她的一句"就你知道"真乃神来之语。"真逗，真可爱。"我一手抓住铁链一手捂着肚子连声说。童怀宇就站在姑娘的身后，他的声音往我这儿飘送："赶紧打住。"我看见童怀宇在安慰姑娘："你能战胜自己，攀登十八盘，了不起。"他朝姑娘竖起了大拇指，姑娘圆脸荡漾的笑意堆成了一朵花。子曰：君子尊贤而容众，嘉善而矜不能。有些感动，童怀宇一个不经意的小插曲，让我看到了人性的善良。

耸立在齐鲁大地的泰山，虽然沉默不言，却是几千年朝代更迭、疆土变迁的最好见证。我们沿着孔子的足迹，登上了泰山之巅，十八盘被我们踩在了脚下。我和童怀宇在五岳至尊的石刻前合影，又见到了那位姑娘，她开心地和童怀宇打招呼。她在最艰难的时候，是童怀宇的一声鼓励让她战胜了自我。童怀宇又送给她一句赞扬的话："有志者事竟成。"我也向她竖起了大拇指，她灿烂地笑着，朝我摆摆手，找她的同学去了。

泰山归来一年多后，我离开了教育学院，转到上海文化广播影视集团工作。我离开师训部的时候，童怀宇送我到楼梯口。我俩站立在楼梯的拐角处，这个楼梯口的拐角，正是我第一次和童怀宇相遇的地方。那天的相遇，童怀宇眼眸中的神色是清冷的，他的头是高高昂起的。今天的离开，童怀宇眼眸中的神色是不舍的，他低着头向我挥手，看着我一步步走下楼梯。我回首，他还站在原地，我俩都望着对方在微笑，万般不舍躲藏在笑意的背后。

离开教育学院后，我依然情系那片教育园地，因为我 17 年的教育生涯，其中有 10 年时间是在教育学院度过的。师训部的很多教师也一直和我保持着联系，他们会告诉我师训部发生的许多事情，还经常和我谈论起童怀宇。他们说，你的童兄真的是一个很特别的人，特别喜欢较真。我说，童兄较真，是因为他在意事实和真相，他从来对事不对人。

很长的一段时间内，一直和我保持联系的我们师训部的 Z 老师突然杳无音信，我向童怀宇打听她的消息。童兄说，她遇到了麻烦，然后告诉我一些她的事情。后来，又有很多教师也断断续续地告诉我 Z 老师的一些情况。原来 Z 老师和她的两个教师闹崩了，她们从无话不说到无话可说，从一朝相逢到一夕离散，亲密无间到反目为仇的剧情惊掉了我的下巴。我的眼前始终挥之不去那幅感情深厚形影不离的画面，我在师训部的时候，是经常看到这幅画面的。如今，这幅画面被撕裂了，似纸的人情，被撕碎撒在风中。

Z 老师曾经追喊着的引以为傲的朋友最终远离她而去，其心之痛苦，莫过于她认为自己的真心不被理解。鲜有人同情她的境遇，她伤心至极，郁郁寡欢。那些年里，我经常听到师训部的教师告诉我，童怀宇关心着她，还为她仗义执言。我一点也不奇怪，善良从来就深植童兄的心田。

我和童兄见面时，也询问 Z 老师的近况。童兄说，她确实很难，很多人都不理解她，就会有意无意地伤害她，落井下石是一种不道德的行为。她从来就没有想过要伤害人，我们为什么要去伤害她？她是做好事的，但事情的发展难以预料，这不是她一个人的错，你不能因此而责难于她。

Z 老师退休后，童兄曾多次去她的家里看望她。童兄告诉 Z 老师，她并不孤独，还是有同事在关心着她。Z 老师身染沉疴的时候，童兄更是尽自己所能，给予她很多的宽慰。这份真情，在 Z 老师人生最后的那段岁月里，时时温暖着她的心。Z 老师去世的时候，告别仪式在闵行区老沪闵路上的殡仪馆，童兄横穿大半个上海一路赶去，他要送 Z 老师最后一程。闻之，我的眼眶有些湿润，我在心里默默地说道：童兄，你本善良。

童兄退休的时候，我选用了一种特别的方式为他的教育生涯画上一个句号。我请他到天蟾舞台看了一场京昆名家杨春霞、蔡正仁领衔主演的《桃花扇》。皮黄和水磨调在舞台上的杂糅，让喜欢京剧的我和喜欢昆曲的童怀宇都过了戏瘾。京昆雅韵是我俩的共同爱好，只是我更喜欢京剧，童怀宇更钟情于昆曲，京昆合一的《桃花扇》，既满足了我对京腔的欣赏，又让童怀宇过了一把欣赏昆曲的瘾，冥冥之中还暗合了我俩的深厚友情。

我虽然标榜自己喜欢京剧，其实也仅仅是流于欣赏的层面。童怀宇才是真正地喜欢昆曲，他浸淫其间，潜心研究。谈论昆曲的名家名剧，如数家珍，兴之所至，还情不自禁地哼上几句。我们曾一起欣赏张军、沈昳丽领衔主演的全本昆曲《牡丹亭》，两位年轻的昆曲名家演出的状态特别好，精湛的表演让观众大饱眼福。"良辰美景，赏心乐事"，美哉妙哉。陶冶在昆曲雅韵中，浸濡在中华文化中，身心得到了熏陶，灵魂得到了洗礼，精神得到了升华，多么美妙的世界。

我们前排有一对年轻的夫妇带着读小学的儿子感受昆曲的博大精深，小孩耐不住冗长的演出，如坐针毡，他在座位上扭来扭去，又回头东张西望，后来，干脆玩起了手游。家长低声呵斥，男孩却很委屈。童怀宇朝家长轻轻摆手，他附在男孩的耳边悄声说了几句话，那男孩居然听话地端坐，努力地看着台上的表演。男孩家长回首，双手抱拳送给童怀宇一个微笑。

全剧结束，开车送童怀宇回家的途中，我问童兄："你用什么魔法降伏了男孩？"童怀宇笑笑："我相信昆曲有它的特别吸引力。我对男孩说，你爸爸妈妈和大家都在静静地看台上的精彩演出，你只要静下心来好好看，回去就可以和爸爸妈妈交流了。"我调侃童怀宇："童兄沉醉昆曲，方知昆曲会有这样的魅力。"童怀宇微闭着双眼，用昆腔作答："不入园林，怎知春色如许？"

童怀宇退休后的生活是丰富多彩的，这个自称从来没有当过"官"的童兄，在上海老教授学会成人高校分会、上海复旦大学校友会北区校友联络组里担负起主要职责，热心地为老教授、老校友们服务。他报名参加老年大学摄影班，从头开始学习摄影技能；他还参加摄影旅行团，行走于大江南北，沉浸在摄影的无限乐趣之中。他和夫人一起成了昆曲的票友，昆坛生旦净丑各名家的拿手剧目，他都能娓娓道来，如数家珍。浸淫于博大精深的中华文化，享受国粹带来的美的享受，成为童怀宇生活中的又一道文化风景。

我惊讶于我所认识的童兄竟然也是一个粉丝，他对昆曲的痴迷真的令我钦佩。他和夫人一起看完上昆的《牡丹亭》，又追到苏州，看苏昆演出的《牡丹亭》。他们追逐昆曲名家的演出足迹辗转于不同的剧场，还会像年轻人一样追星，排在长长的队伍里，等候着"大熊猫"的签名。他捧着昆明名家的签名照，对我说："他们可都是国宝呢。"

一到昆曲的演出季，童兄和他的夫人就忙开了，对着系列演出的剧目单发愁，一个劲地抱怨时间不够，最后只能有选择地追剧。那些被他万般不舍剔除的剧目，他就在他的昆曲票友微信群里了解相关的信息和评论，也算过把瘾。一唱三叹的昆曲韵腔，将闺阁闲愁、离人相思、兴亡之叹展现得淋漓尽致，童兄在檀板慢拍中神思悠然。他说，昆曲之美360度无死角，"百戏之祖"的称谓当之无愧。童兄，我好生羡慕你，爱好昆曲兮，"年既老而不衰"。

德国哲学家黑格尔说过，假如没有热爱，世界上一切伟大的事业都不会成功。热爱，是最具活力的事业因子，是成功的阶梯。退休后的童怀宇还在上下而求索，拉开他人生第二春的帷幕。梵高说过，我不知道有什么可以确定的事，但看到星星让我有梦想。童怀宇一如梵高所言，抬头看到了满天的星星，又满身热血复活，成为昆曲明星的追星族，成为摄影队伍的发烧友。也许生活就应该忘记年龄，忘记忧愁，懂得放下。放下了，不是没有，而是有。古人常说"由艺进道"，说的就是有益的兴趣爱好可以滋养生命，使得一个人精神富足。古稀之年的童兄以昆曲、摄影修身，以心观世，他在继续筑梦。

有人说，搞摄影的人，总有那么一点儿偏执，童怀宇也不例外。他背着长枪短炮，踏遍青山人未老，所有对大自然的梦想都凝聚在他的镜像，所有保留在心底的赤诚也都聚焦在他的镜头。他说，用眼睛捕捉到的画面，只能称为照片，而用心灵捕捉到的画面才是艺术。为了抓拍最美好的光影，他往往会一连数日在同一地点蹲守，他在等待最辉煌那一刻的到来，迅速地按下快门，那一瞬间的定格最终成为经典的永恒。

我应该是童怀宇摄影作品最早的欣赏者之一，那一幅幅的照片在光影下显得唯美至极，那是梦境与现实的结合，那是光与影的交错。用手抚摸那些镜像中呈现的世界，似乎能感受到它的温度，一定是摄影者本人所拥有的一种内在力量，才使得镜像中的画面有温度、有厚度、有张力。童怀宇用影像还原世界，用镜头记录时代，每一张照片，都是流逝时光的标本，都是现实世界的图解。

童怀宇的摄影作品，我最喜欢的还是他镜像中的杭州，这或许和我俩曾经在杭州留下许多生动的故事有关。近三十年来，我和童怀宇一起走过很多地方，但我俩最忆是杭州。我的目光停留在童怀宇拍摄的一幅西湖深秋的画面：碧云天，黄花地，秋色连波，波上寒烟翠。秋风吹皱西湖水，秋水共长天一色。28 年前，我俩偷得浮生半日闲，西子湖畔踏秋行。秋风飒飒兮枫叶红，草木泛黄兮雁南飞，我俩脚步沙沙声声慢。童怀宇蓦然回首，但见我整个人被残阳的余晖浸染，那一刻，我的影像被童怀宇锁在他的镜像中。童怀宇甚是喜欢他的这幅作品，照片中的本尊，沉思往事立残阳，颇有意境。

我脑子里有个一厢情愿的执念，也许童怀宇喜欢上了摄影，正是从他给我拍摄的那张照片开始的。我在童怀宇的书房里欣赏他的摄影作品，又看到了童怀宇抓拍我的这张照片，便陷入了沉思。童怀宇为我泡上一杯香茗，我打趣道："不会是那年在龙井购买的吧？"童怀宇开怀大笑，杭州，你给我们留下太多的回忆。

时间磨平了人的棱角，也沉淀出真正的友谊。我和童兄携手共行，一起走过了30 年，不知不觉走进了人生最后的一段时光。爱因斯坦曾经说过，世间最美好的东西，莫过于有几个头脑和心地都很正直的严正的朋友。有这样的朋友，那是一种福分，童兄就是这样的朋友。30 年来，我和童兄一直保持着密切的联系，两家之间也保持着亲密的关系。30 年来，有好多的亲朋好友，也都一起走着，然而走着走着就散了，回忆都淡了，"渐行渐远渐无书，水阔鱼沉何处问"。我和童怀宇还是一起走着，友情越走越深厚。"青山一道同云雨，明月何曾是两乡。"我俩的友情就像一坛绍兴黄酒，经历岁月的沉淀，越来越醇厚。

我们在生活中不难发现，有相似爱好、有相同脾性的人往往容易互相吸引，这种相投是精神上的、本质上的、自然而然的。一如《周易》中的"同声相应，同气相求"之所云。30 年前，王仲宜曾断言，我和童怀宇一定会成为好朋友；如今，我俩用 30 年的时间来证明王仲宜的所说没错。也许这就是所谓的磁场定律吧，你有什么样的磁场，就会遇见什么样的人。

我与童怀宇的相遇靠缘分，信任靠真诚，人生有这样一位兄长般的好友，无话不谈，何其幸运。走过 30 年，回首向来萧瑟处，千种感慨，唯我和童兄知晓。

今年的夏天酷热难熬，一场台风带来了丝丝凉意。窗外雨骤风疾，冲走 40 摄氏度的高温带来的溽暑。打开阳台的门，风雨扑面，大呼快活。想起了 28 年前，我和童怀宇在余姚河姆渡 7000 年的文化遗址前参观，一场滂沱大雨从天而降，游人四散，纷纷避雨，我和童怀宇却在享受被雨淋。我们索性放纵自我，在雨中漫步，两个人浑身上下湿透，却其乐无穷，整个景区就我俩在雨中悠然自得，那种原始的意味非常契合河姆渡的文化。又想起我们在山东威海的刘公岛，晚上住在部队的营房，我俩在漫天的星斗下冲凉的趣事。四处一片静寂，恍若身处与世隔绝的孤岛，面对着一个远古的梦幻，安静地坐在星空下，心境恬淡。冷不防一场暴雨兜头而下，大呼快哉，仰天长啸："让暴风雨来得更猛烈一些吧！"旅途中的雨让我们的旅行充满了浪漫的情怀，雨，是旅行途中大自然赐给你的诗歌，是大自然为你演奏的乐章。思绪扯得很远，忽然想起今天是要和童怀宇见面的，这风大雨大，不知他是否会践约。正想着打个电话给童怀宇，他的电话先打过来了，他问我，是否见面？我回答："你来，无论多大风多大雨，我都要去接你。"童兄在电话那头大笑："那我就如约而至。"

童怀宇，热爱生活，为人正直，是非分明。童教授，思想开放，思维清晰，敢为天下先。童兄，待人率直坦诚，对天下大事有宽阔的视野，对社会民生有深切的人文情怀。一个满腔热血的童怀宇，一个傲骨柔肠的童怀宇自然而然被雕刻出来。

童兄的性格特点其实是对立的，却在他的身上得到了统一。这对立统一，浑然天成，还真的能诠释哲学的观点。

　　童怀宇，诚如其姓——"童"心永在；童教授，宛如其姓——"童"趣永存；童兄，愿如其姓——"童"真永葆。

世界是个回音谷

两条母亲河,黄浦江和苏州河。风云际会处,远东上海"大湾区",傲称申城"第一湾",又谓魔都"金三角",见证了百年上海的时代转捩。浦东陆家嘴,华夏腾飞新窗口,高楼连天向天横,火树银花不夜天。浦西外滩源,现代城市策源地,百年沧桑老建筑,洗尽铅华成经典。浦西牵浦东,相看两不厌,百年对话,世纪握手,相汇"大湾区",聚焦"金三角"。魔幻之都大上海,魅力无穷放异彩,焉能或缺北外滩?重铸辉煌,焉能遗忘大隐隐于"金三角"的这栋百年建筑——原美国海军司令部旧址?又焉能想象有一对执着于对老建筑保护利用的上海伉俪会一头钻进这栋老建筑,抹去历史的尘埃,重铸老建筑的辉煌,凭借着对艺术的执着追求,用无限的激情与幻想,在这钢筋水泥浇筑的冷冰冰的空间里一掷千金创造出一个真实世界里面的粉色传奇,构筑出一个令人啧啧称奇的艺术天地。

十年光阴磨一剑,日复一日锲而不舍地精雕细琢,这对艺术璧人用 3000 多个工作日换来这栋老建筑的嬗变。这些嬗变不是推倒重来,而是在厚重历史包裹下的一种创新迭代,外表看似悄无声息,历史依旧沉淀于斑驳的外墙,维持着原美国海军司令部百年沧桑的旧貌,然跨进厚重的铁门,沿着逼仄的楼梯跟随主人步入二楼,犹如一个"童话世界"向你开启了城堡的大门,一件件匠心独运的作品在这片空间绽放光芒,这栋清水混凝土打造的有着"上古容颜"的原美国海军司令部的内核竟然被营造出这么一个令人惊叹的艺术天地。慕名而来的造访者都怀着敬佩之心徜徉在"童话世界",惊叹这对艺术伉俪在这栋老建筑里创造的一幅幅灵动的传奇作品,忍不住按下相机的快门，将这精美的画面永远地保存。意犹未尽之时，一个个又都把作品反复端详，轻轻抚摸，沉醉在美的意境中不忍离去。细细品味创作者的艺术匠心，文艺氛围浓郁却不乏人间烟火气息，十分有料但无法归类，啧啧赞叹的同时竟难以用语言描述内心的震撼，这是发生在一座有着百年历史的老建筑里面的一个传奇故事，故事的主人公是上海滩一对普普通通的中年知识分子，男主人公大名詹惠明，英文名字为 Timon。

上海滩有着许许多多很有故事的老建筑都不事张扬地隐藏在一批明星般灿烂的建筑背后，它们默默地用自己满身的斑驳沧桑诉说着魔都的前世今生。静水深流，这些老建筑表面上貌似低调无痕，波澜不兴，然所有的惊涛骇浪都在海底发生，一旦潜入，你仿佛游弋于另外一个璀璨的世界，一部辉煌的史诗向你展开。这栋有着百年历史的老上海建筑，它的前身是美国海军司令部。岁月逐渐淘汰了它的使用功能，历史的尘埃遮盖住了它以往的光芒，昔日的辉煌被周边一批拔地而起的摩天高楼掩盖，它只能悄无声息地隐藏在北外滩的角落，好似被这座城市遗忘一般。

历史记载着这栋老建筑拥有正牌海派建筑文化的血统，历史告诉我们它也是上海滩开埠的见证人。历史在提醒着后人，这栋老建筑是一部可以阅读的书本，打开它，上海滩的前世今生它也有着生动的记录。可以断言，若留住它的文脉，用现代的眼光匠心改造，这栋百年老建筑会成为经得起时光流逝、岁月打磨的"城市经典"，因为它是上海滩开埠后殖民者留在上海北外滩的一座带有军事侵略性质的老建筑，它与外滩的金融大厦、南京路上的商业高楼恰好起到了一种建筑文化多元的互补作用。

1843 年 11 月 17 日，根据中英《南京条约》和《五口通商章程》的规定，上海正式开埠，中外贸易的中心逐渐从广州移到上海。中国城市发展史上一场划时代的沧桑巨变随之启动，上海从一个不起眼的海边县城开始朝着远东第一大都市迈进，它的策源地是被划入英租界的外滩，外滩率先跨出了中国延续几千年的传统农村社会的门槛。

上海开埠后，最早建立的一批轮船码头就在北外滩这一带，当年东大名路南侧至黄浦江沿岸，码头林立。北外滩最西端的码头，朝北曾有一条扬子江路，老上海人都称为扬子江码头，由于长期以来是民国政府海军、日本海军和美国海军及人民海军使用的码头，故又称其为海军码头。

扬子江路本来只是苏州河入黄浦江口北岸滩地的一条纤道，1848 年被拓建为一条马路，命名为扬子江路。后来发现这里所面临的并不是扬子江，而是其支流黄浦江，于是就将扬子江路改名为黄浦滩路，后又称其为黄浦路。以往的百老汇路（现更名为大名路）与扬子江路（现更名为黄浦路）以遐迩闻名的上海大厦为起点并行向东延伸，绵延起伏的古典建筑群迤逦向东构成"金三角"之一北外滩的别样风情，其丰富的文化资源和深厚的历史积淀不逊外滩源。

仿佛是一幅历史画卷徐徐展开。由南向北步入外白渡桥，桥的左侧原来是百老汇大厦（现为上海大厦）。下外白渡桥，沿着黄浦路向东行走，礼查饭店（现为浦江饭店）、德国基督教新福音堂和德国领事馆、美国驻上海领事馆（现黄浦路 36 号）、日本驻上海领事馆（现黄浦路 106 号的黄浦饭店）、美国海军司令部旧址逐一晃过眼帘。凝固的建筑是有生命的，蕴含着建筑师的人文思想。20 世纪法国最著名的建筑大师柯布西耶曾说过，建筑设计师的激情可以从顽石中创造出奇迹。建筑师和文学家犹如一双眼睛的左眼和右眼，他们展开想象的翅膀，发掘人间真善美的源泉，用自己的智慧为人类历史文化留下灿烂的鸿篇巨制。走进北外滩的这一栋栋世纪建筑，你能触摸到那些建筑大师的灵魂，建筑大师把本无生命的"顽石"魔术般变化成表现自己精神的一种创造，这些有生命的建筑至今在上海滩散发出远东大都市的风采。

这片街区其实有点儿妖，与老外滩和陆家嘴近在咫尺，异质感却很强烈，有着混沌、包容的美学和独特的都市掌纹，人文底蕴深厚。这片区域开埠也比较早，华洋共处，尤其以日本人、英美人和犹太人居多。工业、商贸、文旅与居住功能并存，势力盘根错节，它的前世今生莫衷一是却又一言难尽，因此，它就有了一种耐人寻味的价值。

城市文化的厚重离不开伟大作品的支撑，城市的文脉不能因为城市的发展而贸然割裂，唯有延续和继承才是对历史的尊重。一座城市的文脉其实就是一座城市的建筑，保护老建筑就是守护城市的文脉，因为透过这些历史建筑，你可以读懂这座城市拥有的历史记忆。上海的文化被称为海派文化，海派文化的核心就是海纳百川。在上海，有一批痴迷于保护上海老建筑的文化学者，他们一直致力于海派文化的复兴。作为海派文化的倡导者，保护老上海的历史建筑，他们认为责无旁贷，因为这不仅是对海派建筑的复兴，更是对海派文化精神的传承，朋友 Timon 和他的太太 Feng 也是致力于海派文化保护的践行者。

Timon 乃军人的后代，毕业于同济大学机电系，却对上海滩的老建筑有着浓厚的兴趣。Timon 说，历史建筑是启发爱国热情和民族自信心的实物，保护老建筑就是保护历史文化的载体，上海的这些老建筑见证了这座城市百年历史的沧桑，一旦破坏，上海的文脉就会断了。基于对城市老建筑的一片拳拳之心、殷殷之情，鬼才 Timon 和他的太太 Feng 怀着无限的激情和幻想走进了美国海军司令部旧址的心脏，倾其所有，在保护这栋老建筑原汁原味的外部结构的同时，开始对这栋老建筑内部的局部空间进行了脱胎换骨的改造，重铸这栋老建筑的辉煌。

我和 Timon 相识相交源于一场因缘际会。我的复旦大学的老师忽然有一天告诉我，他的夫人有一位忘年交的朋友在一栋废弃的老建筑的空间里创造出一件令人震惊的艺术作品，宛如一个美丽的童话世界，值得前往欣赏一番。我的老师还特地说明，这栋老建筑是美国海军司令部的旧址，已经有上百年的历史，现在是老树新芽重新绽放了。聆听着老师栩栩如生的描绘，我早就跃跃欲试，那冰冷水泥筑起的空间，我儿时就有深刻的印象，半个多世纪前我就曾经触摸过它的斑驳墙面。如今，历经百年风雨沧桑，它如同一株枯藤老树躲在当今上海滩一派气势恢宏的建筑后面，任凭雨打风吹去，真可谓"廉颇老矣"。岂料"百岁翁"竟然重新绽放绚丽的花朵，迎来第二个春天，怎不令人啧啧称奇。由此，我在一个大隐隐于市的空间里看到了一个流光溢彩的艺术天地，并有幸结识创造这件作品的作者 Timon 和他的太太 Feng。

跟随我的老师走进这栋美国海军司令部的旧址是在 2017 年的一个暮春，难得的好天气，清透的空气里是蓝蓝的天，阳光暖暖地钻进脖子里。我第一次见到了 Timon，瘦瘦高高的个子，面容俊朗，很随意地套了一件黑色的短袖 T 恤，配上一条牛仔裤，清清爽爽地站在街头迎候我们。他快步朝我们走来，眸底流露出真诚，嘴角勾起了笑意，低沉的嗓音连连说着"欢迎，欢迎"，招着手带领着我们步入这栋百年老建筑。

Timon 打开笨重的铁门，优雅地做了一个请的姿势，我们拾级而上。脚踏 100 年前的步梯缓缓登楼，一阵穿堂风吹得后脊背凉飕飕的，及至关闭铁门，瞬间就被昏暗笼罩。这栋老建筑原有的功能是一座仓库，故而四周皆为冰冷的水泥墙，接近天花板高度的墙面有为数不多的气窗，若赶上天气不好光线暗淡，还真有一种阴森森的感觉。置身其间，似乎在参与一场密室逃生的惊悚游戏，这样的环境和氛围玩一次剧本杀还真不错。我和 Timon 开玩笑："一个不经意你就带领我们穿越了历史。"黑暗中 Timon 眸底闪亮，冲我笑了笑："而且转眼就是百年。"稍稍停顿后又意味深长地补充了一句，"见证奇迹的时刻马上到来。"

我果真在这栋百年老建筑里见证了一段奇迹。Timon 和他的太太 Feng 怀着对老建筑的敬畏之心，抖搂历史的尘埃，用他们一颗最真诚的心唱响一曲人间最美的柔板，他俩在霓虹广厦之间，构建一个属于自己的小千世界，拥有一个永不完结的春天，他们在这栋老建筑内凭空创造出一个惊艳天下的粉色传奇。尽管大隐隐于市，老建筑里隐藏着的神奇世界还是口口相传，激起人们极大的兴趣，参观者纷至沓来。置身于这片美丽的艺术天地，谁都不吝赞美之词。吾也有幸，沾我老师的光，在这栋遗弃的老建筑里看到了一个隐藏着的神奇世界。

Timon 夫妇用自己的时间和金钱及大胆的艺术想象在这个废弃数十年的空间里，试着把支离的碎片拼接起来，创造出一种新的视觉冲击，奉献出一件完美的艺术作品，让我由衷地钦佩。然而我更感兴趣的是这片艺术天地背后的故事，自掏腰包投入上千万元人民币，整整十年磨成一剑，于常人而言，似乎有些不可思议，是哪种动力驱使着他俩如此执着且无怨无悔？"一件艺术品，总是被赋予超出其创造者之生命的意义（布罗茨基）"，他们骨子里的这种执着，让我有一种记录他们这段经历的写作冲动，纵然我对他们的了解并不是很深很透，但我对我的这个决定毫不犹豫。于是我就采撷我所了解的他俩的片段，汇整出一个我所知道的他们夫妇俩十年磨一剑创造一个美丽的艺术天地的动人故事。

那一天，在约定的日子里，我要对 Timon 做一次私人采访。我独自走下外白渡桥右拐一路向东行，静谧的黄浦路在秋阳中呈现一片安详，尘世的喧嚣、商业的繁华似乎被阻隔在黄浦江的西岸。行走在人迹寥寥的黄浦路，新老建筑交错着晃入眼帘，目不暇接，明显地感觉到北外滩提速发展的脚步，无怪乎有媒体说 21 世纪是北外滩的黄金时代。沐浴着和煦的阳光，飒飒的秋风吹拂着敞开的襟怀，心情甚好。偶尔一声黄浦江游轮的鸣笛掠过耳畔，竟也感觉到是那般悦耳动听。汽笛是大上海的象征，上海的开埠和兴盛伴随着黄浦江上轮船的声声鸣笛一路走来，走过整整百年的历史。星条舰、花旗轮行驶在黄浦江上，在象征殖民统治的同时也引进了西方的文化元素，造就了海纳百川的大上海，印刻着西方文化烙印的各式建筑在租界内如雨后春笋般冒出，这栋美国海军司令部旧址只是旧上海殖民文化的一个缩影。

秋天是硕果累累的季节，这个时节 Timon 接受我的采访，意味深长。记得和 Timon 微信聊天，他说他们在这栋老建筑里构筑自己的梦想时，经常会有一种孤独感。他和他的太太总是希望有人能读懂他们，但是好多人都将他俩视为异类。也许人与人之间的缘分尚浅，也许人与人之间的价值观不同，大多数人很难成为他们的知音，有的甚至还会觉得他们呕心沥血的付出简直是不可理喻。"别人笑我太癫狂，我笑别人不懂我。"Timon 说，"这件作品是我太太的艺术追求和精神追求的合体，我只是一个配角。"Timon 说话时，喉结的弧线上下滑动，领口微微扯露出的锁骨嶙峋又漂亮，一张带着满满自信而又神采飞扬的脸令人不由得想多看几眼，只觉得他的眼睛里都是故事。我多少也知道，在旁人冷眼相看的那段时间里，他坚定不移地陪伴在 Feng 的身边，他是 Feng 的灵魂知己，他俩能懂得彼此的内心追求。灵魂知己，如同生命的解读人，无须过多的语言，就能看透对方内心最真实的想法。Timon 的比喻很能说明他对他的太太 Feng 执着追求的认同，道同才能相谋。我在和 Timon 聊天时，Timon 一再强调，他的太太才是创作这件艺术巨作的主角，他真心希望有人能够写写他太太十年磨一剑的励志故事。

改革开放后，上海城市的面貌年年新、月月新，一栋栋高楼大厦拔地而起，北外滩的变化也是日新月异。在这风情万种的金秋，我又将走进北外滩美国海军司令部旧址的深处，朋友 Timon 将带领我再度触摸它的历史，去探寻这座老建筑的风采，并追溯它的前世今生。在这座老建筑里，我将和 Timon 夫妇一起细细品读他俩的作品，聆听他俩一段跌宕起伏的爱情故事，还要与他俩就上海老建筑的保护展开对话，让我深度感知生我养我的这座城市背后的精彩篇章。连篇的浮想搅得我的心绪也有点激动，真想马上跨进这栋百年老建筑，深层次地看透它的庐山真面目，阅读它隐藏在建筑中的文化精髓。

这栋坚实厚重的百年老建筑不事张扬地与上海外滩茂悦大酒店隔黄浦路对峙，历史与现代和谐地并存于北外滩，城市文脉的传承和海派文化的发扬在北外滩得到了印证。步履急切切，近前情更怯，我看到 Timon 正倚靠着历经百年沧桑的斑驳墙面等候我的到来，他在向我招手，温润的嗓音中流露出些许跳跃的欣喜："夏老师从茂悦大酒店向美国海军司令部旧址走来，横跨一条黄浦路，恰似穿越百年上海城。"闻此言稍稍有些忍俊不禁，然其所言甚是。站在 Timon 的身旁，抚摸墙面，凝眸端详，我嗅到了历史的味道，看到了岁月的影子。这栋百年老建筑风格简约，依稀可辨昔日古典主义装饰风格的痕迹，这才是城市活着的历史，这才是百年上海的真实底版。我似乎听到它正在向我叙述着昔日的辉煌，传入我耳膜的那种声音饱经风霜，然我听得真切，竟然还有一种莫名的感动。

双脚踩在了百年老建筑的地面，近代上海的历史篇章翻开了过往的一页。认真地聆听 Timon 的解说，不疾不徐的语速，略带沙哑的嗓音，嘴角勾出的微笑，眼眸闪动的清亮，都让人觉得亲切。"整栋老建筑系钢筋混凝土结构，我们改造的区域占地面积约 2000 平方米。"顺着 Timon 的指点四下里打量，努力寻找这座百年老建筑留存的过往痕迹。抹去岁月遮盖的尘埃，努力追溯其原有的面貌，我看到了这栋老建筑的顶仍然是百年前的建筑工艺，老建筑的墙也有着百年栉风沐雨的痕迹，老建筑的气息在整个空间固执地弥散，给你留下想象的余地。再定睛细看，整个空间完全打开，偌大的平面采用钢柱作为支撑加固，顶部则是清一色的老杨松木，柱头两侧还雕出纹路，犹如中式建筑中的"雀替"，既作为支撑，又作为装饰，颇具匠心。

穿过这片空间，一个转弯，眼睛暮地一亮，绚丽的画面又在我的眼前打开，我再度走进了这片艺术天地，这个童话世界。严格意义上说，这片艺术天地其实是一个被艺术氛围浓浓包裹的家庭居所，但又有点儿像一个美丽的童话世界。浓烈的色彩、抽象的线条、别致的造型是这片艺术天地的基调。整个空间分隔成客厅、家庭影院、儿童乐园、饭厅、露天吧等功能区域。我跟随 Timon 深入参观改造后的客厅，这是我所见到过的最别具一格的客厅。与其说是客厅，不如说是展示艺术的空间。客厅很大，色彩明亮，线条简洁，借助连接门厅两端那两根起支撑作用的圆形钢柱将客厅巧妙地设计成两个球形的空间，圆形的钢柱与球形的空间浑然一体，风格上相当契合，符合中国传统的天圆地方的审美观念。球形空间内部铺设的地板纹路整齐划一，很难看出拼凑的痕迹，仿佛是浑然天成。再仔细查看，竟然是用一根根浅色的细实木长条拼接而成，难以想象主人改造这栋老建筑竟然如此挑剔与严苛。客厅的吧台采用简洁明快的线条一气呵成画出一道长长的弧线，精心挑选的装饰工艺品看似随意置放，细细推敲则品味出主人的匠心独运。不经意间又有几根抽象的线条似有规则却又无序地晃入眼帘，虚实结合，给客厅的布置平添几分灵动。"你所看到的这一切，全都是太太和我倾注的心血。"Timon 对我说这句话的时候，他的唇边慢慢翘起一抹骄傲的弧度，他在客厅缭绕的声音就像大提琴一般醇厚醉人："十年磨剑，心想事成。"

我和 Timon 斜倚吧台，抿一口红酒。上好的红酒在醒酒器里与空气充分接触

美国海军司令部旧址改造后的内景（上、下）

后，馥郁的香气在四周低调地氤氲。漂浮在琥珀色的酒水上的欢乐因子伴随着红酒的苏醒爬过杯壁钻进我的鼻腔，沁人心脾。低度的酒精因子滑过舌苔，我和 Timon 在这里喝岁月，读时光。美酒将我快乐的心门打开，沉醉在葡萄美酒的绵长甘醇中，微醉中环顾四周，艺术就在身边。神奇的他们用神奇的构想和神奇的执着构建出一片神奇的空间，本身就是一种神奇。这神奇的客厅就像一幅唯美的立体油画，走进画里把酒赏画，窗外的黄浦江风景则作为客厅动态的背景墙面，动静结合，虚实相间，这创意真乃绝了妙了。窗外，赤橙黄绿青蓝紫，五光十色装扮着魔都的夜空；室内，满眼尽是黄金甲，金灿灿的色彩汇成了一个美丽的琉璃世界，宾客就在这样的客厅内海阔天空，焉能不令人陶醉？真可谓，误入美景深处，欣赏，欣赏，激起遐想无限。

客厅带给宾客的艺术享受和熏陶来自创作者的文化沉淀和艺术灵感，家庭影院功能区同样凝聚着 Feng 的艺术匠心。最夺人眼球的是很有创意的两个球形控制台，它们分置于一个小型舞台的两端，橙黄的色彩极其明亮，造成强烈的视觉冲击力，似乎为屏幕上即将播映的震慑人心的史诗大片起到一个渲染氛围的作用。舞台的背景却是用古朴的清水砖块砌成三个拱形的城门，既体现出这栋老建筑厚重的历史，又蕴含着天圆地方的中国传统文化，古往今来的文化融合，有机地统一在家庭影院的空间。我禁不住啧啧称赞："巧夺天工，中西结合的版本。"Timon 频频点头赞同，颇为认可我的这个评价，他很是自豪地赞誉他的太太："她本来就是学设计的。"

高超的艺术能给人美的享受，能震撼人的心灵，但是，要想展现精湛的艺术，是要付出很大的代价的，这需要浓厚的兴趣、坚强的毅力、不懈的追求，还有金钱的投入。我沉浸在如诗如画的艺术天地，耳畔配上 Timon 的画外音："我太太的心血全都倾注在这里，10 年装修改造的历程如同燕子衔泥垒窝一般，我称这是另一种版本的文化苦旅，她是孤独的守望者。"Timon 的言语里带着宠溺，他说完后看着迎面走过来的 Feng，目光湿湿的，眸底充满了爱意。"我看到了你，方才知道我为什么来到了这个世界。"我想起了这句名言，是黎巴嫩裔美国诗人纪伯伦说的，借用纪伯伦的这句名言来形容 Timon 恰如其分。

Timon 请我欣赏音乐，为我挑选了柴可夫斯基著名的《第一钢琴协奏曲》。流畅的旋律环绕耳畔，这是老柴《第一钢琴协奏曲》的第一乐章，用鸣奏曲形式写成。它的音乐光辉灿烂、富丽堂皇、色彩变化多端，丰富的想象力获得了充分的发挥。

眼睛微闭的 Timon 沉浸在老柴的音乐之中，及至最后一个音符戛然而止，袅袅余音还在房梁缭绕，他这才睁开了眼睛，默默地环视周边，若有所思。高山流水，我心领神会，Timon 是在用老柴的音乐来诠释他的太太 Feng 对这栋老建筑改造所追求的艺术境界和视觉效果。古典音乐和建筑装饰都是艺术，艺术的真正意义在于使人幸福，使人得到鼓舞和力量，当视觉感官和听觉感官同时被经典艺术浸濡熏陶时，你再和知心朋友轻轻地碰杯，舌尖品咂着红酒，这人生惬意的境界达到了一个高峰。

跟随 Timon 移步到他的太太 Feng 精心打造的儿童乐园，这是一个超越时代感的游乐园，处处都是童趣童真的体现。各种各样的如同星星一般的"球体"随意置放，形形色色的星星球，散落于儿童乐园，看似"凌乱"，却是在细致入微地迎合儿童天真烂漫的秉性，恍若是天穹中一颗颗明亮的星星在儿童乐园闪烁。儿童乐园的正南面朝着黄浦江，外滩和陆家嘴的景观尽收眼帘，阳光下大球体和小球体串联的东方明珠塔熠熠闪亮，儿童乐园里布置的星星球与东方明珠"大珠小珠落玉盘"的"星星球"遥相呼应，绝妙的创意。让孩子拥抱一颗颗星星，寓意孩子在拥抱世界。设计者的这份艺术灵感从何而来？耳畔又有乐声响起，是欧洲著名的古典音乐作曲家莫扎特创作的《小星星》。莫扎特 4 岁时，自己在指上画音符，父亲和朋友看到后，问他在干什么。他说在作曲。父亲和他的朋友在大笑的同时无意中一看，还真是不错的曲子，这首曲子就是莫扎特 1778 年他 4 岁时创作的《小星星》。Timon 用音乐告诉我，他的太太 Feng 设计儿童乐园的灵感来自莫扎特的《小星星》。

在这个儿童乐园里还随意摆放着许多儿童任意玩耍的益智玩具，触手可及的儿童读物散置其间，甚至还别出心裁地安放了一辆黄包车，供孩子和家长同娱同乐。黄包车和这栋老建筑同处一个时代，老建筑是静止的，黄包车是运动的，黄包车在老建筑里穿梭，动静结合，还原了百年前上海滩街头的一道海派风景线。家长带着孩童在这么一个儿童乐园嬉戏玩乐，历史得到了探索，文脉得到了延续，儿童增长了知识，父母获得了怀旧，细微之中可见主人的真性情。瞥一眼 Timon，他正扮演着一个车夫，拉着黄包车在星星球之间来回穿梭，坐在黄包车上的女儿银铃般的咯咯笑声荡漾在儿童乐园，一幅温馨感人的画面。

饭厅是整个改造区域的精华所在，一排长窗面对着黄浦江两岸的无敌美景。窗外，阳光灿烂，高楼涂金，一幢幢摩天高楼的背后串联着一个个海派风情的故事组成今日大上海华丽的交响乐章。母亲之河黄浦江滚滚东流，生命之泉在阳光下泛动，一派绮丽的海派风景画。秋风拂过一面面干干净净的窗玻璃，静静聆听，真的可以听见秋风划过窗面细微的沙沙声，柔和的秋阳透过明镜一般的玻璃窗户洒落在站在窗前观景的 Timon 和我的身上，袅袅余音在身后缭绕，无边江景在眼前打开，一杯红酒握手，浅浅地抿一口，大上海的风景这边独好。就这么默默地站着，就这么惬意地享受，整个人都醉了。

　　宾客落座长条餐桌的一侧，Timon 的住家保姆为我们奉上咖啡，Feng 端来了自制的西式点心和水果盘。手捧一杯咖啡，耳闻悠扬的背景音乐，美轮美奂的美景环绕身边，发自内心地赞叹：此景只应天上有。视觉从窗外移向室内，一片片浓烈的色彩在眼前晃动，仿若梵高的色彩和意境；装饰性的线条组成一幅幅意味隽永的立体抽象画面，犹如毕加索线条的模仿，Feng 殚精竭虑的艺术构想终于在这栋老建筑内营造出她梦中的家园。沉寂数十年的这栋美国海军司令部旧址开始苏醒，Feng 在其空间所打造的这个艺术空间让老建筑重放光芒。

　　我注视着坐在我对面的 Feng，她正端着咖啡杯慢慢地啜上一口，朝着我投来一缕浅浅的微笑，似乎在感谢我对她倾情付出的认可和赞赏，她太需要这份荣誉感了。

美国海军司令部旧址内改造后的内景之二：
宾客休息区，可以远眺黄浦江两岸的美景

一掷千万元人民币，一投 3000 多天的时间，一丝不苟地精雕细作，再加上 Timon 的鼎力扶持，两人不离不弃，同甘共苦，携手并肩，十年成一梦，梦想终成真，老建筑的前世和今生水乳交融为一体。她多么盼望有更多的知音能理解她的这番"荒唐"，哪怕是一个点赞、一个肯定，那都是对她的付出所做的最高褒奖。

Timon 又换了一张贝多芬《命运交响曲》的唱片，Timon 选择的每一张唱片都有特定的意蕴。屏息敛神静静聆听，这曲《命运交响曲》莫非是在隐射他们夫妇俩特定的遭际？乐声响起，一开始的四个音符，刚劲沉重，仿佛命运敲门的声音。一段舒缓的音乐过后，穿透心灵的雄壮乐声随之而起，具有强大的感染力。音乐是心灵的窗户，音乐是历史的篇章，音乐是奋进的鼓点，Timon 用精心挑选的一段段音乐吐露自己的心声。

这栋老建筑开启了 Timon 和 Feng 人生的新起点，将他俩的命运紧紧地连接在一起，他俩的命运交响曲在这栋老建筑里奏响了第一个音符。Timon 和 Feng 为了共同的事业携手共进，他俩走着走着，两个人合为一个整体；走着走着，他们的女儿呱呱坠地；走着走着，两个人从青年走向了中年。Timon 很是感慨地对我说："我俩有时也惊讶，怎么在这么短的时间内，就从一个青年人变成了中年人。"我沉思片刻，回复 Timon："走想走的路，爱想爱的人，做想做的事，这时间会很快从指缝间溜走。"执着于事业追求的人，时间都是不够用的，一年年往上叠加的年龄，慢慢沉积于生命之花所结成的硕果。

世间所有的惊喜都是时间赋予的神奇，都是信仰绽放的花朵。这栋百年老建筑由 Timon 和 Feng 历经 10 年的改造终于结出丰硕的成果，他俩用一份了不起的优雅营造出了一个魔幻般的艺术天地，用来寄托生命美好的愿望，传递着人类永远不会消失的爱。偶然间看到一段话：艺术其实是人类社会生存压力中最后一层公众情感壁垒。可见人类生活不能缺少艺术，如果缺少了艺术，就缺少了美的享受和熏陶，那么巨大的城市就只剩下机器的喧闹声了。

我在贝多芬的音乐中沉醉好久才走了出来，脚步随 Timon 移至这栋老建筑的露台，Feng 也跟随在后。户外的视野更加开阔，极目远眺，心情极为舒朗。天空湛蓝，明净宽广。那蓝是调了深浅的水彩，一整块刷到空中，悬在那里，就像一块绣着几朵细碎白云的硕大无比的淡蓝色真丝手帕在我们的头顶无限铺展。遥看浦西外滩的万国建筑，色调基本统一，整体轮廓线处理惊人地协调，52幢风格各异的大厦刚健雄浑，雍容华贵。远眺浦东陆家嘴，高楼连天向天横，高耸入云的现代建筑包含了点线面的规律性，蕴含着十足的科技感和时尚感。黄浦江穿城而过，苏州河自西而来，水泥森林沿着黄浦江和苏州河伸展到很远很远的天际线。昔日东方巴黎，今日中国魔都，大上海的无限风光一览无余。

　　促膝而坐，咖啡换成了绿茶，呷一口香茗再度聆听Timon讲述Feng改造这栋老建筑的传奇故事。"接手这栋老建筑的时候，物业状况可以用八个字来形容——破败不堪，惨不忍睹。"Timon似乎又看到了这栋老建筑当初的颓败状况，"简直没有立锥之地，风破门而入，几十年的历史尘埃在风中狂舞，令人的呼吸几近窒息。老地板毛糙肮脏，积满灰尘，抹一下木梁，尘土后面显露出很久以前涂刷的'奶油漆'在向你诉说这栋老建筑曾经有过的辉煌。"这些深埋于心的画面，记忆的碎片，裹挟着不为人知的秘密气息，还原了一栋有着百年历史的原美国海军司令部的旧貌。

　　对于这栋百年老建筑，我脑海中也有印象。半个多世纪前，我有一远房亲戚在东海舰队上海基地的扬子江军用码头做司务长，海军部队的文工团下基层来到这里演出京剧样板戏《沙家浜》，我有幸跟随亲戚前往观看。演出时间未到，就跟随亲戚在黄浦路随意溜达，听亲戚介绍周边的一栋栋历史建筑，感觉那些建筑就是一种遥远的存在。勾起的回忆挖出很多脑海中早已封存的往事，记忆犹新。我的亲戚当时指着这一长排灰暗的建筑物说道，这栋建筑是美帝国主义海军司令部在远东地区的旧址，是帝国主义侵略的象征。听着亲戚的叙述，我的心情也跟着愤愤不平，触摸着这栋老建筑的斑驳墙面，内心呼喊着"打倒美帝国主义"的口号。离开时我还狠狠地砸上一拳，墙面的表皮脱落了一小点，我觉得非常高兴，那是我的爱国主义精神的具体体现。此后，我又多次经过这里，无论是骑自行车路过还是步行走过，总要在这栋建筑物前驻留片刻。这栋老建筑的身上早已被时光刻蚀出满目的斑痕，一如帝国主义没落的象征，却还顽固地挺立，不肯退出历史的舞台。

　　谁料想沉寂了几十年后，这栋老建筑竟然迎来了春天，有人在这栋老建筑里筑梦，一个令人难忘的故事在这栋老建筑里生动地演绎。这个故事整整延续了3000多天，留下了一曲爱情欢歌和一个梦幻世界，这个故事的主角就是Timon的太太Feng，她正坐在我的对面。秋天的风柔柔的，Feng将了将额前的碎发，思绪沉浸在她的那段难忘的岁月，她忘不了 3000 多个日日夜夜的每一天，那是她人生刻骨铭心的 10 年，她付出了最美的韶华，她在这里找到了真爱，在这里获得了成功。

Feng 向我娓娓道来，慢慢地说着她自己的故事。她生于上海，长于上海，住在原来的租界内。受到家庭的影响，从小就对身边的那些老建筑情有独钟。一个偶然的机会，她听说这栋属于部队"三产"企业管辖的老建筑要对外出租搞创收，竟产生了浓厚的兴趣。因为她知道这栋老建筑一定有许多不为人知的故事，她想发掘这栋老建筑的文化内涵，让它重新绽放光芒。Feng 不假思索，直接找到部队"三产"企业的负责人，签订了 20 年的租赁合同。一段传奇的故事由此拉开了序幕。若干年后，一个令人惊艳的"艺术天地"在这栋老建筑内破蛹成蝶。

Feng 回眸身后的老建筑，告诉我一个连史学家都尚未查找到的史实："在修缮这栋老建筑的时候，我们发现了一个插在木梁里的老包装盒，包装盒封面上的人物正是 King C.Gillette，吉列刀片的创始人金克·吉列。在吉列刀片诞生之前，也就是 19 世纪下半叶，行业的龙头老大是 Kampfe 兄弟的 Star 安全剃须刀。吉列公司的创始人金克·吉列（King C.Gillette）是巴尔的摩瓶盖公司的推销员。1895 年，金克·吉列萌生了开发一种全新的剃须刀片的设想。经过几年的钻研，金克·吉列发明了使用多次可以丢弃的剃须刀片，很快投入生产，进入消费领域，到了 1906 年，金克·吉列一年要卖出 30 多万把剃须刀片。第一次世界大战给吉列刀片带来了新的机遇，金克·吉列和美国军队签订了协议，吉列剃须刀片成为'军需品'，吉列刀片成为美国大兵的标配。"

Timon 接过他太太的话语，继续叙说着这个百年前的故事："我们在这栋老建筑里发现了这个百年前的包装盒，再结合黄浦路的老地图可以得知，我们改造的这个空间确实是原美国海军司令部的仓库，储存着许多美国海军的军用物资，其中的吉列剃须刀片是当时每一个美国水兵的必备之物。由此可以印证之前的说法是正确的，这栋老建筑就是原来的美国海军司令部，而且这栋老建筑至少有百年的历史。"Timon 好像是在讲述一段遥远的历史，Timon 更想表述的是他在了解了这一段历史之后，觉得自己有着义不容辞的责任来保护这栋老建筑。

Timon 和 Feng 一样，也许与生俱来就和老建筑结缘，他俩仿佛就是为保护老建筑而生的一个人。Timon 的祖籍浙江南浔，20 世纪 60 年代出生于上海静安区，父亲是一名军人。南浔古镇有"文化之邦"和"诗书之乡"的美誉。来到南浔古镇，穿过小巷，踱过石桥，古镇四周的景色尽收眼底。河岸的民居粉墙黛瓦妆砌，绿柳轻摆拂水，河埠石阶，木柱廊檐，舟楫往来，欸乃一声，船桨划出一片荡漾的涟漪。蓝天下的白云，清凌凌的河水，清幽雅致的古镇宛如人间仙境。南浔古镇不但有江南温婉的小桥流水人家，还有一批中国最早的实业家留给南浔古镇的西洋建筑，沿河岸而矗立的巨宅宏厦，还有高过墙头的古松翠柏都在无言地诉说着这座古镇是一个人文资源充足、中西建筑合璧的江南古镇。

每次回归故里，Timon 就会一头扎进南浔古镇的老建筑，历史的遗韵在古老的建筑婆娑出一道道年轮，这些老建筑深情地眷守着这片土地，用自己的沧桑诉说着过往。Timon 沉醉其间，手掌轻轻抚摸斑驳的墙面，感受老建筑一份静默的厚重美感。故乡建筑的美自幼镌刻在 Timon 的心坎，上海滩的万国建筑更是让他看到了一片建筑的海洋。上海滩的老洋房、老建筑，它们的背后有无数的名人轶事，这些故事串起了近代上海的历史。Timon 说，建筑是石头的史书，建筑记录的历史往往比我们文字记录的历史更为直观，所以说建筑就是历史的实物，是宝贵的文化遗产，走进老建筑，就是走进了历史。Timon 立志要做一名建筑师，高中毕业后，他高考填写的第一志愿就是同济大学建筑系，最终被机电系录取，但是对建筑的酷爱矢志不渝。

大学时代的 Timon 也是妥妥的校草一枚，他青春洋溢，英姿勃发，是绿茵场上奔跑的骁将，也是校园文化传播的使者。为赛事的交流，为文化的沟通，Timon 的身影经常出现在上海的各大校园。Feng 是中国纺织大学（现更名为东华大学）的在校生，主攻服装设计专业。Timon 在纺大的校园曾和 Feng 有过一面之缘，当 Feng 和她的学姐亭亭玉立站在 Timon 的面前时，Timon 瞬间竟有触电的感觉，冥冥之中寻找千百度的那个人恍若就是眼前的她。Feng 听得学姐介绍 Timon 后，甩着一头瀑布般的黑发笑容灿烂地对 Timon 说道："同济大学，我最向往的大学，我最喜欢建筑，尤其喜欢老建筑。"Timon 的眸子里星光闪闪："我是同济大学机电系的，但我同样也喜欢老建筑。"彼此的一个微笑、一句话分别印刻在双方的心头，两个人就此别过，他和她都消失在茫茫人海中。

纺大一别，Timon 的心头再也赶不走他对那个女大学生的思念，那个灿然的微笑在 Timon 青春的心意间荡漾，漾开的涟漪始终没有散去，化作绵绵不绝的思念。

思念无声，却会在心头翻江倒海。隐秘而孤独的心境，如黑夜里的星盏，一颗星子在茫茫夜色中寻找思念之人的眼眸。思念成了习惯，就像天上的星星每天都会朝着你眨眼，会在遥远的天穹望着你，却让你无法靠近。Timon 再度返回纺大，他要去寻找那个刻在他心头的甩着一头瀑布般乌发的女大学生，却被告知她已经离开校园，出国深造。岁月流逝无波澜，千帆过尽梦无痕，际遇缘聚缘散，一切都有定数，也许此生会不再见，也许一个偶然，会在某个街角不期而遇，Timon 自我宽慰，随缘而已。日复一日，月复一月，Timon 那颗思念的心逐渐如湖水一般宁静。

大学毕业后，Timon 走南闯北，为事业奔波奋斗，按照常规的生活轨迹铺展自己的人生，事业有成，建立了家庭，安稳的日子波澜不惊，一天又一天地延续。江海潮起潮落，生活起起落落，日子平平淡淡，兜兜转转后，Timon 又孑然一身。自由的 Timon 驾驭着自己的坐骑周游在上海的大街小巷，身体内不安分的因子又开始复活，他重拾自己的理想，要为这座城市老建筑的保护尽自己所能，这才是他人生的真正追求。关注城市老建筑的物况成为他工作的重心，有意无意地投入更多的精力和财力做一个保护城市老建筑的志愿者，这一半的动因源于那个"她"，她曾经在纺大的校园留下了"我喜欢老建筑"这句话。

社交圈子有时很小，Timon 在和朋友的一次相聚中闻知上海滩有一位女性做出了一个匪夷所思的大胆举动，她租赁下了美国海军司令部旧址的部分建筑，以一己之力在这栋老建筑内建造一个她理想中的艺术天地。Timon 暗自钦佩不已，冥冥之中感到这栋老建筑里有一个知音在等着他，他甚至冒出一个令他本人也吃惊不已的念头，该不会是纺大的那位有过一面之缘的女大学生吧？Timon 执意想要会晤这个坊间传闻的奇女子。

经朋友引荐 Timon 如约走进了这栋老建筑。穿过黑暗逼仄的狭长通道，他来到正在着手改造的二楼，Timon 看到了这样的场景：昏暗的空间尘埃飞扬，在这混沌的世界里，光影暗淡昏沉，尘絮漫天飞舞，空旷的地面有一条阴影被拉得很长，是一位纤纤弱女子投射在地面的身影，她正挥舞着长长的扫把费力地清扫着横梁上的积尘。这是一个孤独的人，她在这个不忍卒睹的地方从事着当今"愚公移山"的壮举。Timon 被深深感动，一个羸弱的女子独自一人走上了一条布满荆棘的艺术求索之路，一头钻进一栋废弃的老建筑，一心构想一幅她梦中的艺术蓝图，一意让一栋老建筑复活。Timon 的目光又直直地落在了挥舞着扫帚的那个背影上，她的背影单薄而挺直，决绝又落寞，她正一下又一下地扫去屋梁的尘埃，模样专注而认真，根本没有觉察到在这片荒芜已久的地方还有另一个人的存在。不知怎的，Timon 的心里像堵了一团棉絮那般难受，他突然萌生一个想法，要帮助这位素昧平生的女性，和她在这栋老建筑里共筑蓝图。都是天涯筑梦人，相逢何必曾相识，无论她是谁。

轻轻一声咳，惊动尘中人。她在满目的尘絮中转过身子，注视着 Timon，帽子盖住了她的乌发，口罩遮住了她的面庞。尘埃弥漫的昏暗空间，她抬眸面对不速之客，Timon 也在努力地打量着她。他们像隔了无数岁月的风尘默默地注视着对方，听得见戴着手腕的表嘀嗒嘀嗒的声音，每一秒都在艰难地行走着，时间与空间被无限放大。她下意识地腾出右手慢慢地拨去眼前飘扬的尘絮，随即默默地垂下双目。少顷，她又轻轻地放下握在手中的那把长柄竹扫帚，缓缓地半蹲在地很用心地用双手剔除沾染在扫帚上的绒絮，一系列的动作沉重而又滞缓。

Timon 的心跳动得剧烈，人的第六感官给他带来直感，她应该是那个纺大女大学生。循着记忆，久违的陌生变成了思念的场景，Timon 记忆的闸门訇然打开：纺大校园的操场上，一个身材高挑的女大学生迎面走来，停下轻盈的脚步，瀑布一般的黑发飘在风中。曾经梦里寻她千百度，始终不知伊人在何方，Timon 眸底霎时注满了她的身影，他的嘴角漾起一抹浅浅的微笑，温和的嗓音略带沙哑："我想，我是应该认识你的。"她抬头一愣，脱口而出："是吗? 好像是。"眉梢跳跃，眼眸放光，她也想起来了，同济大学那个俊朗的大学生，在母校和他有一面之缘。那次的偶遇，他也给她留下了绵绵不断的思念，后来她出国了，然思念未曾断绝，且这思念就像风筝的线越扯越长，飞到了云端。她摘下了帽子，垂下一头瀑布般的黑发；她摘下了口罩，一张素净的脸庞显出几许干练和沉稳。阳光从气窗斜斜地射进来，为她匀称的身材镀上一层柔和的光影，庄重而典雅。几乎是异口同声："真是你! "谁都没有料想到 10 年之后的他俩竟然在这么一个破旧残败的美国海军司令部旧址的仓库再度见面，这只能是上苍在冥冥之中的安排。空气中流淌着一种浓郁的情愫，Timon 的胸膛炽热燃烧，他穿过历史的尘埃，大步上前紧紧抓住了她的手。稍显粗粝的质感，带着成熟男性特有的温度，如一波电流，从手背到手臂，将暖暖的触感瞬间传递到她的手心，直击心底深处，她感动得流泪。在炎凉的世态中，她看到了

Timon 最深情的面庞和最柔美的笑容，就像星星般的光亮照亮了这片晦暗的空间，她更加坚信自己的选择。人类历史上的一些浩荡传奇，往往都是从一缕微光开始的。

睽违十年又相逢，他俩的第一心灵感应乃"我终于找到了你，我终于等到了你"。10 年前，一次不经意的相遇，将一缕思念留给了彼此。人海茫茫的大上海，两个人游走在各自的人生轨道，突然之间，两条并行的轨道就交会了，这不是巧遇，而是缘分。缘分注定这两个灵魂会在某个节点产生碰撞，纵然每一个灵魂都生活在不同的时空，都在自己的天地里飘忽，只要心有灵犀，气味相投，也许在某一个交会点，两个灵魂就会相遇，因为在追寻共同的人生趣味中两个不同的灵魂有时候会不约而同地出现在这个点，这就是缘分。美好的相遇倾城的缘，她下意识地甩一甩满头的乌发，惹得尘絮在四周飞扬，好似一朵朵蒲公英在他俩的身边轻扬曼舞。

有一种人，一眼就投缘，觉得相识已久远；有一种情，见面就喜欢，很想握着她的手。Timon 相信，老天安排他们第二次握手，和她携手并肩创造这片美丽的艺术天地也许就是天意。Timon 抓住她的手："从现在起，会有两个人的力量让这栋老建筑重放光彩。"她的眼眸湿润，一股从心底里泛起来的感激充斥着她身体里的每一个细胞。"其实我心里一直在想，我会在这里遇见你，但是没有想到是现在。"她拢了拢额前的碎发，眸底碎碎的星光闪亮，"等到这片艺术天地完成了，我想你一定会出现的。"Timon 不假思索："那太晚啦。"有一种默契可以破晓心语，他们交会的眼神，他们漾动的微笑，他们紧握的双手，说明他俩心里始终有着对方，纵然十年分别两茫茫。"从现在开始，我们就是两个人并肩作战。"Timon 掷地有声，他抓过 Feng 手里的扫帚，犹如冲锋陷阵的士兵横扫一切，Feng 随之加入 Timon 的行列。他俩齐心合力打扫着战场，两个人都低头忙着，谁都没有再说话，却偏偏自有一种无形的默契在里面。

你是谁，你就会遇见谁，这是一条惊人的磁场定律。10 年后，在茫茫的人海中，在一个特定的地方，他们相遇了。Timon 坚信这是宇宙的神秘力量使然，这神秘的力量就是佛祖所说的缘。佛说：任何人之间就一个字：缘。有缘之人，迟早遇见，和谐常伴；无缘之人，陌路擦肩，永不再见。生命中没有意外或巧合，每样事物都有频率，而当任何事物进入你的生命时，就代表着彼此是在同一频率上，这就是佛所说的缘。缘分的力量就是宇宙的力量，任何人无法干预。"这世界唯有真情不可负，就像生命不可辜负。遇到了，就该抓住。"我微笑着对 Timon 说，"真为你高兴，因为你抓住了。"Timon 眼角眉梢都挂着笑，他说，从那一天起，他俩的人生大舞台就移到了这栋老建筑，他们调动身体内的所有艺术细胞，在这个舞台唱念做打，人生最美的剧本就在这个舞台上演，这个剧目男女主角的不二人选当然是 Timon 和 Feng。

　　10 年之后的重逢，仿若倾心已久，滚滚红尘中，Timon 和 Feng 演绎着他们自己的传奇故事。传奇，往往都是从一缕微光开始的。以后的日子里，Timon 每一天清晨醒来记住的第一件事情就是要到这栋老建筑，Feng 正在那里等着他，Feng 也正在思念着他。只有频率相同的人，才能感受到彼此内心深处不为人知的那份眷恋，他们相处的时候，只需一个眼神、一个微笑，互相就能心领神会。人有一知己，足以慰风尘。她（他）的出现，恰如尘埃里露出的阳光，照进晦暗的空间。彼此相视浅笑，不惊动风，不惊动尘，在你我的眉间和心头铭刻下共同的箴言：今在，昔在，岁月在，未来在；你在，我在，我俩在，世界在。我俩携手，创造一个梦幻未来，我俩并肩，致力保护城市老建筑，这就是我俩最好的世界。

　　也许心里真的爱上一个人，那就会心甘情愿地为所爱之人做一些"傻事"。Timon 放下自己的事业，义无反顾地帮助 Feng 在这栋老建筑里营造一个美丽的童话故事。朋友都觉得他不可思议，都劝他别干这样的傻事，这种烧钱、烧脑、烧时间的事情不值得他这么做。Timon 淡淡一笑，说道："我觉得很值。"他和 Feng 在这片被历史遗弃的空间举起信心的双手，挺直发酸的双腿，镌刻信仰的图画，点燃爱情的火花，这是他的独一无二的人生。一个人的选择，往往决定了他看待世界的方式，同样也决定了他的人生轨迹。Timon 和 Feng 再度相遇，曾经问自己，这一生该如何度过？唯有创作，才能弥补这偶然的人生，哲学家萨特的所说让 Timon 有了顿悟，他自觉地和 Feng 并肩作战，思索着如何帮 Feng 找寻她的最深处的芳香，这是 Timon 的选择。

　　当整个楼面被清理干净，着手打造他们的艺术天地时，Timon 和 Feng 席地而坐，他俩遥望着窗外的黄浦江风景，彼此的心走得更近。人世间爱的最高境界，不是最好的年华遇见，也不是山盟海誓，而是我懂你。只要两心懂得，那是最暖的陪伴；只要两情相悦，就是最好的情感；只要志同道合，那就牵手同行。两个思想维度在同一水平线的人，在相处的过程中必然会碰撞出火花，灵魂的同频共振，成为灵魂伴侣的条件，生活上的观念一拍即合，使得他们又从灵魂的伴侣结合为生活的伴侣。今天，所有的思念都已悄然旖旎成诗，今天，这份思念的果实默默地发酵成为甜蜜的酒，一个爱情故事水到渠成地发生了，这栋老建筑成了 Timon 和 Feng 的月下老人，这是一种必然。

Timon 眼中的 Feng 是个奇女子。Feng 抛弃优渥的家庭生活执着于保护上海的老建筑，为守住上海的文脉奉献出她最宝贵的青春年华，Timon 啧啧称奇，他认定 Feng 是自己在茫茫人海中所要寻找的真爱。"有时候我们不是在等一个人，而是在等一种熟悉的语气，一种习惯的气息，一种心灵的感应。看到她无怨无悔地投身于这栋老建筑的改造，我就觉得我终于等到了一种习惯的气息。"Timon 俊朗的脸庞藏不住满满的幸福，笑容始终挂在他的眉梢，聚在他的嘴角，"她是当代奇女子。"这是 Timon 对 Feng 的评价。

我很是理解 Timon 对 Feng 的这个评价。Feng 独自耗资近千万元人民币，费时 3600 个日日夜夜，在这栋美国海军司令部旧址内创造出一个美丽的艺术天地，让一栋老建筑重新放射出光芒，从这个层面来说，她真的是一位奇女子。也许有的人认为，将一个人拔高为其作品意义的源泉，就等于鼓吹纯粹的唯我主义，就不可能从深层次去思考作品被创造出来的客观因素。我们姑且不予评价这栋老建筑未来的命运如何，一个柔弱女性用一己之力努力地让这栋被废弃的老建筑重新焕发出光彩，她的作品就有着极大的象征意义，她是民间力量自发地保护和利用老建筑的经典案例。用民间的力量来保护城市的老建筑，这是一种文明的进步，是一种文化的觉醒。我们的时代，正处于一个民族文化意识自我觉醒的时代，假如有千千万万的这样的个体有意识或无意识地觉醒，那他们就会成为保护城市文脉的另一股力量，我们国家的软实力就会得到更大的提升，这就是一种文化。

凡是过往，皆为序章，往事成调，回忆成曲。Timon 和 Feng 的故事还在继续，斑驳墙面的一砖一瓦撩起他无尽的回想。那些散落的陈年旧事被遗失在来时回不去的路上，沉淀下来的是无法叙说的情怀。改造这栋老建筑所经历的风雨实在是太多，改造这栋老建筑的信念却始终没有放弃。无数的困难和挫折压在身上，人的精神几近崩溃。不知熬过多少个夜晚，当透过窗棂看到黄浦江上送来的第一缕晨曦，信心又陡然倍增，他俩坚信光明就在前面。"有时候人生触底才能反弹，绝望会带来希望。因为只有通过绝望、通过磨难、通过痛苦和无尽的打磨，才能更坚定自己的信念，并且将信念升华为信仰。很多朋友都不理解我们的投入，善意地规劝我们赶紧罢手，也有的嘲笑我们是无知者无畏。我俩经常陷入彷徨的绝境，真的有一种问苍茫大地，该何去何从的无奈。"Timon沉浸在往事的回忆中不能自拔，他的双手交叉着插进浓密的发丛，清晰地看到些许白发躲在黑发丛中。"我不去想是否能够成功，既然选择了远方，便只顾风雨兼程。"Timon轻轻吟诵汪国真的诗歌《热爱生命》。

哲学家周国平说过：被人理解是幸运的，但不被人理解未必不幸。一个把自己的价值完全寄托在他人的理解上面的人往往并无价值。周国平先生的这句话是我们生活中应该甚至说必须理解的一件事情，但是很多人一辈子都不会懂得这样一个道理，我们很多人的一生都活在别人想要的生活之中。"我们的信念就是成功地改造这栋老建筑，献身于保护城市文脉的事业，这是我和我的太太共同的事业追求。我们不在乎别人是否能理解，我们在乎的是自己的内心。鲁迅说，走自己的路，让他人说去。"Timon缓缓叙述的语调平稳低沉，波澜不惊，唯有在倾吐的间隙深深地吸一口烟的时候才能感受到他内心的翻江倒海。

在那些岁月里，面对社会的不理解，他俩也觉得"压力山大"，他们只有回到了这个晦暗的空间仿佛才获得了心灵的释放。他俩点燃着理想的火炬，默默地努力着，奋斗着，厉害着。一旦他们的脚迈出了这方空间，他俩就会被外界的世俗文化捆绑，会被一些批评的声音裹挟。个别人的声音裹挟着一群人，成为一种集体的共识，这集体的声音形成了一股社会的共识：他俩真的是疯了。"知我者，谓我心忧；不知我者，谓我何求。那个时候，我俩真的好孤独。"Timon的眉心拧成了结，我听到了他的叹息，"好在孤独时，我们是自由的。"Timon自嘲地笑着对我说。

这个世界总有些误解或不解是你永远打不破的枷锁，他俩注定是孤独的朝圣者。在昏暗的空间里，在满目的尘埃中，自由的他和她沉醉于自己的世界，用朴素的语言抚慰彼此，用勤劳的双手构筑梦想。别人眼里无法忍受的孤独，他们却是甘之如饴，表面如湖水一般宁静致远，内心像大海一般波澜壮阔。"在你孤独、悲伤的日子，请你悄悄地念一念我的名字，并且说：有人在思念我，在世间我活在一个人的心里。"这是普希金的诗歌，聆听着Timon和Feng的感人故事，想起了普希金的这首爱情诗，这正是 Timon 和 Feng 的真实情感写照。在天地六合中，在古往今来里，他和她懂得如何与自己相处，他俩活在上海的老建筑里，有滋有味，在孤独悲伤的日子里，他俩彼此念一念对方的名字，互相砥砺。有希望在的地方，痛苦也成欢乐，愿我们都能在嘈杂的世界里，保持本心，不忘初心。

两个孤独的灵魂碰撞在一起，摩擦出一簇美丽的火花，照亮他俩修行的路途。清澈深邃的眼神追逐着远方的梦，一步一步执着地向前走。执着其实是一种负担，甚至是一种苦楚，好在他们懂得在这个浮躁的世界里，找到一种最舒适的姿势来安放自己，找到一种最好的方式与自己相处，那就是与百年上海对话，维护城市文脉，其乐无穷。"生活就像一个巨大的瓮城，充满了世间百态，芸芸众生，各有所求，各有所乐。"百态中也总有他们这样的人，"一箪食，一瓢饮，在陋巷，人不堪其忧"，他俩不改其乐，贤哉，两位普普通通的中国知识分子。

十年的岁月苍老了容颜，也留下了难以忘却的经典。或许记忆经不起岁月的洗礼，经不起时间的沉淀，但记忆最好的见证则离不开光影流年的印记。今天，我沉浸在他们的作品中，听 Timon 讲述这些以往的千辛万苦时，清癯的脸庞分明有一种满足的微笑浅浅地流露，他一定想起了那曾经的最美，他对这栋老建筑眷恋的深处有一抹最美的情愫珍藏在心间。"当我们正在为生活疲于奔命的时候，生活已经离我们而去。我们要为自己的生活而生活，我们要为这个世界留下一些东西，哪怕倾家荡产，也无怨无悔。人可以被消灭，但绝不能被打败。"这是一对平凡的上海知识分子的心声。何谓民族的脊梁？窃以为，此是也。无论是在民族危亡的时候，还是在国泰民安的时代，都有为捍卫民族的生存，守护民族的文化挺身而出的中国知识分子，他们为撑起一个傲立在世界东方的泱泱大国的形象不求回报，默默奉献。

苦心人，天不负，他们在物欲横流的世界醉心于自己憧憬的艺术天地深情地生活着，他们痛苦着，快乐着，坚持着。值得拥有的东西都来之不易，一直都在坚持的东西，总有一天会反过来拥抱你。一段美丽的爱情故事带来了这栋老建筑的华丽转身，他俩携手走过十年，原美国海军司令部这栋世纪建筑终于老树新芽，在保留了原汁原味老物况的同时，融入了时代的新元素，百年老建筑重放异彩，已然成为一座既有城市文脉延续又有艺术气息散发的历史建筑，为上海"大湾区"，魔都"金三角"添上极为亮丽的一笔。

Timon 和 Feng 在光影与空间之中穿梭，每一天都在做最真实的自己，他俩在不经意间做了一件如何用民间的力量来保护上海的老建筑，守住这座城市文脉的普及工作，善莫大焉。与此同时，他俩生命合体的结晶也在孕育并诞生，呱呱坠地的小女孩，睁开好奇的眼睛看着父母亲为她营造的童话王国。原来很多不看好他俩的朋友，这时候都纷纷找上门来，主动提出加盟，将这片艺术天地改造成经营性的私人会所，Timon 夫妇都一一拒绝了。他俩只想守着这一方天地，看时光随江流奔腾而去，看老建筑走过历史烟云，在诗情画意中优雅地老去。

Feng，我眼中这个干净利落的女子，她正在和怀抱中的女儿喁喁细语，柔和的目光落在女儿的身上，整个脸庞都散发出一种母性的温柔光辉。她遥指外滩的一栋栋高楼大厦悄悄地为女儿讲解它们的前世今生。我看到 Feng 凝视老建筑的眼睛似洒落有璀璨星河，她和女儿说起上海滩的老建筑，话语滔滔似滚滚东流黄浦江水，有着甚为独特和新颖的观点。女儿似懂非懂，却听得认真，从小就耳濡目染，将来也许会继承父母亲的衣钵。不得不承认，有些执着是来自基因，融入血液里面的。坐在 Feng 身旁的 Timon 以最安静的形式倾听着她的讲解，偶尔也会插上一句，我成为这道风景的多余陪衬。

不想打搅一家三口的温馨场面，我转过身欣赏黄浦江两岸的绝美景致，赞叹道："魔都大上海，风景这边独好。"Timon 走到我的身边笑着回复我："与所爱之人执着艺术的追求，必然能看到最美的风景。"我细细品读 Timon 所说的那种感觉，想起了弘一法师的名言：世界是个回音谷，念念不忘，必有回响。你大声喊唱，山谷雷鸣，音传千里，一叠一叠，一浪一浪，彼岸世界都收到了。凡事念念不忘，必有回响。因它在传递你心间的声音，绵绵不绝，遂相印于心。

历史成就经典，跨界改变生活，他俩终于从谷底爬到峰巅。他俩欣赏着山脚下的风光，看到了生命里最美的景色。这片神奇的艺术天地丰盈着他俩的生活，温润着他俩的灵魂，馨香着他俩的世界。然而尚未从陶醉中醒来，他俩瞬间又被一阵风刮到了谷底。来自官方的确切消息，这栋老建筑将被拆除。历史和 Timon 夫妇开了一个玩笑，他们的传奇故事到了"收官"阶段，他们的传奇作品紧接着也要被"收官"。我阅读到了 Timon 的满目怅然，我也看到了 Feng 泫然欲泣，她用餐巾纸擦拭着眼角。

这栋原为美国海军司令部的老建筑在北外滩的总体规划中被列入拆迁改造的

名册，我的亲戚半个多世纪前的预言终于实现，然我的心头竟会有万般的不舍。曾几何时，我也多么想看到这栋带着殖民色彩的美国海军司令部旧址被夷为平地，重新建造起一座我们社会主义的大厦。今天，我的梦想将要成真，没有想到我对它竟也是万般不舍。

倾注十年的心血匠心打造的这个艺术天地，一件件有着非凡意义的作品即将不复存在，确实令人扼腕。Timonn 凝眸黄浦江两岸的美景，霓虹灯光里，我看到他的侧影颀长而有型，骨节分明的食指和中指间夹着一支烟。Timon 点燃烟，深深地吸一口再吐出一个烟圈，淡淡的青雾在眼前缭绕，一股浅浅的烟味被秋风吹散，那个漂亮的烟圈瞬间也支离破碎，消失殆尽，仿佛他内心的落寞也一同被驱散。我忽然感觉到这个美丽的烟圈有着某种暗示，藏在这栋老建筑里的那片艺术世界不就像这个美丽的烟圈？"也许我们的攀登高度只有 5000 米，我们没有能力登上珠穆朗玛的峰顶。达不到的高度，不必硬撑，努力过就好。"Timon 的话语有些诙谐，也有些伤感，说的是一个事实，他们的能力左右不了一栋老建筑的命运走向。

我沉默半晌，努力地挑起话头："我们真应该感谢你和你的太太，你们用了十年的时间，让这栋老建筑在大限到来的时候再一次地焕发出光芒。"Timon 笑笑："那是划过这座城市夜空的一颗流星，转眼就没有了，永远都回不来了，当然，所有的物质，都是时间长河中的一刹那，它们都会走向消亡，没有永恒。"Timon 说这番话真实地表明他的心里还是渴望这"一刹那"能够无限延长，看似自我安慰，其实还是无奈。"这栋老建筑 100 多岁了，也是上海滩开埠的见证者，是一件宝贝，怎么舍得丢弃？"Timon 的语气沉重，失落的情感爬上他的脸庞，眸底也满是黯然。

暮色降临，黄浦江两岸多姿多彩的霓虹灯闪亮登场。Timon 又点燃一支烟，一点闪亮的红色随着吸烟的动作在指尖忽明忽暗，黄浦江两岸的辉煌灯火气壮山河地湮没了这一星亮色，但它固执地在 Timon 的手指间熠熠闪亮，一如 Timon 的执着。"其实还是要学会放下，人生无非是放下那些不再归来的事物。"Timon 凝视着璀璨的夜空若有所悟。人生确实是一个神秘的数学公式，有多少记忆就会有多少遗忘，唯有把过去的经历全部清空，才会有充足的空间承载后面的一切。笑看人生风雨路，淡泊平和心自安，生活吻我以痛，我却报之以歌，这才是对待生活最好的态度。Timon 和 Feng 早就在悄悄地筹划他们后面的人生，为保护老建筑他俩会一年又一年地奔走在这座城市的角角落落，这是他俩赋予自己的历史使命。

一座百年老建筑因着城市规划的需要即将荡然无存，Timon 和 Feng 的十年心血也随之成为一道他们人生之歌的绝响，然而他俩还是会义无反顾地在自己的生命之河中沿着设定的航标向前游。人的生命就是一条长河，也许它的节奏不完全由自己控制，但每个人都应该沿着自己的生命之河向前游，这就是人生的意义。保护这座城市的老建筑，保留上海的文脉，是他俩此生不懈的追求，哪怕有时候会被时代的洪流淹没，他俩人生远行的目标也从未改变。"我们的这座城市是有温度的，我们爱这座生我养我的城市。我们城市的文脉不能断，老建筑就是城市的文脉。"Timon 的声音划过黄浦江的上空后瞬间消失，但还是留下过他的声音。天空没有痕迹，但鸟儿已然飞过。世界是个回音谷，念念不忘，必有回响，我对 Timon 说。

建筑就是一段凝固的音乐，建筑就是一首优美的诗歌；建筑是可以触摸的历史，建筑是可以阅读的书本。随着城市化进程的不断加快，城市更新已成为提升城市品质、拓展发展空间的突破口和重要抓手，昔日的老厂区纷纷变身为文旅新地标，让上海的一批老建筑重新焕发出生命的活力。身后的这座美国海军司令部的旧址是上海的一份建筑遗产，有着说不完的故事，它在历史的尘埃中封存几十年之后被一对执着于艺术追求的璧人慧眼识珠，让这栋百年老建筑重放异彩。Timon 和 Feng 在保留原汁原味的老物况的同时，大胆创新，加上了新时代的元素，倾注了生活的品位，这栋被冰冷的钢筋水泥包裹的老建筑的内核展现出一个绮丽的童话世界，成为北外滩历史老建筑中的一朵奇葩。

苏州河、黄浦江承载着上海的历史和文脉，是城市发展的重要轴线。上海开埠 100 多年来，经历了三个世纪级的规划开发——19 世纪的外滩、20 世纪后期的陆家嘴、21 世纪的北外滩，都是围绕着苏州河与黄浦江拓展开发。虹口区的北外滩，是上海"金三角"中的重要一角，位于一江一河的交汇处，从空间布局看，它是市中心成片规划、深度开发的黄金地段；从发展轴线看，它是黄浦江沿岸的中心节点；从黄浦江两岸联动看，北外滩和陆家嘴隔江相望，交相辉映，错位发展。在这片黄金地段和中心节点上，老建筑承载着历史记忆，应该不断挖掘文旅功能，成为城市文脉的新地标，体现老建筑的文化张力。

一座城市就是一部行走在路上的历史书，城市的建筑就是这本书中最能窥见这座城市故事的字符。隐藏在城市街角的老建筑，不仅为城市营造着浓郁的历史氛围和文化气息，更滋养着城市居民的精神生命。徜徉于一栋栋老建筑之间，除了沉醉于美不可言的设计之外，更能触摸到这座城市的文化脉络。如果说文化是城市的生命所在，那么建筑就是生命的纹理，是一座城市文脉的体现和延续，原因在于建筑是凝固的历史和文化。一座老建筑即使再破旧，其内在的文化内涵与百年历史痕迹是无法抹去的，这是这座城市文化精神的载体，是城市历史记忆的符号和城市文化发展的链条，它见证了城市的沧桑变化，一旦破坏，就难以恢复和接续。

上海的卓越性表现在文化的高度包容、经济的繁荣多样和思想博洽等诸多方面，海纳百川就是上海的魂之所在。上海这座城市因为有众多的历史建筑才有文化底蕴，上海也因为有 Feng 和 Timon 这样的钟爱老建筑、保护老建筑的人，才变得更加生动。保护历史建筑就是保护历史文化的载体，上海，应该有更多的老建筑让真正喜爱的人、懂得保护的人去使用，城市的文脉才能源远流长。城市文脉是贯穿一个城市历史文化中的人类精神血脉，是这个城市在漫长时光中积淀的地域特色和文化个性。生活在这座城市中的每个人都有义务保护好自己城市的文脉，因为这是承前启后、继往开来的资源和功能。令人欣喜的是，如今像 Timon 和 Feng 这样的保护城市老建筑的志愿者越来越多。

Timon 和我斜倚栏杆遥望大上海的夜景，璀璨的灯火汇成一片霓虹灯的海洋，这里是欣赏黄浦江两岸美景的最佳地理位置，张开臂膀就能拥揽浦东浦西的所有风光。浦西外滩那一栋栋有着历史底蕴的老建筑被灯光的线条勾勒出壮美的建筑轮廓，美轮美奂。再放眼浦东陆家嘴，高楼耸立，傲立的身躯直插云端，黄浦江水倒映着摩天高楼的绰约风姿。星汉灿烂，若出其里，不是仙境，胜似仙境。Timon 转过半个头，望着我默默微笑，他的眼睛里装着的是被灯火包裹的一栋栋老建筑里面的东西，我看到的是挂在一栋栋老建筑表面的浮光掠影。Timon 对我说："建筑是线条的流转，是砖瓦的砌合，更是文化的沉淀。上海到处可见不同时期、不同风格的建筑，讲述着城市变迁的故事，让这些宝贵的建筑遗产活起来，才是当下最应该关切的问题。大拆大建太容易了，但是城市的文脉断了，眼见这千篇一律的高楼又有什么意义。"Feng 走了过来，她往我的茶杯里续水后接过 Timon 的话头，她说话的语速很快："一栋老建筑，可以了解城市的昨天和今天，因为建筑是会说话的，你只有读懂了建筑，才能读懂这座城市，你和建筑对话，可以感受到历史的风采。"

诚如 Feng 之所言，上海的经典建筑背后藏着太多的动人故事，积淀着丰富的历史文脉。阅读一座建筑、一片街区，乃至一座城市，归根结底还是阅读建筑背后积淀的文化。这座原美国海军司令部的老建筑即将面临拆除的危机，令人甚为惋惜。拆除一栋建筑容易，城市的文脉断了，这座城市的前世今生就难以完整。我们仨围绕着安放在露台的小圆桌落座闲聊，上海滩的前世今生就在眼前，生活在上海，何其幸福。这座号称远东巴黎的魔都一个脚印一个脚印地走过来，走了 100 多年，多少中外建筑师在这片土地上留下了一栋栋建筑瑰宝，上海由此汇聚了不同时期、不同风格的优秀建筑，从而缔造出这座东方大都市的风貌，上海的历史就镌刻在这一栋栋的建筑中。保护这座城市的文脉，何等重要。

"外滩的故事就是上海的故事。"Timon 如数家珍向我讲解外滩一栋栋老建筑的前世今生。"上海外滩的建筑群包括古典主义风格的亚细亚大楼，英国古典式的上海总会大楼，欧洲古典折中主义的海关大楼，仿意大利文艺复兴风格的汇中饭店大楼，装饰上采用中国传统建筑风格的中国银行大楼，等等。这些建筑虽不是出自同一位设计师，也非建造于同一时期，然而它们的建筑色调却基本统一，整体轮廓线处理惊人地协调，无论是极目远眺还是走近它们，你都能感受到一种刚健、雄浑、雍容、华贵的气势，所以外滩享有世界建筑博览会的美誉。"

150 年前，当殖民者踏上上海这块陌生的土地时，就看中了黄浦江的这片江滩，于是这条曾经是船夫与苦工踏出来的纤道，经过百余年的建设，一幢幢不同国家、不同风格的西式建筑鳞次栉比而起，这些古典主义和现代主义并存的建筑成为全国重点文物保护单位，成为今天上海的象征。"大上海还有很多镌刻着历史的老建筑散落在这座城市的角角落落，对这些老建筑也应该立法保护。"这是 Feng 的声音。

深以为然。建筑是古典艺术，是文明的标志，它记录了人类的历史。建筑是石头的史书，建筑记录的历史往往比我们文字记录的历史更直观，建筑就是历史的实物。古埃及的金字塔，古希腊的帕特农神庙，意大利的罗马斗兽场，中国的万里长城，假如这些象征人类文明的古老建筑在地球上荡然无存，又该如何续写人类的文明史? 所有见证过历史的建筑，都带有独特的文化内涵，保留人类的文化基因，它们是人类文明之根，人类文脉之本，人类风貌之基。它们承载历史，一旦破坏，不可再生。

保护老建筑，维系城市的文脉在我国还是一条艰难的山道，很多急功近利者最注重的是眼前的获利，市场和资本都热衷于炒短线，赚快钱，借助于速度收割韭菜，利欲熏心必然会导致资本以破坏建筑为代价而去追逐他们的利益。在我们这个民族的血脉中，良心永远是最值得珍视的东西，现在是越来越稀缺了。然而越是稀缺，越需要重视。

自嘲为孤独的朝圣者的 Timon 和 Feng 如今欣喜地看到越来越多的人加入保护城市老建筑的行列，也看到各级政府部门将老建筑保护性的开发工作提升到了一个新的高度，很多老建筑就是在一批有识之士的大声呼吁下，在政府的有效保护下得到了抢救性的开发和保护。"这是现代文明战胜了野蛮资本，是社会的进步。"Timon 的眸底星光闪烁，"保护城市的老建筑，道路是曲折的，前途是光明的。"

秋天，一直都是个美好的季节，虽然有一些令人伤感的情节。我们在和煦的秋风中沉醉于美丽的秋色，一阵风过，吹乱了 Feng 的头发，几丝碎发遮住了 Feng 的眼睛，Timon 悄悄地伸出他的手，将遮住 Feng 目光的碎发往她的鬓角掖了掖。Feng 回眸朝丈夫微笑，视线又慢慢地移到她十年磨一剑的地方，看得出她的眼眶里噙着泪水。有些东西，要等到真正放下了，才知道它的沉重。人生不如意的时候，是老天在给你放长假，这个时候就应该好好享受你的假期。Timon 和 Feng 决定在未来的一段日子里，放飞自我，他们会走遍上海的大街小巷，深入触摸上海的老建筑，享受老建筑带给他们的愉悦。念念不忘，必有回响，那些日子里他俩应该充满期待和惊喜。

夜已深，风渐凉，远处的霓虹灯明明灭灭，我们情不自禁地轻轻唱起《今宵多珍重》："不管明天，到明天要相送，恋着今宵，把今宵多珍重……"歌词意味深长。不管明天，到明天要相送，相送他们营造的那片美丽的艺术天地。但在明天来临之际，我们可以用昨天来治愈今天，用怀旧来维持生命的美好。如果你相信你的生命是美好的，那么无论今天你遭遇了什么，都会平静地等待着那个明天的到来。人生有很多个渡口，当你驾驶着自己的生命之舟驶向陌生的彼岸时，会遇到各种各样始料不及的风景。你要相信，唯有上了岸，才能继续向前走，才会看到更美好的风景。

很是欣赏赫尔曼·黑塞《花枝》里的一段话：总是来回抖动，花枝挣扎于风中；

总是上下求索，我的心像一个孩童，在明亮与昏暗的日子之间，在祈求与放弃之间。Timon 和 Feng 也在风中挣扎，上下求索，他俩坚定地相信那个"昨日世界"不会消失，它们像被时代狂风吹散的碎片，只是不再完整。重新捡拾，重新还原，将它们的甜美、浪漫、怀旧用另一种文化样式存在于世，这是 Timon 的心愿。他想为 Feng 保留这件艺术品的影像资料，要为 Feng 的这件作品出版一本画册，还要用文字记载 Feng 对这栋老建筑改造的十年艰辛路程，他决心将这个"昨日世界"的碎片全部收集起来，这是他力所能及的事情。

人生潮起潮落，诗句日新月异，再好的机遇，再厉害的本事，再崇高的理想，都敌不过天道和规律，还有行政意志。老子在《道德经》中讲道：贤者应事而变，达者顺天而生。有智慧的人，为人或办事都懂得符合天道，顺势而为。从明天起，Timon 和 Feng 将告别身后的一切，他俩将从这里出发，做一个幸福的人，他俩会沉浸在上海的老建筑里，深入阅读，品味上海老建筑博大精深的文化。Timon 和 Feng 站在新的人生的起跑线上，回首向来萧瑟处，归去，也无风雨也无晴。

拆迁的大锤终于落在了这栋老建筑辅楼的坚固的脊梁之上，Timon 的心一阵又一阵地疼痛，他每天都在黄浦路溜达，看着拆迁的大锤正一寸寸地向着他们曾经营造的那个"艺术天地"的领域杀来，他打电话让我过来目睹这悲壮的拆迁场面，让我和他一起见证这个令人心痛的时刻。

我和 Timon 站在美国海军司令部旧址的顶楼，看着数米之外的原美国海军司令部的配套建筑被肢解的过程，Timon 对我说道："你看，你看，这梁、这墙，大锤根本砸不断，只能用机器来切割了。100 多年过去了，还是这么坚挺。只是再坚挺，也敌不过人为的破坏。"挥一挥手，别了，风流今被雨打风吹去，然而这并不是自然界的风吹雨打。

再过几个月，我们脚下的这片空间也将是一片废墟；再过几年，这里就将耸立一栋与陆家嘴摩天大楼遥相呼应的巍峨建筑，一栋 100 多年前的美国海军司令部旧址就此被这座城市抹去。Timon 心有不甘，他奔走于各方，他大声疾呼："救救老建筑，保留城市的文脉。"他找到了自己的母校同济大学的老师们，找到了相关的政府规划部门，他四处奔走，为这栋老建筑的存在而请命。与此同时，民间自发的呼吁保护城市老建筑的声音也越来越多，很多有识之士纷纷加入了保护城市老建筑的行列，地方政府也出台了保护城市老建筑的法规，从法律层面有效保护了有价值的城市老建筑不再被随意拆迁，Timon 似乎看到了一线希望。

　　我和 Timon 私下里有个约定，当这栋美国海军司令部旧址被夷为平地时，我俩就在这个地方合影留念。我一直在担心这个日子的到来，又一直在等待着这个伤感日子的到来。忽一日，Timon 给我打来了电话，我知道这一天终于来了。我心事重重地来到了黄浦路，却没有料到这栋老建筑依然存在，还在我的眼前坚强地矗立。Timon 向我走来，笑着告诉我："它被保留下来了。"还没等我长长地嘘一口气缓过神来，Timon 紧接着又告知，"主体建筑的外观全部保留，内核重新改造。"我和 Timon 额手相庆，稍稍遗憾那十年磨一剑的"艺术天地"将不复存在。Timon 知道我在想什么。"我更在意的是这栋老建筑被留下来了。"我听到 Timon 的话音中带着欣喜，"我们不仅是留住了这栋老建筑的外壳，更是留住了城市的记忆、城市的文脉，正是有了这些老建筑，城市的历史文化才得以鲜活起来。"

　　不负前约，我和 Timon 依然在这栋老建筑前留下了合影。抚摸着百年斑驳的墙面，我们在它的身边留下了"美丽乡愁"。我们又一次相约，若干年后，还要在这栋老建筑前合影。有了老建筑的根，我们还要探寻老建筑的魂，Timon 心心念念。世界是个回音谷，念念不忘，必有回响。

而今迈步从头越

从明朝中期开始一直到民国初年，有数百万山西人离开故土到蒙古高原谋生，史书上把这段历史叫作走西口。走西口跟著名的闯关东、下南洋并称中国历史上的三大人口迁徙活动。"西口"是山西朔州通往蒙古高原的一道关隘，正式的名字叫作杀虎口。杀虎口地处长城的西边，故而杀虎口又称作西口。400多年来，一代又一代的山西人离乡背井走西口，一首凄婉哀怨的山西民歌《走西口》，唱尽了人生的无奈和心酸。

走西口，征途漫漫，风险四起，血泪心酸一路伴。有多少山西人艰难地跋涉在荒原和沙漠，最终都客死在走西口的漫漫征途，走西口称得上是一部血泪斑斑的山西人的移民史。走西口也是一部山西人的励志传奇，那传奇中一个个勇往直前的灵魂散发着永恒的光彩，至今影响并激励他们的后辈。今天，走西口的历史一去不复返，走西口的精神却不会磨灭，它的内涵被传承下来，活化为一个文化符号，那就是不屈不挠、艰苦创业的民族精神，走西口成为激励后人奋发图强的精神财富。走西口带动了阴山南北的经济繁荣和发展，使这些地区与内陆经济一体化。

山西简称晋，走西口的主体是山西人，通过走西口富起来的晋商，留下了乔家大院、曹家三多堂等丰富的建筑遗产至今熠熠生辉。走西口的文化基因始终活跃在这些晋商后辈的血液里。当下，又有一批优秀的山西籍企业家在蒙古高原崛起，晋商雄风今日重振，他们都是"走西口"的后代，好友孙注是其中的一个。

鸦片战争时期,孙注的祖上走西口。他的先人离开故乡山西忻州,越长城,翻阴山,在北魏重镇武川安家落户。一代又一代的孙氏后人,扎根漠北草原,此心安处是吾乡。作为走西口的山西人的后裔,孙注的血液里流淌着晋人吃苦耐劳、敢为天下先的文化基因,生于斯、长于斯,草原民族不屈不挠的秉性亦潜移默化孙注,两种文化的碰撞注定会孵化出新时代的晋商。数百年后,在蒙古高原的晋商队伍里走出孙注这位优秀的企业家,我一点都不以为奇,而认为这是一种必然。孙注,武川燕谷坊的创始人之一;燕谷坊,深耕燕麦全谷物产业的农业科技公司,中国生态农业领域的一朵奇葩。

当无数旺盛的生命连成片,当无数的莜麦汇成海,塞北的秋来了。放眼四望,武川满眼的绿给你带来的是壮观和震撼。2020 年 8 月 18 日,秋阳柔柔地笼罩北魏重镇武川,经过了春的滋养、夏的抚摸,旷野吹过一丝清凉的秋风时,武川燕麦节的帷幕就悄然掀开,县城的主干道彩旗猎猎,武川沉浸在欢乐的海洋中。

武川原名黑城,是中国历史上北朝防卫柔然的六个军事重镇之一。北魏开国皇帝拓跋珪开疆拓土屡建奇功,为炫耀武力,遂命名脚下这块被征服的土地为武川。然昔日的北魏六镇,唯有武川保留名称至今。武川曾涌现出许多影响中国历史的帝王将相,人才辈出。作为北周、隋朝和唐朝的龙兴之地,弹丸之地的武川竟然孕育了三个朝代的开国皇帝,走出了 10 位帝王,武川因而享有帝王之乡的盛誉,在历史上留下了不可磨灭的璀璨光芒。2000 年多年来,历史的风华在这里凝滞,战火的风云在这里弥漫,将士的呐喊在这里回响,王者的神话在这里升腾。

史称"王气所聚"之地的武川之所以著名,还在于它的战略地位凸显其重要性。在中国的正北方,不仅有一望无际的内蒙古大草原,还有跌宕起伏的阴山山脉。山南是以农耕文明为主的中原区域,山北是以游牧文明为主的草原区域,阴山山脉横亘于两大文明之间。千百年来,人们在阴山的中段打通了一条蜿蜒曲折的山路,史称"白道"。"白道"意为白色之路,因该道地上之土壤为白灰色而取其名。北魏郦道元在《水经注》里详细记载了白道所处的地形地貌、历史典故等。弯弯曲曲的白道穿过阴山一直通向武川,连接着阴山南北的农耕和游牧两大文明。武川在白道的北口,因其战略位置重要,遂成为兵家必争之地。

白道盘旋在阴山,一幅历史的画卷慢慢铺开。从秦汉时期到民国,白道战事不断。2000 年前，匈奴崛起，汉朝骑兵北上抗击，汉朝飞将军李广率领铁骑走白道奔漠北和匈奴激战。北魏初年，北方的柔然、丁零等少数民族部落雄起，北魏在武川镇南部的交通要道处建造了白道城，作为扼守南北交通的要塞。突厥势力强盛，占据了柔然故地，南下进犯中原王朝，隋文帝派卫王杨爽在白道抗击突厥，大获全胜。唐太宗贞观四年，唐军主力在白道城两边的山谷中设埋伏，突厥骑兵被围剿，溃不成军。东突厥灭亡，唐朝收复了阴山，势力范围扩展到贝加尔湖以北，北方部族纷纷归顺，尊称李世民为"天可汗"。这一场辉煌的胜利正式拉开大唐盛世王朝的序幕。有史学家称，白道成就了李世民的大唐帝国。刀光剑影消失之后，白道又成为中原王朝与北方游牧部落进行商贸的通道，草原上的羊马等畜牧产品源源不断地从白道运往中原，中原的茶叶丝绸等日用百货也从白道络绎不绝进入草原深处，位于白道北口的武川南倚阴山，背靠中原文明，北向草原，拥抱游牧文化，武川成为这条商道的重要驿站。

武川，这个有着悠久历史的北魏重镇曾经辉煌，也曾经被遗忘。时间像大漠里的沙子不断地溜走，自宋元以降，武川日渐式微，风风光光的辉煌、斑斑驳驳的沧桑、明明灭灭的感伤被历史的尘埃掩埋，在一片落寞中归于沉寂。往事越千年，突然有一天，武川这颗璀璨的明珠又重见天日，在世人的瞩目中光芒灼灼闪耀。

改革开放的春风吹醒了武川，阴山的白道再度迎来敢为天下先的走西口的山西人。他们立足武川，重振先祖雄风，开创新一代的晋商在漠北安身立业的传奇故事。千年古镇迎来千年一遇的喜讯，武川在历史的机遇中重新崛起，一个山西人和他的事业伙伴把他的第二故乡武川推向一个崭新的高度。燕谷坊，当今武川的一张闪亮名片，卓著的声誉在长城内外、大江南北传颂。一座地标性的建筑燕谷坊今天将在这座千年古镇举办盛大的落成典礼。

燕谷坊为晋人孙注和他的创业伙伴共同创立。他们将武川的珍宝裸燕麦加工制作成半成品并注册燕谷坊的商标推向市场。优质的产品一经投入市场就赢得消费者的一片赞誉，燕谷坊也同时引起世人极大的关注。燕麦一般分为稃型和裸粒型两大类。世界各国栽培的燕麦以稃型为主，常称为皮燕麦。我国栽培的燕麦以裸粒型为主，常称裸燕麦。裸燕麦的别名颇多，在我国华北以北的地区人们将其称为莜麦。在历史的尘埃中沉寂千年的北魏重镇武川，如今因着裸燕麦在市场一枝独秀，重新绽放异彩，被誉为中国裸燕麦之都。莜麦王国的武川，再度吸引世人的眼球，燕谷坊让武川强势归来。

武川真的是裸燕麦生长的风水宝地。也许是上天的眷顾，特定的黄金纬度和地理高度，再加上阴山融化的冰水如同血液一般滋润的土地，武川成为全世界最适合裸燕麦生长的地方，裸燕麦在这个地球上找到了最舒心的家园。裸燕麦，一个顽强的生命，小小的种子裸躺在泥土的表面，吸纳了山野的气息，汇聚了日月的精华，绿油油的一大片生长在希望的田野上，成为科学家推崇的养生食品。相传清代康熙皇帝远征噶尔丹，在归化城（现在的呼和浩特）吃过莜面，给予很高的评价。乾隆年间，武川的莜面作为进贡皇帝的食品被送往京城。

历史曾经选择了武川，历史也曾经丢弃了武川，历史又再次重铸了武川。千百年来，随着刀光剑影远去，昔日的军事重镇武川如白玉蒙尘，黄金埋土，历史的长河湮没了武川。一个走西口的后代和他的创业团队倾尽全力将裸燕麦的文化做到了极致，成功地将武川的裸燕麦送上千家万户的餐桌，裸燕麦从养在"深闺"人未识，到天下谁人不识"君"，一跃成为当今科学养生食品的首选。裸燕麦让武川重拾昔日的辉煌，北魏重镇武川终于拂去历史掩埋的尘土，重新闪耀夺目的光芒。

裸燕麦承载着武川凝固的历史，也散发着流动的神韵。阴山脚下，莜麦飘香，就像是千年前的舞者，时空中的精灵，从阴山深处的千年寂寞中坠入尘世，悠然起舞，如花绽放，盛开在武川的大地上，成为武川人的希望。孙注生于斯、长于斯，这位走西口的后代常常说，武川是生我养我的地方，武川就是我的故乡，我热爱武川。热爱是希望的源泉，唯有为热爱的事而活着，才能在时间的沉淀中，越发熠熠生辉。孙注时常抬头望望天，也会俯首看看地，天上的星星很灿烂，寥廓的大地很诱人。星星太遥远，大地在脚下。大地的前方有高峰，希望就在峰巅。孙注有一颗登顶的心，他平视前方，脚踏实地走在大地上，一直走到山脚下，迈出攀登高峰的第一步。再高的山，只要你不放弃，最终定会有人登上峰顶。

今天是庆贺武川一年一度燕麦节的大喜日子，今天是庆贺燕谷坊落成武川的大喜日子，百折不挠的孙注终于攀登到了自己生命的高度，燕谷坊，一座气势恢宏的建筑巍然矗立在武川，这是千年古镇武川千年以来最令人瞩目的建筑，艰辛的创业生活最终被孙注打造成了一座诗意花园燕谷坊。矗立在草原之门的燕谷坊既是对武川裸燕麦的颂扬，也是对创业者生命的礼赞。燕谷坊的标志性雕塑是一飞冲天的骏马，孙注站在雕塑前百感交集，艰辛的创业，历经的坎坷，如今往事如烟。追逐的信念，向往的明天，如今绘就了理想的蓝图。燕谷坊这艘舰艇面向未来即将起锚远航，孙注就是航行中的舵手。

祝贺孙注梦想成真，他淡淡一笑："梦想本无所谓有，也无所谓无，只是在梦里想得多了，也真的就梦想成真。每次在梦里，老祖宗都在看着我、盯着我呢，我必须让我的梦想成真。从今天起，燕谷坊将步入一个飞速发展的时期，燕谷坊不但要推出我们武川的拳头产品裸燕麦，还要推出马铃薯等我们武川的优质农产品。"孙注细长的眼睛里看到的是武川未来的图景。

内蒙古有"三宝"：山药、莜麦、大皮袄。莜麦在中国有 5000 年的种植历史，武川是我国培育莜麦的发源地。莜麦营养价值极高，含有丰富的蛋白植物脂肪和乙种维生素等，食用后能分解出一种亚油酸物质，有防止高血压、动脉粥样硬化、冠心病等功效，深受消费者的欢迎，武川的莜麦被中国农产品安全中心认证为无公害农产品。武川，地处北纬 41°~43° 的地理纬度，这是世界公认的裸燕麦黄金生长纬度。世界权威植物学家一致认为，今天广为人们追捧的裸燕麦的起源地是在中国与蒙古国的接壤地带，这是国际权威学者的共同认定。

世界上研究栽培植物起源最著名的学者是苏联的瓦维洛夫，他于 20 世纪初组织了植物考察队，在世界上 60 个国家进行了大规模的考察，收集了 25 万份栽培植物材料，并进行了综合分析和一系列的科学实验，1935 年瓦维洛夫在《世界栽培作物起源八大中心》中指出，裸燕麦起源于中国的内蒙古武川一带。1967 年，苏联著名学者茹考夫斯基在《育种的世界基因资源》中指出，裸燕麦是地理特有类型，在中国与蒙古国的接壤地带由突变而生。因此，这个发源地可以认定是裸燕麦初生基因中心。阴山北麓的武川地区以其独特的地理环境，成为孕育裸燕麦的摇篮。

适合裸燕麦生长的武川，土壤有多种微量元素，全球同纬度地区种植的裸燕麦中，尤以武川裸燕麦的质量最为上乘，远销美国、韩国、日本等地，在国际上享有很高的声誉。守着武川裸燕麦这个聚宝盆，却没能成为摇钱树，武川依然是内蒙古自治区首府呼和浩特市唯一的国家级扶贫开发重点县。贫穷，是武川人的心头病；贫穷，限制了武川的发展。

武川脱贫致富的出路在哪里？一个年轻人坐在办公室里深深地思索，他就是孙注，一个大学毕业后就在体制内工作，过着朝九晚五、衣食无忧生活的 70 后。孙注的祖籍是山西忻州，祖上走西口，安家落户到武川，及至孙注这一代，时光流逝了 200 年，孙注早已是一个地道的内蒙古人，然而山西人敏锐的商业意识孙注却是与生俱来的。一篇官方的报道吸引了孙注的目光，让他眼睛一亮，似乎看到了武川的未来。这篇报道介绍了武川的裸燕麦远销日本，日本人进行两次加工后，竟然以超过进口 50 倍的价格再出口到其他国家，且供不应求。这则消息令孙注震惊，他无奈地摇着头，对自己的父亲说："咱这是守着金饭碗在讨饭呢。"

堪称国宝的武川莜麦营养价值非常高，然而武川莜麦的经济效益并没有等同于其营养价值，武川莜麦为何没能做出大品牌，为何没有大市场？冥冥之中孙注有一种天降大任于斯的历史责任感，要想打赢脱贫攻坚战，首先要转变发展思路，发展武川的特色农业，他陷入了思索。孙注想探索出一条让武川的父老乡亲脱贫致富的道路，他悄然行走在武川的沟峁山梁，暗中拜访着武川的父老乡亲，了解裸燕麦的生长规律，掌握裸燕麦的市场走向，他要把裸燕麦的附加值从日本人的手里夺回来。

如若心中有彼岸，梦想之帆迟早会扬起；如若心中有不灭的灯塔，即使九死一生，希望仍在心头。护好心灯，让它长明，你的人生就有希望。孙注怀揣着理想，奔走在莜麦种植田、莜麦农科所、莜麦加工站，武川莜麦深居闺中无人识的原因最终汇成孙注手中的一份详尽的调研报告，五大原因在这份调研报告中叙述得清清楚楚。孙注一遍又一遍地研读，他的心头沉甸甸的。

其一，武川莜麦没有用深加工来提高产品的附加值，农民只出售原粮，价格并不比其他粮食高，而莜麦作物的亩产量并不高，这就影响了农民的种植积极性。

其二，莜麦需要深加工才能提高其身价，然而武川全县对莜麦的年加工能力仅仅为 2 万吨，且是粗加工，仅仅磨成面粉而已，增值的幅度很小。日本人将原粮买回国，再度精加工，推向市场的莜麦，马上增值 50 多倍，成为论克购买的"黄金粮食"。

其三，品牌价值没能体现。武川的莜麦长在坡梁地，且武川地区是高纬度的冷凉地区，没有病虫害，不需要施化肥，是实实在在的绿色食品，但是武川至今没有对本土的莜麦申报绿色食品认证和原产地认证，导致身价大打折扣。

其四，武川至今还是分散的、作坊式的加工工坊，全县缺少龙头加工企业的带领，导致农民无法形成规模化的种植，阻碍了武川莜麦的发展。

其五，没有宣传力度。武川莜麦在宣传方面没有进行整体的包装宣传，没有吸引外来投资者的眼球。

守着武川的宝贝，却让这件宝贝养在"深闺"人未识，孙注心有不甘，他要抓住机遇，让武川的莜麦为民造福。孙注萌生了辞职下海的想法，武川的裸燕麦让他看到了希望。晨起暮落是日子，奔波忙碌是人生，明明知道创业的艰辛，舍弃安逸的日子，追逐自己的梦想，而今迈步从头越，这就是活着的意义。机遇，有的人把它当作畏途，有的人把它当作前途。没有畏途，何来前途？当机遇放在你的面前，你却视为畏途，那就会错过前途，这辈子就很难实现你的人生梦想。山西人敏锐的经商基因在孙注的血液中复活，来到这个世界，他要和自己的祖辈一样，在武川这片历史上曾经叱咤风云的土地上完成自己的修行与使命。他要抓住眼前的机遇，追逐自己的梦想；他要在自己的天地中创造奇迹，让梦想成真。

孙注在他平静安稳的世界里撕开了一道口子，那道口子里有微光，有风景，有模糊的繁华，有新奇的呼唤。他说："我总觉得有一种使命感在催促我必须走出现有的生活轨迹，只有将从前固有的一切放弃，才能有机会再次绽放光芒，迎接我的重生。"孙注从体制内走出来了，他义无反顾地背上行囊迈出了创业的第一步。决定递交辞呈的那一天，家里所有的人都苦苦劝阻孙注，还是捧着铁饭碗安安稳稳过日子为好。在武川当地，孙注属于高收入阶层，旱涝保收，衣食无忧。有多少胸怀创业大志者最终还是倒在创业的道路上，消沉一段时间后重新回到体制内，他们一个个就生活在孙注的身边。孙注不为家人的苦劝所动，高中时代，他就立下誓言，要做一个新时代的晋商；读大学的时候，他就边打工边积累，为有朝一日的创业做准备。

孙注决定追求一种物质以外的升华的精神世界。他说："我要重新拾起心中的执念，这个执念就是我能为自己的家乡做些什么。这个执念从来就没有弃我而去，所以今天我仍然能够深爱我的家乡。"辞职后的第一天，孙注在天色未亮之时就起身，他独自一人，步行到一片裸燕麦的生长地，与摇曳的裸燕麦一起等待黎明的到来。晨曦微露，一缕鱼肚白的曙光从夜丛深处脱颖而出，亲吻着裸燕麦的麦穗，孙注的心头一阵温暖，热泪盈眶。黎明来了，那是让人觉醒的时辰，孙注即将在黎明中开始新的征程。从今天起，人生的路要靠自己行走，成功要靠自己去争取。既然重新选择人生的舞台，就一定要全身心地将剧本全部演完，绝不临阵怯场；既然把希望播种在武川大地，一定要在武川坚持到胜利。

孙注的创业时代来临了，走出体制的大门，他用一句"开弓没有回头箭"的铮铮誓言开启人生的一个全新时代，他和志同道合者于2012年8月17日在武川县工商行政管理局注册成立了"燕谷坊生态农业发展（集团）有限公司"，他们的创业团队考虑首选裸燕麦和马铃薯的营销作为燕谷坊产业发展的切入点。

武川是世界燕麦发源地之一，也是世界燕麦的主产区，享有"中国燕麦之乡"的声誉，同时也是马铃薯的主产区。武川的马铃薯粉中带有微甜，产量也很高，在市场具有竞争的先天优势。究竟是首推裸燕麦产品来带动马铃薯产业的发展，还是率先将马铃薯产品推向市场再引出裸燕麦，孙注和他的团队有些举棋不定。放眼整个市场，马铃薯产品的认知度要高于裸燕麦，黄河流域、长江流域乃至珠三角，到处都是马铃薯的消费市场，马铃薯被誉为除小麦和水稻之外的人类第三种粮食。马铃薯的收购、加工成本比裸燕麦低，对于刚开始创业的团队，资金压力也可以减轻。经过反复调研，孙注和他的团队还是决定先将裸燕麦推向市场，除了裸燕麦的附加值比马铃薯高之外，还有一个重要的原因是马铃薯的储藏期最多半年，贮存时间一长，马铃薯会发芽，发芽后的马铃薯会产生毒素，就不能作为深度加工的原料，而裸燕麦可以储存五年之久，在保鲜储存方面，裸燕麦相较于马铃薯优势明显，且裸燕麦属于世界性食物，附加值也高于马铃薯。燕谷坊团队的所有成员最终一致同意先将裸燕麦产品推向市场，助力武川县的产业扶贫，依托国家"乡村振兴、精准扶贫、健康中国、'一带一路'"的战略方针，立足于我国全谷物的食养健康产业链的开发。

创业路，路漫漫。基层的创业者凭借一腔热血走向市场，创业的艰辛程度可想而知，孙注和他的团队在创业初期也经历了各种磨难。裸燕麦产品的营销市场分为南北两片，以长江为界划片。北方民族以小麦为主食，南方民族则以稻米为主食，孙注的团队遂将裸燕麦销售的市场重点放在长江以北。第一轮市场走下来，创业团队就陷入了迷茫，主打的北方市场对裸燕麦的认可度竟然不如南方市场，营销成本也远远高于南方市场。究其原因，北方的粮食市场本身就以麦类产品为主，武川裸燕麦价格略高于其他麦类产品，挤入市场无法一枝独秀。又做进一步的市场调研，发现南方市场又以沿海地区的城市对裸燕麦的接受程度最高。通过数据分析得出结论，开放的城市、信息化的社会，裸燕麦的价值功能在南方的消费群中已经有很好的普及，无须燕谷坊做深度推广就能被消费者所接受。

包容的城市海纳百川，具有良好教育背景的中产阶层善于接受新鲜事物，关注养生食品，他们会从各种信息渠道获知裸燕麦的价值，其所需要的就是货真价实的产品。燕谷坊推出的裸燕麦系列产品正好能满足这一消费群的需要，这一潜在的高端消费群还是裸燕麦推向市场的最好的宣传员，能够带动整个市场的需求。

一个大胆的决策在孙注的心中酝酿，他决定将燕谷坊的营销总部搬到上海，这座海纳百川的大城市愿意尝试新鲜事物，市场的培育成本比较低，且影响力能直接辐射长三角，长三角乃中国最具活力的地区。很快就付诸行动，燕谷坊的总部基地留在武川县，营销管理中心在上海虹桥商务区挂牌成立。燕谷坊开启了新一轮的航程，一个以上海为中心辐射长三角，走向全中国的营销模式让燕谷坊逐渐走向了成功。燕谷坊稳健地走过了 6 年，蹚过了急流险滩，避开了暗礁漩涡，航行到一片开阔的水域，前方就是大海，连接着世界各地，燕谷坊终于让武川的裸燕麦成为武川人的一棵摇钱树。

公司挂牌五周年之际，应邀和孙注在上海见面，地点在孙注的办公室。孙注的办公室不大，隔着茶几相对而坐，一杯清茶闲聊人生。一个微笑，举杯齐眉，以示祝贺燕谷坊步入一个稳定的增长期。孙注回礼，眉眼染笑："人生的每一个阶段，都有不同的滋味。就像一杯茶，品尝清苦，回味清香，最终归于平淡。"倾听孙注讲解那段清苦的日子，这是每一个白手起家的创业者都拥有的经历，也是每一个成功的企业家都拥有的财富。今天，创业中经历的所有苦难，最后都变成了养分，但变成养分的过程，并不轻松。

一个真正的企业家，不能只靠胆大妄为东奔西闯，也不可能是在学院的课堂里说教出来的，他必须在市场经济的大潮中学会摸爬滚打，在风雨的锤炼中不断成长壮大，在时代的洪流中重建人生维度。孙注说："下海创业这些年的经历，的确拓宽了我的地平线。"从创业的第一天起，每天要面对的是困难和失败，而不是成功。每一天醒来，孙注都会想他在裸燕麦的田地里迎接曙光的情景，那是孙注正式踏上创业道路的第一天。只要想起那一天，孙注就会振奋精神，迎着风雨向前走，盼望着云开日出，天边会有一道彩虹出现。"但是你不知道彩虹会在什么时候出现，也不知道自己的下一站会遇到怎样的天气。"孙注转过半个身子看着窗外的风景自言自语。

窗外的天色有些昏暗，淅淅沥沥的雨点敲打在玻璃窗上，发出噼噼啪啪的声响。我和孙注聆听着雨点的声音，彼此默默不语。一忽儿，骤雨停歇，乌云散尽，阳光明媚。"我一直在等云开日出。"孙注回眸，眸底注满了清亮，他冷不防冲着我说这一句。"阳光总在风雨后，请相信有彩虹。"孙注又在轻声哼唱，他相信雨后一定会看到彩虹。一直坚持了6年，孙注等到了彩虹的出现。

孙注办公室墙面上挂着一束莜麦，这束干枯的莜麦标本是孙注的精神寄托，饱含着他的思乡情结。孙注抽出一株莜麦在阳光下凝视，他眼里看到的是一片金灿灿。莜麦，将孙注推向商海。做好莜麦的文章，就是对生命最大的不辜负。孙注握着这株莜麦遥望北方，心驰神往。我站在他的身后，清晰地听得他在喃喃："我的家乡武川是一个有很多故事的地方。武川不仅出产莜麦，还有非常深厚的历史文化。"孙注盛邀我踏足其故乡武川县，感受一下北魏重镇的厚重历史，了解一下武川的红色基因，再一睹武川莜麦的生长地，最后走一走昔日斛律金笔下的敕勒川。

巍巍阴山东西绵延，草木茂盛，武川境内一段又称作大青山。依托大青山的绿色生态，武川成为首府呼和浩特的天然屏障。武川与生俱来就有一种包容开放的特质，南倚绵延的大青山，北向苍茫的大草原，使得武川当之无愧地成为农耕和游牧两大文明握手的历史平台。数日之后，我们一行数人跟随孙注从上海飞到呼和浩特后再驱车约一小时抵达武川县城，来到了昔日北魏重镇、"帝王故乡"的武川，来到了塞外的革命老区武川，来到了在全球享有盛誉的保健食品裸燕麦生产之地武川。一踏上家乡的土地，孙注话语不绝："来到武川，我们要走一走千年帝王的故乡，感受北方游牧民族的文化在武川的传承；我们还要来一次红色之旅，大青山抗日游击根据地就在武川，红色人文资源在武川比比皆是，这是我们武川的两张旅游文化名片。"侃侃而谈自己的家乡，孙注满脸兴奋之情，见我们听得入神，孙注话锋一转："在我的家乡，现在还有第三张文化名片，那就是享誉世界的裸燕麦。"

阳光明媚的清晨。早起，洗漱完毕后来到宾馆的餐厅，孙注笑盈盈地站在餐厅的门口恭候着我们。落座，孙注示意服务员为我们送上一碗热气腾腾的裸燕麦稀饭，香气扑鼻，瞬时撩起了每个人的食欲。一碗下肚，众人都迫不及待地索要第二碗。

孙注笑着询问我这裸燕麦稀饭的口感如何？我连连称赞："这是莜麦华丽升级后的最美展现，食后满口余香。"无怪乎民间有这样的顺口溜评价武川的莜面：珍馐美味世上多，武川莜面最为尊。未曾揭笼十里香，吃了上顿想下顿。美味是传递幸福感的最好方式，传统的低端粗加工裸燕麦最终由燕谷坊修炼出一道脍炙人口的美味，燕谷坊提升了裸燕麦的附加值。孙注眉飞色舞地告诉我们："风靡国内的西贝莜面使用的食材就是我们武川种植的裸燕麦，这养生食品裸燕麦正是我们武川的第三张旅游文化名片，今天我就带领各位去实地感受。"孙注眸底的笑意蔓延开来，他朝我们优雅地做了个请的手势。

"秋天的阴山像一座青铜的屏风安放在它们的北边，从阴山高处拖下来的深绿色的山坡，安闲地躺在黄河岸上，沐着阳光。"这是著名的历史学家翦伯赞在《内蒙访古》中对内蒙古的描述。黄河岸边是平展展的土默川。土默川，明清时代为蒙古族贵族土默特部居住而得名，在阴山山系的中段南部，即古之敕勒川。野沃土肥，河流海子众多，大黑河蜿蜒贯注。再往北，一个跳跃，跃上海拔 2000 米左右的高原，没有一点儿商量，一下子完成了从平原到山地的地理过渡。接着是丘陵，再往北是草原。武川地处土默川平原到达尔罕草原与四子王旗草原的急骤变化带，其山间地形与丘陵地貌全部囊括。特殊的地理过渡带形成武川气候寒凉、风高气爽、昼夜温差大、日照时间长的特点。"裸燕麦是一种个性很强的作物，品质出类拔萃的裸燕麦需要极其苛刻的生长条件。大青山以北的武川，地形地貌和独特的气候条件恰恰具备种植优质裸燕麦的所有条件。简要来说，武川裸燕麦和相应的地理气候可以概括为'三带合一'、天孕地育。这'三带'即黄金生长带、地理过渡带、农牧交错带。裸燕麦是人类最好的粮食，也是家畜最好的饲料，农牧交错带因为畜多地多，牲畜粪便提供了充足的肥料，在轮作田里放牧牲畜，也具有田地自肥的功能。"孙注对我们一行参观者做有关裸燕麦生长的科学知识普及。

武川真的是一颗珍贵的塞外明珠，"三带合一"的特殊地理条件，使裸燕麦成为上天恩赐给武川大地的宝贵礼物。裸燕麦的耕作和加工制作，是北方草原游牧文化和中原农耕文化互相交融的产物，是农牧交错带的一朵农业奇葩，是武川名副其实的第三张文化名片。孙注的团队把这第三张文化名片的内涵发挥到极致，让武川的裸燕麦在世界莜麦之林脱颖而出。走了不久，他陪同我们来到一片裸燕麦的种植区。

　　裸燕麦，享誉全球的武川裸燕麦，原来就出自眼前这片高低起伏的丘陵地带。裸燕麦又称为莜麦，是起源于我国最古老的栽培作物之一，3000 年前，居住在黄河流域的先民就开始种植莜麦。《黄帝内经》中称莜麦为"伽师"，《史记》中则称之为"斯"，生长在蒙古高原中部海拔 2000 米以上的这片高寒凉爽的狭小区域。这里的土地纯净，蓝蓝的天，高高的云，空气清新，地下水保持着原生状态。种植在这片坡地的裸燕麦刚直挺立，叶子细长，根系发达，分蘖力强，穗大而长，生长期短，它与阴山深处这方土地的原住民共同生长，习性相合。裸燕麦滋养了生生不息的华夏民族，裸燕麦也为黄河流域的农耕文明增添了亮丽的一笔。

　　山风像爬山调一样拖着尾韵在麦田里自由穿梭，长势喜人的裸燕麦在风中摆舞。裸燕麦，给一点儿风，就摇响了齐腰的铃铛，滴溜滴溜地努力往上蹿。收获的季节，柔韧修长的裸燕麦泛动成熟的黄韵，麦穗变得越来越丰满、越来越白亮，沉甸甸的，看上去就像一串串小铃铛，在风中婀娜摇曳。孙注指点着眼前这片成熟的裸燕麦自言自语："瞧，这裸燕麦的长势多好！又是一个丰收年。"孙注招呼分散的人群，声音响亮："我们在田头看到了成长的裸燕麦，这是了解裸燕麦文化的第一个环节。裸燕麦文化的第二个环节最为重要，那就是加工，这是裸燕麦质附加值提升的关键。现在我们实地去参观一下裸燕麦是怎样加工成半成品进入千家万户的，各位请跟我来。"孙注扬手，引领我们来到裸燕麦的加工区域。呈现在我们眼前的是一座并不起眼的裸燕麦加工厂，加工厂的旁边，有一座颇具规模的现代化厂房正在热火朝天地建设。

　　走进当下的这座加工厂，参观裸燕麦从田头运到加工厂，完成筛选、脱粒、干烘、分类包装等程序，最后呈现在我们眼前的就是一袋袋规格不同、包装鲜亮的裸燕麦产品。"你们看到的只不过是我们武川第三张文化名片的雏形。两年之后，我们旁边这座正在建设的现代化裸燕麦加工厂就会落成，那不仅是裸燕麦加工厂，还有裸燕麦产品的展厅等设施。"孙注看出了我们脸上流露出来的向往神色，绘声绘色地向我们描述即将落成的裸燕麦加工基地的蓝图，"这座加工厂命名为燕谷坊旅游加工厂，我们要用五星级宾馆的标准打造燕谷坊的裸燕麦展示厅。"孙注眉飞色舞地向我们介绍早已烂熟于心的宏伟规划。"我们要建造的是一座有着文化内涵的裸燕麦旅游加工厂，它一定会是我们武川第三张最鲜亮的旅游文化名片。"孙注口若悬河，"在我们的展示厅里除了有各种裸燕麦产品的陈列介绍之外，还有很宽敞的休息厅，游客在这里休息之余，还可以品尝我们现场用裸燕麦做成的食品。食材直接取之于田头，目睹我们是如何将田头新鲜的裸燕麦加工成半成品，然后在展示厅的休息区里品尝裸燕麦食品，游客定然不亦乐乎。我们武川处在从农耕文化过渡到游牧文化的十字路口，游客从呼和浩特一路北上奔向草原，武川是必经之地，是草原的大门。所以，我们的燕谷坊旅游加工厂既是生产区，又是服务区，还是休息区，我们提供给游客各种服务，游客带着幸福带着满意从草原之门启程奔向草原，我们就会告诉游客，从这里出发一路向北，就是从农耕文化走向了游牧文化。品尝裸燕麦加工成的食品，享受的是农耕文明带来的饮食文化，不一会儿你来到了草原上，就会品尝各种牛羊肉食品和奶制品，享受的是游牧文明带来的饮食文化，'草原之门燕谷坊'就是我们的广告语。"

晋商太厉害，我们一行纷纷对孙注啧啧称赞，将敬佩的目光送给了这位晋人的后代。孙注和他的合作者确实将裸燕麦文化做到了极致，祝愿他们的燕谷坊旅游加工厂早日落成。孙注含笑接受，意犹未尽："我们燕谷坊的第三张旅游文化名片还有一手绝活，我们将根据市场的需要为客人量身定制裸燕麦产品，在种植的时候添加不同的微量元素满足不同客人的身体健康需求，也可以由下订单的单位直接提供种子和技术服务，我们仅仅提供种植裸燕麦的这片土壤。燕谷坊未来的经营方式是多元的，随着市场经济的发展，裸燕麦生产的订单将成为燕谷坊的主打产品，真正形成一条现代农业的产业链。"孙注的眼睛里星光闪烁，他的美好蓝图就在他的眼前，就在两年后的今天。

有人送来了燕谷坊的裸燕麦半成品，拿在手中沉甸甸的，裸燕麦承载着武川的希望。接受馈赠后我笑着回复孙注："这是武川名副其实的第三张文化名片，祝贺你，相信你一定会心想事成。"孙注的嘴角勾出一抹微笑，他盛邀我两年之后的金秋出席燕谷坊旅游加工厂的落成。我欣然接受邀请，由衷地赞曰："武川的三张文化名片名不虚传。"

我和孙注并肩站立在即将实现他心目中宏伟蓝图的这片土地上，想象着两年之后一艘燕谷坊的巨轮在草原之门诞生，满载孙注新的希望远航天下，将武川的裸燕麦送到世界各地。春华秋实，在自己心中肥沃的土地上播下希望的种子，到了秋天，这里将会成为金色满园的田野，沉甸甸的希望果实在风中摆舞，一派丰收的景象。在希望的田野上享受成功的喜悦，你会发现，这播种、耕耘的过程是何等快乐。彼此四目相望，报以会心一笑："我不能够挽留昨天，但我可以把握今天。"我用亚里士多德的名言馈赠孙注。孙注心领神会，同样用亚里士多德之名言回复："即使上帝，也无法改变过去。"孙注和我并肩站在这片古老的土地上，塞北的秋风卷起了阵阵凉意，被塞北土地哺育的心却是火热的，孙注感慨万千："把握明天才是真理。为了明天，我只身来到上海滩闯荡，开拓燕谷坊的市场，总觉得自己就像当年的祖辈走西口一样。但也有不同，祖辈走西口是为了生存，而我是为了实现心中的理想。当年怀揣着梦想首选上海滩打拼天下，因为占领了上海的市场，就等于占领了中国的半壁江山。那段艰难的岁月现在想来真的是我人生中的一笔宝贵财富。刚来上海的时候我只有在甜蜜的梦乡，才感觉到人人都是平等的，但是当太阳升起，在生存的斗争重新开始时，又觉得人与人之间是多么不平等。"惊叹孙注的文学素养，他引用的是世界名著《总统先生》里的一段话作为真实的内心写照，我很能理解孙注此时此刻的心境。

曾听说过"蚌病成珠"的故事，说的是蚌要经过痛苦的孕育，才能产生价值连城、光彩夺目的珍珠，那蚌靠的就是坚持的力量。我们每个人在生命的道路上都要经过种种磨难和挑战，才能完善自我，才能走向成功，靠的又何尝不是坚持的力量？我用力握了握孙注的手，迎着孙注投来的真诚的目光，感叹道："许多成功人士都有这样的经历和感受。""谢谢夏老师的理解，"孙注很是感动，"如今我的理想快要实现了。"孙注用力踩了踩脚下这片故乡的土地，手指眼前的建设工地，"我的理想就是这正在建造的燕谷坊旅游加工厂，这是我和我的合作伙伴在外打拼多年后交给家乡父老的一张答卷，帮助家乡人民脱贫致富我义不容辞。"孙注又有些激动，双眸似有泪花闪动，稍稍嚅动嘴唇又缓缓自语，"游子在外闯荡，报效家乡的愿望一直萦绕在心，随着年龄的增长，这种愿望越来越强烈。毕竟我是从武川走出去的，我生于武川，长于武川，武川是我的故乡。"诚如孙注所言，游子离开家乡久远了，对家乡的思念之情会越来越浓，正所谓当你远离我时，我才会爱你更深。

真心为孙注今天的成功点赞，有希望，有梦想，才会有方向，有动力。心存希望，幸福就会降临你；心存梦想，机遇就会笼罩你；心存坚持，成功就会眷顾你；心存感谢，世界就会包容你；心存回报，社会就会恩泽你。回报不是付出，而是人生价值的合理回归，对自己人生价值的最高肯定。如此境界，善莫大焉。

我和孙注走进正在建设中的燕谷坊旅游加工厂，想象着两年后这艘裸燕麦世界里的航空母舰的模样，心情居然也开始莫名地激动。环顾四周，塞外风光一片，再细细思忖，恍然大悟孙注选择这个地点建造燕谷坊旅游加工厂的良苦用心。这里正是农耕文化和游牧文化交融的契合点，这座燕谷坊旅游加工厂不仅推介武川的裸燕麦，更深的层次是弘扬 2000 年来我们民族大融合的文化，在这农耕和游牧的十字路口孙注打出当今武川的第三张旅游文化名片实在令人佩服其前瞻性的筹谋。用裸燕麦打造一个新武川，发展武川的农业经济，将武川的裸燕麦等农产品通过"一带一路"走出中国，走向世界。武川不能仅仅停留在历史的岁月里，不能仅仅沉浸在昔日的红色基因里，通过燕谷坊旅游加工厂可以宣传武川的历史文化、红色文化，让世人知晓武川历史的厚重，还可以将武川的裸燕麦文化做到极致，武川的三张文化名片互为依存，彼此推动，届时天下谁不知武川？

边走边谈，孙注突然有个不情之请，他请我明天在晨曦微露之前跟他去一个地方，他说去还愿。我以为是陪着孙注进寺庙烧头香，笑着说道："是该还愿，佛祖一直在保佑着你。"孙注不置可否，难以捉摸的笑意堆在他的眼角，闪亮的眸底忽地有一丝狡黠挺有深意地向我飘来，"明天凌晨 5 点大堂见。"孙注朝我摆摆手。

翌日，黎明前的夜色深沉依旧，塞北的秋天送来阵阵凉意。我和孙注站在一片种植裸燕麦的田地前，迎接黎明。大地一片沉寂，黎明躲在夜幕的背后孕育着冲破黑暗的准备，就像泰戈尔在《飞鸟集》中的描写：夜晚的黑暗是一只口袋，一只盛满了发出黎明金光的口袋。黎明终于像一把利剑刺破了黑暗的笼罩，送给大地第一缕熹微的晨光。远处的地平线上，泛起一丝光亮，悄无声息地浸润着浅蓝色的天幕。黎明来了，黎明将黑暗驱赶，初生的大地沐浴着霞光，万象更新。人生也无非是黑夜和白昼的共同体，所沉沦的黑暗终将会被耀眼的光芒刺破，希望与梦想、突破与创新，就在瞬息之间从隐秘的黑暗中突现。"您知道吗，夏老师，"孙注迎着黎明的曙光动情地说道，"6 年前的今天，我曾在这里迎接黎明的到来，我对着东方的霞光立下誓言，为了这个誓言我努力了 6 年。今天，我来还愿了。"六年前的今天，那正是 2012 年 8 月 17 日，是燕谷坊正式成立的日子。我恍然大悟，握着孙注的手："不管夜晚多么黑暗，黎明总是会到来，你这个愿还得太好了。"孙注点头："黎明，那是让人觉醒的时辰；黎明，让我开始了新的征程。"

一曲《敕勒歌》在我的耳畔响起，孙注在吟咏，我和着孙注吟诵的节奏跟着他一起高歌。"敕勒川，阴山下。天似穹庐，笼盖四野。天苍苍，野茫茫。风吹草低见牛羊。"风过处，歌者的声音飘向阴山之南，飘向敕勒川，飘向孙注先祖的故乡。吟毕《敕勒歌》，孙注又用自己的手机播放一曲马头琴声，悠扬绵长，令人回味。孙注朝我招手，声音洪亮："上车，我们奔向草原，我们从农耕文化一起走向游牧文化，我们是完成农耕文明和游牧文明相互交融的又一代使者，我们是国家'一带一路'建设的先行者。"马达隆隆，我们奔向阴山之北的另一片"敕勒川"，奔向风吹草低见牛羊的地方。车过处，恰是武川奔向国家"一带一路"建设的前进方向，前方是我们的国门，燕谷坊的产品将沿着这条道路走出国门走向世界。为你喝彩，武川的第三张文化名片。

两年过去，2020 年 8 月 18 日，应孙注的邀请，再度飞向武川，参加燕谷坊厂房的落成典礼。塞外秋意渐浓，坐骑蜿蜒盘旋于阴山，北国风光扑面，古朴中不失厚重，苍凉中透着醇华。极目远眺，起伏的山峦就像凝固的波涛，古老的华夏文明被镌刻在这一座座山包中。在这原始苍茫的阴山深处，隐藏着 5 万多幅阴山岩画。从石器时代开始，先人们就在阴山的岩石上留下一个个神秘的图案，刻画的时间至少延续了上万年。阴山岩画是史前文明在中华大地上的喷涌，它以一种悲壮的大美遗世独立于我们这个星球，考古界称其为"镶嵌在大地上的明珠"。华夏的先祖用民族的坚韧在阴山雕刻出壮观天下的旷世绝作，今天，在武川大地强势崛起的燕谷坊，其创业人想必有着先祖刻画阴山岩画的那种精神，那是一种坚韧不拔的民族精神。这把民族精神的火炬传承千年万年，传递到了燕谷坊创业者的手里，于是，在阴山脚下又雕刻出一座精美的"岩画"——燕谷坊，感慨万千中声声赞叹这生生不息的华夏民族精神。

阴山深处，冷兵器时代的金戈铁马曾壮怀激烈。时间可能淡远了记忆，但却改变不了农耕文明与游牧文明在这里的冲撞。相较于阴山北部的苦寒地区，阴山南部的河套平原对于游牧民族而言就是天堂般的存在，北朝民歌《敕勒歌》就是阴山南部河套平原环境优美适宜生存的真实写照，阴山成为农耕文明与游牧文明的天然分界线。游牧民族剽悍善战，但生产方式原始荒蛮，必须通过掠夺才能赢得生存空间，如果游牧民族建立的国家占领了河套平原，对于中原农耕文明而言就是一个巨大的威胁。游牧民族的单于和可汗强大的骑兵越过阴山将直接威胁汉唐帝国的首都长安，阴山和长城成为冷兵器时代阻挡游牧民族南下的重要军事防御屏障。匈奴、突厥挥戈南下，汉朝反击匈奴，唐朝抗击突厥，彼此为了本民族的利益或生存的尊严而战，历史的必然使得阴山成为兵戎相见的战场，"不教胡马度阴山"的战争史诗在阴山演绎。

秋风扑面，秋意渐浓的阴山在温柔的秋风中像是开启了油画滤镜。环视秋阳笼罩下的阴山，就像是一位宽容的老者，默默地收藏起遥远的历史，无声地陪伴和注视着山谷中那条穿越阴山的公路，这条今日的"白道"顺应历史的走向牵手农耕和游牧两大文明走向天下大同的世界。感慨万千中，我想起了阴山脚下武川境内崛起的燕谷坊，矗立在草原之门的燕谷坊不也是阴山牵手，融入了农耕和游牧的两大文明，一跃成为蒙古高原上一颗熠熠闪亮的星星吗? 燕谷坊的创业者们带着阴山岩画的文明密码，秉承华夏祖先坚韧不拔的精神，将走西口的悲歌演绎为长城内外民族融合并推动口外经济发展的主旋律，这曲激昂的旋律穿过金戈铁马的白道，拂过阴山的万年岩画，回荡在蒙古高原阴山深处，响彻阴山南北，阴山脚下的燕谷坊成了华夏文明大融合的又一个文化符号。阴山，我今天见到你，多少觉得适应了这个世界。这个世界，远比想象中的宽阔。

武川的县城可可以力更镇，遥遥在望。可可以力更镇简称可镇，天高云淡，空气清新，一场秋雨将可镇的大街小巷洗涤得一尘不染。雨过天晴，蓝天白云下的可镇绽放出气象万千的姿态。行走在可镇，在一块刻有"北魏重镇武川"的石碑前留影，感受古老和悠久给武川带来的历史厚重和年轮亘古，石碑如同一部史书幽幽打开尘封已久的武川历史，诉说着武川的过往。武川，漫漫岁月中，铁血雄关铸锁钥；悠悠历史中，沧桑历尽换新颜，这座昔日的北魏重镇还保存着草原文化的千年遗风。武川，再度见到你，站在你的街角，似乎触摸到了你不安跳动的脉搏，第六感觉告诉我，武川在悄没声中酝酿着一次历史赋予的嬗变，即将迎来华丽的转身。忽有所悟，此行武川，将要去参加燕谷坊旅游加工厂的落成典礼。燕谷坊，彰显着一位本土企业家的家园情怀，燕谷坊承载着武川的新希望，孙注正在希望的田野上等着我的到来。

一路繁花相伴，大自然尽情地释放着色彩之美，仿佛把一切美的要素都赐给了秋风缭绕的武川。在农耕文明与游牧文明的十字路口伫立，一道亮丽的风景线扑入眼帘，气势恢宏的燕谷坊赫然矗立在蒙古高原的阔野。2000年来，多少世界级的政治家、军事家和艺术家在这片土地上走过，贺拔岳、高欢、宇文泰、独孤信、宇文恺……一时多少豪杰，在武川大地各领风骚，深刻影响了当时的历史进程，历史的星空至今闪耀着他们的光芒。200年来，多少山西人背井离乡走西口，他们一路扶持，不屈不挠向前走，越长城跨阴山，历尽风刀霜剑，最终在这片土地上安身立命。历史的篇章翻阅到了今天，一个走西口的后代站在这片土地上，面对落成的燕谷坊书豪情寄壮志："这是一座现代化的裸燕麦和马铃薯的加工基地，耸立在草原之门，我们用燕谷坊命名。从现在起，燕谷坊加工的半成品将从草原之门出发流向全国各地，武川的裸燕麦和马铃薯加工产业升级换代了。"

1000多个日日夜夜的奋斗，孙注和他合作伙伴的梦想与情怀照进了现实，他们走向了成功。孙注在燕谷坊欢迎我，他说，他们倾心打造的草原之门燕谷坊等同于一座草原文化博物馆，徜徉其间，可以用自己的视觉、听觉、味觉和嗅觉感受浓郁的草原文化风情。燕谷坊，总建筑面积近9万平方米，其外形就像一本打开的画册，一部翻阅的书本，绚丽的色彩描绘着草原文化的美景，诠释着草原文化的精髓。

建筑是空间的语言，一部优秀的建筑作品，就是一种艺术呈现、一种文化传承。在这寥廓的北方大地，横空出世的燕谷坊就像是一艘待命远航的战舰，随时准备

草原之门燕谷坊

出征，走向世界各地。"我有嘉宾，德音孔昭"，走进草原之门，极具震撼力的雕塑在广场高高耸立，跃入半空的骏马迎向前方，扬蹄飞驰，其象征意义不言自明。拾级跨入燕谷坊，步入一个耳目一新的世界，开启一场草原文化之旅。

迈入草原之门燕谷坊，如同走进千年武川，草原文明留存的文化就在这匠心独运的建筑内绚烂无声地绽放，燕谷坊带给你的这场视觉盛宴跨越上下 2000 年的历史长河。浸濡在浓郁的草原风情之中，只觉得时间是静止的，心灵是空明的，因为这是一栋有灵魂的建筑，它讲述着最真实的故事或是最艰难的故事，最零散的故事也是最完整的故事。这些故事都是以草原文化为背景，时间跨度上下 2000 年，每一道场景都散发出自由、自主、冒险与坚强的光芒，勾勒出千百年来生活在这片土地上的先民的生活原貌，真实再现了游牧文明和农耕文明的交融与发展。在这样的氛围里，你会忘却世间的一切，所有的喧嚣、烦乱，各种忙碌都在此刻停滞，只想停下脚步，给自己一个浪费时间的理由。英国哲学家罗素说过，你能在浪费时间中获得乐趣，就不是浪费时间。在恢宏的燕谷坊内走走停停、看看听听，领略草原的风情，感悟文化的魅力，探索生命的意义，整个心田都灌满草原文化的氧气，这时间真的没有浪费。

驻足在一幅幅叙述草原文化的浮雕前，那色彩与线条之间流动的乐章，带领着每一位参观者穿越了久远的历史长河，重现昔日永恒的时光。这些浮雕，保留了人类遗失的那些记忆，穿透力极强，草原文明的基因密码被破译，成为超越时空界定的文化符号。凝眸浮雕上的"昨日再现"，那是历历在目的草原文明具象；抚摸浮雕上的人物，就是触及中华几千年的文明，那是民族大融合的盛景浓缩。2000 多年前农耕民族与游牧民族为生存而征战的历史早就深埋在广袤的草原，一曲中华民族大融合的绝唱却在燕谷坊的大厅回响。

武川，上下 2000 年的时间流逝。这片古老的土地，黯淡了刀光剑影，远去了鼓角争鸣，眼前飞扬着一个个在华夏历史上熠熠闪光的鲜活的面容。武川，欣逢新时代，迎来只争朝夕的岁月，眼前活跃着一个个致力打造新武川的生动的身影。他们在希望的土地上播下希望的种子，给沉寂千年的武川带来了新的活力。新一代武川人思天地一隅，叹岁月蹉跎，创千秋大业，这是孙注这样的武川企业家的使命。在燕谷坊内的"三玉川茶道文化馆（大盛魁晋风文化馆）"与孙注促膝而坐，带着疑惑询问："为何又叫大盛魁晋风文化馆？"孙注告知："大盛魁是清代山西人开办的对蒙古贸易的最大商号，极盛时有员工近 7000 人，商队骆驼 20 000 头，几乎垄断了蒙古牧区市场，大盛魁对促进蒙古地区的经济功不可没。我是山西人，大盛魁是我们山西人的骄傲。"一番解释明白了这位走西口的后代深藏内心的雄心壮志，原来这是走西口的后代对山西老家的一种情结。我向孙注敬茶："新一代的晋商，重铸大盛魁的辉煌，你们是武川的新希望。"孙注摆手，谦逊一笑："我没这么伟大，但报效武川的情结倒是一直有的。当年武川收留了我们走西口的山西人，武川成为山西移民新的家乡，我们走西口的后代应该记住这份情。想着学学老祖宗，能为武川做点儿事情。今天小有成就，与老祖宗相比，还是差远了呢。燕谷坊留给大盛魁一方天地，是为了激励我们不断进取。大盛魁是我们晋商的一个标杆，时时鞭策燕谷坊的发展。"孙注凝视着"大盛魁"的匾额，若有所思，"其实创业是一条布满荆棘的道路，而旁人只看到道路两边铺满的鲜花。"

我一直好奇孙注的创业动力和经历，见孙注扯开了话题，就单刀直入地询问："孙总原来是体制内的，你在武川，应该是属于生活得挺滋润的那个阶层，怎么会想到创业？一旦铩羽而归，你岂不是什么都没了？"孙注沉思许久，缓缓回答："我在探索生命的意义，我想知道生命究竟是什么。"生命究竟是什么？2000 多年前，西方的柏拉图和东方的庄周都在思考这个问题。2000 多年来，人类的精英也一直在思考这个问题。今天，孙注又抛出这个问题，试图破解这个古老的命题，这是新时代给思想者带来的一种觉醒。觉醒者往往是推动这个时代往前走的先行者，他们意识到，创造就是一种觉醒、一种变革，是对本身拥有的颠覆。70 后的孙注，觉醒到改革开放带来千年不遇的契机，大盛魁的辉煌必然要重现。他不愿意将自己锁在体制的笼子里，明明有着栖身的园地，过着安逸的生活，却觉得自己的心无处安放，还是要一厢情愿地跋山涉水，辗转在尘世，山一程，水一程，穿过时光的轩窗，从零开始，走上"路漫漫其修远兮"的创业道路，晋商敢为天下先的精神一直在激励他做一个有抱负有追求的人。

从体制内走出来的孙注，在创业的道路上一步一个脚印向前走，做教师的父亲最终也支持他的选择。父亲的愿景很简单，大草原养活了走西口的山西人，能够为武川父老乡亲做点儿实事，也是替我们的祖上还愿。孙注肩负着祖上的厚望，在武川的土地上播下希望的种子，他付出真心，付出勇气，辛勤耕耘，等待着种子的发芽，生长。米兰·昆德拉说："生活就是一种永恒的沉重的努力。"艰辛的创业之路，历经坎坷和波折，六年的坚持不懈，苍天最终眷顾执着的追求者，让孙注看到了最美的风景。

草原之门燕谷坊，一个响亮的名字回荡在大江南北，荣誉和鲜花也飞向了孙注，孙注成了武川的骄傲。在成功面前，孙注的头脑很清醒，他小心翼翼地驾驭着燕谷坊这条航船，牢牢掌握着船舵，不让航船迷失方向。步入中年的孙注，不再是当初那个洒脱不羁的热血青年，创业的艰辛在他的眼角堆起了皱纹，这是孙注青春付出的标志，这也是孙注成熟的印记。六年艰苦创业路，让孙注懂得了世间种种，面对掌声，淡然；面对风浪，泰然。"人生一世，也不过是一个又一个24小时的叠加，在这样宝贵的光阴里，我必须明白自己的选择。"这是台湾已故作家三毛的名言，很能明白孙注引用这句话的含义。我真心说道："创业，也是一场修行，这场修行应该是孙总人生最珍贵的财富。"孙注频频颔首，眸底闪亮，注满微笑，他认同我的所言。孙注做了一个请的动作，他要继续陪同我在燕谷坊随意逛逛，让我深层次地感受燕谷坊的文化氛围。

我俩来到"草原的秘密"场馆，孙注为我奉上一杯蒙式奶茶。蒙式奶茶，蒙古语称"苏台加"，孩子们都亲切地称作额吉（妈妈）奶茶，主要用鲜牛奶和茶叶熬制而成，口感独特，回味悠长。喝蒙古奶茶是蒙古族的传统饮食风俗，除了解渴之外，也是蒙古族同胞补充营养的一种主要方法。若有客人来到蒙古包，热情好客的主人首先会斟上一碗香喷喷的奶茶，表示对客人的真诚欢迎。观赏熬制奶茶的一道道工序，氤氲的茶香散在四周，我闻到了蒙古包内特有的味道。品味甜中微咸的奶茶，再佐以各式奶制品，大快朵颐中我感受到了草原文化的魅力。我看到身边有两位手捧奶茶的蒙古族汉子，他们打量着燕谷坊内这座独一无二的蒙古风貌的场馆，眼神里泛动着些许温情。一杯奶茶，让他们喝到了乡愁，他们豪爽的心性也里多了一份柔肠。

奶食是蒙古民族的食品之首，也被蒙古同胞视为珍品。蒙古族人以白为尊，视乳为高洁吉祥之物，"奶食馆"内有蒙古族人钟爱的珍馐展示，奶汁原纯，奶茶飘香，奶食绵密，奶酒爽口。捧一碗滚烫的奶茶，舀一勺莜麦，古法制作的奶茶，高科技加工的裸燕麦，古老与现代融为一体，奶茶搅拌着莜麦，奇妙的化学作用让武川的裸燕麦华丽地变身为一道饮食精品，老饕们爱不释手，食之、品之、购之，一条消费链就此形成，下里巴人的裸燕麦在燕谷坊内登上阳春白雪的咖位，裸燕麦的附加值得到了空前的提升。孙注他们将民族融合的文化巧妙地移植到燕谷坊内，又含而不露地将裸燕麦制品推向市场，于细微之处体现出匠心独运。

中国文化的传承不仅是唐诗宋词、京昆戏曲，中国烹饪酿制的舌尖上的美味也是中国文化的代表。自人类文明有文字记录，饮食文化即成为所有民族的主要文化。曾有学者推论，人类历史都是在嗅着盐的味道前行。人类的迁徙促成了食物的相聚，食物的离合见证了人与人之间的离散。一方水土养一方人，一方人的口味就是家乡的味道，家乡的味道就是时间的味道、亲情的味道。这些味道在漫长的时光中和故土乡情融合在一起，分不清哪种是滋味、哪种是情感，可见中国人对食物的情感多半是思乡，是怀旧。历史走到今天，人类对饮食的需求并不仅满足于果腹，健康的养生理念成为一种时尚追求。把诗情和浪漫在燕谷坊挥洒，将养生和美食在燕谷坊糅合，这是燕谷坊饮食文化的创意。

内蒙古有三件宝：山药、莜面、大皮袄；武川也有三件宝：莜麦、土豆、山羊肉。燕谷坊的北魏风情美食街做足了武川"三件宝"的营销，尤其是将裸燕麦的创意文化做到了极致。各式各样的莜面食品琳琅满目，令人大开眼界。形形色色的莜面小吃在这条古意盎然的美食街香气四溢。好多食客来自百里之外的呼市，他们呼朋唤友，结伴来到武川，直奔燕谷坊，就是好这一口，其他地方做不出武川莜面的味道。

孙注陪同我走进其中的"源味武川品牌馆"，展馆内洋溢着北方饮食文化的豪爽之风，目不暇接的武川土特产扑面而来，将整个展馆的空间塞得满满的，裸燕麦的各色制品更是占据馆内的大半面积。步入其间，等同于在翻阅武川饮食文化的说明书，即使没有购买欲望的人，也会顺带购买一袋裸燕麦的制品。挡不住的麦香会让你驻足在各色裸燕麦的半成品面前，一条"被全世界推崇的养生食品"广告语让游客心甘情愿地掏钱购买这黄金食品。曾几何时，武川的裸燕麦还是一个"灰姑娘"，是燕谷坊让家乡的裸燕麦蜕变成"白雪公主"，让世人皆知，并人见人爱。

燕谷坊展示的草原文化是多元的，万里茶馆文化走廊是继古丝绸之路衰落后在欧亚大陆兴起的又一条重要的国际商道，这条绵延近三个世纪的万里茶道牵起了中国大汉口和俄罗斯恰克图的经济纽带，促进了东西方商品经济的交流，使得沿线的各民族均有受益。我和孙注漫步在燕谷坊内的这条文化长廊，聆听他讲解这条漫漫长道上发生的诸多故事，每一个故事都是一段东西方文明交流的佳话。万里茶道揭示了一个人类发展史上的真理：世界只有开放，文化唯有交流，人类才能进步，这个地球才能走向更为文明的境界。

多元的蒙古族文化是草原文化最重要的组成部分。伟大而历史悠久的马背民族蒙古族是活跃在亚洲北部蒙古高原上的古老的游牧民族，当地的文化馆展示的绚丽多彩的蒙古族服饰是少数民族文化的精髓。蒙古马靴、金银器具、珠宝首饰、马头琴、蒙古刀和马奶酒酒壶都是蒙古族传统文化的体现。辟一个场馆，解读草原文化，是燕谷坊文化包容的体现。而在"草原的秘密"场馆，又有独特的草原造景设计。采用多种立体显示技术，环抱草原美景，让宾客身临其境，体验安静闲适的草原生活。"敕勒川，阴山下"，一首北朝民歌《敕勒歌》描述了游牧民族的生活图景，令人遐思无限。燕谷坊内的敕勒川蒙古部落以蒙古文化装饰为主，提供传统蒙餐，还原草原牧民的待客之礼仪，给予游客沉浸式体验，感受马背民族的淳朴生活。孙注团队倾心打造的燕谷坊就是一座名副其实的民族风情文化园，其营造的氛围让每一位到访者都能沉浸其间、沉醉其间，这就是文化的魅力。

燕谷坊还是一个爱国主义的教育基地。抗日战争时期，作为全国 19 个抗日根据地之一的大青山抗日根据地就建立在武川。大青山抗日根据地是全国出名的老少边地区，乌兰夫、李井泉、王若飞等老一辈无产阶级革命家在这里留下了光辉的足迹。武川的父老乡亲将他们种植的裸燕麦和马铃薯送到抗日根据地，为抗日将士提供了物质支援。大青山抗日根据地的将士们在老百姓的支持下有力地打击了日伪军的嚣张气焰，牵制了日伪军的西进南下，成为陕甘宁边区的晋西北抗日根据地的北部屏障。想不到武川的裸燕麦、武川的马铃薯，还有这么一段感人的故事，这是我在燕谷坊获得的意外收获。

深入发掘红色资源和传统文化的时代价值，进一步传承红色基因，是燕谷坊的创业者一种感恩的形式存在。当时的大青山抗日根据地还建立了连接苏蒙的秘密交通线，成为中共中央与共产国际联系的重要桥梁。在燕谷坊红色武川文化教育基地，你能够了解武川人民的抗日事迹和顽强不屈的抗日精神，从而激起后人更高的爱国主义热情，培育和弘扬社会主义核心价值观。

绵延几千年的草原文化层次分明地折叠于草原之门燕谷坊。燕谷坊，不仅是一个裸燕麦的品牌，更是一个文化品牌；燕谷坊，不仅是一座农产品的加工厂，更是武川腾飞的象征。孙注和他的团队赋予燕谷坊以新的内涵，让裸燕麦有了更广阔的市场，让天下人重新认识了武川，这才是新一代的武川人的创业境界。燕谷坊这匹骏马，从草原之门出发，快马加鞭，奔驰在更广阔的市场。

重返大盛魁晋风文化馆，和孙注促膝相对而坐。有人端来两碗莜麦面，麦香滑过鼻翼，食欲顿开。送入口中，滑爽筋道，瞬间碗底朝天，回味无穷，欲罢不能，连连叫唤再添一碗。孙注笑着摆手："晚宴还有各色裸燕麦制成的食物等着你，我们还是喝茶吧。"添杯沏茶，茶香氤氲。呷茶一口，味蕾却依旧停留在莜面的滋味。孙注侧目微笑，他很想听我说说这一路参观的感受。略加思索，我说道："燕谷坊是一本书，每一个场馆都是一个篇章，所有的篇章都突出了燕谷坊的文化内涵，主题是弘扬草原文化，推广养生莜麦。"孙注依旧微笑不语，似乎想继续倾听我更多的感受。"其实人生也是一本书，封面由父母决定，精美也好，粗糙也罢，别太在意，要知道，一本书最精彩的还是它的内容。以赤子之心，去书写心底的梦，认真构想每个段落、每个章回、每个诗篇，这就是'吾将上下而求索'的过程，这就是人生。"

在孙注面前口若悬河发表一通个人见解后我还意犹未尽，略加思索后又补充了这么一段自认为很有哲理的话语："你的人生很精彩，你现在已经很富有，你迎来了人生的高光时刻。"孙注好像并不认可我这番赞扬的话语，他摇了摇头，随手翻阅茶桌上的一本书，若有所思："我的家乡给了我创业的平台，我的家乡助力我创业成功，我要学会感恩。一个懂得感恩的人，他的人生才精彩，他才是天底下最富有的人。"这是孙注的精神世界。

裸燕麦造就了燕谷坊，燕谷坊一举成名，燕谷坊这部传奇作品在武川产生巨大的溢出效应。裸燕麦和马铃薯的深加工，让武川的两大拳头农产品的附加值得到显著的提升，拉动了武川的地方经济，武川的老百姓也得到了明显的实惠，燕谷坊为武川县摘掉国家级贫困县的帽子起到了助力的作用。今天的燕谷坊，它的内涵并不仅是裸燕麦的加工和销售，燕谷坊与裸燕麦之间的界线早已模糊，孙注和他的燕谷坊团队要赋予燕谷坊更深更广的文化内涵，他们要将燕谷坊打造成武川县第一个国家级旅游景区。刚刚获悉，草原之门燕谷坊被评定为国家 3A 级的旅游景区，孙注梦圆燕谷坊。孙注和他的团队还在继续追梦，他们摸到了时代跳动的脉搏，找到了正确向前的路途，燕谷坊步入了快速发展的坦途。不久，美国纽约，孙注他们将敲响燕谷坊在纳斯达克上市的钟声，燕谷坊将引起世界的共同关注。

中国梦 China dream
农业梦 Agriculture dream
燕谷梦 Oats House dream
全谷物

孙注在草原之门燕谷坊展示厅前

鲁迅先生曾说："中国自古以来，就有埋头苦干的人，就有拼命硬干的人，就有为民请命的人，就有舍身求法的人，他们是中国的脊梁。"无论是埋头苦干的人，还是拼命硬干的人，内心里都有一股不怕困难、不怕牺牲的爱国之情。正是这样澎湃的爱国之心和坚定的精神信仰化作了顶天立地的民族脊梁，撑起了中国的这片天空，孙注和他的合作同伴正是这样的人。

孙注成功了，然而他事了拂衣去，深藏身与名。在荣誉面前，孙注选择了退居幕后，他不愿在公众场合抛头露面，而喜欢一个人在办公室里静坐思考，他想做一个极简的人，在一片纷纷扰扰之中，拥有自己有序、丰盈与美好的日常。有人说，内心越是丰盈，生活越是素简。极简的生活并非简陋无一物，而是心有丰盈，只与自己热爱的一切在一起。想做一个极简的人，就要守得住寂寞，"不滞于物，不困于心，不乱于人"，在繁花深处看明月清风，于无声之处听惊雷万分，安静地躲在一隅，阅览人间最美之景致，冷静地思考我还应该再做些什么，我的下一个梦想是什么，追梦人的梦想一定是在第三只眼睛看世界之后才会构想自己的梦想蓝图。

一个人创造的某些东西，是他一旦改变自己原有的生活方式，勇于突破自己而诞生的。从这个角度而言，燕谷坊的出现，对孙注本人产生了多么深远的影响。今天的燕谷坊是武川的一片高地，它作为武川的一个企业形象矗立在草原之门，成为新武川的一张亮丽的名片。孙注和他的创业伙伴还在继续描绘燕谷坊的未来蓝图，这幅蓝图其实就印刻在孙注的脑海里，它呈现出燕谷坊未来的样子，现在由孙注他们在打造，未来，将交给武川的莘莘学子。所以，孙注的下一个愿望就是要让武川的下一代能接受最好的教育，这才是武川县可持续发展的最有效的保证。

孙注成功了。面对络绎不绝的参观者，面对来自各方的采访者，孙注真诚告白，他希望人们不要记住燕谷坊，也不要记住他孙注，只要记住武川就可以了。孙注对我说，这世上只有一种成功，就是用自己喜欢的方式度过一生。这个时代太喧嚣，把很多人都卷走了。我们每天忙碌，可曾问过自己的内心，真正想要的生活是什么。孙注当下最执着的追求就是振兴武川的教育，他说燕谷坊不是他们这一代创业者的共同疆域，燕谷坊将是一个助力武川学子走向成功的平台。支持家乡的教育事业，为武川培养人才，这是孙注想要的生活。这是 200 年之后，蒙古高原一个走西口后代的心声，这是一个新时代晋商的境界。

近年来，燕谷坊通过武川县教育发展基金会的平台资助数百万用于改善武川中小学的硬件设施，孙注认为做得还不够，他还想请一些优秀的教师来到武川，为家乡的中小学教师授业解惑，同时还想着将武川的一部分中小学骨干教师输送到国内一些教育和教学双优的学校进修学习。年复一年，持之以恒，武川就能打造一支优秀的教师队伍，武川的未来就有了希望。

孙注的父亲是教师，孙注的太太也是教师，出身教师世家的孙注深谙这个道理，知识不存在的地方，愚昧就自命为科学；教师不存在的地方，无知就变成为智慧。知识改变命运，教育是振兴国家之本，教育是通向人类思想光辉的天梯。没有人类光辉思想的照耀，外界的一切是没有意义的。今天的武川仅仅是矗立了一座草原之门燕谷坊，明天的武川只有矗立起一座精英教师的灯塔，在校园点燃人类思想的光辉，才能真正地铸造辉煌，因为人类的思想光辉是引领人类走向科学大道的火炬。人类的伟大，就在于星斗转移，梦想的追求百折不挠，亘古不变。

2000多年前，儒家至圣孔子从曲阜出发，日夜兼程，来到洛阳，向老子问礼求道。孔子不耻下问，是为了更好地向他的弟子传经布道，这是孔子的教育追求。《礼记》中有言，"古之王者，建国君民，教学为先"。荀子曰："国将兴，必贵师而重傅。"教育，乃立国之本，强国之本。当燕谷坊的大厦在草原之门巍然耸立的时候，孙注意识到自己接下来的使命所在。情系武川的校园，情系家乡的教育，他心头最大的梦想就是如何振兴家乡的教育。学校是知识创新和传播的主要基地，也是培育创新精神和创新人才的摇篮。他坦言："武川的教育跟上去了，武川才能看到未来。将来燕谷坊也需要有文化的新一代来经营，将来武川要创造出更多的像燕谷坊这样的企业，创造者在哪里？就在现在的武川中小学校里。"这是一位走西口的晋人后代对哺育他成长的武川大地的真情，武川给了他生命、给了他事业，他对武川有真情，他对武川要报恩。

创业成功的孙注完全可以在人类生存的食物链顶端享受荣华富贵，然而他却认为自己的事业刚刚迈出了第一步，唯有武川的教育欣欣向荣，才可以解甲归田。到了那一天，他就守在家乡的莜麦田里，沐浴在夕阳的光辉里，听着校园的琅琅读书声随风送入他的耳膜。

振兴武川的教育，是孙注和他的团队共同的理想，他们后时代的追求目标就是振兴家乡的教育，为武川的真正崛起而奋斗，这是他们生命存在意义的具体体现，因为他们的人生磁场相同。朗达·拜恩在《力量》一书中写道：每个人身边都有一个磁场环绕，无论你在何处，磁场都会跟着你，而你的磁场也吸引着磁场相同的人和事。曾国藩说过，一生之成败，皆关乎朋友之贤否。一个人的磁场圈子，决定了一个人的成败，和磁场相同的人在一起，彼此有共鸣。

百年大计，教育为本。教育支撑发展，教育承载希望，教育成就梦想。武川自1600年前建镇以来，崇文尚德，重教兴学，因而允文允武，海纳百川。今古风犹存，教育更应当摆在首位。燕谷坊集团始终对武川的教育事业萦绕于怀，鼎力相助。2022年新年伊始,燕谷坊集团党支部与武川县第一中学结对共建后的第一次活动"我为群众办实事，助学圆梦传温暖"在武川县第一中学拉开帷幕，接受燕谷坊集团资助的学生共 65 名。县团委和县教育局代表燕谷坊集团寄语莘莘学子，武川的明天在学子们的手中，武川进步发展之路在学子们的脚下，希望学子们刻苦学习，全面提高自己的综合素质，培养高尚情操，陶冶优秀品质，学有成就后回到故乡报效武川，建设一个新武川。

孙注人在上海，却全程关注这次活动的直播。雏凤清于老凤声，孙注坚信，再过十年，武川会活跃着一批来自家乡的知识型的创业人士，他们将会与世界接轨，推动武川的可持续性发展，他们就是今天坐在武川校园刻苦攻读的莘莘学子。"到了那个时候，我们的接力棒就交给他们了。我们要学会让路，学会退隐，把武川交给他们。希望他们沿着前辈千年足迹，越走越远，越飞越高，我甘愿做他们的一块奠基石。"这是孙注发自肺腑的心声。

孙注的人生格局让人钦佩，一个人的格局映衬着他的世界，影响着他的一生。当今世界，物质至上，在这物欲横流的社会孙注算得上是一股清流，他的人生注定是一个不断思考、不断觉醒、不断改变的过程。人生如逆旅，我亦是行人，也许孙注的名字冥冥之中暗合了他的命运，在人生的逆旅中，这位走西口的子孙注定是一个不寻常的人。"路漫漫其修远兮，吾将上下而求索"，这是孙注的宿命，也是他的使命。艰难的创业之路艰辛走来，成功的皇冠最终被孙注的团队摘得，孙注完全可以抖搂一身风尘，微笑着转身，在自由的小船里撑起一支长篙顺着幸福的河流舒坦前行，一路花香鸟语，春风扑面，然而人生的格局却让孙注逆流而上，依旧砥砺前行。

孙注走着走着就走进了秋天，走着走着就步入了中年，他走进秋天的莜麦田，捧起一株沉甸甸的麦穗，仿佛整个世界都安静下来。生活就是一面镜子，每个人呈现的都是真实的自己，我远远地看着站在莜麦田里的孙注，他此刻展现的就是最真实的自己。

维吾尔族兄弟亚力坤

觥筹交错中，欢聚达到了高潮，轮到亚力坤的压轴大戏登场了。老规矩，我的这位从新疆来到上海的维吾尔族兄弟亚力坤在众人善意的起哄声中站直了身子，他的目光扫视一遍在座的所有朋友，仰头先将杯中的白酒一饮而尽，然后咂巴着嘴巴，连连说道："好酒，好酒，朋友来了有好酒。"亚力坤嘴角挂着天真的微笑，笑容有些调皮，但真的很灿烂。我最欣赏亚力坤的笑容，近花甲之年了，脸庞漾动的笑意还是那么干净、那么真诚，就像一个天真无邪的邻家大男孩。还有那双凹陷的眼睛，一闪一闪的，好像有那么些无辜就藏在那眼神的后面。

每次聚会结束前，我们总要留给亚力坤 15 分钟的即兴演说，这是亚力坤的压轴大戏，也是我们心照不宣的保留节目。亚力坤一手端着酒杯，一手支撑着餐桌边沿，满脸呈现出来的丰富表情稍稍有些夸张，他的开场白多年来一成不变："今天我很高兴，这么多的好朋友聚在一起，我非常高兴。"亚力坤滔滔不绝，动情演说，历数他和每一位在座的朋友的友情。亚力坤保留节目的时间总是会超过 15 分钟，最长的一次，甚至超过了半小时。一如既往，亚力坤在盛赞维吾尔族和汉族两个民族之间的深厚友情之后，仍意犹未尽。嘴里衔接的词汇一时卡壳，有些冷场，他便来回搓手，嘿嘿地讪笑，然后又不好意思地挠挠光溜溜的脑袋。同桌的朋友嚷嚷："《两只小山羊》可以开始了。"亚力坤的好朋友都知道，《两只小山羊》是亚力坤的一张文化名片。

藏在记忆中不会被积满灰尘的就是生活中那些零碎的纯洁的东西，它时常会激起你的一段美好的回忆。我和亚力坤第一次见面是在新疆，酒席接近尾声时新疆朋友起哄着让亚力坤的《两只小山羊》赶紧开始。我傻傻地以为，还要上一道两只小山羊烹饪的大菜。都酒足饭饱了，还要整这么一道大菜？好友朱兵笑着告诉我，亚力坤马上要演唱一首《两只小山羊》的歌曲。朱兵还说，这可是亚力坤最出彩的压轴大戏。我看到亚力坤下意识地摸了摸他那亮晶晶的脑袋，笑容中透露出儿童般的可爱，略带沙哑的嗓音让包厢内其他的声音瞬间平息，他的拿手歌曲《两只小山羊》唱得有板有眼：两只小山羊爬山的哪，两个姑娘招手的哪，我想过去呀心跳的哪，不想过去吧心想的哪……这是一首流行在新疆广袤地域的蒙古族民歌，亚力坤将他和汉族兄弟的友情用这首动人的歌曲表露出来。

　　这次在上海，我又听到了亚力坤演唱《两只小山羊》，我对这首歌曲也耳熟能详了。我仔细瞧一眼亚力坤，水晶吊灯下，他光亮的脑袋与柔和的灯光互相辉映，偌大的包厢似乎有两盏明晃晃的大灯在闪烁光泽。亚力坤舞动着双手，眼睛闪闪发亮，嘴角挂着邪魅的笑意，歌声从他的心底流出：两只小山羊吃草的哪，两个姑娘在等我的哪……亚力坤低沉的嗓音引领着我们进入了另外的世界，那里是亚力坤的故乡。

　　亚力坤每年至少来上海两次，上海的朋友每年也都会去新疆。你到上海来，我到新疆去，我们的友情就像滔滔黄浦江水永不停歇，我们的真诚就像赛里木湖清澈见底。亚力坤还在唱《两只小山羊》，他越唱越激动，情不自禁地手之舞之、足之蹈之。众人和着亚力坤的演唱节奏摇晃着身体击节浅唱，晚宴的气氛达到了最高峰，甚至连隔壁包厢里的宾客也挤入我们的包房，欣赏这幅民族大团结的和谐画面。

　　我和亚力坤友情的渊源来自华东师范大学。20 世纪 90 年代初，我在华东师范大学研究生院在职攻读学科教学论的研究生课程。21 世纪初，在新疆师范大学工作的亚力坤被选派到华东师范大学挂职，担任华师大学工部的副部长。华师大的情结使得彼此都有些惺惺相惜，亚力坤称呼我为老哥，我直呼他为亚兄。我们从事的都是阳光下最崇高的事业，我在上海从事师资培训教育，亚力坤在新疆培养未来的教师。东海之滨，天山脚下，两位园丁虽未有交集，却有着同样的事业，且都在华师大留下学习和工作的痕迹。

　　和亚力坤相识缘于我的新疆朋友朱兵，一位成功的企业家。2010 年金秋，朱兵盛邀我前往新疆旅游。抵达乌鲁木齐后，朱兵为我设宴接风，并安排一位维吾尔族朋友坐在我的右侧，这位个子高高、身材魁梧的维吾尔族汉子就是亚力坤。朱兵笑着为我介绍："亚力坤，新疆师范大学的工会主席，他也在华东师范大学进修过。"眼睛顿时一亮，华东师范大学这六个字顿时将我俩之间的距离拉近了，就像久违的朋友再度重逢，我和亚力坤的双手握在了一起。彼此打量，满心生欢，这位个子高高、身材魁梧的维吾尔族朋友冲着我友善地微笑，嘴角挂着的两抹笑意尽情地向两颊蔓延，爬满了整个脸庞，甚至连他的眼睛里也揉进了星星般碎碎的光芒。"你好，我的华师大的朋友。"亚力坤维吾尔族口音的普通话在我耳畔响起，光秃秃的脑袋不由自主地摇晃，从屋顶垂下的明晃晃水晶灯洒下的光泽映照在亚力坤那颗自带特征的脑瓜上，竟然也会有光芒的反射柔柔地送入我的眼帘，让我些忍俊不禁。亚力坤丝毫不介意，他拍打一下自己的脑门，自我晒笑："聪明的脑袋不长草。"就这么简单的一句话，亲切感油然而生，这是一位值得信赖的朋友，生动的亚力坤当即让我做出肯定。亚力坤拉着我的手一直不放，他内心的激动随着夸张的肢体动作尽情流露，我那被握得隐隐酸疼的手不敢从他的手心抽出去。亚力坤向在座的所有朱兵邀请来作陪的宾客表达他的激动之情，他那略带激动的嗓音硬是盖过缭绕在大厅的背景音乐："这是我在华东师大的校友，我太高兴了，我要一醉方休。"那晚，灯火阑珊之时，我们的晚宴还没有结束；那晚，我才知道亚力坤的海量，喝两斤白酒都不会醉的亚力坤让我领教了何谓酒神，亚力坤的酒量在我所有的朋友中排名第一。

　　翌日清晨，我和亚力坤同坐一辆车，从乌鲁木齐出发一路北上，开启一场我向往多年的北疆之旅。渐渐地，看到公路左侧是茫茫的戈壁滩，右侧有零星小镇和村落点缀。中途休息，下车放松筋骨，亚力坤三步并作两步朝戈壁滩的深处走去。走到百米远的地方，他转过身子，左手挠着脑门，右手使劲地朝我挥手。我不解其意，这太阳炙烤着的荒凉戈壁滩，有什么值得光顾？我没有挪动脚步，躲在树荫下喝水。炽热的阳光下我看到他那颗光溜溜的脑袋在荒凉寂寞的戈壁滩耀眼地显现，还时不时地弯下身子寻寻觅觅。朱兵笑着说："亚力坤去寻宝了。"一阵风从耳畔掠过，捎来亚力坤的声音，是他在呼唤我。有些跃跃欲试，遂走向茫茫无边的戈壁。及至走到亚力坤的身边，他兴奋地摊开右手掌心，是一块淡黄色的小石头。"这是戈壁玉，很值钱的。"好奇地打量，这温润如玉的玉石就来自这么严酷的自然环境？从亚力坤的手心里捏起这块戈壁玉，想起了打磨这个词语。阳光下欣赏，通透晶莹，几无杂质，纵然是外行，却也自认为质量上乘。亚力坤见我心生喜欢，爽朗地说道："玉石可遇不可求，老哥的到来，给了我运气，这份运气送给你啦。"连连谢绝，亚力坤眼睛里蔓延着真诚："老哥不用客气，我们都来自华师大。和田玉不多了，戈壁玉还能找到，再过个五年八年，戈壁玉也越来越少了，好好珍藏着，以后可以卖个好价钱的。"美玉被我小心翼翼揣在裤兜："这是一份友情，我要珍藏着的，再高的价格也不能卖。"在准噶尔盆地的戈壁滩上，亚兄送给了我一份特殊的礼物。

　　不到新疆，不知中国之大。天山之北的准噶尔盆地就有 38 万平方公里，占地面积接近于一个云南省。车窗外枯燥乏味的戈壁滩景色令人倦意阵阵，有些昏昏欲睡。而亚力坤却是一个闲不住的人，蒙蒙眬眬中，听见他在打电话，声音非常响亮，惊醒我和朱兵。"这次有我的华师大校友来到可可托海，你们一定要好好准备。"亚力坤在电话中不厌其烦地絮絮叨叨，那认真的劲儿令人感动。我善意地提醒亚力坤："不必如此，随意就好。"亚力坤连连摇头："那可不行，你是我的朋友，朋友来了有好酒。"亚力坤送给我一个狡黠的眼神，似乎有故事隐藏在那不可告人的眼神后面。朱兵友情提醒："夏老师他酒量不行。"亚力坤马上打断朱兵的话语："来到新疆，怎么能不喝酒？"我心里头不由得暗暗叫苦，不胜酒量的本尊，到了可可托海，如何应付是好。

　　暮霭四合时分，抵达可可托海。远远地见路口有一群人等候着，亚力坤跳下车，恭候在车门外的一位身穿哈萨克族服饰的年轻姑娘笑盈盈地上前和亚力坤握手，脆亮的嗓音在山谷荡漾："欢迎亚主席，按照亚主席的吩咐，美酒羔羊都准备齐全了。"亚力坤连连点头，说道："好，好。"他转身为我做介绍，"我的学生金镇长，可可托海的哈萨克族美女。"亚力坤又为金镇长做介绍，"这位是来自上海的夏老师，我的华东师范大学的校友，你们要用哈萨克族欢迎远方尊贵客人的最高礼节招待夏老师。"朱兵在一旁悄悄和我耳语："今晚你不能打退堂鼓了，我也帮不了你。"闻听朱兵此言，我心里兀自犯怵，悄悄地拍打亚力坤厚实的肩膀，在他面前做了一个摇手的动作。亚力坤佯装不明白，他意味深长地说道："一壶好茶，需要一个有闲的人一起来品尝；一瓶美酒，需要一个知己的人一起来干杯。"我只得坦言相告："亚兄，我不胜酒力。"亚力坤却王顾左右而言他，他的一双大手伸向夜空，朗声说道："你看，这可可托海的夜色多么美。"跟随亚力坤的指点四下里放眼而望，远山的轮廓依稀可辨，清新的空气四周氤氲，深蓝色的天穹有璀璨的星星点缀，一颗流星划过天际，最后一道炽热的光焰在可可托海的夜空惊艳，可可托海的夜色真美。

金镇长掀开毡房的门帘，邀请我们入席。收回恋恋不舍的目光，跟随亚力坤钻进毡房，亚力坤指点我席地而坐在一张矮桌的后面，他朝着我诡谲地眨了眨眼睛，狡黠的眼神又在他的眼睛里跳跃，向我释放一种令人捉摸不透的信号。一位哈萨克族的小伙子端来一套精致的银质酒杯，亚力坤将酒杯从大到小依次在一张矮桌上排开，又有一位穿着哈萨克族盛装的姑娘托着一壶马奶酒来到亚力坤面前，感觉酒壶沉甸甸的。亚力坤双手捧着银质的酒壶，将乳白色的马奶酒斟满所有的酒杯，他和金镇长又各自端起另外的酒杯来到我的面前："这是哈萨克族欢迎尊贵客人的仪式，请我的好朋友端起你面前的第一杯酒。"金镇长紧接着跟上："请你喝下这杯马奶酒。"朱兵在一旁附和："这杯酒是一定要喝的。"端起酒杯礼节性地抿了一口，酸酸的、甜甜的，酒精度不是很高，遂仰头一饮而尽。亚力坤开心地大笑，他和金镇长也毫不犹豫地将杯中的酒一干而净。一杯酒落肚，金镇长和亚力坤开始跳舞，亚力坤的肢体动作很大，他带着金镇长在毡房中央的空地欢快地旋转，毡房里有哈萨克族小伙子弹琴，也有哈萨克族姑娘唱歌，欢乐的气氛洋溢。

一曲舞蹈完毕，亚力坤和金镇长最后一个舞姿的造型恰到好处地落在了我的面前，琴声和歌声戛然而止。金镇长随即端起矮桌上的第二杯马奶酒献给了我，琴声和歌声随之在耳畔缭绕，亚力坤在一旁做配乐朗诵般的补充："美酒献给你，友情送给你，远方的客人，请你再喝一杯马奶酒。"酒过三巡的礼数还是懂的，且这马奶酒也是挺好喝的，不假思索，接过金镇长递上的酒杯又仰头一口干完杯中的酒。亚力坤和金镇长又开始跳舞，能歌善舞的亚力坤成为一个令人刮目相看的王者，他和舞伴金镇长在毡房中央不停地旋转，从我眼前擦过时还不忘回头向我送来得意的笑容。奔放的动作，娴熟的舞姿，看得人眼花缭乱。在众人叫好声阵阵的伴随下，婉转动人的歌声转向激越亢奋的旋律，琴声由小弦切切演变为大弦嘈嘈，毡房的门帘也跟着有韵律地抖动，垂挂的流苏来回摆动。

亚力坤和金镇长踏着舞步旋转到我的面前停下，金镇长双手端起矮桌上的第三杯酒，她朝着我微笑，露出一排洁白的牙齿。情绪受到感染，我慨当以慷："五花马，千金裘，呼儿将出换美酒。"新疆师范大学中文系毕业的金镇长文学底蕴也很深厚，她紧跟着激扬文字："美酒献给夏老师，与尔同销万古愁。"亚力坤才懒得舞文弄墨的，他从金镇长的手里取过酒杯直接递给我，魁梧的身躯稍稍弯下，亮晶晶的脑门和我的视线形成水平状："请你满饮这杯酒，这杯酒装满了我们哈萨克族和维吾尔族对汉族兄弟的友情。"当仁不让，我辈岂是蓬蒿人？一壶浊酒喜相逢，古今多少事，都付笑谈中。端起酒杯，画出半个弧度，眼角满毡房扫视一遍，我笑道："人生如梦，一尊还酹江月。"潇洒地一饮而尽。朱兵大吃一惊，半张着嘴，指着我大叫："原来你是有酒量的。"一激动，忘乎了所以，方显出英雄本色，乐坏了亚力坤，他又将第四杯马奶酒捧到我的面前："老哥真人不露相。"亚力坤开心地笑着，眼睛眯缝成一条线。自认为甜甜酸酸的马奶酒再饮几杯也放不倒本尊，我连丝毫的犹豫都没有，这第四杯马奶酒又被我喝得一滴不剩，还吟诗助兴："烹牛宰羊且为乐，会须一饮三百杯。"酒杯一个比一个大，亚力坤一次又一次地端上，他咧开嘴坏坏地笑着，眼窝里却盛着满满的真诚，在亲切的老哥、老哥声中第五杯马奶酒又装进了胃囊。朱兵在一旁急得大叫："这酒后劲大，你不能再喝了。亚力坤！"朱兵回头又急着劝阻亚力坤，"夏老师他不行的，你看，他人都有些站不稳了。"

终究是不胜酒力，头晕目眩偷偷来袭，马奶酒的后劲爬上了头，我放下酒杯，踉跄几步，跌坐在地。迷离的眼神打量亚力坤，他也正视着我，模样有些怪怪的，半晌才憋出一句话："老哥的酒量还过得去，老哥的酒品更过得去。"亚兄瞥一眼矮桌上还剩余的五杯酒，这些都是用来招待我的酒。"还能喝？"亚力坤坏坏地一笑，试探我。"能。"手一摆，一个能字，尾音拖得很长，气概豪迈。亚力坤左手猛地拍我一下肩膀，右手跷起了大拇指。"我们来自华师大，这酒我来喝一半。"亚力坤为我解围，他端起酒杯就喝。亚力坤真的是酒神，酒杯一个比一个大，他就像喝白开水一样神情自若地一口气干完剩余的五大杯马奶酒。亚力坤擦拭着嘴角的酒渍，将一个微笑送给我。我心生感激，勾起嘴角，对着亚力坤竖起了大拇指，一切尽在不言中。

喝完矮桌上的十杯马奶酒，后续的欢庆高潮迭起。几千公里的追寻来到了北疆，民族的盛情凝聚在酒里，再不能喝也得喝啊！亚兄感动于我的真诚，就用真诚回报于我，替我挡酒五大杯。喝酒体现品行，十杯马奶酒足以诠释我和亚兄的真情。亚力坤半个身子越过矮桌，他的右臂钩住我的脖颈："我高兴，非常高兴。"亚兄的嘴唇贴住我的耳廓，我能感觉到他的心跳。"热哈麦特。"亚力坤用维吾尔语说了声谢谢你，我和亚兄的手紧紧握在了一起。

一阵倦意袭来，神情有些迷糊，眼瞅着毡房的屋顶开始旋转，顾不得斯文扫地，整个人索性四仰八叉躺在地毯上，进入似睡非睡的状态。迷迷糊糊中感觉到亚力坤一直在和我说话："我不会让老兄你多喝的，但三杯酒是必须喝的，这是对我的哈萨克族朋友的尊重，其实，你只要喝三杯就可以了。"好个亚力坤，为什么不早提醒我？睁开眼睛颇有些嗔怪："你提前说，我也不会这么豁出去。"亚力坤得意地摸摸自己的脑门，狡黠的笑意又爬上他的嘴角："早说了，就没有意义了，就没有气氛了，而且也看不到你老哥的酒品，这样不是挺好的吗？"这个亚力坤，真诚可爱，却又透着一丝调皮狡猾。那一刻，我在心里有了认定，这个维吾尔族的校友，一定会成为我的好兄弟。

两个人席地而坐，话匣子打开，聊起了华师大的餐厅，聊起了文科大楼，聊起了丽娃河畔的凉亭，所有的话题都围绕着华师大。当彼此聊起华师大在枣阳路的后门那一长排小吃摊点的时候，亚力坤更加眉飞色舞："那里晚上还有烤羊肉串，可哪里有我们新疆的正宗。我们的羊吃的草是用天山的雪水滋润的，我们的烤羊肉串都是用沙漠里的红柳枝穿起来的，放在炭火上烤，又香又嫩。"亚力坤咂巴着嘴巴，眼睛里注满了幸福，他好似在品咂新疆烤羊肉串的美味，又似在回想华师大工作时的美好光景，呵呵地笑出声来，两只眼睛眯缝成一条线，像极了两道弯弯的月牙。

毡房内感受哈萨克族和维吾尔族的民族风情，领略着兄弟民族丰富的原生态文化，谈笑间后面的精彩又闪亮登场。毡房的门帘掀开，一个哈萨克族男孩牵着一头绵羊走到我的面前。这头肥硕的大尾巴绵羊，怯生生的，咩咩的叫声一刻不停。亚力坤说，待会儿他的学生会用这头羊烹饪美味的手抓羊肉犒劳我这位远方的客人。侧身端详牵着绵羊的哈萨克族男孩，他就这么牵着羊静静地站在我的面前，咧嘴朝我腼腆地微笑。男孩的眼睛非常明亮，眼神清澈得几乎没有一点儿杂质，让人顿生爱怜之心。被男孩牵的那一头绵羊，眼睛里明显有着惊恐不安，乖乖地畏缩在它的小主人身边，四肢就像被铁钉钉死在地上，一动不动。又看看男孩，他还是那么干净地朝着你微笑，再看看绵羊，咩咩的叫声越来越小，心头怜悯涌动，试图找寻一种平衡心理的自我安慰，于是乎内心自言自语，这就是大自然的生死轮回。一阵倦意袭来，打了个哈欠，马奶酒的后劲越来越大，整个人都有些迷迷糊糊。

亚力坤在我耳边聒噪的声音让我睁开了眼睛，看到亚兄就坐在我的身旁，魁梧的身躯就像一堵墙横在我的面前，毡房内静悄悄的，一阵阵肉香四下里弥漫。朱兵调侃道："你都睡了一觉啦，你的华师大校友怕灯光影响你，就用自己的身体为你遮盖灯光。"朱兵继续揶揄，"听说过遮风挡雨，还没听说过遮光挡亮的，华师大的校友，感情深厚啊！还不让我们叫醒你，都等了你一个多小时了，再等下去天都要亮啦。"朱兵故意露出一脸不满的神情。我一骨碌爬起，朝着朱兵拱手致歉，一迭声地说着对不起。朱兵坏坏地一笑，又调侃道："亚力坤有了你夏老师，就忘了我朱兵了。"说罢，自己也忍不住笑出声来。

亚力坤嘿嘿地笑着，不好意思地挠挠自己亮晶晶的脑壳，他又开始活跃，变戏法似的亮出一道让我吃惊的风景线——将一只煮熟的羊头放在了我的面前。站在亚力坤身旁的金镇长一边说着祈祷和祝福的话语，一边用左手捧起羊头，用事先准备好的小刀割下一只羊耳朵递给先前牵着绵羊的哈萨克族少年。亚力坤解释道："这是哈萨克族的风俗，意思是小辈要听长辈的话。"随后金镇长又将小刀递到我的手中，亚力坤紧跟着补充说明，"请远方尊贵的客人先割下第一块羊肉。"在亚兄的指导下，我中规中矩地完成了哈萨克族的礼仪程序。我切下第一块羊肉递给那位哈萨克族少年，他摇摆双手不肯接受，脸颊涌起两团羞赧，眼睛里闪烁着不安。男孩局促不安的模样让人心生爱怜，抓住他的手，将切割下的第一块羊肉装盘塞给了他。

众宾客开始喝酒啖肉，游牧民族的欢乐氛围浓浓地包围着我。觉得毡房内有些燥热，酒精的作用还在隐隐发挥，悄然起身，掀开毡房门帘的一角闪出户外。新鲜的空气扑面而来，想不到可可托海的夜色是如此之美。深深地呼吸，空气清冽，沁人心脾，丝丝湿润舔吻着你的脸颊。仰望苍穹，天空是深蓝深蓝的，满天的星星对着你调皮地眨眼。沉醉在可可托海迷人的夜色，酒精的作用逐渐退隐。很久很久没看到如此璀璨的星空之夜了，享受着被可可托海夜色包围的惬意，悄悄地哼唱一曲俄罗斯民歌《莫斯科郊外的晚上》，沉浸在自我的幻想中。若有一个知音坐在身边，互相依偎，何等幸福。几丝琴声钻出毡房，拨动着你的心弦，毡房内哈萨克族歌手的一唱三叹似乎要将千年的古老烟尘勾勒成歌声里可可托海深夜的唯美画卷，酒醒人又醉。忽觉得有人挨着自己的右侧悄然坐下，莫非是漂亮的金镇长，这位酒量过人的哈萨克族姑娘？侧脸送上欣喜，哪里是什么美丽的姑娘，是人高马大的亚力坤坐在自己的身边，浑厚的嗓音滚动着《两只小山羊》的欢快韵律，将唯美的意境生生地破坏。

"我来陪陪我的老哥。"维吾尔族汉子竟然也如此儿女情长。黑暗中我俩握了握手，彼此都沉浸于此时无声胜有声的境界。毡房内欢乐的气氛时不时地钻出门帘送入我俩的耳膜，毡房外我和亚力坤静静地并肩而坐，仰望星空。亚兄偶尔一个侧脸，我俩的目光不期而遇，我看到了亚力坤深邃的眸子里蕴含的真诚，这是一种没有表演的纯真，只有用心才能领悟。之后，我和亚力坤无论在新疆重逢还是在上海相遇，都会不约而同地讲述可可托海那难忘的一夜，我和亚兄就是从那一刻开始，友情得到了升华。

在可可托海，游牧民族的生活轨迹清晰可辨，你能触摸到哈萨克民族的生活气息。在可可托海，你还能感受到我的维吾尔族朋友亚力坤对待一位汉族朋友的真诚，那是一种对朋友掏心掏肺的付出。身材挺拔、线条粗犷的亚力坤，深入地走进他，才能觉察到他心细如发的另一面。那个可可托海的深夜，我和亚力坤盘腿坐在毡房外，远去的驼铃声在夜空中回荡，心静如水的你冥冥之中真的会听到神灵的呼唤，恍若来到了与世隔绝的仙境，面对着一个远古的梦幻，心境恬淡。

沉醉在如此美妙的环境中，我和亚力坤畅所欲言，我们谈华师大的一草一木，谈对教育的深深钟爱，谈笑间，不觉午夜已至。意犹未尽，亚力坤钻进毡房，又取出一瓶白酒，随之又变戏法似的递给我一瓶矿泉水："为我们的友情干杯。"亚力坤用酒瓶碰我的矿泉水瓶。星光下，我看到了亚力坤满脸的真诚，不假思索，抓过亚力坤手中的酒瓶，仰头喝了一口，亚力坤开心地笑了，这浓烈的酒燃烧起我们内心友谊的火苗，我俩不约而同地唱起《两只小山羊》。

回到毡房，欢快的气氛再次达到了高潮。在亚力坤和金镇长的带动下大家都载歌载舞，亲身体验游牧民族豪放热烈的生活方式，心头也会随之豪情涌动，人类潜在的奔放本能得到了贲张，热血在血管里迅速流动，毡房的顶部都快要被欢乐的气氛掀翻，生动的民族大团结的画面让人难忘今宵。欢聚的压轴大戏终于推出，亚力坤发表一个小小的演说："今天我们都很高兴，为了表示我们的民族大团结，请我们的汉族朋友夏老师为我们唱一首《我们的大中国》。"与君歌一曲，歌声传友情，我迫不及待地亮起了歌喉。"我们都有一个家"的歌声在毡房内响起，紧接着毡房内所有的不同民族的新老朋友都加入了《我们的大中国》的大合唱。

难忘的聚会终于结束。亚力坤和一位哈萨克族小伙将毡房一角折叠工整的一床床被褥捧到毡房的中央，吩咐每人上前各取一条被褥。亚力坤指着放在我眼前的这张矮桌宣布："以这张桌子为界限，男左女右，就地睡觉。"第一次睡毡房竟然是初次相见的不同男女共居一室，第一次见到睡觉也分"楚河汉界"，令人脑洞大开。一忽儿，所有的人都挤挤挨挨地头对着毡房的中心脚挨着毡房的边沿呈放射状排列，每个人都和衣钻进了自己的被窝，也没有洗漱。我挑了一个紧靠着朱兵的位置将半条被褥铺在地上，半条被褥打算盖在身上，亚力坤拦住了我，他又有新颖的想法。亚兄将那张长条矮桌挪到我俩的面前，笑着说道："你睡在这张桌子的左边，我睡在这张桌子的右边，左边是河东，右边是河西，桌子就是一条丽娃河，咱俩睡觉时也隔河相望。"这想象力也实在是太丰富，唯有心中装着你，才能生出这浪漫的奇想。笑着点头应允，和亚力坤隔着一条"丽娃河"入睡。矮桌的四条桌腿撑起一个可以让我们互相窥视的空间，黑暗中有一颗硕大的星星在"丽娃河"的西面闪亮，感动地望着这颗人造的星星，彼此又说着很多与华师大相关的话题，哈欠连连，亚力坤说："睡吧，新的一天已经开始了。闭上眼睛睡一觉，保不准你醒来的时候会有新鲜的事儿发生。"亚力坤还在耳边絮絮叨叨，我渐渐进入了梦乡。

一觉醒来，天色大亮。揉着惺忪的睡眼，视线穿过矮桌下方的空间，寻找那颗熟悉的光溜溜的脑袋。一床空的被褥，亚力坤不知什么时候离开了毡房。天气真好，阳光钻进毡房的隙缝晃人眼。我翻身坐直身子，连着伸了几个懒腰。打量四周，每个人都被褥紧裹，只露出一个脑袋，沉浸在香甜的梦境。细数围绕着毡房形成半个圆圈挤挤挨挨睡在一个空间的人头，居然有 11 个，其中还有 5 个是一头秀发抛在被褥外。我不禁哑然失笑，第一次体验男女群居的生活，着实有趣。

悄没声地离开毡房，新鲜的空气扑面而来，对着满天的朝霞眯缝着眼睛，双手交叉向上又伸了一个懒腰，还朝着阳光努力地打一个喷嚏，惬意无比。远远地看见亚力坤忙碌的身影，他正在洗车。亚力坤也看见了我，他舞动手里的抹布向我招手。

一溜小跑到亚力坤的身边，他正用抹布擦拭引擎盖，两辆越野车在阳光下铮铮闪亮，他背对着我一阵絮叨："老哥你也起得早啊，刚才我不能叫你，大家都还在睡觉要吵醒他们的。"心生感动，外表大大咧咧的亚力坤心细得到家了，只有心里时时装着他人，才会处处替他人着想。亚力坤也不客气，指了指车头前的木桶，努努嘴："水脏了，帮我去小溪边打一桶水。车洗完后，我带你去一个好地方，睡觉前我说过的，等你醒来的时候保不准有新鲜的事儿发生，一会儿你就明白了。"一丝狡黠又在亚力坤凹陷的眼睛里跳动，我读出了亚力坤的潜台词，每每亚兄要送给你一份惊喜时，他就会卖弄关子，殊不知他坏坏一笑的表情包会提前泄露这个秘密。

山道弯弯，迤逦伸向大山的深处，亚力坤告知这座大山的背面就是蒙古国，半山腰有一处相当不错的温泉，还没有被开发，一切都是原生态。浸泡在温泉中，抬头看云卷云舒，耳边听鸟儿啁啾，还有奇花异草围绕着你，人与自然浑然一体，那种享受妙不可言。亚力坤绘声绘色的描述刺激着我神经的兴奋点，跃跃欲试，跟随着亚兄往半山腰进发。这位维吾尔族汉子身强力壮，陡峭的山道大步如飞，我尾随着他走得气喘吁吁。及至攀登到半山腰，视觉豁然开朗，展现在眼底的可可托海的秋色让人心醉。不远处的山坳有腾腾蒸汽氤氲，恍若乳白色烟雾缭绕翠谷，亚力坤描述的可可托海温泉就在这处人间仙境。温泉是一汪几十平方米的水池，三面用木板围有半人之高，留下一个出入口无遮无挡。浸泡在温泉中，可以从出入口眺望山脚下的风景，也可以仰望蓝天白云。亚力坤笑言："我们在大自然袒裎相见。"

宽衣解带，在可可托海的原生态环境中还原人类的原始真诚，捧起一掬温泉水，滋润疲惫的面庞，30摄氏度左右的水温，极为适宜，瞬间有神清气爽的感觉。舀一捧温泉水，对着亚力坤的头顶浇下去，我戏谑道："给你洗头。"亚力坤的脑袋犹如一张光滑的荷叶，挂不住一颗水滴。一捧水兜头浇下，他的脑袋左右晃动，水珠四溅，亮晶晶的脑壳依然干干净净，光可鉴人，甚是有趣。亚兄笑着自我调侃："我为国家节约水资源。"两人无拘无束地放声大笑，光着身子的爷儿们在山野间过起泼水节来了。一缕阳光斜照在水面，爽滑的温泉在阳光的折射下泛动着粼粼波光，一池泉水温润着我和亚力坤，我们整个身体让清澈的温泉包围，尽情地享受着原生态带来的原始快乐。泡在温泉中，抬头仰望在蓝天下游走的云团，思绪跟随云絮走。清风载着白云在蔚蓝的天穹旅行，云儿自由自在游荡，潇洒地放飞自我，无所羁绊地缭绕雪山，骄傲地留下自己的身影。在风儿的宠溺下，云儿留下一首缠绵的诗歌，又任性地飘向远方。风带走了云，我们的心跟着风行走，乐在其中，永无尽意。

山坡中有银铃般的笑声传来，循声而望，有哈萨克族的姑娘在山间采摘花儿，她们捧着鲜花沿着山间小径向温泉的方向走来。担心会走光，我尴尬地注视着亚兄。亚力坤呵呵地笑着，指了指他挂在木板墙上面的衬衣："这是暗号，她们不会过来的。"看上去漫不经心的亚力坤，其实每一步都走得有板有眼，不差毫厘。整个人又放心地沉浸在滑润的泉水中，或闭目养神，或遥望云天，在自己的世界中物我两忘，享受着人生这份难得的幸福。我似乎穿越时空回到了几千年前的氏族社会的秘境，领略着人类原始的文明，享受着可可托海这道奇特的自然和人文交织在一起的景观，别有一番滋味在心头。千万里的追寻，来到了可可托海，将自己的身体贴近了可可托海，用自己的灵魂与可可托海对话，旅行带来的无限乐趣无法用语言描述。起风了，风过处，有树叶摇摇晃晃带着分量感飘下来，飘落水池的中央，亚力坤用手拈起这片树叶，放在阳光下孩子气地欣赏，纯真的性情尽显。

卸下疲惫，一身轻松，和亚力坤回到毡房，好多人还在酣睡中，我斜倚毡房的门槛，回味适才的幸福。亚力坤拍打着手掌大声嚷嚷，将躲在被窝中的男男女女一个个唤醒，他吩咐各位赶紧到户外指定的地方梳洗，用餐，一再告诫各位要抓紧时间，接下来要游览可可托海的石钟山景区，当晚还要赶到喀纳斯。亚力坤很适合当领导，琐琐碎碎的事情到了他的手里，他都会郑重其事地办理，会用命令式的口吻要求随行者执行，所有的人也都乐意听从亚力坤的指挥。当然最累的肯定是亚兄，他却乐此不疲。亚兄的朋友说得没错，跟着他，我们很轻松。我在以后与亚力坤的十多年交往中，早就习惯了他的亲力而为。

可可托海的清晨是宁静的，安逸的。北疆的水资源丰沛，北疆的秋天更是一年中最好的季节，云雾、雪山、峡谷、村落、森林、鲜花、草原、星空……宛如人间仙境，就像走进宫崎骏的动漫世界。北疆的秋天是淡泊，是悠闲，是平和，它安静不喧嚣，却拥有美的张力，行走在北疆，旅途中形形色色的风景，看过一眼就无法忘却，一遇北疆误终身，从此天堂是路人。跟着亚力坤行走在可可托海的风景里，洗却世俗尘埃，升华心智意识，你会步入至善圆满的心境。

告别可可托海，迎面的山道忽地冲出千军万马，亚力坤眼疾手快拽住我跳到山道旁的斜坡。亚兄解释："这是哈萨克族牧民在转场，山上冷了，牧民得赶着羊群到地势低洼的牧场过冬。"游牧民族逐水草而生，转场对牧民很重要。几位哈萨克族牧民骑着高头大马扬鞭挥舞，率领着潮流般的羊群大摇大摆地从我们的身边经过，我悄然向他们伸出大拇指，牧民回报我的是善良的微笑。

自驾车沿着额尔齐斯河一路向北，这是中国境内唯一一条流向北冰洋的河流。河床并不宽，河水流淌得也不湍急，清澈的流水滋润着北疆广袤的沃野，生活在这片土地上的边民安居乐业，丰衣足食。沿河成片的向日葵朝着太阳欢快地绽放，金灿灿的夺人眼球。亚力坤吩咐驾驶员停车，招呼我跟随他下车。我跟着亚力坤走向河岸边，他让我蹲下，将自己的双手浸润在清凉的额尔齐斯河许一个心愿。不解其意，默默遵从。亚力坤笑着说："额尔齐斯河会把你的心愿送出国门，北冰洋会收到你的心愿，地球的极点会收到你的心愿。"想不到粗线条的亚兄竟然也有浪漫情怀展现，一个性格豪放、襟怀坦荡的男子汉唯有将对方引为最知己的朋友，心思才会这般缜密，才会如此侠骨柔肠。亚力坤对华师大的眷爱之情时时刻刻地体现，华师大是他一生的骄傲。身处西北边陲的亚兄，见到来自东海之滨的本尊，就像见到了自己的娘家人，他对我的所有的无私付出都源于他的血液中流淌着华师大的基因。我和亚力坤并肩站在通往北冰洋的额尔齐斯河畔许下了我们共同的愿望，我们都要为华师大增光。

新疆到处都有亚力坤的朋友和学生，行至阿勒泰，市政府办公室的副主任亲自在市政府大院的门口迎接我们一行，他也是亚力坤的学生。师生见面，亚力坤的首要任务就是介绍他的华师大校友。此行北疆，我成了亚兄引以为豪的一张名片。亚力坤的这名学生，恰巧也在华师大有过短暂的进修，他掏出手机，翻出一张他在华师大毛泽东雕像前的留影，亚力坤也急着翻出手机里储存的他在华师大留下身影的照片，我也为这份好心情增添意趣，将保存在手机里的好几张我在华师大校园里留影的照片展示出来。在这遥远的北疆小城，三位因华师大结缘的朋友都有共同的幸福回忆。往事历历犹在眼前，彼此描述都分毫不差，惹得朱兵抛出一句酸溜溜的话："就他们仨亲近，我们这几个就像外人似的。"亚力坤不好意思地摸了摸脑袋，难得见到他的脸庞泛红。他灵机一动，将手机递给朱兵："请老兄你为我们三位华师大的拍张照片吧。"朱兵自我解嘲："我总算派上用处了。"

阿勒泰市政府的这顿午餐今生恐怕再也难忘，从未吃过如此美味筋道的手擀面，送入口中，根根爽滑，反复咀嚼，韧劲依旧。每每吃面条，总会想起阿勒泰那餐丰盛的手擀面，仅仅是配菜就有10种，装在10个面盆中，红艳艳的西红柿、绿油油的甜辣椒、金灿灿的胡萝卜、黄澄澄的土鸡蛋，还有深紫色的洋葱、淡黄色的土豆、孜然羊肉、手抓羊肉……看得人眼花缭乱，一行10个人，个个是老饕也难以消化数量巨多的美食，甚至连生活在新疆几十年的朱兵也小声嘟囔："太丰盛了，和亚力坤出来这么多次，吃一顿面食，整了这么多的配菜，我从来没有享受过这样的待遇，该是托你的福啊！"我笑着回应朱兵："该是托华师大的福呢！"亚力坤站起来了，他一手拉我，一手拉着他的学生，发表开席前的演讲："我的学生听到有华师大的朋友来到阿勒泰，非常高兴。夏老师曾经在华师大读过研究生的课程，我的学生曾经在华师大进修过，我也曾经担任过华师大学工部的副部长，今天我们三位华师大的人请各位享用丰盛的午餐。"亚力坤的餐前演讲引得众人鼓掌叫好。

"亚力坤的脑袋亚力坤的嘴，真没人能比得上。"真心佩服亚兄的才情，我脱口而出的一句笑言正是我之所想。"还有亚力坤的酒量亚力坤的歌，真没人能比得上。"朱兵的一句神补刀逗得众人喷饭。那一顿午餐，我们一个个吃得肚子滚圆，不仅是面条好吃，那羊肉串也格外诱人，印象中我至少吃了有五串，我连连对亚兄说："华师大后门枣阳路上的羊肉串没法跟这阿勒泰的羊肉串相比。"亚力坤认真地看着我，一字一句："我也可以请你在上海吃到阿勒泰的羊肉串，我亲手做给老兄你吃。"明明知道亚兄一句戏言，却故意笑着回复："那好啊，我等着哦。"亚力坤当真，和我击掌："一言为定。"

挥一挥手告别阿勒泰，目标是心心念念的喀纳斯。9月中旬的北疆，最是一年好光景。出阿勒泰，过布尔津，越野车在山间行驶，忽上忽下，山地风光掀开美丽的面纱，颇有阿尔卑斯山的风貌。起伏的山峦间牛羊家畜悠闲自在，草丛中各色花儿竞相开放。远山的原始森林层林尽染，真可谓"霜叶红于二月花"。

风情万种的喀纳斯，千万里的追寻，今天终于见到了你。喀纳斯，我宁愿错过全世界，也不愿错过你。亚力坤在一旁嘟囔："高兴得太早了，这喀纳斯的美丽才刚刚掀开一个角呢。等你站在喀纳斯景区的月亮湾，遥望那原始森林从山脚有序排列到山巅，看到那万紫千红的色彩，才真正美死你；等你站在观鱼台眺望整个喀纳斯湖，看到一颗巨大的绿宝石镶嵌在群山之间，那才真正美死你；如果你的运气好，不经意间和喀纳斯湖中的湖怪来个相遇，那才更加美死你。"亚力坤朝着我撇撇嘴，一口气说了这么多个"美死你"。

暮霭四合时分，我们抵达喀纳斯景区。等待进入景区的车队排起了几公里的长队，保守估计，至少要等两小时才能买到门票进入景区。亚力坤不慌不忙，狡黠的笑容又浮现在他的脸上，我们都心领神会，亚力坤挂在脸上的这个诡谲笑容其实是他胸有成竹的符号。"不用担心，我的华师大朋友。"亚力坤拍拍我的肩，跳下车打了一个电话。5分钟后有人送来了通行证，亚力坤将通行证搁在挡风玻璃前，大手一挥，我们的两辆越野车顺利进入景区。亚兄就像一个得胜回朝的将领，满脸都写着骄傲，还不忘调侃我一句："怎能让我的华师大校友等到星星爬到天空才能进入景区呢。"文绉绉的逗嗬让朱兵和驾驶员都忍俊不禁，亚兄，太有趣了，和这么生动的维吾尔族朋友结下兄弟般的友情，幸福感自然爆棚。朱兵笑着回敬亚力坤："亚力坤的脑袋亚力坤的嘴。"

感谢亚兄的安排，让我们下榻在图瓦人的木屋，领略另外一种民族风情。图瓦人，成吉思汗的后裔，他们带着宗亲制度的远古密码迁徙到喀纳斯秉承成吉思汗的钦旨世世代代不离不弃固守这片土地。成吉思汗，这位在马背上征服了世界的一代天骄，最终魂归何处，是一个千古之谜。图瓦人说，成吉思汗西征途中，经过喀纳斯，他说他将来就要葬在这片美丽富饶的土地上。喀纳斯是蒙古语，其意就是美丽富饶，神秘莫测。今天来到喀纳斯，和一个传奇的民族相处，应该是走进历史深处的绝好机会，在图瓦人的身上可以寻找到发过光的蒙古帝国的痕迹。放眼全球，图瓦人维系千年的文化应该是探究人类社会结构演变的活化石，是一份不可多得的世界文化遗产。

我和亚力坤在图瓦人的小木屋内下榻，想象着800年前的壮怀激烈，一幅幅成吉思汗征战南北的画面在脑海闪现，眼前晃动的图瓦人更是让这些画面平添几分真实。身着蒙古族盛装的图瓦人，他们的生活规律全都恪守蒙古族的风俗，他们坚称自己就是成吉思汗的后裔，成吉思汗从来没有离开过他们，大汗就在他们生活的世界里，高举成吉思汗的精神大旗是图瓦人的职责。端详图瓦人，蒙古族人特有的脸型，生活方式更是与蒙古族的传统一脉相承。我和亚力坤盘腿坐在小木屋的地毯上，喝奶茶，吃奶酪，手抓羊肉一大盘，令人食欲大开，亚兄更是吃得满嘴流油，嚷嚷着让图瓦族主人再斟上美酒。亚兄端起酒杯，善解人意："你喝奶茶我喝酒，你作诗来我唱歌。"我哂笑亚力坤："又是《两只小山羊》？"亚力坤连连点头："当然是《两只小山羊》，你要知道，这是一首蒙古族民歌。"话音刚落，亚兄就唱起了《两只小山羊》，图瓦族兄弟也来助兴，用马头琴弹奏他们熟悉的旋律，真不知自己是身处蒙古高原还是在新疆喀纳斯景区。

北疆的秋天早晚温差大，9月中旬的清晨，瑟瑟寒意袭人，迎着朝阳，跟着亚力坤向观鱼台景区进发。经历春与夏的积淀，秋的绽放终于在喀纳斯迎来了高光时刻。千万里，千万里的追寻，只为那诗和远方，只为拥抱心中的女神——喀纳斯。沿着栈道向观鱼台的最高处攀登，悠长奇绝的栈道穿越晨雾伸向天边，翡翠般的喀纳斯湖就静静地躺在我的脚下，纤尘不染，惊世骇俗的神韵让你不由得匍匐跪拜，将胸膛与大地贴近，把灵魂与天空相融，那种感觉似乎是从现代走向原始，从茫然走向虔诚。喀纳斯，一个编织神话、激发诗情的人间仙境，想说爱你不容易，今天终于走近了你。

亚力坤理所当然地成了我的专职导游。他说，喀纳斯湖景区有高山、河流、森林、湖泊、草原等奇异的自然景观，有成吉思汗西征军点将台、古代岩画等历史文

亚力坤在新疆阿勒泰喀纳斯的留影

化遗迹和图瓦人独特的民族风俗风情。驼颈湾、变色湖、卧龙湾、观鱼台等是喀纳斯的主要景点。喀纳斯湖还有千米枯木长堤，那是因为喀纳斯湖中的浮木被强劲的谷风吹着逆水上漂，在湖面上堆聚而成；湖中有巨型"水怪"，常常将湖边正在饮水的牛马拖入水中，这些奇观都给喀纳斯增添了几分神秘色彩。喀纳斯还有一道雨过天晴才能产生的天象奇观，那就是云海佛光。亚力坤耸了耸肩，摸摸自己光亮的脑门，讪讪一笑："我来了很多次，我却没有看到过云海佛光。今天阳光灿烂，看来老兄你也与佛光无缘。"我微微一笑，回答亚力坤："佛祖就在心中。"亚力坤挠挠光亮的头颅，若有所悟，点头道："只要你心里有，那就会有。"刹那间我和亚力坤会心一笑，亚兄是维吾尔族人，我是汉族人，但我们心有灵犀，参悟出彼此的所思所想。我们明白，有一种认同可以越过信仰的阻隔产生共鸣，那就是储存在心里的真善美。

美好的时光总是太短暂，喀纳斯，要说和你再见真的是太难。亚兄却催促启程，傍晚务必抵达福海县。一步三回头，情系喀纳斯，亚力坤忍不住劝我："老兄你明年还可以再来，我陪你在喀纳斯住上半个月，说不定还能看到佛光呢。"亚力坤的宽慰温暖人心，最后再瞥一眼喀纳斯湖，钻进了越野车。"亚兄，这可是你说的，下次陪我在喀纳斯住上半个月的。"收回恋恋不舍的目光，又和亚力坤确认他所做的承诺。亚力坤有些不高兴："老兄，你还不信我的话吗？我们华师大的人从来都是说话算话的。"亚力坤又扯上了华师大，华师大是他的标签、是他的护身符，无论到哪里，他都会让人知道他对华师大的情感。亚兄在新疆各地的学生都毕业于新疆师范大学，他的学生对华师大也很崇敬，跟着亚力坤，华师大的名片让我的脸上也洋溢着骄傲。

福海县的库副县长也是亚力坤的学生，她带领着好几位属下在福海县和布尔津县的交界地迎接我们。甫一见面，亚力坤便吩咐库县长："赶紧让我的华师大朋友乘船游览福海，天色再晚些的话，就看不到福海的美景了。"亚力坤没有陪同，他说他要和库县长商量今天的晚餐该如何安排。"一定要给你一个惊喜。"亚力坤看着我跳上汽艇时送上一句意味深长的话，一缕狡黠的笑意又从他的脸上一闪而过。

一个皮肤晒得黧黑的维吾尔族大男孩驾驶着汽艇在福海驰骋，这是库县长特意为我安排的。我坐在他的身旁，大加赞赏福海的美景，他扭头冲着我开心地咧嘴微笑。水光接天，劲风猎猎，浩瀚的水面漾起一层薄薄的雾气，我们的汽艇如在仙境游弋。水波推开人世间的纷扰，只留下宁静与平和。福海，湖水映山峦，山峦环湖水，福海的湖光山色，给我留下难忘的印象。我向男孩表示感谢，男孩一口流利的普通话："你是亚主席的朋友，就是我们的朋友。"

夕阳的余晖送我们回到岸边，亚力坤和库县长在码头等候我们。库县长是一位能干的哈萨克族女县长，她笑盈盈地说道："亚主席说夏老师这几天每餐都是羊肉，今天的晚餐一定要有福海的特色，按照亚主席的吩咐，今晚我们就吃一顿全鱼宴。"跟随库县长步入餐厅，眼睛一亮，十几种用福海的河鲜烹饪而成的美味摆了满满一桌，一眼望去，令人眼花缭乱，垂涎欲滴。

大包房的门又吱呀一声推开，两个服务员扛着两箱酒进来，并在每个人的座位前各放上一瓶，天哪，是62度的伊犁特曲。把酒开宴，库县长举起酒杯，简短的祝酒词后，一杯酒下肚。亚力坤朝我耸了耸肩，端起了酒杯，头一仰，满杯白酒落肚，在座的每一位都当仁不让。第一次喝62度的白酒，真记不住当时是怎样的感觉，头脑还算清醒。等到第三次举杯的时候，不胜酒力的感觉开始爬上头，只觉得浑身燥热，头晕目眩。亚力坤将我面前的酒瓶移到他的面前，他用我的酒瓶为自己斟酒。亚力坤举着满满的一杯酒，情真意切："我的朋友就是库县长的朋友，就是我的福海朋友的朋友，我们有缘在新疆的福海相聚，我代我的华师大的校友敬大家三杯。"亚力坤气定神闲，连饮三满杯。朱兵和我咬耳朵："他这三杯酒至少有三两，他在为你挡酒呢。库县长是他的学生，所以也就随了亚力坤。"亚兄还在滔滔不绝，朱兵揶揄："你再讲下去，那就唱《两只小山羊》，我们结束吧。"库县长也笑了："亚主席的《两只小山羊》，整个新疆都知道。"朱兵神补刀一句："连整个上海都知道。"说笑间众人又开怀畅饮，品尝丰盛的鱼宴。

晚宴的高潮是烤全羊。服务员将一头金黄油亮的烤全羊抬进来，满室顿时散发出阵阵香味，一双双微醉的眼睛都睁得大大的，齐刷刷地盯着烤全羊，挡不住的诱惑。亚力坤递给我一把小刀，一番说辞声情并茂："我们今天有鱼，有羊，有美酒，有好友。鱼羊组合就是鲜，我们的库县长把福海最鲜的美味献给了我的来自华师大的朋友。远方的客人，我的好朋友，我和库县长一起敬你一杯酒，然后请你割下第一块烤羊肉。"亚力坤不失时机地将我酒瓶里的酒给自己倒得满满的，象征性地在我的酒杯里倒了些许白酒。我朝亚力坤送上感激的一瞥，三个人同时举起了酒杯。库县长不愧为女中豪杰，酒量很是惊人，她的那瓶62度的伊犁特曲已见瓶底。

库县长很健谈，酒精的作用让她滔滔不绝："布尔津有美景喀纳斯，福海县有美食鱼羊鲜。我们和上海有缘分，上海有海，福海也有海，上海、福海连着我们的首都北京，这就是福海上海中南海。"库县长妙语如珠，引得在座的各位都拍手叫好。库县长继续侃侃而谈："还有一联呢，那就是北京天津布尔津，横批是中华一家四个字。"库县长的幽默激起所有人会心的笑声，亚力坤不失时机地提议："我们共同举杯，为福海的明天干杯。"众人一起附和，共同举杯。这一顿晚餐延续到很晚，亚力坤上演压轴大戏《两只小山羊》时，零点的钟声敲响了，在新疆，这个时间点，仍然是朋友聚会最尽兴的大好时光。

我被亚力坤和朱兵搀扶着回到客房，倒头就睡。沉浸梦乡，有敲门声入梦，声声入耳。硬撑着把眼睛睁开，天色大亮，窗帘缝隙透进的阳光刺得人晃眼。整个人晕晕乎乎，口干舌燥喉咙痛，顺手取过放在床头柜的一瓶矿泉水，咕咚咕咚一口气喝得干干净净，生疼的脑袋瓜舒服了一些。我赖在床上不愿起来，想着再躲在被窝里补觉。亚力坤的声声叫唤钻进耳膜，他催促我赶紧起床吃早餐。我恳求亚兄免了我这顿早餐，他断然摇头，敲着房门一迭声地说道："不行，绝对不行，库县长他们都等着，还有更重要的人也在等着你。"

云里雾里，几乎是被亚兄拽着来到了餐厅，满满一桌丰盛的早餐准备停当，库县长等一行人正等待着我们的到来，她的身旁坐在一位头戴维吾尔族小花帽，面容清癯，长髯飘飘的老者，氛围很隆重。亚力坤介绍坐在库县长身边的老者，他是当地德高望重的阿訇，亚兄让库县长请来阿訇出席我们的早餐盛宴。有生以来第一次，带着仪式感参加清早举办的盛宴。亚兄双手撑在圆桌边沿，半个身体朝着阿訇微微前倾，他对阿訇深表感谢的话语说得很长很长，最后的几句话我至今记忆犹新："今天，我的来自上海华师大的校友能够享受这样的荣誉，我也很开心。无论是在祖国的东部，还是在祖国的西部；无论是汉族，还是哈萨克族或者是维吾尔族，我们都是一家人。"众人鼓掌，掌声让亚力坤很享受。亚兄说，他的付出得到了朋友的认可，朋友才会送给他掌声。

亚兄餐前即兴演说完毕，阿訇起身，他微闭双目，口中念念有词，神情庄严，他在做祈祷。亚力坤告诉我，这是哈萨克族和维吾尔族欢迎客人的最高礼仪。亚力坤的话，让我感动得一塌糊涂，隔山隔水不隔心，友情不管远与近，茫茫人海中，遇到了人生中的一位真心朋友，那真是一生的幸福。亚力坤，我的维吾尔族好兄弟，你对待朋友的深情厚谊就像广阔的蓝天一样无边透明，就像茫茫的大海那般辽远坦荡。那一刻、那一瞬，我认定了亚力坤就是我这辈子的好兄弟。

阿訇祈祷完毕，库县长将一碟裹着黄油的食物递到我的面前："尊客的客人，请你吃下这份马肠子。"黄澄澄、油腻腻、白花花的马肠子就这样生吞下肚？我一脸惊恐，酒精浸润的胃还没有得到养息，一份马肠子又伺候在上，入乡随俗那真是说说容易做到难。面对库县长的一片真情，看看老阿訇的虔诚作揖，迎着亚力坤的热切目光，我陷入了进退维谷的境地。亚兄的声音飘来，不是劝说，是一种要求："只有维吾尔族和哈萨克族最尊贵的客人才能享受这样的待遇，民族的友情都凝聚在马肠子里。"亚兄最后一句话很有分量，作为亚兄的华师大的校友，我在他的家乡享受着最高的礼仪，若拂了这片真情，亚兄他该情何以堪？这一小碟马肠子，除了是一种民族文化的象征之外，还有更深层次的内涵蕴藏其间，无须亚力坤再声声劝导，满脸荡漾着欢快的笑意，双手捧着这碟马肠子，吞咽之前还不忘添上一句："这份珍贵的马肠子被我的胃吸收后，将融化成精华永远储存在我的身体里。"话音刚落，夹起马肠子，闭上眼睛，送入嘴里，稍稍使劲地吞咽，马肠子囫囵吞枣般被送入胃囊。站在我身边的亚力坤惊讶地睁大了眼睛，也许是我的这番真情告白撞击着他的心坎，为他赢得了荣誉，他被深深地感动，这是他最需要的回报，我看到了亚力坤凹陷的眼窝里泛动着晶莹的光亮。

亚力坤大清早的竟然要喝酒，他说他很高兴也很感动。酒，是亚力坤用来表达他对朋友敬意的一个境界。一瓶浓烈的白酒，一首《两只小山羊》，还有一番真情告白是亚力坤在餐桌上为人真诚坦荡的表现形式。十几年来，我们无论在上海见面还是在新疆重逢，亚兄都会讲述我们在福海吃马肠子的情景。亚力坤说，他就是从那一刻起，知道了他的华师大校友，在关键的场合会毫不犹豫地维护他亚力坤的声誉。亚兄对我说："好几个从内地来的朋友，都责怪我怎么会拿马肠子来招待远方的客人。老兄你开心地吃了，还讲了让人感动的话。库县长那一天也很感动呢，阿訇是我让她请来的。"我也微笑着回复亚兄："尊重人是一种文化，你尊重他人，他人才会尊重你。"亚兄连连点头，我们都明白，其实尊重是一种大智慧，是一个人内心修养的外在表现，需要文化的积淀。

北疆之行真的是一次民族融合之旅。亚力坤是维吾尔族人，他在可可托海的学生金镇长是哈萨克族人，喀纳斯小木屋内成吉思汗的后裔乃图瓦人，福海县的库县长也是哈萨克族人，我和朱兵是汉族人，几天来，亚力坤带领着我和北疆各民族兄弟姐妹友好相处，我进一步体会到了我们大中国的内涵。

北疆之行结束后，再次和亚力坤见面是在翌年春天。亚力坤在乌鲁木齐地窝堡机场给我打电话，让我明天到莘庄朱兵的别墅参加聚会，他会亲自掌勺，做大盘鸡、烤羊肉、手抓饭等地道的新疆菜。"所有的食材，我都从新疆带，你只要人过来就行啦。"我在电话里问亚力坤："那你这次来上海，还有什么事情要办？"亚力坤笑着反问我："老哥，难道我一定要有事情才能到上海来？我就不可以来看看你们？我这次就是想为我的上海朋友做一顿地道的新疆菜，看着大家吃得心满意足了，我就回新疆。"真有意思，来回飞行10小时，就是为了给他的朋友做一顿新疆的美食，随性的亚兄，我真是服了你了。

第二天下午，我赶到朱兵在莘庄的别墅，热闹非凡。别墅的大厅被亚力坤当作了后厨，羊肉、鸡块、土豆、胡萝卜、洋葱等分别放在一个个面盆里，都是亚力坤从新疆带来的。朱兵笑着说，看到亚力坤背着两个大麻袋走进他的别墅，还真的被吓了一跳。院子里三三两两的有近10位宾客散坐，悠闲地喝茶聊天。来自华师大的客人占据一半，亚力坤当年在华师大担任学工部副部长的时候，他们都是亚兄的领导或同事。亚力坤一边忙活，一边插话："都是一家人，相见格外亲。"朱兵告诉我们，亚力坤一大早就起来忙活着呢，他指着客厅里备着的一盆盆食材，半真半假地抱怨："可怜我的客厅，被亚力坤当作厨房，我还被他拉着做下手，跟着他团团转。"朱兵故意扮演着可怜的角色向我们诉苦。

亚力坤正和另一位朋友将剁成小块的羊肉穿在红柳枝上，他被朱兵说得不好意思，油腻腻的手下意识地摸了摸光溜溜的脑袋，戳在众人的面前一个劲嘿嘿地笑着，纯朴的模样可爱极了。想起来了，我在新疆的时候亚兄答应过我，要在上海请我吃一次他亲手做的烤羊肉串，原以为是说说而已，想不到亚力坤却践行了自己的诺言。

热忱，是亚力坤生命的底色。亚兄的生活中，每时每刻都被体内一股热能推着往前走。亚力坤犹如一团火，随时准备着为朋友奉献他无限的热能，为了朋友，亚兄甘愿燃烧自己。他风风火火地赶到上海，在朱兵的别墅践行了他在新疆对我的一次承诺。亚力坤最在意朋友的感觉,他觉察到我的些许不安,抓起一把红柳枝递给我:"请老哥你帮我把面盆里的那些羊肉一串串地穿起来,先让大家尝尝我烤羊肉串的手艺。"亚兄送给我一个鬼脸,又吩咐朱兵赶紧点燃炭炉。炭炉安放在院子里,一会儿烟雾袅袅,听得朱兵在大声嚷嚷:"我院子里的这些花儿啊,都盛开着呢,活生生地被这炭火熏死了。这亚力坤,非要弄什么烤羊肉串,手抓羊肉吃吃不就可以了。"都知道朱兵像亚力坤一样热情好客,朋友们都不把他的抱怨当回事儿。朱兵苦笑着摇头继续嚷嚷:"你们今天要留下几个人帮我大扫除,你们看,这炭火的烟雾都熏到我家楼上了。"朱兵说着说着抬起了头,猛地又大叫起来,"坏事了,这楼上的窗怎么会开着,我的被褥还晒在窗台上呢,今晚不但要闻着烤羊肉的味道,还要裹着烟雾睡觉呢。"众人闻言,哄堂大笑。朱兵苦着脸故意嗔怪于我:"亚力坤要在上海请你吃他做的烤羊肉串,你当时就别答应啊,他这个人实诚。"知道朱兵是开玩笑,我也就接茬儿胡诌:"亚兄说你也好这一口。"朱兵委屈得又是大叫:"我一年时间有大半年住在新疆,我羊肉串会没有吃够?明明是亚力坤心里装着你这个好朋友。"朱兵说的是实话,互相戏谑之间,亚力坤端着一盆羊肉串走到炭炉前,将炉中的炭拨得红红火火,一串串羊肉串搁在铁架上烤得嗞嗞作响,满院溢香。亚力坤抓起一串羊肉串,递给了我,我笑着接受,一切尽在不言中。

别开生面的新疆风味自助餐,人手一盅大红袍,外加一串烤羊肉。大盘鸡、手抓羊肉等硬菜都装在一个个大盘子里,随意享用。我们一个个吃得满嘴流油,欲罢不能。亚力坤开心地看着朋友们分享着他的劳动成果,情不自禁地哼起了《两只小山羊》。朱兵家客厅的音响里播放着江南乐曲《好一朵茉莉花》也时时飘入花园,汉族文化和维吾尔族

亚力坤(左)和朱兵的合影

文化在朱兵的别墅里交融会合，这番混搭是那么和谐自然。

当天的晚餐一直延续到了 11 点，一个个还恋恋不舍。悄悄问亚力坤这次在上海会待多长时间，亚力坤不假思索地回答："大家都开心了，我的任务也完成了，我后天就回乌鲁木齐了。"于是约定，明天晚上我来请亚力坤和在座的所有的朋友共进晚餐。

我宴请亚力坤品尝海鲜大餐，安排在上海铜川路上的帝赋苑大酒店。晚宴开席前的几小时，我接到了亚兄的电话，他客气地询问我，他是否可以多带几个朋友，我是否可以多备一些酒。我爽快地答应，没有任何问题。我预订了帝赋苑大酒店一个最大的包房，可容纳 20 位宾客入席。我和我的朋友还抬来了两坛绍兴女儿红，每坛有 10 斤，又准备了六瓶五粮液、六瓶红酒，瞅着堆在包房角落的这些酒，加起来应该有 30 斤，和朋友自言自语，应该够了。朋友笑道："喝不了就让亚主席兜着走。"

亚力坤这次请来的宾客除了朱兵等几位老朋友外，其他的都是来自华师大的，有几个我也认识，可容纳 20 人入席的包房坐得满满当当。亚力坤理所当然是这次宴会的主人，在这么多的宾客面前，我被边缘化了，亚力坤的风光盖住了我。他招呼着应邀前来赴宴的朋友，安排完嘉宾入座后，他又走到角落看看我准备的酒水，想着该谁喝红酒，该谁喝白酒，该谁喝黄酒。看到两坛绍兴女儿红，古色古香的酒坛子让亚兄心生喜欢，他悄悄地和我咬耳朵："这两坛酒我喜欢，是不是可以让我带到新疆去，今晚别拿出来喝了。"我一口答应亚力坤："没有问题，听你的。"亚力坤开心得嘿嘿笑出声音，他宝贝似的用双手抚摸酒坛子，抬起头，望着我欲言又止。"还有一件事情，"亚力坤站在我面前，双手挠挠自己光亮的脑壳，"没有这两坛酒，剩下这些酒，恐怕不够，我们有 18 个人呢。"我哈哈大笑："不用担心，你的朋友想喝多少，就有多少。"亚兄一下子将我的手紧紧捏住，他咧着嘴一个劲地在笑，脸颊两端的肌肉也跟着笑意一动一动的，连他那双凹陷的眼睛里也渗透着笑意。激动的心情夸张地呈现在他的脸上。"我的好朋友，我太高兴了，我要好好感谢你。我在华师大担任学工部副部长的时候，因为我是维吾尔族，他们都特别关心我、帮助我，所以我今天要把这些华师大的朋友都请过来。"柔和的灯光映照着他那亮晶晶的脑壳，他的脑门闪闪放光。

筵席开始，亚力坤增加了一道餐前演说："今天我很高兴，我非常高兴，特别高兴。"

亚兄双手端着酒杯一连说了三个高兴，朱兵在一旁打趣：“我们还没有开吃呢，你马上就要唱《两只小山羊》了。”好几位宾客听得朱兵如此一说都捂嘴偷笑。亚力坤演说照常：“今天，有这么多华师大的朋友聚在一起，夏老师准备了这么丰富的海鲜大餐招待大家，我们的情就在酒里，酒杯里装着我们一颗真诚的心，请举起我们的酒杯，干杯。”所有的人都齐刷刷站立，举起了手中的酒杯。亚力坤又突发奇想，他指着窗外的一片灯火，动情地说：“那个方向就是我们的华师大，让我们遥望着华师大干杯。”真心感动亚兄的临时起意，我们都举起酒杯，遥祝华师大百尺竿头更上一层楼。

那一晚，所有的人都喝醉了，六瓶白酒喝得瓶底朝天，六瓶红酒也全部干完，还多添了 12 瓶啤酒。这一顿晚餐整整延续了四个多小时，一个个还意犹未尽，酒神亚力坤那一晚也是处在半醒半醉的状态，他至少喝了一瓶半白酒，红酒也喝了不少。天下没有不散的筵席，聚着聚着就散了，剩下的日子都躲在回忆里。临别依依，每一个醉醺醺的人起身告辞时都步履踉跄。第一位走出包房的是华师大的高教授，他和亚力坤打了个招呼起身告辞，被亚力坤一把拉住。“还有一件事没有完成呢，大家都坐下，坐下。”亚兄说话的舌头有点儿大，却坚持着发表总结性的演讲，“我每年至少要来上海两次，每次都带着大家的友情回到新疆。新疆和上海相隔几千公里，距离虽然遥远，但我们心连心。不管是在新疆还是在上海，不管是维吾尔族人还是汉族人，我们就是一家人。”亚力坤唱起了《两只小山羊》，他越唱越激动，越唱越响亮，最后还自己打起了节拍，醉意阑珊的宾客又开始最后一波的兴奋。

夜阑人散，亚兄最后一个和我告别，我让驾驶员送亚力坤回到他下榻的浦东住所。亚力坤在帝赋苑的门口紧紧拉住我的手不肯放松，再三催促他上车，他才依依不舍地钻进轿车。还没关上车门，亚力坤又跳下车，他向我提出个不情之请：“我想和你趁着这个美好的夜色到华师大走一走。”吓了一跳，这么晚了，去华师大？进得了校园？看着亚兄殷切的眼神，我明白他对华师大的情感渗透到了骨子里，遂答应陪着他走一遭。我赶紧和我在华师大工作的亲戚打了个电话，说明原委，他答应陪同我和亚力坤到华师大校园兜一圈。

春风沉醉的晚上，华师大沉浸在一片安谧之中。轿车沿着校园的主干道缓缓前行，过石桥后我们下车，眼前熟悉的场景一幕幕映入眼帘。丽娃河，亚力坤又看到了丽娃河，他一声不响地坐在河畔，深深呼吸清新的空气，华师大挂职时的历历往事又涌上了他的心头。路灯灯光下，我们看到亚力坤抬起了头捧住了脸，指缝间有泪水渗出。我挨着亚力坤并肩而坐，这条华师大的母亲河留给我们的回忆依旧是那么刻骨铭心，我在考统计学这门学科的时候，有多少次就是坐在丽娃河畔的亭子里一遍又一遍地看书做复习题目的。校园生活会储存在每一个学子的记忆深处，那是青春的放飞，是人生的转折。我深深体会到亚力坤对华师大的情、华师大的爱，因为华师大让他的职业生涯得到提高，让他的朋友圈子得到扩展，让他的人生变得灿烂。陪着亚力坤在丽娃河畔坐了半个多小时，时间接近零点了，亚力坤没有起身告辞的意愿。我的亲戚和我小声耳语后，对亚力坤说道："我俩为你唱一首歌作为亚主席和华师大的告别。"浓浓的夜色中一首《明月千里寄相思》在丽娃河的水面飘荡：夜色茫茫罩四周，天边新月如钩，回忆往事恍如梦，重寻梦境何处求……歌声穿过树梢飘到了亚力坤曾经工作过的办公楼，亚力坤凝望着黑暗中矗立着的办公楼，一个转身紧紧拥抱住我和我的亲戚。"谢谢，谢谢。"亚力坤一遍又一遍地说着谢谢，挥别华师大时，我们相约下次再聚华师大。

　　和亚力坤相识相交整整 12 年了，12 年来，我们的相聚至少有几十次。他每次来上海，都会提前告知我，我们会邀请一些我俩共同的朋友把盏欢聚。纵然平时远隔千山万水，一旦见面，那感觉就像昨天刚分手今天又见面似的。其间，我又去过新疆多次，接待任务亚力坤理所当然地全盘承包。我们的相聚就像流水不断，上海和新疆两地逐渐形成了一个以亚力坤为主角的圈子，亚力坤营造的这个朋友圈子形成了一种独特的文化存在，朋友之间的友情在这种文化的浸润下越来越醇厚浓烈。光阴荏苒，我们诠释了友情与信任，在红尘的纷扰下，我们选择了奉献和付出。我们用心灵的微笑，用浓烈的白酒吟诵岁月的聚散风云；用心灵的阳光，用和煦的春风轻吻生命的终始温馨。

　　记得在 2014 年 7 月初，亚力坤来电告知，说新疆师范大学有一项业务和我当下从事的行业相关，他有意撮合。亚兄在新疆师范大学很有号召力，他认为胜券在握，希望我能亲自前来乌鲁木齐和新疆师范大学的主管副校长洽谈。我按照亚力坤指定的时间和确定的航班抵达乌鲁木齐，亚兄和他的朋友在地窝堡机场接机后载着我直奔乌鲁木齐市区。一路上亚力坤在不停地打电话，电话里他反反复复重复着一句话："你们必须听我的。"亚力坤坐在副驾驶座位，坐在后排的我拍打着亚力坤厚实的脊背说道："知道啦，一切听你亚兄的，我知道该怎么和你们学校的副校长沟通，所有的资料我都准备好了。"亚力坤回头看看我，那标志性的狡黠笑意又悄然爬上他的脸颊，这个信号我太熟悉，亚兄的葫芦里又会卖什么药？

亚兄没有引着我去新疆师范大学，小车在"二道桥"的一座豪华酒店门口停下。我一头雾水，跟着亚兄踏进酒店的大堂，迎面竟然有两位身着盛装的维吾尔族姑娘上前向我献花，美丽的姑娘一左一右在我的两颊分别送上一个香吻。"生日快乐。"亚力坤和漂亮的姑娘们异口同声。今天是我的生日？全然忘记。远在天边的亚力坤记住了，他张开双臂拥抱住我："今天是你的生日，是你的六十大寿。"

我们一家人从来不过生日，都希望忘记自己的年龄没心没肺地生活下去，亚力坤却记住了，他在我第一次到新疆，用我的身份证为我购买机票时就悄悄记下了我的生日。亚力坤为了给我庆生，特地"诓"我到乌鲁木齐，亲自为我举行一个豪华的生日派对，其心可鉴，其情可明。这份真情怎不令人感动？我这时才恍然大悟，为什么亚力坤他一再嘱咐我必须在这一天乘坐这个时间段的航班抵达乌鲁木齐，我还以为要踩着新疆师范大学领导的时间节点呢，虽然也确有其事。

那一晚，我和亚力坤频频碰杯。酒是一种灵感和情感的催化剂，当酒入喉时，灼灼的热辣会激起你潜藏在灵魂深处的亢奋，心扉会毫无保留地向着朋友敞开。我开怀大笑，一生大笑能几回，我也和在座的朋友不断地碰杯，斗酒相逢须醉倒。那一晚，我喝醉了，我陶醉了，我流泪了，喝酒流泪是最真实的情感表露。这辈子，遇人无数。世人万千，但是真正可以深交的人，其实并没有几个。能够深交的人，不仅心真，也靠谱，只有和靠谱的人在一起，才会有幸福的人生。这个世界上，有多少人因为利益翻脸，有多少人因为钱财成仇，重情又重义的人，如若有机会遇见，一定要好好珍惜，亚力坤就是这样的人，他值得我好好珍惜。亚力坤牵线与新疆师范大学洽谈的项目最终无果，60 岁的生日晚宴却令人终生难忘，一直有个疑惑埋藏在心底，此行新疆，谈项目和为我庆生到底哪个是重点？其实答案并不重要。

只要我来到新疆，亚力坤理所当然要大包大揽我所有的饮食起居和整个旅游的行程。2018 年，我和朋友自驾走独库公路游南疆，实在是不忍打搅亚力坤，就没有告知。谁知亚兄看到了我发的朋友圈，知道我在南疆自驾游，他非常生气，责问我，为什么到了新疆，不和他联系？我如实告知我们是一个团队，有很多人。亚兄马上在电话里驳斥我："你这是怕我招待不起吗? 老哥，我再一次告诉你，只要是你带队来新疆，再多的人也必须是我来安排。"

从南疆返回乌鲁木齐，亚力坤早早地在预订的酒店等候着我们一行。亚兄见到我，还是有几句责怪，一忽儿就喜笑颜开："以后不允许你打埋伏，只要是你老兄来到了新疆，一切就交给我啦，这个约定我们在可可托海的时候就说好了的。"我随同的几个朋友，亚力坤也认识，亚兄在上海的时候我们一起欢聚过。他认出了其中的沈春军，开心地叫嚷："那两坛绍兴的女儿红就是你送给我的。"他还认出了其中的李君华："你不是猫咪吗，每次我喝完酒，都是你送我回浦东的。"亚力坤又嗔怪我："他们也是我的朋友，不是你一个人的朋友。"

亚力坤用他的最高规格宴请我们享用这顿丰盛的晚餐，他预订的这个包房让所有的人都惊掉了下巴。推开包房那两扇沉甸甸的大门，映入眼帘的是一个风格奢华的宽大空间，足足有 200 多平方米。我的朋友们惊讶得咋舌，连连说："太豪华了，太奢侈了。"亚力坤不以为然："夏老师的朋友就是我的朋友。"

亚力坤叫上了两位能歌善舞的维吾尔族姑娘，还有两位武警部队的维吾尔族朋友一起作陪。亚兄说他们的酒量都略胜于他亚力坤，我顿时脸色发绿，苦着脸对亚兄抱拳告饶。亚力坤又是坏坏地一笑，狡黠闪现："老兄你就放一百个心在你的肚子里。"他招呼着散坐包房各处的朋友，按照他的指点一一落座，随后吩咐上酒上菜。亚兄将一瓶酒搁在我的座位前："这是你的酒。是专门用沙漠里的沙棘酿制的酒，几乎没有酒精度，是养胃的酒。"他指了指坐在我身边的维吾尔族姑娘，"知道你要来，我让她带着沙棘酒从南疆赶过来的。"听得亚力坤这番介绍，我的朋友沈春军他们都抢着要喝沙棘酒，亚力坤大手一摆，光亮的脑袋瓜左右晃动，他一口回绝："除了我的华师大好朋友夏老师可以喝沙棘酒之外，其他的朋友都喝白酒。"他还特地指着沈春军，"在上海的时候，每次聚餐，你都是喝白酒的，我知道你的酒量很好。"沈春军无奈地摇头，尴尬地笑笑："想不到亚主席的记性这么好。"亚力坤朝着沈春军一笑："我的朋友，不用担心，今天喝酒随意，想怎么喝就怎么喝，喝多喝少喝的就是心意，我们新疆的饮酒文化也应该学学你们上海。"整个包房掌声一片，亚力坤太有才了，未沾一滴酒，就赢得全场的尊重。

把酒开宴，凝视着这瓶沙棘酒，它不动声色地放在我的眼前，告诉我酒瓶里装满的是唯有知音才能品尝出的那种恒久长远的味道。酒杯里斟满沙棘酒，未入口，醇香就四溢，轻抿浅尝，获得一种心灵的交融，一丝沁心的舒畅，蕴含在酒里的真情在舌尖反复品咂，幸福在血液里流淌，我和亚力坤端着酒杯轻轻一碰，胜却人间友情无数。

美酒飘香，佳肴诱人，满满一大桌的美食看得人眼花缭乱，每一道上桌的菜肴都是一件艺术品，谁看了都不忍动箸破坏这漂亮的画面。大家拿出手机，拍下这一道道艺术精品。亚力坤连连催促："赶紧吃啊，还有大餐没有上桌呢，今天我们少喝酒，多吃菜。"

宴会进行到一半，婀娜多姿的维吾尔族姑娘离席跳起了欢快的新疆舞蹈，同行的李辉也情不自禁步入舞池与维吾尔族姑娘跳起了双人舞。亚力坤技痒，他扭动胯部，步入舞池，和另一位维吾尔族姑娘共舞。音响里播放着特色鲜明的维吾尔族音乐，来自武警的一位维吾尔族朋友唱起《掀起你的盖头来》，欢乐的气氛让所有的宾客心绪亢奋。

亚力坤所说的大餐被服务员抬了进来，色香味形俱全的烤全羊让所有的宾客用自己的嗅觉抢先享受这道美味。金黄油亮的烤全羊，肥嫩的肉质被烤得焦黄脆嫩，浅尝一小块，入口即化，齿颊留香。一道烤全羊，让宴会掀起了高潮，手舞足蹈的亚力坤嚷嚷着一定让我也表演一个节目。我朗诵了一首李白的诗歌《将进酒》：人生得意须尽欢，莫使金樽空对月……

和亚力坤在乌鲁木齐依依惜别，我们相约上海再见。谁料想一场全球肆虐的新冠疫情阻挡了人们正常的交往，约定成为遥遥无期的等待。忽一日，亚兄给我来电，说他受命要拍一部纪录片，内容是上海一家人在新疆的幸福生活，他希望我能为这部纪录片撰写解说词。我当然乐意，只是疫情将拍摄的日程推迟又推迟，我和亚力坤在等待情况好转的这一天。

我们通过微信交流，互道珍重。我们都在默默地等待，等待着疫情解除的那一天。那一天，一定是云开日出，清风拂面，鸟语花香。

我和亚力坤有个约定，一起到华师大寻找我们曾经留下的生活足迹。到了那一天，我俩穿过浓荫匝地的校园大道，在丽娃河畔静静地坐上半晌，什么也不说，什么也不做，就让时间随河流流淌，思绪伴风驰骋，看身边花开花落，观天上云卷云舒，让一道道幸福的回忆在美好的心境中氤氲，此时此刻，心景合一，人景合一，华师大丰厚的文化底蕴如同一朵朵文明之花在我和亚力坤的身边绚烂无声地绽放。华师大的文化沉淀是有内涵的，只有华师大的人能感受到，身处华师大的历史回响中，我俩心里唯一萌生的想法就是追寻我们在华师大学习生活的点点滴滴。于是乎脑海中一幕幕的熟悉场景不停地翻动，隐匿在时光深处的回忆就像黑白胶卷里的影像在眼前不停地闪现，那是我和亚力坤共同拥有的精神财富。

亚力坤，我的维吾尔族好兄弟，我在华师大等着你。

悲歌一曲叹曙捷

这是美好的时代，这是糟糕的时代。这是智慧的年头，这是愚昧的年头。这是信仰的时期，这是怀疑的时期。这是光明的季节，这是黑暗的季节。这是希望之春，这是失望之冬。我们的前途拥有一切，我们的前途一无所有。这是英国作家查尔斯·狄更斯的名著《双城记》的开卷之语，当今读来亦颇有警世之言。尤其于20世纪50年代出生的这一代而言，他们在恰同学少年，风华正茂之时也碰上了狄更斯笔下展现的那样一个特殊的时代。大浪淘沙的社会，人生最终的归宿各不相同，但悲剧性的大起大落在我的生活圈子里没有谁比得上杨曙捷。

杨曙捷，完全可以成为我们这个时代的弄潮儿，一代社会的精英，命运却和他开了一个巨大的玩笑，彻底毁灭了他本该拥有的辉煌人生，毁灭了他原本可以实现的远大理想。志存高远的杨曙捷，在他即将迈出人生辉煌的那一步的时候，老天竟然让他瞬间从高峰跌入谷底，一脚迈入人生至暗的岁月，从此，命运的枷锁将他捆绑在方寸之间的天地。杨曙捷万万没有料想到展现在他眼前的这条铺满鲜花的道路竟暗暗给他埋下了一个陷阱，他一脚踏上去之后就陷入万劫不复的惨境。

至今想来，每一个熟知杨曙捷的人都依然扼腕长叹，唏嘘不已。老天对待杨曙捷太不公平了，刚过了22岁的年龄，天大的喜讯从天而降，一张上海财经学院的大学录取通知书送到了他面前，他却在刹那间失去了人生的自由，从云端跌入地狱。折了翅膀的杨曙捷无法在蓝天下任意翱翔，天之骄子只能与轮椅为伴，苦度漫长的人生。每天清晨，推开窗户，杨曙捷望着蓝天下自由飞翔的鸟儿，他的心也跟随着鸟儿飞向那广阔的天空。他多么想扔掉轮椅，一个人独自走出户外，双脚踏在这片土地上，堂堂正正地迈出自己的步子，这才是一个人应有的尊严。然而今天的杨曙捷已经是寸步难行，他的躯体脱离了意念的控制，早就不听从他的指挥，他不得不在命运的安排下低下了高傲的头颅，只得认命。

宇宙中有一个客观存在的规律，名曰"吸引力法则"。即你相信什么，就会吸引什么，随后便得到什么。听来有些玄学，仔细想想，似乎又有点道理。杨曙捷相信他这辈子生来命运多舛，从他记事起，家庭的磨难就接踵而至。那些岁月里，出生在知识分子家庭的子女哪里比得上根正苗红的工人阶级家庭走出来的子女，社会的冷暖杨曙捷从小就有感受。从社会风浪中走过来的他，坚信只有通过自己的努力才能够改变自己的命运。1978 年秋，杨曙捷参加第二届高考，被上海财经学院录取，入学通知书在向他招手，知识改变命运的大门在杨曙捷 22 岁的时候向他打开了。在他张开双臂拥抱美好前程的那一瞬间，无情的命运又和他开了一个残忍的玩笑，直接又让他从云端跌入地狱。多少年过去了，聊起这段令人唏嘘的往事，杨曙捷淡然一笑，他说这就是他的命，他相信一个人是有自己的命运的。杨曙捷还说，既然老天安排他这样的一个命运，那他就得认命，在命运的安排下努力做好自己应该做的事，认命不是宿命。

往事有些遥远，弹指一挥，我离开崇明长江农场有四十多年了。1977 年 12 月，国家恢复了高考，我参加了这次高考并有幸中榜。告别农场时，杨曙捷和我依依惜别，其时，杨曙捷也在积极备考，我们相约再度见面就在杨曙捷就读的高校。踌躇满志的杨曙捷望着我坚定地说道："等着我，上海见，大学校园见。"彼此挥一挥手，等待半年之约的到来。岂料，人算不如天算，半年之后，我们的再度见面竟然是在上海市第九人民医院。看到躺在病床上无法动弹的杨曙捷，我抓住他的手，泪水湿透了我的衣襟。我在心里头说，曙捷，我们不是说好了的，你会在大学的校门口迎接我，你怎么就食言了？那一年，是 1978 年深秋。

动笔写《悲歌一曲叹曙捷》这篇文章，我的脑海中马上跳出在第九人民医院探望杨曙捷的这个场景，掐指一算，整整 43 年的时光从指缝间溜走了。岁月如梭，往事如烟，只不过是一个转身，这岁月就变成了昨天的故事。沿着岁月的河流逆流而上追溯流逝岁月中的那些往事，心中五味杂陈。我看到了岁月奉献给我们的欢乐和幸福，馈赠给我们的深邃和从容，遗留给我们的伤痛和无奈，这悠悠岁月，同时还留给了我们太多的思考。岁月，你是一个悠远且厚重的词语。四十多年的人生岁月，该有多少故事来填补这个空间。四十多年来，我的农场伙伴杨曙捷在轮椅上演绎了他的大半世人生，我很想写他的故事，他的故事说不上波澜壮阔，却也一波三折，励志感人。我的眼前又浮现出杨曙捷的身影，渐渐地一个生龙活虎的年轻人形象被一个坐在轮椅上的中年大叔的形象覆盖，杨曙捷穿过四十多年的时光隧道，摇着轮椅从岁月的深处缓缓向我走来，那么沉稳，那么坚毅。

杨曙捷的故事以 1978 年秋季为界，分为人生的前后两个阶段。画面又切换到我坐在杨曙捷病床前的那一幕，眼眶濡湿的我在心里面不断地埋怨着杨曙捷。曙捷，曙捷，去年岁末我和你在农场告别时，我们笑着相约在上海的大学校园见面，彼此还击掌一言为定，今天的你怎么就躺在病床上无法动弹？我实在是想不明白这人生的巨大悲哀怎么偏偏降临到杨曙捷的身上，我只能怨恨苍天对杨曙捷太不公平了。我拉着杨曙捷的手痛楚地说道："曙捷，我们在崇明农场有过约定的。"杨曙捷沉默了，他看着眼眶红红的我，一声长叹："阿哥，这都是命，命中注定。"一道深信宿命的阴影就此笼罩在杨曙捷的心头，这道阴影就像一把插进心口的刀子舔着杨曙捷青春沸腾的血液。漫长的人生，杨曙捷将在轮椅上度过，我为杨曙捷鸣不平。成为一代天骄的人生道路已经在他的脚下铺展开来，却被命运的罪恶之手推向了深渊。

精神摧残的刀刃在噬舔杨曙捷青春的血液，我担心杨曙捷无法承受这巨大的精神折磨。往后的路，你该怎么走？我不知道，也不敢问。告别时，杨曙捷嘴角挤出笑意，和我挥手，两行冰凉的泪水在清癯的脸颊蜿蜒，他嚅动嘴唇半晌，颤声说道："阿哥，别忘了再来看我。"我拼命点头，一个转身，双手捧住脸庞，泪流满面。在病房长长的走廊看到了杨曙捷的父亲，一位慈祥的老知识分子，他握着我的手，身体颤抖，好久才说出一句完整的话："曙捷应该和你一样走进校园，学习知识的。"杨爸爸灰白的头发在我的眼前晃动，他拉着我的手不忘关照："你们要经常来看他，他需要你们的鼓励。"杨爸爸哽咽得不能再语。杨曙捷的弟弟杨曙亚就在一边，这个刚走上工作岗位不久的小伙子，还没有来得及准备迎接生活的挑战，家庭的压力就一下子像一座山一样压在他的身上。"我会对哥哥负责的，有我在，就有哥哥在。"曙亚抱住我的肩膀，流着眼泪，"只是哥哥的大好前程被毁了，哥哥太可怜了。"执手泪眼相看万箭穿心般难受的曙亚，我竟无语凝噎。

一年后，再度探望杨曙捷，却见他摇着轮椅满脸带着笑容地向我问好。半俯身，拥抱我的农场老友。杨曙捷贴着我的耳朵说道："阿哥，我又活过来了，我要怒放的生命。"我的脸颊贴着杨曙捷的脸颊，不敢看杨曙捷的眼睛，只觉得自己贴着杨曙捷的半边脸颊被濡湿润滑。凡鸟浴火重生，化为七色彩凤；凡人脱胎换骨，能够羽化登仙。在肉体和心灵经受了巨大的痛苦和轮回之后，杨曙捷又得以重生，他在昨天的悲痛里，播下希望的种子，开始兢兢业业地耕耘，收获一颗复活的灵魂。向死而生的杨曙捷送给我满脸的灿烂，他字字铿锵地对我说："阿哥，要想不认命，自己就别言放弃，即使坐在轮椅上，我的转身也要漂亮。"闻言，甚是欣慰，户外的阳光正好，我建议到外面走走晒晒太阳，杨曙捷欣然应允。

杨曙捷走出来了，他向往着明天。明天会不会更好？我也不知道。我和杨曙捷才都二十来岁，明天于我俩而言那是一个遥远的梦。最丰沛鲜活的生活细节只存在于可被真实感知的当下，那是城市车水马龙的脉动，那是春花竞相绽放的明媚，那是亲人耳边关切的呢喃。所以说，明天会不会更好，是一个伪命题，只有做好当下的你，才是生活得最好的你。最是一年好光景，风恬日暖荡春光，蓝天下朵朵白云悠悠飘浮，走到户外，杨曙捷转动轮椅踏实前行。我和杨曙捷行走在纷繁喧嚣的尘世间，虽然做不到看破红尘物我两忘，却也想着要修炼一颗淡定从容的心，泰然面对自然界的日出日落，月圆月缺，静看人世间的大悲大喜、大开大合，活出自己的美好人生。因为生命只有走出来的精彩，没有等出来的辉煌。沐浴在阳光下仰天看着蓝天下自由飞翔的鸟儿，我和杨曙捷开玩笑："我俩都接地气，脚踏实地的。"杨曙捷棱角分明的脸稍稍一仰，一缕微笑聚在眼角，满眼的星光灿烂，那神情充满自信。"活好每一天，那才是活着的意义。"遥望湛蓝的天空杨曙捷一字一顿，他自信的神情让我看到了一个涅槃的杨曙捷，他正在以绚烂多姿的旋律，谱写自己四季的年轮，要让自己的生命在痛苦的磨砺中得到升华，我能读懂杨曙捷的自信宣言。《菜根谭》有言：天扼我以遇，吾亨吾道以通之。假如上天要我境遇坎坷，我就走好我自己的路。咽下所有的痛苦，收敛所有的脾性，戒掉所有的情绪，哪怕是天再塌下来，也能自己扛起来。杨曙捷闭关大半年，终究明白，苦出来的才是生活，熬出来的才是日子，逼出来的才是人生。

坠入深渊的杨曙捷经历了人生巨大的痛苦，这段撕心裂肺的剧痛如今被参透成高深的领悟与清醒，让杨曙捷在几近绝望的最后如蚕蛹破茧而出，笑对人生，坦然接受终生与轮椅为伴的现实。身体束缚他的自由，思想却遨游在苍穹，他的精神世界没有被关在狭小的空间，他依然像苍鹰一般勇敢地在蓝天飞翔，展示其对生命高度的执着追求，可敬可佩。其实痛苦并不一定是负面效应，也孕育着希望，人生最好的摆渡人，就是自己。从地狱之门中侥幸逃生，从精神折磨中大彻大悟，杨曙捷最终明白一个道理，有时生活就是一种忍让、一种妥协、一种迁就、一种变通，所以他放下了自己，再次对着生活微笑。他仰着头对我说："阿哥，这失去的东西，其实从来就没有真正地属于自己，我没有必要去惋惜、去痛苦。"闻言，我的心头顿时一阵轻松，曙捷，你终于挣脱羁绊着你的精神桎梏，从那片阴影下走出来了。我俯下身子，用力握了握杨曙捷的手，我在心里说：曙捷，我敬佩你是一条真正的汉子。

　　我终于可以坦然地描述那个有关杨曙捷的沉痛的故事了。那个隐遁在尘封时光里的悲伤故事穿越近 43 年的岁月山河，缓缓浮现在我的眼前，恍若昨日的故事。写杨曙捷的那段过往，就像去揭开结痂的伤疤，流着血且钻心地疼痛。我似乎看到了杨曙捷从高空重重坠落摔倒在一堆碎砖中的场面，似乎听到了那飘在空中的一声撕心裂肺的惨叫，人的生命在大自然面前显得是如此脆弱、如此不堪一击。杨曙捷的这一段让每一个人都痛彻心扉的不幸深锁在我的记忆之门 43 年整，今天，记忆之门被撕开了一条缝隙，那挥之不去、剪之不断的历历往事就像决堤的河流奔涌而来，我想起了和杨曙捷的第一次照面。

　　20 世纪 70 年代的崇明农场，安置了大量的上海初中毕业生，有效地缓解了政府面临的就业压力。20 世纪 50 年代，老百姓响应政府多生多育的号召，人口激增，到了 60 年代末，中国的人口一下子从 6.5 亿猛增至 8 亿，城市面临着巨大的就业压力。1968 年 12 月，一条"知识青年到农村去"的最高指示响彻中华大地，全国约有 2000 万的城市知青被分流到农村和边疆。所谓知识青年上山下乡，接受贫下中农的再教育，从国家层面分析，是为了缩小城乡差别，但分流城市过剩的就业人口也是客观事实。"文革"时期，上海共有 111 万知青上山下乡，而当时上海的人口只有 700 万。如此想来，崇明农场包括南汇、奉贤等郊区农场，在那段特定的时期，吸纳了大量的知青，也是为国家做出了巨大的贡献，而崇明岛则是上海郊区农场中吸纳知青最多的地方。

农场，在那个特定的年代，被描绘成知识青年大有作为的广阔天地。知青生活是一段不可复制的人生经历，就像一部经典电影印刻在每一位知青的脑海里。在这片土地上你可以看见热血沸腾的年轻人战天斗地的场面，又可找寻毛细血管般点滴细微的人间温情，恰是这点点滴滴所串成的一个个鲜活的人物故事，才给我们留下曾经在农场的温暖回忆。一边回想一边写这些故事，这些人物故事就像满弓拉长的悠悠农场史，引出一段近半个世纪前我们用脚踏勘出的过往。一个个丰富饱满的形象让我的思绪不由得沉浸在那沸腾的岁月，那些朝夕相处的"农友"一个个向我走来，我看到了杨曙捷就在其中，想起了杨曙捷在农场里的点点滴滴。

所谓的初中毕业后，我和杨曙捷先后被分配至崇明长江农场基建队，我是1970届初中毕业生，杨曙捷比我低两届。我在木工车间做木工，算是一门手艺活儿，杨曙捷在运输队做搬运工，搬水泥，扛木头，纯劳动力的活儿。一年后，杨曙捷从运输队转到我们木工车间，离开了风餐露宿的运输队，杨曙捷的工作也算是提升了一个台阶。我第一次与杨曙捷的遇见至今记忆清晰，是在一座木桥上。四十多年后，我重返农场，破败的木工车间前，那座木桥居然还在，干涸的河道蹿出一丛丛的芦苇和荒草，随风摇曳向我们表示欢迎。近半个世纪的栉风沐雨，木桥摇摇欲坠。小心翼翼地走过这座风烛残年的木桥，嘎吱嘎吱作响的声音中，让我不由得想起了杨曙捷，四十多年前我和他就是在这座桥上迎面相遇。

从我们的集体宿舍前往木工车间要经过一座几米宽的木桥。那一天我拉着一辆劳动车走在桥上，远远看到前面走来一个外形正气的小伙子，身穿一件草绿色的军装，迈着有些外八字的步履，不急不缓，却显得稳重。彼此没有交集，面熟陌生，因为他不是我们木工车间的，只是在我们基建队的某个场合见过面，也许是在食堂，也许是在浴室。劳动车上堆满了木料，那些木料还张牙舞爪地向劳动车的外沿伸展，挡住了迎面走来的小伙子的去路。两个人面对面站在桥上，我有些进退两难。他很有礼貌地送来一个微笑，站立在木桥的边沿，侧身让我先行。不经意的细微举止渗透着令人舒服的教养，我不由得多留意对方几眼。年轻人的脸庞轮廓分明，两颊仿佛用刻刀雕琢过，线条沿颧骨两侧慢慢延伸至鬓角，立体感唰地呈现，脑海中一下子跳跃出外高加索人刚毅的形象。最令人过目不忘的是那头又浓又密的黑发，每一根头发都倔强地竖立直刺青天，那感觉看上去真有些桀骜不驯。想得太远，且有些离谱，竟也忍俊不禁，总之是一个很有个性的年轻人（后面的交往验证这个结论确凿无疑）。彼此眼神互相对视，瞬间捕获到对方那种超出同龄人的深沉，褐色的瞳仁后面有种幽深蕴含，断定将来一定是很有故事的人，没来由地顿生好感。事后得知他原来是我们基建队运输班的装卸工，刚调入木工车间，大名杨曙捷。

从 1971 年开始，上海落户到市郊各个农场的应届初中毕业生数量激增，这种情势一直到粉碎"四人帮"后才逐渐停止。此后，上海市郊农场发展的势头开始由盛转衰。杨曙捷是 1973 届的初中毕业生，他们这一届有 100 多人被分配到我们基建队，分别被安排在基建队的不同部门，有分配在木工车间和机电车间的，有进入泥工班组的，还有在运输队的、油漆班的、后勤班的，等等。100 多名学生蜂拥而至，基建队一时没有太多的宿舍提供，便将全体男生集中在一处，临时安置在一个大仓库落脚。同一个门户进出，清一色的 18 岁左右的男孩同住一个屋檐下，想象得出这是一个可以把屋顶都掀翻的环境。于是乎，每个不同的班组都推选一名室长组成临时的超级宿舍管理委员会，杨曙捷代表运输班成为这个超级宿舍的其中一个室长。这个超级宿舍按工种划分"自治区域"，运输班的领地在超级宿舍的最外边，一拨被分配在运输班的毛头小伙子犹如把门的卫士每天监督着进出的人员。

运输队干的是最繁重的体力活，每天的任务就是将驳船上的水泥、砖瓦和木材卸到河岸。粗犷的活计造就小伙子们豪放的性格，大海碗吃饭，大嗓门说话，大脚丫走路，大大咧咧不拘小节，颇有些令其他班组刮目相看。个别自以为是的人颇有些瞧不起看不惯运输班小伙子们的做派，每每经过运输班的"自治区域"时总会有不屑的眼光停留在性情豪爽的运输班的小伙子们的身上。才懒得搭理，只要不侵犯自己的利益，运输班的小伙子们依旧快乐地我行我素，哪管其他班组辖地的春夏与秋冬。他们在这个超级宿舍里是唯我独尊的团体，只信奉自己的"教主"——运输班的室长杨曙捷。杨曙捷是他们这个团体的一根定海神针，被他的下属称为"羊头爿"，此乃崇明方言，比喻为脑袋头，也有领头的含义。杨曙捷生肖属羊，于是乎，"羊头爿"雅号一直尊称至今。后来为了叫起来更加方便索性就简称为"头爿"了。据考证，此雅号还是一个女孩子叫出来的，被小伙子们听见，觉得既朗朗上口又贴切实际，开口闭口地叫开了，"头爿"从此成为杨曙捷的代名词。由此看来，杨曙捷踏上社会参加工作后的第一个"官衔"是超级宿舍划成片块的块长，当然也称为室长。

偶尔踏进这个超级宿舍，首先扑入眼帘的是运输班的自治辖区。站立在运输班的"领地"朝着超级宿舍极目张望，纵深有数十米，一排排双人铺一字儿地排到最里端，床铺与床铺之间隔着两米宽的走道，蜗居其间的上百号人犹如蚁穴里的蚂蚁一般进进出出各自忙碌，昏暗的灯光下乌泱泱的一大片人影，忙个不停的小伙子们的青春气息搅和得室内的空气竟有些浑浊。

超级宿舍里有好几个室长，唯"头爿"杨曙捷这个室长最难当。他们运输班的辖区在最外边，七八十个人每天进出的人均次数不下五次，如此每天至少有300多人次在运输班的小伙子面前晃来晃去，漫不经心的小伙子大大咧咧地走过运输班的"领地"，总会捎带着碰擦到运输班小伙子们的物品，有的会将他们洗好晾着的衣服碰到地上，有的会将他们放在一边的面盆架撞倒，更有甚者，居然会将小伙子们放在床下的鞋子踢上一脚，有意无意地觉得好玩，再补上一脚，将鞋子当作足球踢到隔着几张床的别的班组成员的床底下，诸如此类的琐事几乎天天都会发生。难免会有龃龉、会有冲撞，杨曙捷再三关照手下的兄弟们能忍则忍，别为了小事情伤了和气。

室长自有室长的威仪，"头爿"发令，其属下自然不得违背。但是时间一长，矛盾终究不可避免。最令人头疼的就是其他班组的个别人员自诩找到了生活中的乐子，经过运输班的辖区后，低头寻找运输班小伙子们搁在床下的鞋子当作足球踢，还会用语言配合叫嚷着"看球、射门"，惹得运输班组的毛头小伙子们怨怒情绪日渐增长。

某一天，运输班小伙子的鞋再次被其他班组的另一个大男生用脚勾起，飞起一脚踢向超级宿舍的大门外。杨曙捷正巧端着半盆清水洗漱回来，那只鞋子不偏不倚砸中了"头爿"，戏剧性的是这只鞋子恰恰就是杨曙捷本尊所属。如此行径是可忍，孰不可忍。"向我道歉。"杨曙捷命令对方。瞟向杨曙捷的是轻蔑的眼神和鼻缝里发出的哼哼，对方根本不把杨曙捷放在眼里。"我要，要你向我道歉。"杨曙捷话音的分贝提高，语句稍带结巴，然"头爿"得到的却是一个傲慢的渐渐离他远去的背影。眼见那个背影就要消失在超级宿舍的深处，杨曙捷一声呵斥："站住！"音调升高，声音中夹杂着愤怒："我要你道歉！"对方停住了脚步，侧过身子乜斜杨曙捷，进而挑衅般地转过整个身子慢慢地走到杨曙捷的面前，口吻讥讽："道歉，开玩笑吧，自出娘胎没道过歉。"

超级宿舍被惊动，人群纷纷往外涌，斗士的身后都有助阵的群体。外边空旷的场地好似古罗马的斗兽场，两个血气方刚的大男孩互相对峙，间距一米之遥，四目相对，彼此逼视，力的角逐。其中的一个斗士发根竖起，捧着的半盆清水在手里摇晃，"哗"，半盆清水从杨曙捷的手里泼了出去，自以为是的对方顿时"落汤鸡"一只，一场混战即将开始。没有发号施令，站在杨曙捷身后的那几个运输班小伙子个个骁勇，他们要借此一解积郁在心底的不满，纷纷冲向"落汤鸡"欲挥舞拳头，"落汤鸡"的后援队也冲上来，欲拔拳相助他们的"精神首领"。"住手！"杨曙捷喝住手下的兄弟，"和你们无关。"他转身面向"落汤鸡"，"这盆水是教训你，让你长长记性。记住，出娘胎后，要学会尊重人。""落汤鸡"恼羞成怒，朝着杨曙捷挥舞拳头，凶狠地说道："你给我等着！"杨曙捷倔强地昂着头，发根竖起，冷冷地反击道："我等着！"说完，他迈开大步走向超级宿舍，静静地坐在自己的床头，等待对方继续寻衅滋事。

超级宿舍内出奇地安静，所有的男孩摆出各种各样的姿势一动不动等待着一场大戏开锣上演。山雨欲来风满楼，好长时间过去了，却也无风声也无雨。也许深知被激怒的运输班小伙子可不是省油的灯，不敢贸然挑战。一夜相安无事，没有波澜，后面的一天又一天，也都平平静静，也不知是哪一只神奇之手具有化干戈为玉帛的魔力，悄然化解了这场风波。

"泼水门"事件让杨曙捷的威望陡然上升，"头儿"赢得了更多人的尊重。打那以后，过往运输班领地的来往者都显得小心翼翼，"落汤鸡"更显得像是一只斗败的公鸡，不敢正面和杨曙捷有交集。运输班的小伙子们就此多少有些趾高气扬，他们对自己的室长杨曙捷更是五体投地地尊崇，明里暗里心照不宣地保护着自己的室长，生怕杨曙捷遭到暗算。老话说不是冤家不聚头，这对欢喜冤家没过多久又无端地牵扯在一起。

晚餐高峰时段，食堂，每个窗口都有近20人排队。居中一窗口，木工班有人排在很前面，紧随其后的是"落汤鸡"和他班组的人员，杨曙捷也排在这一排的后面。呼啦啦来了好多木工班的小伙，不由分说就插队到"落汤鸡"的前面。"落汤鸡"呵斥插队者："排到后面去。"视而不见，听而不闻，还又加塞了两个。眼见得"落汤鸡"和他的伙伴准备在食堂上演一场"拳击"真人秀，杨曙捷上前拨开肢体接触的双方，他命令插队者："到后面排队去。"木工班的这几个员工年龄稍长，不屑一顾：

"你是谁？"言下之意眼睛里根本就没有杨曙捷这根葱。杨曙捷义正词严地反击："我是共青团团员，是农场运输班的干部。"这一正义之声响彻在食堂，颇有点石破天惊的震撼力。木工车间的领导正巧在旁边的队列里，听到了杨曙捷的声音，他在留意杨曙捷的同时也呵斥自己的下属老老实实地到后面去排队。"落汤鸡"主动走到杨曙捷的面前，叫了他一声："阿哥，你是模子。"爱憎分明的"头卬"杨曙捷和"落汤鸡"就此成为好友。

杨曙捷此举也许是为人处世的本能使然，吾之从广义人生更深的层面理解其乃一种做人的格局。窃以为格局是一种气度，是一种胸怀。胸怀要存有世界，心底要大公无私。太自私的人，没有格局；太无情的人，也不会有格局。"头卬"杨曙捷尚未达到如此的精神高度，但他有人生格局的雏形，足矣。想必他未来的人生会很精彩，如此秉性之人定会成就人生的大气象、大意境。然苍天无眼，几年后，杨曙捷的大好前程却因一个"失足"竟然毁于一旦，惜哉，痛哉。

杨曙捷担任运输班班长之后没多久就调到了木工车间，很快地，他参加工作后的第二个"官衔"随之来临——出任木工一班的班长。木工车间几个班组中唯独一班的活计最辛苦，是唯一实行早中两班制的班组，他们的工作是将整根原木切割成待用的方料再输送给其他班组使用。杨曙捷自嘲原来是搬木头的，现在是锯木头的，换汤不换药而已。木工一班唯一的优厚待遇是中班下班后有夜宵供应，那是一碗热气腾腾撒着葱花的白菜肉丝烂糊面，木工车间绝大部分人都享受过这份佳肴。只要和木工一班的人员有不错的交情，等到深夜 12 点他们中班下班后，一碗香喷喷的烂糊肉丝面就会如约送给睡眼惺忪的你，杨曙捷曾给过我这份馈赠。

记忆犹新。初冬，杨曙捷调到木工车间的第一个年头，我俩尚未有过密的交往。夜深人静之时，我躲在蚊帐里偷看小说《牛虻》，合卷已是子夜。起身如厕返回宿舍时恰逢杨曙捷中班下班，手捧一碗热气腾腾香气扑鼻的烂糊肉丝面边吃边朝着我走来。我深深地嗅了嗅，很多馋虫立马在喉口爬动，脱口而出："真香啊！"孰料杨曙捷闻之不假思索："那你等在这里别走，我马上过来。"他迈着八字步返回自己的宿舍，很快地拿着一只搪瓷碗走出来，噔噔噔地一溜小跑消失在四合的夜幕之中。紧接着又见到他三步并作两步向我走来，双手捧着一碗令人垂涎三尺的烂糊肉丝面递到我的面前。"热的，快吃，碗明天还。"简短的词语，情深意真。至今回想，难以忘怀。如今也算半个饕餮之徒，人间美食尝过好多，但四十多年前的那碗烂糊肉丝面每每回想堪称珍馐。一个冬天的子夜，饥肠辘辘之时有一位交集并不过甚者捧给你一碗热气腾腾的烂糊肉丝面，其感动可想而知。张嘴欲表达感激之情，杨曙捷的话语挡在了前头，语速太快他又会有些结巴："不要说，说啥谢谢，不就是一碗面。"转身，脚步跨进自己的宿舍。黑黑的背影，外八字的步履，竖起的倔强的黑发。哦，此乃"头艹"杨曙捷，印象就此加深。

过了没多久，我俩在木工车间的堆料场遇见，杨曙捷微笑着和我打招呼。寒暄几句后欲告辞，杨曙捷又唤住了我，他说有件事情想了想还是要提醒我一下："我知道你爱看书，但你也要当心。"有些惊讶，不知如何回答。杨曙捷又一次善意提醒："还是小心为好。"感激地看了杨曙捷一眼，说了声谢谢后默默走开。我知道，肯定是有人去检举揭发了，说我捧着毒草当香花。在那个特定的时代里，我们的精神食粮除了《毛泽东选集》之外，最多的就是鲁迅的作品，还有一本强制性订阅的《红旗》杂志，后来则有了《艳阳天》《金光大道》《沸腾的群山》等文学作品。当时所有的世界文学名著都属于禁书，国内著名作家茅盾的《子夜》、巴金的《家》《春》《秋》三部曲等也都不允许传阅，说那也是大毒草。但是年轻人渴求知识的愿望是关不住的，托尔斯泰曾说过，"知识是珍贵宝石的结晶，文化是宝石放出的光泽"。一部部优秀的文学名著让我们看到了客观世界的存在，这些名著向我们打开了世界之窗，是我们文化沙漠中的甘霖，丰富了我们的精神世界。获得一本好书，那真的是如饥似渴地阅读，忘记了身边发生的一切。

每次返沪休假，我们木工车间总有几个年轻人会从上海偷偷带来一些文学名著，私交甚笃的，就会互相借阅。我那时从上海带来三部外国长篇小说，一部是爱尔兰女作家伏尼契的小说《牛虻》，一部是英国女作家夏洛蒂·勃朗特的《简·爱》，还有一部是苏联作家保尔·柯察金的自传体小说《钢铁是怎样炼成的》。我用这三部作品私下里和同伴们交换阅读了托尔斯泰的《复活》《安娜·卡列尼娜》，德莱赛的《珍妮姑娘》，司汤达的《红与黑》，中国作家杨沫的《青春之歌》，欧阳山的《三家巷》《苦斗》等中外文学名著。每一天的晚上，躲在蚊帐里，阅读这些长篇小说，沉浸在这些文学名作所描写的世界，那是我一天时光中最幸福的时刻。每一本书都是一座城，当你读书的那一刻，你就是这座城的王。在一部部文学名著的陪伴下，我的夜晚不再孤独。但是在那样的岁月里，偷偷阅读文学名著，是要受到严厉批判的。谢谢杨曙捷的提醒，当时我们的基建队正在对资产阶级人性论开展批判，语言的刀刃最能割伤人，我要当心为好。果然有一天，木工车间的领导前来检查我们集体宿舍的卫生状况，来到我住的宿舍，还特意掀开我的蚊帐看了看，看到我的枕边搁着一本《红旗》杂志，还有一本鲁迅的《且介亭杂文》，满意地点了点头。

杨曙捷参加工作后的第三个"官衔"是木工车间的团支部副书记，而后又晋升为团支部书记，并从木工一班调任到新组建的木工八班担任班长。木工八班是负责做成品木门的班组，木工的技术含量有所提高，但经常要去现场的建筑工地干木工活。他们在施工现场为建筑物安装木门，也要爬到高高的屋顶在斜坡面铺上油毛毡，再挥舞锤子钉上挂瓦片的木条，这个高空作业的木工活还是有些危险的。

那段岁月属于杨曙捷风华正茂的时代，颇有天生我材必有用的团支部书记杨曙捷书生意气，挥斥方遒。我住在他隔壁的宿舍，经常能隔墙听到他放开歌喉唱着《战地新歌》的歌曲，从歌声里听得出杨曙捷的愉快心情。平时是一件草绿色的军装，八字步迈得稳稳的，拿着一本工作手册，走进一间间宿舍和年轻的员工交流谈心，积极发展团组织的新生力量。

斯时，木工车间的团支部在基建队很活跃，尤其是政宣工作更是一枝独秀。到了1974年，全国上下开展了一轮"批林批孔"的政治运动，随之又掀起一场学习哲学的高潮，要求年轻人学习哲学的辩证法，因为黑格尔的辩证法和费尔巴哈的唯物主义是马克思主义哲学的直接来源。木工车间团支部紧紧跟上形势，率先成立了学哲学的小组，设法借来了许多哲学著作，其中有黑格尔的《哲学全书》，还有恩格斯的《反杜林论》等。热血沸腾的年轻人努力地啃读生硬的哲学大师、无产阶级导师的皇皇巨作，一知半解却也学得认真。每每见到政宣办公室灯火通明，年轻的志同道合者会聚一起遥想哲学的浩瀚天空中那些璀璨的星星所散发的光芒沐浴在自己的身上，他们便激情满怀更加发奋地学习，艰涩的辞章稍稍读懂只言片语但竟然也能悟出其中的一些哲学道理，其心头的高兴可想而知。那些日子，物资匮乏，精神贫瘠，能徜徉在哲学的海洋中捧一掬智慧之水尝一尝真的是其乐无穷。

哲学小组的成员是木工车间的骨干精英，他们每周还有半天的脱产集中学习，学习完毕，总能听到杨曙捷亮开歌喉唱着《战地新歌》中收录的革命歌曲，几次听到他在唱"手握一杆钢枪，身披万道霞光，我守卫在边防线上，为我们伟大祖国站岗……"然后，又看着他们哲学小组的某个成员到基建队隔壁的场部小卖部去买了香喷喷的鲜肉油饺，一边吃着油饺，一边谈论着黑格尔，我们都觉得他们是这个世界上最幸福的人。我曾经从木工车间的才女李海燕那里听到过"哲理"一词，如果能加入哲学小组学习哲学，那哲学的道理自然而然也就能明白了，我也能成为一个懂得哲学道理的人了，但是我没有资格参加哲学小组。

　　其实木工车间大多数的年轻人并不在乎哲学小组学习的是什么，他们内心羡慕的是半天脱产学习的公假，还有那农场小卖部的油饺。一只油饺，一两粮票，五分钱，刚从油锅里捞上来，炸得金灿灿的，比拳头还要大，里面包裹着乒乓球大小的一团猪肉。这香喷喷的油饺，怎不令人垂涎三尺？哲学小组的几个成员可以在下午两点左右开开心心地跑到场部小卖部去买这热气腾腾的油饺，而我们只有羡慕的份儿。我们的车间正好紧临政宣组的办公室，闻到这一阵阵的香味，肚子就开始不争气地咕咕叫起来，心里头真的有点妒忌幸福的杨曙捷他们。作为一种情绪的发泄，狠狠地将气力用在工作上，我一边用斧子捶打着凿子，在木料上凿榫眼；一边闻着从那边政宣办公室里传来的香喷喷的油饺香味；听着杨曙捷引吭高歌《我为伟大祖国站岗》的革命歌曲，自己也拉腔开调唱着京剧样板戏《杜鹃山》中女主角柯湘的那段唱："痛恨人间路不平，路不平……"一不留神，手被锋利的凿子割开，鲜血淋漓，跑到卫生室包扎，开了两天工伤的病假。

　　拿着病假单，我的幸福骤然降临，那时候，我的人生最幸福的时刻莫过于受伤流血。喜滋滋地递交了病假单，一溜烟地跑到场部小卖部买了两个热气腾腾的鲜肉大油饺，坐在小卖部的门口幸福地大啖。抹着油光光的嘴巴，又去商店里买了一包饼干，准备躲在蚊帐里看书的时候享用。回到宿舍后，取出压在箱子里的一本世界名著，躲在蚊帐里静心阅读。外面，突然就淅淅沥沥地下起了雨，雨点敲打着玻璃窗，我的世界里唯有风声雨声读书声相伴，思绪被带入小说中的世界，随手从枕边的纸袋里掏出一块饼干塞进嘴里，觉得幸福极了。人生最大的快乐，莫过于读书。书犹药也，善读可以医愚。一本书看着看着，一阵倦意袭来，悄然沉入了梦乡。

　　美梦被枕头边窸窸窣窣的声音惊醒，我睁眼一看，一只大老鼠咬破了我的蚊帐，粉红色的嘴巴从蚊帐的破洞钻了进来，它正开心地吃着我枕头边的饼干呢。看着这只该死的老鼠，我气得七窍生烟，一骨碌翻身爬起，那只大老鼠吓得一溜烟逃走了。我心疼地看着自己的饼干，心里很不舍得扔掉，就将老鼠咬过的两块饼干稍稍掰掉一些放回了纸袋。我将这包饼干放在枕头边紧贴墙壁的地方，老鼠是没有办法钻破墙壁偷食的，明天还有一天病假，躺在床上继续看书的时候这包饼干我还要慢慢享用。我和杨曙捷说起这段过往的时候，我俩都哈哈大笑，笑声中含着泪水。

那一段的岁月里，我们木工车间的年轻人真的不知道有多么羡慕杨曙捷的璀璨人生，我们都认为他的无量前途会一直铺展到远方他所追求的目标，他是我们同时代的佼佼者。忽然有一天，听闻木工车间的哲学小组要被解散，有风言风语传来，说哲学太深奥，初中生学哲学，太可笑。我还有点儿不相信，一直在做一个美丽的梦——我是否有机会进入哲学小组学习哲学。

对哲学小组的存在持否定态度的是新近调任我们木工车间的党支部书记，她很不赞同团支部搞的这个空灵的哲学小组，颇有点不以为然，屡屡露出反对的意愿。很少会有人顶撞，生杀大权捏在其手，将来的"上调"一言九鼎，既然反对，那就不学也罢，便有成员自觉地退出了哲学小组。杨曙捷偏不这么认同，生性倔强的他闻知哲学小组行将解散，颇为愤愤不平，颧骨两边的肌肉微微抖动，硬刺刺的头发根根直竖，心里着急，"头爿"的话语又有些结巴："凭啥说哲学小组要停？我，我去问，总得有个理由。"八字步迈成一连串的小碎步，找我们木工车间的书记理论，听得争论的声音很响："知识就是力量，这是唯物主义哲学家培根说的，你是共产党员，共产党员都是唯物主义者。"哲学小组的学习，让杨曙捷也学习了知识，我们的支部书记哪里知道培根，朝着杨曙捷吼了一句："你用力量去做门窗，门窗就是你的知识。"杨曙捷无语，无力反抗的声音："行，你们不学，我，我一个人学。"杨曙捷的性格，就是一个倔字。

木工车间的哲学小组最终还是解散了，杨曙捷也离开了政宣组。一门心思扑在木工八班做他的木工活儿。我们木工车间的政宣组由团支部副书记李海燕全面负责，我有幸入了李海燕的"法眼"，成为政宣组的一名成员。我第一次全脱产走进政宣组办公室大门的时候，心里头最高兴的就是每周有半天不用干体力活了，最担心的是我进了政宣组，杨曙捷对我是否会有想法，他离开了，我进去了。事实证明我是多虑了，杨曙捷认为李海燕的选择很正确，他私下里和我说，其实他也很想让我参加政宣组，可是有一个领导不同意，说我有严重的资产阶级思想，不合适，他只得作罢。"现在想来，还是李海燕勇敢。"杨曙捷说这句话的时候多少有些自嘲。

杨曙捷因为哲学小组的解散之事，就此和他的直属领导产生了矛盾。以下犯上历来是中国人的大忌，估计想重修旧好怕是比较难的了，毕竟有隔阂各存在心。然"头犟"依然独自行走，全然不当回事。其实他的内心多少还是有些纠结的，要不咋每天不怎么唱歌了？"手握一杆钢枪，升起万道霞光……"杨曙捷每天都会"迎着朝阳，放声歌唱"，现在见到他早上走出宿舍出工的时候，一脸都是闷闷不乐的。我不敢问，只默默地看着他的背影。穿着草绿色军装的杨曙捷，迈着外八字的步履走向木工车间，倔强的头发被风吹得竖起，风中飘起的一角衣袂，似乎在与迎面刮来的风抗争着。

我在内心里是非常支持杨曙捷的哲学小组的，才女李海燕曾经在我的面前使用过"哲理"一词，我也真的想参加哲学小组学习哲理。几个志同道合者在这个平台学习讨论，汲取哲学的知识，哪怕读懂沧海一粟中的哲理，那也是何其有幸。我一直心心念念也想着能够加入这个团队，认为这个哲学小组完全可以像星星一样停留在天空，发挥它应有的光芒。谁料想，它竟像天际划过的一颗流星，闪亮了一下就呼啦坠地，因为现实的引力太强了。我们的党支部书记认为这个哲学小组就是"假大空"的存在形式，所以在全体员工大会上放下了豪言壮语，有力气就多干活，学哲学学不出一扇扇门和窗。党支部书记的话其实还是得到一些人的支持的，尤其是农场里那些苦大仇深、文化水准比较低的老职工，还有就是深受"读书无用论"影响的年轻人，他们也认为一个做门窗的木匠学哲学就是一个笑话。当然也有心明眼亮的人，只不过在那个特定环境下他们属于弱势群体，且明眼人又恰恰自诩聪明，明哲保身，沉默不语拒绝评说。因为公正的评说就是得罪领导，得罪领导就是在毁灭自己的前程，这条逻辑链就是这样的。

我也坚信杨曙捷成立哲学小组不应该遭到否定甚至是批判，但我的选择也是沉默不语。我不会忘记哲学小组停办之后的一个场休日，我和杨曙捷等几个人小聚，喝高了的杨曙捷说的那句心里话，才是一个时代的清醒者发自内心的呼声，只是这个声音太弱，无法闪烁光芒。多少年后，我的脑海中又闪现我们那次小聚时的情景，我突然想起了英国作家王尔德的一句名言：我们都生活在阴沟里，但仍有人在仰望星空。

那时候，我们农场的职工除却每年春节统一放假半个月之外，平时每个月只休息一天，称为场休。我们一般是 5 日发工资，6 日场休。场休是农场职工盛大的节日，场休日那天，可以看到平时里穿着破旧工作服的姑娘们在这一天会打扮得花枝招展，就像我们连队里一道流动的风景。场休日那天，吃一只油饺要排队几小时，有的人会心甘情愿地去农场小卖部排着长队买油饺。从偏远连队到场部的知青们，往往一个人就要买几十只油饺。热腾腾的油饺买到手，得赶紧回到连队去，同伴们的场休日，就等着能够吃到一只油饺，油饺让他们看到了生活中的幸福。场休日那天，还有的会去其他连队看望自己的亲朋好友，那时候同学邻居或兄弟姐妹在同一个农场的有很多。场休是农场最有生气的日子，场休让知青们看到了生活中除了劳动还有休闲。场休那一天，让我们这些年轻人的清苦生活得到了一些改善，所以场休让每一个人在这一天都幸福感爆棚。

那一次的场休，杨曙捷约我一起去乡镇赶集。我俩向农场的老职工各借一辆自行车，大清早骑车赶到农场附近的乡镇集市，用刚发下来的工资购买一些猪肉或时蔬。兴冲冲地赶回寝室，几个人围着一盏煤油炉烹饪菜肴，那个时候我们就开始实行 AA 制。一盆白菜炖猪肉，一盘花生米，再去食堂买几个菜，忙碌了大半天，"盛宴"就开始了。四五个人围在一起，大口吃肉，大碗喝酒，话匣子打开，彼此间顿时觉得心贴得很近，很多藏在心里的话儿，都掏了出来。

一碗崇明老白酒让杨曙捷喝得满面红光，借着酒劲，又说起被解散的哲学小组。他说了好多，都是有关读书学习的，至今还记忆犹新他说的那句话：将来还是要靠知识吃饭的。那个年代，深受"读书无用论"影响的年轻人，很难理解杨曙捷说的这句话，我心里头却在暗暗佩服"头儿"。当时的我，没有能力将杨曙捷的想法提升到高瞻远瞩之类的层面，只是觉得我的想法和他的所说不谋而合。很快，三年之后，中国恢复了高考，多少年轻人靠知识改变了自己的命运，成为国家的栋梁和社会的精英，靠知识吃饭的时代来到了。

江山易改，禀性难移，古人说得一点不错。杨曙捷的性格实在是太桀骜不驯，吃一堑长一智于个性鲜明的杨曙捷来说真的很难做到。刚刚言语冲撞过党支部书记，接踵而至的是杨曙捷又和我们的车间主任扛上了。我们农场知青除去场休的这一天，剩余的休息日则可以在一年中的任何时间段申请回沪休假。有了假期，并不是说支配权就由自己掌握，还得车间主任予以批准。"准假"这道坎有时候会很难通过，车间主任有权不予准假，理由往往冠冕堂皇，要抓革命促生产。权力，我觉得我们的国人太在乎权力的使用了，权力就是他价值的体现。权力没有被关在制度的笼子里，行政权力就会成为合法权益的阻拦，于是乎公关术运用而生，国人恰也最擅长公关术。攻破车间主任权力的堡垒不知何时成为一条不成文的潜规则在我们木工车间悄然流传，尝得甜头者传授秘籍，遵嘱效法，屡试不爽。杨曙捷凡人一枚，自然也要回沪省亲。获悉只要带上香烟敬上一支，其耳背再插上一支，甜言蜜语奉上，保准能获得准假。还有补充说明，千万不要带"飞马"，"牡丹"最好。"头爿"又犯倔，激动之时话语又结巴："不，不给，我，我的假期，凭啥不批。"拿着请假条找到车间主任，直截了当，语言也不结巴："我没有带香烟，我要请假回上海探亲。"做好了格斗的准备，架势也像被拖到斗兽场的角斗士，偏偏要分出个胜负。"头爿"似乎有些自不量力，却无所顾忌。没有他人所说的敬烟讨好才能获准假期，车间主任二话没说就在杨曙捷的请假条上写上了"同意"二字，但还是很不满地瞥了杨曙捷一眼，私下里和我们说道，杨曙捷也太狂了。有胆量的"头爿"，木工车间的两位最高领导都敢于得罪，还要不要"上调"回上海了？好心规劝，给予的回答是："明知不对，何故要从？"

善哉此言，善哉"头爿"。前景善哉？不得而知。心中有追求的"头爿"，其后还是有段阵痛的日子伴随左右，心里明白痛从何来，却依然不改初衷，秉性照旧。我好言相劝，韩信还受过胯下之辱，退一步海阔天空。"头爿"摇头称这不是他的风格，我行我素依然。

1977年冬天，高考恢复，这第一届的高考我也参加了。"金榜题名"并"衣锦荣归"上海之时，杨曙捷为我送行，很真诚地说上一句祝贺的话："你本来就是一块读书的料。"我劝其也可参加下届的高考，杨曙捷笑笑："是在准备，不过心里还没底。"谦虚还是不行？不得而知，其实杨曙捷的才气在我们木工车间也是数一数二的，只是他不打无准备之仗。我笑着对他说："下次我们在上海见，我请你吃一碗烂糊肉丝面。"杨曙捷挠了挠板寸头咧开嘴笑了："你还记得这个。好，那我就到你的学校来找你，吃你们食堂里的一碗浇头面。""然后呢？"我反问，"我再到你的学校里来找你？"杨曙捷嘴角扯出一缕狡黠的微笑："那你就等着，我们最终一定会在上海见。不是在学校里，就是在面馆里。"击掌，一言为定。依依惜别时，我赠送给杨曙捷一包用报纸包裹着的礼品。我送给杨曙捷的是三部长篇小说，分别是《牛虻》《简·爱》和《钢铁是怎样炼成的》，还有一本鲁迅的《且介亭杂文》。

我和杨曙捷再度在上海的见面，不是在学校，也不是在面馆，而是在上海市第九人民医院神经外科的病房。我又看到了杨曙捷，我不敢相信这是"头爿"，他居然半身瘫痪将要终生与轮椅为伴？我无法接受这严酷的现状，他往后的日子难道会像但丁《神曲》中的描绘？该如何面对？才仅仅22岁的花样年华！我坐在杨曙捷的床头，他装作很开心的样子勉强笑着："阿哥，我知道你会来的，你还欠着我一碗面。"无法再看杨曙捷那张强行欢笑的脸，我泪流满面，摇着手示意他别再说了。杨曙捷眼眶里也是含着泪水，他从枕头底下抽出一本书在我面前晃了晃："谢谢你临走时送给我的礼物，我有在看。只是我觉得，阿哥，我的命运怎么和书中主人公的命运这么像啊！"我的泪水滴落在《钢铁是怎样炼成的》泛黄的封面上，嚅动着嘴唇背诵小说《牛虻》中亚瑟的一句名言："不管我活着，还是我死去，我都是一只牛虻，快乐地飞来飞去。""谢谢阿哥，我明白。"杨曙捷突然陷入缄默，好久，一声撕心裂肺的叫喊震得病房的天花板嗡嗡作响，"可是我再也飞不起来了。"泪水爬满杨曙捷的脸颊。

不忍看着痛苦的杨曙捷，躲到病房的走廊，拉着杨曙捷的弟弟杨曙亚的手，任由泪水在脸颊肆意蜿蜒，机械地重复："想不到，想不到。"天妒英才，曙捷，曙捷，万万没想到上苍如此捉弄你，"头爿""头爿"，壮志未酬身先残。"老天对哥哥太不公平了。"忠厚的曙亚反复喃喃，刚满20岁的小伙子一下子扛起了家庭的重负，照顾哥哥，宽慰父母，曙亚成为家庭的顶梁柱。

回想那段令杨曙捷痛不欲生的日子，几回抹泪哭"头爿"，43年过去，依旧心头沉重，泪眼婆娑中敲打着沉重的文字。时光倒流至1978年夏天，杨曙捷参加第二届的高考，几门科目笔试完毕后，感觉甚好，志愿表填写的是上海财经学院。杨曙捷想得很远，国家的繁荣富强离不开金融，商品社会发展的高等模式必定是金融资本的活跃，生活在20世纪70年代的年轻人有如此远见令人敬佩，"头爿"有此前瞻性的感悟吾之以为恰恰源于他在哲学小组所读的相关书本中获得的一知半解的知识，哲学小组的存在于"头爿"而言得到了真正的体现。哲学是关于世界观的学问，杨曙捷多少获得了一丝哲学思想的精髓，深思熟虑之后填报了上海财经学院，那些对杨曙捷他们学习哲学嗤之以鼻者想来未必能有这般眼界。《孔氏传》中有"哲，智也"一说，《尚书》中则有"知人则哲"的说法，哲学是人类最高智慧的结晶，"头爿"想必悟出了这个道理。曙捷的父亲是中国传统的老一代知识分子，他也非常支持儿子报考上海财经学院。

等待发榜的日子心情总是焦急的，多少还会有些忐忑不安。夜深人静之时，杨曙捷还常常扪心自问，自己是否太好高骛远？上海财经学院是一所很有知名度的高校，自己报考的又是炙手可热的专业，一个连完整的初中都没有正儿八经读过的年轻人，尽管不声不响地备考了将近一年，是否还有点儿太过狂妄、太高估了自己的能力？杨曙捷的内心做好了第二次高考的心理准备。一如既往，他白天正常上班，晚上躲在蚊帐里继续看书自学，他的决心已下，即使这一次高考名落孙山，也绝不言放弃，还是要报考上海财经学院。

又迎来了新的一天，这一天，天空湛蓝，白云飘浮，微风阵阵。这一天，杨曙捷的心情特别好，他总觉得今天似乎会有什么喜讯降临，莫非自己蟾宫折桂？杨曙捷心里头暗暗思忖。这一天，木工八班的杨曙捷和班组的其他人员出外勤，他们要去农场的一个建筑工地完成几栋三层楼宿舍的屋面建筑，一群小伙子挎着工具包精神抖擞地走向建筑工地。

一切烂熟于心，都是信手拈来的活计，只需程序性地一道道操作就行。攀上高高的屋顶，像杂技演员一般娴熟地踩着屋梁来回走动，将油毛毡覆盖住橼子，然后便在油毛毡上面钉上一根根滚瓦条。用木工的行话来说，这活儿叫作筑屋面，给建造的房子封顶。气候宜人，蓝天白云下，年轻人干得甚欢，高处纵目远眺，隔着长江，对岸就是繁华的都市大上海，那里有杨曙捷魂牵梦绕的高等学府。杨曙捷挥舞铁锤，开心地干活，愉快地哼曲。眨眼之间手头的活儿即将干完，抬头瞭望远方，思绪万千，他看到了自己未来的光明前程，他的脚步正在走向那片灿烂的未来。

一片屋面筑完，起身，扛起一卷油毛毡，双脚稳健地踩着屋梁，杨曙捷走向另一片区域，继续干活。抬头仰望天际飘浮的白云，云卷云舒，上帝将一道美丽的风景呈现给正在蓝天下干活的杨曙捷，哪里知道上帝同时也和他开了一个玩笑，将正在空中行走的杨曙捷一下子打入命运的深渊。行走在屋梁上的杨曙捷一脚踩空，从高空重重地坠落。一声撕心裂肺的凄厉惨叫在蓝天下飘荡，那是杨曙捷的叫声，那令人心碎的叫声又从地面升腾到空间，围绕着建筑工地盘旋，久久不散。

　　杨曙捷痛苦地蜷缩在一堆废墟中，昏死过去。同伴们含泪声声呼唤："曙捷，曙捷，'头爿'，'头爿'。"急救车迅速送杨曙捷到崇明县第二中心医院，一系列检查后主治医生沉痛地宣布杨曙捷的中枢神经摔断，他再也站立不起来了。晴天霹雳的消息，所有等候的人无不掩面抽泣，他们再也看不到一个活生生的"头爿"迈着外八字的步履向你走来了。那个瞬间，谁能料到那个杨曙捷从高空坠落的瞬间，竟然会成为一个鲜活的杨曙捷和从此坐在轮椅上的杨曙捷的时间切割面，让杨曙捷就此告别他行走的人生。漫漫人生路，杨曙捷将要在轮椅上度过余生，有谁能接受得了这个冷酷无情现实？与此同时，天大的喜讯传来，杨曙捷的大学录取通知书来了，他被上海财经学院录取了。

　　苍天，苍天，你竟如此捉弄人！造化，造化，你为何不眷顾我们的"头爿"？杨曙捷醒过来了，细若游丝的声音只有贴着他那瘦削的像被刀雕琢过的脸颊才能听见，声音仿佛来自天边，又像发自大地的深处，"哪里？我在哪里？"谁敢搭话？病房里安静得连一根针掉在地上的声音都能听见，所有陪伴着杨曙捷的人，包括医护人员，都大气不敢出一声，杨曙捷的命运揪疼了每一个人的心。一张杨曙捷被上海财经学院录取的通知书默默地在大家的手中传阅，每一个人都捂着嘴尽量不让自己发出悲声。杨曙捷的主治医生看着这张大学录取通知书，泪水也吧嗒吧嗒地往下掉，难过地说道："财经学院啊，多么好的大学，多么好的专业。"医生仰天长叹。

　　杨曙捷听到了，他知道自己被上海财经学院录取了，大学的校门向他敞开了。杨曙捷感到自己的身体飘了起来，飘到了上海，飘到了财经学院，他呵呵地笑出声来。他尝试着挪动自己的身体，驾驭自如的身躯怎么会不听使唤？杨曙捷打量四周的环境，却看见自己一动不动地躺在病床上，身边都是朝夕相处的兄弟姐妹。善意的谎言蒙骗杨曙捷："好好躺着，你受伤了，骨折，现在不能动。"闻知笑笑，他相信伙伴们说的话，自己受伤了，是骨折。坚强的回答给予同伴们："我会尽快康复，我们还要在篮球场上再见。"闻言，有人捂嘴冲出病房，趴在门背后失声痛哭。曙捷，"头爿"，怎敢对你吐真言？你的大好前程已经在你的脚下铺展开来，可你一脚还没有来得及踏进人生美好的伊甸园，却阴差阳错地在鬼门关前走了一遭。从鬼门关逃生的你，从此以后将在轮椅上度过一生，怎不令人痛哉，惜哉。

杨曙捷咧着嘴在笑，还有些不相信自己真的考上了大学，他一而再、再而三地问他的同伴："我考上大学了？"一份上海财经学院的录取通知书送到杨曙捷的面前，他伸出双手迎接这张沉甸甸的大学录取通知书，眼眶里含着激动的泪花，他终于梦想成真。"当年我在哲学小组学习的时候，看到培根说过的一句话，知识就是力量，我就坚定地认为这句话是真理。我说，将来我们还是要靠知识吃饭的。那时，只有夏国平理解我，后来他就参加高考离开农场了。今天，我的理想也实现了。"杨曙捷很是兴奋，絮絮叨叨地说个不停，他双手支撑着床沿想坐起来，想倚着床架和大家继续说话。身体就像一块巨石那般沉重，杨曙捷居然无法挪动，骨折怎会有这般感觉？杨曙捷心生疑惑，他看了看同伴们，问道："我这是骨折了？哪里骨折？"死一般的安静，没有人敢回答杨曙捷的发问。再次努力，尝试着用双手支撑起自己的身体，同伴们赶紧阻拦。杨曙捷额角青筋暴起，呵斥道："放开我！"又一次的努力，又一次的徒劳，又一次重重地摔倒在病床上，杨曙捷清醒地意识到他腹部以下的那部分身体，什么知觉都没有了，他的下半身完全不属于自己。他呆呆地看着天花板，沉默半晌，在一片窒息中，他爆发出一声撕心裂肺的吼叫："老天！"

医生来了，告知杨曙捷一半的真情，说他是中枢神经系统受到了损伤，因岛上的医疗条件有限，必须转到上海的大医院请神经外科的专家会诊，方能确定治疗方案。杨曙捷嘴里蹦出两个字："转院。"两行泪水从他的眼角渗出。他的心里明白了八九分，他这次摔得很重，但还是期盼奇迹能够出现，上海寄托着他的希冀。杨曙捷迫切地盼望着能速速转到上海治疗，他还在想着这次受伤是否会影响自己的学业，他又该如何向财经学院招生办的领导说明情况，病假养伤期间是否可以申请自学……他想了很多很多，所想的一切都是如何才能不影响自己的学业，他绝对没有料到自己将终生与轮椅为伴。

杨曙捷转院到距离他家很近的上海第九人民医院神经外科治疗。我前往九院探望他时，适逢上海财经学院招生办的老师也来探望他，招生办的老师给予杨曙捷一个郑重的承诺，会保留杨曙捷的学籍，一俟康复，即刻入学，上海财经学院的大门为他打开着。杨曙捷亦信誓旦旦：一定会用自己的双脚跨进财经学院的大门。此时杨曙捷的母亲在旁，她强忍悲伤附和儿子："对，曙捷康复后，妈妈亲自送你进大学的校门。"上海财经学院，金融家的摇篮，恢复高考后，跨入财经学院大门的学生，在改革开放的岁月，有好多好多都成为金融界的精英，若苍天不捉弄杨曙捷，他肯定会成为时代的弄潮儿，行业的翘楚。当今很多金融业的大咖，都是杨曙捷那一届的考生，杨曙捷本来可以和他们成为同班同学的，谁料想他竟一脚踏入地狱门。杨曙捷，真的太不幸了。

坐在杨曙捷的床头，彼此心里头都明镜一般，善意的劝慰太苍白无力，有些话连自己都骗不过。杨曙捷太聪明，他很清楚自己将要面对的是一条怎样的生活道路。上苍将杨曙捷逼进人生道路的死胡同，他没有能力攀登高峰，他的漫漫人生路，不得不接受终生与轮椅为伴的事实，纵然心存侥幸幻想着奇迹能发生，自己能迈着坚定的步伐跨进财经学院的大门，但杨曙捷的内心更多的还是做好了第二种生存的准备。也许在这个世界上，没有崎岖坎坷不叫攀登，没有痛苦烦恼不叫人生。"头丬"拉着我的手，神色黯然："我心里清楚得很，我争不过命运，这辈子我很难站起来了。我在想着，我是不是可以在财经学院的门口拍一张照，我想留作纪念。校门进不了了，校门口看看总是可以的。"我当即应允这件事情交给我，我来帮助"头丬"完成他这个令人心酸的夙愿。我和曙捷约定，他出院后的第一件事情就是我和他的弟弟曙亚一起陪着他到上海财经学院的大门口拍一张照片留念。

杨曙捷出院了，手里握着一部《牛虻》，他的弟弟曙亚推着哥哥坐着轮椅从医院离开。灿烂的阳光刺得杨曙捷睁不开眼睛，他却固执地迎着阳光抬他那倔强的头颅，下意识地张开了自己的双臂。也许杨曙捷想起了小说《牛虻》中的主人公亚瑟，他在想象亚瑟走出矿井回到地面时，也是这样拥抱阳光。"不管我活着，还是我死去，我都是一只牛虻，快乐地飞来飞去。"《牛虻》给了杨曙捷面对挫折的勇气，《牛虻》拽着他走出人生的低谷。

一个星期天的上午，我和曙捷的弟弟曙亚，还有其他几位农场的好友，陪同杨曙捷来到上海财经学院的大门口。轮椅从面包车上抬下来，我们推着杨曙捷缓缓地走向学校的大门口，心情都格外沉重。上海财经学院，揣着杨曙捷梦想的高等学府，他应该在这片校园里放飞自己的青春，应该意气风发地从校园里走出来欢迎我们，这一切，如今都成为过眼烟云。我们为杨曙捷拍照，上海财经学院的校牌就在杨曙捷的身后。校园内走出青春飞扬的莘莘学子，上衣都别着闪闪发亮的校徽，杨曙捷羡慕地望着他们，他捧住了自己的脸，泪水从指缝间渗出。弟弟曙亚问哥哥，是不是进校园走一走、看一看，他可以和门卫说明情况。杨曙捷抬起眼睛，他看着树木葱茏的学校，他是那般深情那般爱。春天的校园，生机勃勃，于杨曙捷而言，"离恨恰如春草，更行更远还生"。杨曙捷的嘴角抽搐了一下，痛楚地扭转头，说道："走。"

一路默默无声，路过南京路外滩的时候，杨曙捷冷不防提议，他说到了十六铺，一起去德兴馆吃一碗面。我心领神会，拍拍杨曙捷的肩："最好是一碗烂糊肉丝面。"杨曙捷扭转头看着我："里面还要有猪油渣的，德兴馆会有吗？"我无语，讪讪地答道："那应该是不会有的。"杨曙捷绷紧的脸总算有了笑意，他摆手道："阿哥，这碗烂糊肉丝面我还是要让你一直欠着的。"我明白杨曙捷的意思，连声说道："欠着，欠着，一直欠着。"杨曙捷开心地笑了，他握着我的手："阿哥，谢谢你。"我在心里对杨曙捷说，放心吧，"头爿"，患难之中的真情我永远铭记着，这份情，我不会忘。

出院后的杨曙捷，孤独整天陪伴着他，好长一段时间，他的内心还是阴暗一片，他看不到光明，上帝把他对美好生活追求的大门彻底关闭。那几个月，杨曙捷茶饭不思，拒绝访客。夜深人静之时，杨曙捷将自己包裹在无尽的黑暗之中，眼睛里的光芒还是灼灼逼人，他不甘心命运的摆布，又不得不屈服命运的无情捉弄，"伤口"在夜阑人静的时候会更加椎心地疼痛。"头爿"在长长的夜总是发出长长的叹息，一如海子在诗歌中的呐喊：深夜里我再也不敢梦见的灵魂啊，总是在夜深人静时反复地梦见我！一个孤独的灵魂坐在蓝色无边的水上鳞片剥落。哦，曙捷，你梦见的灵魂是一如雄鹰飞翔在蓝天，期待实现自我价值的灵魂，你躲在孤独的房间里，回望四周的黑暗沉沉，依然在寻找这颗能实现自我飞跃的灵魂。高空一坠使你孤独的灵魂面对周遭的一片漆黑，你寻觅不到一线光明的罅隙，你陷入了极度的绝望。曙捷，曙捷，你在呐喊：问苍茫大地，我该如何？

有谚语曰：改变一切的最好方式是时光。杨曙捷陷入极度的困境之时，家人和农场好友始终如一的大爱温暖了"头爿"，润物细无声的关怀打开了"头爿"紧闭的心扉。渐渐地，他总是听到有个声音在他的耳畔响起：每个生命都有自己绽放的刹那，每个生命都很平凡，但每个生命都不卑微。真正的智者，不会让自己的生命陨落在无休止的自怨自艾中。日复一日，这个声音都在耳畔缭绕。忽一日，杨曙捷顿悟，他豁然明白，沉浸于抱怨，其实是自己的又一次人生灾难，抱怨除了让自己的生活变得更难之外，没有任何意义。杨曙捷似乎找到了今后人生的方向，其修远兮的漫漫人生路，他开始了重新规划，终于站在了另一个全新的生命高度。牛顿说过：愉快的生活是由愉快的思想造成的。拿破仑拥有一般人所追求的一切，荣耀、权势、财富、地位等，然而他却说："我这一生从来没有度过一天快乐的日子。"而海伦·凯勒，一个又聋又瞎的女子，她却说："我发现生命是这样的美好。"

再度与之相见是在"头卝"的家里，他正在自学大学的相关课程，是他被财经学院录取的专业。以往的痛苦，以往的折磨，以往的失意，以往的无奈，在以往的荒芜里沉默。以往的理想，以往的追求，以往的勇敢，以往的坚守，在以往的梦境中复活。走过时空的薄凉和无情，生命的火花重新点燃，一场悲剧的结束意味着另一场大戏的帷幕再度拉开，杨曙捷重新站在人生的舞台上呐喊："我要怒放的生命。"杨曙捷一如农场里桀骜不驯的模样，语言犀利，无所顾忌，刀削般的颧骨没有了，脸庞显得圆润，身体明显发福。"一切都是命，命里注定，不服不行。"话匣子打开，就一发不

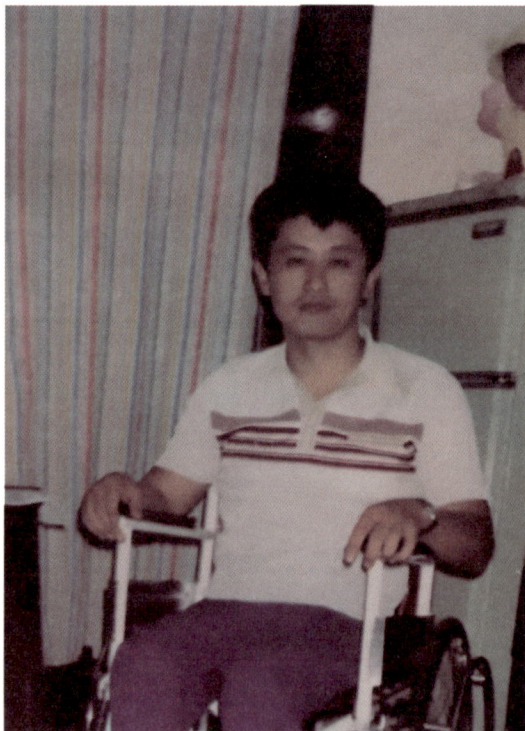

坐在轮椅上的杨曙捷

可收，"看得很开，上帝为你关上一扇门的时候，同时会为你打开一扇窗，我现在有大把的时间，我可以参加自学考试获得大学文凭，我还可以安心地研究股市，做做股票。我现在活得很充实，我觉得自己的时间不够用。"

经历过一段沉默的时光，杨曙捷内心的那片孤独的海冲刷了悲伤，他悟出了残忍是人生的常态，当平静地接受终生与轮椅为伴的事实的同时，他惊奇地发现在自己的生命里竟然还隐藏了另一个自己，这个自己正用百倍的毅力和顽强适应着一种新的生活。既然老天让他享受坐在轮椅上的孤独，他就要寻找一处宁静的港湾，展开想象的翅膀，让自己孤独的灵魂遨游在自由的天地。我又听到了杨曙捷爽朗的笑声，

他说："在生活里，不管有多少遗憾、多少伤痛，都是过去，放下，才会轻松。"

杨曙捷原来最怕的就是漫漫的寂寞、长长的孤独、久久的迷茫陪伴着他，现在他坦然接受这个现状。自己在尘世间为三千烦恼丝万般惆怅、无奈和怨恨，佛祖却站在山顶朝着你拈花一笑，使得杨曙捷醍醐灌顶。撩开人生的帷幕，世人谁不寂寞？谁不孤独？谁不迷茫？当寂寞来袭时拥抱寂寞，当孤独来临时品味孤独，让自己的心与自然紧紧相融。于是乎你就会在孤独中享受寂寞赐予的这份宁静，你会在一个人的寂寞中浅浅地回忆，淡淡地思考，静静地品味，心情释然。今天，坐在我面前的杨曙捷，重新拾起自己的理想，只不过是在另一片田地耕耘。辛苦一些，寂寞一些，但杨曙捷执着且沉浸在快乐中，一如当年农场里踽踽独行的哲学学习者，依然是独自一人不屈不挠地行走在自我设定的人生道路上。

告别时，杨曙捷摇着轮椅送我到他的家门口，我挥手劝他回去，他笑着用手指指蓝天："原来只看到我脚下的一方天地，现在我看到了蓝天下的白云。记得有位哲人说过，在同一片沙漠中，有的人低头只看见了满地黄沙，但也有人抬头看见了璀璨的星空。"哲学的语言，昔日杨曙捷在农场那般环境下组成的哲学小组，他在学习时一定是读到了哪位哲学家说过这样的哲学语言，我想类似的语言总会有哲学家说过，杨曙捷牢牢记住了。

我没有料到杨曙捷现在比我还要忙，国事家事天下事，事事关心，每天的时间都安排得满满的。忽一日，杨曙捷给我发信息，他说："阿哥，现在我想吃一碗烂糊肉丝面了。不过，还是我请你。"我欣慰地笑了，"头爿"这家伙，真正复活了，他放下了执念，笑着面对当下，坦然接受老天赐予他的一切，活出了人生新的高度。马尔克斯有一句名言：生命中真正重要的不是你遭遇了什么，而是你记住了哪些事，又是如何铭记的。当你修炼出海纳百川的胸怀，坦然接受人生最好或最坏的安排，方能更从容前行，不惧风雨。心由境转，境由心生，为"头爿"的自我解放而由衷高兴。

去曙捷家"赴宴"，总得带一些礼物表示一下心意。想了想，就去新华书店买了一本介绍张海迪身残志坚的纪实作品。1982年，官方开始报道张海迪身残志坚的事迹，被誉为中国保尔的张海迪的事迹感动了整个中国。杨曙捷和张海迪是同龄人，境遇又何其相似，我想赠送张海迪励志故事的书籍给杨曙捷应该是最好的礼物了。到了曙捷家，"头爿"就拉着我絮絮叨叨的，弟弟曙亚亲自为我俩下面条，我俩一人一碗烂糊肉丝面，里面还有猪油渣。我和曙捷捧着搪瓷碗，面对面地吃面，开心地笑了起来。我想起了农场里的那个冬夜，仿佛看到了杨曙捷迈着八字步将一碗热气腾腾的烂糊肉丝面送到我手里的情景，我的眼眶湿润了，时光冲不走这份特殊年代留下的人间真情。一碗面下肚，心里暖暖的，杨曙捷拉着我的手，默默地望着我，忽地狡黠一笑："这碗烂糊肉丝面，阿哥，你就永远欠着啦。"我的手盖住杨曙捷的手，动情地说道："这份情永远欠着。"

我最终没有将这份礼物拿出来送给杨曙捷，他不需要了，他已经超越了自我，站在了人生的一个新的高度。分别时，我赠送曙捷尼采的名言：每一个不曾起舞的日子都是对生命的辜负。《权力意志》一书中尼采又言：内心强大的人，才是真正有思想的人，才能真正无所畏惧。曙捷眯缝着细长的眼睛微笑着点头认同，他说道："我也有礼物送给你。"杨曙捷让他的弟弟曙亚递给我一个塑料袋，打开一看，是四本书。分别是《牛虻》《简·爱》《钢铁是怎样炼成的》和鲁迅的《且介亭杂文》。我大为感动，上前拥抱住杨曙捷，杨曙捷也拥抱住了我，一对患难与共的农场战友长久地拥抱，脸颊贴着脸颊。依依不舍中松开双手，沐浴在灿烂阳光下的"头艿"摇着轮椅一步一步向前跟在我的身后，他走得坚定有力。我看着杨曙捷，倔劲写在他的脸上，久违了，"头艿"的这股倔劲，昔日的杨曙捷真的回来了。

幸福的家庭总是相似的，不幸的家庭则各有各的不幸。于杨曙捷而言，他的人生变故确实不幸，他的家庭此后又遭遇种种不幸，每一次降临的不幸都足以击垮这个家庭的成员，然而"头艿"一家人却坚强无比，笑对人生，没有眼泪，没有悲伤。团结坚强、乐观豁达是这个家庭的精神支柱。杨曙捷有幸生于一个极具亲情的家庭，尤其是他的弟弟和弟妹，对曙捷敬重如山。弟弟杨曙亚成婚前首先告知对方的是他需要照料哥哥的一生，"头艿"的弟妹说道："这也是我的责任。"鸟需巢，蛛需网，人需友情，"头艿"同时拥有一批极重友情的农场的铁杆好哥儿们，他们是严智渊、陈永良、陆伟民、朱介来、孙鸣放等。这些相濡以沫的兄弟陪伴着杨曙捷从青年走向中年，从中年走向老年。这些重情重义的兄弟从一个人到两个人再到一家人，每年正月初四前往杨曙捷的家团聚，43年来，从未间断。这份友情、这份大爱，数十年来也是支撑着"头艿"直面人生笑着活下去的一个信念。渐行渐远的时光中，我们都是来去匆匆赶路的人，因为有缘，我们不离不弃，我们会相伴到永远。

杨曙捷，在你路过的风景里，有这些兄弟一路陪伴着你，让你不觉得孤单；在你的散落的岁月里，更因为有家人和你朝夕相处，不离不弃，才让你觉得心安。有了亲人的陪伴，你的人生也是岁月静好，所以你才会笑着说自己每天都是衣来伸手，饭来张口，生来就是享受型的。可见你的心态调整得有多好，你的家人待你有多好。坐在轮椅上的你每天笑迎太阳的升起，每天都有忙不完的工作，你的人生很潇洒、很充实。哦，"头爿"，想起来了，你现在也是爷爷。杨家第二代的教育你曾倾注自己的心血，你经常问我要试卷，说辅导侄子学习时用。侄子杨凯波不负杨家两代人的厚望，跨入了高校的大门，你的夙愿以偿。如今这杨家第三代你也开始操心了，想着能为侄孙子寻找好的教育资源，你不断地向我咨询，还和我说着"不能让孩子输在起跑线上"的时髦话语。与时俱进的曙捷，你真的很忙，你放下了执念，你赢了。

　　曙捷，看着你们杨家四世同堂，其乐融融，我们都很羡慕你。你的人生证明了一个事实：生命只有走出来的精彩，没有等出来的辉煌。我看到了《钢铁是怎样炼成的》这本书中你用钢笔在一句话下面画下的一条线，保尔·柯察金是这么说的：人活着，不应该追求生命的长度，而应该追求生命的质量。杨曙捷，你是一只牛虻，快乐地飞来飞去。

海燕飞翔在天堂

在苍茫的大海上，狂风卷集着乌云。在乌云和大海之间，海燕像黑色的闪电，在高傲地飞翔。一会儿翅膀碰着波浪，一会儿箭一般地直冲乌云，它叫喊着，——就在这鸟儿勇敢的叫喊里，乌云听出了欢乐。在这叫喊声里——充满对暴风雨的渴望！乌云听出了愤怒的力量、热情的火焰和胜利的信心。这就是高尔基笔下勇敢的海燕，它是不屈的精灵，是英雄的化身。我们农场里也有一只海燕，她叫李海燕，她也是我们心目中认定的不断向命运抗争的不屈的精灵。她始终在怒吼的大海上高傲地飞翔，哪怕狂风卷集着乌云，海燕在所不惧，展开她那柔弱的翅膀勇敢地飞翔。

惊闻海燕离世的噩耗，我眼眶湿润，海燕，你走得太早了。海燕，总想再听听你那银铃般动听的声音，总想再看看你微笑时露出的小虎牙，总想再读到你像诗歌一样清丽的散文，总想再和你回崇明岛寻找昔日共同战斗留下的足迹。如今天人永隔，海燕飞向了天堂，斯人斯情斯景斯貌，人间就此难寻觅。梦中会有几多景，醒来泪水湿枕巾，万千伤感中我听见了回声，来自天堂和心间，那是海燕银铃般的笑声。海燕，在天堂的你依旧执着于自己的文学梦想，你在那边继续以寂寞的镰刀收割空旷的灵魂，不断地重复决绝又重复创作的幸福，一如人间你所期望的，终有绿洲摇曳在沙漠。

只因记忆中的那片空旷辽远，被岁月包裹的往事再也难以复原。苍穹沉沉，月华清冽，遥望着星空轻轻呼唤李海燕的名字，执着地认为天穹那一颗闪亮的星星一定是海燕。"海燕，我来为你朗诵高尔基的《海燕》。"我和海燕隔着时空对话，星星在闪亮，眨着眼睛对着我微笑，海燕听见了，天上人间，我们在一起享受心灵共鸣的清欢。

初次见到海燕在我的印象中大概是 1973 年。那一年秋天，我们长江农场基建队木工车间七班飞来了一只海燕。木工七班的班长黄金湘（我们私下里都称呼他的小名阿毛）特地为李海燕开了一个小小的班组会，对她的到来表示欢迎。阿毛说道，海燕初来乍到，希望大家能多多关心她，我们都鼓掌表示欢迎。海燕也起身答谢，她怯生生地从角落里站起来，微微欠身表示敬意，说话的声音像风铃摇曳一般好听，我不由得多瞟了李海燕一眼。海燕算不上美女，短发齐耳，清清爽爽的童花头，前额垂下一绺刘海，看上去多了一分生动。白白净净的脸庞点缀着几颗雀斑，说话时那雀斑会跟随着快活地跳跃。一双丹凤眼流露出满满的真诚，浅浅一笑的时候就会露出两颗小虎牙，还有一对小梨涡。整个人瘦瘦弱弱的，就像秋风里摆舞的一朵小雏菊，淡淡幽幽的。套在身上的那件宝蓝色的工装稍显肥大，但恰到好处地将一件贴身的小碎花衬衣给露出一个很干净的领子，该是比较刻意的装扮，既掩饰小碎花衬衣漂亮的图案，又露出一抹亮色。不再记得海燕那天说了些什么，反正言语不多，都是一些表决心之类的话语。回想起来应该是说了些她一定会吃苦耐劳，一定会不负众望等话语。那个时代的年轻人，谁没有表过这样的决心，都是一种表演行为，说完也就抛在脑后，又有多少人言行一致？李海燕的铿锵誓言我早就忘却，李海燕银铃般的声音却就此难忘，在往后的岁月中，这声音曾传递给我许许多多的关怀，这声音还在我的心头产生过许许多多的共鸣。

我们的班长阿毛安排海燕的工作是最轻松的了，他让海燕学习用一把刨子将毛坯的小方凳凳面给刨得光滑。阿毛示范了几遍之后，就让海燕自己琢磨。海燕像个听话的学生，连连说："谢谢班长，谢谢班长。"海燕第一次用刨子这个玩意儿，她学得很是认真，苦头却也吃了不少。这家伙在她的手里就是不听使唤，海燕拿它没辙。一不留神，刨子从手中滑落，海燕用手去接，手指反而被刨刀割伤。海燕捂着伤口，愣愣地站在工作台边上，脸涨得通红，估计她是在为自己的无能而羞愧。这么个玩意儿，其他人都娴熟自如地驾驭着它，唯独她却无法控制。海燕倔得很，她匆匆去卫生室包扎一下，又躲在车间一隅，双手握着刨子闷着头对着小方凳一下又一下地来回推动，一副锲而不舍的样子，似乎想证明自己也是一个铁姑娘。但是那刨子却像个鬼精灵一般，就是不听海燕的指挥，趴在凳面上一上一下跳起了"舞蹈"，累得海燕呼呼喘气。我的工作台和海燕的比邻，瞧着海燕束手无策的模样，便善意地提醒道："别着急，这是个技术活，多练练就熟能生巧了。"我一边说还一边给海燕演示该如何使用借力来回推动刨子，还赠送海燕一句自己的经验总结："拿捏得当，顺其自然。"海燕褐色的瞳仁瞬时一亮，我看到她的脸颊涌起两团羞赧的酡红。过了好一会儿，她才抬头看了我一眼，眸底充满着感激，她拢了拢散在额角的碎发，微笑着说了声："谢谢鼓励，你说得还挺有哲理的。"说话间，两颗小虎牙不经意地露了出来，非常生动的表情。这是我和海燕的第一次交集，也是我在我的同龄人中第一次听到有人说出"哲理"这个词语。我愣了愣，觉得眼前这个柔弱的女孩其实挺不简单的。我一时之间不知道该怎么回答李海燕，便用一个表示心领神会的笑容来证实我也是有学识的人，你李海燕所说的哲理，我能理解。

晚上入寝后，躺在床上的我还在想着"哲理"这个词语的确切含义，百思不得其解。我掀开蚊帐，问寝室里的室友："有谁能解释一下'哲理'这个词语的意思？"我上铺的室友不假思索地回答："不就是这里、那里的意思，亏你还号称我们木工车间有学问的人。"一串串笑声从不同的蚊帐里飞出来，不知是在笑我还是笑我的上铺。我也忍住笑，反驳我的上铺："是哲学的哲，道理的理。"我对铺的室友立马回答："那就是哲学的道理。"寝室里霎时间静悄悄的，我们都在自问，哲学的道理又是什么道理呢？太遥远的学问，吾辈都是蓬蒿人，无法弄明白哲学的道理究竟是什么道理。我们寝室里的八位室友都是1970届的初中毕业生，哪能参透哲学的道理。但从那天晚上起，我就明白了哲理就是高深的道理，后来我还知道了哲学是有关世界观的学说，是自然知识和社会知识的概括和总结。于我而言，哲学是珠穆朗玛峰一样高、太平洋一样深的学说，然李海燕却能自如地说出哲理这个词语，我真心佩服。

恢复高考后，我重新回到了课堂里，再度听到老师在讲课时说了人生哲理这个词语。坐在教室里，那一瞬间我的心里突然想念起那个还在海岛战天斗地的李海燕，在那个文化沙漠的岁月里，她已经学会使用"哲理"这个词语。我从《辞海》里查找到了"哲理"就是关于人生的根本原理和智慧的定义，哲理的意思我终于弄明白了。

我合上《辞海》，似乎看到海燕笑盈盈地朝着我走来，两颗小虎牙毫无顾忌地暴露在我的视线。

10月下旬的天气渐渐凉爽，躲在角落里一声不吭的海燕遵循"拿捏得当"的原理反复实践，一下又一下地来回推动着刨子，干得汗水涔涔的海燕口中还小声地念念有词："顺其自然，顺其自然。"和我在同一张工作台干活的陆志伟暗暗地称赞海燕："昔日有个邢燕子，今日有个李海燕。"我笑着凑了一句："都是铁姑娘。"也许海燕听见了我俩的窃窃私语，她不好意思地抬起头，瞟了我俩一眼，脸上又忽地涌起羞赧，只听得她小声嘀咕："太夸张了，太夸张了。"说着说着她竟也憋不住将微微一笑抛给我们，两团酡红又悄然爬上她的两颊。斜射的一抹夕阳穿过窗户洒在海燕的身上，我也偷偷地瞥了她一眼，海燕在刹那间的静止影像让我牢牢记住了这个可爱的姑娘，觉得她的模样特别生动，我肯定海燕将来是一个有故事的人。

海燕日复一日地"顺其自然"，技艺有了些许长进。毕竟是生手，数量和质量都不敢恭维。阿毛班长也有恻隐之心，他对海燕一点都不责怪，反而暗自赞赏海燕身上的那股较真劲儿。如此又过了一周，海燕的木工活有了长足的进步，她能够熟练地使用刨子在加工物的毛糙面上来回滑动了，完成的作品不亚于一个技术熟练的工匠干出来的活儿。我们都啧啧称奇，阿毛班长也对海燕赞赏有加，说了句挺有水平的话："有志者事竟成。"海燕灿烂地笑着："木工活里也有哲学思想的闪光点，拿捏得当，顺其自然，自然就水到渠成。"海燕边说边向我投来一缕感谢的笑容，我又看见了她的招牌式的小虎牙。阿毛班长一头雾水，他看看海燕，又看看我，怎么干着干着木工活，扯上深奥的哲学了。

短暂的秋天倏尔掠过，还没有做好迎接冬天的准备，寒潮就南下了。气温骤然下降的那个晚上，约莫8点吧，我在宿舍里梳洗完毕，正打算钻进被窝休息的时候，突然想到有一样东西也许落在了车间，便踅回木工车间寻找。一到晚上，我们整个木工车间除了木工一班的车间还是灯火通明外，其他班组的车间都是黑灯瞎火的。木工一班员工们的工作是加工木料，他们要将一根根原木剖成一段段成形的木方。为了让锯木料的机器满负荷运转，木工一班实行的是两班制。走进木工车间，我还特意带了个手电筒，空旷的木工车间堆场没有一盏路灯，地上还有许多散乱的木材。有的废木料上面还扎着锈迹斑斑的铁钉，一不留神踩上去那就遭殃了。小心翼翼地走到我们木工七班的车间大门口，竟然看到里面还灯光闪亮。推门而入，我惊讶地看到了李海燕。她正双手握着刨子，在一块木料上一下又一下地来回推动，手势颇为娴熟。真可谓"冰冻三尺非一日之寒"，原来海燕木工手艺的进步是这样练成的。我被深深感动，由衷地说道："李海燕，你不容易。"海燕抬头擦拭额角的汗珠，开心地朝我嘿嘿笑。

这样的环境很适合推心置腹地聊天，我取完东西走到李海燕的面前，和她有意无意地闲聊，话题就从"拿捏得当，顺其自然"开始。我调侃李海燕："一个简单的常识竟然被你上升到哲学的高度，也真有你的。"海燕稍稍扬眉，直截了当地回复："生活中处处有哲学，难道你不这么认为？"我一时语噎，不知如何回复，讪讪一笑，自我解嘲道："那是，那是。"海燕放下手中的刨子，朝我莞尔："本来你就说得很有哲理。"话匣子打开了，聊着聊着发现彼此很投缘，原来我和海燕有共同的追求，我俩都喜爱文学。海燕说道："我知道你很喜欢文学，我看你平时说话也是有些水平的。"海燕的眼神很清澈，褐色的眸子里虽然看不到闪亮的光泽，但能看得出眼底里注满了善意。尤其是她的粲然一笑，在露出笑脸的时候作为陪衬的那两颗小虎牙，以及那几颗在心情舒畅时老是喜欢跳跃的雀斑都给人带来愉悦，让人觉得就是亲切。

那个冬夜，在木工七班的车间，一张长长的工作台隔开了我和李海燕，我俩就这样站着面对面聊文学，沉浸在文学海洋中的李海燕心扉完全打开，袒露着一片真诚。我突发奇想，说要开展一场知识竞赛，写出一个个作家的名字及著作，看看各自能写多少。我多少有些小肚鸡肠，暗暗得意，你李海燕能脱口而出"哲理"一词，但你在文学领域里的学识未必能比得上我。只见李海燕眉毛一挑，仰起了自信的脸庞，不假思索地接受我的挑战。我们将扁扁的木工铅笔的笔芯削得细细的，在木板上写下我们所熟知的中外著名作家的名字和他（她）的代表作品，我写一个，海燕紧接着写一个，不允许重复。写满一块木板，就用刨子将木板刨得光光亮亮的，继续写下一个个耳熟能详的文学大家的名字和作品。我们一口气分别写了十几个，还意犹未尽。海燕摇着手笑着挂免战牌："我们写不完的，他们就像天上的星星一样数不完。"我搁下木工铅笔，接过海燕的话茬："这些闪闪发亮的文学巨星正在用他们的作品指引着人类前进的道路。""真好，像诗歌一样的语言，你是有些学问的，将来有机会我们都要去读大学。"听着海燕送来的赞誉，我给予海燕狡黠的一笑，拿起她身边的刨花放在自己的下颏，自我戏谑："如果有胡子就能称得上学问渊博的话，那么山羊也可以成为博士了。"海燕被逗笑，趴在工作台上捂着肚子笑得上气不接下气，两颗小虎牙肆无忌惮地全部暴露，她半侧身子用手指着我断断续续说："你，你真逗。"

银铃般的咯咯笑声在空荡荡的车间回荡。笑声过后，我们各自如数家珍般地报出自己曾经阅读过哪些文学大家的作品。我很得意地告诉海燕："我刚刚看完赵树理的《三里湾》。"海燕不假思索："赵树理的小说散发出乡村泥土的气息。"我又告知："上个月还看过冰心的《再寄小读者》。"海燕立马接口："冰心慈爱，母爱是冰心作品的主题。"我眼睛稍稍一眨，抛出一个自以为的冷门："我看过康濯的《我的两家房东》。"海燕笑笑，答道："康濯甩华美就像西双版纳开屏的孔雀。"轮到我惊讶于海燕的文学水平了，她知道得远比我多。

那一晚和海燕聊得很是投缘，我们各自为在那个特殊的年代里寻觅到一位文学知音而庆幸。走出木工车间时，岛上刮起的西北风一阵接一阵，我深叹一声："冬天来了。"海燕银铃般的声音飘来："春天还会远吗？"我俩会心一笑，我脱口而出:"《西风颂》。"海燕张口："雪莱，我喜欢的诗人。"我惊讶于海燕的勇敢，她心头的挚爱从来不加以掩饰，真是一只勇敢的海燕。在文化沙漠的岁月里，生活中出现一个彼此懂得欣赏的人，能引为知音的人，难能可贵。懂得，是源自内心深处的理解和感应。世界最远和最近的距离，是心灵与心灵的距离，有了懂得，彼此一个微笑、一个眼神也会生出惺惺相惜的温暖。那一夜真难忘，黑暗中我觉得自己的眼睛似乎闪闪发亮，我在木工车间找到了文学的知音。

第二天在车间遇到了埋头工作的海燕，她递给我一块木板，上面用木工铅笔写着一行字：你的工具箱里有一样东西，下班后再取。我会意，赶紧用刨子将木板上的字给刨去。挨到下班，打开工具箱，伸手一摸，是一本日记本，打开一看是一本诗抄，心禁不住怦怦跳动，海燕，你送精神给养来了。是夜我躲在被窝，拧亮电筒，翻开诗抄，汲取文学的营养。第一首就是英国诗人雪莱的《西风颂》，紧接着的是普希金的诗歌《假如生活欺骗了你》。再翻，闻捷的《我思念北京》，继续翻，郭小川的《青纱帐——甘蔗林》。我如痴如醉，半个通宵沉浸在诗歌的海洋。海燕，你真勇敢，你将那些被批判的诗人的诗歌工整抄录，珍藏在身，你还如此信任我，馈我一阅，海燕，你真是一只无畏的海燕。

12月的隆冬季节，朔风呼啸，滴水成冰，要开河了。农场里最害怕的就是开河，那是脱掉一层皮的艰苦劳动，是对人体能极限的考量。巨大的工作强度，让所有人都对开河望而生畏。凌晨5点起床，破衣烂袄裹身，高筒胶靴套上，肩扛着铁锹，睡眼惺忪的你跟随大队人马迎着呼啸的北风向开河工地进发。跋涉一个多小时后才抵达长江边的开河工地，工地上插着一面面彩旗，还有被北风吹得呼呼作响的标语，都是激励人心的口号：学大寨人，开革命河，确保明年大丰收；立下愚公移山志，革命战士来开河。

连续几天，一干就是10小时的高强度劳动至今想来还是有些害怕。害怕的同时，也藏着一点儿的快乐。开河的那几天，每天中午都有一顿丰盛的午餐是免费供应的，下午还会有免费点心提供。男女同胞在这个特殊的时段胃口大开，都不顾一切地敞开了吃。我们班组有个大男孩，我就见他一口气吃了三大碗白菜肉丝炒年糕，每一碗估计有半斤。劳动量巨大，食量也大，免费午餐的诱惑也是很大的。但是天下没有免费的午餐，吃完了还得干活，得用超出平时几倍的力气干活。男同胞都站在河底，用长长的崇明锹挖出河底的淤泥装在小推车上，女同胞则推着小车将整车的淤泥倒在一旁的大田用作肥料。

有一段河底，淤泥特别多，铁锹无法铲起，这是我们木工车间负责的工作面。大伙儿愁眉不展之际，一只海燕轻盈地飞来，她拿起预先准备好的脸盆，直奔河底。凛冽的朔风割得裸露在外的皮肤生疼，海燕脱下手套，双手高举着脸盆，银铃般的声音在寒风中飘荡："我们接龙传递淤泥。亲爱的战友们，考验我们的时刻来到了。"很快地，好多人都拿着预先准备好的脸盆奔向河底，一字儿排成两行，海燕和男同胞一起用脸盆舀起河底的淤泥，再一个个往上传递，一传二、二传三，木工车间所有的男女同胞众志成城，奋战尤酣。站在河堤，放眼而望，整个开河工地的场面蔚为壮观，滚滚人流中一只精灵般的海燕在河底舞动着她坚强的翅膀，她是我们木工车间的海燕。海燕最喜欢高尔基的散文诗《海燕》，曾听她多次满怀激情地朗诵。此刻，海燕银铃般的嗓音又在开河工地响起，她又在朗读高尔基的《海燕》：狂风卷集着乌云，在乌云和远方的大海之间，海燕像黑色的闪电在高傲地飞翔。海燕，我们木工七班的李海燕，犹如不屈的精灵在河底跳动，真是一只勇敢的海燕。

开河任务终于结束了，我们迎着挂在天际的夕阳返回驻地。途中，我听得大家在议论纷纷，都是称赞海燕的声音。海燕在关键的时刻起到了一个优秀的共青团员的表率作用，她在开河现场朗诵高尔基的《海燕》，提升了大伙儿的士气，我们得以一鼓作气完成了分配给我们木工车间的那一段开河任务。有调皮的男同胞朝着一轮落日张开臂膀，放声吟诵："这是胜利的预言家在叫喊，让暴风雨来得更猛烈些吧！"一呼百应，我们木工车间所有的人都迎着夕阳在吼叫："让暴风雨来得更猛烈些吧！"我望着人群里的海燕，她正开心地笑着。

　　开河任务结束，我们有一天的调整休息。浑身都散了架似的，昏昏沉沉一觉睡到中午，我才趿拉着鞋无精打采地去食堂打饭。食堂旁边的黑板报围着好多人，挤进人群，一篇文章赫然跳入眼帘，署名李海燕。这是一篇散文，篇名为《砖》。海燕通过一块小小的砖悟出人生的真谛，她在文章中描写道，一块普普通通的砖并不起眼，但是无数的砖凝聚在一起就能建造高楼。我愿意做一块小小的无名的砖，默默地为社会主义的高楼做奉献。依稀还记得有这么几句：砖，我捧起一块小小的红色的砖，我想，我就是一块小小的砖，我愿意做社会主义高楼大厦的铺垫砖。砖，小小的红色的砖，经过炉火的千锤百炼，你用一身的坚硬平地支撑起万丈高楼。砖，小小的红色的砖，你那闪亮的颜色就是光明的象征，我用双手举起你，就像高擎一把熊熊燃烧的火炬，你的红色照亮着中华儿女前进的路。好几天，我们基建队都在争相传诵海燕的散文《砖》，大家都知道了我们木工车间有一位出类拔萃的才女，她叫李海燕。

　　我祝贺海燕创作了一篇优美的散文，现在整个基建队都在争相诵读。海燕谦虚地笑笑，她说，她在开河工地上，无意间看到了河边有一块红色的砖，一点儿都不起眼，但是，她突然就来了灵感，联想到工地上成百上千的开河大军，悟出了一个人生哲理。海燕她又在我的面前使用了"哲理"一词，而且在不经意间巧妙地向我解释何谓人生哲理。海燕说，一个人势单力薄，正所谓孤掌难鸣，就像一块小小的砖，没办法盖成高楼大厦。成百上千的人拧成一股绳，齐心合力，就能战无不胜。无数的砖成就了辉煌大厦，无数的人疏通了滔滔大河，团结一心是获得成功的法宝，甘心做一块无名的红砖，是一个革命者的胸怀。一番创作感言说得我心悦诚服，我称赞海燕："你真是文学的精灵。"海燕抿嘴一笑："也期待你有佳作。"海燕，有着文学之梦的海燕，撑起一支文学的长篙，向着青草更青处漫溯。她在后来的人生道路上，拿起举重若轻的笔，不断地写出优美的华章。

海燕在我们木工七班待的时间并不是很长，春天还没有来临，她就飞走了。她被调到木工一班，同时还担任车间的团支部宣传委员，木工车间政宣组的组长。我也有幸被海燕挑中，成为政宣组的一名组员。如此，我和海燕的交流反而更多了，我经常会应海燕之邀写一些特定时代的宣传文章。于我来说，被海燕召唤是非常开心的事情，我可以不用干体力繁重的木工活，名正言顺地获得公假待在寝室里或者是木工车间的政宣办公室写文章，只要找来《红旗》杂志和毛主席的相关著作，来一个符合政治要求的内容拼接，不出两小时就可以完成任务。这种应景式的文章，海燕其实是不满意的，她好几次提出，没有情感的文章是没办法打动人的，与其写这种口号式的文章还不如让大家去看《红旗》杂志。海燕说是这么说，却也无可奈何，领导们都说写得好，强调了政治第一，突出了阶级斗争，符合革命形势的要求。海燕私下里叹着气对我说："我真担心你以后写不出好文章呢。"我当时不以为然，但在以后的学习生涯里，我才领悟海燕的所言，好文章那是用心写出来的，是接地气的。

那段岁月，我们在政宣组最高兴的时候是写完交差的文章后，还有剩余的时间可以自由支配。我们政宣组的几个年轻人有时候会偷偷地溜出木工车间，到场部的小卖部去排队买刚出锅的鲜肉油饺。海燕一开始还有所顾虑，她不赞成脱产的时间溜出去打牙祭，万一被发现我们"假公济私"，那是她的失职。但海燕也喜欢美食呀，她也禁不住油饺的诱惑，便想出了一个办法，一个个溜出木工车间，每隔 5 分钟，就溜出去一个人，那就不会引人注意。到了小卖部，即买即食，吃完后抹一抹嘴巴再一个个依次溜回来。这个方法真有效，没有人觉察我们的"鬼鬼祟祟"，以后就成了惯例。每周一次，政宣组脱产活动，到了下午 2 点，海燕的一个眼神，我们就一前一后地相约在小卖部会合。

我们坐在小卖部边上的河岸，和煦的春风轻吻着我们幸福的脸庞，每个人的手里一左一右分别拿着两个油饺。金爱芳和李海燕，我和徐志明，还有严争鸣，我们五个人彼此对视，都抿着嘴笑而不语。轻轻地将油饺咬开一个小小的口子，慢慢地吮吸里面的汤汁，一股鲜美的汤汁滑过舌苔缓缓地漫入喉咙口，至鲜的美味瞬时刺激着浑身的神经细胞，只觉得惬意在周身弥散。一边吃油饺，一边欣赏着柳枝拂水的画面，那荡漾的涟漪就像幸福的圆圈将我们包裹，我们都被锁在幸福的圈圈里。不忍心这份幸福随即消逝，一个个闭上了眼睛，用无尽的想象来延长这份幸福。那个时代的我们，对幸福的要求实在是太简单了，一毛钱加二两粮票，就换来爆棚的幸福指数。农场小卖部的油饺，你也应该载入农场的史册，你的那种美味现在想起来嘴巴还会连连咂巴几下，回味无穷。我所获得的这种机会真的是拜海燕所赐，海燕，谢谢你。

夏天来了。夏天的夜晚，星空下的农场最普遍的一道风景就是宿舍门前聚集着一堆一堆闲聊的人。长长的夏夜给青春飞扬的年轻人更多的交流空间，一茶缸白开水，外加一把驱赶蚊子的大蒲扇，坐在宿舍外的空地上纳凉，海阔天空，享受着一天之中最快乐的时光。迎面晃过一道亮眼的风景，李海燕穿着一件浅蓝色缀着小碎花的衬衫穿过纳凉的人群，童花头左右转动，朝着大家淡淡地微笑着，招牌式的小虎牙也时隐时现，将一片清新洒在人堆。望着她的背影在不远处的河边渐渐消失，众人心目中认定的铁姑娘李海燕留给纳凉者丰富的想象空间。没有人能用气质这个词评说海燕，只是觉得海燕与平时有些不同。夏夜星空下走出来的海燕是轻盈的，隆冬季节在开河工地上"飞翔"的海燕是勇敢的，海燕给纳凉者留下一段丰富的想象时间和空间。

我很喜欢夏夜的宁静，喜欢一个人的孤独，静静地坐在河岸边，头顶满天的星星，耳畔拂过一阵阵的微风，听着身边小虫儿的鸣唱，思想就像脱缰的野马无拘无束地奔跑在自由的天地，惬意极了。一如泰戈尔的诗歌所言：孤单是一个人的狂欢，狂欢是一群人的孤单。远远地传来一阵悠扬的歌声：静静的夏夜天空晴朗，皎洁的月亮闪烁光芒，小溪旁花朵芳香，小虫儿跳跃在草地上，我们在这里跳舞歌唱，年轻的心儿欢乐激荡。这是我的初中同班同学王润华在歌唱，王润华有着令人羡慕的歌喉，他和我一起被分配到长江农场基建队。王润华正在河边洗衣服，他小声地、轻轻地唱着。夜空中，流淌的歌声顺着流淌的小河在河面荡漾，拨动着倾听者的心弦，轻盈的歌声让心安静了下来。聆听着优美的歌声，凝望着满天的星星，王润华的歌声引领倾听者步入了一个特定的意境，原来歌声并不都是"东风吹，战鼓擂"这样铿锵激昂的旋律。王润华轻声吟唱的歌曲，那唯美的词句、优美的旋律勾勒出一幅夏夜静美的画面，让你对生活充满了爱。

我以为我是王润华唯一的倾听者，没有料想到在不远处的木排上也有一位王润华的知音，她就是李海燕。夏天的夜晚，海燕也喜欢一个人在星空下独处。她抱着双腿坐在木排上，静静地沉醉在王润华飘逸的歌声里。当歌声在夜幕中隐去，当小虫儿的鸣唱再度钻出草丛，木排那边传来了熟悉的银铃般的声音："真美，真好听。"李海燕跳下木排，走了过来，走到王润华的面前，轻轻鼓掌："我特别喜欢这首《夏夜圆舞曲》。"王润华吃惊的声音传来："你也知道？"李海燕骄傲的声音："那当然，这是一首苏联歌曲。我听我爸妈唱过这首歌，我爸妈和苏联老大哥们曾经一起工作过。"海燕的父母亲是南下的老干部，20世纪50年代，她的父母曾和在华的苏联专家有过工作交集。中苏交恶，中国人怒骂苏联是"苏修"，海燕却坦坦荡荡地说着父母亲的过往，一点也不隐藏自己的真实感情，她称赞王润华唱得真好听。

　　能在特定的环境下找到一个知音，那是非常欣喜的，可惜的是，那么优美动听的歌曲，孤独的人只能在空旷的河边孤独地唱，孤独的人只能在河畔孤独地听，听觉的盛宴被浓浓的夜幕深锁。当李海燕和王润华看到我也从黑暗中向他俩走来时，都会心地一笑，年轻的心儿在夏夜的星空下欢乐激荡。

　　过了几天，我私下里问海燕："你和王润华并不熟悉，为什么要和他说你爸妈曾经和苏联专家在一起工作？"海燕很不解地看着我："这是事实，我为什么要避讳？再说，一个人能在河边轻轻地哼唱《夏夜圆舞曲》，他的心中一定是有美好向往的，难道一个向往美好的人会去告发我？我想，一个告发者是不会在夏夜唱《夏夜圆舞曲》的。"海燕很不高兴地甩手离我远去，临走时还抛下一句话："美是关不住的。"

　　一首《夏夜圆舞曲》竟让我和海燕生分了好长一段时间后才恢复友情，重归于好后，海燕说："如果你把所有的错误都关在门外，真理也要被关在门外了。这是泰戈尔说的。如果你把所有的美好都关在门外，那我们就会生活在沙漠里。这是我说的。以后有机会，我还想伴随着《夏夜圆舞曲》的旋律和你跳舞呢。"海燕说着说着扑哧一笑，小虎牙也开心地跳了出来。我也很开心笑着回答海燕："如果有一天，我能和你跳舞的时候，最好请王润华再来唱这首歌曲。"我笑着说要请海燕吃一只油饺作为"负荆请罪"的代价，海燕不假思索："好啊，一只不够，要两只。"我惊讶："我们才刚刚吃过午饭呢！"海燕标志性的小虎牙在我的面前晃动，分布在脸颊两端的那几颗雀斑也跟着调皮："那是我的事情，你只管请客。"呵呵，海燕，你"敲竹杠"

也毫不客气。没辙，陪着海燕到小卖部买了两只油饺，看着海燕美滋滋地享受，我也乐了。海燕，你这只调皮的海燕。

多年以后，我还常常回忆这段鲜为人知的过往。那个夏夜，王润华的《夏夜圆舞曲》让我感受到了夏夜的美好；那个夏夜，海燕的清澈干净让我感受到了她人格的魅力。我在以后的好多作品中经常用"夏夜"的署名，因为那个夏夜，被我记住了。

20世纪70年代初是一个物质文化和精神文化比较贫瘠的年代。我们基建队办了一个图书馆，出借的长篇小说有浩然的《艳阳天》《金光大道》、李云德的长篇小说《沸腾的群山》等，柳青的《创业史》、杜鹏程的《保卫延安》、曲波的《林海雪原》也有借阅，此外，郭沫若的封笔之作《李白与杜甫》我也在图书馆的目录中看到过。好像还有一本苏联的长篇小说《叶尔绍夫兄弟》，这本书极其抢手，排队登记借阅的人有很多。除此之外，就数鲁迅的作品最多，杂文、散文、小说等，连队图书馆几乎囊括了鲁迅所有的作品。还有就是马恩列斯毛的著作了，图书馆的书架上都排得满满的。记得鲁迅的作品和马恩列斯毛的著作都是白色的封面，走进图书馆，一排排书架贴着白色的墙面，书架上排列着整整齐齐的这些白色封面的著作，热热闹闹的阅读者站在书架前，挑了半晌，还是不知道挑选哪本著作为好。学识浅薄的初中毕业生，总觉得太深奥了。

基建队的图书馆提供的精神食粮多少还是丰富了我们的业余生活，但实在是杯水车薪，满足不了读书人如饥似渴的需求。李海燕私下里就和我说，文学的星空里闪烁着无数的星星，可惜我们摘不到，只能仰望和遥想。很快地，没过几年，1978年后，中国的和世界的文学名著就像雨后春笋一般钻出这片曾经荒芜的文化土壤，任凭莘莘学子摘采。但在1974年，我们基建队的图书馆能有一批文学作品公开出借，还真的是难能可贵的。

荒漠并不仅有沙子，还有不屈不挠的仙人掌盛开着鲜艳的花朵。文学是人学，文学作品的主要目的是塑造人物，描写社会，呈现丰富复杂的人性和人生，展示多姿多彩的社会现象。人和动物的区别就在于人有更高的精神层面的追求，基建队的图书馆只能提供有限的书籍，我们就从其他途径获得更多的精神食粮，很多世界名著都是私下里互相交换而有幸拜读。后来，在农场的年轻人中间有一些手抄本不胫而走，风靡一时。我的印象中当时流传的手抄本有《第二次握手》《一把铜尺案》《梅花党》等。这些手抄本在我们这些缺乏精神食粮的小青年中很受欢迎,彼此互相信任的铁杆哥儿们、姐儿们会偷偷地互相传阅这些手抄本。曲折的故事情节,鲜明的人物形象,纯洁的爱情追求,一册在手,难以放下。此外,晚上躲在蚊帐里,听室友讲故事,也是一种精神消遣。

我也曾经写过一个手抄本,在很小的范围内流传,颇受欢迎。我们木工车间的赵斌杰给我讲了一个上海滩年轻女子委身家族的宿敌,等待了20年终于复仇成功的故事,根据他的讲述我写出了一个《二十年复仇记》的本子,约有两万多字。这本《二十年复仇记》的手抄本私下里被几位好友传阅,最后流传到哪里竟不知了,听说是被我的一位好友带到上海,他给自己的要好同学看,后来他的同学说是弄丢了,也就不了了之。可惜了,这是我的第一次创作。《二十年复仇记》我私下也给李海燕看过,她称赞我写得不错,有血有肉,和我原来在政宣组所写的文章相比,那简直是天壤之别。海燕还提了一些建议,希望我能修改得更精彩。

这个时候连队正在查地下流行的手抄本,说这些手抄本美化了资产阶级的人性,要坚决肃清资产阶级的流毒,一场政治运动的风暴行将掀起。食堂里有大字报张贴,是批判资产阶级人性论的文章,言辞犀利,火药味甚浓。山雨欲来风满楼,我怕受到负面影响,回复海燕说,坚决不再修改了,况且原稿丢失,重起炉灶力不从心。海燕满不在乎,她理直气壮地说:"《二十年复仇记》是描写正义最终战胜邪恶的故事,有什么好害怕的。你记忆力很好,完全可以重起炉灶。"海燕甚至语出惊人:"手抄本弥补了文学的空白,中国的文学,不能只有一部《艳阳天》。"我惊讶地看着海燕,她很自负地仰起头,望着天花板,"文学是百花园,毛主席说的,要百花齐放。"现在想来,那个时代,海燕能说出这番话,还是挺勇敢的。海燕,佩服你,你真的是一只勇敢的海燕。

风靡一时的手抄本成为精神食粮的标签,阅读手抄本成为一种时尚,手抄本泛滥的现象引起了基建队党总支极大的重视,一场彻底清查手抄本的政治运动在连队爆发。特定的政治形势下,有个别追求积极上进的年轻人会向领导检举揭发谁在私下里偷阅手抄本。我还真庆幸我撰写的《二十年复仇记》那部手抄本石沉大海,有幸躲过一劫。

查抄手抄本的运动在我们基建队延续了好几天,就像《红楼梦》里大观园抄家一样，民兵连长带领着一批坚定的马克思主义者有针对性地查抄员工的宿舍，缴获了好多手抄本。海燕是我们木工车间的政宣负责人，被收缴的手抄本送到她那儿的也有好多。海燕尽量平息手抄本事件掀起的风波，她对被查抄到的拥有手抄本的员工说的都是一句话，以后注意就是。海燕尽自己所能，弱化手抄本事件所带来的负面影响，挺身而出保护了好多年轻人。她在给木工车间党支部和基建队党总支写的有关手抄本事件的处理报告中巧妙地将矛盾的焦点引到了连队的图书馆。她在报告中说，图书馆有限的书籍满足不了青年人如饥似渴的学习愿望，手抄本才会出现并流传。如果我们的图书馆能提供丰富的作品，手抄本现象也许不会出现，也许不会泛滥。连队党支部看了海燕的报告，觉得有道理，就让海燕带着介绍信，到上海采购一批书籍，丰富连队图书馆的馆藏。

海燕轻松地化解了手抄本风波，还带着我一起到上海南京东路新华书店去采购一批图书，让我难得有一次出差的机会。海燕，你真的是一只机智聪慧的海燕。

缴获的手抄本中有《第二次握手》，海燕建议我看看。我连夜看完归还给海燕，她问我读后感。我回复说写得很精彩，反映科学家热爱自己的祖国，丝毫没有看到反党反毛主席的内容描写，要说缺点的话那就是描写爱情和人性的笔墨多了些。海燕沉默不语，她低着头将我还给她的《第二次握手》的手抄本拿在手里，轻轻地抚摩手抄本的封皮，许久才说出一番至今我还认为在当时是非常勇敢的话："确实有篇幅较大的人性描写，但《第二次握手》闪烁的是无产阶级的人性光辉。小说是以描写人物为主线的，写人物当然会写到爱情。恩格斯说过，爱情是永恒的主题。"我吃惊地张大了嘴，难以相信上述话语出自海燕之口。海燕仍然滔滔不绝，自由自在地翱翔在她自己的思维天空。"这是一部歌颂我国科学家热爱自己祖国的小说，爱国主义贯穿这部小说的全部，真希望有一天我能在新华书店购买到这部小说。"此时此刻，除了吃惊于海燕的言行之外，内心更多的是对她的敬佩。海燕最难得的是时刻保有一颗纯净的心，那是我们这个时代最稀缺的。海燕所言其实也正是我之所思，只是我的明哲保身让我不敢言说，我没有在苍茫的大海上勇敢飞翔的勇气。海燕，你真是一只勇敢的海燕，在怒吼的大海上，在闪电中你高傲地飞翔。

我和海燕的农场生涯延续到了1976年元旦。春节的脚步临近了，元月8日，传来周恩来总理逝世的噩耗，举国悲痛，我们基建队也设立了灵堂悼念周总理。我们木工车间在海燕的主持下办了一个诗词专栏，悼念我们敬爱的周恩来总理。我们也不懂什么诗词格律，就套用，确定一个词牌后开始填词，以朗朗上口为标准，且最后一个字能做到能押韵，一首词作就算完成了。我们木工车间一下子涌现出了好多写诗写词的"高手"，悼念周总理的诗词专栏刊出了十几首诗词，有《念奴娇》《采桑子》《蝶恋花》等，我也写了一首词，海燕看了之后就刊用了。我们连队有个文学爱好者应邀写了一首《沁园春》的词，开头为"呜呼哀哉"。海燕看了之后感到很不舒服，她皱着眉头对我说："这呜呼哀哉我实在不能接受，不古不文、不伦不类的，你通知他务必将这四个字改掉，否则我就不用这首词。"遵命，但任务没法完成。创作者理直气壮，"呜呼哀哉"是叹词，表示内心的悲痛。海燕亲自出马，经商讨后改成"哀痛难忍"。事后海燕和我说，她一看到"呜呼哀哉"四个字，心里就不舒服，她就会联想到她的老革命父亲在"文革"爆发时被造反派揪斗，造反派贴她父亲的大字报上就有"呜呼哀哉，走资派今天走向了灭亡"的词句，从此以后，只要一看到"呜呼哀哉"四个字她的心里就百般不是滋味，再说用在悼念敬爱的总理的诗词里面，这"呜呼哀哉"也实在是不妥。

新年到了，可以放假回上海，阖家团圆过新年了。这一年海燕选择了留在农场值班，她悄悄告诉我正好可以利用这段空闲时间看些书写些东西。她说，留守在难得清静的海岛，要读一些还来不及读的书。她带着诗情画意向我描绘农场值班的生活："一个人坐在窗前，四周静悄悄的，只有鸟儿的歌唱陪伴着我。下雪了，飘飘扬扬的雪花漫天飞舞，我在门口堆起一个雪娃娃，雪娃娃蹲在一边看着我在静静的阅读中放飞自我。"海燕的浪漫主义情怀让我羡慕不已，差点儿也想留下来陪着她过一段闲云野鹤的日子。浪漫，是我们那个时代的奢侈品，唯有我心向阳的人才能拥有。海燕心存美好，滴水都会成为精神支柱，她总是将日子过得有滋有味。海燕又说，她不回上海过春节其实还有一个更重要的任务，就是想把我们所写的悼念诗词再梳理一遍，到了春天清明节的时候，出一本纪念诗歌集，木工车间的成员人手一册，海燕还想好了封面的设计。海燕说，周总理去世时，悼念专栏只选用了十几首，而她征集到的诗词却有五十几首，她想整理并修改一下，让每位诗词的作者都能看到自己的作品被录用。海燕拉开抽屉，取出一沓稿件，深情无限地朗诵其中的一首，眼睛里满含泪花。纯属巧合，海燕所读的这首词恰好是我所写的。"写得真好。"海燕轻声赞叹，"还有好多，也都不错，这是我们的心声，我一定要完成这本诗集。"在海燕的心里，这本诗集将成为她怀念周总理的最重要的闭环。海燕还郑重委托我，请我为这本诗集写一篇序言，我很感谢海燕的信任，不假思索地应允。

我高高兴兴地回上海过春节了，海燕买了一条特大的青鱼让我送到她在上海的家，她说她的妹妹李海鸽喜欢吃鱼。海燕上海的家住在静安区南阳路上的一幢公寓，拐弯就是西康路，沿西康路往南步行几分钟就到了南京西路，黄金地段。乘电梯进入海燕的家，客厅很大，沙发的后面还有两只很大的书柜，推开窗户就可以看到近在咫尺的南京西路的景色。20 世纪 70 年代初的上海滩，能居住在这样的公寓，那是非富即贵。海燕的母亲——一位干练的中年女干部亲自接待我，她为我沏茶，还送上一碟干点心，很是热情。言谈中我为海燕不能回家过年流露出一丝遗憾，海燕的母亲爽朗地笑道："我和海燕她爸爸参加革命都三十多年了，我们把一生都献给了党，海燕不回家过年实在是不值得一提，她在农场值班也是革命工作，我们支持她。"后来我才得知海燕的父亲是上海仪表局的一位局级领导干部，母亲也是一位局级老干部。海燕却丝毫没有提起过，她从来没有将自己的父母亲抬出来作为炫耀的资本。

从海燕家出来，若有所悟。海燕自小受到这样的家庭的熏陶，她骨子里的勇敢源于她父母亲。外表柔弱内心强大的海燕，我似乎看到你在开怀大笑，可爱的小虎牙又无遮无掩暴露无遗。哦，海燕，你这只可爱的小精灵，你的家庭让我进一步了解了你。山东姑娘的倔劲，青岛女孩的灵气，在你的身上尽显。

1977 年冬天，我和海燕都是非常开心的，中止 11 年的高考恢复了，我和海燕都参加了首届高考。没多少时间，我们都被通知参加高考的体检。海燕和我都踌躇满志，似乎看到了大学的校门已经向我们敞开，大学的通知书正在邮寄的路上。海燕所有的志愿都填写中文专业，她报考的是复旦大学和华东师范大学的中文系，我们都说，这一次海燕要飞得更高更远了，她将在文学的海洋里尽情地翱翔。

晴天霹雳，海燕在体检时被查出视网膜色素变性症，海燕跨入大学校门的夙愿被可恶的眼疾关上了大门。我在医院门口见到了海燕，她的眼圈红红的，紧抿着嘴唇，她望着蓝天下的朵朵白云，一双眼睛空洞无神，她心里一定在问：老天，你为什么对我不公平？我默默地站在海燕的身边，陪伴着海燕看那天上的云，我的心里在说，白云啊，帮帮我们的海燕吧，恳请你赶快为我们的海燕请一个神医。

我获得了入学通知书，海燕主动提出要为我饯行，说要请我吃两个油饺。我们相约在农场的小卖部见面，海燕先我而到，她排在几十人长的队伍里，向我招手，吩咐我在一边等着她。热腾腾的油饺送到了我的手里，我和海燕跳到河岸边的木排上，两个人的左手和右手分别握着油饺，冬日的阳光暖暖地洒在身上，吹来的风柔柔的，冬天里的春天，感觉很舒服。

　　油饺很快地就吃完了，我和海燕依然坐在木排上，海燕的心里藏着万千的心事，她很难受，就这样呆呆地坐着，一言不发。沉默是生命的底色，一个人陷入极度困惑或难受的境地，一定会极致孤独，哪怕是沐浴在阳光下。我深知海燕一直有个梦想，能进入高等学府系统地学习中文，将来做一名女作家。然而仅仅是一步之遥，海燕的理想就被现实无情地粉碎。海燕恍若一梦，梦醒时分，她看到了自己的好朋友即将踏上求学的道路，而她大学之梦的实现或许遥遥无期。

　　我陪着海燕静静地坐着，一声不吭，怕言多失语会触动海燕最柔弱的心弦，使得她的情绪起伏波动。海燕，其实我特别想和你说说话，因为我能读懂你的情绪，快乐或忧伤；我能分享你的心事，落寞或彷徨；我能包容你的个性，爽朗和直率。无情的眼疾夺去了你上大学的机会，我们都为你扼腕伤感，海燕，我想对你说，我们木工车间的好多朋友都洞悉你内心深处的柔软和善良，你外表坚强，但再坚强的人也有哭泣的时候，海燕，你却忍住了，那是何等的毅力。

　　海燕，我要和你再见了，分别时许多告慰的话已没有了恰当的语境，在此之前，我们的交往也已经太多了，我很想故作轻松地和你握一握手说声再见，可没想到这么简单的事情却也并非容易做到。我真想对你说，我希望你是快乐的，至少在这个冬天。我宽慰海燕条条大路通罗马，理想的实现不必胶着于是否能进入大学，生活在这片土地上，你依然会感受季节的流转，天空与大地的守望。海燕，你一定会发挥自己内在的充沛的生命力量，用自己的笔去描写这个广袤的世界。海燕，我想对你说，走你想走的路，走你能走的路，做你想做的事，做你爱做的事。

　　一阵风卷起了河岸边的枯叶飘到了木排上，躲藏在我们的脚踝骨下，海燕捡起金黄的树叶放在阳光下凝视，开心地露出了微笑，我又看到了她绽开笑容时那两颗招牌式的小虎牙。"海燕，我送你一句诗，"我为海燕朗诵，"冬天来了，春天还会远吗？"海燕转过脸，平静地望着我，双唇紧抿，眸底流出坚毅，那是勇敢的海燕不屈不挠的象征。露出小虎牙的海燕甜甜地一笑："第一次听到你念这句诗的时候，我刚进木工车间，那个冬天的夜晚，我们都很难忘。"坐在木排上的海燕站起身，从怀里掏出一本日记本和一支笔，递到我的手里，"真心地祝贺你，实现了自己的梦想。"我打开海燕赠送我的日记本，扉页上有海燕亲笔写的两段话。第一句话是高尔基的名言：书籍是人类进步的阶梯。第二句话是这样一行文字：我们永远不能占有时间，时间却掌握着我们的命运。一种无言的感动从心底升腾而来，谢谢你，海燕，这世间，唯有生命和友情不可辜负。海燕，我想对你说，尽管你折了翅膀，你还是一只勇敢的海燕，你绝不会向命运屈服。

我到上海后，海燕和我曾经通过一封信。海燕在信中说她会抓紧时间看眼睛，她的家人已经给她联系了上海第一人民医院最好的眼科医生，她争取早日治好眼疾，继续参加高考。展开海燕的来信，一天中我读了好几遍，信中的海燕语气轻松，还不忘调侃我，说我现在应该是一只有胡子的山羊了。我边看边笑，笑着笑着又禁不住流泪。海燕，你面对凶残的眼疾，还如此轻松，没有眼泪，没有悲伤，你送给昔日农场好友的是满满的自信。海燕，我想说，你在写这封信的时候，一定是笑出声来好几次。"曾经沧海难为水，除却巫山不是云。"海燕，无论你在哪里，你观赏的是四时的风景，你走过的是瑰丽的人生，因为你心中有个桃花源，那你何处不是云水间？

海燕没有食言，又参加了第二次高考，成绩依然骄人，进入全国重点大学没有问题。令海燕抱憾终生的是，她的体检又没有通过，无情的眼疾让海燕满怀着的希冀最终还是成了泡影，美丽的大学之梦彻底破碎。唉，那一年，1978 年早秋，我们木工车间何其不幸，有两位被名校录取的青年才俊，一只脚已经跨入大学校门的时候，另一只脚却被无情的命运给拖住了，最终与心仪的大学失之交臂。另外一位就是杨曙捷，他被上海财经学院录取的同一天，却从高空坠落，中枢神经系统受到损伤，终生与轮椅为伴。每每想起李海燕和杨曙捷，每个人都不胜唏嘘。

海燕，在苍茫的大海上展翅翱翔的海燕从来就是不屈不挠的性格，她说，进不了大学校园她同样可以上大学，她更加发奋地自学，她要在家里圆自己的大学梦。海燕还是在展翅飞翔，她明白她与生俱来就是在乌云和大海之间像黑色的闪电高傲地飞翔，海燕不会屈服于命运的安排，她要完成她的美丽的文学梦想，哪怕不周山坍塌，她也矢志不改。海燕，你这个山东姑娘，令人敬佩。

海燕 1979 年顶替回沪，在上海仪表局所属的一个研究所工作。她自知最后将与黑暗做永生的伴侣，在能看得见光明的时候，海燕抓紧时间学习，如饥似渴。在能看见缤纷世界的最后一段岁月，海燕的主要精力都放在看书学习上，她恨不得将图书馆里自己喜欢看的书都装进自己的脑海。海燕紧接着又华丽转身，完成了做母亲的角色，让自己的生命得以延续。海燕活出了自己，成为人生的赢家。

磨难是人生最好的试金石，只要心坚强，意顽强，所有的坎坷都会促进你快速成长。乐观豁达的海燕在自己的读书笔记里写道：磨难不是苦难，而是借用苦难面纱遮蔽的财富。我绝不哀叹命运的不公，而要庆幸不公的命运眷顾了我。我笑着活下去，就会拥有独一无二的绝版好风景。海燕一如既往地展翅飞翔，她执笔描绘自己的生活，她的人生处处都是风景。海燕在书籍的海洋中饱览群书，身上的特质得到了升华。海燕有了可爱的儿子，而且目睹儿子一段最重要的成长经历。海燕还出版了好几部作品，字里行间都是对生活的真爱。海燕满足了，于是坦然地接受命运对她的严酷考验。

海燕在双目失明之前，我邀请海燕及其他的一些农场知心好友一起小聚，我们想让海燕在沉入无边的黑暗之前再看一看那些曾经朝夕相处的伙伴，让最后一刻的美好留存在海燕的心田。海燕在闺密金爱芳的陪同下来了。我在酒店的包房迎接海燕，好多年没见了，她银铃般的声音还是那般脆亮，咯咯地笑着向我走来，我赶紧上前握住了海燕的手。恍如一梦，梦中的海燕还是那个年方二十的女孩儿，充满着朝气和灵气，梦醒时却看见海燕已过了青春，体态、面容、眼神、心境都被盖上了中年的印戳。岁月如梭，从农场归来后，我们都还没有好好地享受人生，就仓促地步入了中年。

还有几位农场好友没到，我和海燕还有金爱芳先喝茶闲聊。舀一勺茶叶放入茶杯，注入沸水，一片片雀舌一般的茶叶在清澈碧绿的液体中舒展旋转，渐渐地下沉，杯中的雾气带着茶香袅袅上升，无声无息地向四周弥散又悄然消失。海燕全神贯注地看着我为她和金爱芳沏茶，静静地坐在沙发的一角，面庞淡雅如菊，微笑慢慢地在她的嘴角漾开。夕阳的余晖透过玻璃染上了她没有神采的眸子，我竟然感觉到她双眸中有光泽在跳跃。我推开窗户，让斜阳均匀地铺在海燕的身上，就像给她加上了一层金色滤镜，一眼望去，如同一幅朦胧的油画。腹有诗书气自华，人到中年的海燕端庄典雅。

　　默默地观察这一寻常的物理现象，海燕没有光泽的眸子似乎在熠熠闪亮。她接过我递给她的茶杯，送来礼节性的微笑，轻轻地吹开茶叶，细细品茶，一股清香中透着一丝苦涩，一杯清茶的韵味恰似我们细水长流的纯净友情。我们仨都没有说话，唯愿守着这安好的光阴，守着这静默的时光，陪伴着海燕享受着她的人生的最后一道光明，让岁月记下这份温润与真情。起身要为她俩续水，海燕阻拦了我："在我还能看见这个世界的时候，请允许我为我的好朋友再做一次服务，也许是最后的一次。"海燕张嘴一笑，小虎牙又露了出来，满满的诚意。一个人的心，最不会说谎，海燕是真心想为她昔日的农场好友做最后一次的服务。我和金爱芳互相对视，眼圈泛红，我们心里都难受得很。海燕人生的道路，比我们多了几道沟坎；海燕生活的滋味，比我们多了几分苦涩，海燕注定了要在苍茫的大海上搏击风浪，这是海燕的命运。海燕端起水壶，走到我的面前，笑着说："请接受我的服务。"水没有倒在茶杯里，却烫着了我的手，我连声说着谢谢海燕，一把抓住了海燕的手。我怔怔地注视着海燕，看到海燕微卷的睫毛轻颤，泪眼蒙眬，泛红的眼尾如同一朵盛开的鸢尾花，落寞地绽放，我的心顿时一阵难受。海燕忽而又冲着我微笑，将她的那一对标志性的小虎牙送入了我的眼帘，她的柔声细语拂过我的耳畔："有你们真好。"我的眼角也微微有些潮湿，很想对海燕说说我的心里话。我想对海燕说的话有千言万语，最后就化为一句肺腑之言："谢谢海燕。"随后，我俩就一起抓住水壶，往我们的茶杯里续水，那冒着热气的沸水，仿佛是我们的一片炽热情怀。海燕，我在心里默默地对海燕说，愿你在今后面对幽暗的日子里，依然像一只勇敢的海燕，把握住每一个属于自己的机遇，飞翔在心中的那片蓝天。

　　2002 年，海燕双目彻底失明。海燕的翅膀折断了，她再也不能自由自在地翱翔在天空。我为海燕扼腕叹息，海燕却坦然接受命运的安排，她早就做好了与黑暗打交道的准备。我和海燕通电话，安慰的语言还没有系统地组织好，反反复复传递给海燕的就是一句话："海燕，别痛苦；海燕，别难受。"电话里海燕银铃般的笑声传来："你该不会忘记'拿捏得当，顺其自然'这句话吧? 谢谢在你 29 年前就赠送给我这八个字的金玉良言，我现在对我的生活也是拿捏得当，我会顺其自然的，这是人生的哲理。"海燕又一次说起了哲理这个词语，我在电话里感动得不能自已。海燕活得太通透了，她的洒脱远远超过我的预期，她娓娓动听的话语就像在朗诵一首优美的散文诗："我把一些无谓的痛苦扔掉，快乐就有了更大的空间。紧紧抓住不快乐的理由，无视快乐的理由，那就是你总觉得难受的原因了。昨天我是月亮，太阳给了我光辉；今天我是月食，地球遮住了我的光辉，我还是我，我的思想的光辉还在闪闪发光。活好每一天，才是人生的意义。"电话那头的我，聆听着海燕银铃般的声音，久久无语，潸然泪下。我被海燕的精神高度折服，自叹够不上海燕的文化涵养。文化是根植于内心的修养，海燕的这番优美的真情告白既展现了她的文学素养，又体现了她的良好教养。我们的海燕走进了一条幽暗的小巷，却披着一身霞光，她展开想象的翅膀，用优美的文学语言描绘人生绚烂多姿的旋律，谱写大地四季交替的年轮。海燕，你虽然看不见阳光，但学会了享受风雨的清凉；你虽然看不到鲜花，但学会了感受泥土的芬芳。海燕，你的人生赢了，你是一只勇敢的海燕。

做一个单纯的人，走一段幸福的路，快乐的海燕依然在文学的天空中飞翔，她的文学之梦丝毫没有停顿，踽踽独行在坎坷的文学之路上。没有色彩的世界里，海燕却在自己的文学世界里寻一处清幽，植一粒光明的种子，成全内心深处的花开。海燕在文字的天地里寻求知音，在磨砺中感悟升华，在时光中沉淀馨香，光阴把最美妙的东西馈赠给了修炼它的人。2004年，海燕学会听音盲打电脑，她用键盘打出了《键盘上的小精灵》《风雨彩虹》和《视觉以外的风景》三本散文集，其中很多篇章被上海的《新民晚报》

双目失明后的海燕坐在电脑前做文学创作的构思

《灵芝草》等报刊登载，这三本书我均有收藏。

人类被赋予了一种工作，那就是精神的成长。海燕出版的三本书是用心灵的微笑，吟诵岁月的聚散风云；用心灵的阳光，轻吻生命的温馨甘甜。在光阴的荏苒里，海燕用自己的文字诠释了从容与淡定；用自己的故事悟出人生的道理，在道理中为自己疗伤，就像莫扎特的音乐，充满了天使般的温柔。读海燕的作品，可以看到海燕微笑的内心世界，看到她阳光一般的璀璨人生。海燕，今天的你，尽管折断了翅膀，可你依旧是一只勇敢的海燕。你飞不了了，还能走；你看不见了，还能听，黑暗锁不住你的自由的灵魂。你说，只要把心安顿好，走在哪里都会有风景。虽然看不到，但会感受到。你还说，人生最终的价值不在于你能够看到这个世界有些什么，而在于你对这个世界能做些什么。海燕，你把自己的生活过成了自己内心喜欢的模样，活出了生命的高度。

海燕失明后，我们又有数次聚会，每次海燕都是由她的闺密金爱芳陪同，早早地抵达，丹凤眼虽无光泽，招牌式的微笑，且笑起来露出的两颗小虎牙还是和几十年前没有区别，说话的声音还是像风中的银铃那般好听。海燕被大家簇拥，伙伴们围着海燕翻箱倒柜地找出农场里的各种有趣的往事互相戏说调侃，就是想博得海燕的开心。海燕竖起耳朵聆听大家的欢笑声，那声音，海燕太熟悉了，那过往，海燕也太熟悉了。她静静地听着，微微地笑着，温婉的气质在她的身上淡淡地散发。那种宠辱不惊的淡定，那种风过无痕的从容，让我感叹，优雅才是一个女人唯一不会褪色的美。伏尔泰说："美只愉悦眼睛，而气质的优雅使人心灵入迷。"端庄文静的海燕就像一座雕琢的石像坐在旁边一动不动，嘴角始终漾着一缕浅浅的微笑，没有光泽的眸子特别幽深、特别自然，和昔日的农场好友们相聚在一起，她只是幸福地享受着听觉的盛宴，会心的笑容沿着嘴角时不时地爬上脸庞，偶尔也会不经意露出可爱的小虎牙，海燕的气质就像是从书里面走出来的文艺女神。几十年过去，优雅的海燕留住了时光，守住了初心。

自带光芒的海燕，犹如一种磁场，给人的心灵以强大的吸引力。我和海燕坐在一起，陪着海燕说话，称赞她写的书很接地气，非常有亲和力。海燕也祝福我出版了长篇小说，她说盲听了两遍，写得很出色，她送来真诚的赞誉："泰山不让土壤，故能成其大；江海不择细流，故能就其深。文学创作是需要积累的，听了你的小说，我就知道这么多年来，你的积累很深。十年磨一剑，祝贺你成功了。"随后她又坏坏地笑出声来，"学问渊博的人可以没有胡子的，山羊有胡子也没有人会把它当作学问渊博的代名词。"海燕说完，开怀而笑。海燕，我看到了一个快活的海燕，依旧那般生动、那般纯真，就像我在农场里第一次看到的她。我对海燕报之以会心的微笑，我用雪莱的诗回答海燕："冬天来了，春天还会远吗？"多年的神交和海燕该是心有灵犀一点通了，明眼人和失明人四目相对，海燕看不到我，但美丽的文学之梦却让我们彼此有心灵的感应。

　　包房里响起了《神秘园》的音乐，来自北欧的天籁，像月光一样柔美空灵、清澈优雅，纯美的旋律仿佛是从天堂那个充满幻境的地方缥缈传来，轻轻地划过我们的心扉。海燕止住了脚步，侧耳静静地聆听，露出了舒心的微笑，小虎牙也悄然钻了出来。那一刻，包房里静悄悄的，轻灵如水的音乐《森林中的一夜》，散发着一种无法抗拒的魅力，让我们伴随着海燕进入一个纯净神秘的世界。海燕在音乐中轻轻地朗诵："我从不相信自己，当生命失去了光，我就失去了方向。前路开始模糊，我要挣脱许多束缚，你们让我依靠，让我坚强。有你们的地方，就有阳光，谢谢你们，我亲爱的朋友。"这是海燕的告别箴言，唤起了我们心底深处最温柔的感动，我们围着海燕，泪湿衣襟。海燕莞尔："这么美好的夜晚，我还想跳一支舞呢。这支舞，我一直想跳，想了几十年呢，我想邀请我们木工车间的作家夏国平先生陪着我跳一支舞。"我豁然明白，我说："最好跳一支《夏夜圆舞曲》。"海燕开怀大笑，笑得舒心荡气，我向海燕做出一个邀请的动作。海燕有如神助，不偏不倚地向我缓缓走来，她无所顾忌地露出两颗小虎牙，没有光泽的眼窝里蓄满了智慧，她说："森林中的一夜和那个夏夜的意境一样。"我回答海燕："多么美好的夏夜，我们拥抱夏夜，拥抱美好。若把所有的美好关在外面，那我们就会生活在沙漠里。"海燕抿嘴，笑意在嘴角化开："谢谢你还记得。""当然，我还记得那两只油饺呢。"海燕咯咯笑个不停："不义之食不可食。忘了告诉你呢，那天我是刚吃过午饭，又装进去两只油饺，吃撑了，闹肚子呢。"轮到我哈哈大笑，笑声中，我和海燕，还有我们其他的农场伙伴，漫步在神秘园，我们在流淌的音乐声中优雅地轻舞，像水滴一样清澈的音乐陶醉到我们内心的深处。

　　送海燕回家的路上，海燕一反往常端庄安静的模样，滔滔不绝，特别兴奋，天南地北想到哪里说到哪里。抵达海燕的家门口，海燕下车，我看到海燕没有光芒的眸子里忽地闪过一缕阴影，又迅速回复到了常态。海燕故意地扑闪着那双眼睛，笑盈盈地望着我，说道："我今天太高兴了，谢谢。"借着路灯的灯光我看到海燕的神情似乎特别愉快，眼角始终漾着浅浅的微笑，银铃般的声音再度响起："作家，我差点忘记，有一样东西是专门送给你的。"海燕从她随身携带的小包里掏出一本书隔着车窗送到我的手里，是一本小说，书名是《第二次握手》。"啊，海燕，海燕，你……"我竟有些无语。《第二次握手》就像一把时间的钥匙又打开了我封存的记忆之门，昔日的战友情又在眼前浮现，令我的回忆有着足够的温暖。人生的许多事情，正如行船后面留下的波纹，总是在过后才觉得美。我想下车和海燕握手甚至是拥抱，海燕把住了车门，她似乎早有预料。一句话飘进车窗，往昔银铃般的声音竟然有些许沙哑："人生的价值并不是用时间，而是用深度去衡量的。也许我们很难有机会再见面了，但无论在哪里，我都会关心着你的作品。"黑暗中，我和海燕四目相望，我能感觉到海燕的眼睛里有两道灼热的光焰喷涌而出，那是海燕传递给我的力量。黑暗中海燕的笑声传来，两颗白白的小虎牙显得格外显眼，海燕在爽朗的笑声中转身，她在黑暗中摸索着走进弄堂的深处。我和金爱芳看着她的背影完全融入了夜色，才心情沉重地收回目光。

一路上，我和金爱芳一直在聊着海燕，我们和海燕一起走过了春天，走过了夏天，走进了秋天，在进入人生的黄昏时，暮然发现，我们这忙碌的大半生不过就是海面上的海市蜃楼，倏尔就会不见。这剩余的日子，开心每天最为重要。我的耳边又回响起海燕所说的"也许我们很难有机会再见面了"的话语，我问金爱芳，海燕说这句话是否有什么隐藏的意思。金爱芳不想隐瞒，她告诉我海燕的身体也不太好，正在检查，估计是癌症。这次农场老朋友见面，也许是她最后一次参加了。我的心不由得一沉，一边默默开车一边暗自替海燕祷告：老天，保佑海燕。

海燕一语成谶，我们没有机会再见面了。2015年春，海燕被确诊罹患卵巢癌症，我听到这个不幸的消息是在2015年初冬，金爱芳给我发的信息。闻之，心情杂乱，那一刻，我的心电图估计是一幅凌乱的正弦函数图像，海燕，你终究还是没逃过病魔的来袭。金爱芳一再告知，海燕不希望朋友们去看她，她要将最好的形象留在朋友们的心里。我对自己说，这才是海燕，她不希望大家看到一个形容枯槁的海燕，她希望大家能记住她的美好。这一年夏天，我正在上海书展举行我的第二部长篇小说《灰色的建筑》推向市场的新闻发布会。发布会结束后，我在现场为读者签售我的新作，农场里也有好多朋友前来祝贺。有朋友提醒我，别忘记送一本签名本给李海燕，她一直很关心你。我不假思索回答："那是理所当然。"我委托金爱芳将我的新作转送给李海燕，几天后，李海燕让金爱芳转达她的感谢，她说这是她当下收到的最好的礼物，感谢我及时送给她一份精神慰藉，她在认真地听。过了不久，海燕又有录音发给我，说这部小说她全部听完了，她在录音里用了惊心动魄、环环相扣、一波三折来形容小说，还说比我的第一部长篇小说《天堂鸟》写得更好。在这段长长的录音中，海燕真诚感谢我在恰当的时间里送给她一份最好的礼物，她有说不出的感谢。还以为这是海燕的客套之语，几个月后，惊闻海燕患上绝症的消息，才明白那是海燕的真实心声。

海燕病了，我向海燕表达了真诚的问候。海燕用语音回复我，她说她权当是人生的一场修行。她还说，人生的所有经历都是自己生命中的财富。我反复聆听海燕的语音，眼圈泛红，不是每个人都像海燕那般超然，这是一种文化。海燕病了，昔日农场的诸多好友纷纷向海燕伸出援助的双手。我们农场木工车间有个微信群，在这个群里，有提供民间秘方的，有提供医疗资源的，大家都期盼有妙手回春之力将海燕从死亡的边缘拉回，微信群里也传来海燕的声音，她感谢大家，说她会与病魔抗争。

海燕患病的第二年，我们就鲜有海燕的音信，只是断断续续从海燕的好友金爱芳那里听到零星的信息，都是令人心情越发沉重的坏消息。最后一次获得海燕的消息是海燕自己提供的，应该是在 2016 年岁末，海燕通过微信传递海燕才有的不屈精神：亲爱的朋友们，我会和病魔做坚定不移的抗争，我会坚持到最后一刻。我的亲爱的农场朋友们，海燕永远想念你们，海燕永远爱着你们。海燕，你的声音令人动容，群里面回复海燕最多的一句话就是：海燕，你真是一只勇敢的海燕。

我们牵挂着海燕，默默地为海燕祈祷，希望海燕能战胜病魔，重新回到我们的中间。人若被超越友情的关爱所浸润，其人文精神是升华的，罹患沉疴的海燕在生命倒计时的时刻，也在思念着我们，关心着我们，我们的生命长河中有海燕的出现，感到几多欣慰和自豪。一个人活在这个世界上，谁也无法预估生命的长度，唯愿我们都能珍惜眼前的每一分钟，把握自己生命的高度，丰富自己生命的内涵。

病中的海燕得知我在创作第三部作品时，委托金爱芳将一首北岛的代表诗作《回答》转赠给我以示她的心声：如果海洋注定要决堤，就让所有的苦水都注入我的心中；如果陆地注定要上升，就让人类重新选择生存的峰顶。新的转机和闪闪的星斗，正在缀满没有遮拦的星空，那是5000年的象形文字，那是未来人们凝视的眼睛。这岂不是海燕的人生宣言？所谓人生，是一刻也不停地变化着的，就是肉体生命的衰弱和灵魂生命的壮大。海燕，这首诗歌我会永远珍藏，我会用5000年的象形文字描写这个世界新的转机和闪闪的星斗，我会把我的生活过成自己心里喜欢的模样。

海燕罹患绝症，自知大去不远，她坦然面对，随即在上海第二军医大学办理了遗体捐献登记手续，自愿将她的遗体捐献给国家的医学科研事业。海燕，大爱无疆的海燕，你质本洁来还洁去，你用生命最后的律动完成了你这一生搏击长空的夙愿。海燕生命的钟摆于2017年9月4日停止，这是一个极为特别的日子。39年前的今天，海燕应该背着书包跨入大学的校门的；39年后的今天，海燕带着微笑到天堂读大学去了。海燕，原来你还是执着于你的大学梦想，人间未圆却向天堂行，如此，也只能叮嘱你好好学习，天天向上。海燕远行了，海燕飞到天上读大学去了。

海燕飞向了天堂，我们长江农场基建队木工车间的微信群成为悼念海燕的平台，大家都为海燕的过早离世洒一掬悲伤之泪，纷纷在群里吊唁祭奠海燕。"云中不见君，竟夕自悲秋"，这2017年初秋，海燕离开了我们。她刚离开我们的那几天，我们这个微信群始终处于"欲祭疑君在，天涯哭此时"的悲伤氛围之中。海燕，走好；海燕，天堂没有眼泪；海燕，你把欢乐带到天堂去了。一句句的悼念，都是对海燕最真切的怀念。那一天，我正好在南方的大海边，我赤足走在沙滩上，留下脚印一行行。回眸，清晰的足迹被翻卷而来的海浪淹没。脚印是曾经，大海是永远，瞬间和永恒。抬头，我看着在大海上翱翔的海燕，那勇敢的海燕，正展翅飞向那天与海的交界处。"天空中不留下鸟的痕迹，但我已飞过"，我吟诵泰戈尔的诗句，我的泪水不由自主地涌出来了。一排又一排的海浪涌向沙滩，撞击礁石，惊涛拍岸，声声呜咽，原来心碎的声音和大海冲击礁石的声音是一样的。

海燕面朝大海，春暖花开，她在野玫瑰花丛和海燕的鸣叫声中睡着了，她太累了。海燕，长眠地下的海燕，其实你的灵魂飞向了天堂，你是微笑着飞到天堂的。人生自古谁无死？蜉蝣朝生夕死，彭祖高寿八百，宇宙间万物的生命，虽有长短，终将走向死亡。倘若不能彻悟，把握有限的生命，纵使拥有千年万年的生命，意义何在？海燕，你在天堂里和你的那些键盘上的小精灵围在一起快乐地舞蹈，你经历了风雨终于看到了彩虹，你在天堂可以看到视觉以外的风景，那是你一生追逐的文学伊甸园。遥望天穹，我们都看到了你，海燕。你正展翅高飞，飞向茫茫银河，飞向无限的宇宙。海燕，飞吧，你飞向天堂，那里没有尘世间的无尽烦恼，从此不必再有牵挂。我想，在那里，你的文学之梦，你的才华可以无限地延续。你的父亲母亲早就在那里等待着你，他们的怀抱你可以尽情地依偎，你走向他们的时候，别忘记微笑，露出你的小虎牙。

海燕的生命定格在 2017 年 9 月 4 日，有人悲叹生命就是如此无常，有人抱怨老天对海燕的不公。其实，生命本是大自然中最有力量的存在，但生命却又如此脆弱，在既定轨道生活着的你永远不会知道意外和明天哪个首先会来到你的跟前。我噙泪阅读我们木工车间微信群里那一条又一条悼念海燕的留言，默默遥望苍天，海燕的身影在我的思绪里弥散，我想和海燕说说知心话。海燕，我知道你的心思，天堂里的大学要开学了，你要去那里读大学。在人间，你参加过两次高考，都以高分达到了重点大学的录取分数线，却最终在大学的校门外徘徊，这是你在人世间的最大的遗憾。天堂的大学开学了，海燕，你是不会再错过这一次机会的。海燕在云端向我招手，绽放着灿烂的笑容。我禁不住调侃海燕，淑女可是笑不露齿的。谁料海燕更是尽情大笑，又说，我终于跨进大学的校门了，当然要开怀大笑。海燕，在9月的开学季，躲在云中笑，我却眼眶濡湿。

海燕飞了，就像一只美丽的蝴蝶，蝶化登仙。蝴蝶太美了反而显得残忍，美丽的蝴蝶在蓝天下绚丽地展翅飞舞是如此短暂，蚕蛹蜕变成蝴蝶却需要很长的过程。我们的海燕，就是一只美丽的蝴蝶，在告别人世的最后时刻，你将自己生命的火花绽放得如此壮美，你的全部的梦想和激情，在遗体捐献的悲壮仪式中顷刻间挥洒尽净。海燕，你捧着一颗心来，不带半根草去，用一生的光阴凝结成时光长河中这一瓣恒久的馨香。海燕，你的心地太善良了，你的灵魂太高尚了！有位诗人曾经这样说过：我们有美丽的胸襟，我们才活得坦然。海燕，你如此笑着面对生活，因为你有美丽的胸襟，所以才活得坦然。

海燕飞了，海燕的农场好友们还继续行走在世俗的尘烟里，随着年月的流逝，人心难免会蒙上世俗的尘埃，褪去青春的烂漫纯真，沾染俗尘的烟火气息，能不忘初心的人越来越少，可是还是有很多你昔日的朋友在似水流年里默默地惦记着你，聚会的时候总会议论着你，好像你就在我们的身边，你银铃般的声音依然回响在我们的耳畔，你的两颗招牌式的小虎牙毫不掩饰地暴露在我们的面前，因为你在开怀大笑，笑得那样无拘无束。海燕，我们都说你是人间的四月天，你的笑点亮了四面风。海燕，我听到你在说：悄悄地我走了，正如我悄悄地来。我挥一挥衣袖，不带走一片云彩。哦，海燕，去年花里逢君别，今日花开又一年，世事茫茫难自料，秋思黯黯独自悲。海燕，生如夏花之绚烂，死如秋叶之静美。

　　源于海燕的故事自此归于尘埃，而海燕的好友，会一直怀念着她。因为我们看到一只轻灵的海燕在春的光艳中起舞，在夏的风暴中翱翔，在秋的萧瑟中展翅，在冬的风雪中搏击。

天老地荒执子手

2018 年 5 月 20 日的清晨，周一，天色有些阴晦。昨晚一宿没有睡好，躺在床上没来由地辗转反侧，心里头总有一种莫名的担忧时时来袭，直至凌晨时分，才迷迷糊糊地进入梦乡。醒来，睁开惺忪的睡眼，瞥一眼床头柜搁着的电子钟，显示的时间是上午 8 点半。呆呆地凝视着天花板半晌，隐隐约约那一丝不安又在心头一遍又一遍地掠过，似乎是不祥之兆的前奏。第六感应催促自己赶紧打开手机，小新弟弟发在朋友圈的一条微信蓦地弹了出来：天堂没有痛苦，你一路走好。就像被电击一般，整个人瞬间石化。

好长好长的时间，才缓过劲来，一颗心却沉入了谷底，躲不过的这一天还是来了，尽管心里一直有准备，忍不住的悲伤还是在心里头搅动，逐渐蔓延至全身的每个地方。一会儿，枕边濡湿一片。盯着手机的屏幕，喟然一声长叹，心里明白，弟妹她走了。我的弟妹在厄运袭来的第十个年头终于敌不过可恶的病魔，在 5 月 20 日这一天远离亲人去了另一个世界。

几小时之后，无声踏进小新弟弟的寓所，屋内的陈设依旧，女主人的生活气息历历可寻，伸手抓一把就能握在手心。习惯性地四下里寻找，这个家室的女主人，你在哪里？良久，才回过神来，清醒地意识到斯人已去，一切都成了过往。这个家的女主人再也看不见、摸不着，她，从此常驻在心头，留下的唯有对她的思和念。我对着弟妹的遗像默哀，上一炷清香祭奠逝去的女主人，看着她定格的温婉微笑，禁不住泪水涟涟。从 50 岁一直到 60 岁，弟妹她整整坚持了 10 年，最终还是没有拉住小新弟弟的手，离开了她万般不舍的亲人孤独远行。弟妹罹患绝症的那一年，刚刚退休，她终于等到了好好享受人生的年岁，迎来了人生中最幸福的时光，谁知病魔突然来袭，忍受十年的折磨之后，老天还是毫不留情地将她召唤回去。

侄女夏融冰递上一杯热茶，陪在我们的身边不停地抹着眼泪。往昔，这份待客之道都是她母亲的分内事。客人造访，弟妹总是笑脸相迎，她先递上一杯茶，再奉上一盘削好的水果放在茶几上。做完这一切，她就静静地坐在一边，听我们讲话，偶尔也会插一句嘴，几十年来一成不变的规矩。如今这习以为常的生活规律画上了休止符，侄女夏融冰在一边反复喃喃：“妈妈是 5 月 20 日走的，她选择了 5 月 20 日这一天离开了我们。”我的心真的疼痛得很，说好了，退休后，我们两家人一起游遍天下，享受人生，言犹在耳，斯人已去。

兄弟俩相对无言，彼此的双唇好像被缝合了一样，说不出一句话。小新弟弟头发蓬松凌乱，他身穿一件浅灰色的衬衫，衬衫的领子有些歪斜，胸襟的两颗扣子也没有系。若弟妹在一旁，那肯定要絮絮叨叨，让他注意点自己的仪容了。近 10 年来，小新弟弟心力交瘁，无暇顾及自己的形象设计，身心全部扑在弟妹的身上了。悲凉划过小新弟弟清癯的脸庞，两行在脸颊蜿蜒的泪水无声地诉说着内心的悲伤，他眼泪汪汪地望着自己的哥哥，好不容易张开嘴巴，却发不出声音，他下意识地扭头凝视安放在橱柜上的弟妹遗像，嘴唇嚅动多次，还是说不出一个字，于是掏出一支卷烟哆嗦着衔在嘴唇，又摸出一盒火柴，咔嚓一声，指尖蹿出一团小小的火焰，照亮了他的侧脸。他点燃了香烟，深深地吸了一口，又微微张开嘴巴，缓缓地吐出来，一时之间，他的整张脸都埋进了烟雾里。烟头猩红的光一明一暗，在他的指尖闪烁，也许烟，有时候真的可以麻醉自己，把你带到另一个世界，小新弟弟沉浸在他和弟妹的天地里。

将近十年的时间，3000 多个日日夜夜，小新弟弟用常人难以忍受的坚毅和耐心照料着弟妹，他舍弃了自己的事业，抛下了自己的娱乐，每天行走在医院到家庭的固定路线，精心伺候躺在病榻上的弟妹，不离不弃，无怨无悔，执子之手，与子同行。小新弟弟的旷世大爱感天动地，所有的亲朋好友都为他这份始终如一的付出感动得不能自已，都说小新弟弟所做的一切是爱的最高奉献，是爱的最高境界。问世间，情为何物? 小新弟弟和弟妹之间的真情就是最好的诠释。

客厅里死一般地沉寂, 小新弟弟抽完一支烟, 默默凝视自己的兄长, 嘴角微微翕动, 那双眼睛就像两口枯井, 没有丝毫的光泽。"心里有准备的, 还是舍不得, 有感情了。"十年的艰辛挂在他瘦削的脸庞, 小新弟弟看着弟妹的遗像扯出一缕凄楚的笑意, "她也苦, 她很苦。现在她解脱了, 不再受罪了。"不忍卒睹这难以言表的悲痛, 我转身走进里屋背对着依旧坐在客厅的小新弟弟, 一门之隔, 门内门外的兄弟俩都在抛洒泪水痛悼女主人的不幸逝去。

客厅里小新弟弟的长长叹息声声入耳, 一下又一下叩击着我沉重的心弦, 小新弟弟是在悲叹弟妹她生死边缘十年行的悲苦历程。漫长的十年, 求生欲望强烈的弟妹饱受折磨, 挣扎在人间。十年过去, 弟妹她最终还是敌不过病魔, 带着无限的眷恋撒手人寰, 选择了 5 月 20 日作为告别小新弟弟的日子。小新弟弟不思量, 难自忘, 无处话凄凉, 唯有泪千行。他只能期盼夜来幽梦忽还乡, 小轩窗, 伊人正梳妆。

我久久地驻留在里屋不敢返回客厅面对痛楚难以自抑的小新弟弟, 竭力尝试如何平复自己那伤感的心情以便能宽慰小新弟弟。置放在床头柜的一幅弟妹的彩色照片跳入眼帘, 恍惚中看到女主人从照片里走了出来, 她的音容笑貌清晰地在眼前展现, 正盈盈一笑走出卧室到厨房间为我续茶水, 为我添水果。几十年来再熟悉不过的画面, 这习惯了的享受场景在我眼前慢慢地回放。我看到了弟妹捧着茶盅递到我面前, 又赶紧端零食, 削水果, 一迭声地嘱咐: "哥, 你吃, 你吃。"那真诚、那热情, 难以抵挡。我的思维沉浸在了往昔的温馨场面, 弟妹侧头微笑, 浅浅的笑容里沁着阳光, 很温暖。我以为这一切都是真实的现在, 下意识地想向弟妹致谢, 却见她侧身飘出窗外飞向云端。眼前的这一切早已是过往烟云, 我的弟妹的形象永远地锁定在那幅照片之中, 照片上的弟妹, 那么温婉, 那么漂亮, 一双美丽的大眼睛正看着你, 眸底漾动着一片真诚, 我想起了弟妹生平的点点滴滴。

弟妹, 多么想听听你这个越剧迷再唱一曲越剧, 你最喜欢越剧徐派的唱腔, 你说徐派高亢激昂, 华丽飘逸, 有张力, 听起来令人过瘾。弟妹, 多么想尝尝你的厨艺, 你烹饪的糖醋小排和四喜烤麸有着独家秘诀, 咸中带甜, 我是百吃不厌。弟妹, 多么想听听你细细碎碎的絮絮叨叨, 听你说着对小新弟弟的关切和抱怨, 听你说着对女儿婚姻大事的惦念……一件件、一桩桩, 生活中的琐琐碎碎如今回想起来是多么亲切，其实一个人的幸福就是由这些生活中的细小事情串联起来的。我端详着照片中的弟妹，那灿烂的笑容多么熟悉、多么亲切，但眼前的这一切如今是静止的、凝固的。我深深感叹，真实的人生乃是你永远都不知道意外和明天哪个先来。我不得不接受这样的一个事实，小新弟弟未能执弟妹之手走到天老地荒，弟妹她远行了。

弟妹她是在 5 月 20 日来临的子夜时分告别于人世的，她走的时候很平静，没有痛苦，就像在梦中睡过去一般。我的弟妹，你口不能言、身不能动，意识基本丧失，却选择了"我爱你"的这一天，在那夜深人静的两人世界的病房里，悄然和相濡以沫三十多年的亲人天人永隔。小新弟弟依偎在弟妹的身边，紧紧握着她因神经萎缩而蜷曲的双手，和她一起等待着生离死别的时空交替那一刻。时光正从 5 月 19 日走向 5 月 20 日，当时针和分针重叠定格在零点的那最后一段时刻，弟妹身体的余温逐渐不再，小新弟弟透过蒙眬的泪眼恍惚看到她睁开了眼睛，她在弥留人间的最后时刻还要看一眼她无比眷恋的世界和亲人。她睁开了沉睡多年的眼睛，无限深情地望着小新弟弟，眼眸里滚出两颗清泪，嘴角边堆涌出最后一抹微笑。

弟妹在人生的最后时刻，将微笑留给了小新弟弟，留给了她的亲人，留给了她万般不舍的人世。弟妹，你潜意识中将贮藏着的爱在最后的一刻化作一抹真情的微笑完整地奉送给了小新弟弟，小新弟弟泪水如决堤一般涌出，他轻揉你的双目，在你的耳畔娓娓细语三声："走好，走好，走好。"弟妹听到了小新弟弟泣不成声的呼唤，弟妹她听见了，她在奈河桥边回头看着她的亲人，眼角也渗出了泪珠，沿着两颊蜿蜒。小新弟弟紧贴弟妹的脸颊，两个心心相印的苦命人儿在生离死别的最后时刻泪水混合交融，爱的印渍紧贴在他俩的脸颊，在这无声的世界中他俩在等待大限的来临。弟妹在 5 月 20 日到来的那一刻走了，她带着"我爱你"走了。

默默无言，相对而坐，我们兄弟俩又一次沉浸在亲人逝去的悲伤之中。原以为这样的痛苦会画上一个长长的休止符号，我们会给自己的孩子竖起一堵遮风挡雨的墙，这堵墙至少会坚固地挺立几十年。谁料想，这堵墙砌成不久，竟然就提前坍塌了一片。我端详着小新弟弟，十年陪伴的操劳烙在小新弟弟的脸上，他的眼角和嘴角都已经有了向下耷拉的弧度，松弛的皮肤也没有了年轻时的光泽，这用岁月雕琢出来的痕迹印证着小新弟弟对弟妹的深厚感情。人的情感不是橡皮泥，可以随意捏出想要的形状；生活也不是一张白纸，可以任性撕扯涂改。情感是一条河，有着真爱的浪花的翻卷，也有着抱怨的波浪的冲撞。小新弟弟和弟妹一路走来三十多年，曾经有过的生活中的彼此抱怨早就沉淀于水流之下，堆积成河底的泥沙，唯有爱的浪花始终在水面制造出一个个欢喜，尤其是弟妹生命中的最后十年，所有的人都见证了他俩的那份令人动容的真爱。小新弟弟以无比的坚韧陪伴着弟妹倔强地迎接着一个又一个的明天，终于有一天，弟妹接到了来自另一个陌生领域的邀请，她带着恋恋不舍飞向了另一个世界，小新弟弟再也抓不住她、留不住她了，只能为她送行，不住地说道："走好，你走好。"

人有时候似乎是脆弱得不堪一击，一个病痛就能将生命剥夺；人有时候似乎又厉害得坚不可摧，可以顽强地与死神抗争。我的双手握住小新弟弟的肩膀轻轻摇动，机械地劝慰："你坚持了十年，也太辛苦，你要保重自己。"话落进小新弟弟的耳朵里，惹起他更多的伤感，痛苦的心就像是被撕开了一道口子。他难受地抚摸自己的心口，两眼无神地望着弟妹的遗像，空洞的眼窝里只剩下悲伤。小新弟弟的肩膀微微颤抖，望着自己的哥哥终于放出悲声："这次她是真的走了。"小新弟弟捂住了自己瘦削的脸庞。我递给小新弟弟一张餐巾纸，他将餐巾纸盖在脸上，泪水迅即将纸巾濡湿，显出纸巾背后的五官轮廓。

不忍别，不忍离，唤声亲人情攥心中。弟妹，你走了，你把无尽的哀伤留给了我们。2018 年 5 月 20 日凌晨，弟妹的生命走到了终点，她选择"我爱你"这一天到来的时刻，让小新弟弟陪着她走向永恒。"山无陵，江水为竭。冬雷震震，夏雨雪。天地合，乃敢与君绝。"这是弟妹和小新弟弟宣告的爱的箴言，然这气壮山河的爱的箴言却敌不过上帝之手的捉弄。老天，你又制造了一出人间悲剧，不绝终有绝，能不悲乎？

弟妹罹患的是小脑萎缩症，被诊断为小脑萎缩症的患者其生命周期一般不超过5 年，这是现代医学的结论。弟妹在小新弟弟的照料下，打破了这个魔咒，她顽强地与这个病魔抗争了近 10 年，最终还是走了，她没有闯过鬼门关。小新弟弟和弟妹的所有亲朋好友在惊闻弟妹离世的噩耗后，都洒下一掬悲伤的泪水，叹息上帝将一个善良的人给早早地带走了。

罹患小脑萎缩症的病人是很痛苦的，这种神经系统的疾病现代医学至今无法战胜。患者从最开始的动平衡失调，行走不便，逐渐地演变为四肢僵硬，神志丧失，最终听凭死神召唤。病魔折磨弟妹的日子里，小新弟弟陪伴着她辗转于几家医院康复治疗，期盼着能有奇迹发生在弟妹的身上。小新弟弟说，我无法阻止死亡的降临，但我要争取延长她的生命，小新弟弟陪着弟妹走上了漫漫康复路。根据医保现有规定，病人每次住院不能超过三个月，其间也不能离开医院。如果离开医院，就视为自动出院。小新弟弟陪着弟妹一家又一家医院兜着圈子轮流入住，总想着医院的康复条件好些，治疗的方案科学一些，心中留存的一线希望，就维系在这几家医院的每天机械的康复理疗中，那是弟妹生命的希望。

弟妹在小新弟弟的安排下，无缝衔接辗转于这几家医院做康复理疗。每天上午 8:30，小新弟弟会准时来到弟妹的病床前，他先替弟妹梳洗，喂弟妹吃早饭。饭后，休息片刻，小新弟弟便搀扶着弟妹开始日复一日的康复理疗，一年四季从不间断。弟妹的三个姐姐每周会轮换着前来照顾自己最小的妹妹，让小新弟弟也有休息的时间。一年又一年，不知不觉，弟妹打破了现代医学的权威论断，罹患小脑萎缩的弟妹，纵然身体机能越来越差，她的生命却平稳地越过了最多五年生存期的极限，顽强地走进了第六个年头。

弟妹在最初住院的那些日子里，心始终落在自己的家，她太思念自己的家了。有一家弟妹入住的地段医院，推开病房的窗户，就能看见她所居住的小区，还能看见自家的阳台。躺在病床上的弟妹，望着百米开外那自己的家园，有家不能回的伤感让她数度暗自垂泪。有一次，弟妹午睡醒来，看见阳台上有自己女儿的身影，她艰难地抬起手想引起女儿的注意，她看到女儿趴在阳台上朝她这个方向张望，心里好开心。一会儿，女儿过来看她，弟妹描述着刚才的情景，女儿依偎在母亲的身边，心里难受得很，女儿编织善意的谎言："我也看见你了，我赶快就过来了。"

弟妹眷恋着自己的家，却有家不能归。一旦离开了医院，第二天再要入住就得重新登记，那一张珍贵的病床始终有着排队等候的病患。小新弟弟不愿意放弃这张于弟妹来说至关重要的病床，他也无计可施，只能让弟妹望家兴叹。多少个傍晚时分，小新弟弟替弟妹洗漱完毕要回家的时候，弟妹拉着小新弟弟的手苦苦地央求，说想回去看一眼自己的家。弟妹她有自己的家，有自己的丈夫，有自己的女儿。家就在她的眼睛望得见的地方，那里才是她心里的归宿。女儿不忍母亲的几次三番央求，一家三口终于想出了一个法子。

双休日，趁值班医生午间歇息的时候，父女俩"买通"医院的门卫，推着坐在轮椅上的弟妹偷偷回家一次。那是弟妹最开心的时刻,她就像小学生春游那样,心情甭提有多激动。进了小区,弟妹东张西望,生活了几十年的地方,那一草一木都是那么熟悉,如今想亲近它们一下,却是如此奢侈的梦想。弟妹让女儿慢慢地推着轮椅,她要用心地看、尽情地看,这里是她的家园。

弟妹又回到近在咫尺的家了,家中的一切陈设于她而言是多么亲切。看一看自己家中那分外熟悉的点点滴滴,摸一摸厨房灶台上曾和她朝夕相处的锅碗瓢盆,亲一亲她在自家阳台种植的花花草草,闻一闻这个家散出的浓浓的生活气息,弟妹的脸上露出了微笑。其实她很想再听一听小新弟弟对她的絮絮叨叨,她很想找个理由和女儿争执半晌,只要拥有了这一切寻常人家的平凡琐事,她就心满意足了。寻常人家,每天的日子大都在这种温馨的氛围中度过,哪怕是生活中亲人之间产生的龃龉也是一份难能可贵的亲切。每个家庭每天都会面对这些细碎的事情,生活就是由这些琐事串联。然而这些细碎、这些琐事,甚至这些令人厌烦的摩擦此时于弟妹来说是一种奢望。小新弟弟给了弟妹半小时的时间,让她在那张熟悉的床上躺一会儿,弟妹枕着熟悉的枕头,嗅着熟悉的气味,开心地笑了,女儿背转身默默流泪。该回医院了,恋恋不舍地回首再回首,轮椅推出小区的那一刻,弟妹嘴角挂着的笑转为眼角渗出的泪。在前方,伴随她的又将是那一张冰冷的病床,日复一日,不知何时是终点。

打那以后,每个星期天的中午,弟妹总有一次偷偷回家的机会,她自嘲这是每周一次的"回娘家"。其实,值班医生也是心知肚明,医生之所以睁一只眼闭一只眼,也是人性的善良。三个月后,弟妹必须转院了,她要辗转到几公里之外的另一家地段医院继续做康复治疗,也就没有每周一次的"放风"机会了。再度入住家门口的医院,那是一年以后的事情了。一年后,弟妹的病情又会发展到什么程度?谁都不愿想象,尽管能够预估。

弟妹患病住院第二年的大年三十,医院同意弟妹回家住几天,这是她最后几年人生中唯一的一次回家过春节,我们在弟妹家团聚吃年夜饭。弟妹意识还是比较清楚的,尽管说话不太流畅,她还在叮嘱小新弟弟别忘记烹饪四喜烤麸和糖醋小排,听着弟妹细细碎碎地嘱咐小新弟弟这些事情,我们都神色黯然,弟妹她就是这样一个无论何时都在想着别人的人。阖家济济一堂,把盏举杯共祝新年快乐后,她很是费力地为我夹上一块糖醋小排放到我的菜碟中，依然是那句话："哥哥，你吃。"随后她就艰难地起身由小新弟弟搀扶着离开餐桌，她没办法久坐。进里屋时还不忘殷殷叮嘱："你们吃，多吃点。"我们异口同声祝福她早日康复，并相约明年再聚。弟妹稍稍迟疑，她扶着门框，努力地站定，看着我们，用一种很不自信的口吻弱弱地询问道："我会好吗？"我们都异口同声，说一定会好的，鼓励她坚持锻炼。弟妹开心了，脸庞挂着一层薄薄的笑意。她非常愿意相信我们所说的话，善良的谎言给她带来了希望，她沉浸在我们为她营造的期望的茧房里，在这个茧房里编织自己的梦。"我也想赶快好起来，我要坚持锻炼。"弟妹的眼眸里流露出无限的憧憬，"真希望明年还能在一起吃年夜饭。"进里屋的那一刻，弟妹又艰难地转过身子，抛下一句令人伤感的话，"就是不知道我这病能不能好啊。"看着弟妹进屋的背影，举座默默不语，眼眶湿润。我们都祈祷弟妹的病情能够有所好转，明年我们还能够一起吃上年夜饭。

我们等来了明年，明年年夜饭的饭桌上没有了弟妹，她无法起床只能留在了医院里，此后的一年又一年的年三十晚上，我们都没有等到弟妹，我们再也等不到弟妹了。她病情的发展如我们所预料的那样，纵然是顽强地坚持锻炼，但几年之后，弟妹还是起不了身，离不开病床了，意识也逐渐模糊，整日处于一种昏睡的状态。

回忆会给你带来伤感，回忆也会给你带来幸福。回想着几十年来，我们相处的点点滴滴，伤感和幸福总是交织在一起。沉浸在幸福的回忆之中的时候，伤感总会悄然掠过你的心头。那些被记忆封存的往事渐渐在脑海中鲜活起来，那些零星的记忆碎片开始拼凑成一幅画面在我的眼前清晰重现。画面隐藏着的流逝岁月，如同潜藏在眉弯里的一抹凝望，有对过往的回首，有对未来的畅想，还有对当下的思量。斑驳的过往，撩起我心头对弟妹的无尽思念，那些散落的陈年旧事，被遗失在来时回不去的路上，沉淀下来的是无法叙说的情怀。或许记忆经不起岁月的洗礼，经不起时间的沉淀，但记忆最好的见证则离不开光影流年的印记，如今含泪回想起来，却成了以往的最美永驻心间。

第一次见到弟妹应该是在 1982 年仲夏夜。那年的暑假，小新弟弟告知他在谈恋爱了，是同一单位同一届的女孩儿。小新弟弟邀我去见一面那个女孩儿，帮忙把把关，约定了周六的傍晚在鲁迅公园见面。记忆清晰，那一天，我坐在鲁迅公园湖畔的长靠椅上静静地等待着小新弟弟和他的女朋友。我抬起手腕看表，估摸着他们应该到了，心绪竟有些莫名地不宁，不知小新弟弟的女朋友是何模样？是何性情？小新弟弟年纪还轻，他这个恋爱是否靠谱？我一通胡思乱想。又过了一会儿，远远地看到了小新弟弟和一个身材高挑的女孩儿不紧不慢地向我走来，我赶紧起身相迎。三个人在湖畔相见，小新弟弟介绍女孩儿："哥，这就是陈丽琴，我们单位的统计员。"含笑互致问候，细细打量小新弟弟的女友，身高应该有 1.68 米，穿一袭浅蓝色底子缀有白色小碎花的连衣裙，长发及肩，一双美丽的大眼睛柔和地闪动，很是温婉纯朴，留给我的印象不错。她冲我浅浅地一笑，叫了声："哥哥好。"忽地一个转身就一溜烟地小跑，望着她消失在公园小径的背影，颇有些疑惑不解。我问小新弟弟，这是怎么回事？小新弟弟竟然也说不清道不明此为何故。我心里顿时觉得这个女孩子有些不靠谱，我劝小新弟弟："你可要把握好呢，你年纪还这么轻。"小新弟弟沉默不语，他确实也不清楚他的女朋友怎么会突然之间走开。

过了小半个时辰，只见她满头大汗地匆匆向我们走来，双手用手帕包着几根雪糕，略带歉意的话语带着明显的本地口音："哥哥，不好意思，雪糕有些化了。"小新弟弟询问了她几句，我在一旁听得明白，原来她是去买冷饮了，公园里的小卖部关门打烊，她便连奔带跑赶到公园外面的食品店买了这几支雪糕再一路奔过来的。我很是感动，连声道谢，小新弟弟的女朋友竟然如此实诚，就像一汪清泉，你能深切感受到她那份清澈的真，让你不由自主地产生亲近感。雪糕含在嘴里，甜在心里，我对这个第一次谋面的女孩儿印象顿时转变过来。三个人坐在湖边的长条椅含着稍稍有些融化的雪糕，随意闲聊，彼此的心情都很轻松、愉快。

现在想来，那是一个快乐的夏夜的黄昏。当时的那一份快乐，原来如此轻盈，制造成本也如此之低，只要你有心看见它，就能感觉到它。其实生活中的每一个小小的片段，都有它存在的价值，只是时常被我们忽略了。临分别时，小新弟弟的女朋友还一再地相邀，欢迎我有机会到吴淞她的家去坐坐。我笑着说道："那条吴淞老街我走过好多次了。"她稍稍愣怔，恍然大悟："吴淞码头。到崇明去的，都要经过我家门口的。"我们在欢快的气氛中挥手并相约再见。

小新弟弟的初恋成了他的正式恋爱，这是小新弟弟唯一的一次恋爱，相恋几年之后陈丽琴成了我的弟妹。他们的恋情普普通通，及至走向婚姻的殿堂祝贺他们喜结连理，也仅仅是至亲好友在家里的欢聚。弟妹成为新娘子的那天，我举杯向她祝福，真诚地欢迎她成为我们家族的一员。那一天，弟妹穿着红色的棉袄，胸前佩戴的一朵绢织花儿也是红色的，那化过淡妆的脸庞也显得越发红润，整个人非常喜庆。她举着酒杯对我说了这么一句话："哥，以后要给你添麻烦了。"弟妹的眼眶有些湿润，欢乐隐藏在眸底。

时光就这么平平静静地流逝了几十年，一晃小新弟弟和弟妹不知不觉地跨入了知天命之年的门槛。弟妹办理了退休手续，开始着手规划自己的晚年生活，她先要将自己的家重新装修一番，然后再会亲访友，到处走走看看。一切都在有条不紊地进行着，房子装修完毕，弟妹躺着舒适的家里，想着自己先好好享受几天再邀请所有的亲朋好友逐一去她的家做客，弟妹她就是这么热情好客。美好的愿望还没有实施，厄运就向她袭来，平静祥和的生活骤然之间卷起了阵阵巨浪，弟妹不幸被确诊为小脑萎缩症。小新弟弟和女儿夏融冰几乎瘫软，悲哀笼罩着这个家庭。痛定思痛之后，小新弟弟决定挽起弟妹的手，共同向命运挑战，一场感天动地的生死绝恋由此拉开帷幕。小新弟弟在弟妹罹患重病的近十年时间里守护着弟妹，不离不弃，精心呵护照料，这无怨无悔的无疆大爱，一般人难以做到。

一年又一年的坚守，坚持到第十个年头后，弟妹还是松开了小新弟弟的手，她选择 5 月 20 日到来的这一天，告别了小新弟弟。小新弟弟合上她的眼睛，在她的耳畔一遍又一遍地说道："天堂没有痛苦，你走好。"小新弟弟和我说："我贴着她的耳边和她说话的时候，她肯定是听见了，我看见她闭着的眼睛渗出了泪水。她蜷曲的手握在我的手心，我觉得她的手指也在动。"我不忍聆听小新弟弟的描述，只能捂住脸悲叹命运对弟妹的不公。

那一天，我在小新弟弟的家里吊唁弟妹，那种无法描述的伤感萦绕在我的心怀，觉得就像有一块大石头压在我的心坎，难受得很。独自开车回家，途中，眼前始终浮现着弟妹的身影。行车至一条十字路口，遇到了红灯，停车。斑马线上有一个行人从我的车前闪过，那模样像极了弟妹。我摇下车窗，怔怔地望着她的背影，我几乎要开口叫弟妹的名字，前方的红灯切换成绿灯我都浑然不觉，历历往事如潮水一般涌上我的心头。后面车辆的远光灯不停地闪烁，我也没有反应过来，直到警察走来，我才从思念中惊醒。半小时后，我将车停泊在自家小区的地下车库，静静地坐在车里，任凭思绪跟着回忆游走。

我和陈丽琴在鲁迅公园初次见面后，断断续续地了解了她的家庭概况。兄弟姐妹共有八位，她排行最末，小名八妹。八妹有三个哥哥、四个姐姐，大哥、二哥和三姐、四姐、六姐均已成家立业。五哥中学毕业被分配至黑龙江军垦农场，六姐还在吉林插队，七姐参军去了部队。1969 年八妹 12 岁时母亲突发脑出血病故，父亲不久续弦，偌大的家室就剩下了七姐和八妹相依相拥，七姐参军后，这个家就只剩下八妹她一个人了。

穷人的孩子早当家，八妹过早地挑起了生活的担子，独自撑起了这个家，艰苦的生活环境培养了八妹吃苦耐劳的精神。哥哥姐姐们时常来关心这个最小的妹妹，但更多的时候是八妹一个人守着空荡荡的老屋，楼上楼下来来回回跟随着八妹的是她长长的身影，多少个漫漫长夜八妹她是独自一人凝视着窗外的明月进入梦乡的，如今回想起来才真正明白八妹她是多么需要亲情，无怪乎和小新弟弟结婚后，她对自己生命中的另一半是那么依赖。

小新弟弟和八妹大喜的那天，八妹的中学好友特地从吴淞赶过来祝贺八妹的大婚，记得八妹的好友噙着泪花对我说，陈丽琴是非常忠厚老实的人，她从小就独立生活，吃了很多苦，真希望她能够幸福，希望哥哥你也能多多关心她。八妹的哥哥嫂嫂、姐姐姐夫们也为自己的妹妹找到一个相依相伴的人而由衷地高兴，八妹是他们陈家人唯一的牵挂，今天八妹有一个温暖的港湾停靠她这条孤独的小船，他们也心安了。

哥哥姐姐们都用不同的方式来表达他们对小妹妹的关爱和祝福。值得一提的是八妹的三姐在好多年前就为小妹打造了一整套大小不等的脚盆还有马桶等作为小妹妹的陪嫁。每年夏天，三姐都要雇人将送给妹妹的这套陪嫁重新刷上一遍桐油，她对妹妹的那份爱全都倾注在了这套陪嫁的木器制品中。三姐感恩八妹，在她困难的时候，是八妹一直替她带孩子，帮她渡过难关。

小新弟弟大婚，作为哥哥当然也得有所表示，我暗暗地攒钱盘算着送他俩一份厚礼。20 世纪 80 年代早期，时兴自己打造沙发和做台灯。我的中学好友曾经送给我一根不锈钢的自来水管和一个钢盘底座，暑假中我找来了朋友帮忙做落地台灯。灯座和灯架已经焊接上，朋友娴熟地用铅丝扎了一个灯罩的框架，纱布事先染成喜庆的红色。一会儿，一个暖暖的红色的灯罩笼罩在框架，一个落地台灯的雏形就出来了。八妹看到后打心眼里高兴，她的眉眼染笑，双手握嘴，一个劲地盯着落地台灯看，过一会儿又见她眼眶濡湿，小声喃喃："这是给我的，真好，我还是第一次有落地台灯。"她高兴地取下盘在头上的一根红丝带在落地台灯的钢管上系了个蝴蝶结，漾着星星一样的眸子歪着头足足欣赏了好半晌，然后喜滋滋地转身下楼，一如第一次在鲁迅公园见面时一样，她又一溜烟地不见了。好久才听得八妹噔噔上楼的脚步声，手里捧着两瓶蜂蜜，递到我面前，满脸的真诚："哥哥，你刚开始做教师，要保护好嗓子，每天喝一点蜂蜜水，有好处。"我一时竟不知道说什么才好，八妹，我的弟妹，你太实诚了。如此算来，这两瓶蜂蜜的价格还是要超出这盏落地台灯的实际成本，然而情谊就在这些微小的细节中润物细无声地滋长。整个暑假，我都在为小新弟弟和八妹年底举行的大婚奔波。落地台灯大功告成，紧接着我又骑自行车赶到泥城桥去选购弹簧，去布店选购面料，并将床底下早些年积攒的木料拖出来打造沙发的框架，我还要送一对沙发给小新弟弟和八妹。

八妹几乎隔三岔五从吴淞赶来，看着未来的新家渐渐地变换着模样，打心眼里高兴。从吴淞赶到我家至少需要一个半小时，每天晚上约莫 7 点的时候，总看到八妹双手捧着一个大西瓜汗水涔涔地出现在我家的弄堂口，进了灶披间第一个任务就是切西瓜，她忙着给还在干活的我的朋友递上西瓜，一迭声地说："休息一会儿，吃西瓜。"随后又从兜里掏出一包大前门递给干活的我的朋友，劝说道，"不急，抽一支烟。"八妹不善于表达，她完成了这两个任务，说完了这两句话，就再也不吭声，只是静静地看着我的朋友打造沙发。快 10 点钟了，八妹必定拿着一个锅子不声不响地走出弄堂——她是给我的朋友买夜宵去了。及至看到我和小新弟弟还有我的两个朋友吃完她买来的夜宵，她收拾干净碗筷，才会有第三句话出自她的口："几位哥哥，谢谢你们，我先回去了。"

我的两位好友整整忙活了一个多月，暑假的尾声，大功告成，两只簇新的沙发登堂入室。八妹来了，她从包里掏出了几块方巾，方巾里隐藏着一对鸳鸯的图案，那是她用钩针一针一针地钩出来的。也许有多少个月明星稀的夜晚，八妹看着月儿在灯光下不声不响地用钩针编织出她对美好生活的憧憬，她将那份甜蜜藏在方巾里。八妹她小心翼翼地将方巾放在沙发两边的扶手上，再轻轻地将方巾扯平，做完这一切，她歪着头打量这对沙发，眸底闪烁星星般的碎光。一对沙发靠着墙壁很是显眼，八妹凝视着沙发，眉眼染笑，那眼睫毛就像蝴蝶的翅膀那般扑扇着。八妹坐在沙发上，不停地调试自己的坐姿，八妹她真开心啊，满脸都挂着笑容。一忽儿，又见她那双美丽的大眼睛湿漉漉的，晶莹的泪花闪烁着她对未来幸福的旖旎幻想。

8月的最后一个星期天的晚上，八妹特地请了我的两位做沙发的朋友们一起在我家小聚了一次，她买了很多菜，答谢我的朋友。席间，大家都很开心，举杯为小新弟弟和八妹祝福。在众人的起哄中，小新弟弟的双眼弯成了两道月牙，所有的悸动都被温柔以待，他搂过八妹，在八妹的额头亲了一口。八妹满脸羞赧，却掩盖不住内心的幸福，真诚地举着啤酒杯感谢我的朋友所做的付出，她似乎动情，嘴唇嚅动好几下才憋出一句话："谢谢几位哥哥。"那天晚上，大家都很高兴，我的朋友说出了大家的心声："小新好福气。"即将告辞，八妹她却唤各位留步，只见她变戏法似的拿出了四件的确良长袖衬衫，每人一件，包括我和小新弟弟。众人都大为感动，大家都知道这件衬衫至少要花费30元，四件衬衫花去八妹近两个月的工资，这120元是完全可以买一对沙发的。四位男同胞手里各捧着一件衬衫，心头的感动难以言表。八妹憨厚地一笑："谢谢几位哥哥，一点心意。"

小新弟弟和八妹结婚了，我送给了他俩一个500元的红包。平心而论，为了小新弟弟和八妹的婚礼，这份500元的贺礼我自己也积攒了好长的时间。八妹推辞不肯接受我的红包，她很真诚地说道："哥哥，你把房子让给了我们，自己住在学校，我很过意不去。"好说歹说，八妹硬是退还给了我300元，接受了我的200元的贺礼。八妹的理由很简单，200元，成双成对的，大吉大利。我总觉得应该实打实地送满500元才觉得心安，毕竟在这世界上我的至亲只有小新弟弟一位。我委托在淮海中路新世界时装商店工作的好友朱介来替八妹买了一件黑颜色的呢绒中大衣，大约是76元，又让好友伟民替小新弟弟在南京东路中华皮鞋店开后门买了一双牛皮皮鞋，当这两件礼物送给小新弟弟和八妹时，八妹瞬间泪水流出来了，她哽咽着说了一声："我不知道该如何感谢哥哥。"我笑笑："只要你们幸福，那就好。"是的，所有的小新弟弟和八妹的亲人都是这份祝愿：只要你们幸福，那就好。

小新弟弟和八妹终成眷属，几乎每个星期天我都会骑着自行车从学校去看他们俩。星期天的晚餐绝对是丰盛的，而且两样看家菜必不可少：四喜烤麸和糖醋小

小新弟弟与八妹

排，家常菜肴中这是我的最爱。1971 年 11 月，我 17 岁时离家到农场，一别 6 年。
1977 年底我高考后回上海读书，住在学校，毕业在学校教书，也是住在学校。每
每回到这个自己曾经生活了 17 年的家，我心里涌起的第一愿望就是要看看为这个家
操劳的八妹。我的父亲去世之后，母亲的身体状况也不是很好，我和小新弟弟应该
承担的责任八妹她不声不响地分担了，她很细心地照顾着我的母亲，我的心里存着
感激。看着八妹里里外外地忙碌，看着周围的邻居络绎不绝地到我家来做客，我为
小新弟弟和八妹的幸福生活感到高兴。

　　小新弟弟和八妹成婚后的一年多时间，我也成家立业了。我记得特别清楚，我
走向新生活的那一天，特地骑着自行车从学校赶到家里，小新弟弟及八妹为我举行
了一个小小的欢送仪式。八妹精心烹饪午餐，糖醋小排和四喜烤麸必不可少，我们
都破例喝了啤酒。席间，八妹递给我一个红色的方盒。打开一看，是一块精工舍手
表，连小新弟弟都不知道八妹她在悄悄地积攒钱为我买这一块手表。我心里好生感
动，朝八妹投去感激的一瞥，满满的爱装在我的心头。我的母亲，也很是感激地轻
轻拍打八妹的手背说："这是八妹的心意。"母亲她亲自给我戴上了这块手表，母亲
还不住地举起我的手反复打量，眉梢藏不住对八妹的感谢。

走出家门，我依依不舍地和家人告别，骑着自行车即将奔向幸福的前方。骑车没多远，刹车回首，我想再看一看我的亲人们，小新弟弟和八妹搀扶着生病的母亲还站在弄堂口齐齐朝我挥手，我看到弟妹掏出手帕在抹眼睛。我高举戴着手表的左手，阳光下，手表的表面光芒闪烁。时至今日我依然清晰地记得八妹送给我那块精工舍手表并目送我远离的场景，那一份亲情，温暖着我的心。我的婚礼也极为简单，没有宴请，没有放鞭炮，没有假期，就骑着一辆自行车到了自己的新家。

幸福的时光总是在不经意间飞快地流逝，小新弟弟和八妹有了自己的爱情结晶，春寒料峭冰雪融化的季节他俩迎来了自己的天使，女儿呱呱坠地，取名为融冰。半年之后，融冰又有了自己的堂弟夏雨。我的父母亲走了之后，这长长的二十多年岁月里，逢年过节我们总要团聚，八妹当仁不让地负责"买、汰、烧"，一年又一年，约定俗成的欢聚从未间断。糖醋小排和四喜烤麸二十多年来餐桌上也绝对少不了，这两道菜已然成为一种象征，那是家的味道，里面渗透着浓浓的亲情。

印象中我和小新弟弟一家一起外出走得最远的地方是苏州，前后一共去过三次，我们一起为逝去的父母亲还有小莲妹妹扫墓。每次扫墓，最辛劳的要数八妹，往返的车票都是八妹事先购买的，她还早早准备了祭祀的各种物品，出发的那天，八妹和小新弟弟大清早就提着沉甸甸的祭品和我们相约在车站。我们还有一次共同的出游是去西郊公园，那是两个孩子刚进幼儿园的时候，我们两家六口人在西郊公园整整玩了一天，还拍了一卷彩色照片。我的儿子夏雨在西郊公园看到一个男孩在玩一辆电动小汽车竟赖着不走，吵着闹着也要买一辆这样的小汽车，我们当然没有答应，夏雨哭了一阵子也就作罢。第二天傍晚，突然看到八妹来到我家，她是特地给夏雨送一辆电动小汽车来的。惊讶得不知如何答谢八妹，刚想请她入座，她却连连摆手离开了我家。八妹，我的弟妹，无怪乎所有的邻居和同事都喜欢你，因为你的心里总是装着他人。

20 世纪 90 年代初，小新弟弟一家搬到了上海植物园附近的新居，生活条件得到了极大的改善。祝贺乔迁新喜的那天，八妹掩盖不住的笑容始终荡漾在嘴角，她深深地感谢我们对她这个新家的帮助，她哆嗦着嘴唇无言以表，只是一个劲地劝说我们好好吃、多多吃。看着小新弟弟一家住在煤卫全独用的新居，我们也由衷地为他们全家高兴，能够帮助自己的弟弟，那是应该的。父母去世得早，做哥哥的照顾弟弟一家理所当然。

生活裹着甜甜酸酸，日子却是平平淡淡，日复一日，岁月在悄然的流逝之中摧老了我们的容颜，我们这一代人不经意间就从青年走向了中年迈进了老年人的行列，而我们的孩子则逐渐长大成人。八妹的女儿夏融冰考进了复旦大学读本科专业，毕业后进了外资企业工作。我的儿子夏雨也要去美国留学，新的一代成长起来了。得知夏雨即将到美国留学读博的喜讯，八妹比我们还要高兴，她迫不及待地打来电话，说马上要来看夏雨。第二天八妹就骑着电瓶车赶到了我家，给夏雨送来了一支金笔、一块瑞士手表还有一个 1000 元的红包，八妹还预订了植物园附近的一个宾馆，要为夏雨饯行。欢送夏雨的晚宴上，八妹还和夏雨开玩笑，说要去美国看望夏雨，参加夏雨的毕业典礼。两家人其乐融融，在举杯为夏雨远赴美国留学的祝福声中，我们也感叹时间过得太快。"这辰光就像飞一样的，眼睛一眨，两个孩子都大学毕业了。"八妹感慨万千。

半生花开，半世花落，半个世纪的人生倏然而过，八妹该享受幸福的晚年生活了。我们都以为八妹的晚年生活应该是安稳幸福的，八妹她也给自己安排了满满的计划。八妹和我们描述过她退休后的生活打算，她要重新装修房子，在装修一新的房子里好好享受一下。她要去吴淞的老家走走，看看几十年前自己住过的地方，会会中学的同学。她要到哥哥姐姐家做做客，顺便烧几个菜，感谢哥哥姐姐们几十年里对她的关爱。她还要和姐姐们、朋友们在春暖花开时节一起外出旅游，看看祖国的大好河山。等到女儿结婚有孩子了，就帮着女儿带她的第三代。这些都是八妹憧憬着的退休后的幸福生活，平平常常的，却很接地气。岂料八妹她还来不及去体验这份寻常人家的幸福，这份幸福就消逝得了无踪影。凶恶的病魔潜伏在八妹的体内，瞅准了八妹退休的那个时刻，毫不留情地袭来，毁灭了八妹的幸福。

2009 年一个春天，八妹躺在床上看电视，是她最喜欢的越剧名家徐玉兰的代表作《红楼梦》，高亢华丽的徐派唱腔听得八妹如痴如醉，她情不自禁地跟着哼唱。不经意间遥控器从八妹的手心滑落掉在地板上，俯身去捡，整个人一骨碌跌倒在地不能爬起，小新弟弟赶紧搀扶，八妹她竟然不能动弹。第二天去医院检查，尾骨骨折。原以为只是跌得不巧，并无大碍，谁料到骨折治疗好了之后，八妹她整个人的感觉还是软绵绵的，浑身乏力，走路也有些一拐一拐的。

为了查明八妹的病因，小新弟弟陪着八妹开始了漫漫的寻医之路，上海市的徐汇区中心医院、龙华医院、中山医院、华山医院和瑞金医院都留下了他俩的足迹。从2009年到2010年这近一年的时间里，小新弟弟生活的重心就是走访名医，寻诊问药，他要让八妹尽早康复，回归正常的生活状态。八妹的症状是手脚麻木，走路不稳，多家医院初步诊断后，都认为八妹的症状属于神经系统的疾病，为疑似帕金森病。

小新弟弟的好友提供一个针灸治疗的民间偏方，据说这个民间针灸高手对八妹的病症能够起到积极的治疗作用。小诊所在普陀区澳门路，小新弟弟的家在徐汇区植物园附近，其时小新弟弟还在上班，陪伴八妹每周三次前去针灸治疗的任务义不容辞地落在了八妹的四姐、六姐和七姐的身上，三个姐姐每人每周轮流陪伴八妹一次，她们从市北的家中赶到市区的南部，穿越大半个上海，再坐出租车赶到澳门路，排队等候针灸治疗。几小时后又护送八妹回到植物园的家，然后再坐公交车回到自己的家，大半年的时间，风雨无阻，从不落下。这种物理性的针灸治疗治标不治本，刚开始还能舒缓麻木的神经，久而久之物理性的刺激也就失去了效用。八妹的行动越来越迟缓，独自走路需要扶着墙，可就是找不出病因，八妹的亲人们都为八妹的病情忧心忡忡。

2009年的春节前夕，我们在外面吃年夜饭。当我送小新弟弟一家三口回家的时候，看见八妹艰难地从小车的后座位被小新弟弟搀扶下来，她扶着后车盖站了好久，试图平稳自己的站立姿势，但身不由己。锻炼，必须锻炼，这是许多医生对八妹的病情提出的忠告。瞅着八妹举步维艰，我让八妹的女儿夏融冰上前搀扶母亲一把，女儿却要求母亲自己迈开腿走上上街沿。夏融冰对母亲说："妈妈，你一定要自己走。"女儿甚至固执地不让自己的父亲为母亲搭一把手。八妹很是听从女儿的"命令"，她想走，却迈不了步，她看着女儿，看着小新弟弟，几乎是用哭腔在哀求各位："我想走，却一步也走不动，帮帮我吧。"见我们都"无动于衷"，无奈的八妹突然大哭，她说："我走，我走。"八妹双手脱离了支撑的后车盖，还没有迈出一小步，整个人就失去平衡，就像一棵没有根基的枯树砰的一下重重地跌倒在小区门口的上街沿。八妹的额角磕出了血，殷红的血顺着额角淌在脸颊，八妹都没有力气去抹一下。女儿夏融冰和小新弟弟飞快地奔跑上前，左右各一抱住了八妹。"妈妈，妈妈。"

夏融冰抱住母亲哭成一团，小新弟弟仰头望着黑沉沉的夜空腾出右手大把大把地抹泪。除夕，阖家团聚其乐融融的日子里，目睹发生在八妹一家家门口的这一幕实在是令人揪心，此情此景至今回想起来还是禁不住潸然泪下。

所有的亲朋好友都被发动起来，为八妹的病情四处奔走，寻医问药，无论如何得查找出八妹的病因才能对症治疗。多少个深夜，八妹的二哥复旦大学数学系的教授志宇哥哥还有八妹的七姐等人，在网上搜索类似八妹病状的相关描述及专家提出的治疗意见，他们将国际国内的各种资料下载后交给小新弟弟作为参考，还有许多朋友为小新弟弟提供了全国各地几所有名医院的神经科专家的联系方式。兜兜转转，八妹的病因最终在华山医院得出了结论：小脑萎缩导致动平衡失调，这是现代医学不能治疗的绝症。小新弟弟惊呆了，他拿着一纸诊断书，当场石化。这张诊断书就像压死骆驼的最后一根稻草，所有的期待和侥幸都破灭了。

华山医院神经内科专家的诊断结论让我们的希望从云端跌到地面，再从地面跌在谷底，最后一丝残存的理智告诉我们，弟妹她罹患的是绝症。小新弟弟看着医学权威出具的诊断书，脑袋嗡的一声，像是有什么东西抽干了他全身的力气，无力地瘫坐在医生的面前。我扶着小新弟弟走到门诊大楼的长廊，看到痛苦和无望蔓延在他的眼睛里。小新弟弟扶住走廊的长靠椅，他抬起眼睛看着天花板，眸底的光泽在一寸寸地熄灭。他清楚这样的现实：八妹她最终会神经僵硬，四肢不能动弹，她的生存期只有四年左右。八妹发病一年多了，最多还有三年的生存期，且病情会迅速加重，到最后无法动弹，意识也会慢慢丧失，近乎植物人，这就是八妹的命运。人生，就是这么无常，掌握自己的命运看来是一种内心的渴望，命运其实只有一半是在你的手里，另一半则在上帝的手里，你无法左右和抗争，这就是你的命。麻绳专挑细处断，厄运只找苦命人，八妹，你怎么这么命苦，这么小概率的绝症居然会轮到你？

我送小新弟弟回家，双腿都像灌了铅一般地沉重，迟迟迈不开步履。一路之上兄弟俩没有说一句话，心里头都压着一块沉甸甸的大石头，难受得很。回到小新弟弟居住的小区的大门口，小新弟弟见到有摊贩在卖烤红薯，他的脚步停了下来。早春二月，春寒料峭，风刮过脸庞微微刺疼，烤红薯诱人的香味在风中飘荡，令人垂涎欲滴。小新弟弟身体僵直地站在卖烤红薯的摊贩面前，空洞的眸子里划过一道莫名的光彩，嘴里在嘀嘀咕咕着什么，我侧耳细听，听到他自言自语的一句话："陈丽琴她就喜欢吃烤红薯。"小新弟弟挑了两只焦黄流蜜的烤红薯，揣在怀里，扭头就往家赶。他走路的脚步很快，我一路小跑紧紧跟上。

弟妹躺在床上，见我跟在小新弟弟的身后，她挣扎着起来，要为我泡茶削水果。小新弟弟按住了她，开心地笑道："你看我给你带来了什么？"他从怀里掏出香喷喷的烤红薯，放在弟妹的手心，"闻闻看，香喷喷的。"小新弟弟扶着弟妹斜靠在床，用勺子一口一口地喂弟妹吃烤红薯，弟妹开心地笑、开心地吃。吞咽不那么流畅，红薯的碎屑顺着嘴角扑簌簌地掉下，小新弟弟毫不在意，一点一点地捡起来送进自己的嘴里，还不住地和弟妹打趣："等你好了后，你也要这样伺候我。"弟妹嘿嘿地笑着，回答："快点好起来，伺候你。"

平平凡凡的生活细节才能看出他俩携手到老的决心，爱无关乎物质，只在乎用心。大半天的奔波，小新弟弟也有些累了，他替弟妹掖好被角，眼神有些宠溺地看了她一眼，小新弟弟和弟妹并肩靠着床背，他的手指在弟妹的脸上轻轻地画着。弟妹歪靠着小新弟弟，头枕着小新弟弟的肩膀，惬意地享受着爱的摩挲，微微闭上了眼睛，嘴角扯出笑的弧度。头顶壁灯昏暗的光线落在他俩的肩头，犹如蒙上了一层薄薄的光晕。满室静悄悄的，满满的幸福在卧室内弥散，时间就这样一分一秒慢慢地走着，仿佛整个世界都变得缓慢了。他们正对面的电视柜上方的墙面上挂着一幅他俩的结婚照片，披着婚纱的八妹捧着鲜花依偎在西装革履的小新弟弟的身边，脉脉含情。小新弟弟和八妹在拍结婚照的这一刻是幸福的，那是他俩开启崭新人生的象征。小新弟弟和八妹此时肩靠着肩紧挨在一起的这一刻也是幸福的，那是他俩无论富贵还是贫贱、无论幸福还是悲苦都不离不弃的无声宣告。温馨从容的画面，要是时间永远停留在这一刻该多好，我禁不住有些泪眼婆娑，心在一瞬间有些钝痛。

八妹的病因确诊，尽管心里都早有准备，但这个结论还是如平地一声惊雷，砸在所有的八妹亲友的头上，大家的心都被紧紧揪起，高高地悬在半空，无处安放。小新弟弟遭受的打击巨大，他整夜整夜地睡不着觉，一个人孤独地待在阳台，一根接一根地抽烟，有时他会望着天空发呆半晌，一动不动，仿佛灵魂已被抽走，只剩下一副形容枯槁的躯壳。当你的生活跌入了谷底，你一定会抬头仰望什么，你或许看到了繁星满天，或许看到了乌云蔽日，其实生活的真相你比以往任何时候都看得清楚，就看你做出哪种选择。小新弟弟在大恸之后下定了决心，他不甘心命运的摆布，他要竭尽全力延缓八妹的生存期，从这一天起他要天天陪伴八妹，他要执子之手，与子走到天老地荒。

很多时候人们都说"夫妻本是同林鸟，大难临头各自飞"，相濡以沫不如相忘于江湖。若从理性的角度来评析也有合理的成分，与其两个人一起受苦，还不如相忘于江湖。执子之手、与子偕老只不过是古今多少人的美好愿望，就像一首歌曲所唱的"我能想到最浪漫的事，就是和你一起慢慢变老"那样。人生在世，无疆的大爱是什么？那就是若有一个人，不管你历经坎坷还是病痛缠身，都心甘情愿地陪伴着你，愿意与你生死相随，这一生能够遇到这样的知心之人，足矣。八妹是不幸的，又是幸运的。八妹厄运缠身，罹患不治之症何其不幸；八妹有小新弟弟相伴在旁，患难与共，何其幸运。一个人一旦面临生死考验，其教养就会显露无遗。

人生无悔便是道，人生无怨便是德。执着其实是一种负担，甚至是一种苦楚。小新弟弟从 2010 年八妹确诊病因起，就做出了众人为之敬佩的举措。他毅然决然办理了停职手续，决心在与八妹相处的最后一段时光里把微笑留给八妹，把眼泪留给自己；他要厮守着八妹一直往前走，绝不往后看，顺其自然，积极面对残酷的现实。小新弟弟的内心逐渐清朗，他无比强大地面对现实，做出了陪同八妹康复治疗延缓她的生存期的艰难选择，纵然重重艰难横亘在前方，他也要打破小脑萎缩患者的生存期最多 4 年左右的医学魔咒。

小新弟弟心中的目标是至少还要和八妹再续一段七年之痒的岁月相伴，他还想着要在 7 年之后能为自己心爱之人的六十大寿再送上一块生日蛋糕。所有的医学专家都摇头说绝无可能，中外医学史上小脑萎缩症患者的生存期超过 5 年的几无先例，小新弟弟却义无反顾走上了这条艰难的陪伴八妹的康复之路。多少个夜深人静之时，小新弟弟孤独一人遥望苍穹默默地和八妹对话：你的一生，我想陪你走完全程，不在乎前方路途的坎坷，不在乎前方的苦难重重，只要能给你一份我的爱，我一定无怨无悔地付出，一定对你毫无保留。

八妹病因确诊后，我安排了一次活动，请小新弟弟一家三口到我家做客，我们都很清楚，也许这是八妹最后一次到我家来了。约定来我家的那天，我亲自开车去迎接，谁知八妹她正在和小新弟弟赌气。询问缘由，才知道她一定要掌勺，亲自下厨为我烧四喜烤麸和糖醋小排。考虑到八妹她手脚不灵便，小新弟弟和女儿夏融冰都劝她算啦，八妹抹着眼泪伤感地说道："哥哥就喜欢吃我烧的这两道菜，你们也不帮帮我，或许，或许我也是最后一次烧菜给哥哥吃了。"听得八妹如此说，我的眼圈红红的，我朝小新弟弟使个眼色，小新弟弟心领神会，他搀扶着八妹到厨房间，把着八妹的手为我做糖醋小排和四喜烤麸。我依偎在厨房间的门框，看着八妹不太灵活的双手在小新弟弟的帮助下起油锅，下排骨，反复煸炒，再放调料尝味道，最后出锅装盘，色香味俱全的糖醋小排和四喜烤麸就像两件作品呈现在八妹的面前，她嘿嘿地笑出了声，忽地又默默地流眼泪。

满满的心意摆在我的面前，让我想起了30多年前我在鲁迅公园第一次看到的那个穿着连衣裙的女孩儿，蓝色底子的连衣裙上缀着的那一朵朵碎白的小花就像她本人那般素雅。她捧着用手绢包着的雪糕汗水涔涔地站在我的面前，一双水汪汪的大眼睛里盛满了真诚。此时此刻，她就在我的眼前，她是我的弟妹。我的摇摇晃晃站不稳的弟妹，守着她刚烧好的糖醋小排和四喜烤麸，那双美丽的大眼睛里依然注满真诚。岁月匆匆，容颜褪色，最是人间留不住，朱颜辞镜花辞树。年过半百的弟妹早已韶华不再，然而善良的秉性却从未改变，善良永远是弟妹生命的底色。病魔缠身的弟妹，死亡之神悄悄向她伸出了罪恶之手，她心里想着的还是我的喜好，她硬撑着自己行动不便的躯体，在小新弟弟的助力下亲手完成了这份心愿。我手捧装着糖醋小排和四喜烤麸的饭盒，觉得沉甸甸的，我们二十多年的情也盛在里面。

在我家的客厅里，我们陪着八妹说话闲聊，拿出影集回忆过去生活的点点滴滴。八妹要翻阅影集，小新弟弟故意将影集挪到距离八妹一米远的地方，他要八妹自己动手取影集。八妹呵呵地笑着，困难地伸出自己的手，一厘米一厘米地延伸，终于很费力地够着了影集。小新弟弟又将影集挪远了一点儿，八妹没有气馁，她屏住呼吸，右手继续伸向影集，还有好几厘米的距离，她似乎用上了洪荒之力却还是够不着，八妹有些灰心丧气了，眼泪扑簌簌地掉下来了。小新弟弟翻开影集，一张照片让八妹的眼睛蓦地一亮，是她一手抱着夏雨，一手揽着夏融冰的彩照，那是我们在西郊公园游玩时留下的纪念。八妹的眼神定定地看着照片，猛地一下扑上前，手够着了影集，八妹开心地笑着，小新弟弟趁机奖励八妹一块巧克力，赞赏道："不错，有进步，接下来，还需要来回走十圈。"于是乎，八妹在女儿的搀扶下，在客厅里走了一圈又一圈。走完了十圈，八妹跌倒在沙发上，自言自语："今天的任务总算完成了。"小新弟弟爱怜地擦去她额角的汗珠，鼓励道："一定要锻炼，持之以恒，再坚持三年，你就胜利了。"八妹用力点了点头："三年，我一定坚持三年。"

　　一只麻雀飞到了阳台，叽叽喳喳地叫着，快乐得很。八妹望着自由自在的麻雀心有所动，她让小新弟弟搀扶她到阳台坐坐，晒晒阳光。八妹坐在一张靠椅上，看着小区满眼的绿色，眼睛里慢慢地蒙上了一层阴影："老天爷，保佑我快点好起来吧。"八妹费劲地抬头望天，看着天上自由飞翔的鸽子对着苍天哀求，那表情破碎得像一朵被雨打湿的百合。"放心吧，只要坚持锻炼，你一定会好起来的。"我们都这么对八妹说。八妹看着一双双面对她的真诚的眼睛，她那迷惘的眼神里也跃动着希望，双手撑住阳台的栏杆，竟然一下子站了起来，对小新弟弟说："我还想多走几圈。"小新弟弟赶紧说好，他搀扶着八妹返回客厅。我们站在八妹的身后，一个个心情沉重。

　　八妹的康复之路困难重重，第一个难关就是医保。国家明文规定，小脑萎缩症尚不属于绝症，不能纳入大病重病的报销范畴，一部分医药费还得自理，且病人每次住院也不能超过三个月，三个月后必须结账出院，再重新预约登记。于是乎小新弟弟四下托人寻找关系，一片诚心感天动地，小新弟弟终于为八妹联系了四家医院轮流入住。最近的一家长桥地段医院紧临八妹的家，最远的则在龙华。解决了医院入住，漫长的康复之路从此开始。最初小新弟弟搀扶着八妹在医院的病房里每天上下午各一次，来回走路一小时，随后全身按摩一小时。小新弟弟还买了两个橡皮球给八妹，让她活动手关节。八妹喜欢听越剧，又买了一个半导体收音机放在八妹的枕边。一日三餐都是小新弟弟亲自掌勺，炖汤时必得放几根冬虫夏草以增加八妹的免疫功能，天天变着法子给八妹换口味，增加她的食欲。八妹的三个姐姐每周轮流照料自己的小妹一次，她们让小新弟弟能够调剂出一天时间好好休息，三个姐姐盛夏寒冬这么多年来从未间断，奔波于这座城市的南北之间。女儿夏融冰则在双休日帮助父亲一起照料母亲。康复治疗期间小新弟弟还让龙华医院的中医医师针对八妹的病情开药方调理，虽然治不了根，但对缓解病情起到了积极的作用。

　　八妹罹患绝症的那些年头，她得到了亲人们的大爱。人和人本是一种缘，疼爱你的人，你的冷暖、你的苦痛他样样皆知；牵挂你的人，你的苦乐他感同身受。爱是装不出来的，你的举手投足旁人看在眼里一目了然。第一阶段的康复治疗八妹坚持了整整 3 年，3 年后她还能在亲人的搀扶下下床走路，还能和前来探视照料的亲友们交流谈心，这是一个奇迹。八妹她还是有福气的，这份福是前世修来的，所以今生能和小新弟弟走在一起，他们这份今生相遇相知的缘分令人称道。前世五百次的回眸，才换来今世的一次邂逅，八妹是小新弟弟的命里注定，小新弟弟是八妹的今世唯一。最后相伴的岁月里，小新弟弟他就像星星一样闪着光亮，用柔和的光芒陪伴并温暖着八妹，那些属于他俩的点点滴滴，几天几夜都讲不完。

八妹陈丽琴和她的三个姐姐
从左至右，分别为四姐、六姐、七姐和八妹

八妹对自由生活的渴望是极其强烈的，她希望早日战胜病魔，得到生命蓬勃的回响。作为这个家庭的女主人，她要一如既往地为她心爱的丈夫和女儿做出默默的奉献。八妹内心的生存欲望极其强烈，每次去看望她的时候，她总是问我们：会好吗？还有多久我才能好起来？留学美国的夏雨暑假回国探亲，第一件事情是要去看望八妹阿姨，八妹阿姨对他的关爱夏雨都铭记在心。见到八妹阿姨，夏雨递上一个红包，祝愿八妹阿姨早日康复。八妹很是开心地将夏雨送上的红包放在床头，她说她真希望能看到两个孩子走进婚姻的殿堂，她一再表明两个孩子的大婚她是无论如何要参加的。八妹，病情逐渐加重的八妹，她在憧憬着这一天的到来，她坚信自己能够参加两个孩子的婚礼。

其时八妹的女儿夏融冰开始恋爱，准女婿李辉也常来探望八妹。有情人终成眷属，2011年春天，在浦东上海国际会议中心，双方的亲友们欢聚一堂祝福夏融冰和李辉喜结连理，八妹坚持出席女儿的婚礼。这时，八妹罹患小脑萎缩症进入第三个年头了，按医学上的说法，这个时间段的病人早就躺在床上无法行走了。八妹却没有，她在小新弟弟的搀扶下出席了女儿的婚宴，女儿和女婿还有小新弟弟围着她坐在一起，亲友们的祝福纷纷送给八妹，她觉得自己就是全天下最幸福的人。那一天，在女儿的婚礼上，八妹的嘴角始终荡漾着笑容。八妹，这个场合你应该是最开心的，你不要去等明天，不要去相信永远，你要珍惜眼前的拥有。八妹，其实你并不知道，那一天有很多你的至亲是含着泪花为你祝福的，我们都在盼望你的身上能够出现奇迹，我们不得不承认奇迹实质上在你的身上发生了。

小新弟弟和八妹的亲人们精心照料八妹，每一天都在期盼着有更多的惊喜出现。每个人都心知肚明，现实就这么清晰地摆在面前，小脑萎缩症是当代医学无法逾越的一座高山，亲人的努力可以让八妹病情加重的步履走得慢些，却阻挡不了病情的发展。八妹坚持了5个年头后再也无法下床，她的365天只能够躺在床上依靠全日制的护理来延续生命。八妹的病情越来越重，她的意识开始模糊，常常处于昏睡之中，没来由地发高烧。小新弟弟辗转托人将八妹转入第六人民医院，医生告知要做好最坏的心理准备，从医学上来说，小脑萎缩患者的生命终点早就来到了，能坚持5年就是一个奇迹。

八妹的好多亲友都聚集在第六人民医院，每个人都做好了和八妹告别的准备。小新弟弟偏不信这个邪，他和八妹前世今生约定的又一个七年之痒还有一年多的时间，他为八妹庆贺六十大寿的承诺还有三年多的时间，他不允许八妹爽约。小新弟弟在八妹的耳畔娓娓细语，他在告诉八妹一个喜讯：你要做外婆了，你一定要亲眼看一看自己的第三代。八妹一定听到了这个天大的喜讯，果然挺过来了，她在小新弟弟不离不弃的精心照料下逃离了鬼门关。庆幸八妹逃过一劫，我们的心情却越发沉重——八妹就此时常陷入半昏睡的状态。小新弟弟每天新增加一门功课——在八妹的耳边絮絮叨叨，他要唤醒八妹的意识。一天又一天，一年又一年，从未间断。

日复一日，八妹在沉沉的睡梦中迎来又一个新年。昏睡中的八妹创造了医学奇迹，打破了小脑萎缩患者的生命周期在4年左右这一传统医学记载的权威定论。走进第七个年头的八妹，生命的脉搏依然在跳动，在沉沉的睡梦中迎来了她的第三代，八妹做外婆了。小新弟弟一如往常和八妹拉家常，告诉八妹这个天大的喜讯，小新弟弟看到八妹的眼皮在跳动，嘴角在翕动，她知道自己做外婆了。又是一年过去了，八妹的生命还在顽强地延续，她在沉沉的睡梦中迎来了她蹒跚学步的外孙女。八妹的女儿牵着她女儿的手趴在八妹的病床头，外孙女稚嫩的声音在声声叫唤："外婆，外婆。"八妹笑了，八妹的眼皮动了，外婆和外孙女的心灵感应让小新弟弟泪流满面。外公从此有了一个小帮手，每个星期天夏融冰都会带着女儿来看八妹。外孙女出现在八妹的病床头，外婆外婆唤个不停，满病房都是八妹的外孙女的声音。昏睡中的八妹表情是最丰富、最生动的，甚至有好几次睁开了眼睛看着自己的外孙女。

八妹走过了第九个年头，她在不断地创造着医学上的奇迹。小新弟弟如愿为八妹庆生。六十大寿的生日蛋糕放在八妹的床头，小新弟弟为八妹吹生日蜡烛，替八妹许愿：不管是今生还是来世，我们都会在一起。一抹奶油沾在八妹的双唇，这是八妹六十大寿的生日蛋糕，八妹她是真切感受到的，她的嘴唇分明在嚅动，昏睡中的八妹在享受这份甜蜜、这份爱，此情此景谁能不动容？

2018年3月，夏雨的大喜。八妹等来了这个喜庆的日子，她的愿望实现了，她等到了两个孩子都成家立业的这一天。不能亲临婚礼现场，但八妹的座位却留着，她享受着现场所有嘉宾的一切待遇。八妹的人生愿望都实现了，没有留下遗憾，于是乎，她不愿再打搅自己深爱着的亲人，觉得到了应该放手的时候了，她带着对小新弟弟全部的爱，带着对亲人们的全部的爱，选择了2018年5月20日这一天飞向了天堂。小新弟弟目送她的远去，默默祈祷：天堂没有痛苦，你一路走好。

八妹，你撇下了小新弟弟和你的亲人们独自远行。坚持了近十年，你还应该坚持下去的，可你最终还是违背了你和小新弟弟不离不弃的初衷，独自飞向了天堂。八妹，我是要说你的，你给了小新弟弟生命中的不能承受之重，你应该用自己的一生来偿还，为什么就走了呢？你将你的剪影隐藏在云层的后面，让我们隔着天与地的空间远远地望着你，却抓不住你，只能将无限的思恋化成心曲委托风儿送向云端，传入你的耳膜。八妹，你听到了吗，我们在说你什么？在问你什么？你和小新弟弟在滚滚红尘，寻觅到了一份相伴的缘，你说你和小新弟弟要一直走到地老天荒，谱写你俩生命中最精彩的华章，这不是说好了的？今天你走了，剩下的路程，小新弟弟只能独自一人慢慢地走。

八妹，你可知道，人生最无助的悲伤，就是孤独一人走向终老，你撒下了小新弟弟，如今他是孤单地踽踽而行。我去看小新弟弟，我跨进你们的家门，我打量着这个家庭，你的气息是越来越少了。女儿也有了自己的家庭，不能每天都来陪伴父亲。每一天，都只有小新弟弟孤单的身影进进出出，到了晚上，他更是无处话凄凉。我一直固执地认为，善良敦厚的你一定会长寿的，好人一定会有好报的，你的人生一定会很圆满的。现在想来，真实的人生，从来没有绝对的圆满，人有时候还是抗争不过命运的安排，那些未能如约而至的美好期盼，最终都成为心中难以释怀的遗憾。

八妹，我想说若人生只如初见，那该多好。那一年的那一天，我们在鲁迅公园的初见，我们仨幸福地含着雪糕，享受着湖面吹来的凉爽的风，那个令人难忘的夏夜是多么美好。从那一天起，我们的生活就连在了一起，我们守望相助，风雨同舟。在往后的漫长岁月里，我们将会携手自己生命中的另一半，在平凡的人生中寻找闪闪发光的快乐。我们不是说好了的，谁也不离开谁，一起慢慢变老。谁知，我们平静的生活却突遇猝不及防的变故，命运的偏倚没有向八妹倾斜，八妹停止了行走的脚步，在中途匆匆离开了我们，生命止于61岁的门槛，刚刚过了一个甲子。想来人生从来就没有绝对的圆满，那些未能如约而至的美好，终成了心中难以释怀的遗憾和悲伤。然而生命代表的只是八妹岁月的年轮，八妹洒在人间的爱永远刻在亲友们的心头。

八妹飞向了天堂，亲人们和八妹做最后的告别。八妹的遗像一如生前那般温柔慈爱，目不转睛地看着熟悉的亲人们，嘴角流露出浅浅的一笑。老天最终选择了善良的八妹去那一边陪伴八妹的还有我和小新弟弟的父母，也许双方的父母在那里实在是太孤独了，他们需要善良的八妹陪伴在身旁。八妹，你原本还可以享受几十年的幸福的晚年生活，谁料想你居然答应了老天，你放下了天，放下了地，放下了人世间的一切，飞向远方的父母的怀抱，替代我和小新弟弟还有你的哥哥姐姐去那里履行照料父母亲的任务。八妹，难道你真的就愿意？八妹，即使你愿意，你的亲人们也不愿意，可是八妹你在答应了小新弟弟帮你过六十大寿的请求，最后的心愿是能够看到夏雨的婚礼，你心想事成之后，都不和我们商量就急匆匆地飞向远方的父母的身旁，替代我们去照料四位老人。八妹，你这是在用自己生命的代价来答应老天的，八妹，你不应该啊！老天，你可知道，这太不公平！八妹一生坎坷，老天你总该在她晚年的时光里，让她停一停脚步，好好歇息一番，让她好好享受生活，你何苦急着召唤八妹？

哀乐声起，八妹来了，她安详地躺在鲜花丛中，浅浅的妆容素雅端庄，生如夏花之灿烂，死如秋叶之静美。八妹，第一次在鲁迅公园见面时你也是这般文静，只是那时的你含羞低眉，两颊有两团羞涩的红晕，那一天的见面你是第一次叫我一声哥哥。今天我们又见面了，你依旧那般秀美温婉，八妹，想不到这一次的见面真的是生离死别，你可不可以睁开你那美丽的大眼睛，再叫我一声哥哥？八妹，你能不能睁开眼睛最后看一眼你的亲人们再走？八妹你看，你的哥哥、嫂嫂、姐姐、姐夫们都来了，你的侄子、外甥也都来了，夏雨他也赶来送八妹阿姨最后一程。八妹，你睁眼看一看，这么多亲人都围绕在你的身边，你看我们一眼，就一眼，可以吗？八妹，你听，二哥在说：八妹，走好。八妹，你看，姐姐们将一朵朵的鲜花放在你的身边，你就像花中仙子睡美人一般被亲人们簇拥着。八妹，你就睁开眼睛再看一眼你的亲人吧。你瞧，小新弟弟将一把你梳头的小木梳一掰两半，一半放在你的枕边，一半藏在他的贴胸。八妹，你在小新弟弟的生命中来了一程，却会在小新弟弟的心里停留一生。在小新弟弟的心中，这个世界上没有人能够取代你，你俩以往的旖旎岁月成为小新弟弟生命中的绝版风景。

女儿夏融冰如泣如诉，她说母亲选择 520 这个充满爱的纪念日里离开，面容安详，仿佛没有一丝难受，希望母亲安息，一路走好。夏融冰渐渐地泣不成声，她说："妈妈，永别了，我们都爱你。"永别了，八妹，哀乐声中，为你送行的所有亲朋好友无不掩面而泣。

灵车在缓缓移动，八妹她就要走了，这一走，人间再无八妹的存在。亲人们跟随着灵车缓缓地一步一步向前走，志宇二哥追着灵车奔跑，灵车即将消失在亲人们的视线的最后一刻，志宇哥哥悲痛的声音在半空盘桓："八妹，走好。"四姐、六姐和七姐悲恸欲绝的声音随之响起："八妹，走好。"追逐着灵车奔跑的八妹的亲人们泪飞顿作倾盆雨。

八妹，你走了，你是真的走了。亲人们追着灵车送你最后一程，我却无法提起勇气跟在亲人们的后面追赶你。我躲在告别厅，端详着戴在手腕上的精工舍手表，这么多年了，我又一次戴上了它，戴着这块手表前来和八妹你告别。那一天，我的母亲亲自给我戴上这块手表，你和小新弟弟搀扶着我的母亲送我走向新的生活。你们站在老屋的弄堂口目送我骑车远去，我回首时，我看到八妹你在擦拭眼角，你哭了，滚动着幸福的泪花。于是乎我就扬起戴在手腕上的这块表，它在阳光下熠熠发光，因为那是生命的闪亮。今天，我再次扬起手中的表，它在阳光下黯然失色，因为那是生命的陨落。我默默地看着灵车远去，拉不回来的你永远地走了，八妹，我也在擦拭眼角，我也哭了，流淌着悲伤的泪水。

八妹羽化而登仙，人生毕竟只是一张单程票的旅行，于世事于别人我们终究是匆匆过客，于浩渺的宇宙空间，于苍茫的时间荒野，我们是如此微不足道，如一粒尘埃般渺小。然而人是有感情的，至亲好友相厮相守数十年，生活中你侬我侬，情感上难分难舍，一旦遽然辞世，心头的哀伤和怀念会陪伴你的一生。面对死亡，任何哀叹纵然无法使岁月的年轮逆转，绵绵思念却会伴你到天老地荒。

八妹走了，永远地走了。八妹如一缕清风轻轻地拂过春天的上空，去了一个遥远的地方，只有来路，没有归途。你走吧，八妹，梁实秋说过：你走，我不送你。你来，无论多大风多大雨，我要去接你。八妹，你会来吗？我想接你回家，无论多大风多大雨我会来接你，你亲手烹饪的四喜烤麸和糖醋小排我还没有吃够，你能来吗？八妹，我在问你呢？八妹，我们想念你啊！纵然你去了天堂，今生今世又怎能忘却你？天上人间还是可以隔着时空互相心灵感应。我们想你的时候会仰望星空寻找你，你的身影一定要走进我们的视线，你要告诉我们哪一颗闪亮的星星就是你。

八妹，你是我心中无法忘却的亲人，从你走进我视线的那一刻起，我们就成为不可分割的一家人。每个人的生命中总是会有很多人走进你的视线，但绝大部分都是人生旅途中的过客，终究会走散在各自的行程中，只有极少的几个人会给你留下一段刻骨铭心的记忆，因为这个人是你的生命中重要的人，今生今世你怎能忘却？八妹，你的今生太苦了，如果有来生，你一定要像三毛所说：要做一棵树，站成永恒，没有悲伤的姿势；一半在尘土里安详，一半在空中飞扬；一半散落阴凉，一半沐浴阳光。非常沉默，非常骄傲，从不依靠从不寻找。

小新弟弟说：天堂没有痛苦，你一路走好，来生我们再续缘。八妹，我想说：天堂再好，也要经常想着还在人间的你的亲人们，别忘记走进我们的梦乡。死其实就是一扇门，逝去并不是终结，而是超越，是走向下一程。八妹，路上小心，我们总会再见。八妹，我最后还想和你说一句话，这世上除了生死，其他的任何事都是小事。今生有缘，我们成为一家人，我们不辜负缘分，不亏欠相遇。

一晃，八妹离开我们 3 年了。在"我爱你"这个特别的日子里，我和小新弟弟一起前往墓地祭奠八妹。回家后，八妹的身影始终在脑海中挥之不去，我在心里默默地说：八妹，我来写一段你和小新弟弟相濡以沫的文字吧。遂将自己关在书房里，写下了八妹和小新弟弟的点点滴滴。完稿时，5 月 20 日正好走完最后一分钟。

归去来兮雪纷纷

走过人生的漫漫长路，蹚过时光的涓涓细流，不经意间走到了生命的最后一段旅程。天际流云瞬息变，地上沧海成桑田，一个人从懵懂的孩提时代到暮年时光似乎只是一晃之间。今马齿徒增，阅尽沧桑，世事万象，过眼烟云。自诩为宠辱不惊，生活归于平静，然而这一段蛰居在家的岁月，却时时会有往事钩沉，不知怎的越来越思念小莲，她在我脑海中闪现的频率越来越高。小莲，是我的妹妹，她在天上，离我很远很远。我常常仰望天穹，不知道她置身于哪朵云儿的后面；我常常凝视星空，猜想哪颗星星是她精灵的化身。我又常常觉得小莲她就在人间，离我很近很近，她就住在我的心里，她经常走进我的梦中，看着我，梨涡荡漾着满满的笑意。

都说时间是疗愈伤痛最好的灵丹妙药，那要看这是一份什么样的伤痛。有的伤痛只会随着时间的流逝而越积越深，比如我对小莲妹妹的思念。我们的兄妹亲情，实在是短促得很，如一首俄罗斯的小诗所说，一天很短，短得来不及拥抱清晨，就已经手握黄昏。小莲妹妹的一生也很短，短得我来不及和她一起细品初春殷红窦绿，就看见小莲妹妹飞向云端向我频频地招手。人世间，我们兄妹一场的缘分还不到 13 年，我就被我的小莲妹妹锁在她的世界之外。其实，我们兄妹之间朝夕相处的时间也只有 8 年多，后面的 4 年，我在崇明长江农场。我的小莲妹妹，她就像一颗流星，在天际划过一道灿烂的星光，流向虚空，归于沉寂，小莲妹妹给我带来的只是浮光掠影。

寒霜满地，晓梦清浅；思念殷殷，泪眼盈盈；一念相思，万千追忆，那是一颗心对另一颗心的深深的惦记。我的小莲妹妹离开这个世界快 48 年了，她的模样依然清晰地嵌在我的脑海，一个冰雪聪慧的女孩儿，人见人爱。在我们弄堂里，谁不知道 12 号的"长脚爷叔"有一个心肝宝贝的小女儿。小莲妹妹是我的父亲 43 岁的时候，上帝送给他的一枚珍宝。我对我的这个不幸的小妹妹的情感，很多很多都停留在思念中。入心才会有刻骨铭心的思念，我常常在思念中和我的小莲妹妹喁喁细语。思念我的小莲妹妹，有时是一种痛，舔舐着伤口，内心五味杂陈。我带着斑驳的记忆，徐徐展开尘封已久的胶卷，黑白的胶卷记录着小莲妹妹一轮岁月中的那些点点滴滴。

我的小莲妹妹，她来到这个世界的时候漫天雪花飘飘，就像一个圣洁的天使降临到我家，满足了我的父母亲心心念念要一个女儿的愿望。然而我的小莲妹妹却像一朵花期很短的花儿，她在我们家里就这么悄悄地晃一晃，惊艳了我们全家之后就飘向了云端。小莲妹妹她离别这个世界的时候，也是大雪纷飞，洁白的雪花护送着她"飘飘欲仙"。归去来兮雪纷纷，小莲妹妹就是一朵晶莹剔透的雪绒花。

小莲妹妹，你若还活在人世的话，也 60 岁啦，也走过了人生的一个甲子。谁又能料想到，最迟来到我们家的你，却最早离开我们的家，你仅仅走过一个甲子的五分之一就离我们而去，你的亲人能不悲乎？我的小莲妹妹，虽然你只是时间长河中一个匆匆而逝的过客，不会引来世人半点的目光和追忆，然而每个生命并不卑微和渺小，每个生命都有绽放灿烂的一刹那，都曾经在自己的位置上发挥着自己的作用，是大千世界中不可或缺的一分子，小莲妹妹，你也是。

寒冷的月色投进窗棂，我推开窗户，举头望明月，低头思小莲。思绪缠绕在眉梢，牵挂垂落在心间，我的思念的长河，缓缓流淌着我对小莲妹妹的星语心愿。"花自飘零水自流，一种相思，两处闲愁"，人间匆忙走一轮的小莲妹妹，她在我的记忆中存有很多灿烂的篇章，每每翻阅，就像一抹暖阳散发着光芒，温暖着我的心房。近半个世纪过去了，哪怕世界纷纷扰扰，灯红酒绿，我都在内心留存一块净土，不为世事左右，像莲一样独处静好，思吾所思，坚持着跨越时空和我的小莲妹妹欢聚一堂，让细碎的点点滴滴一遍又一遍地昨日再现。今天，我又在冬日的暖阳里细细品味兄妹之间曾经有过的深情厚谊。

一轮明月高挂天穹，我的思念，就像盈满的月，揉碎了一地的记挂。我看到小莲妹妹穿破沉沉夜色向我走来，她的手里还捧着一册丰子恺的《护生》画册，一对美丽的梨涡荡漾着盈盈笑意，那是小莲妹妹在我心头定格的形象。我询问迎面走来的小莲妹妹，当我想你的时候，你是否也一样在想着我？小莲妹妹眸底染笑，点头回答："每逢佳节倍思亲。"心头一惊，原来今天是元宵节。从天上宫阙向我走来的小莲妹妹，她知晓今夕是何年，她赶来和我团圆。

我的思绪溯时间的长河而上，画面定格在我第一眼看到小莲妹妹的那一天。我在同学家做完作业回家，住在亭子间的朱家阿婆笑眯眯地对我说："你妈妈从医院回来了，还给你和小新带来了一个小妹妹。"推门入屋，我看着躺在母亲身边的小妹妹，她正闭着眼睛酣睡，粉嘟嘟的脸，可爱极了。这就是我们家族的新成员，我的小妹妹。就在前天——1963 年 1 月 8 日，漫天大雪纷飞的日子里，小莲妹妹在雪花的簇拥下来到了人世间。

我的父母亲想要一个女儿的心愿终于实现了，人到中年的父亲开心地搓着手在屋子里来回走动，呵呵地笑着对我们兄弟俩说道："这是你们的小妹妹。"父亲抱起襁褓中的妹妹，一张向来平静的脸也露出笑容，多了几许慈爱。父亲的嘴唇贴着妹妹粉嫩的小脸蛋，他的眉梢微微地跳动，满脸都是慈爱："这是我家三姑娘，我的小宝贝，从此我们家也成为大户了。"

计划经济时代，副食品的供应分为大户和小户，五口之家属于大户，配给的副食品比四口之家的小户要多一些。我的父亲怀抱出生不久的小女儿一反常态开心地哼起了小曲儿，我和小新弟弟围在父亲的身边，眼睛一眨不眨地看着降临人间落户我家的小天使。躺在床上的母亲微笑着对我和小新弟弟说道："做哥哥啦，要好好带着妹妹。"室外，寒风呼啸，冰天雪地；室内，暖和如春，温馨甜蜜，一家五口组成了一个幸福完整的家。

隆冬时节，我们一家四口围着我家的小天使憧憬着未来的美好生活。父亲轻手轻脚地将小妹妹抱回母亲的身边，他搓着手看着母亲呵呵地笑个不停："我们也有儿有女了。"母亲瞥了一眼父亲，笑着调侃："看来你要重女轻男呢。"父亲将我和小新弟弟揽在怀抱，左一下右一下地亲着两个儿子："我的孩子，我都喜欢，我要好好培养他们成长。"父亲又谆谆告诫我和小新弟弟，"你们可要好好照顾妹妹哦。"我和小新弟弟都拍着胸脯争先恐后地表态，我们一定会好好地爱护自己的妹妹。从此，两个做哥哥的肩上就多了一重照顾妹妹的任务。《诗经》云：北风其凉，雨雪其雱。惠而好我，携手同行。我在心头立下了誓言，我要陪着妹妹一起共涉江过河，一起观潮起潮落；我愿陪着妹妹一起共时光享受，一起看细水长流，我们兄妹携手一起走过漫漫人生路。

父母亲给我的小妹妹取名为莲。夏是莲花的世界，"接天莲叶无穷碧，映日荷花别样红"。莲花"出淤泥而不染，濯清涟而不妖，中通外直，不蔓不枝，香远益清，亭亭净植"，父母亲期望自己的爱女长大后能像莲花那般高洁。我的母亲私下里多少还是有些信佛的，她认为人并不一定要完全信佛，但一定要有佛性。佛曰，每个人的心中都有一朵清净的莲花，沉静的眼，平和的心，不管人间有多少苦难、多少坎坷，心如莲花，人生就会一路芬芳，父母亲深思熟虑后挑选了一个"莲"字成为我小妹妹的大名。莲花盛开的地方，总是云淡风轻，岁月染香，降临我家的这个小妹妹，寄托着父母亲的心愿。

小莲妹妹满月后，母亲就去上班了。母亲是两班制，每周早中班交替，我父亲则是长日班。我的父母亲委托朱家阿婆帮着我们照料小莲妹妹，母亲每个月会给朱家阿婆一些钱表示感谢。母亲如果上早班，她下午3点钟一定会到家的，她回家的第一件事情是去朱家阿婆家抱回小莲妹妹。母亲上中班的时候，她会在下午将小莲妹妹抱到朱家阿婆家，父亲一定会准时下班回家，因为一到晚上6点，朱家阿婆就会巴巴地等着父亲回家。每逢周五母亲的休息日，周日父亲的休息日，小莲妹妹就留在家里了。小莲妹妹出生后，我家的日子就这么波澜不惊日复一日，这样的生活方式一直延续到小莲妹妹过了3周岁的时候。

小莲妹妹周岁后，学会走路了，她还会牙牙学语叫着哥哥，越来越可爱。母亲上中班的时候，只要学校下午没有课，我就负责照看小莲妹妹，母亲会仔细地叮嘱照料小莲妹妹的事项，朱家阿婆也会时不时地过来关心一下。这几小时，我和小新弟弟就守着小莲妹妹，逗她笑，逗她玩，看着她咯咯笑出声，看着她手舞足蹈，看着她张开臂膀摇摇摆摆地向我们走来，扑向我们的怀抱，我们兄妹仨抱成一团在地板上打滚，做哥哥的快活极了。两个逗比的哥哥左一下右一下不停地亲吻妹妹嫩嫩的脸蛋，小莲的两腮成了哥哥唾沫的"调色板"，她胖嘟嘟的小手不停地抹着自己的脸蛋，还会下意识地躲避我们凑上来的那"臭烘烘"的嘴巴，两片嘴唇一瘪一瘪，两个梨涡也跟着一动一动，像是雨后池水荡起的涟漪，稚嫩的声音在房间里打旋："不要，不要。"我和小新弟弟快活得捧着肚子大笑，有个妹妹可真好。

小莲妹妹3岁了，秋季开学的时候，她就可以进幼儿园了。父亲和母亲似乎看到了生活的希望，他们努力地工作攒钱，为自己的三个孩子多积累财富，他们的目标是送三个孩子都走进大学的校门。父母亲带着他们的三个孩子，一家五口在幸福的道路上走得扎扎实实。我的母亲一直有一个说法，称我家有一朵盛开的莲花，莲开见佛，莲落禅韵，小莲妹妹给我们家带来了好运。也是，小莲妹妹来到人世，正逢三年自然灾害结束，老百姓的日子好过些了。我的父亲也一直有一个盼头，他说等到小莲妹妹考上大学的时候，他正好退休，两个儿子也大学毕业，培养小莲妹妹的接力棒就交给两个儿子了，他要和母亲好好地享受晚年的生活。那个时候，他要陪着母亲去杭州好好地玩几天，母亲也一直憧憬着那一天的到来，掐指一算，还有15年。

那一年春季，我家附近的幼儿园贴出告示，要求本地段适龄的幼儿在指定的日子里由家长陪同并带着户口本去幼儿园报名。那一天，母亲正好上中班，父亲说他会调休半天，下午由他带领女儿去报名。早上父亲出门的时候还特地叮嘱我和小新弟弟好好照看小莲妹妹，下午他回家替小莲妹妹报完名后，就会带我们在外面吃面，我和小新弟弟开心极了。

那一年我正好上小学五年级，小新弟弟读一年级。不知怎的，那学期的那些个日子里，学校里面读书的氛围和以往有些不同，上课的教师不太安心，读书的学生也不那么专心。我们兄弟俩下午都没有课，想着今天父亲会带着我们打牙祭，心里的高兴就甭提了。赶紧回家，母亲为我们准备了午餐，她哄着小莲妹妹入睡后，又嘱咐了我们几句，就去上班了。家里静悄悄的，小莲妹妹甜甜地睡着，我和小新弟弟趴在桌子上做作业，兄弟俩一边做功课一边时不时地看看五斗橱上的那座三五牌台钟，秒针和分针一圈圈地转过，分针再转上一圈，父亲回家上楼梯的脚步声就能听见了。

父亲说好了下午2点会准时到家的，时间到了，门外的楼梯没有传来熟悉的脚步声，小新弟弟推门朝楼下看了几次，都没有父亲的身影。我推开窗户，朝弄堂里张望，也没有看到父亲。又过去了一个小时，父亲还是没有回家，小莲妹妹的入园报名时间再过一小时就要截止了，我想了想，拿起户口本抱着醒来的小莲妹妹去幼儿园，嘱咐小新弟弟在家等父亲。朱家阿婆得知原委，不假思索地陪着我一起去幼儿园。

我们从幼儿园回家，父亲还是没有归来，我们兄弟俩失望极了。朱家阿婆不停地安慰我们，说父亲在单位也许有事情走不开，好在小莲妹妹入园的报名手续已经完成，她让我们安心地等待父亲下班回家，朱家阿婆还拿出几块苏打饼干给我们吃。我嘴里说着谢谢朱家阿婆，心里却在想着失去了一次打牙祭的机会，免不了会有一种失落感。没奈何，也只能待在家里耐心地等待着父亲。只要父亲比平时早半小时回家，我们依然有机会享受父亲允诺的犒劳。我们等啊等，一直等到父亲正常的下班时间，他还是没有回来。小莲妹妹哭着闹着要找爸爸，她习惯了在这个时间点依偎在父亲的怀抱里。小新弟弟折纸飞机哄小莲妹妹开心，小莲妹妹看着从小哥哥手里飞出的纸飞机在房间里飘悠，眼睛会一眨不眨地看上半晌，一忽儿，她又想爸爸了，哭着叫着要找爸爸。我和小新弟弟没辙，一左一右搀着她到弄堂口等父亲。

夜色沉沉，弄堂口的路灯下，兄妹仨翘首以盼父亲的归来。陪伴着我们的是家家户户一盏盏橘黄色的灯火。空气中弥散的一阵阵饭菜香味，不停地诱惑着我们饥饿的肠胃，肚子开始不争气地咕咕直叫。家里没有准备晚餐，说好了的，父亲今天带我们在外吃面的。一户邻家的收音机里正在播放的一首《真是乐死人》的歌曲飘入我的耳膜，是著名男中音歌唱家马国光的独唱。我听到了其中的几句歌词："想起一件事，真是乐死人。你要问它什么事？嗨，真是乐死人。"听到这里，我的眼泪流下来了，这一整个下午，我们兄弟俩也沉浸在"真是乐死人"的氛围中，你要问它什么事？父亲要带我们打牙祭，嗨，真是乐死人。如今这真是乐死人变成了真是急死人，父亲，你在哪里？你不是说好了要早早回来的，怎么还不回来啊？我在心里呼喊着。远远地看见一个高大的身影朝我们的方向挪动，小新弟弟眼尖，他惊喜地叫道："爸爸，爸爸回来了。"果然是父亲，我也看到了加快步伐朝我们走来的父亲，小莲妹妹稚嫩的声音在夜空回响："爸爸，爸爸。"她挣脱我的手臂，摇摇摆摆奔向父亲。

弄堂口，父亲搂着自己的三个孩子，一迭声地说道："爸来晚了，来晚了。"父亲抱起小莲妹妹，亲吻着女儿的小脸蛋，柔肠尽显。小莲妹妹搂着父亲的脖子一个劲地撒娇，她左一下右一下地亲吻父亲的额头、脸庞，她还故意唤父亲为喇叭，而且将喇叭的"喇"字念成第四声。我和小新弟弟都知道那是小莲妹妹为博取父亲的疼爱所做出的特有的表示，她知道自己深受父亲的宠爱，只要父亲听到女儿呼唤自己为"喇叭"，就会开心得哈哈大笑，随后就会有奖赏送给自己的女儿。父亲抖索着从身上摸出一颗水果糖塞给了小莲妹妹，小莲妹妹开心地在父亲瘦削的脸庞上又连续留下几个吻，"喇叭，喇叭"，稚嫩的童音在沉沉的夜色中回荡。

小新弟弟拽住父亲的衣角，使劲吸了吸鼻涕，喉咙不停地干咳，他也想引起父亲的重视。父亲的注意力被小莲妹妹吸引住了，他没有意识到小新弟弟也需要父亲的关爱。小新弟弟用力扯了扯父亲外衣的下摆，叫了声"爸爸"，鼻腔里还带着一丝丝的哭音。父亲这才回神，他摸了摸小新弟弟的脑袋，微微一笑："把小新给忘了。"父亲又从口袋里掏出一颗水果糖放在了小新弟弟的手心，破涕为笑的小新弟弟满脸的甜蜜，将水果糖揣进了口袋。小新弟弟不舍得吃这颗水果糖，我知道小新弟弟的想法，到了明天，爸爸妈妈不在家的时候，他会将这颗水果糖送给自己的小莲妹妹。

父亲右手抱着小莲妹妹，左手牵着小新弟弟，我默默地跟在父亲的身后，一家四口慢慢地朝弄堂的深处我的家走去。不争气的肚子开始咕咕直叫，父亲啊父亲，我在心头叫着，你说要带我们去吃面的，难道你忘记了？父亲果然忘记了，他带领着我们都走到自己的家门口了。小莲妹妹真是我们的福星，她搂住父亲的脖子，叫了一声："喇叭……"她的两只眼睛看着父亲天真地说道，"哥哥在等你吃面。"父亲稍稍怔怔忡，脚步停止，想起了自己给孩子们的承诺。父亲的眼睛里发出一道毅然决然的光亮，他对自己的孩子说道："走，孩子们，吃面去。"父亲的话音刚落，我和小新弟弟跳起来，那一刻，嗨，我的小莲妹妹可真好。那一刻，嗨，真是乐死人！好些日子后，我才知道，那一刻，于父亲而言，真是愁死人。

我和小新弟弟带着满足感走出点心店，回味无穷，尤其是那一块大排骨的味道，睡梦中还觉得齿颊留香，真是乐死人。其实生活的真相，从来都是泥沙俱下，鲜花与荆棘并存，幸福与悲伤同在，我的父亲，此时此刻，他真是愁死人的心境。母亲上中班回来了，迷迷糊糊中听得父亲压低了嗓门在和母亲说些什么，父亲的口气还有些紧张。我竖起了耳朵聆听，听了个大概，原来父亲今天下午去我姑妈家里了。我的姑父是上海滩一位颇有名气的私人医生，相关政府部门的领导今天去了姑父的私人诊所。他们上门找姑父约谈，语气措辞都比较严厉，我的姑父和姑妈都被称为吸血鬼，他们的私人诊所很有可能被吊销。母亲也压低嗓门和父亲说，她单位的同事都说要搞"文化大革命"了，这场运动的声势会非常浩大。山雨欲来风满楼，我的父母亲隐隐担忧姑父、姑妈一家能否逃过难关，躲在被窝里偷听的我，也觉得呼吸有些沉重。

我的姑父很快就被打倒靠边站了，城门失火，殃及池鱼，我家也受到了牵连。1966年9月7日，记得这是一个周一，上中班的母亲一早就被楼下的徐家阿姨吆喝着参加里弄里向毛主席表忠心的早请示活动，回来后母亲就一直心神不定，她说徐家阿姨的眼神怪怪的，说的话也是话中有话，似提醒又似警告。自5月以来，我们弄堂里几户颇有身份的家庭被红卫兵抄家，平日温文尔雅的长者眨眼之间就从受人尊敬的崇高地位跌落到底层。

不安中度过了这个周一的上午。午后，燠热还笼罩着整座城市的上空，母亲打开窗户，一阵凉爽的风吹来，飘进来一朵红色的夹竹桃花，落在忧心忡忡的母亲的身上，母亲随手一拂，夹竹桃花掉落在地板。不谙世事的小莲妹妹开心地去捡那朵夹竹桃花，慈祥的母亲一反往常，劈手打掉了小莲妹妹拿在手中的夹竹桃花。小莲妹妹瘪了瘪嘴，眼泪汪汪地躲进了哥哥的怀抱。坐卧不安的母亲在房间里来回走动了一会儿，心情似乎平静了一些，她想眯一会儿再去上中班。母亲躺在床上，人却翻来覆去地难以入眠，还不断地长吁短叹。我们兄妹仨乖乖地待在家里，走路都不敢弄出声响。学校全线停课，很多邻家小朋友都涌到大马路上去看红卫兵壮烈的"破四旧"举动。楼下的徐敏在灶披间里正夸张地和他的母亲说他在大街上看到的情形。我们又听到徐家阿姨尖厉的声音从楼下传来："看着吧，楼上的也装不了多久了。"徐敏接着他母亲的话音，故意对着楼梯大声朗读："要扫除一切害人虫，全无敌。"徐家母子的对话字字椎心，直戳母亲的心窝，母亲掀开被褥，搂着守在床沿的我们兄妹三个嘤嘤哭泣："孩子们，我们家也逃不过了。"

沉闷的空气包裹着我们，暴风雨马上就要来了，却又不知道这场暴风雨会在何时抵达。时间分分秒秒慢慢地走着，暴风雨在来临之前的这一段时间空气令人窒息，人最难挨的时刻莫过于明明知道灾难不可避免地降临却只能束手无策地等待，那真的是如坐针毡。骤然间，暴风雨来了，徐家阿姨噔噔地冲上楼拍打着我家的房门，声嘶力竭："快点开门，红卫兵来了。"我还没来得及开门，房门就被徐家阿姨一脚踹开，一群雄赳赳的红卫兵战士押着我们的父亲站在门外。母亲和父亲相互对视，什么都明白了。父母亲竟然出奇地平静，他们早就做好了让暴风雨来得更猛烈一些的心理准备。一个极其简单的形式，为首的红卫兵战士宣布："我们又揪出一个隐藏在革命队伍中的阶级异己分子，他的亲戚是我们的阶级敌人，他却不划清界限，还试图蒙混过关。"红卫兵小将又对着母亲义正词严，"我们接到命令前来搜查罪证，你必须老老实实地配合我们的革命行动，不许乱说乱动。"徐家阿姨跟着狐假虎威："顽抗到底，死路一条。"母亲面无表情地点点头表示服从。

天哪，我的父亲居然是阶级异己分子，整条弄堂都知道父亲是一个胆小如鼠的老实人，从来就与人为善，宁可自己吃亏也不愿意占别人便宜的大好人，就因为他的亲戚被认定为"阶级敌人"，父亲也就连带成了"阶级异己分子"。徐阿姨趁势将我家的房门打开到九十度的直角，她激情昂扬地向站在楼梯口的红卫兵战士招手："革命的小将们，谢谢你们又揪出了一个隐藏在我们无产阶级队伍中的阶级异己分子。"

我们一家五口被勒令待在房屋的角落，徐家阿姨狠狠地瞪母亲一眼："只许老老实实，不许乱说乱动。顽抗到底，死路一条。"母亲低头不吱声，父亲点头连连称是。小莲妹妹抱着一本画本躲在我的怀里，我明显地感觉到小莲妹妹的身子在颤抖。我的小莲妹妹，分明是一头受到惊吓的小鹿，我看到她满眼都是恐惧。

绿色的军装，红色的袖章，斗室"绿肥红瘦"尽显。乱哄哄你方翻罢我登场，翻得个白茫茫大地真干净。搜查出几件父母亲多年积攒下来的金银首饰，还有100多元的存款，其他一无所获，红卫兵们有些悻悻然，徐家阿姨也有心不甘，她似乎对我的母亲有着与生俱来的憎恨，又怎能放弃这个整治我家的机会。罗素说过，养成仇恨习惯的人一旦得逞，就会马不停蹄。徐家阿姨的眼珠子在拼命地转动，她瞥见了小莲妹妹手里拿着的一本画本，眼睛里放出光亮，她扯扯一个红卫兵的衣角，偷偷指了指小莲妹妹。

红卫兵眼睛一亮，一把推开了我，从小莲妹妹的手里抽出一本丰子恺的漫画集《护生》，胡乱一翻，如同哥伦布发现了新大陆，激动得大声惊叫："找到了，反党罪证。"随之又将丰子恺的《护生》画册狠狠掷向地板，再踩上一只脚用力蹂躏，嘴里嚷嚷着："封资修的东西！"这是小莲妹妹3周岁生日时父亲送给她的生日礼物，父亲希冀小莲妹妹通过丰子恺生动的绘画领悟人间的真爱，幼小的心灵在画面所传递的爱心的熏陶下得以健康成长。这本漫画集也培养了小莲妹妹喜爱绘画的兴趣，母亲给小莲妹妹备了一本小本子、一盒蜡笔，任由她自我想象绘出她所憧憬的人间的真善美。

丰子恺的漫画集、蜡笔和小本子是小莲妹妹的珍宝，是她世界的全部。丰子恺形象生动的图画向她描绘出人间美好的世相。本能使得小莲妹妹不知天高地厚地奔上去捡那本《护生》画册，她还天真地指望着能重新获得她的宝物。红卫兵战士侧身闪过奔上前来的小莲妹妹，猛推小莲妹妹一把。小莲妹妹哪里经得住如此力量的推搡，她一个趔趄，一头撞在我家那张大床的棕绷边框上，坚硬的实木撞破了小莲妹妹的前额，汩汩流血。

"小莲！"母亲的惨叫撕心裂肺，徐家阿姨挡在了母亲的面前，不让母亲接近小莲。父亲不顾一切地冲上前抱起了心爱的女儿，他冷冷地说了一句："出了人命，我们全家都不活了。"说完，父亲抱着小莲妹妹直奔医院，我和小新弟弟也紧紧跟着。一个装着撒旦灵魂的人类躯壳是多么可怕，那个推搡小莲妹妹的红卫兵跟随而来，他冷冷地对急诊室里的医生说道："这是'黑六类'子女。"外科医生稍稍一愣，在红卫兵的监视下草草地对表皮的伤口做了清理，就开始缝针。简易手术快速完成，在红卫兵的押解下，父亲迈着沉重的步履一步一步走回家。小莲妹妹就躺在父亲的怀里，父亲时而低下头轻轻地吻着自己的女儿，泪水濡湿女儿的脸庞。小莲妹妹的额角还有斑斑血迹，泪水融化了血渍，血水顺着小莲妹妹的脸颊又流到父亲的手臂，就像在父亲的手臂上染上一朵鲜红的喇叭花。我紧紧地跟在父亲的身后，那一刻，我突然觉得自己懂事了许多。

这场暴风雨终于来了，从今天起，我的家，幸福远去。从今天起，我的家，家中的每一个成员，人人可以踩上一只脚。徐家阿姨成为高悬在我家头顶上的一把达摩克利斯之剑，她主宰着我们一家的生与死。她恶狠狠地对母亲说："你这只笑面虎的皮终于被扒掉了。"她还朝我的小莲妹妹挥舞拳头，威胁道："再听见你喇叭喇叭地叫，我就把你扔到井里去，喇叭是用来传播毛泽东思想的。"我的小莲妹妹吓得每天晚上从噩梦中惊醒，父亲抱着她悄悄地安慰："小莲可以在爸爸的耳朵边轻轻地叫，只要爸爸听得见就可以了。"

小莲妹妹自打额角被撞，又被楼下的徐家阿姨一顿恐吓，她的机灵和聪慧荡然无存，梨涡盛着的灿烂笑容也消失殆尽，守着她的是一本沾着她血迹的丰子恺的《护生》画册。每天醒来，躲在家里的小莲妹妹就趴在桌上，一遍又一遍地翻阅着画册，然后拿着蜡笔一遍又一遍地在本子上涂鸦。楼下，徐家阿姨的女儿徐红带着几个小伙伴在唱歌跳舞，小莲妹妹会趴在窗台偷偷地看，有时也会情不自禁地跟着手舞足蹈。一周前，她也在这个行列；一周后，她被抛弃了，那些玩伴都不要她了，小莲妹妹很是伤心。楼下徐红的歌声飘进窗户："车轮飞，汽笛叫，火车向着韶山跑……"小莲妹妹下意识地跟着唱："穿过峻岭越过河，升起霞光千万道。"我砰的一声关上窗户，狠狠地瞪了小莲妹妹一眼。小莲妹妹吓得躲在墙角一动不动，惊恐的眼神投向哥哥。一会儿，小莲妹妹小心翼翼地一步一步挪向我，怯生生地递给哥哥一本画册，那是她用自己的鲜血换来的心爱之物，她将丰子恺的《护生》画册送给哥哥。我心头一热，抱住了小莲妹妹，眼圈红红的。

秋去冬来，冬去春来，岁月更替，季节交换，1968年元月8日，滴水成冰，小莲妹妹5周岁的生日。父亲早上出门，留下5毛钱和一斤粮票，他嘱咐我带着小新弟弟和小莲妹妹中午到外面去吃一碗面。午饭时分，趁着徐家阿姨不在灶披间的时候，我带着弟弟和妹妹偷偷地下楼，谁料想徐家阿姨和徐敏就像从地缝里钻出来一样一左一右堵在楼梯口。也许徐家阿姨记得1月8日是小莲妹妹的生日，也许徐家阿姨始终在监视着我们的一举一动，母子俩把守在楼梯口，恶狠狠的目光在我们兄妹仨的身上扫来扫去。"别以为我们不知道，出12号的大门，休想！"徐家阿姨扯着嗓门吼叫，刺耳的声音在灶披间炸裂。小莲妹妹不知天高地厚，她天真地告诉徐家阿姨："哥哥带我去吃面，今天我生日。"徐敏一个推搡，小莲妹妹跌坐在楼梯，委屈的小莲妹妹嘴唇一瘪一瘪的，两只眼睛瞬间成为两汪泪湖。徐家阿姨詈骂："痴心妄想！"

半个世纪前，那些人生薄凉的日子，我们没有尊严、没有个性，我们的生活镌刻着不能发声的悲怆，那薄情的世界没有我们的栖息之地。"我们常常痛感生活的艰辛与沉重，无数次目睹生命在各种重压下的扭曲与变形"，只要想起我们兄妹仨被徐家阿姨母子逼迫得不能出门的情景，我的耳边就会响起米兰·昆德拉的这些话语，那些岁月里，我们不能反抗，我们没有自由，"最糟糕的不在于这个世界不自由，而是在于人类已经忘记自由"。

住在亭子间的朱家阿婆拉开一条门缝朝着我们招手，示意我们赶紧上楼。朱家阿婆孤身一人，她去世多年的丈夫原来开一爿烟杂店，小业主的身份让朱家阿婆也是战战兢兢经地过日子。小莲妹妹被哥哥搀扶着一步一回头地迈入家门，她拉着小新弟弟的手委屈地哭泣："哥哥也吃不到面了。"我的小莲妹妹，想着在她过生日的时候，两个哥哥也有机会能吃上一碗面。房门被轻轻地推开，朱家阿婆送来一块白元蛋糕。朱家阿婆替小莲妹妹抹去眼泪，柔声哄骗："小莲生日快乐，吃蛋糕。"小莲妹妹偎依着朱家阿婆，拿着蛋糕，一定要两个哥哥先咬一口。我感激地望着朱家阿婆，嘴唇嚅动。朱家阿婆为小莲妹妹送来最珍贵的生日祝福，她摆着手悄悄后退，替我们轻轻地掩上房门。一个社会的进步是慈悲心的进步，每一个社会都有弱者，朱家阿婆的大爱我永生难忘。多年后，朱家阿婆去她南昌儿子家安享晚年，我特地去看望她，还提起这件事。朱家阿婆淡淡一笑，说道，那个时候你们家太难了。我们又说起了小莲妹妹，朱家阿婆抹着眼角，难受地说道："小莲，多么聪明、多么可爱，就这么走了。"朱家阿婆的声声叹息让我沉浸在对小莲妹妹的无尽思念中。

那些日子，我们生活在阴沟里，依然有仰望星空的权利。我们数着星星，计算着日子，等待着父亲被平反的那一天。平反，是我们生命新的开始。日复一日，心头的期盼没有到来，失落与孤寂陪伴，在这个尘世，灵魂成为流浪的孤儿，找不到安放的地方。有时候忍不住问自己的父母，他们何时能平反？其实心里很清楚，何必再问。与这场暴风雨的相遇，也许就是生命中的劫数。多少年后，当父亲说起那场劫后重生，淡淡一笑，说那是我们人生的一笔财富。现在想来，我们何必为人生的片段而哭泣，我们的整个生命都在催人泪下。

余华的小说《活着》中有一段话：没有什么比时间更具有说服力了，因为时间无须通知我们就可以改变一切。那段岁月，父亲总是说着同样的话，交给时间吧，让时间帮我们说话。时间会让我相信，冬天的河干涸了，春水还会来临，那时白帆就是我心中的偶像；时间会让我相信，风中的树叶凋零了，泥土里的梦将在枝头开花结果。恢复高考，重返课堂，记得我在学校的图书馆阅读普希金的《假如生活欺骗了你》，不忍掩卷，一遍又一遍地朗诵，潸然泪下。

又挨过了一段岁月，时间终于帮我们迎来了平反，久违的笑容迎向灿烂的阳光，然而使这个世界灿烂的并不是阳光，而是你的彻悟。迎来了翻身的日子，我们获得了自由，全家沉浸在无比的幸福之中。只有经历过失去自由苟且地活过的人，才能明白无意义地活着远没有自由重要。

获得平反后的第二天，我们全家都穿上节日的盛装，大大方方地出门。父母亲领着我们到点心店，一家五口开开心心地吃着面条和汤包，满脸笑容洋溢，幸福包围着我们。小莲妹妹挤在父母亲的中间，她也捧着一个碗，歪着头笑着吃着。吃着吃着，小莲妹妹像想起了什么，她放下了筷子，掏自己的口袋。我们也都放下了筷子，目不转睛地看着她。小莲妹妹从口袋里掏出一张纸，递给了我的父亲。父亲展开，是小莲妹妹画的一幅画，我们一家五口幸福地团聚在一起，天上有太阳，地上有鲜花，明媚的阳光照耀着我们，艳丽的鲜花陪伴着我们，那画风还真的有点儿受到丰子恺《护生》画册的熏陶。在那些忍受煎熬的日子里，小莲妹妹的眸子里依然看到了融融春意，她稚拙的笔端流淌着涓涓幸福，她将她憧憬的幸福凝聚在她的画作中，她的画闪耀着人性的光辉。有些高尚的人与我的小莲妹妹相比，又有什么资格谈论世界的光芒万丈。

小莲妹妹的绘画，触动了母亲柔弱的心弦，母亲抱起小莲妹妹，泪水涟涟。父亲用大手抹着眼角，嘴角挂着笑，他欣赏着女儿的画作，动容地说："小莲眼睛里的世界是微笑的。"父亲揽过小莲妹妹，轻轻地亲吻着爱女，抚摸着女儿额头的伤疤，眼窝里滚出了两颗泪珠，父亲的声音有些颤抖："有阳光，有鲜花，真好。"我能读懂父亲的百感交集，那些日子里，有多少悲伤和屈辱包围着我的家庭，我们深一脚浅一脚行走的那些路，我们眼含泪水的背后，隐藏了父亲的多少心酸与痛苦。

海明威说，生活总是让我们遍体鳞伤，但到后来，那些受伤的地方一定会变成我们最强壮的地方。我的小莲妹妹用她的一幅画温暖了父母亲受伤的心灵，小莲妹妹的画作就像时光之手将泥沙过滤干净，让我们受伤的地方变成更强壮的地方，让我们明白心里有阳光，雨天也是一种浪漫，心里下着雨，晴天也是一种遭罪。丰子恺说过，人间的事，只要生机不灭，即使重遭天灾人祸，暂被阻抑，终有抬头的日子。莫非，《护生》画册荡涤了小莲妹妹的心？

人在低谷时，一定要有绝处逢生的自信心。我们家的小莲，在我的家沉沦低谷时，心花盛开，蝴蝶自来，她用多彩的蜡笔画出了她的彩色世界，抚慰了父母亲受伤的心灵。为了纪念我们这个家庭获得重生，父母亲也决定送给我们这个家庭一份礼物，阖家在照相馆照了一张全家福。小莲妹妹坐在父母亲的中间，双手拿着她画的那张全家福。几天后，母亲取来了照片，照片上小莲妹妹两颊的梨涡盛满了笑，那笑容分明就是盛开的莲花，那是我家最珍贵的一张合影。想不到几年之后这张全家福竟然成为我们这个家庭团圆的绝唱，我们一家四口在小莲妹妹出生的那一天又和她永别，伴随她远行的还有漫天飞舞的雪花。我的小莲妹妹，又在这一天来到人世，她在这一天离开人世。纵然生命本就是一程又一程的过客，人生在世，演绎的就是不断的相逢和离别，然而小莲妹妹昙花一现的生命怎不令人唏嘘与哀伤？

岁月的河流滚动着流沙，我的小莲妹妹只是流沙中一颗小小的沙粒，我却固执地认为那是一颗闪闪发光的金子，始终在我的心头熠熠生辉。徘徊在岁月的流影里，小莲妹妹生前留下的点点滴滴的生活痕迹串起了一个个生动的故事，勾勒出我的小莲妹妹的剪影。父亲平反后，我的家恢复了生机，一朵芳香的莲花向我们飘来，那是我们的小莲妹妹。我又看到了小莲妹妹开心地到楼下和小伙伴们玩耍，我又看到了小莲妹妹的脸上天天挂着笑容。小莲妹妹享受着生命给予她的自由和快乐，在弄堂里找到了自己的一方晴空。阳光普照着那一朵莲花，素雅而灵动地开在门前的花田，绽放她刹那间的灿烂。"车轮飞，汽笛叫，火车向着韶山跑，穿过峻岭越过河，升起霞光千万道。"小莲妹妹和几个同龄小女孩跳着舞蹈唱着歌曲，脸上的梨涡注满了笑，那是她短暂的一生中最幸福的时光。每当思念小莲妹妹的时候，我就会想起半个世纪前小莲妹妹唱的那首《火车向着韶山跑》的歌曲。

总有些东西，不因时间而荒芜；总有些东西，不因光阴而老去。以往的歌，依然在耳畔，曾经的梦，清亮而悠

小莲妹妹 10 岁时和弄堂里的邻居姐姐

远，小莲妹妹远离，她所唱的这首歌曲就成了我的相思曲。我和小莲妹妹绕指的情愫，通过这首歌演绎着绵绵不断的缠绵。来去匆匆的小莲妹妹，正用她纯真的眼眸划破我的思念的薄雾，她从薄雾中钻出，绽放莲花一般的纯洁微笑看着人间的哥哥，她在唱着那首哥哥耳熟能详的歌曲。哥哥也会轻轻地哼起这首歌曲，穿过峻岭越过河，朝着小莲妹妹的方向一步步走去，小莲妹妹正在升起霞光千万道的地方等着我，我走得很慢，总会走到。

记性太好，有时候真的是一种负担，我认为容易忘记往事的人，他们是幸福的。我上了年纪后小莲妹妹的许多往事竟然会记得越来越清楚，就像一部电影在我的眼前清晰地回放。场景切换到了小莲妹妹上学的那一天，母亲特地从糕团店里买来了一块赤豆糕，小莲妹妹开心地吃着，母亲说小莲妹妹吃了糕后，她的学业就会步步升高。小莲妹妹背着书包，跨入了学校的大门，小新弟弟在校门口迎接自己的妹妹，兄妹俩手拉着手朝校园的深处走去，走到一半，小莲妹妹转身，远远地送来一个灿烂的笑容，又是一个转身，搀着小哥哥的手，蹦蹦跳跳走向自己的教室。我和母亲站在校门口望着他们的背影，我这才发现，我的小莲妹妹长大了。

我们兄妹仁的学习成绩在整条弄堂里应该算是最好的，也许我们继承了母亲的禀赋，我们的母亲是非常聪明能干的。一个学期结束，母亲去开家长会，小莲妹妹的学习成绩全班第一。小莲妹妹的班主任费老师拉着母亲的手对小莲妹妹赞不绝口："语文和算术两个满分，整个班级就她一个。"费老师还告诉母亲，小莲具有绘画的才能，"她画画也有天赋，要好好培养，这是个好苗子。"第二天晚上，母亲带着无比的骄傲在饭桌上转述费老师的话，我和小新弟弟也由衷地为自己的妹妹感到自豪。时至今天，我还保留着小莲妹妹的一份作业，那是我的一份珍藏。无论岁月淹没了多少悲欢，有些埋在时光里的温暖，总是在岁月里坚守不褪色的美好，小莲妹妹的这份作业就是我的时光里的温暖。每年 1 月 8 日，我会翻出小莲妹妹的这份作业，默默读上一遍。小莲妹妹就坐在我的身边，梨涡藏笑，眼睛扑闪，右手的手指在哥哥的手背轻轻地滑动。

大千世界，芸芸众生。佛说，总有一个人，是为你而来。小莲妹妹，我来了，今天是你的第 60 个 1 月 8 日。就像张爱玲所说的那样，在千万人之中，在人生无涯的荒野里，没有早一步，也没有晚一步，遇见那个想遇见的人，没有什么语言，只轻轻地问一句：原来你也在这里呀！我听见了小莲妹妹的回答："当然，这是我和我哥前世今生的约定。"我对小莲妹妹说："时光无情人有情，这么多年过去了，你一直在我的伤口中幽居，我放下过天地，却从未放不下你。"小莲妹妹，你知道吗，现在的我，习惯了一个人在黑暗里回想你的微笑，你梨涡里盛着的笑容始终温暖着我的心。我喜欢在静静的夜幕里，只有月牙儿弯弯地高挂在深邃的夜空中，在这无法入眠的夜晚伫立在窗前，凝目远眺，任由弦月的薄光散落在微微有些伤感的脸庞，那是思念你带来的忧伤，我又看见你坐在弄堂里低头刺绣的模样。

"文革"中的学校，学生的学习时断时续，空闲的时光很多，学生大多数时间都在家里无所事事，小莲在母亲的指点下学习刺绣。放学的时候，小莲就搬着一张小竹椅下楼，坐在弄堂里绣花。小莲的悟性极高，也就两个月的时间吧，就能飞针走线。弄堂里进出的邻居都夸小莲太聪明了，这么小的年纪就学会了绣花。母亲也颇为得意，她更加上心地指点小莲如何为刺绣的图案配色，小莲妹妹一点就通，母亲看着潜心学习刺绣的女儿满脸都是宠溺。小莲为父亲和母亲绣了一对金鱼游弋的枕头，为两个哥哥各绣了一方梅花盛开的手帕。小莲自言自语，她说接下来她还要绣一样东西。她不停地翻阅丰子恺的《护生》画册，然后在一块白布上将心中的构图描绘下来，开始了自己的这项工程。小莲绣得很认真、很细心，最后她终于完成了这幅刺绣作品，是一朵亭亭玉立的粉红的莲花，碧绿的莲叶上还有一只青蛙。莲叶何田田，鱼戏莲叶间，简洁明快，似乎受到丰子恺《护生》画册中那些插画的影响，整幅画面没有拖泥带水的感觉。小莲完成了这幅作品，欣赏一番后，就将这幅心爱之作藏在她自己的专用抽屉里，我总觉得她藏着一个自己的秘密。

小莲妹妹读二年级的时候，我初中毕业被分配到崇明长江农场。踏上人生新的征程的前一天，母亲一遍又一遍地为我整理行李，在装箱打包的最后一刻，小莲妹妹从抽屉里取出她珍藏的那幅绣品，不声不响地放在我要带走的木箱里，她让哥哥带着一朵莲花奔赴海岛。哥哥太感动了，抱着小莲妹妹展开她的作品，一朵粉红色的莲花，一片碧绿的荷叶，情深意长。小莲依偎在哥哥的怀里撒娇："明天我也要送哥哥。"父亲连连点头："行，行，我们一家都去。"晚餐，小莲妹妹一定要坐在我的身边，母亲夹给她的红烧肉她又夹到哥哥的碗里，看着哥哥吃下去，两颊的梨涡才漾着笑意。入睡了，小莲妹妹一定要和哥哥睡一个被窝，有生以来的唯一一次，我们兄妹仨睡在一个被窝。我的小莲妹妹抓住我的手，睡梦中也没有松开过，那一晚，我失眠了。

清晨，小莲妹妹第一个起床，她不言不语静静地坐在一边，等待着为我送行。我们在学校门口集合出发，几辆大卡车即将载着我们一路驶向吴淞码头，农场的地接人员会在码头迎接。我在跳上大卡车的一刹那，小莲妹妹奔了过来，她扬起手叫道："哥哥。"她从口袋里掏出她画的那幅珍贵的全家福送给了哥哥，我感动至极，轻吻小莲妹妹的梨涡，对她说："妹妹，春节见。"小莲妹妹点头："我把好吃的给哥哥留着。"

大卡车启动了，再见了，我的小莲妹妹。母亲拉着小莲妹妹的手跟在大卡车的后面追了几步，小莲妹妹的声音穿破一团团的嘈杂送入我的耳膜，她在叫唤着自己的哥哥。我回首看小莲妹妹，泪眼已蒙眬，我向小莲妹妹挥手，她的身影已模糊。

吴淞码头，登上客船，浩渺的江水横亘在海岛和陆地，从此我在江水的这一头，小莲妹妹在江水的那一头。汽笛声响起，客船缓缓离岸，码头上有从学校一路跟来的送行者朝我们的客轮挥手。我倚靠船舷，目光在岸上的人群中搜寻，我发现了母亲和小莲妹妹，蹦蹦跳跳的小莲妹妹挥动着手帕，我掏出小莲妹妹送给我的那幅全家福，朝着岸上向我挥手的小莲妹妹展开。

我于1971年11月8日到崇明长江农场，当晚，我在睡梦中梦见了小莲妹妹，我梦见她在作画，梦见她在绣花，梦见她在码头向我招手，梦见她突然飞向云端。第二天，连队新兵集训，我抬头遥望天际的云朵，总觉得那就是一朵朵盛开的洁白的莲花飘移在蓝天之下，我望着云朵走神，领队的严肃批评才让我收回恋恋不舍的目光。

我在农场里收到的第一封信是我的家人寄给我的，父母亲在信中唠叨的都是要求自己儿子积极上进的话语，小莲妹妹在信的末尾附上一句话：我会留着好吃的给哥哥。小莲妹妹还在信中夹了一张画：我站在船舷，双手拿着一幅画，小莲妹妹在码头，挥着一方手帕，一条大江阻隔在中央。

每年，总有一个月是这样冷入骨髓，那是小莲妹妹出生的这个月。每年，总有一个月我老是要回想过往的时光，那是小莲妹妹离世的这个月。冬是薄情，亦是深情，人们欢欣鼓舞迎接新的一年到来的时候，我的心情就开始沉重，1月承载着我人生太多的悲喜。小莲妹妹降临人间是1月，小莲妹妹离开尘世是1月，我第一次从农场返家，也是 1 月。过春节放假，我从菲薄的薪水里省下几块钱分别给小新弟弟和小莲妹妹买礼物，还准备给自己的父母亲 5 元钱。到农场仅仅三个月，每个月的工资就 18 元，没有办法奢侈。给小莲妹妹的礼物是一大盒蜡笔、一本笔记本，还有两双尼龙袜子。

到家了，颇有点"近乡情更怯"的感觉，熟悉的弄堂口我看到了熟悉的身影，小莲妹妹在弄堂口等着我，后面还有小新弟弟。兄妹俩的眼神交织在一起，小莲妹妹笑着叫着一路奔跑过来，一声哥哥，叫得我眼眶湿润。她抓起我的手就往回走，脚抬得高高的，走几步，跳一跳，又抬头望着我，满脸荡漾着快乐的笑。

回到家，母亲第一句话说的是，两小时前，就吵着要到弄堂口等你了。"哪里有这么黏哥哥的妹妹，看来你们这对兄妹这辈子是拆不散的了。"母亲又笑着补充。小莲妹妹拉开自己的抽屉，从一个小盒子里拿出两块水果糖，亲自剥开糖纸，将一颗黄澄澄的水果糖塞到我的嘴里。"哥哥，这是广州糖。"母亲惊讶地看着小莲妹妹，说道："这两颗糖你还藏着？这是你爸爸的同事给的，想不到小莲舍不得吃，留给你这个哥哥了。"母亲朝着我摇头笑道，"她的心里就只有你这个哥哥了。"小莲骄傲地抬头对母亲说："我和哥哥说过的，要把好吃的留给哥哥。"母亲连连点头说道："好好，只怕将来你嫁人了，就不会对你哥哥这么好呢。"我笑着凑趣："妈，这一天还遥远得很呢，我会替小莲妹妹把关的。"说说笑笑间，父亲回来了，一家五口聚在一起吃起了团圆饭，幸福洋溢在我的家。

从上海返回崇明，从崇明回到上海，一年四季，来来往往，不曾间断。那些年，乱云飞渡，青春年华留在海岛，寒暑易节，多少人非物易伤心头。撩开岁月的白发，细数那些年光阴的痕迹，家乡水，故土云，弄堂雪，炉中烟，伴着一声"车轮飞，汽笛叫"，小莲的身影眼前晃，我为小莲那卷哀愁落笔墨。1975 年春节过后不久，我收到小新弟弟的来信，他告诉我小莲妹妹患上了近视眼，要配眼镜。我想想也是，又是绘画，又是绣花，不患近视才怪呢。母亲却发现不对劲，小莲几乎是眼睛贴着绷架一针一线地绣花，绣出来的图案却大为走样。母亲为她配了眼镜，也无济于事，有时候走路居然还会摔跤。当母亲告知父亲小莲的异样后，父亲立马决定送小莲去医院检查。这一切的一切我都是通过家书才知道。

小莲住院了，诊断为视神经萎缩，需要用激素刺激视神经。三个月的疗程，小莲的视力未见好转，反而越来越差。我请假返回上海，买了小莲喜欢吃的甘蔗和香蕉，陪伴在小莲的病床旁，激素将小莲那张清丽的脸庞吹鼓得分外庞大，简直无法辨认这就是漂亮的小莲妹妹。小莲妹妹望着我傻傻地笑："等我好了，我要去崇明看哥哥。"我连连点头："一定的。"为了哄小莲妹妹高兴，我在她的耳边唱起了《火车向着韶山跑》的歌曲，小莲妹妹听到一半，笑着摇手："哥哥，你唱错了。"她努力地纠正哥哥的发音，命令我跟着她一句一句地重新唱过，我老老实实地跟着她一句一句地重新唱过，最后，她很郑重地点头肯定道："现在唱得都对了。"兄妹俩在病房里又一次哼唱着这首陪伴着小莲妹妹好几年的歌曲，这首见证我和小莲妹妹一起走过一段特殊路程的歌曲，我仿佛又看到了小莲妹妹在弄堂里欢快的模样，那时候她和小伙伴们是多么快活。

多年来，我们兄妹仨一直有一个约定，找个机会一起去西郊公园游玩。我和小新弟弟商议，趁我这次在上海，我们兄弟俩陪着妹妹到西郊公园去看大象、去看老虎。小莲妹妹得知这个喜讯，咧开嘴笑出了声，她的眼睛望着窗外。小莲妹妹是第一次和两个哥哥一起走得这么远，她太兴奋了。西郊公园，在小莲妹妹的心中是很远的地方，那里有着她的一个美丽的梦。小莲妹妹歪着头仰起脸，暗淡无神的眼睛里似乎有了异样的光泽，她对哥哥说："我终于能看到大象了。"小莲妹妹的枕头边有两根香蕉，她用手帕小心地包起来，她说："我要给大象吃点心。"她还叮嘱我带上她的蜡笔和绘画本，她要将她目睹的大象画出来。那一晚，小莲妹妹守着枕头边的香蕉甜甜地入睡。

我和小新弟弟带着小莲妹妹在静安寺乘坐 57 路去西郊公园，这是我们兄妹仨唯一一次的共同出游。我们安排小莲妹妹坐在靠窗的座位，57 路公交车沿着延安西路虹桥路一路向西而行，小莲妹妹趴在车窗呆呆地望着沿途的风景一声不响。小新弟弟问她："好看吗？你看到了什么？"小莲妹妹回答："好看，真好看，我看到了高楼大厦。"我和小新弟弟的心一沉，虹桥路沿途哪里有高楼大厦？难道说世界的风景在小莲妹妹的眼里已被关闭？我的小莲妹妹绝顶聪明，她的回答没有得到哥哥们的肯定，她突然又指着窗外说道："我还看到了好多大树。"树木葱茏装点着虹桥路是事实，这么说小莲妹妹还是能模糊地看到这个世界的影像？终点站到了，我和小新弟弟心情沉重地搀扶着小莲妹妹下车。

在西郊公园徜徉，小莲妹妹非常开心，她左手右手紧紧拽住哥哥的手，在两个哥哥的护卫下奔奔跳跳，放声唱着最喜欢的歌曲：车轮飞，汽笛叫，火车向着韶山跑。绿油油的草坪，踩上去软绵绵的，青草的气息在鼻翼缭绕，暖暖的阳光洒在身上，多么美好的世界。小莲妹妹甩开了两个哥哥的手，学着小火车开动的样子在草坪上奔跑，一不留神，摔了一跤，马上爬起来，还自我埋怨："我太不当心了，怎么会摔了一跤？"小莲妹妹又唱着跳着朝前走，没走几步，又摔了一跤，小新弟弟赶紧上前抱住了小莲妹妹。小莲，小莲，哥哥心知肚明，你一定又会说你是一不留神摔跤了。

大象馆前，哥哥陪着小莲妹妹看大象。硕大无比的大象在小莲妹妹的面前走来走去，小莲妹妹问哥哥："大象真的这么大？""小莲。"小新弟弟忍不住捂住脸哭出声来。我也泪水满眶，蹲下半个身子抱住我的小莲妹妹，回答道："大象很大很大，就在小莲的面前。"小莲妹妹依然开心："哥哥，我看到了，大象真大啊，你们看。"小莲妹妹方向指偏了，那里没有大象。小新弟弟跑到一边放出悲声，他哭得好伤心，小莲妹妹却依偎在哥哥的身边笑了，笑得好开心。"哥哥，我看到大象了，我闻到大象的味道了。"她将手帕包裹的两根香蕉递给哥哥，"这是给大象的礼物。"小莲妹妹朝着大象张开双臂，她不停地笑着叫着，"我看见大象了，大象的味道我闻到了。"小莲妹妹泪光闪闪，她明白，什么都明白。突然间小新弟弟冲上来，他一把抱住小莲妹妹号啕大哭。终于，小莲妹妹也哭出声来，哀哀的哭声令人心碎："哥哥，我看不见，看不见啊！"西郊公园，兄妹仨在大象馆前抱成一团哭声一片。

小莲妹妹回到了医院，她开始有些嗜睡。我半个月的假期，每天都在医院陪伴着她。小莲妹妹在吊点滴的时候，我为她唱《火车向着韶山跑》的歌曲；小莲妹妹昏睡的时候，我俯下身子，在她的耳畔悄悄说话："小莲，我们要永远地在一起。"小莲妹妹的眼睛动了动，嘴角浮出了微笑。小莲，你听见了，我看到你的嘴唇在微微颤动，闭着的眼睛滚出了两颗清泪。我用手指蘸了蘸，有些咸，小莲妹妹的泪水是有味道的，我想起了小莲妹妹塞到我嘴里的那颗广州糖，小莲妹妹给了我人生的咸和甜。

我的假期满了，必须回农场。临行前，我的亲戚引荐，请华山医院神经科的一位医生朋友替小莲会诊。按照约定的时间赶到华山医院，亲戚的医生朋友经过一系列的检查后，初步诊断小莲的视神经萎缩很可能由异物压迫脑神经所致，建议转院到仁济医院或华山医院再做进一步的检查。犹如晴天霹雳砸在了我和母亲的头上，母亲当场瘫软，拉住医生的手哀求："救救我的孩子，她才 12 岁。"医生摇了摇头，长叹一声："赶紧转院吧。"

我背着小莲从医院出来，我们朝车站走去。从华山路转到乌鲁木齐北路再转到延安中路，沉重的步履，艰难的路途，零星的雪花在天空飘飘洒洒，总觉得这 71 路车站还在那遥远的地方。小莲趴在我的身上昏昏欲睡，我感觉到我的妹妹好沉好沉，这么小的一个人怎么会压得我喘不过气来？我背着小莲妹妹，她的双手搭在我的双肩，不知不觉整个人会往下滑，我稍稍用力将她整个人往上抬一抬，小莲妹妹会下意识地配合我说声："嗯哼。"我对母亲说："小莲怎么这么重啊！"母亲的脸色骤然剧变，她跌坐在人行道，伸手抚摸着小莲的脸庞，大声叫着："小莲，小莲。"一辆又一辆 71 路从我们的眼前疾驰而过，我们找不到车站，我们忘记了回家的路。

小莲回到了原来的医院，院方第二天就安排仁济医院神经外科大夫赶来会诊。会诊结束，当即决定将小莲转到仁济医院神经外科做进一步的检查治疗。我决定无期限地请假，我要陪伴我的小莲妹妹。母亲随即打电话给父亲，紧急通知父亲马上赶来。

1975 年隆冬季节，小莲躺在担架上被送上救护车，风雪中父亲赶来了，他双手捧着一把甘蔗，一路奔走一路叫着："小莲，爸爸来了，小莲，你最喜欢吃的甘蔗，爸爸给你带来了。"父亲踉踉跄跄连滚带爬扑进救护车，抱起了昏迷之中的小莲，用牙齿咬嚼甘蔗，将口中的甘蔗汁对准自己女儿紧闭的双唇一滴一滴地送入小莲的嘴里。"小莲，小莲，你爸爸来看你了。"母亲轻轻地摇动小莲的手臂一声接一声地呼唤。甘甜的汁水浸润了小莲的喉口，小莲睁开了眼睛，朝着有声音的方向微笑，和家里的四个亲人娓娓叙叨："我看到大象了，大象很大很大。"小莲吮吸了一下嘴唇，"甘蔗很甜，哥哥也吃。"我赶紧答应："好，哥哥吃，吃。很甜，很甜。"小莲开心地笑，又说："小新哥哥吃，妈妈吃，爸爸吃。"小莲说着说着又昏睡过去。救护车内一家人围着小莲哭成一团，救护车的呼叫声和数九隆冬中的凛冽朔风将车内的哭声无情地掩盖。

小莲住进了仁济医院，她的双目完全失明了，她时而清醒、时而昏睡，有时还会不能自控地抽搐。检查的过程是令人揪心的，检查的结果是令人绝望的，造影显示小莲的视神经被残留的血块压迫，更可怕的是血块已经与脑部的其他神经粘连在一起。闻此噩讯，我们联想到了那一年的那一天，一本《护生》画册引起的悲剧。原以为乌云散尽，阳光重现，谁料想乌云就像灾难，一直阴魂不散缠绕着我们，我的小莲妹妹，竟然成为灾难的祭祀品。一场灾难，给我们造成多少伤害，让我们流了多少泪水，伤痛至今还缠绕在身。

主治医生找我的父母亲约谈，告诉他们最最喜欢的爱女不动手术就是等待死亡。动手术可以，但术后的结果会有三种：第一，手术成功，血块彻底剥离清除，恢复视力和健康；第二，手术后生命保住，但有可能瘫痪或痴呆，从此生活不能自理；第三，上了手术台，却下不来手术台，手术失败。父亲母亲无法做出抉择，他们不愿那个万一的产生，这会牵连自己另外两个孩子。

医生办公室冲进来一对男孩，令主治医生猝不及防的是两个男孩的深深鞠躬，他抹着眼睛聆听两个男孩的哭诉："医生，救救我们的妹妹，只要她有一口气，不管是白痴还是傻瓜，她都是我们的妹妹，我们会相依相偎一辈子。医生，求求你了。"声泪俱下的话语让主治医生禁不住潸然泪下。男孩的父亲靠着门框双泪长流，男孩的母亲抚摸自己的两个儿子哀哀欲绝："万一，万一小莲她以后痴呆、瘫痪怎么办？"小莲的两个哥哥抬头望着母亲，说道："还有我们，我们会一辈子陪着小莲妹妹。"

小莲进了手术室。难熬的四个多小时，手术室的门终于打开，小莲被推了出来，神经外科的主治医生没有多言，他简短地告知这一个星期是关键，如果度过了这个危险期也许小莲能够康复。一个星期，188 小时，小莲，你一定会挺过来。小新弟弟和母亲、我和父亲两人一组轮流陪伴小莲，掰着手指计算时日，盼望着医生说的这一个星期能尽快过去，小莲妹妹能平安度过危险期。

第七天了，到了明天小莲妹妹就可以逃离死亡线。第七天是小新弟弟和母亲值夜班，父亲这天居然做出令人意外的决定，他说他今天继续陪伴小莲，我们都劝解不了父亲。我的父亲一生行事谨慎，半辈子都是贴着墙角根小心翼翼地走路，从来不会得罪任何人，受到不公正的待遇，他首先检讨的是自己，而不会去怨天尤人，在家里父亲都是听母亲的安排，父亲的人生字典里就是"顺从"这两个字。但是这天晚上，父亲却特别执拗，他要留下来陪伴小莲妹妹，母亲的反应也很意外，她不假思索地表示同意。过了今夜，小莲妹妹就度过了危险期，我的父母亲都在等待一个全新的明天。

我在父母亲的一再催促下，告别小莲妹妹。我趴在小莲的病床头，对着妹妹悄悄耳语："小莲，小莲，到了明天你就能平安过关了。明天哥哥来陪你，哥哥和你一起迎接全新的一天。"恍惚间我好像看见小莲妹妹睁开了眼睛，她的嘴角好像露出了笑意。我记住了这一天的时间，1975年12月29日。

这一晚，我的梦魇一个接一个。小莲在我深夜的梦里呼唤着哥哥，我被小新弟弟摇醒前的最后一个梦是小莲在向哥哥挥手，她背着书包说要去上学了，她来和哥哥告别，急切中我惊呼小莲，我拉住她的手不让她走，猛然惊醒，发现自己拉住的是小新弟弟的手。凌晨时分，第一辆早班的电车还没有，小新弟弟一路小跑至少要一小时才能到家。"哥哥，"小新弟弟泣不成声，"赶快去医院，小莲妹妹在抢救室。"犹如被平地的一声冬雷炸醒，一骨碌起身，穿上衣服就跟着小新弟弟夺门而出。小莲，小莲，今天是你新生的日子。妹妹，妹妹，你千万不能吓哥哥啊！我们这个家再也经不起折腾，我们别无他求，只希望一家人平平安安的就行。紧赶慢赶，奔到医院，欲上楼奔往特别护理的病房，却被小新弟弟一把拉住。"哥哥，小莲她已经走了。"小新弟弟抱住我痛哭。"小莲，小莲。"黎明前的黑暗中，我冲到医院空旷的平地，仰头对着满天的星星悲痛地叫着。我的小莲妹妹，在即将获得新生的这一天你却匆匆离我们而去，你辜负了我们全家的期望。

小莲妹妹走了，全家人沉浸在无比的悲哀中。办理户口注销，殡仪馆告别，都需要医院的死亡证书。医院的医务处必须结清所有的医药费才能出具死亡证书，20世纪70年代中期，400多元的医药费是一个不菲的数字。父亲带着我向单位借钱，他的领导一声叹息："老夏，你这是人财两空啊，你也节哀吧。"我看到父亲的肩膀在颤抖，嘴唇在嗫嚅，领导宽慰的话语仿佛是一把尖锐的利器狠狠地捅父亲的心脏。父亲心如刀割，却还是含着泪水露出微笑一迭声地感谢单位领导的支持。在单位的财务室门口，父亲将凑齐的小莲妹妹的医药费交到我的手中，他仰头凝望彤云密布的天空，哽咽半晌，才艰难地吐出一句话："小莲，你可以放心地走了。"父亲捧住了自己的脸浑身抽搐。

家里还是为小莲设了简易的灵堂，是小莲妹妹的一张小照片，10岁生日时照的。照片前有两个盘子，一个盘子放一段甘蔗，一个盘子放一根香蕉，小莲最最喜爱的丰子恺的《护生》画册放在两个盘子的中间。小莲的灵前有三个花圈，父母亲一个，两个哥哥一个，还有一个是楼下的徐家阿姨送来的，她悄悄地上楼，对着小莲的照片抹了一会儿泪，将一个绢花制作的小花圈放在小莲妹妹的灵前，挽带上写着"悼念小莲"四个字，没有落款。徐家阿姨看到父母亲投来的冷漠的目光，低着头一声不吭地匆忙下楼。后来，我的父母亲最终在心底里还是原谅了徐家阿姨。母亲说过，学会原谅别人，就是放过自己，给别人改过的机会，也是给自己解脱的机会。父亲也说过这么一句话，他说徐家阿姨是特定时代的特定产物，她现在的日子并不好过，她也是牺牲者。

送别小莲那天，父母亲没有通知任何的亲朋好友，他们的理由很简单，小莲是个孩子，不配让长者为她送行。小莲，小莲，爸爸来了；小莲，小莲，妈妈来了；小莲，小莲，哥哥来了，我们一家五口人的最后一次团聚是在龙华殡仪馆的一间最最角落的最小的告别室里。小莲静静地躺着，她闭着眼睛，嘴巴微微地张开，脸部有些肿胀，手术后的白色纱布还在不依不饶地缠绕着她。没有呼天抢地的哭泣，小莲亲人的泪水早已哭干，撕心裂肺的痛埋在心头。哥哥在替小莲剪指甲，母亲用半湿的毛巾替小莲一下又一下地擦脸，小新将小莲最喜爱的丰子恺的画册放在小莲的身边，在那里，小莲没有烦恼可以天天开心地看画册、学画画。画册封面隐约可见的血迹刺痛了我的心，丰子恺的《护生》画册并没有保护小莲妹妹，反而夺去了小莲妹妹的生命。我一把夺过放在小莲妹妹身边的《护生》画册，我要保留小莲妹妹生前的这本心爱画册。小莲妹妹留下的这本画册曾经是一条鲜活活过的生命。

我的举动让父亲越发难受，大手在不停地敲打自己的脑袋，自责没有能力保护自己的爱女，他的心灵创痛是最深的。告别的时间快要过去，小莲妹妹的哥哥准备通知殡仪馆的工作人员推走灵床，父亲突然跳起来，他的眼睛空洞得可怕，像是被人夺走了所有的色彩，冷峻的声音令人恐怖："你们谁也不许动。"他一个转身冲出了告别室，不知道父亲这是为了什么。

父亲回来了，他的手里拿着一顶颜色红艳的绒线帽，他站在小莲妹妹的身边，一遍又一遍地抚摸女儿冰冷的脸庞，轻轻地对着心爱的女儿絮絮叨叨："小莲，小莲，你要开开心心地走。小莲，小莲，爸爸答应在你生日的时候要给你买一顶绒线帽的。小莲，小莲，爸爸给你买来了。小莲，你看看，你睁开眼睛看看，你喜欢吗？"母亲跟着哀哀哭泣："小莲，小莲，是红颜色的，是你最喜欢的红颜色。"小莲的两个哥哥一左一右站在小莲的灵床边，拉着小莲的手，一声又一声地哭喊着："妹妹，别走；别走，妹妹。"父亲半跪在小莲面前，他容不得母亲和儿子做帮手，亲自替小莲戴上了绒线帽，他将白色的纱布隐藏在绒线帽里面。生离死别，全家人趴在小莲的灵床边哭声震天，白发人送黑发人，这痛永远拷打着父母亲破碎的心。殡葬人员前来推走小莲的灵床，小新弟弟拉住灵床，撕心裂肺的声音响彻告别厅："妹妹，别走，别走啊！"父亲和母亲一左一右拉着小新弟弟，灵床被殡葬人员缓缓推走。

天空又飘飘洒洒扬起了雪花，雪花也在送小莲妹妹远行，一如小莲妹妹降临人世的那一天，也有飘飘雪花漫天飞舞。小莲妹妹走了，在这个世界上，一个孤独的背影定格在漫天的飘絮之中，那是小莲妹妹的哥哥。他捧起双手承接从天空飘落的雪花，那是他的妹妹化成的精灵，晶莹的、剔透的，停留在他的手心里，感受着他的温暖。雪渐渐地停止了，风慢慢地消散了，他的小莲妹妹的味道也跟着雪与风淡了，散了，消失了，小莲的哥哥依然固执地仰望着天空，他放不下心中的执念，他在等待雪花的再度飘扬，映衬着他的该是怎样的寂寞和悲伤？不知道是不是小莲妹妹听到了他的心声，片片雪花又从天而降，撷一朵雪花放在掌心，他看到了他的小莲妹妹。

小莲走了，从此她在天的这一头，我在地的这一头，隔开我们的是天与地相连的空间。山水有期梦无期，往事无痕心有痕，我在深夜的梦里经常能听到小莲的呼唤，我在深夜的梦里经常与小莲嬉笑。小莲走了，然而我这人生的道路，何以一步一笙箫？我这生命的征程，何以一路一离陌？小莲，我念念不忘，你有回响；我寂寂前行，你有陪伴。几十年来，那一片思，那一丝挂，始终萦绕，一程山水一程梦。马尔克斯在《百年孤独》中有一段话非常有名：无论走到哪里，都应该记住，过去都是假的，回忆是一条没有尽头的路，一切以往的春天都不复存在，就连那最坚韧而又狂乱的爱情归根结底也不过是一种转瞬即逝的现实，唯有孤独永恒。近半个世纪了，我为什么会一直沉浸在对小莲妹妹的回忆中？我知道回忆是一条没有尽头的路，过去于现实而言那都是假的，我却宁可相信是真的。

我的父亲没有等到小莲妹妹考上大学，我的母亲没有等到小莲妹妹成为新嫁娘，他们美好的愿景破灭了。命运多舛的父亲一下子苍老了许多，鬓角的白发朝着发丛恣意蔓延。村上春树说，我一直以为人是慢慢变老的，其实不是，人是一瞬间变老的。父亲他思念成疾，担忧爱女在那个世界实在是太寂寞，所以父亲一退休就急着赶着要去陪伴自己的女儿。两年后母亲也去寻找小莲和父亲，他们在天堂得到了团聚，他们成了另一个世界的归人。一个五口之家的家庭在这个世界存续了仅仅12年，然而阴阳永隔的岁月却绵绵不断。有人说，没有在深夜里痛哭过，不足以谈人生，因为你没有经历过痛彻心扉的生离死别，我20岁就开始经历过这般悲苦，那些年月，在夜深人静时，我不知道有多少次躲在被窝里痛哭，我在想我的小莲妹妹。小莲，如果有下辈子，我们还是做兄妹，让哥哥好好陪着你，一年又一年地走下去。下辈子，我们能不能遇见？下辈子，我们会不会有缘？如果真的有轮回，真的有来世，小莲，我们不见不散。

1992年1月8日，小莲妹妹30岁的生日，我想为我的小莲妹妹朗读一首诗。我在书房里翻阅书本，读到了法国象征主义诗人雷尼埃的诗歌《心愿》，不由得泪水盈眶。哦，小莲，哥哥为你朗读一首雷尼埃的诗歌《心愿》，你可要好好地聆听。我推开窗户，遥望天穹，声音在书房里缓缓响起："为了你的眼睛，我希望有一片平原和一片碧绿而斑斓的森林，悠远柔和展现在地平线明朗的天空下，或者几座轮廓美丽的山丘，逶迤、腾跃、岚气弥漫，仿佛融汇在柔和的空气中，或者几座山丘，或者一片森林……"多么优美的诗句，小莲，你听见了吗？我希望你能看到这一片大地的风景，假如你真的不能看见，小莲，"我希望你能听到大海磅礴而低沉的涛声，你能听到一只鸽子在寂静中鸣唱，你能听到淙淙流淌着一泓清泉"。恍惚间我觉得自己就匍匐在小莲妹妹的病榻前，一遍又一遍地为她朗读。我又看到了昏睡中的小莲妹妹，她的梨涡有了笑意，我贴着小莲浮肿的脸颊，絮絮叨叨不停："你可知道，我是怎样爱你，我的妹妹。白天想的是你，夜晚念的是你。想着想着，小莲，我会莫名地笑了；笑着笑着，小莲，我却落泪了。小莲，我的妹妹，我是怎样地爱你啊，声声的呼唤似心里的泪，早已在心底滴落成河。"那一天，我的心情特别伤感。

时间在不知不觉中一年又一年地滑过，走过似水流年，从懵懂走向成熟，从青年走向老年，在匆匆流逝的时光中体验人生百味，其中有小莲妹妹那颗广州水果糖的滋味，有小莲妹妹眼角沁出的泪水带来的微咸的滋味，我的人生百味有很多都是小莲妹妹带来的味道。小莲妹妹在我心中留下的浓浓淡淡的记忆、深深浅浅的往事早就在我的心头汇集成一部画册，那是小莲妹妹短暂生命绘就的《护生》画册，我经常在脑海中一页一页地翻阅。我一直有一个念想，我要为小莲妹妹的《护生》画册执笔，说一说小莲妹妹的旧时点滴，写一段小莲妹妹的悲喜故事，用文字凝聚记忆，将无限的思念装订在岁月的素笺，翻开，是一段难忘，封存，是一段永恒。我的小莲妹妹，她在漫天雪花中翩翩而降，她在飘飘雪花中飞向云端，等到下雪的时候，我的文字将跳出我的思绪落在我的笔端。

2020年12月29日，夜幕四合的时候，上海下雪了，雪花一片一片，像绽放的礼花在天地间肆意地潇洒。如今的上海，下雪是极其难得的，我的微信群里随即弹出一幅又一幅欢呼下雪的图片，还配上欣喜的文字。猛然间我的心一阵抽紧，我想起了45年前的那个子夜，那一片片雪花分明就是我的小莲妹妹的精灵。这飘飘雪花在提醒我，为小莲妹妹的《护生》画册配上文字的工作必须启动了。我拉开阳台的门，凝望着漫天的雪花，伸出双手承接来自天上的精灵。我像是要接住另一个时空传来的信息，在冰凉的触感里力图抓住我的小莲妹妹，终究什么都抓不住。我对着漫天的雪花浅浅微笑，没有遗憾，因为真正入心的人，一直都住在心里。45年来，我对小莲妹妹的思念早就在心里扎下了根，那是我生命里的一种倾心眷恋，无论时间过去多久都印刻在我的心头。

我走出家门，享受着我和小莲妹妹的两人世界。雪中漫步，没有呼啸的风，没有冰冷的雨，只有雪悠然地跳着自由的芭蕾。慢慢地雪花逐渐密集，灯光下似看到一条条银白色的蛇在狂舞，一缕思念自然而然涌上心头，再过几天，小莲妹妹，你就要58周岁了，你从雪花中来，你在雪花中走，我想起了我们兄妹俩曾经在弄堂里堆雪人的情景。万千思绪中，我的老邻居顾雨生打来电话，他兴奋地告知，我们居住的那片老房子马上就要拆迁了。突然怀旧萌生，想去旧居寻找半个世纪前我和小莲妹妹生活的印痕，要写小莲妹妹，就得去我们的故居，那里还有小莲妹妹的气息。

翌日清晨，踏着残雪，我怀里揣着小莲妹妹留下的《护生》画册在熟悉的弄堂默默行。岁月给我们留下了许多痕迹，但岁月也带走了许多东西，我在鬼门关前夺下这本画册，为的是延续我的小莲妹妹的生命。长长的弄堂里隐藏着岁月的坎坷，我在寻找心中认定的蛛丝马迹。半个多世纪过去，水泥地坑坑洼洼，好似小莲妹妹深深浅浅的脚印，小莲妹妹玩耍的足迹被深深镌刻。弄堂里，小莲妹妹的影子剪不断，她在这里种下了一个个故事，这些故事在哥哥的心中生根发芽。斑斑驳驳的老屋在风雨中飘摇，融化的雪水趴在墙面好似小莲笔下的一幅硕大的抽象画，还真有丰子恺简洁明了的画风。屋后的那株夹竹桃花红早已凋零，雪地里竟然还残留着几朵枯萎的花朵。俯身捡拾一朵，那是我心中认定的一朵莲花。岁月依旧我依旧，在指尖的岁月里，我心中的莲花依然在盛开。默默地亲吻，一不小心，弄掉了花瓣，我心疼得无法呼吸，我又拾起花瓣，悄悄地和花瓣说话。小莲，想你，是我今生最美的回忆，没有你，我的快乐无从说起；没有你，我的世界一片孤寂。父母半世恩，手足一世情，情，是人生最重的滋味。小莲妹妹，只要想你，干涸的眸子里就会氤氲一场思念的雨。近半个世纪，因为我的心里有你，有时候宁愿躲在自己的世界里独自清寂。我最疼爱的小莲妹妹，我想对你说，你在我的生命长河中昙花一现，所以在很长的一段时间里，我的爱比死更冷。

我踩着残雪独孤地徘徊在老屋的门口，邻居都搬走了，周围是那么宁静幽寂，在这万物尚未苏醒的隆冬，我就像一只划过老屋天空的凄清的孤鸟，孤独地注视这片孤独的旧居。老巢的半扇窗户在凛冽的寒风中瑟瑟打抖，我抬头凝视老屋的一刹那，仿佛封存的情感被唤醒，心灵的每一寸角落都被一种柔软的情愫浸润着、包围着，黯淡的天空忽然变得靓丽起来，一朵美丽的莲花向我盛开，我看见小莲妹妹在跳舞唱歌，耳边掠过"车轮飞，汽笛叫"的歌声；我看见小莲妹妹在绣花，一朵出淤泥而不染的莲花在飞针走线中脱俗而出；我看见小莲妹妹在画全家福，一幅天上人间的全家福。我沉浸在梦境之中，一阵冷飕飕的寒风吹醒了我，风吹过，转瞬无踪，一如美丽的童话只存在梦里，梦醒后竟然连小莲妹妹的背影都无法触及，唯一拥抱的只有雪化了的痕迹。

又是一年过去了，时间来到了 2022 年 1 月 8 日，小莲妹妹若在人世间，那是她的第 60 个生日，人生的一个甲子。然而我的小莲妹妹只在人世间行走了一轮就与尘世告别，她在另一个地方继续完成自己的生命轮回。我仰望天空，举起酒杯，我在等我的小莲妹妹。我看到小莲妹妹化作了红莲，"一池的红莲如火焰，在雨中，你来不来都一样，竟感觉，每朵莲都像你。尤其隔着黄昏，隔着这样的细雨，永恒，刹那，刹那，永恒"。余光中的诗歌《等你，在雨中》，描写一个少年在雨中等待一个美丽纯情的少女的复杂心态，而我觉得，那分明就是我和小莲妹妹之间的那种情愫。杯中的葡萄酒，那颜色就像"一池的红莲如火焰"，小莲的精灵就躲在杯中的红酒里。我举起了酒杯："小莲，哥哥祝你生日快乐，等你，在雨中。"

　　天空中下起了冷冷的冬雨，等你，在雨中，我的小莲妹妹。我的思绪穿过半个世纪，想起了小莲妹妹的点点滴滴，每一个普通的场景都是一首诗、一幅画。小莲妹妹，想你真的很美，那种思念的滋味好温暖，心情如盛开的莲花那般闪烁着圣洁的光辉。我在雨中等到了小莲妹妹，我好像听见你在吟唱，"车轮飞，汽笛叫"，你唱着童年的歌谣向我走来，我听得泪流满面。小莲妹妹，想你真的很美，我看到你手捧着那幅全家福向我走来，一家五口你坐在正中间，左边是爸爸，右边是妈妈，后面是你的两个哥哥，你的头微微往后，靠着你的大哥哥，梨涡盛满了欢乐。小莲妹妹，想你真的很美，我翻出压在箱底的那幅绣品，那是一朵嫣红的莲花，清丽脱俗，碧绿的荷叶上还有一只鼓着嘴巴的青蛙。一颗清泪滴落绣品，不偏不倚，正好滴落在盛开的荷花上。

　　"车轮飞，汽笛叫，火车向着韶山跑，穿过峻岭越过河，升起霞光千万道。"小莲妹妹的歌化成了风。你听，风在吹，风从天上来，风穿过我的十指，风穿过我的头发，风穿透我的肌肤，风围着我在起舞，我感觉到了风的重量。小莲，就躲在风的灵魂里，潜伏在我的心坎里。小莲妹妹，我吹着你吹过的风，算不算与你相拥？小莲妹妹对着我一个劲地点头。我想拉住小莲妹妹的手，想好好端详我的小莲妹妹，谁知，小莲妹妹却调皮地躲开，我又眼睁睁地看着小莲妹妹飞向云端，留给我无尽的思念。天涯一望断人肠，思念绵绵绝无期，我的思念之河还在继续流淌。

　　在无比孤寂的日子里，我总会想起我的人生中曾经有过我的小莲妹妹。老天没能让我和小莲妹妹的兄妹之情绵绵延续，我不得不抱憾终生，但我依然固执地认为我人生中最大的幸运就是我曾经有过一个妹妹，最大的不幸却是她在我的眼前仅仅是昙花一现。小莲妹妹最终选择了离开，然而我放不下心中的执念，我只是换一种方式孤独地守望着我们的兄妹情意，因为她是我生命里绝无仅有的星星，我甘愿为她画地为牢，将自己困顿其中。我又习惯性地望着窗外的那一片天空，执着地朝着那一个方位凝眸，天边那颗闪亮的星就是我的小莲妹妹，我的思念被带到了天上。三毛在《撒哈拉的故事》中写道：每想你一次，天上飘落一粒沙，于是就形成了撒哈拉；每想你一次，天上就掉下一滴水，于是形成了太平洋。我对小莲妹妹近半个世纪的思念，早已形成了沙漠，汇成了海。

家祭无忘告乃翁

2020年，新冠病毒肆虐全球。5月小满节气的傍晚，行走在春风扑面的新华路，自由呼吸，自由观景，绷紧的心在暖暖的春风中慢慢地化开，只觉得"风的气味变了，夜幕的色调变了，声音也开始带有别样的韵味，于是递变为初夏时节"（村上春树）。暮春时节的新华路，两排齐整的法国梧桐浓荫匝地，梧桐叶就像是一双双热情的手掌，但现下的这些手掌却是孤寂乏力的。

极具文艺气息的新华路宁静祥和，高大阴森的梧桐树后面是一座座风情万种的小花园，一栋栋欧陆风情的老洋房散落其间，尽显雍容华贵气质。驻足街头花园，青草的气息在鼻翼摩挲，风在摇它的叶子，草在结它的种子，花在摆它的风姿，鸟在吹它的"笛子"，难得的惬意在身上的每一个细胞伸展。在这人间五月天的美好时光里慢慢踱步，突发奇想，假如有一缕缭绕于耳的清音飘荡着暮色苍茫的新华路上岂不美哉妙哉？

所思所想竟会有所得，一幢具有英伦乡村风情的精致老洋房里飘出一首贝多芬的《致爱丽丝》钢琴曲留住了我的脚步，沉浸在唯美的音乐中一直聆听到乐曲结束，紧接着《祝你生日快乐》的歌声又翻过花园的高墙飘逸在春风沉醉的新华路，融化在暮霭四合的春天。由衷地羡慕老洋房里流出来的歌声，疫情无情人有情，疫情关不住我们对生命的真诚祝福，关不住我们对生活的美好渴望，百年新华路在鲜花盛开的 5 月演绎着一段人间的温暖。

2020 年暮春时节，生日祝福的歌声，这些元素在我的眼前叠加交织，构成另外的一幅画面，让我的心跳没来由地加剧，我似乎意识到今天是一个特别的日子，努力地回忆这个日子在我的人生历史上曾经有过的大事件。下意识地看了看手机屏幕显示的日期，慢慢地，不曾搁浅的记忆逐渐苏醒，《祝你生日快乐》的歌声让我想起今天也正是我父亲的生日，且是我父亲 100 周岁的生日。眼眶有些濡湿，心情有些沉重，抬头遥望天边，晚霞中似看到父亲在向我招手，天上人间，父与子隔着阴阳两重天进行着心灵之间的对话。那一个瞬间，我看到挂在天边的云朵竟然堆出一张看似随意的人像，我固执地认为那就是我父亲身影的显现，我又感受到了父亲那深沉与静谧的力量，我追逐着隐藏在云朵后面的父亲的身影，沿着新华路由东往西一路小跑，直到我的父亲在重重深灰色的云层中消失，再也看不见。

20 世纪 80 年代，父亲走完了他的不太长的人生旅程，像这个地球上所有的过客一样，最终化作一缕青烟消失在人间。我虽然知道人生本身就是一场漂泊的漫旅，走过的每一个地方，遇到的每一个人，经历的每一件事，都将成为驿站，成为过客，成为怀念。然而我在孤独一人的时候总是喜欢追忆，喜欢回顾，喜欢眷恋，时间久了，却发现，曾经以为念念不忘的事情，就在我们念念不忘的过程中，慢慢淡忘，我竟然淡忘到连父亲 100 周岁的生日都记不住。

我父亲的一生，有太多的无奈和屈辱，有太多的伤感和惆怅。我的有关父亲的记忆，多少往事如过眼烟云，因为不值得留恋；多少往事已不堪回首，因为想起就会心痛，但这也不足以成为我淡忘的理由。数十年过去，父亲的名字越来越不为人所熟悉，作为他的儿子，除却特定的父亲节有所追忆之外，平常的日子里也越来越鲜有回忆父亲的片刻时间。父亲，走得越来越远的父亲，总有一天，这个世界没有人会记住你，时间的筛子，最终会过滤掉曾经在你身边的每一个人。其实，我们都是地球这个空间的过客，时间最终也会将我们过滤。人生活在时间和空间的交叉点上，向两个方向瞻望永恒，得到的却永远是瞬息。我和父亲相依的二十多年也就是一个瞬息，这个瞬息曾留下我和父亲共同生活的痕迹，一年又一年，时间将这一痕迹冲刷得越来越淡，都快找不到了。

孤独地坐在人迹寥寥的街头，默默地思念着我的父亲，为了一份忘却的纪念，我坐在新华路的街头品尝着一份特别日子里的孤独感觉。这份孤独，犹如生命的章节，恰似岁月的年轮，仿佛时光的碎片，带给我无尽的惆怅。这份孤独，是我灵魂里的另一半色调，是我精神的另一种状态，是我身心的另一个伴侣，无形无影，在我需要的时候，就会无声无息地陪伴在我的身边。村上春树说："没有人喜欢孤独，只是不愿意失望。"也许孤独是人与生俱来的东西，会伴随着你的生命轨迹一直走下去。孤独地想着 36 前，父亲的生命就此画上了休止符，心里不由得酸酸的。

父亲去世后的好多年，一直住在我的心头。又是好多年过去了，住在我心头的父亲不知何时悄然将这个位置给谦让出来，我还没有意识到将我的父亲忘却好多好多年了。今天，在疫情笼罩下的暮春时节，我看见父亲从新华路的尽头向我缓缓走来，他在向我招手。一切都是天意，那洋房里飘来的《祝你生日快乐》的歌声就是天意，告诉我今天是父亲的百岁生日。此时此刻，冒出一个想法，在这特殊的日子里该为我的父亲端上一碗长寿面，父亲他正在云端里等着我为他祝寿。

一溜小跑赶回家。站在煤气灶前，看着锅里的水沸腾，却迟迟没将面条入锅，水蒸气在眼前弥漫，濡湿了镜片。擦拭眼镜，遥望窗外，封存半个多世纪的记忆之门訇然打开，往事动若烛照，脑海中不断地掠过父亲在世时的生活片段。一别 36 年，生死两茫茫，不思量，难自忘。生于 1920 年 5 月的父亲远我而去数十年，我依然在奔腾的生命长河，那生活的浪花悄然将父亲的形象冲刷得越来越淡。可是今天，我却越来越强烈地思念着父亲。感谢上苍特意提醒我，让我别忘记今天是父亲的百岁诞辰日。有牵挂，天涯茫茫不遥远；有思念，人生旅途不孤单，父爱的点点滴滴在脑海中闪现，就像一部黑白胶片的老电影在我眼前回放，世界在我眼前逐渐褪去缤纷的色彩，最终变成了黑白两色。因为那个世界曾经没有生活的五颜六色，只剩下黑白，又颠倒了黑白，至今留给我的是散落一地的哀伤，是冰冷的黑和白的回忆。

我是人间惆怅客，遥想父亲泪纵横，断肠声里忆平生。父亲的立体形象清晰地出现在了我的面前，我在心头默默地唤了一声父亲，我看到父亲迈着坚实的步子向我走来。高高个子的父亲，面庞清癯，人到中年，却微微谢顶，他正含笑看着我，我又站在了父亲的身边，就像依靠着一堵厚实的城墙。

我和父亲相依相伴的日子掰着手指算也就 20 年左右。我的父亲身高至少有 1.8米，大家都尊称他为"长脚爷叔"。在他生活的那个年代，父亲只要往人堆里一站，还真的有点"鹤立鸡群"。父亲给我的印象是不善言辞，沉默寡言，他与邻里之间的关系相处得挺好，在单位里也是好人一个，从来不与任何人争抢任何名利，奉行与人为善、与世无争的生活准则。任劳任怨是父亲的人生哲学，吃了亏脸上还挂着笑，有时候还会讪讪地自我解嘲："吃亏就是便宜。"

邻居周家伯伯如是评说我的父亲，大家在一起的时候，我的父亲是最不显眼的，谁都可以忽略他的存在，他永远不会是主角，甚至连配角都轮不上。但是过了一段时间，若没有见到我的父亲，大家都会自然而然地想起我的父亲，因为父亲的温润善良总会在大家需要的时候恰到好处地出现，他总会无怨无悔地尽自己所能帮助每一个需要他帮助的人，尽管都是一些不起眼的生活中的小事情，然而家庭生活就是由那些日常的琐碎串联起来，组成一幅幅温馨的画面。

父亲懦弱善良的性格也造就了母亲的个性稍稍强于父亲的家庭格局，父亲甘愿成为母亲指令的忠实执行者，母亲吩咐父亲操办的每一件事情父亲都会很愉快地领命。为了在孩子们的面前树立为父的尊严，父亲常常笑着解释，说是他自己他太懒了，不愿动脑筋，还说我们家里就属母亲最辛苦，母亲马上就会说这是父亲的挡箭牌。父亲嘿嘿地笑着，会搓着手问母亲，需要他做什么事情。母亲往往会不假思索地吩咐父亲，那你就擀面条慰劳我们吧。父亲笑着答应，他一声吆喝："孩子们，跟着我去擀面条喽！"

在我的印象中父亲执行母亲的指令十几年如一日且干得最出色的一件事情就是擀面条，父亲擀面条的手艺至今还成为我们弄堂里健在的每一位邻居津津乐道的谈资，只要我们见面时谈论起我的父亲，都会引申出父亲的拿手绝活——手擀面条，一个个咂巴着嘴回味着手擀面条的美味，如数家珍般念叨着父亲的种种善良，充满着对我的父亲的深深怀念，擀面条成为昔日那个"长脚爷叔"的标配。

印象中我的父亲也特别爱吃面条，只要是星期天，父亲的休息日，家里一定是打牙祭的日子，改善伙食的主食一定是面条。不是从粮店里用一斤粮票、二角一分钱买来的机制切面，而是父亲亲手擀的面条。浇头则视季节而定，肉票没有用完的日子里，最好的犒劳是一碗大排面，紧接着是咸菜肉丝、豆腐干肉丝等浇头，等到肉票用完了，父母亲就会搭配韭菜炒螺蛳肉、咸菜拌笋丝等菜肴。母亲的休息日是周五，每周早中班翻班。每个星期天，母亲上早班的那一周，会很早就去菜场，将刚从菜场买来的小菜放在楼下的灶披间就匆匆离开家上班去了，反正父亲会一并打理。父亲在休息日独自忙活大半天的收获就是奉献给全家一碗翘首以盼的手擀面条，我的邻居偶尔也会品尝到父亲这碗令人赞不绝口的手擀面。

我和小新弟弟最喜欢看父亲擀面条的动作，至今我依然固执地认为那是我童年时代的艺术享受。我们看着父亲净手和面，十根手指魔术般地在搪瓷面盆里"和稀泥"，粉末状的面粉通过温水的中和，顺着父亲的意愿抱成一团，就像一只硕大的面包，偷偷地用手指按一下，光滑的面团会有一个凹陷，就像小莲妹妹粉嫩脸蛋上的一个梨涡，有趣极了。父亲又从橱柜里取出一根擀面杖，擀面杖圆溜溜的，如同小莲妹妹的手腕一般粗细，父亲亲切地称它为老伙计。父亲将擀面杖擦拭干净后就会用擀面杖敲打几下面团，口里振振有词："擀面杖啊擀面杖，擀面杖吹火，一窍不通啊！"父亲说完，还会朝着我们挤挤眼睛，嘴角扯开一抹得意的笑容，这是一句那个时代风靡全国的京剧样板戏《红灯记》里的主角李玉和嘲讽日本鬼子鸠山的台词。念白完毕，父亲就会揪下一小块面团，捏成一个小动物递给小莲妹妹玩耍，又会用沾着干面粉的手刮一下小新弟弟的鼻子，笑着说道："小新就像京剧里面的小丑。"

一片笑声中父亲开始擀面条。我们兄妹仨各自占据八仙桌的一侧，围成一个"匹字形"，准备欣赏父亲神奇的表演。父亲将擀面杖压在面团的身上，他魔术般的表演高潮来了，我们的眼睛眨都不敢眨一下，腮帮子涨得鼓鼓的，全神贯注地看着父亲精彩的操作。擀面杖极其听话地顺着父亲的手势来回自如地滚动，就像音乐指挥家手里的一根指挥棒，一来一去，忽左忽右，父亲将一根擀面杖指挥得滴溜溜转，一坨面团在擀面杖来回滚动的挤压之下最终变成一张又大又圆的面饼。这时候父亲会用手将一将手里的擀面杖，他还会对将擀面杖说上一句我们的耳朵都听出老茧的话，往往是还没等父亲脱口而出，我和小新弟弟就替父亲把这句话给说出来了："老伙计，你可以休息啦！"父亲大笑，他顺手将擀面杖放回橱柜。

父亲擀面条的最后一道工序是将一大张薄薄的面饼来回折叠，然后操纵着菜刀一气呵成将这条几厘米厚的长条形的面饼切割成一根根面条。手起刀落，很有节奏感的切面条的声音钻进我们的耳朵，我们觉得好听极了。大功告成，面团在父亲的一双灵巧的大手中就这么神奇地变化成一根根长长的面条，父亲得意地用食指和拇指拎起一根长长的面条在我们的眼前晃动，呵呵笑个不停，在孩子们的欢呼雀跃声中父亲一声京剧念白似的话音在屋子里气贯长虹："孩子们，下面去喽！"父亲一手托起笸箩，一手抱起小莲妹妹噔噔下楼，我和小新弟弟愉快地跟在后面。

炉火正旺，锅中的水冒着蒸汽，父亲抖动着手里的面条，顺势将一根长长的面条甩入吱吱作响的开水锅中，看着锅子里的面条在沸水中翻滚，家庭的幸福和温馨在麦香中氤氲。父亲擀面条的场景真值得回忆，那是我幸福的童年生活的最真实写照。我觉得我和父亲千丝万缕的联系最后都和面条有关，面条渗透着浓浓的父爱。第一碗面条出锅，配上事先就准备好了的浇头，父亲让我先端着这碗面条送给楼下的徐家阿姨，这是我家的规矩。徐家叔叔和徐家阿姨也是很客气地说声谢谢，他们也好这一口。徐家叔叔称赞父亲做的手擀面筋道，有嚼头。徐家阿姨则在一旁嘟囔，说一碗面全给徐家叔叔吃了。父亲听了，往往是微微一笑，然后不声不响地再下一碗面送给徐家阿姨。

父亲擀面条的温馨的场景早已复制成一幅固定的画面储藏在心，父亲所擀的面条也早已成为我生活中的绝响无法复制。今天，我独自在厨房间，完成父亲"未竟"的工作。我无法复制父亲昔日的绝活，操作却也一丝不苟，神情严肃而又专注，尽管是用现成的挂面为百岁生日的父亲做一碗"祝寿"面。忽然在想，这个世界上还有谁像我一样，如此用心地将下面条当作庄重的仪式来完成。一碗面条出锅，双手捧着热气腾腾的面条，倚窗遥想当年事，我看到了父亲缓缓踱步，迎面走来。父亲正朝着我招手，我在心里头叫了一声："爸。"泪水滴落在碗里。定定神，再四下里打量，父亲的身影已经在我的眼前消失。天色越来越暗，凝望灰暗色的天穹，声声呼唤："爸，吃面，今天是你的生日。"就这样双手虔诚地捧着热气腾腾的一碗面，等啊等，我在等父亲的到来，我等到了一弯月牙钻出厚厚的云罅，等到几颗星星缀在深蓝色的帷幕，我的耳畔始终没有熟悉的脚步声传来，明明知道这是一个没有结果的等待，我却依旧固执地期盼着那绝响近36年的脚步声能再度送入耳膜。

时间的发酵让一碗面变成了一坨面，我孤身待在厨房一直捧着这坨面，我唯一拿得起放不下的就是手里这碗坨了的面条，我觉得这坨面条的余温是父亲气息的传递。渐渐地，碗里的面坨余温不再，冷冷的。一个战栗，大海碗从手里滑脱掉在了煤气灶台上，就像在医院的病房里，最后的时刻我守在父亲的身边，我握着父亲的手，感觉到父亲的体温在慢慢下降，最终父亲的手从我的手心里滑脱。父亲带着遗憾和不舍走完了他不算长的人生，就像所有的"过客"一样，化作一缕青烟从这个承载着几十亿人口的地球上消失。

父亲，对你的思念不可抗拒地袭来，你的一生就是一部小说，一如海涅所言：每一个十字架底下都埋着一部长篇小说。不知怎的，那个时代的生活场景一幕又一幕地在脑海闪现，一种很原始的意味令人自然想起那个时代岁月的艰辛，生活的磨难。记忆中的父亲，你心地善良，却从不妥协；你灵魂柔顺，却永不盲从，你不算太长的人生唯一的追求就是让自己的孩子吃饱穿暖，受最好的教育。你为此而任劳任怨，用自己宽厚的肩膀承担起家庭的一切重负，你人生的每一分每一秒都在为这个追求而不懈努力，哪怕自己最终趴下。

每一个思维正常的人来到这个世界上都有一个心中的乌托邦，一个梦中的世外桃源，一个追逐的理想境界。有的人也许是憧憬"面朝大海，春暖花开"的开阔意境；有的人也许是安心粗茶淡饭，阖家欢乐的生活甘甜；有的人也许是追求驰骋世界，天下大同的人生理想，目标不一，却都是人生。父亲生活的那个年代，寻常百姓家最接地气的人生追求自然是吃饱穿暖、家庭和睦，这也是父亲的人生追求。父亲他没有资本免俗，星期天能让家人吃一碗他亲手做的手擀面，觉得很有成就感。若再加上一块大排骨，父亲认为，那就是全家人最高的奢侈享受了。

"回忆就像剥洋葱，每剥掉一层，都会露出一些早已忘却的事情，层层剥落间，泪湿衣襟"（君特·格拉斯）。回忆起父亲生平的点点滴滴，就不得不提到父亲的姐姐我的姑妈。我的姑妈长我父亲 12 岁，长姐对自己最小的弟弟是非常爱护的，那份爱多少还透着些许的母爱。我的姑父继承祖业，开私人诊所，悬壶济世，后来成为上海滩颇有名望的中医。20 世纪 60 年代初，时任国家领导人刘少奇还接见过我的姑父，《解放日报》还刊登刘少奇主席接见我姑父的照片，称我的姑父为杏林楷模。家境殷实的姑妈疼爱自己最小的弟弟，父亲打小就被他的姐姐从乡下农村带到上海来谋生，想让他跟着姐夫潜心岐黄。怎奈父亲志不在此，他不愿成为一名郎中，姑妈就给了父亲一笔钱让他学做生意。父亲秉性忠厚，踏入生意场上未久便败下阵来，无颜恳求姐姐相助，就到了厂里做工，这就是我父亲的前半生。

1949 年中华人民共和国成立，父亲也开启了他新的人生，他很幸运，做小生意亏本，进工厂当了工人，迈入了工人阶级的行列，也有一份不错的薪水，再加上我姑妈的不时接济，父亲娶妻生子，完成了角色的转变。我父亲的后半生又可以分为两个阶段，以1966年作为两个阶段的分水岭，前阶段的日子过得也算小康，后阶段的日子过得就不那么平静了。因着自己长姐的照应，生活上得到了很多的资助，也由于长姐的家遭受冲击，父亲也受到了不公正的待遇。好在我的父亲和母亲，在最艰难的日子里相濡以沫，不离不弃，熬到了重见天日的时光。现在想来，夫妻之间的生活，需要的不仅是浪漫和甜蜜，更重要的是风雨来临时的相知相守，这才是最重要的，也是最艰难的。

个体的命运总是敌不过时代的浪潮，"文革"爆发，我的姑妈家首当其冲，我家也未能幸免。1966年9月5日，红卫兵冲进我家，要搜查我的姑妈家偷藏在我家的资产及反党反社会的罪证，终一无所获，但我的家庭在政治上却被归入了"黑六类"家庭。

没有人会无缘无故地突然伤感，每一种悲伤的后面必定有一段刻骨铭心的往事贮存在心。以往的画面又清晰地浮现在眼前，红卫兵战士翻箱倒柜，要挖掘出反党的罪证，要查找出姑妈家隐藏在我家的金银财宝。搜寻无果，悻悻然，为首的红卫兵头头抄起我家那根提供美味享受的擀面杖朝父亲劈头一棍，厉声呵斥："老实交代，罪证藏在哪里！"跟随的红卫兵战士随之高呼口号："敌人不投降就叫他灭亡！"我们兄妹仨躲在父母亲的身后，吓得不敢动弹。听得父亲嗫嚅的声音："要文斗不要武斗。"红卫兵头头恼羞成怒，握在手里的擀面杖又砸向父亲："对敌人，就要武斗，武斗！"擀面杖被打折了，父亲双手捂着头，血从头顶稀疏的头发中渗透出来。那一天，我们家被划入了阶级敌人的阵营，我的父亲和母亲必须接受无产阶级的专政。

曾几何时，夜深人静的时候，小心翼翼地想着要揭开伤疤，稍稍碰及那心灵的伤口，阵阵疼痛便无情袭来，最后无奈地把心门关得更紧。今天，父亲的百岁诞辰，宁愿让疼痛好好折磨自己也要揭开这历史的伤疤。那是一段难熬的岁月，往昔和睦相处的邻居有的见到我们如同遇见瘟神，唯恐避之不及，楼下的徐家阿姨更是对我们恶言相加，处处刁难，时时使坏。人啊人，真的是极其势利的动物，这徐家阿姨原来说过多少恭维我父母亲的话，父亲的手擀面他们一家不知道吃了多少碗，他们将无产阶级专政的铁拳砸向了手无寸铁的父母亲。

白居易《天可度》一诗曰："海底鱼兮天上鸟，高可射兮深可钓。唯有人心相对时，咫尺之间不能料。"的确,天可度,地可量,唯有人心颇难测。中国学者钱理群曾说过:"那一时代服从政治需要的要求是绝对的,对其任何背离会直接威胁到自身的生存。"所以说在多少年以后,与那些和我们家划清界限的老邻居再度重逢,也就相逢一笑泯恩仇了,然而心头的创伤却永远不会褪去,不能因为原谅而变得没有原则。

重返课堂,在校园里读到顾城的短诗《一代人》中"黑夜给了我黑色的眼睛,我却用它寻找光明"的诗句,心头一阵颤动。标题中的一代人指的是在"文革"历史阶段中成长起来的人,短诗中的黑夜暗指 1966 年至 1976 年的"文革"政治运动。每每吟诵《一代人》,我就不能控制自己的情感,我想起了自己的父亲和母亲,几度掩面哭双亲,只因情到至深处。在那不堪回首的日子里,父母亲用他们的忍辱负重,挡住了一阵阵侵袭儿女的风雨,父母的大爱就像漫漫长夜中闪现的一颗流星,划过一道难能可贵的光明,尽管昙花一现,却让你得到了温暖,看到了光明。他们坚信,最黑暗的时刻也是最接近光明的时刻。如今想来,那时候父母亲给予的爱是多么微薄、多么卑琐,却又多么无私、多么崇高。

我始终有个固执的念头,我认为父亲对他的孩子的爱就是用面条来体现的,面条渗透着父亲浓浓的爱。家里的那根擀面杖折了,父亲不能擀面条犒劳孩子们,他会到粮店买新鲜的切面在家里变着法子做各种面食犒劳孩子们,有烂糊肉丝面、咸菜肉丝面、鸡毛菜肉丝炒面、凉拌冷面、葱油拌面……尤其是在我们的生日到来的时候,父亲更会想方设法让他的孩子吃上一碗生日面,至今还记得父亲看着我和小新弟弟吃阳春面的情景。

那是 1967 年 3 月 5 日,父亲发薪水的日子,我和小新弟弟去父亲的工作单位。这个月因为给小莲妹妹看病,父母亲的支出额外增加,家里的米缸空空的,母亲要赶紧拿到父亲的工资去粮店籴米,还要添置其他急需的生活用度,她就派我们兄弟俩去父亲的工作单位取工资。那一年我还距离 13 周岁还差四个月,但过了农历春节,我也算是 14 岁的大男孩了,我的小新弟弟,他也 10 岁了。父亲的工作单位在黄浦江畔的龙华路,半个多世纪前,这一带还是郊野景象。

早春二月,春意萌动,龙华路的两旁有一排排的柳树新芽绽放,树下还有一些不知名的野花悄然盛开。暖暖的太阳下,我和小新弟弟在龙华路上自由自在,蹦蹦跳跳,没有人辱骂我们,没有人监督我们,兄弟俩就像两只自由飞翔的小鸟在春天里放飞自我，欢声笑语荡漾在空旷的龙华路。我和小新弟弟开心地折下柳枝编织成一个绿色的圆环，再插上几朵野花，一个漂亮的花环就做成了，我们兄弟俩要将这个美丽的花环送给生病的小莲妹妹，让她也能分享春天的气息。

我和小新弟弟在春风的吹拂下折柳玩耍，阳光晒得整个人的后背心都暖暖的。谁料想春天的天气就像娃娃的脸，高兴的时候是晴天，伤心的时候是雨天，一忽儿乌云飘在头上，淅淅沥沥的春雨无所顾忌地向我们扑来，我和小新弟弟赶紧躲在一个屋檐下。近千米之遥就是父亲的单位，我们却无法抵达，出门时忘记了带雨伞。我和小新弟弟无聊地数着从我们眼前驶过的一辆辆卡车，兄弟俩互相安慰，说数满了我们兄弟俩年龄总和的数字后，这雨就一定会停下，我们就可以继续行走了。我和小新弟弟用心地计算着一辆又一辆疾驶而过的卡车，一口气数到了第二十三辆，兄弟俩都很兴奋，只要再有一辆大卡车驶过，那老天就应该开眼了。我们抬头望望天，又大失所望，这雨越下越大了，丝毫没有雨过天晴的迹象。

远远地又看见一辆大卡车由东往西驶来，小新弟弟激动得大叫："哥哥，来了，这是第二十四辆。"一辆装满货物的大卡车晃过我们的眼帘，小新弟弟一声激动的叫嚷："二十四。"话音刚落，兄弟俩都愣住了，万万没有料想到，我们竟然看到了自己的父亲。父亲他正独自一人坐在堆满货物的大卡车上，他和我们一样，没有雨伞，没有雨披，只有一条麻袋片披在父亲的身上。卡车在风雨中摇摇晃晃地一路行驶，父亲的身子随着车身的摆动无法控制地跟随着左右晃荡。父亲，我们的父亲，他居然成了一位装卸工，每天就这样孤独地坐在后车厢里伴随着一堆没有情感的货物风里来雨里去的。我在一瞬之间看到了父亲真实生活中的一面，禁不住泪流满面。我的父亲，他每天天不亮就出门上班，晚上带着一身的疲惫踏进自己的家门，到家后的第一件事情就是要坐在那张藤椅里歇上一会儿，原来父亲的肩上扛着如此沉重的负担。父亲的肩膀不但压着生活的重担，还压着政治的负荷，可是却从来没有在自己的孩子面前说起过他肩头承受着的两副重担给他带来的种种屈辱。

"爸爸，爸爸。"小新弟弟朝着父亲挥动手臂大声叫唤，兄弟俩不顾一切地冲进了雨帘，追赶我们的父亲。父亲也发现了在雨中奔跑的两个男孩，那是他的儿子在追逐着自己，父亲的脸部表情从惊讶到兴奋又迅速转为焦急，他扔掉了披着身上的麻袋，从摇摇晃晃的车体中站了起来，下意识地朝着他的两个儿子挥手。父亲没有站稳，一个很明显的摇晃，就像一个沉重的麻袋包被掀倒在高高的货物堆，整个人随着车体的晃动而在左右摇摆。我和小新弟弟失声尖叫："爸爸，爸爸。"父亲很快地站起来了，眼眸中关切的神色穿过雨丝送给了他的儿子，那一道眸子中折射出来的父爱长久地留在儿子的心坎。父亲的一只手紧紧抓住后车厢栏板的横杆，另一只不停地抹着满脸的雨水，他的声音远远传来："别淋雨，快回去。"

我和小新弟弟重新躲在屋檐下，我们兄弟俩拥抱在一起，满脸都是水珠，却分不清哪是雨水、哪是泪水。我们抹着眼睛透过风雨望着远去的大卡车，父亲的身影越来越小。父亲从喉咙里拼尽全力迸射出来的叫喊穿透了无情的风雨，那一声长长的爱的呼唤刺破了阴沉沉的天空在龙华路上久久地回荡。"别淋雨，快回去！"那是半个多世纪前我的父亲的声音。如今，这父爱的声音已成绝响，这绝响却永远在儿子的耳畔回荡。

身上湿淋淋的父亲手里握着一条干毛巾站在两个儿子的面前，身子半弯替自己的儿子擦拭湿漉漉的头发，稀疏的头顶却还有滴滴雨珠挂着。父亲喃喃自责："是爸爸做得不好，爸爸对不住孩子们。"父亲边说边递给我一把雨伞，他自己一手撑开另一把雨伞，一手挽着小新弟弟，"我们走。"父亲抬头看了看天，很有力地说了声，迈开了脚步，步履稳健又沉重。我独自打伞跟在父亲和小新弟弟的身后，一路上父子仨都默默不语。淅淅沥沥的春雨不知什么时候戛然而止，云罅里钻出了阳光，天放晴了。

父亲将我们兄弟俩安排在门卫室，他要去更衣室换下湿漉漉的外套。一会儿父亲来了，他看到小新弟弟头上套着的花环，得知是我们兄弟俩送给小莲妹妹的礼物，悄悄用大手抹了一把眼睛。我们兄弟俩也不敢吭声，更不敢问父亲要一些零花钱。父亲掏出工资，将那包工资小心翼翼地放进我棉袄内母亲精心缝制的口袋内，非常认真地将我棉袄上的纽扣一个个系好，还塞给我和小新弟弟一人一个肉包子，这才放心地挥手让我们回家，他知道母亲正着急地等待着这笔养家糊口的钱。我们兄弟俩也牢牢记住母亲的叮嘱，拿到钱后赶紧回家。从父亲的单位到我们的家要步行40分钟，母亲叮嘱我们无论如何要早点儿赶回家里，母亲上中班，她要赶在上班前拿到父亲的工资派用处。

我们兄弟俩不敢贪玩，边吃肉包子边加快脚步往家赶，母亲在焦急地盼儿归，我的身上承载在全家生活的希望。忽听到身后有父亲叫唤的声音，回头，见父亲大步向我们走来。"吃面去。"父亲的口吻是命令式的，他拽着我和小新弟弟的手臂拐入旁边的一家小面馆，我们围着一张方桌坐下。"两碗阳春面，多加点葱花和汤水。"吩咐了小面馆的服务员之后，父亲开始掏钱包。阳春面是八分钱、二两半粮票一碗。父亲支付了一角六分钱和半斤粮票，嘴角挤出久违的笑容："今天爸爸发工资，请我的儿子吃碗面。哦，再过半个月，就是小新的生日，我们的小新也 10 岁了。"小新弟弟的生日是 3 月 21 日，我也记得很清楚。小新弟弟仰头看着父亲，有些撒娇，他对父亲说："到了那一天，我要吃爸爸做的手擀面。"父亲轻轻摩挲小新弟弟的头，慈爱地笑了："好，好，爸爸做手擀面给小新吃。"蓦地，父亲像想起了什么，下意识摸一下自己额头的伤疤，一丝苦痛划过父亲清瘦的脸颊，我瞥见父亲的嘴角抽搐了几下，眼神有些黯然，他的言语中分明掺杂着无奈："家里的擀面杖断了，做不了手擀面了，就让妈妈买一只蹄髈给小新吃。"父亲笑着对小新弟弟说道，边说边伸出他的一双大手，沿着桌面向两边缓慢延伸，父亲的双手分别抓住了他的两个儿子，我们的手被父亲的大手捏得紧紧的，无法动弹。那一刻，我看得很清楚，嘴角挂着笑意的父亲眼眸中却透出伤感和无奈。我怯生生地瞥一眼父亲，他额头上那条鲜明的伤疤突兀地映入我的眼帘，我的心猛地抽搐一下，那是擀面杖留下的印记，是时代留在父亲身上的记号。

　　飘着猪油香的阳春面端上来了，大海碗里汤水满满的，绿油油的葱花漂浮在酱油汤上，葱花下面掩藏着令我和小新弟弟垂涎三尺的阳春面。也许是小面馆的服务员和父亲熟悉，我总觉得那大海碗里的阳春面分量特别足，满满的一大碗，还有一块猪油渣。垫过一个肉包子的肚子又开始咕咕乱叫，嘴巴也不由自主地咂吧，拼命地往肚子里咽口水，还是忍住没有动筷子。热气腾腾的阳春面氤氲的雾气遮住了我的视线，让我无法看清楚父亲的脸庞，我听得见父亲在叹气，尾音长长的。直到今天，想起父亲那一声长长的"唉"，我就觉得像是一把重锤敲打在我的心坎，无奈、无望、无辜都在那一声"唉"中得到了诠释。那一声"唉"，是父亲对遭受蹂躏的反应；那一声"唉"，是父亲对人生绝望的悲鸣；那一声"唉"，是父亲对命运不公的不平；那一声"唉"，更是父亲对孩子大爱的浓缩。我记得那时我在吃面时是泪眼婆娑的，小新弟弟才 10 岁，他的印象不如我如此刻骨铭心。

小面馆生意清淡，晌午时分，顾客就我们父子仨。服务员善意提醒："面，再不吃，就要糊了。"父亲回过神，赶紧催促："快吃面，小新的生日面。到了3月21日，一定要让你妈买一个蹄髈，我们全家陪小新再过一个开心的生日。"父亲的话音刚落，我迫不及待地用筷子在大海碗里拨拉面条，轻轻地用筷子夹起一两根面条送入嘴里，想着要慢慢地吮吸，却来不及细细品味，面条哧溜一下就滑入肚子里。抬眼望父亲，父亲满面慈祥地望着我，嘴角的那一缕微笑让儿子的心暖暖的。于是就忘乎所以，捞起满筷子的面条，快速地塞入嘴，大口嚼，大口吞，最后竟捧着碗，恨不得连汤汁都倒入胃囊。我的大海碗的碗底最后只剩下几根残存的面条可怜兮兮地浸在剩余的汤汁里，还有几点葱花贴着碗边。抹抹嘴，拍拍肚，那才是人间的至尊美味呢。小新弟弟吃过一个肉包子后，面条只吃了一大半，大海碗里还剩余好些，他揉着肚子，再也吃不下去了。父亲一反往常，没有责怪我们的浪费行为，只是反复喃喃："吃得开心就好，就好。"

该和父亲告别了，父亲没有起身，他从口袋里掏出两角钱塞到我的手心："赶紧坐公交车回家吧，你妈在家里等着呢。"父亲殷殷嘱咐，"你们兄弟俩走到卢家湾（卢家湾在上海现在的南北高架肇家浜和重庆路交会处这一带），再坐一段公共汽车，只要买5分钱的汽车票就可以坐到家门口的站头了。剩下的一角钱给你们兄弟俩零用，你和弟弟一人5分钱。"父亲交代完毕，便不住地挥手让我们兄弟俩赶紧回家。

父亲倚着小面馆的门框看着我和小新弟弟朝卢家湾的方向走去，他似乎也要起身迈出小面馆的大门返回单位。我们没走多远，想起了送给小莲妹妹的花环落在了小面馆，我吩咐小新弟弟在原地龙华路上的一棵柳树下等我，我则一路小跑返回小面馆。走到小面馆的门口，却发现父亲还待在小面馆里，他仍然坐在原来的位置上，那是一个背对着我的座位。我看见自己的父亲正捧着一个大海碗，仰头在喝碗里剩余的汤汁，那正是我吃面用过的大海碗，碗里还有一些剩余的汤汁和点点葱花，还有几根剩余的面条，我看见父亲用筷子将几根面条夹起来送入口中，又将碗边的葱花用手黏住送入口中。一缕阳光从窗户外照射进来，照在了父亲的身上，照在了铮亮的大海碗上，我看得清楚，大海碗被父亲的舌头洗得干干净净，小新弟弟的那只大海碗早已被父亲清除得干干净净了。我泪流满面，想着要叫唤自己的父亲，却没有喊出声，我不想惊动我的父亲。

几十年来，我始终为当初的这个正确决定一次次地自我点赞，我保留了父亲的自尊和颜面。我就一直看着自己父亲的背影，父亲端坐在那里，一动不动；我趴在门外边，也一动不动。父亲起身，看到了桌上我们为小莲妹妹编织的那个花环，小心翼翼地拿起来。我赶紧躲在小面馆门口的一棵柳树的背后，目送父亲的远去。

父亲去世很多年以后，我的眼前还一直浮现出龙华路上这爿不起眼的小面馆，那里承载着我的父亲对孩子们浓浓的挚爱。当我为人父后，我还骑着自行车，载着我的儿子去龙华路重温这个昨日的场面，幻想着坐在小面馆里看着自己的儿子吃一碗阳春面的情景，让自己沉浸在父亲的角色中努力去体会那个时代我的父亲的心境。然而龙华路天翻地覆，换了人间，小面馆伴随着父亲的那个时代烟消云散。历史也许很难查考那些淹没在岁月里的人生至暗时刻的光影，人类匆匆向前的脚步也可能忽略被铁蹄践踏过的无辜青草，但小草曾经那么真实且又顽强地生存在这片生态糟糕的环境里，它就像被齿轮碾压过一样，零落成泥碾作尘，然而希望的种子却不曾破碎，期待着春风吹又生。

几米说：我总是在最深的绝望里，看见最美的风景。那一道想象中的或者是看到过的最美的风景会给陷入绝望中的人带来一道希望，这道希望会鼓舞人倔强地活下去，哪怕像牲口一样地活下去。活下去，才能看到希望。半个多世纪前，龙华路上父亲请儿子吃的那碗阳春面就是我们生活中的一道最美的风景，这道吃面的风景浸透了浓浓的父爱，这道风景是普通百姓对那个时代的无奈。

1968 年 7 月 7 日，我 15 虚岁的生日。盛夏时节，傍晚时分，弄堂里很多人都守在自己的家门口纳凉。母亲上中班不在家，我们兄妹仨守着窗口看楼下纳凉的人群。父亲下班回家，匆匆上楼，悄悄地与我耳语几句，说要请我吃一碗大排面。我惊喜地用双手捂住自己的嘴巴，尽量不让内心的这份激动爆发出来。悄悄地走出弄堂，一路向西步行 10 分钟再拐过街角，那里有一家饮食店，父亲让我在饮食店门口等他，稍后他会过来。若我们父子俩同时出门，父亲怕引起楼下徐家阿姨一家的怀疑。这家饮食店，曾给我们家带来很多的欢乐，曾经几何，我的父亲和母亲会带自己的孩子到这里打打牙祭，那是父母亲对自己孩子的一种物质奖励。今天是我的生日，我的父亲是无论如何也要让自己的儿子吃上一碗生日面的，这是普天下为人父的共同的大爱。

过了一会儿，父亲迈着大步过来了，他站在我的身边很是警惕地朝店外的两边张望一番，确信没有熟悉的人看到我们父子俩，这才拽住我的左手臂跨进饮食店的店堂，为我点了一碗葱烤大排面。喷香的葱烤大排面端上来了，父亲将大海碗推到我的面前，慈爱地望着我，嘴角荡漾着笑意："祝你生日快乐。"我开心得忘乎所以，连一声对父亲的道谢也没有，迫不及待地呷巴着嘴唇喝了一口汤。刚出锅的面条，这面汤也太烫了，烫得我赶紧扔下筷子双手左右开弓拍打自己的嘴巴。父亲心疼地替我吹了吹面汤，小声地嘱咐："别急，别急。"父亲让我挪动一下座位，他让我坐在吊扇的下面，头顶上有丝丝凉风吹来，眼前是一碗勾引食欲的葱烤大排面，还有我的父亲陪伴身旁，我的幸福感满满的。那种满满的幸福感后来再也难以体会到，即使在金碧辉煌的奢华餐厅，面对满桌子的山珍海味，恒温空调让人通体舒坦，我却始终找不到当初的那份幸福的感觉。

　　父亲附着我的耳朵压低了嗓门："你慢慢吃，爸爸在门口等你。"父亲要站在饮食店的门口为吃面的儿子望风，见我有些疑惑，父亲又补充道，"给人看见了不好，有些人会做文章的。"父亲按住我的肩膀，轻轻地摇晃一下，冲着我露出一个微笑，"生日快乐哦！"父亲就这样站在饮食店的门口，提高警惕东张西望的，为店堂里正在吃生日面的儿子放哨站岗。我放下碗筷，呆呆地望着门外父亲的背影，不知怎的，眼泪就扑簌簌地掉下来了，我在心底里发誓：爸，我长大后一定要为你办一个风风光光、堂堂正正的生日。我低下头，吃面，吃排骨，我没有吃出面条和排骨的鲜美滋味。

　　我一边吃一边思，碗里的面条似乎吃不完，眼睛总是不时地瞟一眼站在门外的父亲，真想冲出门外拉着自己的父亲让他也来尝一尝儿子生日面条的滋味，这么想着，竟不由自主地站了起来，挪动着双腿朝门外的父亲走去，却看见父亲冷不防地冲了进来。父亲一把抓起桌上的筷子，塞到我的左手心，紧张地吩咐我："快躲到角落的那张桌子底下去，赶紧的。"父亲不由分说，将我整个人塞到饮食店最旮旯的一张餐桌底下，塑料台布恰好将我整个人给遮挡住。随后父亲又塞进来一个大海碗，是我还没吃完的生日面。"听话，躲在这里别动，赶紧吃完，不要吃出声音来。"父亲命令的口吻不容置疑，"如果发生什么事情，你千万别出来，吃完面后，自己悄悄地回家。"这会儿我真不知道发生了什么突变，但我知道如果不听父亲的话，我们家就要遭殃了。我躲在桌子底下，一动也不动，那半碗生日面也不敢吃一口，我只担心我的父亲会遇到什么不测。

厄运果然被我们父子俩撞着了，是我们楼下的徐家阿姨带着她的儿子徐敏来到了饮食店，他们母子俩是来为在厂里当造反派头头的徐家叔叔买冷面的。我偷偷地掀起塑料桌布的一角，看到父亲正谦卑地弯着腰和徐家阿姨母子俩打招呼。徐敏眼睛望着天花板，他懒得和我的父亲搭腔。徐家阿姨警惕地打量着父亲，她不明白一个正在接受无产阶级专政的对象怎么会来到饮食店。"你怎么在这里？"徐家阿姨满脸狐疑，"我看到你是下班回家的。"父亲唯唯诺诺，不知道该怎么回答才好，憋了好久，才挤出了一句话，我听得清楚："是的，我这是下班后去里弄革委会报到的，看到你过来了，我就等着向你先报到。"徐家阿姨是我们里弄的革命委员会主任，凡是我们里弄里被抄过家的，被打成"黑六类"的，必须每天早晚两次到里弄革命委员会早请示、晚汇报，表示自己低头认罪，接受革命造反派的监督。

父亲的谎言其实是有破绽的，徐家阿姨肯定也不相信父亲所说的话，她凭借着敏锐的阶级斗争的嗅觉，觉得父亲不可能在饮食店堵住她向她做晚汇报，她盯着父亲上下打量，她要在父亲的身上发现阶级斗争的新动向。徐家阿姨正准备盘问父亲，她的儿子徐敏不耐烦了："滚，到里弄革命委员会去报到，去请罪。"父亲唯唯诺诺，一迭声地答应着，离开了饮食店，随后徐家阿姨母子俩也买了冷面离开了饮食店。

一切归于平静，躲在餐桌底下的我拿着筷子捧着碗还是一动也不敢动，满头的汗珠和满眼的泪水都滴落在大海碗里，剩下的大半碗面早就坨了，葱烤大排我也只咬了一口。再也吃不下这碗生日面，双手抱住大海碗，无声地流泪，婆娑泪眼中抓起碗中的大排骨狠狠地咬了一口，用力过猛，大排骨厚实的肉块堵住了嗓子眼，气顿时喘不过来，脸憋得通红，拳头捶打自己的胸口，好久好久才将鲠在喉口的排骨咽下肚子。委屈不可阻挡地从心头迸发，泪水流到了嘴角，感觉到这泪水的滋味和大排骨的滋味一模一样。我的心里面难受极了，呼地从桌底下蹿出，拔腿就冲出了饮食店。

我趴在里弄革委会办公室的窗口，看到父亲半弯着腰请罪。我扪心自问：父母亲和我的姑父和姑妈怎么会变成敌人呢？找不到答案，也没有人给我答案。我一直等到父亲从里弄革命委员会出来，悄悄地跟在父亲身后，看到他拐入了我家住的那条弄堂，看到有纳凉的人对着父亲指指点点，我不明白我这么善良、这么厚道的父母亲怎么会有这般无妄之灾降临到他们的身上。

清晰地记得回到家后我们父子之间的那段对话。父亲询问我后来吃面的经过，我谎称躲在餐桌底下将那碗生日面和葱烤大排骨吃得干干净净，还故意咂巴一下嘴巴，补充道："爸，大排骨的味道好极了。"父亲的脸庞挂着薄薄的笑，他摸着我的头，静静地看着窗外，沉默了许久才带着歉意说道："苦了我的孩子，躲在桌子底下吃生日面。"父亲的嘴角抽搐了一下，他似乎在安慰我，"这段经历很难忘的，也许会是你人生的一笔财富。"父亲的话我一时难以理解，明明遭遇了苦难，怎么会是财富？仰头看着父亲不解地问："为什么会是一笔财富？"记得很清楚，那个夜晚，我依偎在父亲的身边，深蓝色的苍穹，满天的星星眨着眼睛，我和父亲望着星空，我听到父亲说了这么一句话："因为别人没有你这样的经历。"我当时不甚明白父亲这句话的含义，只是觉得这人世间，最风尘、最苍茫、最薄凉，也最无情，明明给了你栖身的角落，为何还要让你的心无处安放？让你提心吊胆地度过一天又一天，难道这就是人生的财富？也许人总要到了一定的年龄，经历过世间的沧桑，才能恍然大悟，才能明白年少时不懂的那些世事。

人到中年之后，我才明白父亲话语中蕴含的深沉哲理，才彻悟苦难是人生的一笔财富。真心羡慕那些胸襟豁达之人，他们把别人眼中认为的苟且，活成了自己的潇洒人生。他们把苦难当成了自己的一笔财富，他们最终才能潇洒人生，成就自己。可人世间有多少人能忍受苦难的蹂躏，经受苦难的考验？人世间又有谁真心喜欢这笔财富？我就不喜欢，想必人世间的大多数也不会喜欢，苦难是一种无奈的选择。有人说，人生就像一首诗，年轻的时候，往往读不懂它，只有等经历过世间的沧桑，经历过和那些诗人相似的经历时，才能读懂诗词中所描写的悲欢与苦痛乃人生主题，才能明白诗歌中所展现的磨难和挫折乃人生常态，李白、杜甫、王维、苏轼诗词中的一幅幅画面乃世事万象之演绎，所以能成为流传千年的经典。

人生走向迟暮之年，我是越发羡慕眼下那些无忧无虑幸福生活的少年，多么想和他们一样拥有这般纯真的少年生活，只是花有重开日，人无再少年。我的青少年时代最大的幸福和悲伤似乎都和面条牵扯在一起，面条赠送给我的应该是欢乐，最终呈现给我的却是伤感。时隔三年之后的一个夏日，我和我的父亲又因为一碗生日面而留下一段永生难忘的故事。

公元 1971 年 7 月 1 日，我在上海的远郊金山亭林公社学农。为庆祝中国共产党成立五十周年，父亲的单位组织野营拉练，他们从上海兴业路的一大会址出发，步行到浙江嘉兴的南湖，途经金山亭林公社的驻地休整。我家两年多前已被平反，父亲重新回到无产阶级的革命阵营。为了给组织上留下良好的表现，年过半百的父亲积极报名参加野营拉练。那一天，我正在猪圈里清理猪粪，忽听得同学说我的父亲来看我，赶紧钻出猪圈奔向田头抬头眺望，远远地看见父亲站在大太阳底下向我招手，果然是父亲看我来了。

父亲走到我的面前，从一布袋中取出一个搪瓷茶缸开心地说道，今天是党的生日，他们有面吃，还有霉干菜烧肉。父亲想到了在金山学农劳动的儿子，他将这份美味省下来了，美美地揣着一搪瓷缸的面条和一份霉干菜烧肉顶着炎炎烈日一路步行来到我下乡劳动的亭新大队淹港生产队。田埂边，父亲掀开搪瓷茶缸的盖子，瞬间肉香四溢，我的口水马上流下来了。那个年代，吃肉是极为奢侈的享受，荤腥少得可怜。我们初中生学农劳动，接受贫下中农的再教育，和贫下中农同吃同住同劳动。田间的劳动量却很大，每天肚子都饿得发慌，父亲送来的美味让肚子里的馋虫一下子爬到了喉咙口。大啖，天下第一美味。一会儿工夫，搪瓷茶缸里的霉干菜烧肉被我一扫而光，还未过瘾，瞥见汗衫的袖口还挂着一根霉干菜，小心翼翼地捏起来送入口中，好想好想细细地咀嚼品味这最后一丝人间的至美滋味，谁知道嘴里搅动的却是令人作呕的怪味，原来是我将混在猪粪里的一根稻草当作霉干菜了。钻出猪圈急匆匆赶来见父亲，哪顾得身上还沾着混合着猪粪的稻草。于是乎连连咳嗽，泪水都咳出来了，眼圈红红的。父亲的眼圈也微微濡湿泛红，他轻轻地拍打儿子的后背，又扯下搭在肩上的一条泛黄的白毛巾替儿子擦拭嘴角："瞧把你饿的，吃面吧，吃面。"父亲用筷子挖出一坨面团，让我张开嘴，很是小心地送入我的嘴里面，还一个劲地自责："可惜了，面坨了。"当父亲说出面坨了时，我的眼前顿时浮现出父亲请我和小新弟弟在龙华路小面馆吃阳春面的情景，更是想起了 3 年前我躲在我家附近饮食店的餐桌下吃生日面的情景。我的嘴里塞满了面团，眼里噙满了泪水，心里充满了难受，我看着父亲，父亲看着我，烈日之下，四目相视，也许我们都想起了那些吃面的往事。我们怎能忘却这人间的一幕幕情景，真不知是幸福还是悲哀。父亲反复叨念的那句话似乎又在耳畔回旋：会过去的，会过去的。

父亲看着我将搪瓷缸里的那一大坨面团一点一点地吞咽进肚子里，他就像完成了一件大事情一样，非常开心，很真诚地对我说："今天是党的五十岁生日，感谢党，我们才有面吃、有肉吃。只是这面要刚出锅才好吃呢，现在都成了面团了。"父亲似乎非常过意不去，一个劲地喋喋不休，"再过几天，你的生日也到了，爸赶过来也是为我的儿子庆生呢，儿子生日快乐。"我的父亲，唠唠叨叨的，不停地说着。赤日之下的田头间，父子俩就这样面对面地坐着，儿子听父亲说，父亲看儿子吃。

父爱，我一直扪心自问何谓父爱？父亲参加野营拉练，从上海市区一路走到郊区金山。7月1日这天，他获得了一份庆祝党的生日的犒劳，舍不得尝一口，顶着炎炎烈日步行一小时赶到儿子学农的生产队，将这份犒劳送到儿子的身边。开心地看着儿子吃完，他也心满意足了，普天下的父爱，我想再伟大也莫过于此。

一小时后，父亲要走了，他要回到公社的驻地，然后继续跋涉，一直走向南湖的红船。田埂边，父子挥手道别。没走几步，父亲又折回，摸索着从装着搪瓷缸的布袋子里掏出了两元人民币塞给自己的儿子，又将顶在头上的那条浸透着父亲汗渍的白毛巾搭在儿子的头顶心，殷殷叮嘱："要听党和毛主席的话，好好地接受贫下中农的再教育。"父亲谆谆教育半晌后又再三叮咛道，"大伏天的，田里劳动要小心中暑，要记得多喝水。"保护和关爱儿子的心意融进了父亲的血液，不经意间就展现在父亲的举手投足之间。说完这一切，父亲朝儿子挥手，示意儿子别在大太阳底下曝晒了。儿子一步三回头，父亲还在原地待着，他是一定要看到儿子的身影从他的视野中消失才会原路返回的。我跳下田埂，沿着乡村的土路别父亲而去。确信父亲不会在原地目送自己的儿子了，这才转身遥望父亲。我看到了前方父亲的背影，太阳将父亲长长的身影烙在干涸的土地上，父亲留在大地的影子与父亲迈动的脚步固执地一路相随相伴，父亲的那一道身影就像是他的儿子时时刻刻陪伴在他的左右，没有任何力量能够分割这血浓于水的父子之情。我追着父亲的背影走了好长一段路，一直追到公路边。父亲他一步一步顶着骄阳朝前走，他始终没有回头，越走越远。映入我眼帘的父亲，他那高大颀长的身影似乎矮了一些，背影竟也有些孤单。

都说母爱如水，父爱如山，相对于母爱的温柔，父亲的爱多了几分静默和深沉。

也许我的父亲不善于表达，但他心里一定是温暖的。送别父亲的这个场景我始终无法忘却，我记得我看见我的父亲终于能在公路旁的树荫底下大步流星了，父亲的背影逐渐模糊，越来越小，最终消失在我的视线中，我才恋恋不舍地收回目光。此情可待成追忆，只是当时已惘然。七月流火的正午时分，父亲为了省下 5 分钱的乘车费，又要步行一小时才能回到自己的驻地，然而他却毫不吝啬地给了自己的儿子两元钱。父亲，过了好久我才后悔莫及，我是不能要你这两元钱的，最多最多也只能要一元钱，我当时手心里握着两元钱为什么会这么开心呢? 我真的应该狠斗私字一闪念，将这两元钱还给父亲您的。

几十年来，这两元钱一直让我纠结于心，始终未能释怀。恢复高考，重返课堂，读到朱自清的散文《背影》，禁不住潸然泪下，我也曾目睹过我父亲的那个背影。于是乎形成一种惯例，每年的父亲节在怀念父亲的同时，总要读一遍朱自清的《背影》，总要亲自下厨做一碗面搁置在窗台，作为对父亲的祭奠。默默地陪伴着这碗面，遥望长天和父亲展开一场天上人间的对话，最后以一句"家祭无忘告乃翁"作为与父亲对话的结束。这是我和父亲生离死别时的约定，想念父亲的时候，吃一碗面条作为一种思念，和父亲说说话，告诉天上的父亲，人间的点点滴滴，父亲故去数十年，人间的一切他应该都知道，我们交流中止的那一刻应该是父亲迎接我团聚的佳日。

我一直在想，为什么一到父亲节我的眼里就含着泪水，因为我没有完成父亲在世时的一个愿望，那是父亲六十大寿的生日宴席上，父亲面对丰盛的菜肴提出的一个要求被我断然地拒绝，现在想来真的是后悔莫及。1979 年 5 月，政通人和，百废待兴，中华民族迎来了万象更新的大好时代，这一年恰是父亲的六十大寿。我和小新弟弟想着要为父亲好好地做一次大寿，父亲这辈子饱经风霜，历经坎坷，为父亲祝寿是我们家的夙愿，这个寿辰于我们家而言具有极大的象征意义。父亲的生日晚宴是在家里举办的，菜肴丰盛，我们还特意买了一个纯奶油蛋糕。

我的姑妈和姑父也来了，还有我和小新弟弟的几个好朋友。席间，姑妈和姑父为"文革"中我家遭受的牵连表示歉意，姑妈抹着眼泪说："想不到我最小的、最喜欢的弟弟最后跟着我吃了苦头。"父亲摆手："都过去了，过去了，只是……"父亲突然间缄口不语，我们也瞬间沉默，我们都想起了"文革"中逝去的小莲妹妹，生日筵席的气氛陷入了沉闷。还是父亲率先打破难堪的场面，他破例往自己的玻璃杯里倒了半杯啤酒，脸上挤出笑容："都过去了，过去了。"父亲仰头将杯中的啤酒一饮而尽，啪地扔掉了紧握在手的玻璃杯，双手捧住脸浑身颤抖，泪水从他枯瘦的十指间渗出。母亲强忍悲伤，劝慰父亲："何苦呢，今天是你开心的日子。"说完，母亲也忍不住嘤嘤啜泣，我的姑妈和姑父也陪着父亲和母亲抹眼泪，在座的我和小新弟弟的几位好友也难受得无语，他们和我们一样悄悄地抹着眼角。

令人伤感的氛围持续了一会儿，小新弟弟赶紧捧出生日蛋糕，他点燃了六根象征父亲60岁生日的蜡烛，让父亲许愿后吹蜡烛。父亲的情绪平复了，他在两个儿子的簇拥下吹灭了生日蜡烛，他将亲手切下的第一块蛋糕递给了我的母亲。母亲含泪微笑，她双手接过父亲递来的这块很大的蛋糕，喃喃："第一次，还是第一次呢。"母亲转手将蛋糕递给小新弟弟，吩咐道："给楼下的徐家阿姨送去吧。"小新弟弟有些不情不愿，他对徐家还是怀有怨恨，不肯下楼给徐家送蛋糕。母亲也有些不快："你不送那我去送，楼上楼下做了这么多年的邻居呢。"我知道我们拗不过母亲的执意，便接过蛋糕，说道："我去吧。"母亲这才面露喜色。父亲也挥手对我说："快去吧，都过去了，那些年，也怨不得他们。"

经历过这么多的风风雨雨，我的父亲和母亲心静如水。宠辱不惊，我认为这是我的父母亲的一种觉悟。大海可纳百川，在于容的气度；群山可耸云霄，在于势的高度；人生舞台的大小，取决于心的宽度。一颗心，唯有置身好气场，才能洗净人性的纯度，彰显出满满的正能量。我的父亲和母亲，他俩虽然平凡，却也同样拥有高品位的人生，所以，我家在获得平反后，好多邻居都为我们一家重获新生感到高兴，唯独楼下徐家阿姨一家当时的心态怪怪的。

我揣着复杂的心态下楼送父亲的生日蛋糕给徐家阿姨，她正在灶披间准备晚餐。我看着徐家阿姨的背影，无端的一股怨恨在心头涌起，我想起了小新弟弟10岁生日的情景，想起了不幸早逝的小莲妹妹，我的眼泪滴落在蛋糕上，蛋糕上的奶油被融化掉了一点儿。那段历史搭上了马车渐渐远去，历史的烟尘从未消散，一直笼罩着我们每一个人，改写了我们的生活轨迹。有谁，能完全走出来？尽管这么多年来，徐家阿姨一直用她的实际行动弥补她曾经对我们全家人的伤害，她也是真心实意地表达内心的忏悔的，但让我彻底放下对徐家阿姨的怨恨，我实在做不到。

徐家阿姨看到我送来的父亲的生日蛋糕，她脸上的惊喜和愧疚可想而知。我将蛋糕搁置在灶披间的一张方桌上转身上楼，很冷淡地扔下了一句话："这是我爸的生日蛋糕。"徐家阿姨唤住了我，她让我等等。我站在楼梯口，有些愣怔。我看见徐家阿姨顾不得灶台上正在爆炒的时蔬，一头扎进房间。很快地，徐家阿姨手里捧着两只精致的茶杯冲到我的面前，她将这两只茶杯塞到我的手里，笑容有些谄媚："几年前徐敏他爸从景德镇带来的。"徐家阿姨见我没有吭声，又尴尬地笑道，"祝你爸爸生日快乐。"我不假思索地予以拒绝，徐家阿姨竟然带着哭腔抓住我的手说道："谢谢你们，对不起，这也是我们家的心意。"徐家阿姨将两只茶杯塞到我的手里捂着脸转身走向灶台，她闻到了一股焦味，她将一盘好好的菜给烧焦了。

我手里拿着两只茶杯一时无语，我在怨恨徐家阿姨一家的同时，又有些悲悯他们一家。"文革"中徐家阿姨依仗徐家叔叔的权势，在弄堂里飞扬跋扈，我们住在她家的楼上，饱受徐家的欺凌。后来，徐家叔叔被定性为造反派坏头头，徐家的地位一落千丈，邻居都远远地避开他们一家。当弄堂里的邻居都不待见徐家阿姨和她的家人时，我的父母亲却宽柔待人，进进出出的时候，还是用微笑面对徐家阿姨和她的家人，没有对徐家阿姨一家落井下石。我和小新弟弟的心里却一直愤愤不平，我们兄弟俩一直怨恨徐家阿姨一家，是我的父母亲的襟怀深深感动着他们的子女，父母让我们学着放下心中的仇恨。

回到楼上，我将徐家阿姨赠送的两只茶杯递给了父亲，父亲端详着茶杯，眼角慢慢漾开了笑意，他的一句话让在座的亲朋好友都感动不已。父亲说："要学会放下，学会原谅。"父亲的话深深影响了我，从那一刻起，我也开始学会宽容、学会释怀。我明白，放下了仇恨，人反而一身轻松。人生本过客，何必太执着，学会放下，心里就没有烦恼。放下自己的执念，赢得的是你的人生。宽容，貌似谦让别人，其实是给自己的心开拓道路。宽容，是一种胸襟，更是一种坚不可摧的力量，它可以化解人与人之间的猜忌，消除彼此的摩擦。对别人多一分宽容，生命中就会多一分舒展和福报。人的一生中会遇到许多不顺心的事，会碰到许多不顺眼的人，如果你不学会放下、学会宽容，就会活得很累。

我和我的亲朋好友继续庆贺父亲的生日，我们沉浸在父亲六十大寿这道美丽的风景中。我看到了我的父亲和母亲内心最美最纯的那一方净土，他们的善良和包容指引着我今后的人生走向。我的平凡的父母亲，感谢你们赠送给我的这笔财富，是你们告诉我，唯有把过去的经历全部放空，才会有充足的空间承载后面的一切。从今以后我要无怨无悔地越过每一次的潮起潮落，在漫漫余生中把自己的生活过成自己内心喜欢的模样。

为了制造父亲生日的愉快气氛，我故意问父亲刚才许了什么愿。父亲的回答出乎意料，他说他最大的愿望是想吃一碗手擀面。我这才醒悟，我们忽略了父亲的感受。我后悔自己没有传承父亲的这门手艺，无法在父亲 60 岁寿辰满足他的这份心愿。我看到父亲站起身，从角落里拿起那根折断的擀面杖背对着我们，他望着压在五斗橱玻璃板下面小莲妹妹的照片默默出神，我看到了父亲的背影在微微颤抖。我彻悟，手擀面是我的家庭阖家团圆其乐融融的具体体现，父亲的人生和父亲的大爱最终浓缩在一碗面条中。

年轻不懂父母心，懂得已是父辈人。多少泪流满面，多少懊恼悔恨，不能说，不能言，成了一个人的寂寞，酿成一辈子的遗憾。人啊人，真的是不要等到失去了才后悔，不要等到别离了才挽留。我总是在后悔、在自责，为什么不能在父亲的六十大寿时满足他吃一碗手擀面的愿望？为什么不能在父亲最后的有生之年，陪同他去走一走生他的故乡？陪同他去龙华路看一看他曾经工作过的地方？哪怕陪同他去那时还存在的饮食店吃一碗葱烤大排面，我是完全可以做到这一切的。我一直在相信自己的谎言，我总是自我安慰，还有时间，留着下一次，下一次再说吧。人生中有太多的遗憾，汇成了命运的苦辣辛酸。当你有时间弥补缺憾的时候，总想着还有下一次，总想着等到下一次再完成这份以往的许诺。一个个的下一次最终酿成了没有下一次的遗憾，就算千金散尽也无法弥补这份遗憾，才有了刻骨铭心的绵绵回忆。遗憾往往是错过造成的，错过了就是永恒的遗憾。于父亲而言，我最大的遗憾，是没有满足父亲六十大寿想吃一碗手擀面的愿望。

父亲过完六十大寿之后，我们家的生活又恢复了原状，家里的生活条件慢慢地好了起来。这一段时间，是我们家最幸福的日子。幸福中也有烦恼，父母亲又开始为我们兄弟俩成家立业的大事操心了。我的父母亲想象着再过若干年，我们的家庭就会人丁兴旺的情景，他们努力地攒钱，两个儿子的婚事是要用很多钱的。父亲正式退休后，连片刻休息都没有，随即就应聘到了另外一家单位工作，我们劝他歇息一段时间再说，没用，父亲非常固执，他不听我们的。父亲退休后，唯一的想法就是再多干几年，他要多多攒钱。

　　一晃，父亲退休后干了两年了。有一天，父亲突然喜滋滋地告诉我们，这几年下来，他和母亲两个人合起来攒了有 1000 多元了，母亲退休后也另外找了一份工作，每个月也额外多了几十元。父亲嘿嘿地笑着，他给自己立下了一个目标，说要攒到 3000 元才正式退休。父亲还说，到了那一天，他就要陪着母亲去杭州好好地玩玩。父亲掰着手指盘算着，按照每年积攒 200 多元的速度，父亲干到 70 岁就可以退休。我们竟然还开心地祝愿父亲心想事成，却从没有想到应该劝阻父亲别再工作赶紧退休，现在就好好地陪同母亲去杭州游玩。唉，父亲在儿子心头的分量实在是没有儿子在父亲心头的分量重啊！

　　我的父亲还在为他心中的那个 3000 元的目标努力奋斗着，我们在喜悦的同时也稍稍有些担忧，因为我们发现父亲的精气神似乎有些不济。我周六从学校返家，晚上总看到他早早地入睡，食欲也大不如从前。母亲很是担忧父亲的身体健康，一直劝父亲去医院检查，父亲总是摇头拒绝，说是老胃病了，自己会注意的。直到 1983 年 10 月末，我和小新弟弟陪同母亲从苏州回来后，才惊闻父亲在上班的时候被送到医院去了。

　　父亲在第二次入院之前做了一次胃镜检查，是我和母亲陪着父亲去的。我们坐在医院走廊的木条长椅上，静静地等待着医生的叫号。父亲靠着椅背，闭着眼睛默默养神。母亲有些心神不定，她和我悄悄耳语："你爸他不会检查出不好的结果吧，我的眼皮跳得慌。"我装作漫不经心的样子回答母亲："不会有大问题的，爸他是老胃病了，检查一下，我们可以放心。"母亲似信非信，满脸挂着忧虑。坐在一旁的父亲微微睁开眼睛，抽出右手，在母亲的脊背上抚摸几下，眸底流出对母亲万般疼爱的光泽，咧着嘴笑道："还是检查一下，大家都放心。"母亲也赶紧笑着回复父亲："就是，检查一下，心里放心。"母亲掏出手帕，帮着父亲擦拭眼角，她还故意嗔怪父亲："瞧你，一大早出来，也不洗洗干净的。"一家三口，在医院内窥镜室的门口轻松地说着话儿，用善意的谎言宽慰着彼此。

　　父亲出来了，母亲她第一个冲进去找医生。我搀扶着父亲在长条凳上坐下，父亲摇着头苦笑道："做胃镜，真难受，让爸靠着你一会儿。"父亲半歪着身子靠着自己的儿子，闭着眼睛就这样休息着。我一动不动，变成了一堵可以让父亲倚靠休息的墙。以往，都是我靠着父亲的，我的父亲用他厚实的身板为自己的孩子遮风挡雨。今天，角色终于转换了，我变成了父亲需要倚靠的一堵墙。我偷偷地转过头，看着自己的父亲，长长的走廊光线昏暗，我忽然看到父亲的眼神中闪过一抹挣扎，紧接着他抓住了我的手腕，微凉的手心似乎没有血液的涌动。我一动不动，父亲他就这样靠着儿子的肩膀，显得很是舒适，他的嘴角还有丝丝缕缕的惬意划过。我的眼眶又不争气地潮湿了，我在心里对父亲说："爸，从今以后，你就这样靠着吧。"

医生告知我们家属一个令人揪心的结果，我的父亲罹患胃癌，而且是晚期。当检查报告递送到母亲的手里，我的母亲显得出奇地平静，她让我先回家，说她要陪着我的父亲走一段路，要陪着我的父亲好好地散步。母亲微笑着搀扶着她最亲爱的伴侣，从嘈杂的仁济医院缓缓走向福州路。我悄悄地跟在父母亲后面，几步之遥，他俩的背影我看得清清楚楚，就像一对恋人，母亲的头依偎着父亲宽厚的肩膀，不疾不徐地在人来人往的福州路慢慢踱步，从容淡定。摩肩接踵的人流中我只看到他俩的背影，耳鬓厮磨，低声细语，没有在灾难降临时那种无所适从的表现，斯人斯景斯情永远难忘。这人世间的真爱，莫过于有一份淡若清风的从容镇定，一份情比金坚的不离不弃。凝望着父母亲的背影，潸然泪下的同时深深地感叹这是一种何样的大爱渗透在父母亲的血液。我的相濡以沫的父亲和母亲，一路相伴走过 30 年，他们经历过风雨，他们沐浴过阳光，他们走到了今天，身上所有的伤口都已自然结痂，人生所有的喜乐都已旖旎成诗，谁料想一个不经意的人生拐弯，竟走到了生离死别的人生关口。熙熙攘攘的人群中，我的父亲和母亲相互依偎，步履沉稳，他们怀揣着一种淡泊的深情，用无声的言语诠释着不负如来不负卿的真爱。

走过杏花楼，我的父母亲停下脚步，我见母亲搀着父亲的手，小心翼翼地扶着父亲走进了店堂。我躲在玻璃橱窗的外面偷偷地看着我的父亲和母亲，母亲安排父亲在一张餐桌前落座后就赶紧去收银台点餐付钱。父亲的背影对着我，我这才发觉父亲的背影有些佝偻，父亲走向了老年，父亲的生命开始倒计时。一会儿母亲过来了，母亲笑着对父亲耳语，我看不见父亲的表情，但我看到了父亲的脊背稍稍地挺直，我感觉到父亲似乎在很开心地听母亲的絮絮叨叨。服务员端来了一碗面，我透过玻璃橱窗努力地张望，浇头好像是鳝糊，我看到母亲夹起了一根鳝丝，送入了父亲的嘴里。整个大堂，吃面的食客很多，都是每人一份，我的母亲就点了一碗面，还旁若无人般地亲自喂父亲吃面。我看到母亲用汤勺舀起一口面汤送到父亲的唇边，父亲伸出他的大手将母亲额角的一缕碎发捋了一下，我的眼泪不由得扑簌簌地掉下来了，不忍再看，我捂着脸走开了，一口气走到了人民广场，在空旷的广场上仰望着蓝天，任凭泪水哗哗流。

父亲要住院化疗了，他不能动手术。在去医院之前的好几天里，父亲显得格外勤快，他帮助我们整理家里的橱柜，碗柜里面的瓶瓶罐罐装满了油盐酱醋，父亲还提着菜篮子陪着母亲去菜场买菜，还破例到周家伯伯和王家姆妈等左邻右舍的家里坐坐，他似乎有忙不完的事情。第二天，父亲就要住院了，小新弟弟问朋友借了一个照相机，他的朋友还特地将相机中的一卷彩色胶卷剩余 10 张给我们使用。我们一家四口拍了好几张照片，楼下徐家阿姨的儿子徐敏也上楼为我们拍了两张全家福。还剩最后一张时，我和小新弟弟执意要为父亲再单独拍一张。我和小新弟弟又特意为父亲打扮一下，让他穿上呢大衣，还围上一条羊毛围巾。橘黄色的灯光下，父亲饱经风霜的脸庞看上去分外慈祥、分外敦厚，他朝着我们嘿嘿地笑着，很是开心。我的心头却觉得有一块大石头压着，沉甸甸的。我默默地看着我的父亲，我的 63 岁的老父亲看上去就像一个年过七旬的老人了，一丛丛稀疏的头发已经无法遮盖住那一大片光亮的前额，"地中海"的面积还在无限扩大。父亲曾经有过的满头黑发早就被雨打风吹去，岁月的风霜不露声色地将父亲的满头黑发慢慢地薅尽，留给他的是眼角额头的皱纹和风中飘零的稀疏白发。我若有所思，很有可能这是父亲留在人世间的最后一张影像，我赶紧从床底下拉出一只樟木箱子，翻出一顶呢帽子给父亲戴上。父亲一看到这顶呢帽子，脸色骤然起了变化，他的眼圈泛红，小声地责备我："你把它拿出来干什么？"我无语，不知如何解释。我的母亲和小新弟弟也有些眼泪汪汪的，我们都想起了这顶呢帽子的辛酸往事。

每年的春节，父亲总会戴上这顶呢帽子抱着小莲妹妹去我的姑妈家做客，我跟在父亲的身边，母亲搀着小新弟弟。我的小莲妹妹总喜欢拨弄父亲戴在头上的这顶呢帽子 360 度地转来转去，小莲妹妹还说，等她长大了，她要为她的"喇叭"买一顶最好的呢帽子，父亲自然是心头大悦。然而父亲没有等到这一天，小莲妹妹就走了。那一天，雪花纷飞，父亲特意戴着这顶呢帽子为小莲妹妹送行。父亲站在小莲妹妹的身边，他为小莲妹妹戴上一顶鲜红色的绒线帽，然后又将他的这顶呢帽子放在小莲妹妹的灵床边，他想让他的这顶心爱的呢帽子陪同小莲妹妹远行。殡葬人员推走小莲妹妹的那一刻，母亲疯了一般冲上去将这顶呢帽子给抢夺回来。从此，这顶呢帽子一直被压在箱底，父亲再也没有戴过这顶呢帽子。

一顶呢帽子，搅动了我们一家四口无限的哀思。好久，还是母亲打破了沉闷的氛围，她对父亲说："这是让女儿也陪着你呢。"父亲闻言，嘴角竟也扯出了笑意，他顺从地让母亲给他正了正戴在头上的呢帽子，说道："小莲，和爸爸一起拍照，爸爸要陪着你了。""你瞎说些什么。"母亲忍住悲伤打断了父亲的话，她用楼下徐家阿姨赠送的茶杯泡了一杯茶递给父亲。父亲端着茶杯，端坐在沙发上，看着我们，咧开嘴努力地笑着。我们看着父亲，强忍着内心的哀伤，也朝父亲微笑。我们看到父亲眼角的皱纹就像湖水中的涟漪慢慢地化开，父亲的眼眸里分明流露出一种渴求生命的微光。我又看到了父亲那颗镶嵌在上排牙齿中间的假牙，我曾经是多么嫌弃，此时我却感到它是那么亲切，父亲甜酸苦辣的生活它有着最真实的体验，它是我的父亲生命中的不可或缺。我们留下了父亲的这张照片，这是父亲留在人世的最后一张影像，它是父亲的人生绝唱，也是父亲在儿子生命中的绝响。

临去医院的前一天，父亲执意要做一次手擀面，他变戏法似的从背后抽出一根擀面杖，反复擦拭，还抹上一层豆油，自言自语道："就用一次，用一次。"说完父亲就开始和面、揉面、擀面，他一边做这些事情一边说着我们家的往事，尽量带着开心的口吻。父亲说我小时候吃面时，一定要用大海碗装满满的一碗，否则就不依不饶，最后总是父亲将我大海碗里坨了的面一口一口地吃完。父亲咧开嘴笑着说："那时候我从来就没有好好地吃上一碗我自己擀的嚼起来很有筋道的手擀面。"父亲说着说着，擀面的动作就慢下来了，他有些力不从心，我接过了父亲手里的擀面杖，尝试着完成父亲未竟的工作。我也笑着对父亲说："今天要让爸好好地吃一碗头锅面。"

父子俩齐心合作的手擀面做好了，父亲亲自下面，第一碗面出锅了，父亲还是老规矩，他让我给楼下的徐家阿姨送去一大碗，第二碗面父亲让小新弟弟给隔壁的周家伯伯送去。第三碗面也下好了，父亲看着这碗面，不无遗憾地说："朱家阿婆也很好这一口的，可惜她吃不到了。"亭子间的朱家阿婆到她江西南昌的儿子家安度晚年了，她再也吃不上父亲做的手擀面。这第三碗手擀面小新弟弟给父亲捧上，母亲端上了响油鳝糊的浇头，兄弟俩异口同声："爸，吃面。"父亲嘿嘿地笑着："好，好。"

他接过大海碗，才尝了一口，就反胃恶心起来，那诱人的响油鳝糊无论如何提不起食欲。父亲终究无奈地将大海碗搁在桌子上，怀着歉意看着我们母子仨，双手捂着脸。泪水从父亲枯瘦的手指间渗出，母亲再也忍不住内心的悲伤，她一把抱住父亲的肩膀不停地摇晃哭泣，我和小新弟弟也无声地大把大把地抹眼泪，这是我的父亲在家的最后一晚。我们扶着父亲在床上躺下，我坐在父亲的身边，端起大海碗，将那碗坨了的面当着父亲的面一口一口地吃掉。父亲看着我，嘴唇翕动："轮到儿子吃坨了的面了。"

父亲离开家的时候，恋恋不舍地一步三回头，一声长叹："回不来了。"好多邻里都自发地站在家门口送他们的长脚爷叔，暗自祈祷我的父亲能够平安。楼下的徐家阿姨，眼泪汪汪的，她拉着母亲的手久久不松开，她的心情是非常复杂的。父亲藏起了所有的不舍，默默转身，微笑着向邻居招招手，感谢他们的关心。品行善良的人，走到哪里，都会自带光芒，善良的父亲，赢得弄堂里的左邻右舍发自内心的尊重，这是我的善良的父亲获得的回报。有时候，善良并不会马上报答你，但总有一天会给你意想不到的惊喜，不经意间，你播种下的善良会变换一种方式降临，让你感受到善良的博大与丰盈。

母亲挽着父亲的臂膀，两个儿子紧紧跟在父母亲的后面，我的父亲独自背负起那压弯了腰的不舍和牵挂，在母亲的搀扶下走出了长长的弄堂。我看到以往强大的父亲走路有些蹒跚，感受到了父亲内心的孤独，感受到他的不舍，感受到他的牵挂，看着父亲的背影，感慨岁月残酷的同时，内心也充满了愧疚。父亲的一生，一直都在盼着出头，他盼着自己出头，盼着孩子出头，父亲盼到这一天了，两个孩子出头了，自己也熬出头了，他却被死神给牢牢抓住了。

长长的弄堂，父亲走得很慢，他边走边东张西望，都是他熟悉的一切。父亲，你慢慢地走，你慢慢地看，不急，不急的。我在心头里和父亲说话。时光，你慢慢地流，恳求你能留住我父亲的脚步；时光，你慢慢地走，我愿用我的一切，换你留住我父亲的脚步，我在和时光说话。时光，伏尔泰如是说：最长的莫过于时光，因为它永远无穷无尽，最短的也莫过于时光，因为我们所有的计划都来不及完成。父亲最大的心愿就是等待祖孙三代同堂来到的那一天能留下一张合影，然而时光将父亲的愿景无情地褫夺。

走出了弄堂，临上出租车的时候，父亲转身，无限深情地凝望着居住了半辈子的老屋，眼眶潮湿了，眼眸中分明注满了痛苦，那丝丝缕缕的痛苦在父亲浑浊的眼窝中被慢慢揉碎。我的老父亲，他哆嗦着嘴唇，表情隐忍着挣扎，他朝着居住了几十年的钟爱的老屋送去最后一瞥，终于抬起脚钻进了出租车。我紧紧跟上，紧挨着父亲落座。我闭上了眼睛，泪水不争气地从眼角渗出，爬满了脸颊。

　　我的父亲生于乱世，生活艰辛，一生坎坷，未及赶上改革开放的好时代就罹患沉疴撒手人寰，他去寻找我们的小莲妹妹了。好多年了，邻里们还会念叨着我的父亲和母亲，还会回味父亲的手擀面，还会称赞我的父亲是大好人一个，还在叹息我的父亲和母亲都走得太早了。现在想来，我的父母亲虽然走得太早，他们却是干干净净地离开人世的。纵有千年铁门槛，终须一个土馒头。人生半百是短，百岁还是短，人生的来去，不过是幸运和遗憾的往复，不外是美好和烦恼的转换。

　　世事千帆过，蓦然回首才发现，这孤独和离别乃人生常态，这思念和遗忘是人性本真，纵使万般不舍，有些缘分，有些亲情，也只能陪伴你走上一程，往后的余生，还得靠自己风雨兼程。父亲离我们越来越远，他飞向了宇宙的最深处。总有一天，我们所有的人都会离开这个世界，即使再伟大的人，也会湮没在宇宙且不留尘埃，这是无法避免的客观存在。但人生在世，无论欣逢盛世抑或生于乱世，其跌宕起伏的岁月里总有各种各样的感受，不同的感受犹如一首不同的曲子。有人唱着欢歌，一路向前；有人哼着小调，嬉笑人间；有人唱着离歌，不舍告别；有人低吟悲曲，苦涩在心。我和我的父亲同时存在于世的那段人生，又是怎样的感受？我唯一的答案就是遗憾。直到今天，时间逐渐染白了我的青丝，岁月依然留下了我的遗憾。

　　我一直存活在一道假设题中，我想着如果时光能够倒流，我能够看到我的父亲吃上一碗我亲手做的手擀面，这样的日子哪怕只有一天、这样的场合哪怕只有一次，也是我的幸运。只是，我爱的人，我的父亲，再也回不来了。今天，在父亲你100周岁的祭日里，我和你跨越时空展开天上人间的对话，我为你捧上一碗面，我代你吃上这碗面，父亲，你要看着我吃的，我在弥补这份遗憾。我望着天边，固执地在天穹寻找一颗星星，那颗星星就是父亲你，我看着这颗星星，双手捧着一碗面，我在想我的父亲。

　　光阴荏苒，亲朋好友对父亲的思念也就越来越少了，渐渐地能够在心底里思念父亲的人只剩下我和小新弟弟了，渐渐地，我和小新弟弟也是偶尔地想起父亲了。今天，2022年5月的暮春，新华路老洋房里传出来的一曲《祝你生日快乐》提醒了我，今天是我的父亲100周岁的生日，我这才感觉到，父亲真的离我越来越远了。我从相册中翻出父亲人生的最后一张照片，父亲戴在头上的那顶呢帽子让我的思绪飘得很远很远。我应该还珍藏着父亲的这项呢帽子，我的父亲和母亲，还有我的小莲妹妹，他们都有几件贴身的东西一直被我珍藏。我想，直至那一天来到的时候，这一切才会烟消云散。

我找出了那顶呢帽子，我闻到了父亲的味道，父亲的味道始终存在于我的记忆之中。我翻看呢帽子的夹里，发现了一根细细的白发躲在帽檐的缝隙中，我的心头不由得一颤，这是我的父亲的头发，这是父亲生命的顽强存在，原来父亲他一直在默默地陪伴着我。我的眼眸顿时溢满了泪水，捏在手里的呢帽子传递着的隐隐痛意自手心蔓延至心尖。泪水滴落在呢帽子上，泪水也蜿蜒爬到了嘴角，不自觉地舔了一下，咸涩交缠，在舌苔弥散。我又看到了父亲抱着我的小莲妹妹，小莲妹妹正在拨弄父亲戴着头上的呢帽子，热泪盈眶的我，将呢帽子紧贴脸庞，满含深情地呼唤了一声："爸。"

作者的父亲留在人世间的最后一张照片

慢慢地挑起这根白发，灯光下端详着这根白发，真真切切地看到了我的父亲。我也扯下自己发梢中的一根白发，两根有着相同基因的白发在我的手心里静静地躺着，就像我陪着父亲肩并肩站立在夹竹桃树下。我在心里和父亲说话："爸，我们又在一起了。"我听到父亲呵呵地笑着回答我："在一起。"忍住泪水，捧起那顶呢帽子放在鼻翼之下，我贪婪地嗅闻父亲的味道，那是父亲特有的气息，只有他的儿子才能捕捉到。我又将两根白发合在一起小心翼翼地放回帽檐的夹缝，父与子就躲在这顶呢帽子中继续相依相伴，直到他们的永远。做完这一切，默默地捧起早就坨了的那碗面，遥向天边，祭奠父亲。今天，在父亲 100 周岁的日子里，一顶帽子一碗面，家祭无忘告乃翁。一声呼喊："爸，请吃百岁生日面。"说完，早已泪流满面。

梦里依稀慈母泪

又是一个母亲节，天堂的母亲，你可安好？一别数十年，梦里相逢无数回，梦里依稀慈母泪。慈母音容记忆犹新，母子亲情历历在目。忘不了母亲你慈祥的笑容，忘不了母亲你勤劳的双手，还忘不了母亲你忍辱而负重的品格，更忘不了母亲你宽广若海洋的心胸。几回回，梦里承欢慈母膝下；几回回，梦里醒来泪湿枕巾。母亲，你走了，走得很匆忙，我还没来得及看母亲你最后一眼，和母亲你做最后的告别，你就驾鹤西去，飞到那遥远的地方去寻找父亲和小莲妹妹。母亲，难道你真的就不爱人间爱天堂？我不信！人间至少还有我和小新弟弟一左一右伴着你。母亲，你不是说过，小莲妹妹走了，父亲怕她寂寞，就去陪伴她了，但是你会留下来守着我和小新弟弟，你不会离开我们。谁料想，仅仅两年的时间，母亲，你就食言了，你就迫不及待地随父亲而去了，撇下了我和小新弟弟。母亲，你不应该啊，太不应该了！

不忍去想，不忍打开那扇紧闭的心门。自母亲她离开这个世界很长的一段时间内，我都陷在痛苦和愧疚中无法自拔，我只能将这份思念母亲的情感深埋于心，用忙碌的工作和学习来麻痹自己。2022 年母亲节的这一天，我思念母亲的心门訇然开启，这 2022 年是母亲 92 岁的冥寿，一晃，我的母亲离开我有 37 年了，我轻轻地呼唤一声母亲，看见母亲正向我走来，她的一个拥抱让我泪水涟涟。母亲，你又拥抱我了，在你的怀抱中，很多往事都浮现在眼前。

我在童年时代是一直坚信母亲的人生会有百年的，我在 8 岁的时候就和上苍有过相约，这个秘密只有我知道。谁料想老天的承诺居然是镜中花、水中月，我被老天欺骗了。一场欢喜一场梦，母亲年过半百就远行追逐父亲而去，还有几十年的生命没有如约延续。老天，你如此吝啬，活生生收回你对一个儿童曾经有过的郑重承诺。无言摇头，无言嗟叹，怨苍天，恨苍天，然而苍天无言。

　　时间如白驹过隙，转瞬即逝，我的漫漫人生路已经走过一个甲子还多的春夏秋冬。六十多年的历程，生命中总有一些往事永驻心头，尤其是童年时代的很多美好回忆。张爱玲曾说过，有机会躲到童年的回忆里去，是愉快的。童年，是我们温存回忆的月光宝盒，是我们前半生的写照，也是我们人生的起点。我 12 岁之前的童年生活是一段自由而快乐的时光，那时物资虽然匮乏，内心却很富足，父母亲的关爱让我们兄妹仨快乐地成长。留存在我脑海中的有关童年时代的那些往事有很大一部分都和我的母亲相关联，母亲的言行不但影响着我整个童年时代的生活，还潜移默化影响着我半个多世纪的人生行走轨迹。如果说这个世界上有一部永远也写不完的书，那便是母亲，母亲是人类一直在谱写的书。

　　有一个遥远的场景至今能清晰地回忆。读小学一年级下半学期的时候，同桌的女同学很是神秘地告知我一个惊人的秘密：如果你想让一个自己最敬爱的人长命百岁，有一个绝妙的法子能实现这个愿望。夜深人静之时，抬起你的右脚，在他（她）的头上绕三个圈子就能够如愿以偿，女同桌认真地和我拉钩承诺，说绝对灵验，但是要永远保密，不能告诉任何人，否则的话，就会失灵。

　　多么希望我的母亲能够是老寿星。母亲任劳任怨、勤勤恳恳地操持家业，赢得整条弄堂里左邻右舍的啧啧称赞，夸奖母亲勤俭持家，盛赞母亲与人为善的德行。母亲能长命百岁，那是我们阖家的福分。我要付诸行动，让我的母亲能够长命百岁。

　　是日夜晚，春风沉醉，月光如水，印象中那一天的月亮又大又圆，仿佛知道我要借着月光完成一件神圣而又庄严的使命。兴奋笼罩在心头，我早早地钻进被窝假装入睡，心头却在盼望着深夜的到来。夜深人静，等到全家都进入了梦乡，我悄没声地钻出被窝，借着钻进窗帘缝隙的一缕月光蹑手蹑脚地走到母亲的床头，白天我就悄悄地将一张小方凳放在母亲床头底下，此时无声无息地取出小方凳，我站在小方凳上，再站立到床头柜，双手抓住床架伸出右脚在母亲的头上绕了三个圈子。母亲沉浸在睡梦中，紧挨着母亲的父亲也鼾声轻微，他俩浑然不知自己年仅 7 岁的儿子在夜半三更从事着一件惊天动地的大事情。一切完毕，心满意足，母亲的长命百岁在她儿子神圣的仪式中得到了神明的庇佑。悄悄地从床头柜抽出双脚，又小心翼翼地站到小方凳上，一不留神，弄出了声响，小方凳被我那个刚保佑过母亲长命百岁的右脚给踢倒了。父母亲同时醒过来，母亲拉开电灯的开关，橙黄色的灯光满屋子放光，我的父亲和母亲翻身而起坐在床上，他俩满腹狐疑地看着坐在地上的那个惊慌失措的儿子。

　　父亲和母亲同时厉声盘问我深更半夜的是在干什么。母亲下意识地看了看她放在床头柜的那个小布兜，里面有全家的生活花销。母亲似乎明白了什么事情，她抓住我的手翻来覆去地端详，又翻开布兜低头检查，小声地对父亲说道："一分钱都没少。"天哪，母亲和父亲怀疑我大半夜跑到他们的床头柜偷钱来了。母亲一改平时里温柔体贴的模样，她一脸愠怒，声音低沉又严厉："说，到底干什么？你老实说了，我和你爸爸就不再追究。"不能说，千万千万不能说，如果说了，那就前功尽弃，母亲就不能长命百岁了。咬紧牙关，低着头什么都不说。母亲忍不住了，她呜呜咽咽地哭出声来："想不到我的儿子小小年纪就不学好，这可怎么办，怎么办？"父亲也冲着我压低嗓音："你到底是想干什么，老实说了，爸爸妈妈就原谅你这一次。"我低着头，坐在父母亲的床头，不敢抬眼看父母亲，依旧一言不发。母亲积压的怒火爆发出来了，她认定我是个宵小，抽出右手，一个巴掌打过来。她还要继续责打，被父亲拦住了，好言劝慰母亲："自家的孩子，一直都干干净净的，我想他是不会做那种事情的，也许是梦游吧。"父亲朝我挥手，"别再坐在地板上了，快去睡觉。"母亲依旧不依不饶，恨恨地说明天要去我的学校，找我的老师反映我的偷窃行为。

　　我一再声明绝对没有想偷母亲小布兜里的钱，我读书后，每个月都有一毛钱的零花钱，我都攒了三毛钱了。我从自己的小抽屉里拿出钱来给母亲看，证明自己的清白。母亲想想也是，毕竟她的小布兜里也没有少一分钱。母亲还是选择相信了我，她最终没有到我的学校里去向老师反映我的不良品行。往后的好几天，母亲仍然不依不饶地盘问我那天深更半夜跑到她的床头究竟是干什么。我只能回答我也不知道。母亲叹了口气说道："别真的像你爸爸说的，患上了夜游症吧，那还了得，我们都得当心着你呢。"打那以后，母亲总要在半夜醒过来一两次，到我的床前掀开被窝的一角观察我；打那以后，母亲的小布兜再也不放在床头柜了，我们兄妹仨谁都不知道母亲的那个小布兜藏在哪里；打那以后，一家五口人中我是最最开心的，我终于如愿以偿，能够保证母亲长命百岁了。我掰着手指暗暗盘算，母亲那年刚好33岁，我们和母亲在这个世界上还可以相依相偎67年，那是多么高兴的事情。谁又会料到母亲的生命钟摆竟然没有机会定格在100岁，她还没有跨入60岁的行列，就离开我们而远行，能不悲乎？

我的母亲乐善好施，待客真诚，人缘甚好，四邻八舍都喜欢到我家来串门。我家的门号共住着三户人家，楼下是徐家叔叔一家五口，徐家叔叔和徐家阿姨除了一子一女外，还住着徐家叔叔的老母亲。住在亭子间的朱家阿婆是孤身一人，她的独生儿子大学毕业后分配在江西南昌。朱家阿婆的丈夫过世好多年了，连我都没有见过。我家住在楼上，隔壁邻居到我家来串门，经过徐家阿姨的楼下有时会撞见正在灶披间做家务的徐家阿姨，他们竟也不和徐家阿姨打一声招呼，就径直上楼找母亲叙家常。徐家阿姨为此对母亲多多少少有些羡慕嫉妒恨，然而母亲总是礼让在先，每次见到徐家阿姨母亲都是主动地和她打招呼，所以徐家阿姨也奈何不得母亲，对母亲也算是客客气气，楼上楼下两家相处得还算和睦。

放暑假了，小伙伴们总喜欢在弄堂里玩耍，做暑假作业，晚饭也喜欢在弄堂的门口摆一张小桌子，吹着习习的凉风品尝晚餐，小伙伴们开心地聊天，童年生活无忧无虑。徐家阿姨住在我家楼下，她总是在自家门口放一张桌子，几把小椅子，还要占他人的地盘放一张尼龙躺椅，根本没有空间留给我们楼上的人家，我和小新弟弟总有些愤愤不平，母亲却笑着批评我们："人家住在楼下，门口放桌子再正常不过，你们吃了饭再下去玩一样开开心心的。"我们被母亲一顿数落后，只能默默无语，一边吃饭一边望着楼下那一幕幕开心的场面，心头仍然是痒痒的。

弄堂里迎面走来一个步履蹒跚、衣衫褴褛的老人，走路一拐一拐的，看似腿脚不灵便。我们都认识这位老人，他就住在不远处的一个过街楼的角落里。他没有固定的工作，终日以乞讨或捡垃圾为生。他站在徐家阿姨一家人的面前，想讨些施舍。徐家阿姨不耐烦地朝乞讨者挥手让他赶紧走人，她的儿子徐敏也厌恶地出言不逊："又来了，讨饭坯。"可徐家阿姨饭桌上还算丰盛的晚餐吸引着老者，他一个劲地乞求徐家阿姨行好。徐家阿姨终于暴怒，她从小竹椅上跳起来，手指戳着老人的右肩胛:"臭得要命的讨饭鬼,腻心死了,快滚,快滚!"

徐家阿姨的叫骂声惊动了母亲,她朝楼下张望了一下,迅速地从碗橱里拿出一个大碗,盛了满满一碗饭,饭尖上还堆了许多菜,外加一块红烧肉。母亲一手捧着饭碗,一手捎带一把小竹椅,匆匆下楼。母亲让那乞讨的老者在小竹椅上坐下,把饭碗送到老者的手里,还连连说:"吃完了还有,还有。"许多邻居被母亲的义举感动,也给乞讨的老汉送来了吃的。徐家阿姨脸色煞白,恨恨地盯着母亲半晌,一扭头冲进灶披间,朝着反身上楼的母亲咬牙切齿:"整条弄堂里就你会装好人,好人都给你做去了,好人不一定会有好报的。"母亲不理睬徐家阿姨,她上楼后又下楼,拿了两毛钱递到乞讨的老者手里,其他邻居也效仿母亲,你一毛我五分的,老汉感动得泪流满面,竟然朝母亲跪下磕头,慌得母亲连连摆手说:"不要这样,不作兴的。"母亲一溜烟上楼回到了自己的家,她甚至不敢探身窗外再看楼下的乞讨老汉一眼。我的母亲,就是这样一个与人为善、乐善好施的人。

一年四季中母亲最喜欢秋天,她说秋天的色彩最丰富,秋天是收获的季节。深秋的时候,母亲总要买几盆菊花放在家里静静地欣赏,然后没来由地自言自语:"秋天虽好,但是太短暂了,一晃冬天就会来临。"纵然年幼不谙世事,母亲的话听来也总觉得有些伤感。林语堂先生如此评价秋天:人们爱秋天,是因为秋叶泛黄,色彩富丽,还带着一点悲哀的色彩及死亡的预感。林语堂先生的话说得多么精致与准确,他一定没有料想到在多少年后他对秋天的描述竟然一语成谶,悲哀的色彩及死亡的预感降临到一个普通得不能再普通的家庭。那个 1966 年秋天,历史在这个家庭拐了一个弯,悲剧从此开始上演。那个秋天,有多少个家庭的平静生活瞬间被打破,历史的潮流裹挟着束手无策的人们在风浪中忽上忽下,迷失了原来的本我。"文革"开始了,楼下的徐家叔叔摇身一变成为工厂里的工人造反派头头,徐家阿姨也顺理成章地成了我们里弄里的革命委员会主任。

徐家阿姨的权力很大,弄堂里的"地富反坏右资"这所谓的"黑六类"分子都归她管,她监督"黑六类"分子打扫弄堂的卫生,监管"黑六类"分子每天到里弄革命委员会早请示、晚汇报。每天都能看到徐家阿姨在弄堂里晃荡的身影,弄堂里的老老少少看到徐家阿姨也都是恭恭敬敬的,徐家阿姨成了我们弄堂里的太上皇。

这一年秋天来临的时候,父亲的亲戚也被打倒抄了家。城门失火,殃及鱼池,父亲亲戚单位的造反派揣摩会有什么罪证及金银财物藏匿在我家，便带领着红卫兵来抄我的家。徐家阿姨扬眉吐气的日子来到了，她亲自引领红卫兵冲到我家，一脚踢开我家的房门，在母亲的面前趾高气扬，戳着母亲的鼻梁骂道："你也有今天，你就是一只笑面虎，看上去对所有人都客客气气，实质上就是隐藏在革命队伍里的阶级敌人，你们的末日来到了。"母亲低着头，任由徐家阿姨詈骂，一声不吭，我们兄妹仨躲在母亲身后吓得不敢动弹。家里翻箱倒柜的，遍地狼藉，却没有抄出隐匿的反党、反社会主义的罪证。

父母亲受到亲戚被打倒的牵连后，我家命运的齿轮就此转变。徐家阿姨发动红卫兵小将连夜在弄堂口张贴控诉母亲十大罪状的大字报，逼着母亲站在大字报前一条一条地读自己的十大罪状，还鼓动弄堂里的红五类一起参加批判母亲的大会。深夜，父亲回家，我和小新弟弟躲在黑暗中听见母亲趴在父亲的肩膀上压低声音哭泣："这日子怎么熬？"母亲满肚子的冤屈只有在夜深人静的时候才敢对父亲倾诉。听得清清楚楚，父亲在安抚母亲："再难熬，也要熬，为了三个孩子一定要熬。"我和小新弟弟都捂着嘴巴不敢哭出声响，任凭泪水无休止地流淌。小莲妹妹还小，她在父母亲那张床的角落不安地入眠，抄家那天，她受了惊吓，还遭受红卫兵的重创，额角还有遭创的伤口。

我们全家在徐家阿姨的监控之中战战兢兢地生活，母亲恪守父亲的告诫：为了孩子，再难熬，也要熬。面对徐家阿姨的种种刁难，母亲默默地承受，她从来都不反抗，她在徐家阿姨面前如同一头驯服的羔羊，任凭徐家阿姨挥舞鞭子抽打在她的身上。母亲一而再、再而三地叮嘱我们，要学会逆来顺受。母亲知道我们没有能力抵抗暴风骤雨，唯有忍才是最好的保护方式。《简·爱》中有一段话：假如你避免不了，就得去忍受，不能忍受生命中注定要忍受的事情，就是软弱和愚蠢的表现。

悲苦的时光何其漫长，何时才能沐浴在阳光下放声大笑？多少年后，我在读到李白的"行路难，行路难，多歧路，今安在？长风破浪会有时，直挂云帆济沧海"时，竟伏案啜泣，泪流满面。母亲的内心一直在盼望云开日出，暴风骤雨的时候，她会望着窗外发呆，她在盼望天晴。数九隆冬的时候，她会凝视漫天雪花出神，她在期盼春天的到来。难熬的岁月一天又一天地挨过去，夜深人静时，母亲总是长叹一声："又是一天过去了。"苦难往往是难以承受的，母亲坚信，只要熬过去了，往后便是柳暗花明。母亲以超强的毅力忍受着徐家阿姨的凌辱，她相信重见天日的那一天一定会到来。

冬天来了，下雪了，漫天雪花在城市的上空飘飘洒洒。雪花给人带来喜悦，雪花也给人带来忧伤。楼下徐家阿姨的儿子徐敏和女儿徐红在弄堂里开心地堆雪人，打雪仗，兴奋的叫嚷声回响在整条弄堂。父亲一早就出门上班去了，母亲去菜场买菜还没有回来，我们兄妹仨躲在家里不敢出门，楼下的欢乐世界不属于我们。我推开窗户，我和小新弟弟还有小莲妹妹趴在窗台上，羡慕地望着徐家的孩子在弄堂里嬉戏玩耍。几片雪花从屋檐飘落钻进我的衣领，我不由得打了个寒战，我的心沉浸在寒彻刺骨的大雪里，好像不由自主地走进了一片苍茫和冰冷。转过身子默默地将挂在墙上的日历本撕去一页，我手里捏着这翻过去的一天，看着这厚厚的日历本，1967年1月才过去没几天，这撕不完的冰冷的日子，还得一天天地撕下去，不知道撕到哪一天才能盼得春回大地。

楼下，徐敏和徐红还在开心地堆雪人，一个白白胖胖的雪人坐在弄堂的中央，走过路过的都会很小心地绕开雪人，有的还会送上一句拍马屁的话，称赞徐家阿姨的两个孩子真聪明。徐家阿姨坐在门口，得意地看着自己孩子的作品，满意地听着邻居的恭维。"这雪人如果再加上两只眼睛，那就更漂亮了。"一位买菜回来的邻居大妈站在徐家阿姨的身边凑趣，她的阿谀奉承点醒了徐家阿姨的儿子，徐敏立即从灶披间拎来一个装着煤球的铁桶，楼上我们兄妹仨一眼就看出这是我家装煤球的铁桶，徐敏拿了我家的煤球，他们家是烧煤饼的。母亲就是因为楼下的徐家使用煤饼炉，我家才改成煤球炉的。徐敏挑出两颗煤球，点缀在雪人的脸上，黑白分明，雪人确实立马就生动了。邻居大妈又笑着称赞徐敏心灵手巧，扭动着身子朝弄堂深处走去。徐敏徐红兄妹俩意犹未尽，他们又堆起了一个小雪人，然后用火钳在煤球桶里反复捣鼓，估计是想寻找小一点的煤球作为小雪人的眼睛。再这么捣鼓下去，那一桶煤球岂不是要成为煤渣了，我气呼呼地冲下楼，小新弟弟紧紧跟在我的后面。

我走到徐红的面前，夺下她手里的火钳，交给小新弟弟，拎起煤球桶就走。徐家阿姨拦在了门口，她那双凶恶的眼睛死死地盯着我，厉声喝道："把煤球桶放下。"我头一昂，不睬她，小新弟弟和我是一样的表情。"啪"，徐家阿姨狠狠地赏了我一个毛栗子，詈骂接踵而至："'黑六类'的子女，你还想造反？"徐家阿姨夺过煤球桶，一把将我推倒在雪地，她将大半桶的煤球倒在雪地上，然后用脚拼命地踩踏，嘴巴里恨恨地嚷着："踩死你这个'黑六类'，踩死你这个'黑六类'！"小新弟弟抱着我大哭："哥哥，哥哥。"小莲妹妹也摇摇摆摆地下了楼，跑到我的面前，哭叫着："哥哥，哥哥。"兄妹仨坐倒在洁白的雪地，身边是一堆黑色的煤球，黑白分明的弄堂里我们兄妹仨和徐家阿姨母子三个形成了两个对立的世界。

母亲来了，她看到了这令人心碎的一幕，不用解释，就什么都明白了。还没有等到母亲说话，徐家阿姨就指着母亲的鼻子发疯似的叫嚷："你这个'黑六类'分子，竟敢教唆自己的子女和我们无产阶级革命造反派对抗，我再一次警告你，顽抗到底，死路一条。现在我命令你，将这条弄堂打扫干净。"母亲没有回复徐家阿姨，她将她的三个孩子——抱起来，抖去孩子们身上的雪花，然后问我："你为什么要将家里的煤球桶拎出来？"我摇摇头，回答母亲："没有，我们都没有。"母亲点点头说了声："哦。"她转头看着徐家阿姨，再也不出一声。我们母子四个人站在雪地里，我们都抬着头看着徐家阿姨。徐家阿姨的脸涨成猪肝色，她不顾一切地朝着半空挥舞拳头："我命令你将弄堂打扫干净，否则就要开批斗会。"母亲没有理睬徐家阿姨，她蹲在地上将雪地里的煤球一颗颗地捡起来放回桶里，又挑出两颗被碾碎的煤球，嵌在徐红堆的小雪人的脸上，小雪人乌溜溜的眼珠子看着母亲，看着人世间发生的一切，它似乎在问：这是怎么啦？

母亲将菜篮子交给小新弟弟，又吩咐我将煤球桶拎回灶披间，看着自己的孩子回到了屋子里，母亲从灶披间的门背后取出一把竹扫帚低着头默默地扫雪。寒风在长长的弄堂里呼啸而过，如同刀子般划过母亲的脸庞。母亲不声不响地挥动着竹扫帚，一下又一下地清扫着地面，黑与白融合在一起，洁白无瑕的雪花瞬间转变成污泥浊水。我走出灶披间，看着母亲孤独的身影，母亲凌乱的头发在风中飘起，母亲的衣袂被风卷起，母亲倔强的身影嵌在我的心里。天色阴沉沉的，如墨渲染而开，绽放出阴郁的花朵。屋檐的雪花随风而飘，落在了我的脸上，冰凉刺骨，我混沌的脑子顿时清醒起来，我奔向母亲，从她的手里抢过了那把竹扫帚。

母亲稍稍愣怔，她一把将我搂在她的怀里，用她的胸膛温暖着我的冰冷的身体。好多年了，母亲不曾如此拥抱过我，原来，在寒冷的冬天被母亲拥抱着，这种感觉是这么好。母亲悄悄和我耳语："快回家去，小莲妹妹还等着你照顾，妈很快就好。"

我固执地站在母亲的身边，我要陪伴着母亲受苦受难。母亲抱住我，轻轻地拍打我的后背，娓娓细语："听话，妈妈一会儿就好。"我抹着眼泪离开母亲，我看到站在雪地里的母亲是那般坚强，她朝着我微笑地挥手，这个场景深深地烙在我的心头。多少年以后，我依然忘不了当时母亲在冰天雪地中拥抱我的那种感受，依然忘不了朔风吹拂起母亲的头发，母亲拢拢额前的碎发向我挥手的那一刻。每回想一次，心头就一阵难受，几十年来，一次又一次回想，最终积累成了心头的痛。

　　母亲俯身拿起竹扫帚，踩着积雪，继续扫雪。弄堂里很多的邻居目睹徐家阿姨的蛮横刁难，他们都不敢作声，悄悄关上了自家的大门。也有清醒的人，他们用自己的良知践行为人的准则，他们的德行折射出我们这个民族正义的光泽。一忽儿，邻居周家伯伯和王家姆妈也分别从自己的家门出来，他们什么话也不说，只默默无声地清扫着弄堂的积雪，他们用无声的行动支持孤立无援的母亲，就像冬天里的一把火，暖和了我们一家人冰凉的心。长长的弄堂里又多出来一个陌生的扫雪人，是那个盛夏里母亲曾送饭给他吃的老人！我的母亲后来又多次施舍过他。他不知从哪里冒出来，默默地低头扫雪，将半条弄堂的积雪扫得干干净净。积雪清扫完了，周家伯伯和王家姆妈依旧什么话都没有说，他们朝母亲微微点了点头，拿着扫帚回到了自己的家，关上了家门。那位年长的乞丐，也和母亲挥手道别。我趴在窗台，目睹这一切，眼眶顿时濡湿，从碗橱里取出两个馒头冲下楼。

　　老人摆手拒绝，他悄声地对我说："你妈是好人。"我看着他远去的背影感恩之心在心头升起。人间自有真情在的道理，我从那个时候开始懂得。周家伯伯和王家姆妈及那位老爷爷的无声行动让我在最寒冷的岁月也能感受到温暖。

　　母亲回家了，小新弟弟、小莲妹妹都眼泪汪汪地看着母亲，小莲妹妹嘴巴一瘪一瘪的，两只漂亮的眼睛成了两汪泪湖。母亲将小莲妹妹抱在怀里，轻轻地吻着小莲妹妹冰凉的脸庞，声音柔柔的："小莲乖，不哭，不哭。"母亲安慰着小莲妹妹，自己的眼泪却禁不住扑簌簌地流下。我抓住母亲的手，顿时，一阵冰凉从母亲的手心里传来。那一刻，我心里默默地想，这冰天雪地的世界，难道就没有一点儿温度来暖和我的母亲？难道徐家阿姨的身上也是没有温度，所以她才那般冷酷无情？

　　两年后，我家获得平反，但只要回忆起这一段屈辱的经历，我和小新弟弟就会耿耿于怀。母亲却云淡风轻，她说："人生中最难的事情也许就是你能接受生命中的苦难。"那个时候还真不理解母亲，还责怪母亲和父亲就是胆小怕事。如今，在岁月的浸润下，走进夕阳中的我终于顿悟，当所有的一切都已成为定局，当全部的厄运都已成为事实的时候，唯有接受命运中所有的一切。无谓的抗争，最终摧毁的就是敢于抗争的人。内心坚强的人，会默默承受着生命中的重负，等待着时间来解救自己。年少不懂母亲心，读懂母亲却已晚，在那个时代，沉默不语才是人最聪明的活法。

1967年的日历被我翻到了3月21日，这一天是小新弟弟10岁的生日。我们兄妹仨开心极了，盼着打牙祭的好日子终于来到了。春节过后，我们家的伙食很少有荤菜，母亲说过，等到小新弟弟10岁生日的时候，一定让我们好好地吃一顿肉。小新弟弟生日那一天，母亲上早班，我们兄妹仨午饭过后，就趴在窗口盼着母亲回家。学校停课闹革命，母亲只好把我们关在家里。母亲吩咐过，不要随便下楼，她担心楼下的徐家阿姨会对自己的孩子有什么偏激的行为。整条弄堂，现在就是徐家阿姨的天下，只要徐家阿姨看谁不顺眼，她马上就能以革命的名义对她看不顺眼的人实行无产阶级的专政。所以母亲一而再、再而三地叮嘱我们，千万不要下楼，也别去楼下公用的灶披间。为此，母亲还特地买了一个煤油炉，方便我们躲在家里煮东西吃。

下午3点多钟，我们看到母亲的身影出现在弄堂，情绪开始激动。母亲回到家里，笑盈盈地从黑色的人造革拎包里掏出一包用报纸裹起来的东西，小新弟弟打开一看，是一只蹄髈，我们都笑逐颜开，有肉吃了。母亲也微笑着轻吻小新弟弟的脸庞，祝小新弟弟生日快乐。母亲又从包里取出一个漂亮的卷笔刀作为小新弟弟的生日礼物，小新弟弟拿着生日礼物开心地偎依在母亲的怀里。母亲一手抱着小莲妹妹，一手搂着小新弟弟，独自低语："小新也10岁了，等到小莲10岁的时候，妈妈买更多更好的礼物送给小莲。"母亲一边说一边吩咐我取出煤油炉，又让我下楼打一桶水，我心领神会，一一照办。母亲不想到楼下的灶披间煮蹄髈，她怕徐家阿姨会出么蛾子。

母亲洗干净蹄髈，放在砂锅里，我点燃煤油炉的灯芯。母亲和她的三个孩子，静静地守着煤油炉。砂锅里煮着的蹄髈，守着我们的一份希望，守着我们的一份幸福。等到父亲下班回家的时候，我们全家就可以为小新弟弟庆祝生日了，我们还期盼着父亲也能给我们带来一份惊喜呢。突然间母亲似乎想起了什么，她摸了摸口袋，叹了口气："这蹄髈得放一点儿葱姜和料酒去腥呢。"母亲扭转头问我，"可有两分零钱？

去买葱姜。"我摇摇头。母亲无奈地摇头："等到你爸回来，小菜场卖葱姜的怕是收摊了。"母亲掏干净了自己的口袋，她买了一个蹄髈、一斤切面，剩余的钱全都给小新弟弟买了生日礼物，现在她身上连一分钱都没有了。母亲掀开砂锅盖头，呆呆地看着蹄髈，眼睛里稍稍有些泪花。

"妈，我有钱的。"小新弟弟激动的声音让母亲为之兴奋，母亲抓住小新弟弟的臂膀，询问道："你有钱? 在哪里? "小新弟弟指了指床底下，说道："爸爸给过我 5 分钱，我不小心掉到床底下了，后来我爬到床底下去找，没找到。"母亲开心地拊掌："那就再找找。"母亲将床底下的箱子和木盆拉出来，吩咐我和小新弟弟："你们兄弟俩爬进去好好找找，看那 5 分钱藏在哪里。"我看到母亲的脸上爬上了笑容，说话的声音也挺开心的，"找出 5 分钱，赶紧去买葱姜，给蹄髈去腥，吃起来香喷喷的。"我和小新弟弟就像被注射了一针强心剂，迫不及待地钻进了床底下。

床底下黑黢黢的，兄弟俩分两头爬了进去，黑暗中睁大了眼睛，炯炯有神的目光搜寻着床底下的空间，我和小新弟弟双手贴住地板一寸一寸排摸，心里想着，这 5 分钱看不见总也摸得着吧，折腾了一会儿，兄弟俩就是没有找到那 5 分钱。我和小新弟弟一前一后爬出来，眼睛里闪动着失望，我们觉得有些对不起自己的母亲。小新弟弟用脏手抹着眼睛，母亲赶紧用毛巾替他擦拭。小新弟弟瘪着嘴唇，眼泪汪汪的，委屈极了。母亲也有些心酸，她望着两个儿子灰尘沾满了全身，蓬头垢面的，就像个大花脸，心疼地说道："算了，咱们不找了，没有葱姜，我们就吃原汁原味的蹄髈。"小新弟弟不依不饶，一迭声地嘟囔着："我明明掉下去的。"我问小新弟弟："什么时候掉下去的? "小新弟弟很肯定地回答："就在前几天，爸爸给我的，爸爸说我马上要过 10 岁生日了，先给了我 5 分钱。"小新弟弟努力回忆着当初那 5 分钱是怎么掉下去的，想着想着，他笑了起来："哥哥，也许这 5 分钱是掉进地板缝里了。"我立马来了精神，跃跃欲试："我们顺着地板缝摸过去，一定能找到。"母亲的兴奋之情也被调动，她鼓励我们："那就再找找看。"小莲妹妹也拍着手说："哥哥，快去找。"

再度"出征"，到床底下找 5 分钱，我和小新弟弟信心满满。母亲一手搂着小莲妹妹，一手用手电筒为我们照明。我在钻进床底的刹那间似乎有心灵感应，不由自主地回头看了母亲一眼，目光与母亲的目光不期而遇。母亲的眸底满含着希望，还勾唇朝着我微微一笑，微笑时我看见母亲的嘴唇在抽动，眼角竟然还有泪花。母亲正努力地控制住自己，不让那幸福抑或是伤感的泪花钻出眼眶顺着脸颊蜿蜒，母亲的这个神情被我捕捉并牢牢地印刻在我的脑海。

打那之后，我只要想起了母亲，就会想起我和母亲四目相对的那一刻。那一刻的期许和盼望，那一刻的无奈与惆怅，那一刻的伤感和悲哀都在母亲的眸底贮存。我的母亲，她含着眼泪微笑着望着自己的儿子钻进床底时，那酸楚和期待通过无法控制的抽搐的嘴角体现得淋漓尽致。那一刻是在那一年的那一月的那一天，那一刻就是 1967 年 3 月 21 日黄昏时分。人的一生有太多的那一刻，总会有那样的那一刻，会让多少往事因此就不堪回首，会让多少往事就此便抛向九霄，会让多少记忆从此如过眼烟云，会让多少记忆由此而铭刻在心。1967 年 3 月 21 日傍晚的那一刻，是我人生这本书中的重要一页，那一刻书写着人生百味，记录着尘世沧桑，酸甜苦辣涩应有尽有。组合成那一刻的分分秒秒，点点滴滴汇成心语，凝成回忆，构成一幅难忘的画面，深藏我心。

带着母亲殷切的盼望，我们兄弟俩又一次钻进床底寻找 5 分钱，有了经验的总结，顺着地板的缝隙慢慢地摸过去，那真的是闭着眼睛也能摸得着。不一会儿，小新弟弟兴奋的声音传来："我摸到 5 分钱了！"我赶紧从床底下钻出来，也兴奋地叫道："妈，小新找到钱了。"我看见母亲搂着小莲妹妹开心地笑着，我也跟着母亲开心地笑，笑着笑着，我们的眼泪都笑出来了，我们被巨大的幸福笼罩着。小新弟弟人还没有从床底下钻出来，捏着 5 分钱的手先伸了出来，夕阳的余晖洒进了窗户，照耀着小新弟弟手里捏着的 5 分钱，5 分钱在房间里闪烁着光芒，那是给我们带来新的希望的光芒。

乐极生悲，快乐与不幸切换，这 5 分钱瞬间给我们带来了巨大的灾难。小新弟弟太激动了，他半个身子还没有从床底下爬出来，仅仅露出半个脑袋，兴奋地抬起头大叫："妈妈，5 分钱。""咚"，一下很沉闷的声音骤然响起，小新弟弟的后脑勺撞在铁质的床架，我和母亲清清楚楚地看到小新弟弟痛苦地捧着头无力地倒下，捏着 5 分钱的手松了开来，那 5 分钱又顺势滚回到床底下，鲜血从小新弟弟的后脑勺渗出。母亲扔下小莲妹妹，一把抱住小新弟弟，发疯一般地叫着："小新，小新。"我赶紧拿来一条毛巾，捂住小新弟弟的后脑勺。小新弟弟睁开眼睛，四下里寻找 5 分钱，口里还在嘟嘟囔囔的："钱，妈，5 分钱。"母亲泪流满面，她对小新弟弟说："钱在的，妈拿着呢。"母亲掀开毛巾查看伤情，伤口的血还是没有止住，小新弟弟得马上送医院救治才行。

母亲将小莲妹妹托付给亭子间的朱家阿婆照看，又开口问朱家阿婆借钱。朱家阿婆二话不说，递给了母亲 2 元钱，连连说道："赶紧送医院，赶紧。"母亲背着小新弟弟，快步如飞，我跟在母亲的身后一路小跑。"小新，再坚持一会儿，马上到医院了。"母亲一路上不停地和小新弟弟说话，"看完医生，我们就回家，妈妈给你庆祝生日。小新，小新，妈妈祝你生日快乐。"

小新弟弟后脑勺的伤口缝了三针，打完破伤风针，在观察室休息的时候，母亲整个人都散了架似的。自责的母亲连连怨自己无能，她在两个儿子面前絮絮叨叨："是妈妈不好，妈妈没有照顾好你们。"小新弟弟摸着母亲湿漉漉的脸庞，惋惜地看着窗外："天黑了，小菜场卖葱姜的要收摊了。""没关系的。"母亲安慰小新弟弟，"我们还是有肉吃的，回家后妈妈给小新下面。"母亲说完，搂着小新弟弟久久地沉默，她仰望着天花板，发出一声幽怨的叹息："今天是我的儿子 10 岁生日啊！"母亲将两个儿子紧紧地抱住，孩子，就是她的希望。

母子仨在医院急诊室的走廊里，静静地坐着，一阵风穿过长廊拂过我们的脸颊，暖暖的风，春天来了。母亲低头亲着小新弟弟，和小新弟弟说话："小新的生日到了，春天就来了。"在风雨如晦的日子里，母亲的心里驻守着她期待的春天，她依旧心守一抹暖阳，静待一树花开的春天。母亲对她的两个儿子喁喁细语："会过去的，一切都会过去的。"

母子三个穿过暮霭回到了家，只见徐家阿姨站立在大门口，不怀好意地看着母亲，脸上露出怪怪的笑，有点瘆人。母亲别转头搀着小新弟弟跨进大门径直上楼，徐家阿姨在我们的背后不阴不阳地抛来一句话："我不来和你算账，老天自会和你算账。"走上楼梯，一股焦煳味扑面而来，母亲和我面面相觑，不祥笼罩在心头。朱家阿婆听到声响，赶紧向母亲招手，她将母亲拉进她住的亭子间。"小新妈妈，差点儿闯大祸了，你们炖在煤油炉上的蹄髈烧干烧焦了，楼下的闻到了味道，冲到你家，踢翻了煤油炉，打碎了砂锅，还骂了一通。"

我冲进家门，打开电灯，看着房间内的情景惊呆了。煤油炉被踢倒了，煤油流了一地；砂锅被打碎了，碎片散了一地；蹄髈被烧焦了，像块黑炭躺在地板上。捧起黑乎乎、硬邦邦的蹄髈，想起了今天是小新弟弟的生日，家里竟然遭此劫难，我一骨碌坐在地板上，捏紧了两只拳头，心头充满了对徐家阿姨的怨恨。母亲来了，她轻轻地拍着我的肩，小声地安慰："想哭就哭，哭出来就好了。"我想哭，但我却没有掉一滴眼泪。我第一次体会到，人恨到极致的时候，原来是没有眼泪的。父亲也回来了，他什么也没问。一片狼藉，他慢慢地收拾。小新弟弟和小莲妹妹坐在一边，满脸都是惊恐。

父亲下楼做晚饭。任凭徐家阿姨在灶披间嚼舌根，父亲就是沉默不语。徐家阿姨也许累了，不一会儿，就听不到她的声音了。父亲捧着一锅煮好的面条噔噔上楼，他给三个孩子盛面条，母亲用刀剁开烧焦的蹄髈，剔出中间的一点儿尚能入口的肉，一丝一丝地扯开放在一个碟子里，蘸点儿酱油，放在小新弟弟的面前。"小新，生日快乐。"母亲亲了亲小新弟弟。父亲捧着一碗面条放在小新弟弟的面前："小新，生日快乐。"小新弟弟笑了，他夹起一丝蹄髈肉，送到母亲的嘴边："妈妈，你先吃。"母亲终于控制不住自己的情绪，她捧住脸："小新，都是妈妈不好，小新，原谅妈妈。"泪水顺着母亲的指缝渗出，掉落在地上。父亲的眼圈也红红的，他抹着眼睛抱住了小新弟弟。我的父母亲在现实面前只能低下屈辱的头，但他们依然深情地爱着自己的孩子。小新弟弟依偎在父亲的怀中，母亲夹起一筷子生日面条喂给了小新弟弟。门轻轻地叩响，我上前开门，是朱家阿婆，她摇着手，又指了指楼下，示意我不要出声。朱家阿婆递给我一个纸袋，轻轻说了一句："小新生日快乐。"又赶紧关上了她自家的门。我打开一看，是一块蛋糕。朱家阿婆的丈夫去世前是个小业主，她没有工作，平时生活也很节俭，她的生活来源就靠在江西南昌工作的儿子每个月寄给她的 15 元生活费。

小新弟弟的 10 岁生日貌似完美，有面吃，有肉吃，有生日礼物，还有生日蛋糕吃。小新弟弟和小莲妹妹分享着朱家阿婆送来的生日蛋糕，小新弟弟笑了，笑得很开心，父亲和母亲也跟着笑了，随后我和小莲妹妹也开心地笑了起来。我们又吃着小新弟弟难忘的 10 岁生日面条，每个人的碗里都有几根蹄髈肉丝。我想不起来那味道是怎样的了，只记得我尝的是一种人生的味道。人生的起起伏伏、悲悲喜喜，从那一刻起，我才有了自己的理解。

患难之中见真情，我们一家都铭记着朱家阿婆的这份真情。记得杨绛先生曾经

说过一句话 : 唯有身处卑微之时，最有机缘看到世态人情的真相。朱家阿婆后来被自己的儿子接到南昌去度晚年，我们一家恋恋不舍地和朱家阿婆告别，母亲做了很多菜将朱家阿婆请到我家吃饭，还特地送给朱家阿婆一件羊毛衫留作纪念。时间一晃，朱家阿婆离开我们好多年了，渐渐地，我们弄堂里的很多人也都忘记了住在亭子间的朱家阿婆。我感慨这时间就像个筛子，它在不停地过滤着你身边的人，然而我从来都没有忘记朱家阿婆。十几年后，朱家阿婆 80 岁生日，我专程去南昌看望过她，为她祝寿，真心感谢朱家阿婆在那段岁月里对我们兄妹仁的呵护。朱家阿婆握着我的手说道 :"都过去了，都过去了，小新和小莲现在一定也很有出息的吧？"当听到小莲离世的消息时，朱家阿婆老泪纵横，哽咽不能言语:"小莲，她多么聪明，她……"朱家阿婆再也说不下去。

秋去冬来，转眼 1968 年新年来临，"文革"的硝烟依旧弥漫，春节的气息也悄然显现,尽管遭受歧视,我们过春节的愿望心头依然萌动。印象中 1968 年元月特别冷，滴水成冰。母亲休息日的那一天，天才蒙蒙亮，我就被母亲叫醒，母亲硬是把我从被窝里拽起来，她要我到菜场里去排队。计划经济的体制下，所有的商品都要凭票购买，有了票还得排队，紧俏的商品，有时候即使有了票也未必能买到，或者说即使买到也是质量很差的，所以要早早地排队抢在前面才行。

母亲让我在猪肉摊位排队，她算了算，有三个年龄比母亲稍长的妇女排在前面，地上还有两个破旧的竹篮子，这算两个人头，另外还有三块砖头，这也算三个人头，凡是用破篮子旧砖头当作人头的都是徐家阿姨这样与众不同的人物，绝大部分的人都只能老老实实地排队。在我们前面的共有八个人，母亲悄悄地瞥了一眼搁在猪肉摊位上的几爿猪肉，她很有信心能买到好的部位的猪肉。母亲让我站在那两个竹篮子后面别动，她要赶紧到豆制品摊位去买豆腐干、百叶还有烤麸等豆制品，这些都是过年必备的。母亲时间算得很准，当她挎着菜篮子过来的时候，猪肉摊位开始热闹起来，我的身后也已经有十几个人在排队了，用竹篮子和砖头当人头的主人也一个不落地出现，顺理成章地排在我的前面。

卖猪肉的营业员就像明星一般闪亮登场，他站在柜台后面，手中的大刀和钢钎来回对磨了几下，那闪闪发亮的切割猪肉的大刀开始在手中飞舞，他要将猪肉按部位切割开来后再按猪肉部位的类别将这批猪肉卖给顾客。排队的顾客买这些猪肉还要等一会儿时间，母亲趁这个空隙，拿出两块糍饭糕，递给我一块，笑着说道："快趁热吃。"眼睛一亮，久违了，香喷喷的糍饭糕。刚要享受糍饭糕的美味，母亲和我突然都怔住了，万万没有料到徐家阿姨不知道从哪条地缝中突然冒出来就站在我们的面前，我和母亲手里拿着糍饭糕呆呆地看着徐家阿姨，迟迟不敢将糍饭糕送到自己的嘴边。

徐家阿姨一步步逼向母亲，母亲步步后退。她逼得母亲的后背紧紧贴着猪肉柜台的水泥墙面无路可走，母亲的身后则是卖猪肉的在挥舞着大刀切分猪肉。我惊恐地看着那把明晃晃的大刀在母亲的头顶挥舞，担心一不留神那把刀会伤着我的母亲。徐家阿姨个子比母亲矮，她踮起脚跟检查着母亲的菜篮子，她也活脱脱像一个屠夫，在母亲的头顶挥舞着一把无形的大刀，傲慢地训斥母亲："你们这些'黑六类'，还在追求腐朽的资产阶级生活方式，买肉买蛋买豆制品不算，还要一边排队一边吃糍饭糕，看看周围排队的革命群众，有谁在吃糍饭糕？"母亲低着头，任凭徐家阿姨发难，就是一声不吭。也没有人附和徐家阿姨，菜场里买菜的有很多是一条弄堂里的邻居，都知道徐家阿姨的趾高气扬，大家都装聋作哑，不理睬徐家阿姨。徐家阿姨自觉没趣，她在给自己找台阶："我现在以里弄革命委员会的名义命令你们母子俩马上到革委会低头认罪。这两块糍饭糕就拿在手里，不许吃。"说罢，徐家阿姨怒气冲冲地扭头就走。

我和母亲老老实实地来到里弄革命委员会，接受徐家阿姨的批判。徐家阿姨在菜场里遭受冷落，气不打一处来，她劈手夺过我和母亲各自拿在手里的糍饭糕狠狠地扔进垃圾畚箕，再用脚跟踩几下以泄心头的愤怒。她对着母亲又吼又叫，其中的一句话我此生没齿不忘："你们这种人也配吃糍饭糕，困扁你的头，做梦。"母亲依旧一句话不说，她一手紧拽着我的手，一手下意识地保护着菜篮子，她担心徐家阿姨会没收她好不容易买到的一篮子菜，徐家阿姨是完全做得出的。也许徐家阿姨的心里只想着惩罚母亲，她满脑子想的就是折磨母亲图一时之快。徐家阿姨骂骂咧咧母亲半晌，母亲驯顺地低垂着头连大气都不吭一声，她一时竟没了辙。记得好像是季羡林所说，人在面对无法反抗也无法解释的苦难和灾难时，有一种选择就是用"钝"的力量去被动地对抗它。那一刻，我的母亲也采用了"钝"的方法来对抗徐家阿姨，徐家阿姨过了半晌才憋出一招，她用手指着母亲："今天就罚你打扫我们革命委员会的办公室,地面上一尘不染,玻璃窗干干净净。你,"徐家阿姨又指着我,"赶紧滚。"母亲巴不得徐家阿姨让我走,她趁机将菜篮子塞给我,还没等徐家阿姨反应过来,母亲就拿起扫帚并用身体阻挡住徐家阿姨的视线开始打扫卫生。

　　母亲被屈辱地惩罚半晌后回家,累得瘫倒在床上一动不动。晚上,母亲和父亲说起今天徐家阿姨发难的事情,生性懦弱的父亲也只能用语言宽慰母亲,劝母亲想开一些,能忍则忍。母亲却一直在想着今天清晨发生在菜场里的事情,百思不得其解,觉得蹊跷。她明明看到徐家阿姨在昨天就将计划配给的各种凭票供应的副食品全都买回了家,所以母亲才会趁着休息日赶早去菜场的。她以为会避开徐家阿姨的,怎么偏偏会在菜场撞见她?而且徐家阿姨似乎是有备而来的。母亲想不明白,她一个劲地自言自语:"她今天不应该再去菜场的,我明明看见她该买的昨天全部买回来了,今天大清早再去菜场干什么?"父亲想了想,猜出了七八分原委:"我们和她住在楼上楼下的,一举一动她都盯着。你休息天不睡得晚一点,还带着老大天不亮就出门,她肯定会有怀疑。下楼梯的声音她肯定竖着耳朵听见了,她的阶级警惕性高着呢。你在弄堂里人缘好,她心里头一直不舒服,视你为眼中钉。现在我们家被抄,被打倒了,她的老公是造反派头头,她成了里革会的主任,她还不变着法子来整你?"母亲恍然大悟:"原来如此,"母亲双手捂脸啜泣,"这日子要熬到什么时候才能出头啊!""熬吧,"父亲一声长叹,"总会有出头的日子,咱们现在的唯一选择就是老老实实的,夹着尾巴做人。"

　　父亲一边替母亲做着按摩,一边继续找出各种理由安慰母亲。有一句父亲劝母亲的话我至今不忘,父亲对母亲说:"我们要活下去,等着时间来还一个公道。""活下去。"母亲机械地重复着父亲的话语,我看到母亲凝视着窗外深邃的苍穹久久不语。天空中有几颗星星在闪烁,在母亲的眼中,那也许是希望的光芒,点点星光支撑着母亲内心的坚强。母亲的眼神透露出一丝坚定,我听到母亲咬着牙一字一顿:"我们要活下去!"活下去,我的母亲的生命力依旧顽强;活下去,我的母亲对光明的追求始终不渝。在那些个日子里,寄人篱下、苟且偷生的日子唯一的法则就是忍和退,我的父亲和母亲,守着自己的三个孩子,熬着一天天的日子,坚强地活下去。他们坚信,对天道人心缺乏敬畏的人时代终将惩罚他们。

　　在那些个岁月里我始终不明白一件事,我的父亲和母亲,他们相濡以沫,他们与世无争，他们与人为善，为什么这个世界偏偏要和他们斗争？他们面对无法回避的疾风暴雨，又为什么不选择抗争，却选择沉默？阅历渐长，才懂得不抗争是父母亲的一种大智慧，是生命中最高的境界。沉默不语在那个时代是人海沉浮中修来的醒悟和通透，夏虫不可语于冰者，学会适时保持沉默，才是一个人强大的开始。讲不清道理的时候，自我保护的最好方式就是沉默不语，时间会见证沉默的力量。清者自清，浊者自浊，时间不会冤枉一个好人。人生如水，你越是搅动越是浑浊，唯有沉默和坚忍，才能回归清澈，柔软自有力量。处在逆境中的父母亲自我保护的信念是忍和退，忍一时风平浪静，退一步海阔天空，我的父亲和母亲坚信"天总会亮的"。

第二天早晨，我还沉浸在睡梦中，听得母亲的呼唤，未及睁开惺忪的睡眼，就闻到了一股熟悉的油炸糍饭糕的香味。母亲站在我和小新弟弟的床头，手里拿着糍饭糕，一迭声地催促着："起来吃糍饭糕，热腾腾的，你爸爸刚刚买来的，快起来，赶紧吃。"父亲就站在母亲的身后，看着母亲将糍饭糕一人一块送到自己孩子的手里，他悄没声地走到门口，开了小半扇房门朝楼下张望。父亲站在门口，一动不动，他在保卫着我们，让我们能安全地吃糍饭糕。我满嘴咀嚼着糍饭糕，泪眼婆娑。我只吃了一半，剩下的半块糍饭糕硬是塞给母亲，母亲摇头推辞；我又递给母亲，母亲抱着我一声不吭，她咬了一口糍饭糕，突然间抱住我泪如泉涌。

永远不会忘记这一幕，父亲守在门口望风，母亲坐在床边看儿子吃糍饭糕，此情此景，刻在心头，刺在心头。由此开始，我就最爱吃糍饭糕，无论走到何方，只要看到有供应糍饭糕的地方，我必定要吃，而且是两块。吃一块，另外的一块就放在眼前，静静地看着、看着，品尝着糍饭糕的味道，看着糍饭糕的模样，往事不堪回首，往事偏偏回首，往事纵然如烟消散，往事还是永驻心头。我在吃糍饭糕，放在眼前的那一块是母亲的，但是她永远不会再有机会吃糍饭糕，她只能在天堂里看着，这就是人生。人生，原本就是风尘中的沧海桑田，许许多多的过往堆积在记忆的深处，一天一天，心里装得越来越多，有些就渐渐做减法，有些却无论如何都无法减去，反而在心里的负荷越来越重。每每回眸，减不掉的过往化为一幅人生的世态炎凉图本，演绎成苦辣酸甜的剧本，构成风风雨雨的人生。

春节过后，平平常常的生活日复一日，又一个春天来到了。其实我们家和弄堂里的有些人家相比，还算是幸运的了，虽然战战兢兢地活着，但我们还有一个完整的家。半个月前，隔壁弄堂里有两户人家要被遣散到安徽淮北的农村落户。其中一户的女主人是因为参加过"一贯道"，她的女儿和我是同班同学，读书成绩很好。另一户的男主人曾经做过"伪保长"，以前欺压过劳苦人民。我和我的同学在弄堂口偷偷告别，我们相约，等到放暑假的时候再见面。几十年过去了，我们却没有再见。

如火如荼的革命烈火继续在祖国大地熊熊燃烧，国际形势也错综复杂。中苏彻底交恶，战争的阴云布满天空。为了抵御侵略者的袭击，确保老百姓在战争来临时都能躲进防空洞避难，城市大规模地开挖防空洞。挖防空洞，离不开砖块，一声号令下达，整座城市，家家户户都投入这场声势浩大的做砖坯的运动。每家每户按照人头计算，在限定的时间内得上缴多少砖坯，然后由里弄干部清点数量后统一送到砖窑厂。

一场全民动员的挖防空洞的人民战争在整座城市打响，里弄革命委员会根据上级下达的指标，将制作砖坯的任务分配给家家户户。男女老少齐上阵，我们弄堂里所有的空地都成为制作砖坯的场所。放眼四望，有的人用劳动车拉来了泥土，有的人用铁锹搅拌泥浆，有的人将泥团放入特制的模具，还有的人在码放一块块砖坯。扩音喇叭里播放着电影《地道战》的插曲，用以鼓舞大家的斗志。"地道战，嘿，地道战，埋伏下神兵千百万……"高亢的歌曲在耳畔一遍又一遍地回响，震得耳朵都嗡嗡作响。长长的弄堂的墙面上还有一条醒目的标语：打倒帝修反，人民得解放！这蔚为壮观的场面，已然成为上海这座远东第一大都市的一道极为特殊的风景。

制作砖坯的基本上是老和少，以及一部分家庭妇女，黄发垂髫的稚童、白发苍苍的老翁都互相合作，成年人白天还是要去工厂上班的，只有在休息日和下班时才有时间卷入这条滚滚"洪流"，帮助家人制作砖坯，为这个家分担一部分制作砖坯的重任。徐家阿姨是我们弄堂里负责制作砖坯的总监工，她的任务就是清点每户人家制作的砖坯数量，检验砖坯的质量是否过关，只要是她认为不过关的，那就要退回去重新制作，直到她满意了为止。徐家阿姨臂缠红袖章，手里拿着一根长棍，在弄堂里来回游走，挨家挨户地督促检查。弄堂里的左邻右舍都害怕徐家阿姨，她的长棍指点到哪里，哪里就会遭殃，凡是被长棍指点到的砖坯都是要推倒重新制作的。制作砖坯，是繁重的体力活，从头再来，那简直是要了老人和小孩的半条命。那根黑黝黝的长棍，就像一把悬在我们头上的达摩克利斯之剑。具有讽刺意味的是，最偷懒的恰恰就是徐家阿姨一家子，徐家阿姨在大家忙活的时候，会挎着菜篮子到菜场买菜，然后坐在家门口哼着小曲儿不紧不慢地择菜。她的儿子徐敏和女儿徐红快活地在弄堂里跑来跑去疯一般地玩耍。休息日，徐家叔叔也是叼着卷烟坐在家门口喝茶，徐家阿姨的家里面没有上缴过一块砖坯。

每天傍晚的时候，徐家阿姨最忙。她坐等在收货处，检验每户人家送来的砖坯，只有她验收合格并发一块竹牌子给送货者，这一天的繁重任务才告结束，我们才能回家洗洗涮涮地忙着做晚饭。我和上早班回家的母亲还有小新弟弟小心翼翼地跟在邻居周家伯伯的后面，将今天完成的砖坯送到徐家阿姨的面前。周家伯伯退休前是一位颇有声望的民族音乐家，也是我们弄堂里德高望重的长者。徐家阿姨的女儿徐红一直跟着周家伯伯学琵琶弹奏，所以徐家阿姨对周家伯伯也多少有几分尊重。看到周家伯伯送来的砖坯，徐家阿姨假模假样地看了一遍，就发了一块竹牌子给了周家伯伯。

我们紧跟着送上砖坯，徐家阿姨歪着头端详了半晌，鼻孔里发出轻蔑的哼哼，母亲赔着小心说话：“徐家阿姨，也请你验收。”徐家阿姨顿时歹毛，右手挥舞着长棍对着我家送来的砖坯乱戳一气，她朝着母亲张牙舞爪，骂声整条弄堂都能听见：“你看看，这是什么样的砖坯，你是不是存心捣乱？退回去，重做！”母亲低着头，一言不发。我气不过，说了一句：“我们是和周家伯伯他们一起做的。”徐家阿姨跳起来了：“你们还敢反抗？我说退回去，就退回去！”母亲低着头，还是一声不吭，她也没有听从徐家阿姨的命令，只是默默地站在一边。徐家阿姨气歪了脸，她竟然用那条长棍戳母亲的太阳穴：“还要我再讲一遍是吧？那我就再讲一遍，全部退回去，重做！”

周家伯伯站出来了，他将竹牌子退给了徐家阿姨，冷冷地说道：“徐家阿姨，我们和小新妈妈一家是一起合作的，他们不合格，那我们的肯定也不合格了，我们也退回去重做吧。只是，今天你这里的任务是没办法完成了，因为好几户人家都不合格，我们一共是四户人家一起合作的。”周家伯伯说完，意味深长地看了徐家阿姨一眼。徐家阿姨的脸涨得通红，周家伯伯拿住了她的软肋，她还得向街道汇报她的战果呢，她管辖的属下完不成制作砖坯的任务，她这个指挥官就当不成了。徐家阿姨左顾右盼，希望有人能站出来帮她一把。没有人出来帮徐家阿姨说话，却有人将手里的竹牌子还给徐家阿姨，说："小新妈妈家做的不合格，那我家肯定也不合格，我们是一起合作的。"徐家阿姨就像一只泄了气的皮球，狠狠地瞪了母亲一眼，悻悻地将一块竹牌子扔给了母亲。

为了防止徐家阿姨再度打击报复，周家伯伯和弄堂里的另外两家邻居联合起来，将四户人家完成的砖坯合在一起由周家伯伯出面送给徐家阿姨验收，我们家在周家伯伯的帮助下，逃过了一场灾难。多少年以后，周家伯伯病重，母亲怀着感恩之心一次又一次地去看望周家伯伯，还一次又一次地烧了许多菜送给周家伯伯。母亲常说："人要学会感恩，我们家在最艰难的时候，是周家伯伯出面帮助了我们。"现在想来，感恩就是一种生活的态度，常怀感恩之心，知恩图报，无愧于心，你就能潇洒坦然地在人世间走一回。

时间熬到了1969年岁末，一张用大红纸抄写的平反公告张贴在我家楼下的大门口，母亲的脸上涌现出难得的笑容。周围的很多邻居都来和母亲打招呼，母亲含笑一一致谢。徐家阿姨的威势也开始走下坡路，她的丈夫似乎昔日风光不再。我家平反的那天，徐家阿姨脸上讪讪的，她很是尴尬地对母亲说了几句表示祝贺的话。母亲朝徐家阿姨报之以微笑，说道："谢谢徐敏妈妈。"母亲没有对徐家阿姨说一句言语很重、很不客气的话。为此，我也怨怼母亲何必仇将恩报。母亲淡淡一笑,回复于我："得饶人处且饶人，与人为善最重要。"这就是我的母亲，以德报怨，与人为善是她的秉性。

我家平反后，母亲似乎有很多事情要做。她想了想，决定先做两件事情。她买了很多礼品带着我去不远处那栋过街楼的角落寻找那位拾荒的老人，母亲拉着我的手让我向老人鞠躬，感谢他在我家最艰难的时候给予的相助。老人哆嗦着嘴，说道："你是好人,好人有好报。"我和母亲与老人告别时,老人冲着我们的背影喊了一声:"好人哪！"那一刻，我和母亲转身，看着老爷爷，眼泪扑簌簌地掉下来了，我又看到了长长的弄堂，老人默默扫雪的那幅画面。

母亲做的第二件事情，就是带着我们全家，到周家伯伯和王家姆妈的家里拜访，感谢他们在特别的岁月里送来的温暖。我们全家和王家姆妈的家人都聚集在周家伯伯的家里，尽情地诉说着当年那些令人感慨的往事，身心得到了释放。周家伯伯那天也特别开心，他和他的儿子还有我和王家姆妈的女儿等人即兴组成了一支小乐队，演奏一曲江南丝竹《欢乐颂》，周家伯伯说要将这曲《欢乐颂》送给我们家。我曾经跟着周家伯伯学吹笛子，王家姆妈的女儿跟着周家伯伯学拉二胡。母亲提议，那就把徐红也叫上吧，她是弹琵琶的。周家伯伯稍稍一愣，很快就点头同意，他对母亲说："小新妈妈，你是好人。"那天晚上，悠扬的江南丝竹《欢乐颂》将邻里间的和谐气氛推向了高潮。

如果说母亲对楼下的徐家阿姨一点儿怨恨都没有，那是不可能的。人世间，每一个人的每一颗心灵的深处其实都有其独有的痛苦隐藏着，然而大多数人都会选择隐忍，因为痛苦也是一种隐私。再往纵深理解，痛苦正是造物主对人类最隐匿的一种恩赐，它的到来，有时候是对即将迎来的幸福的提醒和暗示，告诉你这是黎明前的黑暗，若能承受痛苦坚持等待，痛苦往往会化为幸福。窃以为有的时候痛苦的到来，正是对即将出现的光明的一种暗示，痛苦是智慧的第一抹曙光，你若能承受痛苦，坚信阳光总在风雨后，你担当的横空出世的重任就将成为现实。

我的母亲并没有这么伟大，她只明白一条最简单的做人道理，在生活中人心向善要比人心向恶活得轻松愉快，人心向善会在你的生活中打开一扇面向幸福的窗户，通过窗户你的视野会呈现无限的美景。决定你视野所看到的景象不是眼睛而是内心，我们所看到的世界，只是我们的内心"选择"看到的样子，这种"选择"往往都是不易察觉的。当你的内心充满某种情绪时，心里就会带有强烈的个人偏好暗示，继而会导致主体从客体中去佐证。母亲选择了与人为善，快乐相随，她看到了世间美好的景色。尽管昨天曾让母亲饱受欺凌，痛不欲生，她仍然选择人心向善的生活宗旨。

《论语》中有言："夫子之道，忠恕而已矣。"恕，就是宽容，就是为人处世的修养和智慧。我至今仍然固执地认为我们这个家庭曾经经历的昨天不能因为母亲的宽容和善良而化为一缕青烟消失，往事不能如烟。我认为人最智慧的处世方式是珍爱自己，守住自己的精神园地，保持自己的个性尊严，使自己成为一个最好的自己。"善"，也有制高点，也有底线。母亲的善良实在是太没有原则，没有底线，昨天不能往事如烟。我们经历的那个"昨天"如果加入了今日的思考，那以往的昨天绝对应该铭刻在华夏民族的心头，变成沉甸甸的如铅一般沉重的记忆进入历史，这记忆是华夏民族永远的痛。历史不能被遗忘。我们的母亲善良，我们的母亲宽容，但是千万不要辜负母亲的善良，只有与昨天彻底断绝，才能迎接真正的社会文明。

又过了一段时间，弄堂里的邻居传说徐家叔叔是坏头头的消息得到了实锤，徐家叔叔被抓进去了。徐家阿姨往日的神气活现一扫而光，低着头贴着弄堂的墙根走路，灰溜溜的。地位一落千丈的徐家阿姨，郁郁寡欢大病一场。徐家阿姨患病住院，左邻右舍前去探望的寥寥无几，母亲却买了水果去看望她。我对我的母亲真是哀其不幸，怒其不争。母亲的理由却很简单："楼上楼下，抬头不见低头见，尽尽心吧。"历史让母亲和徐家阿姨成了楼上楼下的邻居，面对母亲的所为，我也只能无语。我一直阻止母亲对徐家阿姨一家释放的善意，坚决反对母亲到医院去看望徐家阿姨。母亲却淡淡地说道："楼下的邻居住院了，当然要去看望的。"雨果的小说《悲惨世界》中有一段名言：释放无限光明的是人心，制造无边黑暗的也是人心，光明和黑暗交织着、厮杀着，这就是我们为之眷念而又万般无奈的人世间。

时间尘土在记忆的仓库积满，却没有使得有些往事变得遥远。那些不堪回首的往事纵然已经被雨打风吹去，但我还是固执地认为，那些以为时间能够淡化和洗刷罪恶的人，本身就是罪恶的一部分。光阴不会疗伤，往事不可遗忘。面对徐家阿姨的阿谀奉承我的眼睛里就会喷火，她变脸般的模样只能激起我更加愤怒，我的心情就像我后来读到的林肯说的那句话：鞭下流出的每一滴血，都要用剑下流出的每一滴血来偿还。

徐家阿姨出院后做的第一件事情就是带着徐敏和徐红到我家来表示感谢，她还买了很多的水果和糕点。徐家阿姨泪水涟涟，她说她万万没料到我母亲会去看她，她握着我母亲的手，带着悔意对母亲说："谢谢小新妈妈，你是好人，你一定会长命百岁。"徐家阿姨这句话让我怨恨她的那颗心多少有些释怀，然而我脸上淡淡的，我早就知道我的母亲会长命百岁的，无须你惺惺作态。

胡适在他的晚年曾说过一句话："宽容比自由更重要，宽容是一切自由的根本。没有宽容，就没有自由。"我的母亲是一个极其平凡的家庭妇女，她的文化程度不是很高，但她身上所具备的宽容美德就如胡适所说的那样，母亲一生都在践行着这种高尚的宽容理念。母亲的宽容感动了徐家阿姨，她出院后破例做了三件事情。第一件事情是将楼下灶披间的公用部位主动缩回去了一部分，这部分空间原来是我家使用的，后来就被徐家阿姨强行侵占。徐家阿姨主动上楼，拉着母亲赔礼道歉，让母亲赶紧将这方空间使用起来。母亲也愉快地答应："谢谢徐敏妈妈，那我就将这个菜厨仍然搬回楼下。"母亲指了指之前被搬到楼上房间里的菜厨。徐家阿姨连连点头，还赶紧叫她的儿子徐敏上来，配合我和小新弟弟一起搬菜厨。徐家阿姨做的第二件事情是在小新弟弟又一个生日来到的那一天，亲自做了一个红烧蹄髈送上楼，真诚地祝小新弟弟生日快乐。母亲也不客气，笑着收下，感谢徐家阿姨的一份真情。我愤愤不平地看着走下楼梯的徐家阿姨和母亲赌气，说道："黄鼠狼给鸡拜年，这个蹄髈不要，我退回去。"母亲拦住了我，批评道："你这不是打人家的脸？人家是真心实意的。"母亲摩挲我的头发，慢慢劝导，"冤冤相报，人会活得很累。"徐家阿姨做的第三件事情是破例到房管所为我们家申请朱家阿婆搬走后还空关着的那间亭子间，据说她往房管所跑了许多次，帮我们说了很多很多的理由，当然我的父母亲也在积极争取。这件亭子间不出意外，不是分配给楼下就是分配给我家，房管所看到我们楼上楼下两户人家达成了共识，就将这间亭子间分配给了我家，那是我们全家最高兴的事。

我这才明白母亲的做法还是正确的，母亲的大度换得左邻右舍对她更加尊重。冤冤相报何时了，对手已经不是对手的时候，还把他当作敌人加以报复，似乎把对方逼入死路才能享受阵阵快感是大可不必的。日常生活不同于政治生活，日常生活就是日复一日地快快活活地过日子。母亲谆谆告诫我们兄妹仨："做事情不妨放对方一条生路，将来说不定你的救命恩人就会是他（她）呢。"母亲没有受过高等教育，说的都是大白话，但同样蕴含着深刻的人生哲思。胡适先生曾经说过一句话："如果我拥有了一丝一毫的好脾气，如果我能体谅和宽恕别人，我都要感谢我的母亲。我自认为我也是一个宽容豁达之人，也许这和母亲的言传身教有关。"我常常在想，我的与人为善、与世无争的性格也应该是受到了母亲的影响。我想起母亲在世时经常和我说起这么一句话："人家敬我们一尺，我们要敬人家一丈。"朴素无华的言语闪耀着人性的光辉。

母亲过五十大寿的时候，我已经从农场返回上海读书。母亲的五十大寿很热闹，徐家阿姨还特地送给母亲一件真丝衬衣，真诚祝愿母亲健康长寿，徐家阿姨发自肺腑的声音："小新妈妈，你为人善良，一定会长命百岁的。"我接过徐家阿姨的话头，骄傲地说道："那当然，我在 7 岁的时候就知道我妈一定会长命百岁的。"母亲惊讶地望着我，她有点儿云里雾里。我笑着在母亲 50 岁生日的寿辰上揭开了这个封存在我心底这么多年的谜底。我问母亲："妈，可还记得，在一个夜深人静的时候，你床头柜的一个小方凳被我踢倒了，你和爸爸惊醒后，怀疑我偷你放在小布袋里的钱。"母亲点点头，她疑疑惑惑地听着我说下去。我终于不再守着这个秘密，这个秘密其实是孩子的一种良好心愿而已，便将这个秘密一五一十地说了出来，我高兴地抱住母亲："我现在说出了这个秘密，是因为您完全可以长命百岁。"母亲的眼睛里注

作者在母亲五十岁时与母亲的合影

满了泪水，她拍打着我宽厚的肩膀，连连说道："傻儿子，真傻，妈冤枉你了。"父亲也呵呵笑着："难为孩子的一片孝心，祝你长命百岁。"

母亲含笑接受着我们给予她的祝福，她吩咐我们兄弟俩给弄堂里的诸多邻居每人送上一碗大排面，那是父亲亲手做的手擀面。邻居纷纷前来祝福母亲生日快乐，所有的亲朋好友都坚定不移地相信母亲会长命百岁，好人会有好报。母亲颔首接受大家的祝福，她翻来覆去就是一句话："活着就要开心，大家互帮互助，开开心心地过日子，多好。"话虽简朴，但这是发自母亲肺腑的心声，她半个世纪的人生就是这么走过来的，无论世事如何变化，母亲得之淡然、失之泰然，宠辱不惊地生活在这个世界上，这才是人生的最高境界。

母亲，如此豁达明理的母亲，你一定会成为老寿星的。谁料到老天竟不假寿母亲，上苍和我们开了一个巨大的玩笑，只给了母亲百岁生命的一半出头，还有40多年的生命被老天无情地褫夺而去。纵然明白年幼时天真荒诞的行为并不能为母亲增

寿，但母亲温良恭俭让的性格无疑是长寿的保证。母亲，你怎么也会过早地抛下我和小新弟弟迫不及待地去寻找小莲妹妹和父亲？

母亲患上了不治之症，癌症之王向母亲袭来，仅仅半年的时间，母亲消瘦得几乎脱了人形。有朋友为我介绍了岳阳医院一位著名的老中医，称他的岐黄医术治疗肝癌有明显的效果。我陪着母亲到位于青海路上的岳阳医院问诊这位老中医，他让母亲张口，看了一下母亲的舌苔，摇了摇头，为母亲开了药方。我陪着母亲走出门诊室后，又让母亲在外面等我一会儿，然后跑到老中医身边询问母亲的病情。老中医说了一句，舌苔光滑，没救了。我摇摇晃晃，顿觉天旋地转，母亲的生命进入了倒计时。

我搀扶着母亲，陪着她慢慢地从青海路走到南京西路。我和母亲在熙熙攘攘的人群中慢慢地走着，一如母亲当初陪着父亲从仁济医院出来行走在福州路的情景。一路之上，母亲一句话也没有问我，她稍稍依偎着她的儿子，随着她的儿子行走在南京西路，母子俩就像散步一样，母亲的脸上还挂着一层薄薄的微笑。我脸上也堆出了笑容，竭力展现出让母亲感觉我的心情很轻松的表情。母亲对我说："好久没有来南京路，真热闹，我们再走走吧。"我赶紧附和母亲，说："天气这么好，我们走走逛逛。"母子俩沿着南京西路慢慢地行走，一道道街景从眼前晃过，母亲贪婪地看着，还不断地对自己说："多看看，多看看。"听着母亲自言自语的絮絮叨叨，我心里万般难受。我小心翼翼地搀扶着母亲，脸上还堆满了笑，装着不经意的样子和母亲说道："下次我和小新弟弟再陪着妈来南京路，我们去外滩看看。"母亲稍稍怔忡，她的眼神顿时黯然。

母子俩走着走着，竟然忘记了回家的路，我们一路走到了南京西路上的黄家沙点心店，母亲用眼角瞥了一眼店堂，脚步停了下来，母亲一定是想起了她陪着父亲在杏花楼吃面条的情景。母亲小心翼翼地向我征询："我们也去吃一碗面吧。"我连忙点头，搀扶着母亲走进了黄家沙点心店，母亲不假思索地吩咐："我们就吃鳝糊面。"我心头大恸，点着头说："好，好。"一个转身，泪水就喷出来了。这历史刚翻去没多久，却又重合了，只是这次是我陪着母亲。

服务员送来了鳝糊面，母亲没有动筷子，默默地低头看着，她在用自己的心阅读这碗热气腾腾的面条。我一声不响地坐着母亲的身边，母亲她心如明镜，我看到母亲眼睛里渗出的泪珠掉在了碗里。服务员正好又走过身边，好心好意地提醒我们：

"再不吃，面就要糊啦。"母亲抬头看着服务员，略带歉意地回答："谢谢。"母亲低头喝了一口汤，她将碗推给了我："你吃吧，我在门口坐坐。"我放下碗，追母亲而去，我看到母亲她拿着手帕捂住了自己的脸。

我和小新弟弟执着地为延缓母亲的生命到处寻医问药。闻听得用癞蛤蟆的皮覆盖在肝区可以明显地缓解疼痛，小新弟弟每天都到荒郊野外去抓癞蛤蟆，夜深人静的时候，小新弟弟服侍母亲躺下，他将剥好的新鲜的癞蛤蟆皮贴在母亲的肝部，谁又知道这偏方是否有效，母亲却一迭声地说道："舒服多了，真舒服。"有邻居打探到一个秘方，说用浸泡一周的香樟木刨花水擦拭肝部，也会缓解疼痛，住在 16 号的邻居特地将浸泡一周的香樟木刨花水给母亲送来。还有邻居将伴着葱油的乌笋送到我家，说是清凉的，吃了有好处。楼下的徐家阿姨还买了甲鱼，清蒸后送到了母亲的床头。我家住在 12 号，每天都有邻居聚集在我家楼下的灶披间关心着母亲病情的发展。

母亲逐渐病入膏肓，在生命的最后一段时间，母亲执意要守在家里，我和小新弟弟轮流陪伴在母亲的床头。我最后一次和母亲的见面是从学校赶回家陪伴母亲。那一天，母亲的精气神似乎特别好，她拉着我的手絮絮叨叨说了很多话。小新弟弟催促我该回学校了，他让我明天早点过来陪伴母亲。依依不舍惜别母亲的时候，母亲让我在她的床头再坐片刻。母亲从枕头下面取出一个小布兜，二十多年过去了，竟然又看到了这个小布兜，曾经有过我童年故事的小布兜。母亲从布兜里取出两张 50 元的人民币塞在我的手心里，她知道我一直想买一部《辞海》。母亲殷殷叮嘱："多余的钱你还可以买一件衬衫，买好一点的。"我热泪盈眶，紧紧地捏着这两张 50 元的人民币，我的嘴唇抖动着，说不出一句话。母亲看着我，她的脸上仍然挂着很薄的一层笑，那笑像是在眉心，又像是在嘴角。

遵照母亲的嘱咐，第二天中午休息的时候，我骑车上街，用这 100 元人民币买了一部上下两册的《辞海》，还买了一件长袖衬衫。我想着晚上陪伴母亲的时候我就穿着这件衬衫，捧着这部《辞海》让母亲心满意足地欣赏一番。谁知道，一会儿小新弟弟就打来了电话，说母亲她走了。我呆呆地看着刚买的《辞海》和衬衫，我的眼泪扑簌簌地往下掉。《辞海》，是精神用品；衬衫，是物质用品，这是母亲弥留人世的最后时刻，在精神和物质上对儿子的最后一次关心。我穿上新买的衬衫，捧着刚买的《辞海》，去向母亲告别。一路上，我不停地说着一句话："妈，等等我，我来了。"

母亲中止了在人世间继续行走的脚步。送别母亲的时候，我半跪在母亲的面前失声痛哭，母亲却再也听不见。老舍先生说："人，即使活到八九十岁，有母亲，便可以多少还有点孩子气。失了慈母，便像花插在瓶子里，虽然还有色有香，却失去了根。"母亲走了，母亲扯着的那根放飞风筝的线也断了，我飘向何方，母亲再也不会牵肠挂肚了。母亲尚在，我终究是年轻的，我在母亲的眼里永远是她要保护的孩子。我趴在母亲的身旁，我的脸贴着母亲冰凉的脸，我的泪水滴落在母亲的额头。有人拉住我，让我千万别将泪水滴落在母亲的身上，说不能让我的母亲带着我悲伤的泪水走向天堂，我机械地顺从。看着母亲的灵床被殡仪馆的工作人员拉走，泪眼婆娑的我冲着母亲远行的方向最后一次哭喊："妈，你走好啊！"

母亲走了，我和小新弟弟的哭喊母亲再也听不见。余光中先生在《今生今世》中说："我最忘情的哭声有两次，一次在我的生命的开始，一次在你生命的告终。第一次我不会记得，是听你说的；第二次你不会晓得，我说也没用。"母亲，你走了，你抛下我和小新弟弟远行，去和父亲还有小莲妹妹在另一个地方团聚去了，我还在人世间踽踽前行，我正在慢慢地走向你们，虽然距离还很遥远。其实这世界上最遥远的距离，就是生与死的距离，因为它们之间永远没有交点，没有尽头。母亲，我还能思念你，却永远见不到你了。

时光流逝得真快，我的母亲走了也有 35 年了。几十年的岁月流逝，我的衬衣换了又换，应该也有好几十件了吧，唯独这件衬衫我还精心保存着。书橱里的书日积月累增添了好多，也清除了一部分藏书，新出版的《辞海》更全面，我依然珍藏着这部棕色封面上下两册的《辞海》，我仍然习惯于用这部三十多年前买的《辞海》查阅相关汉字。这件衬衫，这部《辞海》，有我的母亲的气息。我精心保护着母亲给我买的衬衫，给我买的《辞海》，我在想，总有穿着这件衬衫在母亲面前翻阅《辞海》的那一天。

母亲走了，在没有母亲的日子里，我走着走着，走过了青年，走过了中年，走进了老年。走着走着，觉得自己的心越来越宽，越来越能够理解母亲的包容和善良；走着走着，一路之上会扔掉许多的包袱，包袱里装着昔日引以为自豪的荣誉；走着走着，一路之上会自然而然伸手相助很多自己能够帮助的人；走着走着，一路之上步履轻松，笑看风云，宠辱不惊。我一直走到了老年，才觉得像极了自己的母亲，与人为善最终就是与己为善，大道至简。抬头一看，遥远的天边那颗闪闪发亮的星星在照耀着我前进，那颗星星一定是母亲的化身。

十年生死两茫茫，不思量，自难忘。和母亲天人永隔十年十年又十年，如今进入了第四个十年，对母亲的思念随着年岁的增长越发强烈。日子在岁月的年轮中渐次厚重，那些曾经天真的、跃动的抑或受折磨的、被摧残的沉思的灵魂在繁华和喧嚣中被刻上深深浅浅、或浓或淡的印痕，很欣赏一句话：生命，是一场虚妄；生命，是一场旅行，旅程的长短取决于命运的安排。

又一个母亲节来到了，一个人端坐在书房，静静地回忆母亲生平的点点滴滴。一种润泽我生命的韵味在书房里缓缓地弥散，那是我母亲的气息、母亲的味道，就像窗外投来的一缕阳光暖暖照在我的心头。室外，春和景明，一派生机勃勃；室内，书香裹挟茶香，满屋氤氲。我在这个孤独、悲伤的日子里，悄悄地念一念母亲的名字，并且说：母亲，我在思念你，在世间，你活在我一个人的心里。这是普希金的诗，只是稍稍做了些人称转换的调整。我在母亲节的这一天，借用普希金的诗纪念我的母亲，我关上房门放声朗读，只有一个听众，那是天上的母亲。我看到了母亲的身影，我想抓住母亲的手，却总也抓不住。

我突然想起了我对母亲的承诺，母亲节的这一天，我要和母亲一起吃糍饭糕。但在今年这个不同寻常的春天，因为疫情，我们暂时居家不能外出。于是我走进厨房，用大米饭捏成两块糍饭糕，然后放在油锅里炸。一会儿，我亲手做的两块糍饭糕装在了盘子里，热腾腾、香喷喷的。我又换上了那件衬衫，从书橱里取出一部上下两册的《辞海》，放在我的写字桌上。打开棕色的封面，我翻到了有母亲词条解释的那一页，仰望着天空对母亲说："妈，今年的糍饭糕是我亲手做的，依然是你一块，我一块。妈，你在天上，我在人间，我们一同品尝。"我看见了母亲的微笑，看到母亲正在向我招手，我双手捧着糍饭糕赶紧递给母亲，对母亲说，"妈，你赶快闻一闻，这刚油炸出锅的糍饭糕，香着哩。妈，你赶紧吃一口啊，这糍饭糕是要趁热吃的。"

母亲，明年的母亲节，我会上街买两块糍饭糕，依然是你一块，我一块。我必须恪守，始终不渝。直到我来找你，那才会画上一个句号。

苏州园林父母情

1983 年国庆节过去三周，父亲趁母亲不在家的时候，神神秘秘地说有一件重要的事情必须和我们兄弟俩商量。父亲掩好房门，扯了扯衣襟，端坐在一张靠背藤椅上，神色庄重。他很郑重地向两个儿子招手，示意我和小新弟弟围在他的身边。我们兄弟俩一左一右半蹲在父亲的身边，心生疑窦，拿不准父亲要和我们商量什么大事，从来没有见到过父亲如此正襟危坐的模样。

望着父亲日渐消瘦的脸庞，我和小新弟弟的心情有些不安。我们多次劝父亲去医院检查，父亲总是答应着却又拖延着，他说他不会有什么大病，等到他将手头的一些事情处理完毕后，就会去医院好好检查。我暗暗揣摩父亲究竟要和我们商量什么事情。猜了半晌，也想不出所以然。我和小新弟弟偷偷交换眼神，小新弟弟也是一脸茫然。父亲干咳了几声，小新弟弟赶紧端了一杯温水递给父亲。父亲喝了一口水后，缓缓地开口，他说再过几天就是我们母亲 53 岁的生日，母亲辛劳了大半辈子，现在退休了，可两个儿子却从来没有带她走出上海到外面去看看。父亲说，是否在你们母亲生日的那天陪同她到苏州园林游览，那里曾经有过你们母亲年轻时候的梦。

我和小新弟弟不假思索，都认为父亲的建议太好了，举双手赞成。小新弟弟试探着问父亲，母亲年轻的时候在苏州园林有过什么梦？父亲稍稍怔忡，脸部的表情有些凝重，他张了张嘴，欲言又止，这些年来所遭遇的坎坷使得父亲早就把自己的生活调整为静音,沉默寡言成为他人生的准则。避开小新弟弟的眼光,父亲默默地站起身走到窗前,凝视窗外的一片风景。也许小新弟弟的贸然发问触动了父亲柔弱的心弦,我们听得父亲长长地嘘了一口气之后就陷入了沉思。他的表情有些肃穆,像是在回忆久远年代的事情。过了好一会儿,父亲才伸出右手,他轻轻地抚摸着小新弟弟的头,神情有些缓和,但依旧一言不语,目光仍然投向窗外。映入父亲眼帘的是一树盛开着粉红色花朵的夹竹桃,风过处,几朵花儿飘零落地。随之,父亲的一声长叹送入他的两个儿子的耳膜,那真的是一声万般无奈的叹息。

半晌,父亲又回坐靠背藤椅,端着茶杯喝了几口水,清癯的脸庞挂着几丝淡淡的笑,凹陷的眼睛里注满了难以名状的光泽。我稍稍能读懂一些父亲脸上呈现出的那种令小新弟弟费解的表情。我生于 1954 年,长小新弟弟 4 岁,对于父亲沉默寡言的性格我的解读要比小新弟弟深刻。光阴荏苒,经历过这么多的事情,父亲早就无力反抗,只能用缄默来保持自己最后的一份尊严。我知道父亲的内心其实储存着很多很多的话语,真的是有不少话想要说,可话涌到了喉咙口却又咽了下去,一个人将难言之隐积郁在心这么多年应该是很痛苦的。

我的父亲和母亲都是很平凡的人,他们的一生都很卑微。社会的阶层是立体的,分等级的,高贵者有高贵者的生活方式,然而卑微者也有卑微者的生存模式。数十年来,父亲从风浪中一路走来,看到了那么多的事,看清了那么多的人,面对这样的世相,于忠厚老实的父亲而言,也许就该选择闭口不言或少说为妙的生存方式,我懂父亲。我的父亲,他在生活中,明明被错怪了,被冤屈了,既然反驳无用,那就不再去解释。为了保全这个家庭的完整,父亲只能选择屈辱地生活,这是一种无奈,也是一种无能。"吃亏养德,忍耐养性",我年过半百后才彻悟父亲在世时的谆谆教导。

我们家窗外最美的风景就是有一株开满花儿的夹竹桃。10 月,满树的夹竹桃花正绽放着它最后一波的艳丽,墨绿色的枝叶间缀满了粉红色的花朵,成百上千朵花儿在秋风中摇曳生姿,在父亲的眼前晃动。满树的夹竹桃花让坐在藤椅里的父亲感慨顿生,他竟然对着粉红色的夹竹桃花舒展了眉头,眼角和嘴角逐渐漾起了笑意。我想,我的父亲一定是看到了什么,又想起了什么。父亲盯着夹竹桃足足半晌后才回过神,他在自言自语:"也许你们到了苏州后,你们的母亲会告诉你们一些事情的。"小新弟弟并不清楚父亲微妙情感的变化,趁势向父亲提议,那何不一家四口一起去苏州？其实我也是这么想的，自从小莲妹妹离开了我们之后，举家从来没有出游过，一家四口甚至连电影都没有去看过。当然成年后的我们两兄弟，有自己的生活圈和朋友圈，平时很难想起陪着自己的父母亲出去走走逛逛，幸好我们的父母亲也从来不介意。

父亲的双唇翕动了几次，他很想努力地回答小新弟弟的提议，最终还是选择一声不吭。父亲伸出他的左手轻轻地拍打我的肩，又伸出右手摩挲小新弟弟的头，也许父亲是怕我们兄弟俩会一而再、再而三地打破砂锅问到底，所以才用他的肢体语言来作为他的一种回复。我们看到父亲的眸底染上了黯淡，我们听到他在反复喃喃："不必，不必。"父亲来回摇头，稀疏的花白头发在我们的眼前晃动，像极了萧瑟秋风中一朵凋零的白色菊花。父亲最终还是为自己为什么不和我们同行苏州做出了他的解释："我实在是请不出假，最近单位很忙，你们兄弟俩好好地陪陪你妈就可以了。"父亲再三叮咛我们要好好地陪伴母亲在苏州休闲散心，让她过一个开心的53岁的生日，回来后，在母亲正式生日的那一天，我们全家再为母亲设宴祝寿。

我和小新弟弟也不再勉强父亲，都说听从父亲的安排。其实我们的父亲也退休了，他完全可以和我们一起同游苏州。但父亲他退而不休，刚办理了退休手续马上就受聘到另外一家单位继续工作。这家单位的工作确实也很忙，父亲有时候还要加班加点。父亲总是说，他要多积攒一些钱，两个儿子的终身大事是需要花不少钱的。我已经29岁了，个人的终身大事一直是父母亲的心病。

纵然心里不太赞成，我们也无法阻拦父亲做出这样的决定。父亲到新单位工作也有很长时间了，整天忙忙碌碌的。他说，他的目标是要赚到3000元才彻底退休。或许是为了早点实现这个3000元的目标，父亲非常乐意加班。近阶段，我们发现父亲的身体状况有些不尽如人意，总觉得他整个人的精神面貌显得很疲惫，食欲也不太好，想来父亲是太辛苦了。我们一直劝他不要太劳累，父亲总是笑着听听，然后摆摆手说没啥大事。于父亲而言，让他走走逛逛苏州园林，我认为他的精气神是完全可以的，父亲一再推却，该有他自己的道理。我的平时里沉默寡言的父亲，骨子里其实执拗得很，凡他做出的决定，我们就很难让他改变主张，所以，做儿子的也只能顺着他的意愿。

两个儿子都顺了父亲的意愿，父亲很开心。他微笑着殷殷嘱咐我们明天清晨出发，到苏州后先直接去虎丘，下午去留园和拙政园，晚餐可放在观前街的松鹤楼，那里有母亲喜欢吃的几个菜，父亲一一报出菜名要求我们到了松鹤楼务必点上这几个菜。父亲喝了口水润润嗓子又开始唠唠叨叨，他嘱咐我们在第二天一早要先到木渎，在古镇吃一碗浇头面后再游览灵岩山和天平山，下午 4 点多钟直接坐火车回上海。晚上，父亲会在家里设宴为我们接风，一起庆祝母亲 53 岁的生日。

父亲心里头早就有准备，随之从口袋里掏出三张从上海到苏州的火车票，朝着我俩快活地笑着，感谢他的两个儿子帮助他圆了妻子旅游苏州的梦。父亲还硬塞给我们 100 元人民币，我和小新弟弟都推辞不要，陪同母亲去苏州游玩两天，兄弟俩完全有能力承担这些费用。那个时间段，我们家的经济条件算是最好的，一家四口都有收入。因着父亲的固执己见，这 100 元人民币我们只得接受。

父亲赶在母亲回家之前，借故出门，说要给我们买一些路上吃的点心。母亲在外办完事回来了，刚跨入家门，小新弟弟就迫不及待地告知母亲，她的两个儿子要陪同她去苏州旅游，母亲禁不住有些喜出望外。母亲生于 1930 年 10 月 28 日，1983 年 10 月 28 日是她 53 岁的生日。听得这次出游是父亲的主意，母亲的脸色有些变化，适才洋溢在脸上的那份欣喜瞬间就消失。小新弟弟还在缠着母亲不厌其烦地告知，说父亲还指定了到苏州后必须游览哪几个景点、到哪里吃饭、要吃什么菜……"真想不到爸爸的心这么细。"小新弟弟啧啧称赞道。母亲闻言，眼圈红红的，抑制不住的眼泪扑簌簌地掉下来了，引起我和小新弟弟的满脸怔忡。母亲背转身，用手帕擦拭眼角，又回头望着她的两个儿子，嘴唇嚅动了几下，终于什么话也没有说，扭转头就望着窗外，眼睛也紧紧地盯着窗外的那株夹竹桃。粉红色的花朵盛开好几个月了，挂在深绿枝叶间的夹竹桃花就像一片晚霞浮现在我家的窗口。

突然之间，我觉得这花儿好眼熟啊，可以肯定，我曾经在家里的某个地方看到过一朵枯萎的粉红色的夹竹桃花儿，这朵隐匿在我家私密处的夹竹桃花和窗外那片坠落在大树下的凋零的夹竹桃花是一个模样。我想，我家那朵藏着夹竹桃花的盲盒里一定有故事，故事的主角无非是我的父亲和母亲。我将眼神移向母亲，看到母亲依然紧盯着窗外的那片夹竹桃花，眼角的鱼尾纹慢慢地聚拢，眉眼染上一片说不清道不明的光晕，母亲似乎沉浸在一段往事的回忆之中。

年复一年，夹竹桃花开了又谢，谢了又开。想起来了，每年的深秋时节，夹竹桃花留下最后一波绚烂的日子里，母亲和父亲总会有那么几个时间的片段，站在窗前无声地欣赏着满树的花儿。不经意间串联起来的碎片式回忆让我顿时萌生打开那个藏着夹竹桃花的盲盒窥探其中究竟的想法，我看着我的母亲，她的目光依然停留在窗外，神情颇有些庄严。过了好几分钟，母亲才回过神，脸上堆着挤出来的笑容和我们兄弟俩讪讪说道："难为你们的父亲了。"母亲开始絮絮叨叨地说着父亲的点点滴滴，说着说着，就动了感情，一层湿雾慢慢地蒙上了母亲的眼睛，她掏出一方手帕默默地擦拭眼角。我更加肯定窗外的那株夹竹桃隐藏着父母亲的某个秘密，而且苏州园林也肯定隐藏着一段不为我们所知的父母亲的故事。

小新弟弟有些傻傻的，他陪伴着母亲站在窗前，风儿吹乱了母亲的头发，小新弟弟捋了捋母亲额前的碎发，冷不防地冲着母亲说道："妈，我觉得窗外的那株夹竹桃好像和我们家很有缘分。"母亲稍稍愣怔，整个人稍稍晃动了一下，她马上收回停留在窗外夹竹桃花的目光，冲着小新弟弟摇头，矢口否认道："哪里的事？"母亲推开小新弟弟，转过身子，抓起搁置在餐桌上的围裙系上，"我下楼烧晚饭去了。"母亲边说边打开房门，迎面碰到回家的父亲。父亲手里捧着大包小包的，满脸快活地对母亲说道："这是给你们准备的。"母亲看了父亲一眼，竟然流露出一丝羞涩，她连续"嗯"了几声，低着头噔噔下楼，一连串的脚步声留给两个心头仍然带着疑惑的儿子。

父亲朝我努努嘴，示意我下楼帮母亲一把。楼下灶披间里，母亲正忙着炒菜，炒锅在炉子上嗞嗞作响，油烟中飘出一股菜肴的香味。母亲用锅铲挑起一点儿锅中的韭黄炒鸡蛋，让我尝尝咸淡。我嘴里含着母亲亲手做的这道韭黄炒鸡蛋，吃了几十年了，味道闭着眼睛都知道，我还是故意砸巴着嘴巴说真好吃。母亲也笑着说："这是你爸的最爱，还有那道响油鳝糊他也喜欢吃。"母亲将锅中的韭黄炒鸡蛋装盘后递给我，"你将这盘菜端上楼，我这就下油锅做响油鳝糊。"我这才明白，刚才母亲出门是去菜市场买鳝丝去了，今天的菜谱里原来是没有这道菜的。我觉得我的父母亲今天都有些奇怪，一个突然想起来要做一道响油鳝糊改善家里的伙食，还叨叨地说着这是他的最爱；一个突然提出来让两个儿子陪伴自己的母亲去苏州园林游玩，用以了却他的一个心愿。莫非冥冥之中，父亲和母亲有什么心灵感应？

不过年不过节的，母亲却张罗了一桌丰盛的菜肴，除了韭黄炒鸡蛋和响油鳝糊这两道菜之外，还有茭白炒肉丝、霉干菜烧肉、葱烤鲫鱼和一盘炒青菜，最后是番茄蛋花汤，上面漂着碧绿的小葱，红黄绿相间，食欲马上被吊起来了。我们一家四口，各据八仙桌的一方，小新弟弟破例取出了两罐青岛啤酒，四个杯子里都斟上了橙黄色的玉液，父亲有意无意地举着酒杯放在鼻翼嗅了嗅，好似闻到了啤酒花的醇香，他眉头舒展，眼角堆起了笑意："我心里头真开心。"母亲打趣道："真像个老小孩呢！"热气腾腾的餐桌，一家人团团圆圆，推杯换盏。父亲饮了一口啤酒，有感而发："一家人团聚在饭桌，那是最幸福的。"父亲所言甚是，我们中国人的饭桌上除了舌尖上的美味，还有味觉里的彼此守候。一个家庭在最美好的时刻讲述着最美好的故事，那些最美好的故事会永远藏在每一个人的心中。

父亲忽然又想起了什么，吩咐小新弟弟再取过一个酒杯。父亲将自己杯中的啤酒往空酒杯里倒了一些，左右手分别举起两个酒杯，父亲说："孩子，我们也来干杯。"两个杯子互相碰杯，父亲这是在和早逝的小莲妹妹碰杯。母亲上前夺过酒杯："你这是干吗呢？开开心心的，偏要弄得人难受。"母亲嘴里在说着父亲，眼眶却是红红的。我赶紧拉着小新弟弟站直身子，兄弟俩同时举起了酒杯："爸、妈，我们一起干杯，我们要开开心心的。"父亲接过我的话茬，点头说道："开开心心的，你们一定要开开心心的。"母亲打断父亲的话头："什么你们？孩子们说的是我们一家人。"父亲稍稍沉默，又望了一眼窗外的夹竹桃，婆娑的夹竹桃枝叶随风摇曳，在我们的眼前晃动着它的身影。父亲的眼神久久没有离开夜幕下那树影幢幢的夹竹桃，我更加断定那夹竹桃一定隐藏着父母亲不为人知的人生密码。父亲收回了目光，端起酒杯，抿了一口啤酒，缓缓地说了一句："我是说你们母子仨明天到苏州去一定要开开心心的。"

翌日清晨，我和小新弟弟陪同母亲直奔上海北火车站。按照父亲所说，出了苏州火车站后我和小新弟弟先陪着母亲去虎丘。虎丘山风景名胜区位于苏州古城西北角，有 2500 年的历史，素有"吴中第一名胜""吴中第一山"的美誉，苏轼曾有"到苏州不游虎丘，乃憾事也"的千古一叹。虎丘山原名海涌山，面积仅仅 0.19 平方公里，却盛名海内外。据《史记》记载，吴王阖闾葬于此，传说葬后三日有"白虎蹲其上"，故名虎丘。又有说法是"丘如蹲虎"，以形为名。虎丘山海拔仅为 34.3 米，却有"江左丘壑之表"的风范，绝岩耸壑，气象万千，并有三绝九宜十八景之胜，其中最为著名的是云岩寺塔、剑池和千人石。云岩寺塔有 1000 多年的历史，是位居意大利比萨斜塔之后的世界第二斜塔，为古城苏州的标志性建筑；剑池埋有吴王阖闾，有关吴王阖闾的墓葬乃千古之谜；千人石则留下了"生公讲座，下有千人列坐"的佳话，南朝的梁代高僧"生公"曾说法于此。

进入虎丘景区的大门，母亲身体微微颤抖，步履迟缓，口中喃喃："虎丘啊，我来了。今天我又来了，是我的两个儿子陪着我来了，他没有来，没来。"听闻母亲的话，我和小新弟弟真的很后悔没有让自己的父亲也过来。我隐隐觉得父亲这次没有来苏州，加班抽不开身也许是一个借口。我们兄弟俩不由得担心起父亲的健康状况，我们想起来了，父亲一直在说他的胃不太好，也一直在吃药，想想父亲是老胃病了，我们也没有放在心上。但父亲最近日渐消瘦，我的潜意识里竟有些害怕父亲会罹患绝症，私下里和小新弟弟商量，陪同母亲从苏州回上海后，就架着父亲上医院做胃镜检查。

母亲甩开她的两个儿子，脚步加快低着头一个劲地往前走，瑟瑟秋风中我看到母亲鬓角的一根白发在阳光下突兀地显现，跟随着风儿在我的眼帘怯生生地摇曳。我第一次看到母亲黑发丛中的这根白发，真不知道母亲鬓角的这根在风中摆舞的白发是什么时候出现的。母亲才刚刚走完半个世纪多一点儿的人生，即使活到 80 岁，还有 27 年的人生呢。我站在母亲的背后，看着风中飘舞的那第一根、第二根，那些顽强地从母亲的黑发堆里钻出来的白发。母亲已经迈入了老年人的行列，衰老的痕迹悄然爬上了母亲的脸庞。我的母亲在我们的成长过程中无声地给自己的眼角和额头增添一道道的皱纹，她的岁月的印记如此明显，我却从来没有觉察到。有些莫名地伤感，我加快了步伐，赶上了母亲，搀扶着母亲。

担心母亲觉察出我感情的微妙变化，我抬头凝望前方的云岩寺塔，母亲也将她的视线移向我关注的目标。偷偷地侧脸瞥一眼母亲，我看到母亲的目光停留在云岩寺塔久久都不愿离开，她双手捂住嘴巴，尽量不让自己发出声音，控制不住的眼泪又扑簌簌从她的眼眶涌出来，在母亲的脸颊蜿蜒。蓦然之间，母亲甩开她身边的两个儿子，径直沿着长长的斜径一溜小跑至云岩寺塔前伫立。我和小新弟弟面面相觑，交换了一下眼神后遂紧紧跟在母亲的身后，兄弟俩一声不响地站在母亲的身旁注目云岩寺塔。母亲的心思我们猜不透，我们只能一边细细打量云岩寺塔，一边小心翼翼地观察母亲的神态举止。

云岩寺塔即虎丘塔，始建于隋朝，初建为木塔，后毁。现存的虎丘塔建于宋初，塔身全为砖砌，高 47.5 米，重 6000 多吨，塔系平面八角形，共有七级。明代起，虎丘塔就向西北倾斜，塔顶中心偏离底层 2.3 米，号称东方比萨斜塔。虎丘塔是当今我国江南现存时代最早、规模最大、结构精巧的一座佛塔，为全国重点文物保护单位。

我们兄弟俩又默默地跟随母亲移步剑池，母亲在剑池前停留了很长的时间。剑池若在上面看，宛若一把平铺的剑，故曰剑池，另有说法是当年吴王阖闾将鱼肠宝剑等共计 3000 把兵器作为殉葬品沉于此从而得名。剑池是虎丘最为神秘的地方，传说吴王阖闾墓地开口处就在这里。从千人石上朝北看，"别有洞天"圆洞门旁刻有"虎丘剑池"四个大字，浑厚遒劲，为唐代书法家颜真卿独生子所书。圆洞内石壁上另刻有"风壑云泉"为米芾所书，这四个字将这里的景色完全概括其中，其意为站在这里侧耳可听风声，举目可观岩石，抬头可赏云彩，低头可看流泉。秋高气爽的虎丘剑池，一池潋滟，倒影映在湖中。秋风携带着一丝淡淡的韵味，晕染了一汪秋水。这泓剑池秋水，收纳了虎丘风景的万千气象，让人着迷沉醉。

秋水无痕，聆听落叶的细语；红尘往事，呢喃起涟漪阵阵。多愁善感的秋天，我和小新弟弟陪伴母亲站立在虎丘剑池的旁边，一种说不清道不明的情愫在母子的心坎缓缓升起。母亲终于开口和我们说话："30 年前的国庆节，我们结婚。你父亲节日临时要加班，我们的婚事就往后推迟。在我生日的前两天，他终于有了假期，他陪我到苏州游玩。他最喜欢剑池，我们到苏州的第一站就来到了虎丘。"原来今天是我的父母亲结婚三十周年的纪念日，恍然大悟，父母亲的新婚蜜月曾在苏州的园林留下幸福的足迹，所以父亲念念不忘。可作为主角的他，为什么不肯登场？反而要让他的儿子帮着他圆一个梦？

此时此刻，我真的有些担心父亲是不是会有个三长两短，不安越来越强烈地笼罩在我的心头，我悄悄地呼喊："爸，你可要好好的，明天回来后，我一定要陪你去医院好好检查。"一旁的小新弟弟正在雀跃欢呼："原来爸妈是珍珠婚耶，我们一定要好好庆祝。"小新弟弟的话引得母亲的脸庞涌出两团酡红，母亲沉浸在她和父亲 30 年前这一天的世界里，她再度回首高耸的云岩寺塔，缓缓开口："那一年的那一天，你们的父亲在虎丘塔下对我说，以后每隔十年，我们都要来虎丘一次，让云岩寺塔见证我们的感情。可是第一个十年，你们的小莲妹妹还在襁褓中，实在是走不开，也就没有来苏州。第二个十年，那些个日子里，我们担心人家会说三道四，就不敢来。这第三个十年，我来了，你爸他却没有来。我也不想来，我是为了你爸，这次才一定要来的，我不想让他第三次再失望。"母亲说着说着，又伤感起来。"爸爸他不应该不来的。"小新弟弟的语气中有些嗔怪父亲。母亲摆手，制止了小新弟弟："你爸他不是不想来，也许他真的来不了，他退休后还这么忙，也真难为他了。"母亲说着说着就掏出手帕擦拭渗出眼角的泪花。一忽儿，母亲又想起了什么，对我和小新弟弟说道："如果真的是忙，那也没什么，到了第四个十年，我们可以祖孙三代一起来。我只是担心你爸，他的胃病好像越来越严重了，回去后，你们兄弟俩一定要逼着他去医院好好检查。"母亲和我一样，人在苏州，心在担忧着我的父亲。

苏州园林是我的父母亲新生活的起点，我和小新弟弟是父母亲爱情长跑线上的一个个幸福的节点，还有飘在天上的我们的小莲妹妹。饱经沧桑的父母亲，他们的青春年华是在一个接一个的政治运动中度过的，但在他们内心深处也悄然保留着一小块甜蜜回忆的地方，那是他们的爱情伊甸园，那是他们的幸福见证地。这一小段从他们身边短促滑过的美好生活一直保留在他们记忆的最深处，他们极其珍爱。他们用沉默和心有灵犀将这段时光保留在心底最柔弱的地方，夜深人静的时候他们一定会从记忆的储存罐里偷偷地取出来幸福地品尝一下又迅速地放回秘不示人的内心最深处。

醉过才知酒浓，爱过才知情重，对幸福生活的向往是人类的天性，然而疾风暴雨有时会无情地摧残人类对美好生活的追求。"十年又十年，我们错过了两次机会。大半年前，他就一直在叨念，在我们结婚30周年的时候，一定要带着自己的孩子重游苏州。在我们结婚40周年的时候，我们全家三代人再一次故地重游，这是你们的爸爸和我的约定。苏州，是我们这个家族的起源之地。"母亲沉湎在短暂的幸福的回忆之中后长长地叹了一口气，那一声叹息竟然和父亲的长叹一模一样。"如今，这个愿望于你们的父亲来说大概是心有余而力不足了，我们结婚那天在苏州虎丘云岩寺塔共同许下的这个愿望没办法实现了，他的身体看起来可不太好，回去后你们就劝他别再工作了，好好检查身体。唉，你们的父亲没有来，你们的小莲妹妹也没有来。"一瞬间，母亲从幸福的云端跌落悲伤的深渊，她泣不成声，双手捂住脸，肩膀颤抖。"和你们的爸爸一路走了 30 年,他是一个好人,我多么希望他也能够在这里。"我和小新弟弟忍住哀伤紧紧拥抱住母亲。沉默寡言的父亲淡然处世,坦荡为人,总想着厚道的父亲他的人生总不会留有遗憾吧,谁知父亲在他和母亲结婚的第三个十年还是留下了一个深深的遗憾。

母亲再次凝望云岩寺塔一眼,她又在言语:"不会再来了,来不了了。"似乎冥冥之中有一种预感,她在告别虎丘前捧了一把虎丘的泥土用手帕包起来揣入怀里,泪水又沁出母亲的眼角。我和小新弟弟记住父亲的叮嘱,到了苏州,一切都随着母亲,不能扰乱她的思绪。母亲总算恢复了常态,竭力装出轻松的模样,嘴角挤出笑容对着我和小新弟弟说道:"我们去留园,去拙政园。"母亲头也不回,脚步加速,她告别了虎丘,告别了新婚之日和父亲在虎丘海誓山盟的云岩寺塔。

再度回首,凝视云岩寺塔。母亲和父亲,在苏州虎丘留下的一段故事感动着我和小新弟弟。今天是我的父母亲结婚 30 周年的纪念日,父亲,你理应和我们一起陪着母亲到苏州来的,你为什么不来呢?"多情自古伤离别,更哪堪,冷落清秋节。"一阵悲凉在心头涌动,一声长叹在空中回响,叹人间,美中不足今方信。我的父母亲,你们纵然是举案齐眉,到底意难平。我迈开脚步,一路小跑,追随走在前面的母亲和小新弟弟,下一站是母亲心心念念的留园。

中国四大名园苏州独占其二。除北京的颐和园,承德的避暑山庄之外,另外的两大名园就是苏州的留园和拙政园。留园为中国大型古典私家园林,占地 23300 平方米,典型的清代风格。留园以园内建筑布置精巧、奇石众多而知名。留园厅堂宽敞华丽,庭院富有变化,太湖石以冠云峰为最,有"不出城郭而获山林之趣"的美名。其建筑空间处理精湛,造园家运用各种艺术手法构成了有节奏、有韵律的园林空间体系,成为世界闻名的建筑空间艺术处理的典范。留园分四个部分,东部以建筑为主,中部为山水花园,西部是土石相间的大假山,北部则是田园风光。走近留园的冠云峰,我和小新弟弟马上想起了在五斗橱的玻璃下面曾经压着一张父母亲年轻时代的合影,背景就是留园的冠云峰,"文革"爆发后就再也找不到了。我和小新弟弟提议,让母亲在冠云峰前再度留影。母亲摇头拒绝,她说:"要拍你们自己拍。我不拍,当初我是和你们的父亲在这里合影的。"我和小新弟弟面面相觑,于是乎,我们兄弟俩就分别在冠云峰前拍了一张照片。拍完照后,我就一直在想,假如我的父母亲能够在留园的冠云峰前重新合影，那多少也可以弥补他俩内心的缺憾。我和小新弟弟暗暗商议，我们兄弟俩无论如何都要陪伴父母亲再度来苏州，两个儿子陪着自己的父母亲走一走他俩当年游览的路线，而且一定要在留园的冠云峰前，让我们的父母亲再度合影。

1983 年 10 月，作者在冠云峰假山前的留影

　　苏州的园林，母亲最想去的是拙政园，她和父亲用爱情的脚步丈量过整个园林。母亲记忆犹新，30 年前她和父亲踱步悠然，走在移步换景的园子里，一对年轻人对未来的生活满含憧憬。拙政园最初为唐代诗人陆龟蒙的住宅，明正德初年（16 世纪初），明代弘治进士、明嘉靖年间御史王献臣仕途失意归隐苏州后将其买下，聘著名画家、吴门画派的代表人物文征明参与蓝图设计，历时 16 年建成，取名"拙政"是因晋朝《闲居赋》的一段话：筑室种树，逍遥自得，灌园鬻蔬，以供朝夕之膳食，此亦拙者之为政也。有朴实之人在自家花园为政的巧意。拙政园是江南古典园林的代表作品，也是苏州现存的最大的古典园林，占地 78 亩。全园以水为中心，山水萦绕，亭榭精美，花木繁茂，具有浓郁的江南水乡风韵。花园分东、中、西三个部分。东花园开阔疏朗，中花园是全园的精华所在，西花园建筑精美，各具特色。园南为住

宅区域，体现典型江南民居多进的格局。

30年前的这一天，父母亲在拙政园的水榭旁喝茶休憩。满园秋色关不住，天高云淡的明朗秋天，江南名园内，父亲向母亲描绘了他们的灿烂明天。母亲遥想着当年的往事脸上竟然涌起少女般的羞赧，她又看到了那一幕：水榭边的茶室，父亲举起茶杯对着母亲以茶代酒宣读一个年轻丈夫的誓言，此生一定要使母亲幸福，他要保护母亲一辈子。我和小新弟弟在想，父亲之所以选择拙政园向母亲表达自己的心声，盖是因为父亲自云笨拙，胸中没有鸿鹄之志。然而父亲却有营建和睦家庭追求幸福生活的愿景，这其实是人类社会最小的社会细胞——以家庭为组成单位的最基本的生活目标，父亲当然责无旁贷。家庭并不仅是延续人类的场所，家庭还是人类最温暖、最幸福的场所，给每一个家庭带来幸福，这个执念谁都必须坚守。我的父亲虽然尽力了，但最终他还是没有履行他以往的誓言，巨大的外力将父亲的美好愿望压得如同一团齑粉。

父亲一辈子生活在内疚自责当中，感觉自己没有保护好妻子和女儿。30年后，两个儿子陪着自己的母亲再度来到拙政园，在当年父亲和母亲喝茶的水榭边举起茶杯向母亲宣誓，我们现在有能力保护自己的父亲母亲，会竭尽全力让父母亲度过一个幸福的晚年。母亲笑了，那是发自肺腑的欣慰的笑，笑声中母亲居然又流下了眼泪。

现在想来，父亲携母亲到苏州去虎丘拜谒云岩寺塔，其目的是要让巍巍高塔见证他们的爱情。父亲与母亲选择在留园的冠云峰前合影，意味着他俩的爱情基石就像这太湖石一般牢固，父亲选择在拙政园向母亲言及心声更是因为一个"拙"字引出父亲的无限感慨，在今后漫长的人生日子里，父亲一定是在时时想着如何以勤补拙。父亲和母亲，一对患难相共的再平凡不过的夫妻，他们活着的唯一目的就是如何为对方多着想一些。我和小新弟弟内心的感动缓缓地蔓延开来，父母亲那些相依相伴的往事就像放电影一般一幕幕不可阻挡地浮现，盖过了展现在我们眼前的拙政园的美丽风光。

拙政园的满目秋色过尽，按照父亲的嘱咐我们的踪影落在观前街的松鹤楼。观前街因古寺玄妙观而得名，玄妙观创建于西晋咸宁二年，距今有1800多年的历史。观内保存有大量各朝古碑，其中有老君像石刻，为唐代吴道子绘像，唐玄宗题赞，颜真卿书写，宋代刻石高手张允迪摹刻，称为"四绝碑"，是国内仅存的两块老子像碑之一。玄妙观内还有历代文人骚客在玄妙观留下的不朽诗词篇章，唐代诗人刘禹锡的千古名句"前度刘郎今又来"描述的就是他再游玄妙观的心境。我学的是中文，经过玄妙观，自然想进入好好参观一下，因为在父亲安排的行程里并没有游览玄妙观的内容。我指了指玄妙观，试探着问母亲是否有意愿去拜谒一下。一缕不可名状的痛楚迅速地划过母亲的脸颊，母亲断然摇头："不去，不灵的。"

　　我想，我还是能够明白母亲的毅然决绝的。那一年、那一天，我的母亲在父亲的怂恿下，一定是在玄妙观求到过一支上上签。这支上上签给母亲的新生活带来了希冀和憧憬，然而母亲的人生际遇却与这支上上签大相径庭，这玄妙观也许就此成为母亲心头的痛。我偷眄母亲，她的嘴角在微微地抽搐，眸底流露出失望，双手也在悄悄地颤抖。母亲，你没必要难过，抽到一支上上签，命运的走向却和签文完全不符，又奈若何？人有时候是无法掌握自己的命运的。萧伯纳说过，人生有两出悲剧，一是万念俱灰，另一是踌躇满志。当年玄妙观求得一支上上签，让我的父母亲对他们的未来生活踌躇满志，然仅仅过了 13 年，岁月带给他们的是万念俱灰。母亲，人生的两出悲剧，你和父亲都尝到了。可是，你再抱怨玄妙观也没用啊，玄妙观不是造成你和父亲人生悲剧的根源！

　　母亲自顾自地朝前走，她看着不远处的松鹤楼，眼眸中瞬间就跳跃出一缕欣喜，冷不防冒出一句话："你爸他在松鹤楼等我。"我和小新弟弟面面相觑，觉得母亲突兀之间冒出的这句话有点儿怪怪的，又想起父亲的殷殷嘱托，一切都要随着母亲的意愿走，遂三步并作两步赶上母亲，一溜小跑来到松鹤楼。推门而入，母亲不假思索，径直跑到大堂餐厅右边角落的一张餐桌前站立着不动，这张餐桌已有顾客入座就餐。服务员跑来，引导我们在旁边的空闲座位入席，母亲执意不从，她说无论等多长时间她都愿意等，她就是要在这个角落的这张餐桌就餐。我有些明白母亲的用意，和服务员耳语几句，服务员恍然大悟，他成功地劝说正在就餐的顾客坐到另外一张餐桌，收拾一下后，热情地邀请母亲就座。

　　松鹤楼是目前苏州地区历史最为悠久，饮誉海内外的正宗苏帮菜馆，创建于乾隆二十二年（1757），迄今已有 250 多年的历史了，由于古人以松鹤寓长寿，故而取名为松鹤楼。我们兄弟俩和母亲在餐桌前刚坐定，服务员还没有递上菜单，母亲就招手将服务员唤到身边，她不假思索地报出了一系列的菜名，我和小新弟弟开始还暗暗吃惊，怎么这几个菜和父亲关照我们的完全吻合，没有细思就醒悟过来，我们的相濡以沫的父母亲彼此都在对方的心里面永驻，他们本身就是一棵心心相印的合欢树。我们兄弟俩只知道是父亲要求我们替代他了却一个他力不从心的夙愿，其实母亲也借着这次出游悄悄地满足她一个感谢父亲的心愿。每到一地她都要求小新弟弟在拍照的时候哪几个景点是万万不能或缺的，她说，等到照片冲洗出来并且放大后她要亲自一一地向父亲解释，她还在观前街的真丝商店替父亲买了一件真丝衬衫。她还要为父亲做很多事情，只是不事声张地在逐一落实。当满桌的菜肴上桌后，母亲居然变戏法一般从她那只随身携带的黑色人造革拎包里掏出了一个搪瓷缸子，搪瓷缸子上一条鲜红的"为人民服务"的语录跳入我和小新弟弟的眼帘。

这个搪瓷茶缸我太熟悉了。那是 1971 年，为庆祝中国共产党成立五十周年，父亲的单位组织野营拉练，他们从上海的一大会址出发，一直"行军"到南湖的红船，父亲也有幸得到了这份殊荣，被允许参加这次拉练活动。为纪念这次有意义的拉练活动，父亲的单位定制了这么一个搪瓷茶缸，每一位参加野营拉练的成员都能获得这么一份珍贵的纪念品。记忆犹新，1971 年 7 月 1 日那一天，我正好在金山亭林公社学农，父亲他们也长途跋涉到金山亭林公社。为庆祝党的生日，父亲他们都有一份生日面犒劳，还外加一勺子霉干菜烧肉。父亲将他的那份党的生日面装在这个搪瓷茶缸里，冒着酷暑步行 45 分钟，送到我学农的生产队，看着我吃完后，才心满意足地和我道别。时间真快，一晃 12 年的光阴就这么过去了，这搪瓷茶缸却一直成为父亲的心爱之物，它是父亲引以为豪的一份政治荣誉，也是父母亲的爱情象征。

这么多年来，这个搪瓷茶缸一直传递着父亲和母亲之间的关爱，这份关爱其实也就是他们生活中的琐琐碎碎。每天父亲去上班，母亲总是将家里准备好的菜肴装在这个搪瓷茶缸里，并在另一个铝制品的饭盒里装满了米饭，这是父亲的工作午餐。母亲对父亲的所有的爱都装在这个搪瓷茶缸里，十年如一日。今天，母亲她端坐在苏州观前街松鹤楼的这张餐桌前，30 年前，她和父亲曾经坐在这个方位；30 年后，她和他们的两个儿子依然坐在这个方位。母亲的左手握着搪瓷缸子的手柄，夹在右手的筷子如同鸡啄米一般不停地将桌上的菜肴装进她预先准备的这个搪瓷茶缸，每一样菜她必得挑出最好的部位小心夹出放进搪瓷缸子。不言自明，我们知道母亲这么做的目的，母亲在为父亲服务。母亲夹起的每一筷子的菜，我觉得就是父母亲之间的爱情密码，暗埋着他俩 30 年来患难与共时所发生的那一串串幸福的故事和悲哀的故事。曾经几何，那几根青菜、一碟咸菜贴在搪瓷茶缸的底部孤独不语，那是悲伤的岁月伴随着他们；一块排骨、几片带鱼，在搪瓷茶缸里散发诱人的香味，那是幸福时光的陪伴……搪瓷茶缸里的菜肴的切换，恰是父母亲这 30 年来风雨路程的真实写照。

　　我的父母亲几十年来一直将他俩的这些故事紧闭在彼此的心灵之门，从不轻易地打开这扇大门，因为我从来都没有看见过我的父亲和母亲你侬我侬地卿卿我我，他俩总是默默地用自己的行动诠释那份爱的箴言。这个搪瓷茶缸实实在在地道出了他俩相濡以沫的这份人间真爱，这个搪瓷茶缸比起那些悲欢离合的伤感诗词所显示的意境更为深远。此行苏州，父亲如此郑重地嘱托，我似乎得到某种暗示，父亲在悄悄地为自己的儿子启开一条门缝，向我们透露他俩的某一段过往的历史。在我的记忆中，我看到的一幅幅画面乃父母亲用无声的爱串联起来的这些年来他俩一起扛起政治的沉重负荷及生活的沉重担子却依然不离不弃的动人画面。

　　思绪发散得有些远，小新弟弟悄悄地用眼神提示我注意坐在我俩中间的母亲，我赶紧将目光温柔地停留在母亲的身上，微笑并赞许地看着母亲所做的一切。母亲心满意足地端详着满满一搪瓷缸子的菜，她的双手紧紧地捧着搪瓷缸子，慢慢地又将搪瓷缸子贴在自己的脸颊，嘴角露出满意的微笑。母亲，坐在你身边的两个儿子心里都明白，你对父亲的爱就蕴藏在搪瓷缸子里面。

　　松鹤楼大堂的食客熙熙攘攘，声音嘈杂，母亲却安静地看着眼前的搪瓷缸子，沉醉在她和父亲 30 年前在松鹤楼的那次晚餐的情境之中。那次的晚餐，那次的幸福现在又全都被母亲装进了搪瓷缸子，她明天晚上回到上海会和父亲重温他俩以往的昨天，我的耳畔似乎响起了电影《罗马假日》中的一首名曲《昨日再现》。我和小新弟弟默默地打量着母亲，安静的母亲嘴角挂着微笑，双眸柔情似水，她就这么捧着搪瓷茶缸安安静静的，她沉浸在自己的世界里。静是自然界的一种物理状态，深层次的阅读静，那实在是一种含蓄的文化状态。看着我的被幸福染晕的母亲，我却有些隐隐不安，总觉得自己的心跳越来越快。在这幸福的时刻怎么会有第六感觉时不时地提醒着自己好像会有什么事情要发生，我没来由地想起了独自在上海的父亲。

　　出松鹤楼，秋风沉醉的晚上，行走在观前街，人流熙熙攘攘，母亲的步履不疾不徐，神色庄重安详，她双手捧着搪瓷茶缸目不斜视，搪瓷茶缸里装着她对父亲全部的爱。爱是一种心疼，当你心疼一个人的时候，爱已经住进了你的心里。母亲心疼父亲，她才会牢牢地守护着这个搪瓷茶缸。

我们在观前街附近找了一个酒店下榻。小新弟弟在前台办理入住手续，我陪着母亲坐在大堂的沙发上等候。母亲她正襟危坐，双手紧紧抱住搪瓷茶缸，偶尔会稍稍掀开搪瓷茶缸的盖子，闻一闻从茶缸里钻出来的菜肴的香味，脸上露出欣慰的笑意，又赶紧合上茶盖。大堂里静悄悄的，远远地飘来评弹名家蒋月泉表演的《宝玉夜探》，母亲竖起耳朵听得真切。"贾宝玉一路花街步，脚步轻移缓缓行。他是一盏灯一个人，黑影憧憧更愁闷。"韵味醇厚，旋律婉转的"蒋调"抒情色彩特浓，清雅隽永的唱词用吴侬软语的"蒋调"将宝玉担忧黛玉的病情、怜爱黛玉的心境勾勒成一幅绝世爱情的唯美画面。一唱三叹的"蒋调"叩击着母亲柔弱的心弦，母亲也许是触景生情，她一定是想到了我的父亲，我看见她悄悄地用手背抹着眼角。这一夜，我的母亲是守着搪瓷缸子，枕着一夜的幸福悄然入眠。原来我们一直寻找的幸福、寻找的真爱，其实就是一种被人心疼和心疼他人的感觉。温柔可以伪装，浪漫可以制造，美丽可以修饰，只有心疼才是真真切切的情感。

晨曦微露的时候，母亲就梳洗完毕，准备着前往苏州城外的木渎灵岩山和天平山，她有一种朝圣的感觉。灵岩山有灵岩塔，塔前有一块状如灵芝的"灵岩石"，山之名、塔之名均由此而来。灵岩山本是春秋时代吴王夫差馆娃宫的旧址，也是越国献西施的地方。现今尚存的古迹有吴王井、梳妆台、玩花池、玩月池、响屐廊、琴台、西施洞、智积井、长寿亭和方亭等。灵岩山有"灵岩秀绝冠江南"和"灵岩奇绝胜天台"的美誉，山上多奇石，有昂首攀游的石蛇，敲打有声的石鼓，状若发团的石髻，伸首隆背的石龟，两耳树立的石兔，形影不离的鸳鸯石，埋头藏泥的牛背石，等等，不一而足，故而有"十二奇石"或"十八奇石"之说。

陪母亲抵达灵岩山麓，从山脚仰望"吴中第一峰"之灵岩山，林木苍翠，怪石嶙峋，10月下旬的灵岩山秋色正浓。弯弯曲曲的石径伸向山顶，一路拾级而上，缤纷的树叶在秋阳之下灵动地随风而摆使得灵岩山具有一种别样的动感风情。一叶一世界，置身灵岩山，不觉心头醉，秋天的灵岩山给予游客的是一场视觉盛宴的享受。我和小新弟弟跟随母亲的步履在秋日胜景中慢慢行走，在一派秋色赋中嗅到尘世间的芬芳和暖意，这种感觉生成的画面感，温馨又从容，镌刻在我最温柔的回忆中。直到今天，闭上眼睛，静心回想，当年的画面依然清晰地浮现在眼前，再现当初的那幅母子情深的画面。

灵岩山道，母亲边走边喃喃自语，她在和山间的一草一木喁喁细语，我明白她其实是隔着时空和远在上海的父亲对话。在我还没有问世的那一天，我的父亲和母亲就并肩行走在灵岩山道，灵岩山也有他俩很多的故事。来到灵岩山，母亲的记忆与现实重合，路还是原来的路，景还是原来的景，只是再度拥抱灵岩山的母亲已是青丝中掺杂白发的中老年妇女。几十年的风雨沧桑增添灵岩山一份历史的厚重，同时也在母亲心头增添一份历史的沉重。

灵岩山顶小憩，熟悉的场景又入眼帘。2500年前，吴王夫差在灵岩山顶为西施建造行宫，遗迹犹存，美人已逝，一代风流早就被雨打风吹去。如果说吴王西施只是历史的刻度，那木渎古镇就是历史的存真。俯瞰木渎古镇的全貌，眺望缥缈太湖的风光，母亲记忆的闸门全部打开，她走着寻着辨认着，她找到了那块岩石，她和父亲曾经登临这块岩石遥望烟波浩渺的万顷太湖。2500年前，范蠡和西施驾一叶扁舟，驶向太湖深处，别离尘世间无尽的纷争，隐居终老，那才是真正的神仙眷侣。我想，独居上海的父亲也一定和母亲心有灵犀，他精准地计算出此时此刻我们正陪伴着母亲登临这块岩石望远，父亲对我们此行苏州的每个时间节点该去哪里都交代得清清楚楚，他的心始终被母亲移动的脚步牵带着。我和小新弟弟陪着母亲眺望浩浩汤汤横无际涯的太湖，父亲肯定也推开了那扇看得见夹竹桃花开的窗户遥望苏州的方向，他和我们一样，脑海中正浮现出太湖的壮美画面。浩渺太湖水，三万六千顷，2500年前，范蠡和西施，"渺沧海之一粟""纵一苇之所如"，是这样自由自在，引无数后人羡慕得竞折腰。时间在一天天地流逝，历史在波浪形的潮流中推进，及至2500年后，我的父亲和母亲这一代人却还只能是望湖兴叹，生活的枷锁套着他们，他们没有这么自由自在。

灵岩山顶还有许多吴王和西施的遗迹。越地绝世浣纱女西施为了越王勾践的复国宏愿凭一腔爱国热忱献身吴王侍于枕席。入吴之后，夫差为博取西施的欢心，在灵岩山建造了富丽堂皇的离宫——馆娃宫，在宫中修筑了一条"响屐廊"，让西施和宫女们歌舞时发出节奏明快的"跫跫"音响。山顶上还筑有御花园，园内特地凿一口圆形深井，名曰吴王井，西施常在这里对井梳妆。母亲来到了灵岩山顶西边的御花园，她在一株参天大树下驻足，迎着阳光眯缝着眼睛欣赏满树的绿叶，又低头凝视地上的片片落叶，踯躅不前，她的内心一定又有往事钩沉。那些年的风风雨雨，母亲也是挂在树梢的一片弱不禁风的树叶，被风吹、被雨打，历经上千个日日夜夜，却没有随风而逝，零落成泥。母亲这片叶子坚定地攀附在和她相依为命的大树上，不离不弃。那一段岁月，在寒冷的日子里，母亲这片树叶也有寂寞孤独的时候，却只能无奈地搂着自己的三个孩子遥望夜空的残月；母亲也有黯然失魂的时候，却始终把所有的苦果独自吞进肚中；母亲也有疼痛悲伤的时候，心里流血却始终用微笑面对自己的孩子。母亲永远是一片依附着父亲这棵树的树叶，她离不开这棵树，她在这棵树的庇荫下吸收养料安稳地生活，从来就没有想过要离开这棵树追求大树之外的生活。没有了这棵树，她就失去了依附，正所谓皮之不存，毛将附焉？

灵岩山的秋天很美，似火的枫叶把秋天的激情点燃。风中有一片枫叶在飘扬，那片红叶飞舞又落下，落在了母亲的脚下。母亲很是小心地捏起这片枫叶迎着秋阳凝视着叶片清晰的脉络，不一会儿，母亲捏着枫叶的手开始微微颤抖。枫叶，枫叶，灵岩山的枫叶，你一定记录着我的母亲 30 年前的故事，母亲想必触景生情了。我和小新弟弟默默地陪伴在母亲的身旁，任凭母亲浮想联翩。这个时候，母亲的空间是属于她个人的，任何人都不能打搅她。许久，母亲才回过神来，又掏出一块手帕小心翼翼地将这片枫叶珍藏。我有些犯疑，母亲的兜里怎么藏着好几块手帕？一块用来包虎丘的泥土，一块用来藏灵岩山的枫叶，母亲莫非是有备而来？

一片枫叶一片情，灵岩山的一片枫叶让母亲百感丛生。又有一片枫叶轻轻地落在我的手掌，我也细心端详，忽有所悟。其实在这个世界，每个人都是一片树叶，每片树叶都有自己的灿烂世界；每个人都是一片树叶，每片树叶都有自己的绿意盎然。在树叶开始变黄时，在树叶行将枯萎时，我们都应该在最后的一刻迸发更为璀璨的生命光芒，然后微笑着将自己的一切归还给大地。难道我的母亲、我的父亲正是这样？他们预感到了自己进入变黄枯萎的时期？一片树叶引起的联想让我不经意地想到了这个层面，整个身心禁不住颤抖了一下，总觉得生命中的第六感官正在提醒自己，这个场景即将和生活中的某个场景冥冥之中有着暗合。

小新弟弟正在为母亲照相，他说母亲迎着秋阳端详枫叶的姿势特别好，建议母亲再重复一遍这个动作，让他在镜头中留下母亲最美的影像。母亲的脸庞露出些许赧颜，我的母亲分明是害羞了，她莞尔谢绝小新弟弟的建议。那一刻我捕捉到了母亲脸上难得的烂漫，母亲展露出来的那种羞怯、那种微笑我似乎从来就没见到过。秋风扫过母亲的脸庞，母亲掏出衣兜内的手帕想擦拭被风吹得迷离的眼睛，不经意带出了那片藏在手帕里的枫叶。母亲赶紧俯下身子，小心翼翼地拾起掉落在地的那片枫叶再度用手帕包好。

我记忆的相册里留下了一幅唯美的画面：和煦的秋风中一位端庄的中老年女性安静地坐着，无论是美的梦幻和轮回，只要想起她，我总能看到她从时光深处向我走来，呼叫着我的名字，亲切地向我招手，让我不再孤单。这，就是我在灵岩山顶看到的她，她，就是我的母亲。多少年来，我所看到的母亲，脸上总是被一种惊恐和不安笼罩，原来我的母亲也有这样的纯真，只是生活改变了她，让她变成一头惊恐不安的母鹿。人之初，性本善；人之初，也性本纯啊！我和小新弟弟搀扶着母亲别离馆娃宫。时光过去了 2500 年，灵岩山顶上的馆娃宫，雕栏玉砌应犹在，只是朱颜改；凝视老母亲，饱经风霜人犹在，只是容颜改。母亲，母亲，问你能有几多愁，恰似一江春水向东流。母亲，母亲，愿你拥有几多福，恰似涓涓溪水永长流。

吴王井边小憩，母亲朝井洞内张望。井洞深不可测，她似乎看见了自己，也看见了父亲，她在回忆流逝岁月中的某个幸福的片段。情到深处泪水涌，母亲在流泪，泪水扑簌簌毫无顾忌地掉入了吴王井。想起来了，多少年以前的事情，应该是小莲妹妹刚满 3 周岁的时候，父亲在替小莲妹妹梳头，母亲笑着调侃父亲还是那么笨手笨脚，称当年在苏州灵岩山顶的吴王井前父亲用一把常州梳箆替母亲梳理被秋风吹乱的头发，弄得母亲疼痛不已，母亲还说这是父亲仅有的一次，故而记忆犹新。印象中母亲嘴上虽这么说，眉眼间却染满了幸福。

母亲藏下了灵岩山的美丽，藏下了往事的厚重，带着十分的满足在两个儿子的搀扶下一路迤逦，缓缓下山。按照父亲的安排，我们下了灵岩山之后就去天平山欣赏那满山红枫似晚霞的景色作为完成苏州之行的收官之旅。小新弟弟和我耳语："看来妈对枫叶的感情很深，到了天平山，我们就让妈尽情地欣赏满山的红叶。"我正好也是这么想的，让母亲徜徉于满山的枫叶，尽情地抒发自己心中的所有情感。只有这样，才会给母亲带来酣畅淋漓的痛快，才能卸下这么多年来压在身上的历史重负。

天平山以怪石、清泉和红枫并称"天平三绝"而闻名天下，其中最大的亮色就是红枫，素有天平红枫甲天下之誉。进入深秋了，碧云红叶，灿烂如霞，各种颜色的树叶铺满了大地，引众多游客趋之若鹜。一路上，小新弟弟竭力猜测为什么母亲在灵岩山看到枫叶后会有情绪变化？枫叶的背后是否有着母亲和父亲隐藏着的故事？我想，我应该猜出了一片枫叶搅动母亲感情涟漪背后的故事。我和小新弟弟悄悄耳语，问他可记得在 1966 年 9 月发生在我家的一件大事情。小新弟弟摇头，表示他记不清楚了。难怪小新弟弟，那一年，他才 8 岁，然而 12 岁的我却无法将这件大事从记忆中抹去。那一年的那一天，一群红卫兵来到我的家，有一位红卫兵从母亲的一件只有逢年过节走亲访友时才穿的大衣衣兜里翻出一个用手帕折叠并珍藏的一片红叶，厉声斥责母亲是何种意图？是不是某种和敌人联络的秘密暗号？母亲任凭百般盘问都只是默默垂首一言不发，最后那片枫叶被红卫兵用手掌揉得粉碎连同手帕一起扔在母亲的脸上。母亲仍保持沉默，她的不卑不亢得到的回报是红卫兵赐予的更严厉的呵斥。枫叶，枫叶，一片枫叶，那般鲜艳、那般红。30 年前的场景正和目下的场景遥相对应，不用解释，想想都再明白不过，肯定是父亲在天平山或灵岩山摘一片枫叶赠送给母亲用以表达他的爱恋之意。满山枫树叶，灿烂若赤子，愿君多采撷，此物最相思。母亲就此将这片爱的枫叶悄悄珍藏，她要一直藏到地老天荒。一场剧变将这片具有象征意义的枫叶揉得粉碎，母亲怎能不痛彻心扉？

走进画卷里的天平山，邂逅一片火红的枫叶，30 年前的一幕幕场景自然而然地浮现在母亲的眼前，母亲在努力寻找她和父亲的岁月印记。秋叶渐黄，枫叶渐红，穿过时光的轩窗，沉浸盎然的秋意，一片枫树就像一道时间的栅栏锁住了母亲当年在灵岩山或天平山的某个画面，让母亲幸福不已。时光倒退 17 年，这一片枫叶在人为的蹂躏下随风而逝，破坏了母亲藏在心底的美的梦幻，让母亲唏嘘不已，无怪乎母亲的情绪倏尔之间大开大合。30 年前的这个秋的时节，沉浸在新婚蜜月里的父亲曾经用一片红叶作为爱情的见证，这乃我的父亲对我的母亲表达他的爱的信物。我的父亲和母亲带着浪漫的情怀结束了他俩的新婚旅游，母亲视这片父亲馈赠的枫叶如同珍宝，当这片枫叶被揉成碎末的那一刻，母亲的希望就破灭了。

霎时参悟了父母亲几十年来的人生心路，何谓人世间的真情？我的父亲和母亲正是。他俩结合在一起，从此一个人就成了另一个人的甜蜜；他俩结合在一起，从此一个人就成了另一个人念念不忘的忧伤；他俩结合在一起，从此一个人就成了另一个人凉薄世界里的暖阳；他俩结合在一起，从此一个人就成了另一个人在人间的仙境。父亲，你让我和小新弟弟陪同母亲寻找你俩30年前在苏州园林留下的足迹，你的用意何其深刻。我的父亲，你对母亲的爱，心里头装得满满的。我悄悄地拾取一片火红的枫叶，拉着母亲一起迎着暖暖的秋阳反复端详，慢慢地感觉到这片枫叶幻化成一朵粉红色的夹竹桃花。我终于明白我的父亲和母亲为什么会对我家窗外的那株夹竹桃投以无限深情的目光，枫叶没了，还有夹竹桃花，爱的延续、爱的忠贞是任何力量都摧毁不了的。人的生命里因为有了爱，不完美也成了真实的完美，风声雨声都成了生命里不可或缺的乐音。我的父母亲的生命的长河，因着风浪的袭击，他们的生命河流行进到某个时间段更像是一条荒流，流淌的节奏不能完全由自己控制，唯有一片枫叶和一朵夹竹桃花漂浮在河面，那一抹鲜红的亮色让他们怀有希望。

20世纪80年代，我观看谢晋导演的影片《芙蓉镇》。"活下去，像牲口一样活下去！"影片中右派分子秦书田在胡玉音人生最绝望的时候所说的话令我心头大恸。《芙蓉镇》浓缩了"文革"背景下的中国政治生态面貌，还原了那个时代的一段特殊经历。靠着劳动致富的胡玉音遭受打击迫害的遭遇令人不胜唏嘘。在那个年代，我们一家人的信念就是"活下去"。只有活下去，才有机会看到希望。哲学家尼采曾经说过，如果你知道自己为什么活着，你就会忍受任何一种生活，忍辱负重是一种对生活的看见和重塑。

南宋词人辛弃疾有一句词："叹人生，不如意事，十常八九。"人生的底色是悲凉的，然心有一二，不思八九，便可在自己营造的生活圈子里事事如意。丰子恺先生云：既然无处可逃，不如喜悦；既然没有净土，不如净心；既然没能如愿，不如释然。既然改变不了现状，不如试着改变自己的内心。唯有内心强大，方可治愈一切。那些日子里，一无所有的父母亲，窗外还是有一树夹竹桃花盛开，那满树的鲜红灼灼耀眼，让我的父母亲的心底那层蒙着尘埃的希望闪着朦胧的光芒。一定是父亲摘下一朵夹竹桃花赠送给母亲，用以替代那片灰飞烟灭的枫叶。夹竹桃啊，我家窗口前的那棵夹竹桃，你满树的灿烂，寄托着我的父母亲的希望。

珍藏在父母亲生命中的一片枫叶，一朵夹竹桃花支撑着父母亲最无私的情和爱，因为他们坚信，人生总是坎坎坷坷，生命总是起起伏伏，没有谁的生活总是一帆风顺的。与其等待别人怜悯或帮助，不如做自己的摆渡人。正如古人所云：万般皆苦，唯有自渡。人生如船，命运究竟走向何方，终究还是要靠自己。有时候，所有分崩离析和燃烧毁灭都是在重塑未来，只要活下去，前面一定会有大路朝天。所以，那一片枫叶、那一朵夹竹桃花一直珍藏在父母亲的心头，这是他们活下去的倚靠和支撑，是他们的崇拜和图腾。

该登山了，登上天平山顶，眺望漫山的红枫，想必风景这边独好。我故意逗噱母亲，信口篡改唐诗："停车坐爱天平晚，霜叶红于二月花。"自以为会赢得母亲会心一笑，岂料母亲一反常态，毅然决然地摇头，表示坚决不登天平山。母亲说："很想去看看那棵有着400多年树龄的古老枫树，30年前，我有过这棵树上的一片红叶，是你们的爸爸摘下这片枫叶送给我的，但在17年前，这片枫叶就没有了。我要留下天平山，下次和你们的爸爸一起来看枫叶。我要站在这棵枫树下，让他再摘一片枫叶送给我，然后我俩穿过一线天，一起登上天平山顶。"母亲遥望天平山顶良久，说了一句听起来很有哲理的话："如果今天登上天平山顶，那就等于走完了全部。"母亲最终留下一片遗憾，藏着一段希望告别了苏州。她希望和她的相濡以沫的老伴再度携手来苏州，走一走古老的苏州园林、爬一爬天平山，弥补她心头的缺憾。我的母亲，她的宇宙尽头就是我的父亲。我的父亲，他的宇宙尽头就是我的母亲。

我们在山脚下匆匆逛了一圈就告别了天平山，提前几小时回到了上海。母亲进门，驻足楼梯前，打开搪瓷缸子，香味四溢。她脸挂笑容，脚步未迈动，声声喊父亲。没有父亲的回答，倒是楼下的徐家阿姨探出身子，脸带慌张地告诉我们："小新的爸爸住院了，是昨天在单位上班的时候被送进医院的。昨天下班的时间，小新他爸单位的同事和领导都来了，没有等到你们。"我取过徐家阿姨递来的一张字条，是父亲的住院科室和床号。不知为何，我的心脏狠狠地抽疼起来，一股莫名的恐慌向我袭来。爸，你可千万别出事啊，我在心头呼喊着。啪的一声，母亲手中的搪瓷缸子坠落在地。我赶紧搀扶住母亲，我看到母亲她脸色惨白，整个人都在摇摇晃晃。

一家四口在医院团聚。父亲躺在病床上脸色苍白，床头的小卡片上写着"胃出血，待查"几个字。父亲抚摸母亲的头发嘿嘿地笑，母亲趴在父亲的床头呜呜地哭，父亲也跟着泪水盈眶，两个人都执手泪眼相望，然而嘴角却在努力地漾出笑意。父亲伸出苍白的手替母亲抹去脸颊的泪花，母亲掏出手帕替父亲擦拭眼角的泪珠，不经意间将包裹在手帕里面的取自虎丘的泥土给抖出。父亲微笑："这是虎丘的泥土?"母亲点头："我又装了一些带回来。""这虎丘泥土陪着咱们有30年了,一直都装在咱家的那个大花盆里,种在这个大花盆的牵牛花每年都会开花。"父亲难得说这么多的话,边说边和母亲将散落在被褥上的泥土一点点小心翼翼地撮在一起。父亲和母亲一起合作,将散落在被褥上的虎丘泥土放回手帕,母亲小心翼翼地包起来放入自己的口袋。

做完这一切,母亲吩咐小新弟弟将搪瓷缸子拿来,里面装满了来自松鹤楼的菜肴。"看我和孩子们给你带来什么?喏,有松鼠鳜鱼,有响油鳝糊。"母亲唠唠叨叨,她夹着满满一筷子的菜肴送到父亲的嘴边。明显地感到父亲有恶心的症状,明显地看到父亲在竭力接受母亲的那份真爱,他张开了嘴巴努力地吞咽。"30年了,这松鹤楼的味道今天又尝到了,好吃,真好吃。"父亲一边打着恶心一边笑着和母亲说话,他还张大嘴巴,让母亲再喂他一口响油鳝糊。小新弟弟和我忍住行将夺眶而出的泪水,悄悄走出病房,父母亲的大爱做儿子的不忍打搅。

父亲在医院里住了几天后,胃出血止住了,但他坚决不肯做胃镜检查,执意要回家。他说,母亲的生日,因他住院而被耽搁,他要重新补过。我和小新弟弟都劝父亲,既然住院了,那就好好地配合医生检查一下身体,母亲的生日明年也可以过。谁知,父亲的额角青筋暴起,不满地瞪了两个儿子一眼,斩钉截铁:"不行!"我和小新弟弟拦不住他,就将求救的目光转向母亲。出乎我们的意料,母亲居然也同意了父亲出院的要求,母亲说:"听你爸的。"看着团结一心的父母亲,豁然明白,为母亲庆生,那是父亲的心愿。我的父亲和母亲,他俩携手整整走过30年了,他俩的情爱在岁月的洗涤中更加深厚。席慕蓉说:原来岁月并不是真的逝去,它只是从我们的眼前消失,却转过来躲在我们的心里,然后再慢慢地来改变我们的容貌。我看着我的父母亲,大为感动。我的父母亲日渐苍老的容貌见证了他们对彼此的忠贞,记录着他们以往的美好,也承载着他们以往的伤痛。

父亲出院后,第一件事情就是张罗母亲的生日,他还自我宽慰地对他的儿子说:"阳历的生日错过了,农历的生日还没有错过,这次你妈53岁的生日就按农历来过。"父亲最终了却了这份心愿,如愿为母亲操办了一次生日的筵席。母亲的生日宴上,父亲难得地穿上了一件压在箱底的藏青色的中山装,淡淡的樟脑味在父亲的身上弥散。

面对着满座的宾客，父亲举起了酒杯，满含真情地对母亲说："谢谢你陪伴了我整整30年。"说完，父亲居然还向母亲深深地鞠了一躬。在座的宾客目睹父亲的真情，无不动容。我那天更是情绪失控，好几次看着我的父母亲就禁不住眼泪汪汪的。自从陪伴母亲去了一次苏州后，不知怎的，我的泪点一直在高位运行。我在问自己，为什么我的眼里常含着泪水，因为我爱我的父母爱得深沉。我一直想不明白，我的父亲和母亲，你们为什么生活得这么沉重？你们怎么就挣脱不了那些无形的桎梏？

父亲出院一个多月后，又住院了。父亲患了绝症——晚期胃癌，无法动手术，只能靠化疗并采用中药调理，延缓他的生命。我们心里清楚得很，父亲的生命走向了倒计时。我拿着药方去中药房为父亲买药，柜台后一位穿白大褂的中年男性看着药方，又看了看我，询问道："你这是为你的父亲配药吧？"我无言，微微点头。"唉，这个药配得很重，看来这病人的病是非常重的。"我内心明白，他只是没有将"病入膏肓"这个词给说出来。忍住悲伤提着几服中药走出中药房，濡湿的眼睛看着前方，父亲的人生终点就在前方不远处。我突然明白过来了，其实父亲早知自己大去不远，苏州之行，是不得已而让自己的儿子来帮着他圆他的最后一个梦，父亲不想让自己的人生留下遗憾。父亲，我的父亲，一如台湾女作家邱妙津在她的作品《蒙马特遗书》中所言：人生在世，真正重要的是领悟到有一件事是自己真正要去做的，有一个人是自己真正要去爱的。这位有着精神洁癖的女作家，用哲学的思考方式彻底看透爱情的本质。记得佛祖释迦牟尼也说过这样一句话："无论你遇见谁，他都是你生命该出现的人，绝非偶然，他一定会教会你一些什么。"父亲遇到了母亲，他的生命中遇到了该出现的人，同样，我的母亲也是如此。他们都在努力地教会对方一些什么，这个什么就是爱的奉献。

父亲住院期间，我的母亲一直陪着他，但每周分别有两天是我和小新弟弟轮流作陪，我俩要替换母亲，让她回家梳洗或小睡一会儿。在这段难熬的日子里，我们都想象着能有奇迹出现，虽然都知道这种可能性为零。一天又一天，秋冬交替，一年中最寒冷的季节来到了。这一天下午，轮到我去医院替换母亲，我要好好地陪伴自己的父亲，哪怕多一分钟也是上苍给予我的一种幸福。我骑着自行车向医院进发，一忽儿冷冷的冬雨飘然而下，越下越密，我忘了带雨披，赶紧躲在一条弄堂口躲雨。就在这弄堂口，我遇到了一个令人终生难忘的场景，至今回想起来，都让我泪水涟涟。

这条石库门里弄的弄堂口有一个缝鞋匠的小作坊。冬天，小作坊被厚厚的布帘子包围着。阴森森的冬日，冷雨刺骨，缝鞋匠的小天地里却有小火炉点燃起的阵阵暖意。顺着半开的门帘偷偷张望，方寸之间的天地里竟然有三个人围着小火炉快活不已。其中一个中年男子想必是通下水道的环卫工人，弄堂口有长长的竹片搁在一边，他正扯着嗓门叫嚷："这么大的雨，垃圾又要被冲到阴沟里，待会儿可要忙开了。"还有一位中年女性，应该是扫大街的清洁女工，弄堂口还有一把很大的竹扫帚。听得她坏坏地笑着说道："我待会儿就将树叶等垃圾全部扫进阴沟里。""你敢？"那位中年男子笑着威胁清洁女工。年过半百的缝鞋匠坐在小马扎上，看着他们开心地吵闹，他也觉得很是惬意。

他们仨一边围着火炉烤红薯，一边不停地笑着骂着。一阵阵的香味儿滑过我的鼻翼，一阵阵的笑骂声缭绕我的耳畔，一阵阵的温暖氤氲在小小的天地，我觉得他们真幸福啊，我用羡慕的眼光看着他们，甚至还有些小小的嫉妒。我豁然明白，原来幸福从来都是不分阶层的，每个人都有享受幸福的权利。

他们仨忽然发现了淋成落汤鸡的本尊，同情的目光穿过门帘不约而同地停留在我的身上，清洁女工的声音飘来："真可怜啊，门口那个年轻人。"淳朴的地方乡音让我的内心涌起些许的感动，我挤出一丝微笑算是和她打招呼。我抬头看着淫雨霏霏的天空，想着还在医院里躺着的父亲，霎时还真的觉得自己很可怜。另一位环卫工人掀开了整个帘子，端详我半晌，侧身让出一点儿的空间，说道："进来烤烤火吧，湿淋淋的，要冻出病的。"缝鞋匠和那位清洁女工也同时热情地向我招呼，让我到火炉边烤火取暖。我在他们的眼里成了一个值得同情的可怜之人，那个风吹帘动，倚窗静读的青年早被雨打风吹去，成为社会最底层的劳动人民同情的对象。他们这份最无私的人间真情禁不住触动了我的泪点，雨水和泪水在我的脸颊蜿蜒，分不清哪是雨点、哪是泪珠。

清洁女工递上半个烤红薯，说道："暖暖肚子，就不冷了。"我赶紧摆手，想谢绝她的好意，清洁女工却不由分说地将半个烤红薯塞到我的手里。忽地，缝鞋匠扔过来一条毛巾，沙哑的声音充满着关怀："赶紧擦一擦吧。"半个香喷喷的烤红薯、一条油腻腻的白毛巾送来了社会最底层的一份最朴实的关怀，这是一份人间的大爱。我觉得这份真情就像我的父母亲之间的那份情感，干净得没有丝毫的杂质。我吃着烤红薯，擦着湿漉漉的头发，享受着人间的温暖，内心充满着感动。我想起了一句话：起风了，好好活着。我将毛巾递还给缝鞋匠，向他们仨摆手表示感谢，又骑着自行车冲进了风雨之中。迎面疾驶而来一辆豪华的轿车，车轮溅起地面的积水，弄湿了我的裤管。前面的车辆挡住了豪华轿车肆无忌惮的行驶，后排的车窗摇下，坐在后座的车主冷冷地看了我一眼，又缓缓地摇上了车窗，没事人一般。

多少年后，我在一部电视剧里看到一条"人间自有真情在"的标语，竟然会没来由地泪水盈眶，因为我想起了在那个冷冷冬雨的午后，有三位生活在社会最底层的劳动者馈赠给我的一份温暖，还有一位坐在豪华轿车里的高贵者投给我的一个冰冷的眼神。所谓的卑鄙者送来的是最真诚的一颗心，所谓的高尚者送来的却是他高高在上的冷漠。北岛诗歌《回答》有这么两句：卑鄙是卑鄙者的通行证，高尚是高尚者的墓志铭。我这样理解这两句诗的意思，成就卑鄙与高尚不在于自己，而在于别人的眼光。自己不能下贱地说自己就是卑鄙者，也不能自欺欺人地认为自己就是高尚者。那三个普通的劳动者在我的眼里就是高尚者，而那个坐在豪华轿车里的高尚者在我的眼里却是卑鄙者。我的父母亲也是这个社会最普通的人，他们一辈子都没有坐过豪华的轿车，因为他们无权无势，他们也是这个社会的卑鄙者。但我的父母亲善良朴实，乐于助人，他们在我的心目中就是高尚者。

我在那一天带着一份人间的真情告别了三位"卑鄙者"，我迎着风雨骑车赶到了医院。我依偎在父亲的病床边，很仔细地替父亲揉后背，很温柔地与父亲窃窃私语，很小心地搀扶父亲上洗手间，父子俩之间的话语就像涓涓细流，没有停歇的时候。那一天，父亲吊完点滴，我看到他晃动着手臂如释重负，望着自己的儿子开心地说道："今天又解放了。"此时此刻，父亲的脸上竟然露出孩子般的天真笑容。父亲难得来了兴致，说想到病房外走走，我赶紧搀扶着他走出病房。我陪着父亲在病房长长的走廊来回走动，父亲没有很多的话语，沉默寡言是我父亲生命的底色。

父亲默默地从这头走到那头，又从那头走到这头，来回走到第三圈的时候，父亲站在病房走廊尽头的一扇窗户前，推开玻璃窗望着窗外的世界，他的眼神跟着窗外的风景游走。我顺着父亲的目光眺望，远处有一株夹竹桃在迎风摇曳，我看到了父亲的眼睛暮然一亮，我知道自己该怎么做了。我搀扶着父亲下楼，父子俩慢慢地走到这棵树下，抬头凝望满树墨绿色的枝叶。"现在是冬天，再过小半年，夹竹桃花就开了，满树都是粉红色的花，真漂亮。"我对父亲说："那到时我们就在自家的窗口看夹竹桃花。"父亲笑了笑，他没有回答，却自顾自地絮絮叨叨："等到枫叶红了，那还得有10个月呢。"父亲的思绪肯定飞到天平山了。我赶紧说道："等到枫叶红了，我和小新弟弟就陪着你和妈妈到天平山看红叶。"父亲仍然笑了笑："那真好，真好。"父亲摘下一片挂着枝头的夹竹桃树叶，默默地凝视，他的眸底跳动着异样的光泽，这片绿叶其实就是我父亲心中的一片天平山的红叶。

　　父亲人生的最后一段时间不是在忍受化疗的痛苦就是在品尝中药的苦涩。化疗的时候，父亲就在医院里住上几天，化疗结束，父亲就回家，继续服用中药。我通过朋友给父亲弄来一针人血白蛋白，注射后，父亲的状态明显好了许多，也有了一些食欲，趁着父亲精神状态好转的时候，母亲就忙不迭地给父亲做许多好吃的。这个时候，正逢国务院发布《中华人民共和国居民身份证试行条例》，开始颁发第一代居民身份证。父亲和我们一样，也要去街道派出所登记拍照，然后领取他的身份证。母亲找出一件崭新的中山装替父亲穿上，还用那把常州梳篦给父亲梳理头发。父亲还以为我和小新弟弟要带他出门转转，心里头很是高兴，连连说道："好长时间没出门逛逛了。"看到我问母亲要户口本，父亲心生狐疑，问这是为何？我告诉父亲，我们要陪着他去派出所拍照，要为他办理身份证。父亲看了看我，顿时沉默不语，他慢慢地脱下中山装，缓缓地躺在床上，抬起眼睛看着天花板，眼神暗淡呆滞，就像两口荒芜久远的枯井。我看到父亲眼角渗出的浊泪顺着他的鬓边蜿蜒，我听得他在嚅动双唇："没有必要了。"我们兄弟俩和母亲都捂着嘴不敢号啕，无声息地任由泪水布满我们的脸庞。

　　自从陪伴母亲去了一次苏州后，我一直想问我的父亲和母亲，你们为什么生活得这般沉重？你们怎么就挣脱不了那些无形的桎梏？我的父母亲在生前没有回答我的这个疑问，我也没有向他们提出我心里的这个疑问，因为我知道他们无法回答。我也是好长好长时间后才明白，我的父亲和母亲，在他们生活的那个时代，他们没有力量挣脱套住他们的生活桎梏。

　　过了一段时间，人血白蛋白的作用失效，父亲的病情似乎又开始加重。有一天，父亲悄悄地对我说："打了那针后，感觉好很多，能不能再想办法搞几针，放在后面慢慢地打。"我真的不知道该如何回答父亲，我不能和父亲说这针的价格很贵，我也不能说这针不但价格贵而且很难搞。父亲见我不语，便从枕头边掏出一个小包，用枯瘦的手打开这个小包，里面竟然有 800 元。父亲望着我，嘴唇翕动："这 800 元，我一直瞒着你妈，没让她知道，总想着等攒够了 1000 元再私下给你的。现在你全部拿去，给我买两针人血白蛋白，剩下的就都给你了。看来为你们兄弟俩攒 3000 元的愿望要落空了，对不起，儿子，我做不到了。"父亲眼睛望着天花板，眼窝溢满泪水，他自顾自地对着自己的儿子说着抱歉的话语。我抱住我的父亲，哭着说："爸，你别再说了，我去买，我去买人血白蛋白的针。"父亲还是在喃喃自语："我还有好多事情要做，我要看着你成家立业，我还想着陪你妈去一次苏州，我都做不到了。"我趴在父亲的床头，拽着父亲的大手，心头大恸，泣不成声。

父亲最终还是没有再打人血白蛋白的针，他可能知道自己大去不远，他说，就别再浪费这个钱了。一个月后，我的父亲在夹竹桃花盛开的时候溘然辞世。送别父亲回家，母亲一言不发地望着窗外，站了好几小时，母亲鬓角的白发几天之内增添不少。那一夜，母亲没有合眼。那一夜，窗外凄风苦雨，雨点敲打着玻璃窗啪啪作响。沉沉的夜，萧萧的风，霖霖的雨，声声的叹，我和小新弟弟听到母亲一声又一声的叹息，兄弟俩在黑暗中睁大双眼看着母亲。母亲从床上爬起，悄没声地走到窗前，推开半扇窗户，钻进窗户的风声雨声好似一曲挽歌在房间里缭绕。雨滴打在母亲的脸上，一滴水在惊动另一滴水，一个人在思念另一个人。母亲就这样站在窗前，我们听到了母亲说话的声音，她在呼唤内心未曾搁浅的执念，她在迎接父亲的归来。黑暗中我和小新弟弟都泪湿枕巾，我们看到母亲又关上了窗户，然后在床头坐定，拧亮了床头的台灯。"谁翻乐府凄凉曲? 风也萧萧，雨也潇潇，瘦尽灯花又一宵。"母亲就像一座石像，守着一盏微弱的灯火就这么一直坐着。台灯旁，有一张父亲的肖像，她在陪伴着父亲，父亲也在陪伴着她。父亲，母亲，你俩一个在天上，一个在人间，你们却仍然固执地相伴，不离不弃。有一种陪伴，不在身边，却在心间; 有一种感情，不能朝暮相见，却在灵魂深处相依。

母亲自始至终将她对父亲的思念深埋在心。有些爱不是不深沉，只是表达的方式不一样。父亲去世的第二年初夏，窗外的夹竹桃又开花了，母亲摘下几朵粉红的夹竹桃花，放在手心端详，泪眼婆娑，久久不语。时光仅仅过去了两年，我的母亲也随父亲而去，他俩就在天平山脚下相依。母亲说过，再来天平山，她是一定要和父亲在一起的，生前没有实现这个夙愿，死后他俩就永远地在一起。天平山的红叶每年都会飘落，其中有一片红叶，一定会飘落在父母亲的坟头，那般殷红，那般鲜艳。

白云聚了又散，散了又聚，人生离合，亦复如斯。花开花落，是季节的轮回，缘聚缘散，是尘世的无常。幸亏有回忆这条河，能够承载那些逝去的岁月，当我们在某个不经意的瞬间，突然想起曾经的过往，你就可以顺着这条河慢慢地寻找。又是一个秋天来了，这个秋天距离我们陪同母亲去苏州整整过去了 37 年，这个秋天的今天恰是我母亲的九十冥寿，我又想起了 37 年前的那段往事。一种莫名的冲动让我不顾一切地夺门而出，疾步奔向不远处的公园，那里有红叶似火的枫树，那里也有终年常绿的夹竹桃。

站在一簇枫树前，于无声处见枫叶似火，于无声处倾吐本心。时光荏苒，岁月如梭，我对我的父母亲的思念从来没有断绝。我的父亲和母亲，当你们成为生命的合体的那一刻，你俩命运的时针就开始运转，如同绞合在一起的齿和轮，不离不弃。你们往后人生的种种坎坷辗转，做儿子的如今回头展望，那都是推动时针转动的齿轮留下的痕迹，这痕迹永远地刻在你们的儿子的心坎。我轻轻地摘下一片枫叶，吟诵一阕思念的愁绪。37 年的时光，所有的伤口早已自然结疤，所有的喜乐也已悄然成诗，所有的果实都已发酵成酒，而这份思念，却越来越浓烈。每一次的思念都会回忆起和父亲母亲在一起的那些短暂时光里曾经有过的欢乐，都是一些微小的事情，却没来由地铭刻在心头。浮现在眼前的时候，恍若刚刚发生过的一样，画面清晰得令人难以置信，也许这就是我和我的父母亲的缘分。

回忆往往是忧伤的，脑海中翻腾的回忆，却给我带来一波又一波的愉悦，原来我的父亲和母亲一直都在我的身边。我想，他们永远都在，只要我想念他们，他们就会出现在我的面前，因为他们躲藏在我的灵魂里，流淌在我的血液里，我在人世间的一举一动都出自他们的支持。直到有一天，当我也行将告别这个世界的时候，他们就会张开臂膀迎接我的到来，然后我左手挽着父亲，右手挽着母亲，我们一起走向真正的永恒。

时间又走到了 2022 年深秋，我在小区的花园里散步，又看到了一树红枫闪烁着鲜亮的色彩。枫树旁，有一株夹竹桃耸立，朵朵粉红色的花儿点缀其间。无数次地走过路过小区的花园，从来未曾留意过园林的景观，今天蓦然发现花园里有一株红枫和一株夹竹桃不离不弃地相伴左右，惹得我无限感慨涌上心头。我仿佛看到了我的母亲站在枫树前，我的父亲站在夹竹桃树下，他们正微笑着看着我。父亲，你是一株夹竹桃；母亲，你是一株枫树，以后，若想你们了，我就到小区的花园里转转。我右手的拇指和食指捏着一片枫叶，秋阳下，枫叶的红色在我的眼睛里幻化成一幅模模糊糊的画面，画面中父母亲的形象不太清楚，幸好有一行旁白清晰可辨：这世间，唯有生命和真情不可辜负。

后记

2020 年至 2022 年，因为新冠疫情的流行，蛰居在家的时间很多，尤其是 2022 年的上半年。居家的这些日子里，脑海总会跳出一些熟悉的人物形象，他们的那些我所熟悉的故事也清晰地在我的眼前闪现。莫非是一种暗示，提醒我要把这些熟悉的人和熟悉的事写下来？于是，我每天都在梳理着他们的故事，都在和他们对话。一年过后，我在 2021 年开始创作这部人物纪实系列《人海中的你》，并于 2022 年的下半年全部完成。

在《人海中的你》这部书稿中，有丁雁在"读行无疆"的征途上努力传播中华文化的感人场面的描述，有我的好友兼师长童怀宇教授忠诚于教育事业，不以物喜、不以己悲的坦荡襟怀的记述，也有我的朋友詹惠明和他的伴侣为保护城市老建筑一掷千金却无怨无悔的赞颂，我还记录了我的维吾尔族兄弟亚力坤和汉族朋友之间那一个个真挚友情的故事，当代晋商优秀企业家孙注的创业励志事迹我也如实道来。我还在书中记叙了我的两位农场好友那些令人唏嘘的过往，他们的人生悲剧实在是令人伤感。此外，我最爱的亲人，远离我已经数十年，但他们的形象在我的眼前却越来越清晰，我对他们的思念也越来越强烈，我把我对亲人的深切眷恋用文字展现出来，写进了书中，作为对他们的最深切的怀念。

《人海中的你》分两个部分，前半部分第一到第七篇写我身边熟悉的七位人物。他们都有着自己人生的闪光点，都是人物形象长廊中带有鲜明性格特征的"这一个"，自带光芒的他们，每一个故事都感动人心。后半部分第八到第十二篇我写我的亲人，他们曾经本本分分地生活在这片土地上，他们没有过多的奢求，只希望家庭安稳幸福，但他们生活的时代何其不幸，他们对生活的最低层次的渴望竟难以满足，他们的人生是一出悲剧。我的亲人们的故事读来令人心痛，我在写他们的时候，几度泪水长流，因为这是我和我的亲人们的一段共同经历，这些往事不堪回首。

　　构思将近一年，创作断断续续近两年，我完成了《人海中的你》这部人物系列作品。真实的人物，真实的故事，时间跨度半个多世纪，我忠实地将他们的这些点点滴滴记录在书中，往事并不如烟。

2022 年 10 月 20 日

图书在版编目（CIP）数据

人海中的你 / 夏国平著 . —上海：文汇出版社，
2023.8
ISBN 978-7-5496-4042-3

Ⅰ . ①人… Ⅱ . ①夏… Ⅲ . ①散文集－中国－当代
Ⅳ . ① I267

中国国家版本馆 CIP 数据核字（2023）第 084147 号

人海中的你

著　　者 / 夏国平
责 任 编 辑 / 鲍广丽
封 面 设 计 / 王　峥
排 版 设 计 / 董春洁

出 版 人 / 周伯军

出 版 发 行 / 文匯出版社
　　　　　　上海市威海路 755 号
　　　　　　（邮政编码 200041）
经　　销 / 全国新华书店
印 刷 装 订 / 上海锦佳印刷有限公司
版　　次 / 2023 年 8 月第一版
印　　次 / 2023 年 8 月第一次印刷
开　　本 / 787×1092　1/16
字　　数 / 360 千字
印　　张 / 22.5

ISBN 978-7-5496-4042-3
定　　价 / 98.00 元

如有印装质量问题，请与出版社出版部联系调换。